大唐诗人胡曾传奇

胡百年　编著

海天出版社
HAITIAN PUBLISHING HOUSE

·深圳·

图书在版编目（CIP）数据

大唐诗人胡曾传奇/ 胡百年编著. — 深圳：海天
出版社，2022.4
ISBN 978-7-5507-3420-3

Ⅰ.①大… Ⅱ.①胡… Ⅲ.①章回小说—中国—当代
Ⅳ.①I247.4

中国版本图书馆CIP数据核字(2022)第013927号

大唐诗人胡曾传奇
DATANG SHIREN HUZENG CHUANQI

出 品 人　聂雄前
责任编辑　卞　青
责任技编　梁立新
责任校对　黄海燕
封面设计　止　戈

出版发行　海天出版社
地　　址　深圳市彩田南路海天综合大厦（518033）
网　　址　www.htph.com.cn
订购电话　0755-83460947（邮购、团购）
设计制作　深圳市龙瀚文化传播有限公司 0755-33133493
印　　刷　深圳市华信图文印务有限公司
开　　本　787mm×1092mm　1/16
印　　张　29.5
字　　数　439千
版　　次　2022年4月第1版
印　　次　2022年4月第1次
定　　价　99.00元

目录

引 言

自古昭陵风景妙，
重华曾叹山良，
召公问政在甘棠。
卢公仙隐后，
人物叹苍茫。

未料晚唐胡氏子，
状元点破天荒，
挥毫一纸服蛮狂。
诗家光史策，
文浪起资江。

这首《临江仙》说的就是本书的主人公胡曾，胡曾的故乡就是今天的湖南邵阳。

邵阳是个风景秀丽的地方，留下了很多美丽的传说。传闻四千多年前，舜帝南巡到邵阳新宁时，见到一座山非常美丽，呼之"山之良者"，并起名"崀山"。传闻三千多年前，周武王之弟召公，来到邵阳东郊的一株硕大如盖的甘棠树下布政恤民，被记载在诗经《国风·召南·甘棠》中名垂千古。后来周昭王伐楚，死于湘潭的昭山，厚葬于邵阳，因此邵阳最早的名字叫昭陵。再后来，为秦始皇寻找长生不老药的方士卢公，因寻药无果而逃命到邵阳隆回望云山，与武冈云山侯生一起修道成仙，至今望云山的一块巨石上还有神仙脚印。而到了东晋，陶渊明笔下的桃花源，传说就在今天邵阳隆回桃花坪附近一个古名叫桃花岛的地方。

古老的邵阳物华天宝，可惜在唐以前，却没有"地灵人杰"，没有一位邵阳本土人士跃上中国的历史舞台。然山川磅礴，郁积之气固闷极必喧。到了晚唐，邵阳县终于走出了一介书生胡曾，以"一纸退兵"打破天荒，以"三卷咏史"冲开地老，他的道德霁月而光风，他的文章金声而玉振，他带动了邵阳人物的崛起，他开启了湖湘文化的源头。他的德泽像滔滔不绝的资江一样，除了滋润邵阳这块土地，还直奔洞庭、起浪长江、惊涛东海，从此邵阳人文渐起、湖南日月生辉。

胡曾的生平充满传奇，已历千年而不朽，犹眺万古而常新，仅以九九八十一回为君道来。

第一回　虞舜帝梦托大任　安命公喜得麟儿

《道德经》云：反者道之动，弱者道之用。说的是这天下万事万物，都逃不开阴阳之演变。自然中，阳极生寒，冬去迎春，花开花谢，月圆月缺；人事中，盛极而衰，静极思动，飞龙在天，亢龙有悔。然而究天人之际、通古今之变，就可看出，一阴一阳之谓道，继之者善也！唯有明德亲民而止于至善，方可得民安国泰、天地和谐！

说起大唐，无疑是中国人引以为傲的伟大王朝，唐诗、唐文、唐楷、唐草、唐音、唐画、唐装，这些文化艺术，迄今为止，依然屹立于中华文化的巅峰，令中国人叹为观止、引以自豪；天可汗、辽阔版图、万国来朝的唐代辉煌，让海内外每个中国人梦绕魂牵、心生骄傲！而自宋朝以后，"唐"则为"中国"的代名词，为海外诸国所尊称，海外华侨将故土称为"唐山"，自称"唐人"，聚居的地方则为"唐人街"，也足以体现中国人对这昔日辉煌的大唐心存怀念和仰慕。

大哉，赫赫兮其有武业！伟哉，焕焕乎其有文章！然而，反者道之动，弱者道之用，这巍巍大唐也逃不开阴阳规律之演变。唐朝经历唐太宗"贞观之治"、唐高宗"永徽之治"、唐玄宗"开元盛世"后，国强民富，达至鼎盛巅峰。然而唐天宝十年（751年），剑南节度使鲜于仲通率六万大军征南诏而全军覆灭；天宝十三年（754年），李宓率领七万大军再次进攻南诏，又全军覆灭。两次败于西南边陲小国，不仅大唐在四夷眼里成了纸老虎，而且大唐天子在国内的尊严也不再，那些手握重兵、野心勃勃的藩镇因此蠢蠢欲动。一年后的天宝十四年（755年），久怀异志的安禄山以奉密诏讨伐杨国忠为借口，在范阳起兵，安史之乱由此爆发。历经八年平灭之后，唐王朝元气大伤，从此由兴入衰，"九天阊阖开宫殿，万国衣冠拜冕旒"的盛况不见了，吞吐中西、睥睨天下的东方帝国威严不见了，天宝年间全国的五千万人口，经此乱之后，只剩下了一千多万。

万物负阴而抱阳，冲气以为和！战争的爆发，无疑带来流离失所、生灵涂炭、流血遍地、哀鸿遍野的悲惨，然而站在历史的长河中看，却也是"有无相生、利害相随"的事情，其中一个显著的特点，就是中原文化的向南传播。东越、闽越、南越、长沙等自古以来远离中原王朝的蛮荒之地，因为中原士大夫的逃命南迁，于是带来了当今浙江、福建、两广、湖南等人文富庶之地的兴起。冲气以为和，使得中华文化得到大交流、大碰撞、大和合，有利于中国经济和文化的均衡发展，从这点来看，这也是不幸之万幸了。

"三川北虏乱如麻，四海南奔似永嘉"，这是诗人李白描写安史之乱的句子，继西晋末年五胡乱华的永嘉之乱后，安史之乱导致了中国历史上第二次人口南迁潮，中原士族纷纷拖家带口，向南逃命。在这逃难的队伍中，有一位名叫胡彬的东京洛阳人，带着一妻一子，一路匆匆地往湖南方向赶去。

胡彬是个读书人，由于科举不第，因此也就一直在洛阳过着"晴耕雨读"的太平日子。其祖籍在安定郡，即今天的甘肃省镇原县，祖上曾经有多人做过大官，先祖胡伟绩还是贞观年间从三品的散骑常侍，可惜这几代下来，却沦落为平民了。安史之乱爆发后，洛阳成为唐军和叛军争夺的焦点，当然也是兵灾最严重的地方。755年12月安禄山攻占洛阳，756年正月初一，安禄山在洛阳称帝，国号大燕。757年10月唐军收复洛阳，759年9月叛军重新占领洛阳，762年10月，唐军再次收复洛阳。相比前三次发生在洛阳的战争，这最后一次战争，洛阳的老百姓可就更惨了，因为唐军这次收复洛阳，依靠了回纥军的帮助，而这回纥军进城后，在洛阳大肆烧杀抢掠，大火连绵数十日不灭。

胡彬住在洛阳郊区，前两天刚看完父亲胡泉的朋友杜甫写的"三吏"和"三别"，既感慨《新安吏》中"莫自使眼枯，收汝泪纵横。眼枯即见骨，天地终无情"的兵士悲酸，又感慨《无家别》中"寂寞天宝后，园庐但蒿藜。我里百余家，世乱各东西"的百姓流离之苦，没想到"海中月是天上月，眼前人变剧中人"，自己也面临兵火的到来。逃还是不逃？村里的人都走光了，看来是不得不逃！可儿子胡任旭才两岁，刚刚学会走路，这逃起来怎么走得动呢？而且要逃的话逃到哪里去呢？回安定故里吗？还是去长安投奔亲戚？何去何从，真乃两难之境，金乌西坠，玉兔东升，真是度日如年！

　　一天夜里，他入睡后，隐隐约约来到了一个白云缭绕、奇山隐秀的地方，远处的山峰上有一块三分的石头，如三把利剑直插云霄，令人仰慕，他步履轻盈、心情愉悦地缓缓前行。走了不远，忽然看到路边有块碑，碑上隐约有"九嶷山"三个隶书大字，胡彬心想，这是不是到了舜帝驾崩的九嶷山了？这时从远处传来一阵阵悦耳动听的音乐声，胡彬于是顺着声音往前走，走了没多远，只见路边有个高台，高台上有一位白发银须的人在抚琴奏乐，琴声悠扬，宛如仙乐。那人见到他后，琴声戛然而止，胡彬凑近一看，见琴上有"虞舜帝五弦琴"的字样，而见那老翁，则是双目重瞳、慈眉善目。胡彬猛地一惊，双手作揖问道："请问仙翁，您是虞舜帝吗？"那人颔首捋须道："哈哈，朕乃虞舜也。"胡彬连忙跪下道："舜帝圣祖在上，请受苗裔胡彬一拜！"舜帝哈哈大笑道："贤裔，我在这等你多时了，快快平身，不必多礼。"胡彬起身问道："圣祖为何事在此等我呢？"舜帝道："贤裔，我在九嶷山近三千年了，历朝帝王都派人来祭祀我的陵寝，有的帝王还亲自致祭。可自唐朝以来，仅玄宗遣张九龄来此祭过一次，后来，道州刺史因为找不到我的陵墓，竟然在道州城内建了一个舜庙，而我的陵寝从此就无人来祭，荒凉湮没了，今天在此，特为此事等你呀！"胡彬听不明白舜帝所说，但也不敢多问来龙去脉，于是说道："那圣祖要我做什么啊？"舜帝道："现在洛阳兵荒马乱，你要赶紧向南迁来资湘邵州的佘湖山，开枝散叶，将来你的后裔中会出个科举状元，为我重修陵寝，主持祭祀，这位贤人也会重振你们安定家族，资湘邵州，资湘邵州，切记切记！"说完舜帝腾空而起，脚踏五彩祥云飘飘隐去，胡彬听得是"资湘邵州"四个字，但后面的佘湖山只听清楚发音，却不知佘湖是哪两个字，故连忙追赶舜帝，可越追越远，心急之下被一块大石头绊倒……醒了，原来是个梦！

　　胡彬少年时饱读诗书，看过唐太宗第四子魏王李泰编写的《括地志》，对人文始祖舜帝也非常崇拜,对舜帝的生平了然于胸,知道舜帝南巡驾崩于苍梧,葬于九嶷山,因此梦中所遇应该是真的。至于舜帝陵现在无人祭祀这回事却不是很清楚,而对梦中说的"资湘邵州"中的"资湘",他也知道。湘江与漓水相连于灵渠,故称"漓湘";向东北流至永州萍岛与潇水汇合,故称"潇湘";再经衡阳与蒸水交汇故称"蒸湘";在岳阳临资口湘江与资江交汇,故称"资湘";当然还有最后湘江与沅江交汇,而称"沅湘"。至于"邵州",属于古长沙国,唐太宗贞观十年(636 年)改南梁州为邵州,天宝元年(742 年)已改为邵阳郡,"资湘邵州"那就是资江边的邵州城了,至于"佘湖山",那就只能到了邵州城再去打听。

既然舜帝托梦,胡彬觉得应该照办,于是他把梦中之事和妻子陈氏商量,陈氏从小在洛阳长大,听说要去遥远的古南国蛮荒之地,非常不乐意。她说:"邵州那么远,那么偏僻,又无亲无故,去那里做什么呀?不如回安定故里。"胡彬听妻子这么一说也在理,觉得这梦中之事又岂能当真。于是第二天一早就收拾行李,夫妻俩带着儿子胡任旭匆匆上路西行,打算经长安回安定郡。没走一个时辰,只见前面尽是匆匆回头之人,经打听,得知前面有大量回纥兵挡道,见人就杀,见财物就抢,见女人就捉。胡彬本来还想上前看看,却见回头的人越来越多,有的还受了伤,胡彬觉得去长安的路已经走不通了。于是他问这些回头的人去哪里,他们都说向南逃最安全。

胡彬妻子陈氏也觉得形势已经由不得自己,情况危急,保命要紧,于是催促胡彬跟着大伙南逃。在南逃的人潮中,胡彬恰好碰到了原来在洛阳认识的申望紫,他比胡彬大两岁,有心向道,尚未成亲,经常身着紫袍,脚踏云鞋,在黄河、洛水边垂钓,颇有当年渭水边姜太公的趣味,胡彬曾跟他打过几次照面,未曾深谈。这次一起南逃,胡彬就问他,准备去哪?申望紫说:"我父亲叫申泰兰,他的哥哥叫申泰芝,在资湘邵州的佘湖山修道,我去找我大伯父学道。"胡彬问:"申泰芝!那是大名鼎鼎的国师啊!跟当今圣上同年同月同日生,开元二十七年还带皇帝去了月宫呢!"胡彬说完,又猛然想起舜帝托梦的事,记得也是要他去资湘邵州的佘湖山,觉得这一切都是那么机缘巧合,于是对申望紫说:"申兄,真是缘分啊！我恰好也是要去这个佘湖山呢！"申望紫没有太多话，只说了声好。于是一起结伴南行，他们从陆路走了两个月，终于到了襄阳，又从襄阳坐船经汉水到了江夏，即今天的武汉，再乘船到了岳阳。到岳阳后又坐船准备沿资江逆流而上去邵州。

申望紫平时很少说话，停下来就打坐，基本上也很少吃东西，睡觉也是打坐，天冷天热就是一件道袍。从岳阳登船后，申望紫在船中又盘起双腿打起坐来。胡彬则带着孩子胡任旭在船边看风景。当时正值腊月，天寒地冻，船经过临资口时，江上忽然刮起大风，不仅寒冷刺骨，而且引得航船一阵剧烈颠簸，年幼的胡任旭因坐在船边，没有抓稳，一不小心落入了水中。胡彬看到后，不容多想赶紧跳入水中救人。他一把抓住胡任旭后，拼命游回船边，可此时风正对着胡彬吹来，他根本游不动，眼看气力不支，快沉下水去了，船上人大呼救命，陈氏也急得六神无主。这时只见申望紫双眼一睁，双脚一点，从船上纵身跃出，踩在水面如履平地，然后如雄鹰抓鸡一样，一手抓住胡彬父子，用力一跃，船上人还没回过神来，三人已回到了船中。船上人大声叫好，都夸申望紫道术高超，胡彬父子大难得救，自然对申望紫感激不已，于是带着妻儿低头一拜，申望紫却好像什么也没发生一样，摆了摆手，照旧打坐。

坐船经益阳，过了半个月就到了邵州城。在胡彬看来，这南方相比北方，不仅气候温暖很多，而且山山水水也灵动很多，因此心里也欢喜。入城后，申望紫和胡彬就直接往佘湖山走去。这佘湖山不高，乃隋唐时期一个名叫佘朝奉、外号湖山的官宦的私山，前有邵水流过，对于邵州城来说，也算是东郊一处山清水秀之地。申望紫于是跟山下村民打听申泰芝的住处，村民说："申泰芝国师已经于七年前登仙了，而且是在大佘湖山登仙的，这里是小佘湖山，东去一百二十里才是大佘湖山。"申望紫闻此，有点惆怅，但还是决定去大佘湖山看看，胡彬在邵州举目无亲，于是也决定跟恩公申望紫一起去。陈氏则拉住胡彬说："恩公有心修道，跟我们不同，我们是凡夫俗子，还是要过日子的，我看这佘湖山离邵州城又近，有山有水，土地肥沃，市场兴隆，不如我们就在这安家好了！"申望紫见陈氏有留下来的意思，于是对胡彬说："贤弟就在此落业好了，我来帮你们搭个屋，然后再去大佘湖山！"申望紫于是以申泰芝侄儿的身份出面，找了邵州刺史，这邵州刺史一见是申泰芝的侄儿，于是以上宾之礼接待，并言一个月前接到皇帝诏书，要他在大佘湖山为申泰芝建庙，他觉得大佘湖山太远，祭祀不方便，因申泰芝曾在小佘湖山下的洛阳洞修道，就跟皇帝申请在小佘湖山建庙，皇帝也同意了。邵州刺史于是就安排申望紫做修庙的顾问，申望紫也把胡彬介绍给刺史，并请求关照。邵州刺史于是安排人为胡彬一家在佘湖庙的旁边建起了一栋简易的木楼，供胡彬一家居住。看到胡彬一家安顿了下来，申望紫于是和胡彬一起去看了其伯父修道的洛阳洞，并且教了胡彬一些吐纳养生之法，胡彬虽是儒者，但对道家老庄之道也非常熟悉，一点就通，很快达到了"炼精化气、炼气化神"的境界，至于"三花聚顶、五气朝元"之境，申望紫觉得胡彬终是儒者，就让胡彬自修随缘了。一年后，申望紫作别邵州刺史，往大佘湖山去了，胡彬虽然对恩公十分难舍，但也只能随缘，他送申望紫到了大佘湖山，跟他一起探寻申泰芝的遗迹，但是没有什么收获，申望紫于是准备去衡山和罗浮山寻道，胡彬则回到了小佘湖山。

因为跟玄宗皇帝的亲密关系，申泰芝在邵州当然是家喻户晓的人物，而胡彬又因为和申望紫的关系，加上知书达理，因此很快在佘湖山一带有了好的人缘。他开了个私塾，除了教儿子胡任旭外，还招来了十几个学生，同时他又买了几块荒地，和陈氏一起耕种稻谷和蔬菜，因此生活也过得去。"烽火连三月，家书抵万金"，安史之乱终于结束了，胡彬虽然也牵挂在洛阳的亲友，但随着时局逐渐太平，思乡之情也在无忧无虑的日子中慢慢变淡了。

光阴似箭，日月如梭，胡任旭在邵阳慢慢长大了。在父亲的教导下，他从小就读了《诗经》《尚书》《周易》《史记》等书，读书很用功，就是长进不大，二十岁才考进县学，可一直考到了三十岁，连州府的解试都没有通过，即连个举人都没有获得，当然就是连去长安考进士的机会都没有。胡任旭自己也心灰意懒，就决定不再考了，而胡彬觉得胡任旭也不可能是舜帝梦中的那个状元，那就早点成家传宗接代吧，将希望寄托在下一代身上，于是胡彬为胡任旭张罗婚事。

胡任旭三十四岁时，终于生下了个儿子，胡彬对孙子的出生很高兴，也对这个孙子充满了希望，或许就是那个状元郎呢！于是给他起名胡安邦，字定国，名字很大气。胡任旭明白父亲的厚望，于是让父亲退休，自己接过私塾的担子，也做起了塾师。在胡安邦八岁时，胡彬还带着儿子、孙子专门去了趟九嶷山，可惜没有找到舜帝陵，不过觉得这九嶷山的景色和梦中的一模一样。第二年，胡彬就去世了，生于730年，卒于803年，享年七十三岁。

爷爷去世时，胡安邦虽然年纪不大，但也明白了爷爷的期望，读书也就更加用功了，诗词文赋进步很快。一夜，胡任旭听到胡安邦在明月下独自吟道：

帝虞舜之苗裔兮，朕先考曰胡公。念簪缨于安定兮，惟佘湖吾以降。祖君揆余初度兮，肇锡余以嘉名：字余曰定国兮，名余曰安邦。纷吾既有此远志兮，又重之以宏图。资江容予激浪兮，荡洞庭以扬波……

胡任旭心想，安邦这孩子悟性不错啊！不仅能背诵《离骚》，还能改《离骚》而自言其志呢！安邦定国！大有希望！心中不胜欣慰。

因当时佘湖山车水马龙，环境嘈杂，胡安邦觉得这不是读书的好地方，一直想换个环境。十五岁那年，胡安邦跟伙伴们过资江到秋田的竹山湾玩，一下子被那里的幽静山水吸引，于是回家跟他父亲胡任旭说："父亲大人，要读好书，就要换个安静的地方才行，孟母三迁的故事您知道的，这佘湖山到处都是做生意的，每天的叫卖声、讨价还价声不绝于耳，实在没法安心读书，我看竹山湾那个地方可以，我们是不是把家搬到那里去呢？"大凡父望子成龙，胡任旭觉得儿子志向远大，且文才初显，于是一口答应了。

在胡安邦十六岁那年，即唐宪宗元和五年（810年），胡任旭就带着妻儿一起从佘湖山迁徙到了秋田竹山湾。自资江岸边沿一条清澈的小溪而入，两边青山相拥，路边桃花成列，真有桃源之胜。至秋田时，则见园安岭雄踞前头，势如龙腾，岭下则瑶草琪花、良田似镜，真如人间仙境。胡安邦来到这里后，三更灯火五更鸡，每天读书写字，学问长进不少。

在唐朝，要想考中进士是非常不容易的！每年全国录取的明经只有 10 人，进士只有 40 人，合计 50 人。这对于全国 330 个州、几千万人口来说，竞争之激烈可想而知，何止是"千军万马过独木桥"，简直是难于上青天！当时的考生有两个来源，一个是生徒，一个是乡贡。由京师及州县学馆出身，而送往尚书省受试者叫生徒；不由学馆而先经州县考试，及第后再送尚书省应试者叫乡贡，由乡贡入京应试者通称举人。州县考试称为解试，尚书省的考试通称省试，或礼部试，礼部试都在春季举行，故又称春闱。一般每个州的考生名额有一到三人，像邵州这样的中等州，每年就两个名额。胡安邦虽然在秋田一带也是个有学问的人了，但是参加州考试却是年年不利，跟他父亲一样，从十八岁考到了三十岁，连个举人都没考上。

三十岁生日那天晚上，胡安邦躺在床上久久不能入睡，想起自己当初安邦定国的大志，想起这二十多年的寒窗苦读，想起祖父那个神秘的梦，想起祖父、父亲的殷切希望，又想起这光阴似箭、日月如梭，转眼就到了而立之年，觉得继续这么耗下去，不仅功名看不到希望，而且会耽误传宗接代的孝道。于是决定放弃科举，了断功名，全身心地振兴家族。他披衣起来，面对那天上的一轮古月，那漫天的星斗，吟了首《西江月》，词云：

可叹崇山峻岭，茫茫而立功名。长安万里倦征程，今且乐天安命。

日看秋田似镜，夜闻溪水幽鸣。一轮古月照繁星，莫负虞皇一姓。

吟完，胡安邦索性将自己的名字"胡安邦"改为"胡安命"，字"定国"改为字"乐天"。与父亲胡任旭一样，胡安命也在三十岁结婚，娶张氏为妻。这张氏也算是旺夫益子之人，进了胡家后，不仅让胡安命财运亨通，而且连生男丁，到胡安命四十七岁时，已经生下七子，分别是公哲、公智、公普、公晋、公书、公昌、公会，胡安命觉得虽然功名不顺，但家运却有昌隆的吉象，儿子们个个听话懂事，勤劳守礼，读书都很用功，老大老二都通过了县学考试，但考了几次，没有通过州学的考试！

这时张氏又有了身孕，看到第八个孙子的到来，想想张氏的年纪，胡任旭心想这可能是最后一个孙子了，于是嘱咐胡安命说："这女人怀孕生子，我们男人未经历过，就不知那是人间最辛苦的事，曾有《十月怀胎歌》云：正月怀胎正月正，糊里糊涂不知情，露水洒在花蕊上，不知生根不生根。二月怀胎两个月，日子开始过不得，心中有话对人说，一想还是说不得。三月怀胎三月三，三餐茶饭吃两餐，不想吃饭肚又饿，全身无力做事难。四月怀胎四月八，口干舌燥眼前花，腌菜吃完思果子，只想酸的不想辣。五月怀胎五月五，做了孕妇好辛苦，晚上难眠数星星，白天腿痛难挪步。六月怀胎是炎天，心中好似滚油煎，世上清凉何处找，张口出气有谁怜。七月怀胎七月半，着急心中掐指算。左一算来右一算，算来还差两月半。八月怀胎是中秋，一轮满月照悠悠，也想天台去赏月，一个大肚苦似囚。九月怀胎九月九，也想喝杯菊花酒，刚走两步气吁吁，再走两步要扶手。十月怀胎儿离身，娘奔死来儿奔生，牙齿咬得生铁断，双脚踩到地狱门。安命儿，你和你婆娘也都年纪不小了，这可能就是最后一胎，因此要好好照顾你婆娘呢！"胡安命满口答应，然而这次张氏怀孕，跟前面七次却不同，这次怀孕既不呕吐，也不烦躁，而是非常平静，晚上睡得安稳，白天吃饭也很香，只是怀得比较久，足足十个月。

临盆时，正是秋天的黄昏，胡安命正准备掌灯，忽然听到一声婴儿的啼声，胡安命知道第八个儿子出生了，于是走进张氏的卧室，只见这最后一缕夕阳从窗口射入，在屋内却泛起耀眼的红光，照得这屋内如同点灯一样，而且空气散发着馥郁的奇香，令人心旷神怡。胡安命连忙抱起这个婴儿端详，只见肤色粉嫩，白里透红，一双眼睛炯炯有神，心中当然欢喜。胡任旭闻讯亦赶来，见此色香祥瑞，想起舜帝托梦之事，隐约觉得这个孙子可能就是那个状元郎呢！心中自然窃喜，于是点了一支香，面对佘湖山方向一拜，口中念道："父亲大人，我家安命又添了一个男丁，望您在天之灵保佑这个新生儿，脑上栽起长命草，腰间系起万岁藤，黄桶大的树，水桶大的根，关煞消除，易养成人！"念完，胡任旭要胡安命为新生儿起个好名字！

中国人常说"行不更名，坐不改姓"，这里的"坐"是指连坐，这句话是指，古时灭族之时，不会因为被连坐而改姓求免。从这句话看出，中国人对姓名的重视，胡安命会给这新生儿起个什么名字呢？请听下回分解。

第二回　起嘉名暗含祥瑞　排字辈明说天潢

上回说到胡安命又迎来了第八个儿子，在起名时，胡安命的心情是感激的。因为自胡彬、胡任旭到胡安命，可谓三代单传，没想到第四代能出八个男丁，胡安命当然觉得皇天不负、后土有情、祖德垂荫、宗功护佑，而胡任旭也觉得胡氏家运在秋田这块宝地要兴隆起来了，对于老八的起名，胡安命说："父亲，这孩子出生时，我看到了屋内有红光的祥瑞，我看他的名就叫'曾'吧！"胡任旭说："安命，你详细说说！"胡安命说："'曾'字，上从八，代表他是老八，下从日，中乃窗，乃日光从窗而入，于是满室生辉，家庭生瑞，曾的读音和意义都同'增'，即增光添彩、光大门户之意也，按照'公'字辈，就叫胡公曾，简称'胡曾'，您看呢？"胡任旭说："胡曾胡曾，为胡氏增光，安命儿，可以啊！就按你说的来！"

名起好后，胡任旭看到这个即将兴旺的势头，就对胡安命说："我和你爷爷是在洛阳出生的，而你是我们家族第一个在邵阳出生的人，将来开枝散叶，瓜瓞绵绵，千秋万代，前途不可限量。如此的话，那你就是秋田胡氏的开基始祖、世系源头！不求金玉重重贵，只求子孙个个贤，你这几天就考虑排一下这个班次吧，就从你的安字辈开始排。"

胡安命听到父亲这么说，眼睛忽然就亮了起来，眼前的局面就大了起来，皇室有开国太祖，平民百姓也有开族始祖，一样是大事业啊！子孙身上流着自己的血液，子孙后代哪个不念起自己这个开基始祖呢？只要后代绵绵不绝，自己的名号就能千秋不朽！而如果按照每代都生8个男丁的规模，儿子8个，孙子就有64个，曾孙就有512个，玄孙就有4096个，这是一个多大的家族啊！将来几万、几十万人是自己的子孙，他们都来祭拜自己，那是多大的荣光呢！而如果后代中有人中进士、做大官，那不是我胡安命保佑的结果吗？胡安命越想越激动，觉得父亲交代的排班辈的事，非常有意义，得好好想想了！

入夜后，胡安命就坐在油灯下开始构思，班辈承载着祖先的希望，也承载着血液的流传，班辈的每个字可能有成千上万的人要用，因此下笔当然是沉重的、谨慎的，必须选择非常好的字词。胡安命在纸上画来画去，在书架上翻来翻去，又在屋里踱来踱去，这样反复推敲，来回斟酌，最终写下了这十六个辈分，即"安公甫 彦宗祖 肇克居仁礼 诗书启英贤"，本想继续往下写，却已传来第三遍鸡叫声，天亮了，于是暂时作罢。

而胡任旭这夜睡得很好，天亮时分还做了个梦，梦见自己的父亲从佘湖山上下来，对他说："旭儿，恭喜你又做爷爷了，你这个孙子胡公曾，就是将来去舜帝陵祭祀的那个状元郎啊，你们要好好培养，也希望你们多积德行善，把血脉千秋万代传下去，我从你儿子开始排了班辈，你记下来，'安公甫 彦宗祖 肇克居仁礼 诗书启英贤'，到贤字辈后会出现五贤，各居一方，各自开基拓族。"说完就上山了，胡任旭想追，却怎么也迈不开步子，一着急就醒了。下床后，胡任旭马上将班辈用笔抄了下来，径直向儿子胡安命那边走去。

胡安命见父亲这么早就来找他，心想肯定是问班辈的事，就对胡任旭说："父亲，你要排的班辈排好了，您看看。"说完就递上自己写的十六个辈分，胡任旭接过来一看，说道："奇了！奇了！你来看看我这张。"胡安命见父亲手上也有一张，一瞧竟然和自己的一模一样，也连声说奇。胡任旭于是把昨晚的梦说给了胡安命听，胡安命也是饱读经史，如商王梦傅说、周文王梦熊之类，他都知晓，听了父亲胡任旭的说梦，觉得祖宗虽远，灵魂却在，只要勤修孝道，即可梦通阴阳，得到祖宗的启示，心中有获得真理、觅得信仰的无上欢喜，有诗为证：

安公甫，彦宗祖，老干新枝花正吐。
能肇克，居仁礼，长河浩荡洪波起。
地势坤，天象乾，道德诗书启英贤。
秋田秀，资水灵，古月新辉漫天星。

胡任旭见到儿子开悟，也是心喜，于是把胡安命和儿媳张氏叫过来，语重心长地对他们说："我今年八十了，可能日子不多了，我把我所知道的源流世系跟你们说一下。我们胡氏是舜帝之后，舜乃虞族人，所以又称虞舜。这'虞'是上古的仁兽，白虎黑纹，尾长于身，能日行千里，因崇拜这个仁兽，该族以之为姓。相传舜帝出生时天降大虹，光芒四射，竟然亮瞎了他父亲的双眼，因此他父亲叫瞽叟，而舜帝的每只眼睛都有两个瞳孔，因此又叫重华。"

胡安命说："看来这圣人出生还是不同凡响啊！那为什么取名舜呢？谁起的名？"胡任旭说："是的，这'舜'字的本意是木槿，五叶成一花，花如小葵，淡红娇艳，朝开暮敛，蔓地连华，《诗经》中就有'有女同车，颜如舜华'之句，'舜'的名字相传是他母亲握登起的，当时虞族住在黄河边，河边有一大片的木槿，花开红似火，花季夏到秋，这木槿不仅非常好看，而且华而有实，花、果、根、叶和皮均可入药，握登于是给自己的孩子起了舜这个嘉名！"

胡安命说："原来'舜'这个名这么美好啊！话说有名有姓，那请问父亲，舜的姓是什么呢？跟我们一样姓胡吗？"胡任旭说："舜帝可以说姓虞、姓姚、姓妫，姓姚是因为舜帝的母亲握登姓姚，从母姓。姓妫是因为舜被尧帝许以二女，与娥皇、女英生活在妫河边，因此后代姓妫。我们是舜帝的后裔，严格说来，我们姓妫，可以说是妫姓胡氏。在古代，贵族才有氏，贱者有名无氏，因为我们是陈国国君妫满的后代，妫满去世后谥号胡公，我们就以谥号为氏，称胡氏。但是汉代以后，姓氏不分，所以我们现在就说姓胡。"

胡安命说："那这姓氏的学问还很大啊！"胡任旭说："那是啊，两个陌生人一见面，一般第一句话就问您贵姓啊，可见中国人对姓氏的重视！天下同姓是一家，所以就是宗亲；同姓不婚，异姓结亲，于是天下人都是亲戚，进而组成了一个牢固的国家！这是古圣先贤的伟大发明呢！在这些古圣先贤中，舜帝对我们中国的贡献是巨大的，实在太伟大了！"

胡安命问："伟大表现在哪些地方呢？"胡任旭说："这个容我慢慢讲，按照司马迁的说法，舜帝也是帝王之后，他的祖先是颛顼帝和黄帝，但出生时家道已中落，母亲握登是个贤妻良母，从小培养了舜帝的善良之性格，可惜早逝。后来父亲瞽叟再娶，生下了弟弟象，舜的这个继母是个心狠手辣的女人，视舜为眼中钉，她联合瞽叟、象多次谋害舜，幸亏舜机智而逃脱。虽然如此，舜对父亲、继母还是一样的孝敬，对弟弟象一样的关心，同时对邻里族人非常友善和仁义。他因为有如此大孝，所以在历山耕种时竟然感动天地，有大象来帮他耕地，有小鸟来帮他耘艺。后来他在雷泽打鱼，在黄河之滨制作陶器，走到哪里，哪里的人就会谦让，走到哪里，哪里的人都会富裕，他无私地帮助大家，大家都喜欢跟他住在一起。后来在妫汭，来归附他的人越来越多，创造了'一年成聚，二年成邑，三年成都'的奇迹，于是这小小的妫汭变成了当时仅次于唐都的城市，让东夷和华夏两个部落通过商业而化敌为友，舜的孝道和能力也因此闻名四方。当时尧帝年事已高，正在物色帝位继承人，经过四岳的举荐，尧帝初步看好了舜。但为了考察舜，尧就把两个女儿娥皇、女英嫁给舜。两位尊贵的公主在舜的调教下，居然能在妫水的贫寒农家恪守妇道，孝敬公婆，能对公婆的无理取闹逆来顺受，能和谐邻里。尧帝见舜齐家有道，非常满意，于是安排舜担任国家官职，舜都能得心应手、游刃有余地处理。尧又安排他在国都四门接待宾客，四门的宾馆一片祥和，从诸侯国远道而来的宾客对舜都肃然起敬。尧又使舜去治洪水，在原始山林川泽之地，在暴风雷雨中，舜带领队伍却能够不迷失方向。尧认为舜是个了不起的人物，于是任命舜做摄政君，虽无天子之名，却有天子之实。舜摄政二十八年后，尧禅位于舜，舜登帝位，他命禹担任'司空'，治理水土；命弃担任'后稷'，掌管农业；命契担任'司徒'，推行教化；命皋陶担任'士'，执掌刑法；命垂担任'共工'，掌管百工；命益担任'虞'，掌管山林；命伯夷担任'秩宗'，主持礼仪；命夔为'乐官'，掌管音乐和教育；命龙担任'纳言'，发布命令，三年考核一次，优胜劣汰。舜帝的雄才大略施展之后，华夏、东夷、三苗完成统一，于是四海之内咸戴帝舜之功，天下明德也从虞帝开始了。"

胡安命听完说："舜帝真是伟大啊！真正做到了上善若水，水利万物而不争！让别人占便宜，自己吃亏，于是得到了大家的拥护，登上帝位后，就以大德大孝来教化天下！父亲，您喝口茶再继续说！"

　　胡任旭喝了一口茶，继续说道："舜在位时，还教化了自己骄傲的弟弟象，他将自己的弟弟象封在了偏远的三苗之地，名字叫有庳，即今日的零陵郡，离我们这里才三百多里。象以前是个好吃懒做的浮浪子，到了有庳，原来以为舜帝哥哥赐给他一块封地，可以食邑千户，饭来张口，衣来伸手，没想到是一片蛮荒之地，到处都是茹毛饮血的苗民。为生活所迫，象不得不亲自种稻种菜、捕鱼打猎，自给自足之后，又教苗民种植稻谷，并教苗民认字，将中原文明传播到了三苗之地，他还发明了流传至今的象棋，以供百姓娱乐，经过他的艰苦创业，终于将有庳建设得物阜民丰，和谐安定。他死了以后，当地人纷纷感恩戴德，给他建了祠堂，名曰象祠。如果说开化古楚南国，那舜帝的弟弟象可以算是第一人！象没有辜负舜的期望，而舜的教化之法也是与众不同！可惜象死时，没能见到自己的哥哥舜。舜帝在位三十九年后，将帝位禅让给了大禹，因思念弟弟，又因三苗之地还是不太平，于是他到南方巡视。他路过洞庭湖，在湖中的一个小山丘教人民制茶，小山丘原来叫洞庭山，从此就改叫君山；在朗州武陵郡拜访了著名的隐士善卷，与他一起论道讲德，小山丘从此就叫德山；在潭州的一个山冲演奏韶乐，凤凰来仪，苗民俯首，这个山冲从此叫韶山；在我们邵州看到了一座风景绝妙的山，说'山之良也！'，这山从此就叫崀山；除此之外，舜帝还在我们古南国留下了虞山、舜皇山、韶关等名字，他走到哪里，就教化到哪里，最后来到了有庳，在象的坟前祭祀，看了当地人给象建的象祠，虽然感到欣慰，但更多的是愧疚，把自己的亲弟弟发配到这样一个地方，或许是想和弟弟在九嶷山一带长眠吧，舜帝最终在苍梧之野离世，享年一百岁，当地人就把他葬在九嶷山。因当时中国还没有第一个陵墓，所以就叫零陵。舜帝走时没有告知娥皇、女英二妃，于是二妃一直在寻找舜帝的下落，她们好不容易走到洞庭湖君山时，听到了舜帝在九嶷山离世的消息，二妃悲痛欲绝，目睹遗物排箫，遥望苍梧呼号哭泣，泪水滴在君山的竹子上，竟然泪痕不去，成为斑竹，也叫湘妃竹。因为船被大风阻挡，无法逆流而上至永州，二妃因悲伤过度投湘水自尽，追随舜帝亡灵而去，现在君山上还有二妃墓。传说娥皇、女英二妃投湘水后，化作了湘水女神，后来楚国的屈原在沅湘一带流放时，根据这些传说写下了

《湘君》《湘夫人》两首著名的长诗，湘君即指舜帝，湘夫人即指娥皇、女英，娥皇、女英的忠贞也留下了'湘女多情'的典故。本朝钱起在天宝十年参加礼部主持的进士考试时，写了一首《省试湘灵鼓瑟》，诗云：'善鼓云和瑟，尝闻帝子灵。冯夷空自舞，楚客不堪听。苦调凄金石，清音入杳冥。苍梧来怨慕，白芷动芳馨。流水传潇浦，悲风过洞庭。曲终人不见，江上数峰青。'说的就是这个神话故事。"

胡安命聚精会神地听着，经父亲这么一说，舜帝的光辉形象宛如出现在自己的面前，不禁产生了强烈的崇拜感，于是吟了首《西江月》：

此际秋田念舜，三千余载南薰。光华日月照卿云，叶茂枝繁思本。

斑竹徒生旧恨，九嶷长望伤神。历山妫水觅精神，我等儿孙发奋。

胡任旭见到儿子的诗词不俗，于是就继续说了舜帝的大功大德，那究竟胡任旭说了舜帝的哪些大功大德呢？请听下回分解。

第三回　表虞舜大德大功　祭祖宗毕恭毕敬

上回讲到胡任旭给胡安命夫妇讲了舜帝的生平，接下来，他就提炼了舜帝的大功大德，他说："纵观中国历史，舜帝是黄帝之后最伟大的帝王，也是最伟大的圣人，是君师合一的典范，我们身上流着舜帝的血液，当然应该自豪，但是除了自豪之外，最重要的是要以舜帝为榜样，学习舜帝。学习什么呢？我觉得第一要学习他的大孝。不孝有三，无后为大，娶妻生子，繁衍后代，这当然是最基本的孝；谨身节用，以养父母，身体发肤，不敢毁伤，也是最基本的孝，那舜帝的大孝表现在哪里呢？那就是'天下无不是的父母'。舜帝的父亲、继母、弟弟合谋害他，舜上屋顶后他们想用火来烧死他，舜挖井洞时他们想填土来埋死他，可舜还是一样地孝敬父母。舜曾经在田里对着苍天哭泣，孟子的弟子万章问孟子这是为什么，孟子回答了两个字'怨慕'。什么意思呢，这里的怨慕，是说舜怨恨自己、思慕父母。舜面对父亲、继母处心积虑的加害，不但不计较，而且还反思自己，在他看来，天下没有父母的错，只有子女的错，父母憎恨，说明自己孝顺不够，检讨来检讨去，都找不到自己改进的方向，于是只有对着苍天号哭，舜帝的大孝就表现在这里，因此有了孝感天地、象耕鸟耘。后来孔子说：'舜其大孝也与！'第二要学习他的大德。虞舜能从一个山野村夫成为天子，不仅是靠他的聪明才智，最重要的是靠他的大德，以德服人。'舜耕历山，历山之人皆让畔；渔雷泽，雷泽之人皆让居；陶河滨，河滨器皆不苦窳。一年而所居成聚，二年成邑，三年成都。'他的帝位不是靠暴力打下来的，也不是靠谎言、阴谋、权术篡夺来的，而是以大仁大德感化天下人得来的。他能使天下人谦让，他能使天下人富裕，他能造福天下，他的心里装的是天下，他做了皇帝后，依然自耕自种，不领一分钱的俸禄，他没有任何个人的特权和私利。他在统一华夏、东夷、三苗的过程中，主要是以德感人，以德服人，从来没有主动使用过武力，所以孔子说：'巍巍乎舜之有天下者也，而不与焉！'孟子说：'大舜有大焉，善于人同，舍己从人，乐取于人以为善。'第三要学习他的大教。舜帝重视教化，推行'父义、母慈、兄友、弟恭、子孝'的五典之教，不过他不是空洞地说教，他有自己独特的方法，比如教化弟弟象，就是用劳动改造的办法。除此之外，他在中国历史上首先发明了诗歌和音乐，由此进行诗教和乐教。《乐记》中说：'昔者舜作五弦之琴以歌南风。'他的《南风歌》是这样的：'南风之薰兮，可以解吾民之愠兮。南风之时兮，可以阜吾民之财兮。'这首诗有什么用呢？司马迁说：'舜歌南风而天下治。南风者，生长之音也。舜乐好之，乐与天地同，意得万国之欢心，故天下治也。'说的是舜帝用音乐教化治理天下。另外现在还流传他的《卿云歌》，歌云：'卿云烂兮，纠缦缦兮。日月光华，旦复旦兮。明明上天，烂然星陈。日月光华，弘于一人。日月有常，星辰有行。四时从经，万姓允诚。于予论乐，配天之灵。迁于圣贤，莫不咸听。鼚乎鼓之，轩乎舞之。菁华已竭，褰裳去之。'这首诗歌体现了政通人和的盛世气象，也足以教化百官和群民，尤其他创造的韶乐，能让苗民放下刀剑，回归天真，所以孔子说韶乐是'尽善尽美'，并且听了之后'三月不知肉味'，连孔圣人都能受到感化，足以看出这种音乐的力量！第四要学习他的大政，也就是舜帝告诫大禹的虞廷十六字，即'人心惟危，道心惟微，惟精惟一，允执厥中'。这种中庸大法，由此成为历代皇帝的治国心法，成为治国的指南，短短十六个字，就包罗万有，所以孔子赞叹说：'舜其大知也与！舜好问而好察迩言，隐恶而扬善，执其两端，用其中于民，其斯以为舜乎！'从这四个方面看出，舜帝的大孝、大德、大教、大政，奠定了我们中国的道统、政统、学统，这不仅值得我们骄傲，也值得我们发扬光大！而二妃呢，不仅有妇德、妇容、妇言、妇工，而且非常机智，不仅帮助舜躲过了继母的谋害，而且在舜帝治水、平三苗过程中出谋划策，是贤妻良母、相夫教子的典范。因此作为先祖，舜帝无疑是我们胡氏男人的楷模，二妃无疑是胡氏媳妇的楷模。"

胡安命和张氏津津有味地听父亲讲舜帝的故事，不时点头赞叹。胡任旭见到儿子、儿媳能听懂他的用意，也感到欣慰。于是他继续说道："按照宗法制度来说，一族之人奉其族之贵且贤者而宗之，因此我们就奉舜帝为先祖，而不是瞽叟。舜帝只有一个儿子，那就是和女英生的商均。商均喜欢唱歌跳舞，喜欢发明器物，他发明了弓箭和舟船，这也是了不起的贡献，但舜帝觉得他在治国理政方面不如大禹，大禹治水有功，更有能力。于是舜帝出于公心，将帝位禅让给了大禹。大禹登帝位后，把商均封在了虞地，号为虞国。商均忠孝为本，谦和为用，建立虞国后，一心为民，是有道国君。商均的子孙，则'以国为氏'，即虞氏。在夏朝时，虞国成为夏朝的诸侯国，夏王少康曾在虞国国君虞思的帮助下恢复了统治，史称'少康中兴'。到了商朝末年，商均后代虞阏父投奔周文王，因虞阏父深得舜帝传下来的制陶技术，工艺精湛，担任了陶正一职，为周朝立下大功，于是得到了周文王的器重，汉朝太史司马迁曾赞叹虞阏父说：'煌煌阏父，神明之裔。职居陶正，器用是利。周武龙兴，胡公赐爵，封国宛丘，用备三恪。'这里说封国宛丘，指的是周武王夺取天下后，为虞舜、夏禹、商汤的后代给予封地，以奉先王之祀，陈国被封地的时间最早，早过立下大功的姜太公和周公。按《礼记·乐记》所述：'武王克殷及商，未及下车，封帝舜之后于陈。'可见周武王对舜帝的敬仰和重视。周武王找到虞阏父的儿子虞满封在陈地，即宛丘。宛丘这个地方不简单，曾经是一画开天、发明八卦的人文始祖伏羲氏的都城，被称为'太皞之虚'，历史悠久，算是华夏祖庭。不仅如此，周武王还将长女大姬嫁给虞满为妻。虞满亦称妫满，是舜帝的三十三世后裔，自幼聪明，年长后贤明通达，才识过人。在位期间，修筑陈城，推行周公礼教，选贤任能，励精图治，使陈国位居西周的十二大诸侯国之列。妫满在位六十年，逝世后，谥号胡公，因此亦称陈胡公，陈胡公被陈、胡两氏尊为始祖，胡氏尊之为胡公满。陈胡公的后裔王莽称帝后，追尊陈胡公为陈胡王，庙号统祖。陈胡公长子为陈申公，按照周礼的嫡长子制度，继位为陈国国君，后代以国为氏，即陈氏，陈氏后代又衍生有田、王、袁、孙等氏。陈胡公第三子则以父谥'胡'为氏，名叫胡丹，周成王在位时，胡丹担任周朝的司空，配邵氏，封夫人，生子三，为胡阳、胡孟、胡春，从此胡丹的后代即以胡为氏。因此，胡氏的真正始祖应该是胡丹，大诗人李白撰《胡氏家谱序》时说得很清楚：'阏父生满封国于陈，以奉舜祀，弥年寿考，谥号胡公，其庶子丹，以谥为姓，遂姓胡氏。'"

胡安命第一次听说了胡氏的起源，惊讶不已，就问胡任旭："那我们祭祀时的神位，应该有舜帝、商均、虞阏父、妫满、胡丹这些老祖宗吧？"胡任旭答："对啊，按照始祖位于中间、左昭右穆的规矩，在祠堂里每一位祖宗都应该有神主牌，但按照《礼记·大传》所说，'别子为祖，继别为宗。继祢者为小宗。有百世不迁之宗，有五世则迁之宗。百世不迁者，别子之后也'，因此只有嫡长子才有资格在祠堂祭祀始祖。对于非嫡长子的家庭，民间有'服穷于五世，祀止于四代'的说法，因此只祭祀家长的父、祖父、曾祖父、高祖父这四世，五世及以上，则要把神主迁到家族祠堂去，这就是'五世而迁'。如果族内还没有祠堂，就在正堂设个神龛也可以，上写'胡氏历代祖显考妣之神位'，祭如在，心里要念起这些祖宗的名字，恭恭敬敬，则祖宗在天之灵必会收到。"

胡安命连声说是，递过茶给父亲喝，胡任旭喝过茶后，继续讲起来："陈国共历 25 位国君，延续 568 年，在秦始皇统一中国前的战国时期被楚国所灭，胡氏由此也从陈国四处迁徙。到西汉时，武将胡城因功封大中大夫，被派往安定、临泾一带驻守，其后人发展成为望族。到三国时，胡城十二世孙胡遵，才兼文武，官拜魏国车骑将军，于是后人尊其为安定胡氏始祖，其实真正的始祖应该是胡城，太宗时宰相魏徵在其《胡氏世谱序》中云：'城为灵朔孙。景帝时，吴王濞反，公统兵拒之，遂擒吴王。景帝初，拜大中大夫，始迁安定之临泾，是为胡氏之始祖也。'从胡遵以后的二百多年中，安定临泾胡氏位至三公九卿及将军、太守者多达几十人，还出了两位皇太后、两位皇后，盛极一时。南北朝时期，胡遵后裔胡国珍迁居北魏京都洛阳，其女胡充华成为北魏皇太后，安定胡氏步入鼎盛期，但好景不长，盛极而衰，鲜卑人尔朱荣发动河阴事变，安定胡氏遭到血腥杀戮，骨肉分离，四处逃散，世系流传可以看唐太宗时期宰相魏徵的《胡氏世谱序》，该序中记载的最后一个人是魏徵的外甥胡学颜，也是我们的祖宗。"

胡安命听完问："父亲大人，那整个的源流是怎样的呢？"胡任旭说："那这个就是源远流长了，不过我都理清楚了。"说完他掏出一张图，边看边讲道："我们从黄帝说起，从黄帝到舜帝有九世，这出自司马迁的《史记·五帝本纪》，即一世黄帝、二世昌意、三世颛顼、四世穷蝉、五世敬康、六世句望、七世蟜牛、八世瞽叟、九世舜帝。从舜帝到妫满有三十七世，这出自李白的《胡氏家谱序》，即一世舜帝、二世商均、三世毁仲、四世珀、五世耆、六世良、七世兴、八世克、九世弗、十世虢仲、十一世宇、十二世合元、十三世丕、十四世珍、十五世玄通、十六世恢、十七世抚、十八世伯盛、十九世奢、二十世整、二十一世元则、二十二世述、二十三世愍、二十四世伸和、二十五世宝昂、二十六世志、二十七世雅、二十八世次豹、二十九世敷、三十世节、三十一世超、三十二世逊、三十三世庆、三十四世禹、三十五世文科、三十六世虞阏父（周陶正）、三十七世妫满。从胡氏始祖妫满到安定胡氏始祖胡城有二十七世，这在魏徵的《胡氏世谱序》中说得很清楚，即一世妫满、二世胡丹、三世突、四世围戍、五世宁、六世孝、七世灵、八世燮、九世围、十世鲍、十一世杵白、十二世款、十三世朔、十四世平国、十五世午、十六世弱、十七世偃师、十八世吴、十九世柳、二十世越、二十一世衍、二十二世与、二十三世贵、二十四世孟龙、二十五世灵朔、二十六世羲、二十七世城。从安定始祖城公到我有三十一世，到你胡安命有三十二世，即一世城、二世钦、三世建、四世孝先、五世沂、六世宽、七世冕、八世征、九世昌胤、十世敏行、十一世好德、十二世遵、十三世广、十四世壹、十五世忠、十六世世爵、十七世国珍、十八世麟祥、十九世履约、二十世鼎、二十一世安仁、二十二世韶、二十三世裁、二十四世凯、二十五世绩、二十六世学颜、二十七世卿、二十八世锦、二十九世泉、三十世彬、三十一世任旭、三十二世安命。"

胡安命见自己的名字跟黄帝、舜帝、妫满、胡城、胡遵、胡国珍等历史名人联系在一起，而且是一脉相承，心中豪情澎湃、血液汹涌，于是要胡任旭继续往下讲。胡任旭喝了一口茶，继续说："安命儿，我看了史书中关于家族兴衰的故事，也阅历了世上这么多家庭故事，一个家族要兴旺，还得懂得持家之道才行，我总结了四句话，'万恶淫为首，百善孝为先，耕读传家久，诗书继世长'，希望你把这四句话一代代传下去！"胡安命赶紧把这四句话抄了下来，看到父亲讲了这么多，胡安命夫妇真有"听君一席话，胜读十年书"的感觉，想不到平日里不善言谈的父亲，心里却藏有这么多的话，真是一份沉甸甸的财富啊。两个月后，胡任旭就去世了，享年八十岁，生在洛阳，死在邵阳，安葬在佘湖山。

胡安命料理完父亲的后事，就开始谋划其家族的事来，"国之大事，在祀与戎"，那家之大事呢，胡安命觉得应该也是两个字："祭与生"，这个"祭"当然是慎终追远、祭祀先人；这个"生"当然包括生人和生财，有生方致祭，有祭方催生，祭为阴，生为阳，一阴一阳之谓道。胡安命觉得《易经》一书死记硬背了这么多年，只有付诸日用，才能豁然贯通。而俗话说："人生不满百，常怀千岁忧"，胡安命也深刻体会到了这点，千年后，我胡安命就是几十万子孙的开基始祖，这当然是一种哀荣，但是怎样才能做到一代一代传下去呢？而且传的子孙越来越多、越来越贤良呢？因此这无疑也是千岁、万岁的担忧呢！比如祭祀，皇室有太庙，皇帝可以去太庙祭祀列祖列宗，而在民间，大的家族也有祠堂行祭祀之礼，可自己目前还没有那个实力，胡安命想，就在家中做一个神龛吧，列祖列宗有神通，可跨山越海，万里一瞥，只要焚香祷告，祖宗们就会感应，来到神龛的。

胡安命于是在靠近客厅饭桌的墙壁上，高高地规划了一个神龛之位，他请来当地有名的木匠，花了两年时间精雕细琢，神龛终于打造而成，庄严地立在饭桌的上方，神龛上方悬有"源远流长"四个大字，神龛正中写"有虞妫姓安定胡氏历代祖显考妣之灵位"十七个大字，左右两边挂有两副对联，内联云："虞宗世泽润秋田万世；安定家声振资水千秋。"外联云："神来宝地，自历山跨淮海，飞安定越洛阳，资水秋田堪毓秀；龛聚祥光，祖舜帝法胡公，振家声承世泽，文韬武略足钟灵。"

神龛落成后，胡安命正好选择了冬至祭祖的晚上，请来村里长老作为执事者，并请来了鼓乐队，点香点灯，安排张氏准备一桌丰盛的饭菜，猪肉、鸡肉、鱼肉三牲备好，酒饭盛好，并准备好钱纸和鞭炮，胡安命站中间，八个儿子恭恭敬敬地肃立两边，只听得执事者赞唱道："序立，执事者各司其事，声炮，主祭嗣孙就位，陪祭嗣孙皆就位，诣盥洗所，盥洗，授巾，盥毕，复位，鞠躬，跪，皆跪，叩首三，兴，平身，主祭嗣孙诣香案前，跪，皆跪，上香，焚香，酌酒，俯伏，司祝者读祝文。"

这时胡安命拿出祝文来读道："物本夫天，人本夫祖。冬至恰逢，思念先祖。初次相逢，恭敬如睹。神聚于龛，嗣盈于户。某等无状，复见天心。爰陈牲醴，昭告惟寅。诗书礼乐，俎豆常新。尚飨。"

读完，执事者接着赞唱道："兴，平身，复位，主祭嗣孙诣先祖考妣前，行初献礼，跪，皆跪，献爵，奠酒，献箸，献馔，叩首一，兴，平身，复位，司爵者撤酒，主祭嗣孙诣先祖考妣前，行亚献礼，跪，皆跪，献爵，奠酒，献箸，献馔，叩首一，兴，平身，复位，司爵者撤酒，主祭嗣孙诣先祖考妣前，行三献礼，跪，皆跪，献爵，奠酒，献箸，献馔，侑食，点茶，叩首一，兴，平身，复位，鞠躬，跪，皆跪，叩首三，兴，平身，焚楮钱，焚文，打卦。"这时，胡安命右手拿起一副卦，轻轻地向空中抛开。

这个仪式叫打卦，话说阳间的后代要与阴间的祖宗交流，除了做梦之外，这打卦也是另外一种阴阳沟通的方式。相比伏羲八卦、周易六十四卦，这邵州梅山一带的卦只有三卦，即阳卦、阴卦、圣卦，相传是蚩尤打仗时占卜传下来的，颇是灵验。卦具是一对"半羊角"，羊角一面为平，表示阳，另一面为曲，表示阴。将一对卦抛出去落下来，有三种可能，两面为阴则为阴卦，表示接受；两面为阳则为阳卦，表示未能领受；一阴一阳则为圣卦，表示保佑，因此也叫保卦。孔子云："祭如在！"祭祀祖宗就好像祖宗健在，请祖宗喝酒吃饭，吃完还要打发钱财，但祖宗来无影、去无踪，如果想知道祖宗领受了钱财没有，就可以从卦象看出，如果是阴卦，表示阴间的祖宗已经领受。但是如果出现阳卦或者圣卦，则需要对着神位检讨忏悔，是不是哪里没做到位，是不是时间晚了，是不是有谁没到，等等。说一条，再打一次卦，直到打到阴卦为止。

当然，如果接下来想咨询祖宗以占卜吉凶，比如问事业、功名、前程、婚姻等等，那也是可以打卦的。这时卦象的含义就有所不同，阳卦是吉，阴卦表示不吉，圣卦则表示拥护，但吉凶未明。几千年来，梅山这一带人人都会，面对不可知、不可测的事物，都是通过打卦来与神交流。

当日，胡安命对着神位请祖宗享用佳肴、领取钱财，一卦打下去，即得阴卦。然后又请祖宗保佑全家身康力健，无灾无难。又打了一卦，即得圣卦。胡安命见卦打得好，满心欢喜。然后听到执事者赞唱道："辞神，礼毕，撤馔，退位。"于是祭祖圆满结束。

"祖宗虽远，祭祀不可不诚！"胡安命第一次祭祖，觉得这一套礼仪非常好，斯道在兹啊！于是每逢初一、十五、除夕、清明节、中元节、胡彬胡任旭的生日忌日，总是带上八个儿子，上香，备菜，跪拜，烧纸，放鞭炮，围绕着神龛这个庄严神圣的地方，胡安命作为一家之主，尽可能地将胡氏家学言传身教，八个儿子也非常守礼，尤其是才两岁多的胡曾，跪拜有模有样，一丝不苟，令胡安命欣慰。而随着胡曾日渐长大，其表现则更让胡安命惊奇了。

欲知胡曾有何让人惊奇的表现，请听下回分解。

第四回　三年览古今诗赋　七岁效枚叟文章

上回说到胡曾有让胡安命惊奇的地方，首先是非常安静。这胡曾在娘肚子里安静，生下来也安静，夜间不哭，晚上不闹。其次是有轩昂之气，白天坐在竹椅里，面相老成，若有所思，如大人之坐轩驾，顾盼自若。见此，胡安命和张氏就给他起了个"静轩"的小名。再次是非常懂礼貌，静轩两岁就能走路说话了，虽然得到七位哥哥的照顾，但是一点也不娇气，平时在家总是喜欢做母亲的帮手，农忙时节就会给父母送饭送水，碰到好吃的东西，总是先让给父母吃，父母不吃就让给七位哥哥。再次就是认字很快，到三岁时，就能认得几百字。再次就是读书记性好，数行并下，过目不忘。静轩六岁时，就已经把《诗经》三百零五首和屈原的骚赋背得滚瓜烂熟，尤其喜欢读屈原的《离骚》《湘君》《湘夫人》，经常一个人在竹山湾的小溪边吟诵。到七岁时，枚乘、司马相如、扬雄的汉赋，三曹、陶渊明、谢灵运的诗，王勃、李白、杜甫的诗文，以及司马迁的《史记》，基本上都能过目不忘，其他杂书，也是来者不拒。最后就是书法也有模有样，静轩三岁就开始练习隶书，写出的蚕头燕尾飘逸灵动，格调高雅，令人赏心悦目。当然最让胡安命称奇的是，静轩能写诗文了，而胡安命二十岁时也未能写出这种诗文。

静轩能写诗文的事，还得从他放牛说起。静轩生长在典型的耕读农家，读书之余，当然是要干农活的，不过因为静轩是老八，上面有七个哥哥，因此只安排了放牛。在六岁时，胡安命给了静轩一头黄色的母牛，从此，静轩就成了一名放牛娃。刚接手时，母牛瘦得皮包骨头，浑身都是牛粪，眼屎也多，苍蝇缠绕了一身。静轩见此，让父亲把牛栏清理了一遍，铺上新稻草，把牛牵到河边，洗得干干净净，用梳子把牛毛梳理得整整齐齐。然后每天放牛两次，清早，静轩把牛牵到河边去吃露草，下午就跟村里的同伴们把牛放到山上，自己把嫩草割下来，用篮子装好，晚上给牛加餐。

经过一年的精心饲养，这头牛面目一新，毛发光亮，身体粗壮丰满，憨厚的大黑鼻，水汪汪的大眼睛，走起路来悠然有神。而且每次看到静轩，似乎见到朋友一般，殷勤温柔。而静轩看到它，也是相见甚欢，总要嘘寒问暖，摸摸这，摸摸那。最奇妙的是，静轩有时拿着书本在它面前背诵诗歌时，这头牛似乎有所感悟，频频点头颔首，听到好诗，竟然会摇头晃脑，似乎想表达什么呢！静轩见此，颇有相知的感觉，于是就想给它起个名字。他翻了翻书，觉得"晓琴"不错，于是就在人前人后把"晓琴"叫唤了起来，叫多了，这头牛也灵通了，如唤人一般，每次听到"晓琴"，它都会抬头注目"哞"一声，殊是可爱。

胡安命见此，就问静轩为什么起这样一个名字。静轩说："这是一个典故，三国时牟子写了本《理惑论》，里面有个'对牛弹琴'的故事，原文是：'公明仪为牛弹清角之操，伏食如故，非牛不闻，不合其耳矣。'我觉得公明仪面对的牛可能是一头凡牛，而我们家的牛是能通晓琴声、听懂诗歌的呢！故名之'晓琴'。父亲大人，您觉得如何？"胡安命也听说过"对牛弹琴"这个成语，但是不知道出处，经静轩这么一讲，觉得自己读书还是没有静轩这种钻研精神，怪不得自己考不中功名呢！当下说可以，但是提了个要求，要静轩以"晓琴"为题做首诗。

静轩虽然背诵了很多诗，有时候还能脱口而出地引用，可是还没写过一首诗，既然父亲出题了，那当然要试一试。诗当然要押韵，唐朝的官韵为隋代陆法言所著的《切韵》，分193韵，其中平声54韵，上声51韵，去声56韵，入声32韵。静轩打算以"琴"为韵，查了韵书，有"侵寻浔临林霖针箴斟沈心琴禽金音阴岑森……"可押，于是用树枝在地上慢慢地写了起来，大约一个时辰，诗写出来了，要胡安命看，诗云：

吾家有美女，雅号曰晓琴。朝饮一溪露，夕别百花林。
吟诗知雅意，同伴少知音。疑为天上客，凡间何处寻。

胡安命端详了很久，心中自然暗喜，想不到静轩小小年纪就能作诗了！仔细观察此诗，韵押得准，虽然不是五律，但是也算五言的古风。关键是意境不俗，有点高雅的韵味。"有出息啊！"可胡安命这句话刚到嘴边，又咽下去了，因为他忽然想起一件事来。

那是静轩爷爷说过的关于女诗人薛涛的故事。薛涛八九岁就懂诗歌音律，有一天她父亲指着院中的一棵大桐树，说出前两句诗："庭除一古桐，耸干入云中"，要薛涛接下两句，薛涛马上应声道："枝迎南北鸟，叶送往来风。"面对薛涛的敏捷才思，薛父暗暗称奇，但转眼就生出忧虑来，因为后两句诗有明显的轻浮之意，属迎来送往的风尘女子口吻。后来的事实证明，薛父的担忧不是杞人忧天，成年的薛涛变成了一个交际花，周旋于权贵才子之间，给韦皋、元稹做过红颜知己，终身未嫁。胡安命看了此诗，隐约也有点担心，静轩会不会是个情种呢？"爱河千尺浪，情海万重波！"要是个情种就麻烦了，这家国的重任就没希望了！

胡安命于是想再探探，他说："静轩，你把我家的这头母牛比作美女，有点诗意，那你能不能给所有的牛，也就是牛这种常见的动物写一首呢？你今晚想一想，明天写给我看看？"静轩觉得这个题目有点难度，比刚才的要抽象很多，要找出所有牛的共同点才好下笔。不过，静轩觉得只有多写，写出来多跟名家比比，这样才能提高水平，于是他一口答应。

静轩吃过晚饭后，就开始构思起来，他首先想到了骆宾王七岁时写的《鹅》，其诗云："鹅，鹅，鹅，曲项向天歌。白毛浮绿水，红掌拨清波。"这首诗节奏明快，朗朗上口，好像一幅画一样，红色、白色、绿色交汇，鹅的形象栩栩如生地刻画在了读者的眼前。但是细细品味，静轩觉得，除了生动地刻画了鹅的形态外，没什么哲理，没给人什么启迪，不过其形式是可取的，那就是短小精悍。静轩觉得自己要写牛，就要加点思想进去才行，他连夜看了看历史书，看到了田单用火牛阵复国的故事，又看到了老子骑青牛出函谷关的事，于是就有了基本的思路。第二天早上一起来，照《鹅》的格式吟了首《牛》，诗云：

牛，牛，牛，耕地属小酬。
田单因复国，西伴老聃游。

静轩用隶书工整抄好呈给了父亲胡安命，胡安命接过这首诗一看，觉得这首诗老成了很多，还用到了典故，也有见地，之前薛父式的担心当然也没有了，字迹也工整，笔法、章法虽然有点稚嫩，但是也有沉稳之气，诗书相配，相得益彰，心底也确实有点佩服，但嘴里只是说了声："马马虎虎，还可以！"

静轩见父亲没有夸自己，觉得诗是不是太短了？他想起了枚乘的《七发》，于是想效仿《七发》写一篇关于"牛"的汉大赋。枚乘的《七发》采用主客问答的形式，连写七件事，刘勰在《文心雕龙》中说："枚乘摛艳，首制《七发》，腴辞云构，夸丽风骇。"从此枚乘成为文章领袖，其"七体"体裁引来后世纷纷效仿，其中的名篇有傅毅《七激》、张衡《七辩》、崔骃《七依》、马融《七广》、曹植《七启》、王粲《七释》、张协《七命》，但是正如刘勰所说的"自《七发》以下，作者继踵。观枚氏首唱，信独拔而伟丽矣。"静轩把这些"七体"文都找来看了一遍，半个月后，腹稿打好，于是行云流水般写下了《七牛》，文曰：

秋田有静轩者好牛，以晓琴名之，似破"对牛弹琴"之古典也，并作诗赞之，比之美人也。邵州城有陈叟闻之甚诧，渡河而问之曰："牛者畜生也，食草饮河，横蛮无礼，屎尿随身，何以尊之若是？"静轩对曰："君之所见者表，未及里也，牛之为尊，兹事体大。且容予效枚叟七发而言之。凡人生百味，令人难却者，牛肉也，真乃盘中珍馐，比之鸡鸭猪犬者，其味之鲜美足十倍有余！安中益气，强筋健骨，亦凉补之大药，此其一也。"

陈叟曰："然，大宴者必有牛肉也。其二为何？"静轩曰："君乃识字翁也，牛立于地者何字也？'生'字也，生者天地之大德也，仓颉造'生'字不选龙马，独选牛，亦知牛大生之力也，此其二也。"

陈叟曰："然，民以食为天，稻为食之首，牛耕然后民方可种地，牛之功大也！其三为何？"静轩曰："周礼云，凡祭祀，共其牺牲。何谓牺牲？牺者，纯色牛也。牲者，祭天地宗庙之牛也。国之大事，在祀与戎，由此知牛之关乎国事也。"

陈叟曰："然，庄周亦云，子不见郊祭之牛乎？衣以文绣，食以刍菽。

由此知牛之尊也！其四为何？"静轩曰："牛具神通也，昔陶侃微时，丁艰，将葬，家中忽失牛，一老父云，所失牛眠山污中也，此地若葬，后辈位极人臣矣，陶侃如是做，后果发迹也。牛眠之地，岂不尊乎？"

陈叟曰："然，牛眠佳城，封侯拜相，真实不虚也！其五为何？"静轩曰："昔牛郎得七仙女，缘于老牛藏仙女之衣。后得一年一度鹊桥之会，亦缘于老牛飞升之力，牛岂凡庸哉？"

陈叟曰："然，牛郎织女千古佳话，赖牛之智且力也！其六为何？"静轩曰："昔乐毅伐破齐，齐所剩即墨亦遭围，田单乃收城中千余牛，为绛缯衣，画以五彩龙文，束兵刃于其角，而灌脂束苇于尾，烧其端，成火牛阵而破燕军，不亦伟乎？"

陈叟曰："然，牛能助齐之复国，功莫大焉！其七为何？"静轩曰："昔紫气东来，老君出函谷，所骑者何？青牛也！青牛所载者何？圣人也！圣人所载者何，道也！故青牛载道也！道启孔丘，亦化释氏，遂成文明，牛不牛乎？"

陈叟如醍醐灌顶，叹曰："牛也，牛也，妙哉，妙哉。"悟道欢喜而去。

静轩者，秋田之七岁放牛童也。彼童言之无忌兮，会枚叟于同题。暮诵风骚于陋室兮，朝牧黄牛于清溪。不若伍员与屈原兮，唯美伯夷之采薇。览秋田之厚稻兮，欣春山之萋萋。叹韶音之远兮，穷天人而不迷。

静轩写完这《七牛》之赋，觉得如释重负，竟然美美地睡了一个大觉。第二天，他工工整整地用隶书抄写给了父亲胡安命看。胡安命看了一遍又一遍，心中暗暗称奇，何止"青出于蓝"之喜！但考虑到"父子之亲，不可以狎"，于是说道："静轩，你的诗文进步很快了，七岁能写七体，也是不错了，只是相比枚乘七发之博大，这篇赋还是显得有点单薄，希望继续用功哦！"

静轩见父亲给了鼓励，心里当然也高兴，于是更加用功，所谓"马不加鞭自奋蹄"是也！静轩能读书，好读书，天资聪颖，过目成诵，他的哥哥们要读几遍才能背，他读一遍就能背了，而且不用"三更灯火五更鸡"，这也算是天赋异禀吧。胡安命觉得静轩是读书种子，也到七岁了，将来还是要参加科举考试，还是要走"学而优则仕"之路的。而自己曾经自学，连县试都没通过，因此不能让静轩走自己的老路了，还是要去官学读书才行。胡安命于是让静轩重点读《五经》及《五经正义》《孝经》《论语》，静轩记忆力好，虽然个别字句不理解，但也背得滚瓜烂熟。这样过了一年，胡安命安排静轩去参加邵阳县试。

欲知静轩县试结果如何，请听下回分解。

第五回　县试夺魁怜九岁　衙门对字服二官

上回说到静轩准备参加县试，按照中国自古以来的户籍管理办法，一般户籍在哪里，就在哪里读书和参加考试。话说这秋田村，在今天属于湖南省邵阳市邵阳县长阳铺镇，而古代的行政区划却有差别。在秦朝时，邵阳这块地方属于天下三十六郡之长沙郡，西汉时属于长沙国昭陵县，东汉时属于长沙郡昭陵县。到了唐朝，虽然还是照秦始皇中央集权的郡县制，但是称呼却不同了。中央有三省六部，三省即中书省、门下省、尚书省；六部即吏部、户部、礼部、兵部、刑部、工部。地方有道、州、县三级，唐太宗曾分天下为十一道，后来唐玄宗则分天下为十八道，当时的邵阳这块地方属于江南西道的邵州所统辖，江南即长江以南，江南西道的治所在洪州，即今天的江西南昌。江南西道领十九州，即宣、饶、抚、虔、鄂、江、洪、袁、吉、澧、朗、岳、潭、衡、郴、邵、永、道、连，这十九州包括当今江西、湖南的大部分地区，还有广东的连州，州有时也改为郡。在这十九州郡中，位于当今湖南的九州郡有：潭州长沙郡、衡州衡阳郡、岳州巴陵郡、澧州澧阳郡、朗州武陵郡、郴州桂阳郡、永州零陵郡、邵州邵阳郡、道州江华郡。安史之乱后，唐朝为加强军事控制，于唐代宗广德二年（764 年），于衡州置"湖南观察使"，领衡、潭、道、邵、永五州，从此在中国历史上，第一次有了"湖南"之名，大历五年（770 年），"湖南观察使"迁移到潭州，即今天的长沙市。

唐朝时的邵州全境有多大？据宋朝的《太平御览》记载，东西为 470里，南北为 376 里，有一万八千户，户是纳税单位，其中有的大户人口很多，五代同堂者合计有几百口，小户最少也有五六口，按平均十余口计算，至少有 20 万人，下辖两个县：邵阳县和武冈县，邵阳县约辖今天的邵阳、邵东、新邵、隆回、新化、洞口等地，武冈县则大约辖今天的武冈、新宁、城步、绥宁、广西桂林等县，当时的秋田村属于江南西道邵州邵阳县。"邵阳"这个名字的由来，则是邵阳县在邵水的北面，古代称"山南水北"为阳，所以称之为"邵阳"。因此静轩要上学和参加考试，则只能在邵阳县学。

当时的教育体制是个什么样子呢？唐朝非常重视教育，通过学校培养人才，通过科举考试选拔人才，于是就可以实现唐太宗所谓"天下英雄尽入我彀中"的梦想。所谓科举，就是分科举士，虽然科目很多，但是最受社会重视的是明经和进士两科，因为这两科出来就可以做官。明经科主要考对儒家经典的记忆，比较容易，进士科主要考诗赋和政论，难度大得多，但是含金量高，很多宰相都出自进士科，因此最受学子青睐。参加科举考试的生源有两个，一是生徒，即由官学保送者；二是乡贡，即经州县考试选拔的自学者。

官学分为中央官学和地方官学，中央官学称"六学二馆"，六学指国子学、太学、四门学、律学、书学、算学，隶属于国子监，二馆指弘文馆、崇文馆。

唐代设有西京长安和东都洛阳两个国子监，国子监的门槛很高，都是权贵子弟，其中国子学收文武三品以上高级官员的子孙，限300名；太学收文武五品以上中级官员的子孙，限500名；四门学收文武七品以上低级官员的儿子，限500名，又收地方庶民中的俊秀青年，限800名；若是"八品以下及庶人通其学者"，只能进书学（书法）、算学（财经、历法、天文）、律学（法律）。弘文馆、崇文馆属皇亲国戚的贵族学校，收皇帝、太后、皇后亲属和宰相等高级官员的儿子共50名。这些学校学生的衣食住行均由朝廷负担，入学年龄为14岁到19岁，教学内容主要是儒学九经，分为大经、中经、小经三类，大经《礼记》《左传》学三年；中经《诗》《周礼》《仪礼》《易经》学二年；小经《尚书》《公羊传》《穀梁传》学一年半；大经和中经是分班必修的，小经作为选修，《孝经》《论语》作为公共必修。

地方官学包括道学、州学和县学，学校主要收地方官员及中小地主的子弟，人数在20至50人左右。经考试，县学学生可升州学，州学可升道学。

从唐朝的教育体制看出，"上品无寒门，下品无士族"的阴影还很浓重，寒门子弟虽然有机会脱颖而出，但是非常艰难，而且唐朝的官员数量本身就少。唐太宗上位之初，为了解决"十羊九牧、人浮于事"的臃肿机构，曾从皇室下手，裁减冗员，以身垂范，最终中央政府只留下了 643 名官员，合计地方官员，全国也只有 18000 名官员，实现了"3000 民养 1官"的高效率行政，大大减轻了老百姓的负担，因此实现了"贞观之治"。唐朝官员数量如此之少，权贵子弟当官的机会都不大，寒门子弟就更不用说了。

不过，既然唐朝科举为老百姓开了一扇门，民间的热情还是有的，作为第一步的县学，也有很多人报考。县试就是进县学读书的入门考试，也就是后来朝代的童子试，成绩优秀的才可以录取。静轩八岁那年，胡安命打听到邵阳县第二年二月初十举行县试，于是就联系了当地一位廪生作保，又联系了四位读书人，五人一起报名。

当时邵阳县和邵州同城而治，初十那天，胡安命带着静轩从秋田出发，走了十里路就到了资江渡口，然后坐船渡江。这邵州城东、西、北三面环水，资江和邵水在这里交汇，东西长两里，南北宽一里，有四个大门，东门朝天门、西门安定门、南门大安门、北门丰庆门，他们两个就从西门入城，走过洙泗街，就来到了邵阳县学。县学环境清幽，自成一体，院内为宫殿式合院建筑，古树森森，飞檐走阁，自南向北中轴线上，有儒学门、文昌阁、明伦堂，轴线两边，有校士馆、土地庙、阅卷所等，小桥流水，令人心旷神怡。

这次考试设在明伦堂后的射圃，大约有五六百人，年纪大的有三四十岁，一般为十五六岁，像静轩这样九岁左右的就那么几个。考试分为四场，第一场默写五经，第二场是解释经书，即孔颖达《五经正义》的内容。这两场考试对于静轩来说，如探囊取物，轻松完成了。

第三场是作诗，要求写一首关于资水的七绝。七绝四句二十八个字，看起来容易，但是做起来难，要高度概括，又要讲平仄押韵。然而难度还是其次，所谓诗言志也，最难的是要有意境和胸怀，能给考官以情感和精神上的触动。静轩喜欢寻根悟道，懂历史地理，知道这资水是入洞庭湖、然后出洞庭湖、入长江入东海的。静轩觉得，作为邵阳人，其志向不是跟这资水一样吗？要源远流长，要入湖出湖，要入江入海，要有江海之量，要有江海之心！静轩想到这里，于是豪气油然而生，下笔写了一首《资水吟》，诗云：

> 资水幽幽万万年，方来童子赋诗篇。夜来古月邀星舞，东海波涛亦不眠。

第四场是策论，题目是《人能弘道论》，要求写一篇骈赋，这当然是最难的了。骈者，两马并行也，骈赋讲求对偶而行文，如王勃的《滕王阁序》，这种文体唐太宗最喜欢，朝廷公文都采用骈赋，所以也就成为科举必考，虽然中唐的韩愈发起了古文运动，但是影响并不大，因此这次的县考还是需要写骈体。静轩结合自己写过的汉赋《七牛》，心底有了主意，于是洋洋洒洒地写了起来，文曰：

> 子曰，人能弘道，非道弘人，信哉斯言！何也？道广大而精微，理高明而中庸，大者见大，小者见小也。江河致远，故曰智者乐水；岭岳攀高，因之仁者乐山。涉水登高，乃开智仁之怀；经时历世，方悟圣贤之道。学而不思则罔，思而不学则殆，思学并进，道理渐开。故人能弘道，道自人弘，真实不虚也。小子不才，以牛言之可也。牛者，食草山间河畔，耕田乡下里中。闻琴而不知乐，遇人而不知礼。屎尿随身而不洁，冷暖不顾而无衣。与鸟并为禽兽，同马并为畜生。此凡夫之视牛，非文士之格物。人心有灵，道心有光，用心格物，则可察表里精粗，明全体大用。牛立大地乃生字，知牛之力；牛衣文绣曰牺牲，美牛之尊。陶侃微时，牛眠地卜富贵；董永穷时，牛计策娶仙姝。田单因火牛阵复国，老子骑青色牛化胡。庖丁解牛，启发庄周之智；秦国灭蜀，戏弄金牛之途。牛之大用，小扣小鸣，深探深得也！小子悟道，发前人所未闻；大人传道，期来者之无限，大道能弘，永无止境也。

静轩步步为营，层层推进，一气呵成，不过心中觉得驾驭骈赋，还显得力不从心，心中也不免忐忑。

交卷后，胡安命问起考试情况，静轩于是把自己的诗和赋说给了父亲听，把对骈文的担忧也说了。胡安命一听这诗，觉得静轩口气太大了，恐怕很难得到考官的喜欢，心想静轩这次可能考不上，父子两人于是毫无欣喜之色。回到秋田后，静轩还是跟平常一样，放牛看书，手里拿的书，现在是一本唐太宗以来的骈赋集子，家里人觉得静轩才九岁，考不上不出奇，如果考上了才是传奇。因此还是日出而作、日落而息，生活照旧，一切如常。

一日，报名时作保的廪生来到秋田村，告知胡安命说县试已经放榜，并约好其他四人一起去邵州城看榜。胡安命说不想去，要廪生代看一下。正在这时，来了县衙的两个衙役，在打听胡曾是谁，胡安命说是犬子，没想到两人拱手道喜，说胡曾此次县试夺得了邵阳县第一名。胡安命一阵惊喜，赶紧沏茶，并安排张氏做饭。衙役说不吃了，知县正在县衙等着和胡安命父子一见呢！胡安命当然不敢怠慢，赶紧带着静轩赶往邵州城。

出来接待的是尹学官，也是此次的出题考官，见静轩骨骼清奇，眉清目秀，儒雅有礼，觉得文如其人，于是对静轩说："静轩，这次的诗和赋写得好啊！我们知县李大人看了你的卷子，正想见你呢！"于是就领着去见知县，知县名叫李川，进士及第，非常爱才，他把静轩的考卷看了几遍，觉得是个人才，现在见了静轩器宇不凡，更加相信自己的眼光了，李知县说："静轩，你这次考试的诗和赋都做得很好，尤其是那首诗，有志气！胡先生，静轩的志气不小啊，他不仅要光大你们古月胡氏，而且要光大我们邵州啊！本官在此多年，常感寥落，邵州这蛮荒之地，资水这偏僻之河，如果没有一个名人出来，天下谁晓？神州谁知？一方之榜样何来？一方之文谁化？静轩是好样的，努力吧，光宗耀祖，光县耀州。"胡安命见知县如此看重静轩，连忙说："犬子不才，请知县大人多抬爱多指点。"静轩也连忙作揖道谢。

话说这文人初次见面，当然会来点"以文会友"的游戏，以探探彼此学问的深浅。知县夸完后对静轩说："静轩，你今天来县衙，我们来对个对子，如何？"静轩知道知县想探探他的临场发挥水平，于是也不慌不忙地拱手说："回禀大人，对对子可以，只是小生出身荒村草莽，年少轻狂，怕出言不逊、不知轻重而冲撞了大人呢！若是，请大人原谅。"李知县说："但对无妨，我出上联，你对下联，你听好了，我的上联是：'天若有情天亦老。'"静轩一听，心想："这不是李贺《金铜仙人辞汉歌》里的句子吗？'衰兰送客咸阳道，天若有情天亦老。携盘独出月荒凉，渭城已远波声小。'怎么对呢？这诗句中恰好有个'月'字，那我就拿'月'字来对'天'吧！"静轩于是脱口而出说："大人，我的下联是：'月如无恨月长圆。'"李知县听完大吃一惊，因为这个对联有人要他对，几十年他都没对出来，想不到静轩竟然随口而出，文字对得这么工整，意境对得如此融洽，心里不禁啧啧称赞，但他又想，这静轩是不是看到谁对过而记下来了呢？心中有疑惑，于是对静轩说："静轩对得很好，我们再来对一个，你是秋田的，那我出'秋'字，你来对'田'字，好吗？你听好了，我的上联是'香酥两可依火候。'"

静轩一听，觉得这个对子难度很大啊，香字拆开是"禾日"，酥字拆开是"酉禾"，"两可"就是"香酥"两个字都包含"禾"，"禾"依"火"就是"秋"字，上联的意思也符合常理，食物既要香又要酥，关键火候要把握好！静轩的下联是个"田"字，怎么对呢？

忽然灵光一闪，静轩想起《孟子·告子下》的"舜发于畎亩之中"这句话，"畎"字和"亩"字拆开都有"田"字，于是对道："畎亩一同忆韶音"。

李知县和尹学官一听，觉得静轩真是对得又快又好，不仅平仄、词性对得工整，而且下联的意境比上联要高雅，上联讲吃，下联讲到舜帝的德治了，九岁孩童能有如此文才，将来前途不可限量啊！知县于是对静轩说："对得好，对得妙，志存高远，心怀雅洁，希望不断努力，为邵阳争光呢！"尹学官也佩服静轩的文藻和胸襟，于是安排静轩的入学事宜。

胡安命父子赶紧谢过李知县和尹学官，高高兴兴回到了秋田村。静轩夺魁的消息在秋田、长阳铺一带自然引起轰动，乡里、村里的人都来贺喜，其中对对子的事，也在乡间不胫而走。

静轩九岁夺得县试第一名，顺利考进县学，这县学里主要教什么、学什么呢？请听下回分解。

第六回　邵州城五经细读　桑梓地二景初题

上回说到静轩通过县试，成为了一名生徒，从此，静轩不再是一个放牛娃，要到邵州城读书去了。这县学读十天放一天假，叫旬假，还有田假和授衣假，各放一个月，分别是农历五月收割庄稼和九月准备过冬衣服的时候。静轩讲孝道，每次放假回来，都会帮父母去干农活。虽然在邵阳县学读书，静轩不用花家里一分钱，学费、书本费和食宿费全部由朝廷包了，但静轩还是同情父母辛劳的。

邵阳县学当时有三十名同学，有一名博士和一名助教，主要学习孔颖达编纂的《五经正义》，为什么学习《五经正义》呢？因为孔子在世时，曾编有六经，即《诗经》《尚书》《礼记》《周易》《乐经》《春秋》，秦始皇"焚书坑儒"后，《乐经》失传，只剩下了五经。汉武帝"独尊儒术"后，设置五经博士，专门负责经学的传授，从此儒学及其《五经》地位陡升，当然中国的教育也因此围绕着五经转，"学而优则仕"，五经成为学子的晋升之梯，也成为王朝选用人才的考试之门。从汉朝到唐朝，虽然历经战乱和朝代变迁，但是五经以及以五经为核心的道统还是传下来了，不管谁做皇帝，都拿五经来治国。

但到唐朝时，由于距离孔子已年代久远，对于五经的"微言大义"于是出现了"仁者见仁、智者见智"的局面，对五经的解释也因此五花八门、莫衷一是，唐太宗看到这种情况，于是安排孔子后裔孔颖达来编纂《五经正义》，所谓"正义"，就是依据传注而加以疏通解释，以统一学术。孔颖达如何统一的呢？这要先来看看这五部经书的传递过程。

第一部经书是《诗经》，《诗经》的作品大概处在西周初年到春秋中叶的五百年时间里，周朝专门设有采诗之官，也叫风人。每年春天，风人摇着木铎深入民间收集歌谣，整理后交给周朝太师谱曲，演唱给周天子听，以了解民意，利于施政。《诗经》一书则为周宣王时的太师、尹国的国君、尹姓始祖尹吉甫汇总，后来经孔子编订而成书，合计 305 首，号称"诗三百"，分为《风》《雅》《颂》三个部分。不过也有说孔子删诗，将 3000 多首删成 305 首。孔子删诗的依据是什么呢？大概可以从孔子"诗三百，一言以蔽之，思无邪"这句话看出来，那些有邪念、不符合周公礼法的淫诗可能就被孔子删除了。孔子非常重视诗，置《诗经》于六经之首，在杏坛时即以《诗经》教育学生。其学生子夏，也叫卜商，对诗的领悟力最强，所以孔子命他传诗。于是孔子传给卜商，然后卜商传给鲁国人曾申，曾申再传给魏国人李克，李克再传给鲁国人孟仲子，孟仲子再传给根牟子，根牟子传给赵国人荀卿，荀卿也就是著名的荀子，荀卿再传给战国末年鲁国人毛亨，毛亨作训诂传，然后传给侄子毛苌。史称毛亨为大毛公，称毛苌为小毛公，也是韶山毛氏的祖宗，由毛家传下来的《诗经》则为《毛诗》，《毛诗》对 305 首诗的每篇都做了序，以阐释本篇内容、意旨，后人称为《毛诗序》或《诗大序》。到了东汉，郑玄又针对《毛诗序》做了《毛诗传笺》，传是对原诗的解释，笺是对于传的解释。到了唐朝，就由孔颖达对毛诗做疏，疏则是对于笺的再解释，孔颖达最后成书《毛诗正义》。

第二部经书是《尚书》，相传《尚书》为孔子编订，孔子晚年将从上古时期的尧舜一直到春秋秦穆公时期的各种重要文献资料汇集在一起，选出 100 篇，编成《尚书》，作为教材传授。秦始皇颁布焚书令后，原有的《尚书》抄本几乎全部被焚毁。汉初，秦博士伏生口传《尚书》29 篇，史称《今文尚书》。后来汉景帝之子鲁恭王刘余在拆除孔子故宅一段墙壁时，发现了另一部《尚书》，史称《古文尚书》，经过孔子后人孔安国的整理后，篇目比《今文尚书》多 16 篇。东晋元帝时，一个叫梅赜的人献出《古文尚书》及《孔安国尚书传》，这部《古文尚书》比《今文尚书》多出 25 篇，又从《今文尚书》中多分出 4 篇，而当时今文本中的《秦誓》篇已佚，所以古文与今文合共 58 篇。到孔颖达奉诏撰《尚书正义》时，采用的就是这个古今文混合的本子，并采用了《孔安国尚书传》，认为"其辞富而备，其义弘而雅"。

第三部经书是《礼记》，据传为孔门七十二贤人及再传弟子所作，孔子六经中的《礼》即后来所称《仪礼》，主要记载周代的冠、婚、丧、祭诸礼的"礼法"，不涉及"礼义"，孔门弟子在习礼的过程中，就记载了孔子及弟子关于"礼义"的言论，这些言论传到西汉，由戴圣编成《礼记》，东汉时郑玄为其做注，孔颖达由是做《礼记正义》。

第四部经书是《周易》，相传为伏羲、舜帝、周文王、周公四位圣人作《易经》，《易经》主要是六十四卦和三百八十四爻，各有卦辞和爻辞，再由孔子做《易传》，所以就是五位圣人合作而成《周易》，史称"五圣同揆"。《周易》被誉为"大道之源，设教之书"。汉代象数学派兴起，著名经学家京房、郑玄、马融、虞翻等创卦气、纳甲、爻辰诸说，又引灾异纬候解说《周易》，离孔子之学越来越远。到三国时期，魏国王弼著《周易注》。孔颖达修《周易正义》时，便选用王弼的《周易注》，认为"唯魏世王辅嗣之注，独冠古今"。

第五部经书是《春秋》，又名《春秋经》《麟经》《麟史》，为周朝时期鲁国的国史，"共十二公之事，历二百四十年之久"，一万六千多字，传由孔子修订而成。因为言简义深，笔法曲折，如无注释，后人基本上看不懂。因此，首先有与孔子同时代的左丘明做的解释，即《春秋左传》；其次有孔子徒弟子夏做的解释，子夏口传给公羊高，到西汉时，公羊高的玄孙公羊寿与齐人胡母生合写成《春秋公羊传》；再次有鲁国的谷梁子做的解释，是为《春秋谷梁传》。于是《春秋》一书就出现了三家解释，即《春秋左传》《春秋公羊传》《春秋谷梁传》，合称"春秋三传"。孔颖达编《春秋正义》时，认为左传"事富文美"，于是取西晋杜预的观点，即"专取丘明之传以释孔氏之经"，认为是"子应乎母，以胶投漆"，其中杜氏为《左传》总结有"五十凡例"，孔颖达认为见解最高，体例最善，故于众解，独取杜氏。

对于孔颖达编纂的《五经正义》，静轩日诵千言，除了过目不忘之外，还经常针对孔颖达的注解发表自己的不同见解，让老师和同学都暗暗称赞。学校的考试很多，每次考试静轩都是第一名。除学儒经外，还有《论语》《老子》等课程，当然还有六艺，即礼、乐、射、御、书、数。静轩对书法特别用功，有隶书的底子，现在开始学楷书，他最喜欢的是颜真卿，每日临习不辍，针对颜鲁公的道德和书法，曾做五律一首赞曰：

> 壮哉颜鲁公，德艺两称雄。书体开新面，忠心傲雪松。
> 皇皇大气象，郁郁盛唐风。羲献二王后，平原见险峰。

学之者不如好之者，好之者不如乐之者，静轩就这样在县学学习了六年。毕业时，静轩参加邵州府试，名列邵州第一。因州学与县学位于同一处，州学学官也是县学学官，州学于是直接送静轩到江南西道道学读书，因当时潭州已经设立了湖南观察使，因此就不必到南昌去上学，而是在长沙上学。其间给静轩放假两个月，然后由学官护送入学。

胡安命听到这个消息，当然非常高兴，笑叹道："矮子上楼梯，步步升高啊！"而对于这两个月假期，静轩却有不同打算，他觉得要读有字之书，更要读无字之书，还要用有字来写无字，于是他打算去游历。

静轩有一个叫陈盖的同学，家住在邵阳县北面的望云山下，年龄比静轩大好几岁，读书很用功，但是成绩不是很好，对静轩的道德文章非常佩服，一直想跟静轩学习作诗。正好有假期，陈盖于是跟静轩提议，一起去邵州风景名胜采风作诗，其实心里是想跟静轩学习。静轩也喜欢四处游览，也知道陈盖的小心思，于是一口答应，保证每参观一处，就作诗一首。至于去哪些名胜游览，静轩却有自己的主张，他认为要有人文历史的景点才行，纯粹的自然风光只能一看而过，难以触动心灵，因此也无法写诗言志言情。陈盖觉得静轩这个想法很好，于是两人决定先从邵州城游起。

这邵州城最古老的景点当然是周朝的召伯祠。召伯又叫召公，乃周文王姬昌的庶子，和周武王、周公旦是兄弟，周武王去世后，年幼的周成王即位，得到了周公和召公的辅佐。司马迁记载的是"自陕以西，召公主之；自陕以东，周公主之"。召公继承了周文王的仁德，曾南巡到邵阳，在甘棠渡的大甘棠树下断案听政，有《国风·召南·甘棠》诗为证："蔽芾甘棠，勿翦勿伐，召伯所茇。蔽芾甘棠，勿翦勿败，召伯所憩。蔽芾甘棠，勿翦勿拜，召伯所说。"于是两人先拜了召伯祠，然后又去了城东三十里的甘棠渡，还看到了甘棠树、甘棠亭，静轩看到这郁郁葱葱的甘棠树，于是就跟陈盖讲起这些历史故事。

陈盖听完问了一个问题："静轩，你说召公来过邵阳，为什么司马迁的《史记》里没有记载呢？"静轩说："那是因为司马迁没来过邵阳，司马迁在他的自述中说：'二十而南游江、淮，上会稽，探禹穴，窥九嶷，浮于沅、湘。'他只到过九嶷山和沅江、湘江，去九嶷山当然是追寻舜帝，去沅江、湘江则是探寻屈原、舜帝二妃的足迹，资江肯定是没到的，因此没有把召公到邵阳的事写进《史记》而已。盖兄，尽信书不如无书，司马迁以一人之力，靠他的一双脚、一双手，写几千年的中国历史，有错漏是难免的，也是必定的。我们不能因此否定召公来过邵阳！"陈盖见静轩竟敢怀疑司马迁，胆量不小，而且说得也有理有据，暗暗佩服，于是催促静轩作诗，静轩于是吟了一首《甘棠怀古》，诗云：

肃立甘棠渡，临川念召公。凉亭风瑟瑟，老树叶葱葱。
祠美千年久，芳流百世崇。焚香嗟史记，歌曲忆南风。

陈盖喜欢读诗，也懂格律，知道这是一首五律，读起来也流畅，但是对这首诗还是有些疑问，于是问静轩两个问题："为什么是'临川念召公'呢？'歌曲忆南风'是什么意思呢？"静轩见他问的这两个问题很好，于是答道："'临川念召公'是'子在川上曰，逝者如斯夫'的借用，是感叹召公与我们在时间上的相隔久远。'歌曲忆南风'中的南风是指舜帝的南风歌，召公也是继承了舜帝的这个道统的，阜民之财，解民之愠，所以他也南巡，也倾听民意。"陈盖听了，豁然开朗，觉得静轩的诗有情有景，有历史也有地理，交汇起来如八音合奏，悦耳动听，又不脱风雅之旨，发人深思，确实不同凡响。

看完甘棠渡，静轩说："我们现在就去看看周朝的第四位帝王周昭王的陵墓吧。"陈盖说好，于是两人又返回，经向多人打听，才找到佘湖山上的昭陵。只见在这荒草之中，有一座荒凉的大坟，虽然冷清，但也可隐约看出帝王气象。陈盖问："周昭王的生平如何？怎么会埋在邵阳呢？"

静轩说："周昭王是姬瑕的谥号，圣文周达曰昭，昭德有功曰昭，姬瑕乃周康王姬钊之子，周成王姬诵之孙，周武王姬发之玄孙。姬瑕继位后，继续发扬成康之治的余烈，扩张周朝的版图，一征东夷，三伐南楚。第二次伐楚时，就来到了邵阳，来到甘棠渡，瞻仰了召公的遗迹，上了佘湖山，看到了这三面临水的邵阳城，觉得是块风水宝地，看到炎帝、舜帝都埋在湖南，于是决计因山为陵，作为万年墓址，并安排手下修陵。五年后，周昭王第三次伐楚，在昭山下渡湘江时，由于楚人使诈，制作的胶船在河中溶解，于是落水而死。手下找到周昭王的尸体，沿湘江过洞庭湖，再走资江水路到邵阳，在佘湖山隆重安葬。因为周昭王死得不是很光彩，因此周朝王室讳言此事，只说周昭王'南巡不返'，但是每年周朝都安排祭祀。到后来，春秋五霸、战国七雄根本不把周天子放在眼里，因此这祭祀也就少了。到秦灭周之后，昭陵就彻底没落了，不过这邵阳当地人还记得，'昭陵'于是作为地名保留了下来，西汉时设昭陵县，三国吴宝鼎元年，置昭陵郡，西晋太康元年，武帝司马炎因避其父司马昭之讳，于是改昭陵为邵陵，自此以后'昭'就被'邵'所代替了，现在就叫邵州了。"
陈盖一直觉得邵州乃古南蛮之地，没想到在将近两千年前，就是一个闻名的地方了，但又觉得这周昭王这么落水而死，实在不光彩，在邵阳又没有留下什么嘉言懿行、丰功伟绩，心想不知静轩怎么去作这首诗呢？正在疑惑时，只见静轩随即吟了首《昭陵怀古》，陈盖听后，觉得静轩真能写啊，小意思也能做成五律，写的啥呢？这首诗是这样的：

> 我来千载后，今日拜昭陵。南伐东征日，西周北斗升。
> 昭山龙失水，南楚地含灵。礼乐悠然在，荒凉万古名。

看完昭陵，静轩问陈盖："盖兄，你知道这邵州城最早是谁建的吗？"陈盖说不知道，静轩说："我们去一个地方你就知道了！"

欲知两人去了哪一个地方，请听下回分解！

第七回　白公城千载献诗　洛阳洞三家论道

上回说到静轩要带陈盖去一个地方，原来是邵水与资水交汇处不远的白公祠，静轩说："首先在邵阳建城的人是春秋时期的白善，白善是春秋时期楚昭王的大夫，担任大将军，吴楚柏举之战楚军大败后，白善曾陪好朋友申包胥到秦国搬来救兵，于是秦楚联军一举复国，白善当然是功臣。后来白善受楚昭王命令率军驻守邵阳，于是就利用这么好的山川形势修筑了白公城，从此邵州成为城市，政治军事有了中心，邵州也加快了融入中原王朝的步伐。这个白善作为一名武将，除培养了邵阳尚武的风气外，他也在邵阳广施仁政。白善死后，百姓感其恩德，于是建白公祠以纪念。"陈盖在邵州城待了六年，没想到这个城市还有这样的历史，两人来到白公祠，祠两边是一副楹联曰："城郭已非，资水仍弹楚时月；人民如故，白公犹驻邵邑军。"祠内有白公坐像，威武雄壮，不怒自威，里面也有不少香客。看完白公祠后，静轩和陈盖又来到白公城、演武厅遗址，看了一千多年前的古城墙，静轩发思古之幽情，于是赋诗一首《白公城怀古》，诗云：

> 白公千载后，童子叹雄城。二水歌春韵，一山阅太平。
> 若非当日立，岂得此时荣。古楚无须觅，祠中听正声。

陈盖听完，觉得"二水歌春韵、一山阅太平"这联很好，但说不出为什么好，于是就问静轩这联有什么深意，静轩回答道："邵州城地理位置很好，三面环水，水外有山，是个易守难攻的军事重镇，这种地利条件，当然可以歌春韵、阅太平啦！"陈盖没想到静轩不仅能作诗，还懂军事，真是做到了文以载道呢，心里又加了一层佩服。

看完了周朝的三处遗迹，静轩说去邵阳文庙题首诗。话说这邵阳文庙的由来，则要追溯到开元二十七年（739年），唐玄宗李隆基封孔子为"文宣王"，于是邵州刺史也建了邵阳文庙以祭祀孔子。邵阳文庙是座四合宫殿，由南至北分别由万仞宫墙、泮池、正殿、尊经阁组成。

入文庙首先要过泮池，泮池是个架着石桥的半圆形的水池子。依周礼，天子建太学，太学中央有一座学宫，称为"辟雍"，可以四周环水，是个整圆形。而诸侯建的学宫，只能南面泮水，故称"泮宫"，泮者半也，相当于天子的一半，孔子的地位是文宣王，跟诸侯一样，所以只能是"泮池"规制。这泮水富有诗意，既是文采的象征，在科举时代也与功名相关。《诗经·泮水》云："思乐泮水，薄采其芹。"说的是周朝太学生可摘采泮池中的水芹，插在帽缘上，以示文才。邵阳文庙的泮池上架的是三座三洞的石桥，称为泮桥，每次举行县试、府试时，学生先要过桥去拜孔子，称为"入泮"，因此踏过泮池，就有了"鲤鱼跃龙门"的机会。过了泮桥，就是孔子正殿，正中有"至圣先师文宣王"的神位，左右两边是颜回、子夏、子贡、曾子、子思、孟子的牌位，两副楹联分别是："道冠古今行资水；德配天地泽邵州。""大道南来，礼乐诗书在是矣；资江北去，文章翰墨亦如之。"每年春秋两季的祭典以及孔子诞辰，所有县学、府学的学生都要向孔子行礼。静轩为了写诗，与陈盖又去文庙仔细地游览了一次，看完静轩就吟诗一首《文庙思芹》，诗云：

> 文庙城中秀，春秋学子来。长生瞻孔子，不朽叹颜回。
> 泮水芹犹乐，卿云绮欲开。已经洙泗荡，资水浪崔嵬。

陈盖抄录起来，就问静轩："'不朽叹颜回'是什么意思？"静轩说："颜回虽然不朽，但颜回早死了，可怜一肚子的学问，没有用于经世济民，也没有著书立说，所以嗟叹呢！"陈盖觉得静轩注重实用，与一般的儒生见解不同，很是佩服。又问："尾联的'已经洙泗荡，资水浪崔嵬'是什么意思呢？"静轩道："邵阳乃人文蛮荒之地，如果没有文庙，没有普及孔子的教化，很难走出闭塞，人才也很难出现，现在有了文庙，圣朝又有了科举考试，舜帝的卿云歌响起来了，资水就好像经过洙泗激荡过了，将来邵阳肯定后来居上，超过孔子的故乡而涌现人才的大浪呢！"陈盖经静轩这么一解释，终于感觉到了什么是"诗言志也"，作为邵阳人，心中也不免自豪了起来。

看完文庙，陈盖问下一步去哪里，静轩说："文庙是儒家的，我们去看看道家的仙人遗迹吧！"陈盖问："难道邵阳还出过仙人吗？"静轩说："大名鼎鼎的申泰芝就是邵阳的仙人啊！其侄子申望紫还是我家的恩人呢！"静轩于是将申望紫跟其曾祖父的故事说给了陈盖听，陈盖听完后问："申泰芝成仙的故事没听说过呢，静轩讲讲他的故事咯！"

静轩说："申泰芝本是洛阳人，其母杨氏梦吞灵芝而孕，所以名叫泰芝。申泰芝与玄宗皇帝同年同月同日出生，因其父亲在邵州做官，所以就从洛阳来到了我们这里！申泰芝天资聪颖，生性好道，不好女色，不喜荤腥，喜观玄教经典，过目不忘。父亡后云游名山大川，寻仙访道，游访南岳时，在祝融峰顶得到九天真人的指点，得授金丹火龙之术。回到邵阳后，先在小佘湖山附近的洛阳洞内修炼，几年后去大佘湖山莲荷观立丹灶，采药物，多年后丹成，功行俱备，乘虚神游，神异不可测。开元二十六年八月十五日，玄宗夜梦一位神人相告，说邵州有道人炼丹得仙，如果礼遇延请，可以担任国师。本来李唐皇帝就以道家老子为祖宗，扶持道教，而玄宗又痴迷仙道，于是安排人打听，果然邵州有此人。于是召申泰芝到长安，玄宗一见申泰芝，仙风道骨，鸾姿凤态，钦佩不已，于是称之为仙翁，赐号大国师，诏命他住持元真观，出入禁廷，主领玄教。开元二十七年八月中秋夜，申泰芝施法术，带玄宗游月宫，玄宗得以畅游广寒清虚府，见十多个素娥着白衣，乘白鸾，往来笑舞于大桂树之下，又听到乐声清丽，人间未闻，深深打动喜好音律的玄宗，玄宗于是熟记在心。次日，回到人间的玄宗根据月宫乐曲制作了著名的《霓裳羽衣曲》。天宝三年申泰芝于宫中授杨贵妃秘箓，后奉诏往名山修功德，到岭南祭祀葛仙人、寻访朱明洞，于九嶷山寻访古乐器。天宝七年玄宗赐法衣以归。申泰芝回邵州后，广施医术，救济苍生，天宝十四年八月十一日在大佘湖山云山观冲举，白日飞升，成仙而去。"

陈盖听完静轩这一讲述，目瞪口呆之余，就要静轩带去寻访申泰芝的遗迹。他们首先来到了洛阳洞，"洛阳洞"名字的由来，则为申泰芝思念在洛阳的母亲而起，该洞在邵水与资水交汇处，洞口可俯视两江波浪，亦令人浮想联翩，洞门有一副对联，联云："人法地，地法天，天法道，道法自然；道生一，一生二，二生三，三生万物。"应是申泰芝所题，洞内深邃莫测，里面有清泉汩汩流出，盈盈如珠玉。内有石壁，隐隐约约刻着字，静轩和陈盖点燃火把，仔细看去，却是申泰芝所著的《服气要诀》，其云：

取半夜之后，五更以来，睡觉后以水漱口，仰卧，伸手足，徐徐吐气一二十度，候谷气消尽，心静定后，即闭气忘情，将心在脐下丹田气海之中，寂然不动，则咽气三两度，便闭气，使心送向丹田中，渐觉气作声，下入气海中幽幽然，是气行之候也。良久，待气行讫，又开口吐气徐徐，又闭口而咽之，如是三二十度，皆依前法。觉气饱，即冥心忘情，清息万虑，久久习之，觉口中津液甘香，食即有味，是其候也。凡欲行此道，先须忘身本，守元抱一，兀然久之，澄定而入，玄妙之要，在于此也。

静轩记得小时候爷爷胡任旭教过他吐纳之法，只是因为专心读书，因此没有用心去练习，今日看到申天师炼丹要法，心下大喜，点着火把来回看了两遍，就已熟记在心，决定晚上开始练习。

看完洛阳洞，他们又一起去了小佘湖山，来到了佘湖庙，静轩说："这个庙是申泰芝侄儿申望紫在此主持修的，朝廷闻申泰芝升仙后，令邵州刺史在大佘湖山为其建庙祭祀，刺史觉得距离太远，为便于祭祀，庙就建在小佘湖山了。"两人来到庙前，见有一副对联云："丹成仙去期国泰，洞老山青觅灵芝。"静轩和陈盖对着庙中的申泰芝坐像拜了三拜。出了庙，他们即赶往大佘湖山云山观，这云山观里香客很多，香烟弥漫，一个个对着申泰芝坐像恭敬行礼，像的正上方挂了一幅玄宗皇帝御笔的"云霖祠庭"匾，两边楹柱上刻有一副对联云："与帝同生盛世，同游广寒，神迹当年湖山忆；为民曾降甘霖，曾施妙手，仙踪今日何处寻。"这大佘湖山风景当然比小佘湖山要壮观些，也要宁静些，难怪申泰芝当年要到这里来修炼。看完这几处风景，静轩随口吟了一首《湖山念芝》，诗云：

湖山仰胜迹，邵水觅仙踪。洞里泉犹潋，祠中客亦隆。

玄宗当日曲，童子此时崇。君若依丹诀，飞升梦不空。

陈盖记下了诗，觉得静轩对这仙道兴趣很浓，就问静轩是不是也想成仙呢？静轩答道："中国有儒道释三家，儒家讲入世，道家、释家讲出世，但对大多数中国人来说，因为'不孝有三、无后为大'的教训，一般都不会选择出世，但是不管出世还是入世，其实都是在追求不朽。传宗接代是血脉的不朽，立德立功立言是名声的不朽，这是儒家的入世不朽法。道家的成仙、佛家的往生西方极乐世界，其实也是追求生命的不朽。在这么多不朽之中，要实现都是非常艰难的。我暂时还不想成仙呢，我希望能为家族和民族做点立德、立功、立言的事情，不过道家的养生与心法是可以学学的，儒道两家都来自易经，一枝两叶，可以互补互益。"陈盖听了静轩的一番话，觉得静轩已经打通了三教、汇通了两家，有这种见识，就可以从心所欲而不逾矩了，心底又是一番佩服。

入夜，两人就住在云山观中，静轩于是清心静气，照申泰芝的方法练习吐纳，初时心神即入无穷之间，游无极之野，其大无外，其小无内。未几似见皓月当空，普照大地，星垂四野，湖平海静。练完后觉真气充满，神朗气清，身心舒泰，颇是佳境。静轩初尝得益，妙不可言，于是作为日课，乐此不疲了。

话说两人把邵州城的人文胜迹都看了，下一步去哪里呢？静轩决定要走远点才行，陈盖问是哪里，静轩说是世外桃源，陈盖说那是虚构的啊！静轩说不是，他们两个真的找到了世外桃源吗？请听下回分解。

第八回　桃花洞通武陵井　大东山赋孙真人

　　上回说到静轩要去看世外桃源，陈盖说那是虚构的。静轩说："世外桃源不是虚构的，确有此地。西晋时属于武陵郡，其实现在属于邵州！自从陶渊明的《桃花源记》问世以来，桃花源就成为文人心中的世外乐土，大家都在寻找桃花源，很多人找到朗州去了，其实这桃花源就在桃花坪往西三十里的资水上游，一个叫桃花岛的地方，离邵州城也不过百多里地。"陈盖笑着说："静轩，你虽然姓胡，但是不能胡说呢！不能因为有个桃花坪，就说桃花源在那啊！"

　　静轩说："我为什么说桃花源就在这桃花坪附近呢？不是因为两个名字相近，我猜想是陶渊明曾路过此处。陶渊明的曾祖父陶侃曾担任武冈县令，任职期间从无到有兴办了武冈县学，深受武冈人民的敬仰。陶渊明仰慕曾祖父陶侃的武功，更仰慕其文治，于是来武冈追寻曾祖父的遗迹。他从江州出发，经长江到汉口，再经汉口到洞庭湖，再从洞庭湖经资水过邵州城、过桃花坪、过桃花岛而发现桃花源，游览桃花源后至武冈，然后原路返回江州。陶渊明回到江州后，写下了不朽名作《桃花源记》，以表达对黑暗现实的不满。这桃花岛当时属武陵郡管辖，郡治在溆浦，溆浦你知道的啊！离桃花坪很近的。大凡虚构作文，也不能天马行空地乱写，总要有点缘分才行呢！而朗州呢，陶渊明无亲无故，怎么会无缘无故去那里呢！"陈盖见静轩分析得这么头头是道，也有几分相信了，于是兴致盎然地想去。两人于是乘阳春三月、桃花盛开之时，乘舟从邵州城出发来游胜景。

　　船过了桃花坪，前面就是桃花岛，这一路种满了桃树，红点江山，艳增春意，景色烂漫，宛如仙境，舟移画动，人醉风流，有说不出的心旷神怡。静轩和陈盖忍不住一起诵起陶渊明写的"忽逢桃花林，夹岸数百步，中无杂树，芳草鲜美，落英缤纷"！正当他们沉醉于"桃之夭夭，灼灼其华"的时候，船夫忽然从资水拐进了一条小溪，并说："这就是武陵溪，前面就是桃花岛。"静轩看这武陵溪，水面上漂浮有鲜艳的桃花，清澈的水底有五颜六色的石头，还有游鱼在穿梭，宁静活泼，如诗如画，甚是美景。正在沉醉间，船已经来到了桃花岛。这岛上除了满目的桃树桃花外，还有很多千奇百怪的溶洞，静轩于是对陈盖说："盖兄，你有没有胆量，我们进洞去看看，说不定有奇遇呢！"陈盖也喜欢探险，于是两人找了一口大洞，请船夫驾船而入。

这洞里刚开始还有光，越到里面越暗，船夫有点担心，于是对他们两个说："两位公子，前面看不见了，我们回去吧！"静轩见船夫不愿意往前走了，于是也同意回头。正当船准备掉头时，忽然遇到了一个大下坡，船一下像箭一样地往前疾驶，这一下把陈盖和船夫惊得叫了起来，静轩说："不要慌，可能前面地势低些，既来之，则安之，大家紧紧抓住船！"其实三人的心里都在颤抖，但是都强作镇定，互相打气，任由船在黑暗中飞快地往前走。

这样走了大概半个时辰，船的速度慢慢减了下来，没多久前面有了细微的光了，三人如逃出生天般呼叫起来，再往前走了一会，就来到了一个洞门。出了洞门，天色大亮，又是一江春水、两岸青山，静轩于是喃喃自语道："这是不是就是陶渊明笔下的桃花源了？"可往前没走多远，船夫说道："这不是桃花源，前面就是武冈县城了，这段水路我经常走的。"陈盖闻此，一颗心终于落地，于是说："啊，终于回到人间了，真是凶险啊，刚才我还以为入了地狱了呢！"三人于是哈哈大笑。

他们沿着资水逆流而上，只见这两岸"土地平旷，屋舍俨然，有良田美池桑竹之属，阡陌交通，鸡犬相闻"，真的跟《桃花源记》中描述的一样，静轩于是对陈盖说："武冈这景象跟《桃花源记》真相似呢！看来陶渊明选择这样一个地方作为世外桃源原型，也是独具慧眼，当然也是为其曾祖陶侃歌功颂德啊！连七绝圣手王昌龄都有诗说到武冈，诗云：'沅水通波接武冈，送君不觉有离伤。青山一道同云雨，明月何曾是两乡。'"陈盖也觉得静轩猜想得没错，桃花源就是武冈。

到了武冈城，静轩和陈盖就入城游览，他们见到这里宁静祥和，人们彬彬有礼，真有古朴之感。他们来到了武冈县学，门口有联云："远去桃源两陶令，近观银杏一武冈。"静轩觉得这对联写得很到位，于是他们又仔细看了陶侃当年亲手种植的两棵银杏树，英姿挺拔，郁郁葱葱。这县学的人听说他们从邵州城来，还特意带他们看了旁边的被誉为"武陵春色"的武陵井。当地人骄傲地告诉他们，这武陵古井与百里之外的武陵溪相通，甘甜鲜美，所以叫武陵井。这句话如果说给一般人听，肯定半信半疑，但静轩和陈盖刚刚历险，当然相对一笑、心照不宣。但正好口渴，于是喝了一碗，觉得清甜无比，恰比仙露，想来应是直通世外桃源的缘故吧，于是又喝了一碗，觉得身心俱泰，神朗气清，静轩看这春色大好的世外桃源，于是诗兴大发，一首《桃源春色》一气呵成，诗云：

泛舟资水上，何处觅桃源。溪引花中岛，洞邀世外天。
秦人终不见，楚客亦枉然。无意追陶令，武陵醉饮泉。

陈盖觉得这诗读来清爽，纯净无尘，亦契合当下心情。同时他又觉得，再美的风景，再好的心情，如果没有诗，这情绪还真的上不去！诗如春药可发情也！如此才登人生的大妙境。不过他刚才听到王昌龄的七绝，于是对静轩说："静轩大诗人，你怎么老是写五律呢？王昌龄有七绝，你也来一首七绝如何？"静轩说："七绝28个字，五律40个字，多了12个字，情景繁杂的，用五律来得尽兴一些，若要写七绝，则只能取一个景来写，陈公子要我写，我就写首武陵溪吧。"静轩说完，想了想，于是吟了一首《武陵溪》：

一溪春水彻云根，流出桃花片片新。若道长生是虚语，洞中争得有秦人。

陈盖看完这首诗，觉得前面两句很好理解，但是后面两句琢磨了很久，还是没弄明白，于是就问静轩是什么意思，静轩说："这里的长生当然是借指政权的长久啦，那就是不能像秦始皇那样残暴，秦始皇不顾人民死活，修长城修皇陵，搞得民不聊生，于是天下大乱。而应该像桃花源那样，没有昏君酷吏，自由自在，休养生息！"陈盖经静轩这么一点拨，觉得这静轩写诗，意中有意，味外有味，而且觉得静轩志存高远，有安邦治国之远大理想，确实不是一般的人呢！

看过武冈，陈盖就建议往他家鸟树下方向看看。于是他们顺资水而回，然后沿辰河北上六十里，来到了一座大山前。陈盖说："这条河叫龙回水，这座山叫大东山，山上有一座孙真仙庙，孙真仙即孙思邈，在人间活了一百四十岁，跨过北魏，跨过隋朝，来到唐朝，唐太宗即位后，即召至长安，当时孙思邈已经八十多岁，但容貌气色、身形步态宛如少年，唐太宗于是羡叹道：'故知有道者，羡门、广成岂虚言哉！凿开经路，名魁大医。羽翼三圣，调和四时，降龙伏虎，拯衰救危。巍巍堂堂，百代之师。'孙思邈晚年南游，于邵州一带采药治病，广施妙手仁心，于永淳元年坐化于邵州大东山凌云洞，当地人感恩真人大德，于是在大东山顶修庙纪念，从此大东山香客如潮，求医得医，求福得福。"

这陈盖来到自己家乡，像变了个人一样，话匣子一下打开，竟然滔滔不绝起来。静轩也久仰孙思邈，想不到孙真人竟然坐化在邵州，于是一起上山，来到了庙前。只见这庙门口有楹联一副云："天以真生莫疑长寿永寿，山因仙盛无论小东大东"，静轩觉得这联不错，还引用了《诗经·大东》的句子。进入庙内，见有孙真人坐像，两边亦有楹联云："仙道思哉此中香火多厚望，神医邈矣天下灵丹自清心"，静轩觉得这联含有道家心法，他们诚心诚意地跪拜了神像，然后出庙去了凌云洞里。洞内有石壁，壁上刻有字，静轩仔细一看，原来是孙大仙的《养生铭》，他和陈盖一起念了起来：

> 怒盛偏伤气，思多太伤神；神疲心易役，气弱病相侵。
> 勿使悲欢极，当令饮食均。再三防夜醉，第一戒晨嗔。
> 夜静鸣云鼓，晨兴漱玉津；妖邪难犯己，精气自全身。
> 若要无百病，常须节五辛。安神当悦乐，借气保和纯。
> 寿夭休论命，修行本在人。若能遵此理，平地可朝真。

念完，静轩说："这孙真人的养生口诀没有申泰芝的详细，但是更全面呢！非常适合世俗之人养生！"陈盖说："是啊，请问静轩，铭中的

'鸣云鼓''漱玉津'是什么意思?"静轩看过很多道藏书籍,于是答道:"这些是道家养生功法,'鸣云鼓'就是以两手掌心按两耳并抱脑后,然后用食指叩弹后脑部风府穴。'漱玉津'也叫咽津,就是用舌尖左右搅出满口津液,徐徐咽下。《黄庭经》说:'口为玉池太和宫,漱咽灵液灾不干。'陶弘景也说:'口为华池,中有醴泉,漱而咽之,溉脏润身,流利百脉,化养万神,肢节毛发,宗之而生也。'还说:'食玉泉者,令人延年,除百病。'大道至简,道不远人,孙公之所以能成仙,就是运用这些简单的道理和动作呢!正如《黄帝内经》所言,法于阴阳,和于术数,然后持之以恒!"陈盖说:"静轩,你懂得真多,不过一般人都没有这样的恒心!"静轩说:"是啊,除此之外,还有更难的呢!人生下来就有各种欲望和脾气,因此儒家讲修身,道家讲修行,所谓修,就是修正,把坏毛病修去,不过儒家讲中和,所谓'喜怒哀乐之未发谓之中,发而皆中节谓之和',因为人处世间,食人间烟火,逢五颜六色,遇人五人六,很难没有喜怒哀乐,不吃葱、蒜等五辛,也不吃酒肉,谁能做得到?所以强调不要过分就行。而道家则一般离群索居,高卧山林,如陶弘景的诗一样,'山中何所有,岭上多白云,只堪自怡悦,不堪持赠君',这样一来,就不会出现怒盛思多、夜醉晨嗔的事,仙者,山人也,清风明月,行云流水,可以永葆天真!"陈盖觉得静轩此番话非常受用,连连点头称是。出了凌云洞,他们走上山顶,陈盖对静轩说:"静轩,你看这里景色好美啊,龙回水蜿蜒如带,寨市镇熙熙攘攘,九龙山宛如巨龙!"静轩也觉得境界大开,有飘然欲仙的感觉,于是吟了一首《大东寻仙》,诗云:

祥云浮古楚,瑞气漫东山。游子思何邈,高峰境自寒。
千金辉药典,一洞入仙班。宁羡龙回水,长流道味甘。

吟完,两人从大东山下来,沿龙回水逆流而上,他们经过了热闹的寨市,看了峻秀的米珠峰,吃了一碗当地的长寿面,于是继续往北走。然而越往前走,这山水的形势却发生了大变化,到底发生了什么变化呢?请听下回分解。

第九回　望云山仙踪有赋　云台观甚字不虚

上回讲到离开寨市，继续往北走。见这山势忽然增高，奇峰突兀，层峦叠起，山间一条名叫辰水的河流咆哮其间，一股大泽深山的龙虎之气扑面而来。步行十多里，穿过十里山，则来到了水打铺，却见一片巨大的旷野，境界豁然大开，东北面则见一座座巍峨的高山，犹如青色的屏障一样护着这片旷野，陈盖说："静轩，你看我们这里风水好吧，东边有金字寨、南冲界、元古界、尖脑印，东北有玉屏山、九丘界、马鞍界，北面就是巍峨的望云山了，你看那白云缭绕的望云山顶，如元帅坐北朝南，东北山峦则如卫兵昂然待命，阵势森严，威仪肃穆呢！"

静轩从来没有见过如此震撼之景，连声呼妙，陈盖见静轩有赞，于是说："静轩，我们这个地方本来是块天子地。秦代以前，过了十里山，武官下马，文官下轿。后来卢公飞仙时，一只脚踩在石头上，一只脚踩在那东边的马鞍界，一用力，石头上只留下了脚印，而马鞍界因为是土山，被踩矮了不少，从此东方就少了一堵墙，天子风水就没了。"静轩一看，果然那马鞍界矮了不少，但是他不认同陈盖的观点："盖兄，马鞍界是矮了不少，但是望云山由此就跟这九丘界、玉屏山区别了开来！更显得望云山一山独秀，傲视群峦呢！至于风水，不能全信，也不能不信，所谓一命二运三风水，风水只排在第三，人们常说到的坟山屋场，都是人发达后才传出来的。天下万物都遵从易道，一阴一阳之谓道，成之者性也，继之者善也，终究要靠积德行善，才能给好命、好运、好风水的呢！皇帝轮流做，没有哪个姓氏可以永远坐皇帝位置的，谁家阴德积得多，谁家的后代就有可能做天子！"陈盖见静轩说得有理，就不再吹嘘了，于是继续往前走。

他们沿河走过千古坳后，静轩觉得这风水越来越好，于是说："这里景色更有气势啊！"陈盖说："这里是有名的一狮带两虎呢！右边的尹家山、茶山直接玉屏山，左边的周公山、老山直连望云山西峰，这是左右两虎，中间的狮山则直连望云山主峰，你看，这狮山活像一只狮子，这雄壮的山头就是狮子头，而两只眼睛呢，就是山两边的两口井，清泉汩汩，四季不断，四只脚则是山的前后左右四块大石头，前左脚的石头都伸到了辰水河中了。狮子在中间，两虎在左右，威风凛凛，水起风生。"

静轩看了这山势，确实形似，于是说妙，陈盖见静轩说妙，于是继续说道："传说在古代，苗瑶两族的祖先蚩尤曾建了三寨，分别在大熊山、大东山、望云山。大熊山在北面，离我们这里两百多里，那里是主寨，当年蚩尤率领他的八十一个兄弟北伐，在涿鹿之战中失败，被黄帝斩首，黄帝后来还亲自到大熊山，捣毁了蚩尤屋场，司马迁在《史记》中记载黄帝'南至于江，登熊湘'就是说的这件事。大东山我们刚去过了，山下的寨市，就是当年苗寨的市场。而望云山也是一个大苗寨，这狮山是山寨入口。传说在舜帝时代，三苗在'江淮、荆州数为乱'，于是舜帝南征，在韶山、望云山、大熊山吹韶乐教化苗民。又过了一千多年，到了周朝，周公旦又南征苗民，就来到了我们这里，当时周公就在左边的虎山上会见了三苗首领，并且传授礼乐教化，因此这座山就起名周公山，这山上现在还有周公亭、周公钓鱼台，原来这辰水河中鱼很多，所以周公就在这山上修筑了台子钓鱼。周公走后，一部分汉化的苗民学习了中原文明，就住在了这狮子头下面，形成了院落，这个地方就叫寨下院子。又过了两百多年，周宣王的太师、《诗经》的总编纂、被称为诗祖的尹吉甫也来到这里采风，传说《诗经》第一首《关雎》就源自这里，'关关雎鸠，在河之洲，窈窕淑女，君子好逑'，其中这'河'就是这条辰水河，这'洲'就是现在漆家铺前面的一大片沙洲，雎鸠就是这里一种吃鱼的鸟，俗名老娲，尹吉甫见这里物华天宝，钟灵毓秀，又有周公的圣人遗迹，除了将《关雎》放在《诗经》的第一篇位置外，还将其一部分后裔迁徙到了这里，住在了右边的虎山下，因此叫尹家山。后来尹家山住不下了，就住到狮山右侧的一个小山冲，这个山冲就叫尹屋冲。又过三百多年，到了春秋时期，孔子的著名弟子、以'勇者不惧'著称的漆雕开，慕名到望云山游览，见这里的美景，连说'善哉善哉！'然后见诗祖尹吉甫的后代住在这里，也将自己的儿孙迁徙到这里，因为山下都住满了，于是他们就沿河而居，形成了一条长街，人们就叫漆家铺，漆家铺住不下了，他们就到左边的周公山下面建了新屋，就叫新屋院子，而尹氏子孙也发得很快，他们就在右虎的另一边建了很多大房屋居住，那个地方就叫大屋冲。静轩，你看我们这个地方不简单吧，圣人都来过呢！圣人的后代都住在这里呢！”

静轩听到这些，半信半疑，于是到漆家铺、尹家山，寻访了尹吉甫、漆雕开的遗迹，打听到的历史跟陈盖说的差不多，顿时心里肃然起敬，想不到这地方还有圣人遗迹、诗风礼教呢，不简单！于是诗兴大发，在漆家铺的河边大石上，吟了首《念奴娇·漆家铺怀古》：

邵州好景，问秋田以外，何足留恋。
看过桃源，过寨市，大气惊来如电。
四面青山，一江幽浪，旷野神仙眷。
来漆家铺，细参地理千遍。

休说毓秀钟灵，一狮两虎，翠山周公美。
是日韶音，响寨下，文化三苗深院。
慕尹家山，寻诗祖迹，活水关睢啭。
雕开曾叹，善哉古楚琼苑。

陈盖听完问：“静轩，这‘念奴娇’是什么呢？”静轩说：“‘念奴娇’是词牌，话说天宝年间，京城长安一个名叫念奴的歌伎，不仅人长得温柔美丽，而且歌声婉转动听，能吸引朝霞起舞，当时文人就以‘念奴娇’形容其歌调，并为之填词。这填词比作诗的平仄押韵要求更严，一般要拿词谱对照填字！大抵诗言志，词抒情。遇到感情丰富的人事，因为诗字数太少，即使七律也只有56个字，不能尽意，于是就填词表达，比如‘念奴娇’就达到了100字。当然从感觉上来讲，也有诗庄词媚的说法！”陈盖说：“静轩填词表达，看来是真喜欢这里了！所以情感丰富！那是不是想搬来这里住啊！”静轩说：“我当然是更喜欢秋田的，但是如果有缘分，我倒希望我的后代能住在这里呢！”陈盖打趣说：“那你也打算做圣人啦！胡曾大诗人的后人住这里，应该也配尹吉甫和漆雕开的呢！"不过，静轩的这句话还真兑现了。元朝末年，靖州吴天保暴动，静轩的十五代长孙胡贤隆为避兵乱，就从秋田北上，迁徙到了这漆家铺，现在这附近的胡曾后裔达数千人，当然这是后话了。

静轩和陈盖过了尹家山，就到了鸟树下，鸟树下就在望云山脚下，静轩问："为什么这个地方叫鸟树下呢？这名字不好听呢！"陈盖说："其实这是口误，本来叫作'瑶树下'，从前有个北方来的县令，就把'瑶'听成了'鸟'，写在纸上就成了'鸟树下'，从此以讹传讹，其实在我们这里，'鸟'字发音同'屌'字，是不文雅的，而且跟'瑶'的发音根本不一样。为什么叫'瑶树下'呢？原来这望云山脚有一棵瑶树，这瑶树是一种玉白色的树，冬天开花非常漂亮，隔很远就能闻到花香，曾有诗赞曰：'瑶树静当严序来，百花杀后见花开。清贞更造清芬境，大地萧条赖挽回。'这树怎么来的呢？传说是卢公真仙从昆仑山移植过来的，种在这望云山脚下辰水发源的地方。"静轩说："三人成虎，人言可畏，这叫惯了，改起来就难了！"陈盖说是。

不一会就到了陈盖的家，那是一座四合院，就在这望云山脚下，陈盖父母见自己的儿子带了客人来，马上上茶，接着就连忙杀鸡网鱼，还把灶上方的腊肉拿了下来。不一会，就摆了满满一桌菜。陈盖家在当地算富户，有良田几百亩，山林上千亩，于是还请了自己的亲戚来作陪，静轩品喝了点本地的糯米甜酒，品着鱼肉，美美地吃了一顿。

是夜，陈盖详细地向静轩介绍了望云山，陈盖说："这望云山原来名叫首望山，秦始皇统一中国后，为求长生不老，遣卢生、侯生入东海求仙药，可两人无功而返，因为怕暴君秦始皇降罪，于是就逃亡到了这古南国。他们经洞庭湖入资水，在走过桃花坪之后，两人就顺着龙回水一路北上，看到周公山有圣人遗迹，看到尹家山有诗祖后裔，看到首望山云雾缭绕，觉得这是一个修仙的好地方，卢生非常喜欢，于是决定在首望山鲤鱼洞修道。因修道注重独修，卢生又为侯生寻得位于武冈的云山，这云山也是仙气浓郁，侯生非常喜欢，于是侯生就在云山修道。卢生对侯生这位患难兄弟情义很深，在侯生仙去后，常常西望云山，望白云而思念老朋友，因此改山名为望云山。卢生不仅道术高超，而且医济众生，在这方圆一百里广积善德，深受人们爱戴。卢生在人间活了一百五十岁，在汉武帝年间，因'罢黜百家、独尊儒术'的国策，道家式微，于是学老子出函关，在望云山踏石飞升。卢公成仙后，百姓为纪念他，于是在山顶修建'卢公真仙祠'祭祀。"静轩觉得这望云山真是湘中名山啊，"山不在高，有仙则名"，真是如此，明天一定好好游一游！

第二天清早，两人即上山，果真在半山腰的一块巨石上发现了一个神仙脚印，脚印清晰可见，静轩对卢公飞仙的事很好奇，于是说再去看看卢公修真的鲤鱼洞。可陈盖自己也不知道在哪，这时刚好遇到一个道士，两人上前询问，道士说现在不叫鲤鱼洞了，叫修真洞，并指了一个方向让他们去找。功夫不负有心人，他们两个果真在山脚不远的一个像鲤鱼的山头找到了，陈盖说这里不止一条鲤鱼，有九条，当地人美其名曰"九鲤上云山"。静轩一看这山势，确实有"九鲤上云山"之妙。而这鲤鱼洞的洞口也恰像鲤鱼嘴，洞里有汩汩的泉水流出来，飞下一丈高，形成了一个小小的瀑布。静轩和陈盖小心翼翼地爬进了洞里，里面有一张石桌和两个石凳，想必是卢生和侯生坐而论道之处，石壁上写有字，静轩一看，应该是近代人在征对子，陈盖问为什么是近代人，静轩说："这是隶书，秦时是小篆，而且秦汉魏晋时期也没有对对子的习惯啊！"陈盖觉得有道理，仔细看那上联是："望云山上望云山，云山在望"。静轩一看这是个文字游戏，乃千古难题，穷其一生也未必能破，本想一笑而过，可陈盖连连说对一个吧，静轩无奈勉强对了一个"通天河中通天河，天河长通"。陈盖说对得好啊！静轩说："平仄还是没严格对上呢！"陈盖说也算可以了，通天河比望云山更有名呢！静轩说那好吧！

看完了鲤鱼洞，他们就来到了山顶的"卢公真仙祠"，门口有楹联云："福寿有因堪笑秦皇求不老，真仙无我唯期楚客得长生"，陈盖问这上联是什么意思，静轩说："上联讽刺秦始皇既要富贵又要长生不老，这天道公平，怎么能让他一个人独享所有呢？福寿是果，积德行善才是因，秦始皇不懂这些，所以贪心太大，可笑可笑呢！"进了祠，迎面有卢公真仙像，慈眉善目，栩栩如生，两边亦有楹联云："昔我往矣，云山在望；今君来时，泉水犹清。"静轩看了这联，觉得有趣味，不是凡品。

出了庙，静轩往山下看去，只见艳阳高照，晴空万里，远处景物一览无余。陈盖告诉静轩，东边是邵州城、九龙山，南边是大东山，西边是白马山，北边则是蚩尤后代居住的梅山，至今还没开化！再往南边看，辰水下资水，九鲤上云山，生机勃勃，气象万千。静轩见此大景，顿开诗兴，于是对陈盖说："我准备作诗了！"陈盖说："好啊，最好能把鸟树下三个字写到诗里去呢！"静轩说："鸟树下，是三个连续的仄声，难合格律，而且三个字连在一起也没什么诗意，不好写呢，拆开修饰一下吧！"说完即口占一首《望云怀卢公》，诗云：

群峦如列阵，辰水带仙风。鸟树祥云下，名山瑞霭中。

千寻秦洞在，一别楚才空。石上飞升印，徒然望旧踪。

陈盖记下来一看，果然有鸟树下、望云山散落在诗中，但是对"一别楚才空"这句不理解。静轩说："我们这邵州写入历史的人物，就卢生了，从秦朝到现在，还没有本土名人出现呢！可以说是光阴虚度、碌碌无为啊！"陈盖觉得静轩志存高远，总有历史眼光，穿越这朝朝代代、山山水水、人人物物，诗言志也，真实不虚！

吟完，他们两个准备从北面下山，陈盖问静轩要不要去看看梅山峒蛮，静轩说好。于是从罗洪、鸭田到了苗田，只见这一带深山幽壑，易守难攻，山顶到山脚却被开垦出一层层的梯田，陈盖见此说："这里已经是苗家的田界了，所以叫苗田，再往前走就是梅山峒蛮的腹地，一直到大熊山、到益阳呢！这梅山峒蛮合计有48寨，主要是苗瑶二族居住，他们是蚩尤的后裔，上承九黎和三苗，现在独占梅山，如世外桃源，不与中国通！"静轩见此山道弯弯之上，苗瑶男女打扮得像花蝴蝶一样，十分好看，传来的山歌也清脆动听，可惜听不懂，静轩说："这莽莽梅山，望不到尽头，他们也没文字，说的话也听不懂，我们还是去看看崀山吧！"陈盖说好。

于是两人又回到鸟树下，从龙回水转资水再转夫夷水，逆流而上去游览崀山。屈指算来，这是他们游览邵州的第九个景点了。舜帝南巡时见此山而叹"山之良也"而造"崀"字赐山名，该区域在西汉时属夫夷侯国，汉景帝的孙子刘义被封为夫夷侯于此。东汉时属夫夷县，隋时属邵阳县，唐时属邵州武冈县。他们乘船走了两三天，才来到崀山脚下，上山后他们游览了一线天、天生桥等美景，最后登上最高处八角寨。

山登绝顶人为峰，两人站在八角寨上，只见云海茫茫，如入天宫，尖峰突兀，如海中游鲸。"好一片奇景啊！难怪舜帝感叹山之良也！"静轩感叹道。这山顶上也有一处云台观，但已衰败，无人值守，但门口一副对联引起了静轩的兴趣，联云："此山如何舜帝呼之良也；彼道虽在浮云滚似浪焉。"陈盖问下联是什么意思，静轩说："道家主静，浮云变幻之景，可供世人欣赏，但未必就是修道的好地方，崀字的发音跟'浪'一样，山上云浪滚滚，山下水浪滔滔，搅得人心难以平静，不能静就不能安，如何修道呢，所以至今崀山也没有出过仙人呢！"陈盖觉得静轩说得有理，于是催促静轩作诗，静轩于是口占一首《咏崀山》，诗云：

谁人山海志，骑岳欲摘星。舜帝曾名崀，扶夷自涨溟。

天边云变幻，脚底岭精灵。紫府猜如此，何须苦念经。

陈盖听完，哈哈大笑起来道："静轩，你这不是打击那些修道念经的人吗？"静轩说："这瑶池紫府，谁也没去过，现在看到的美景，应该也差不多了，你现在不是跟仙人一样了吗？不过话说回来，我们能看到这个仙景，也是一步一步艰难爬上来的啊！世界上的事，付出才有回报，所谓天道酬勤，读书也好，修仙也好，道理是一样的呢！"陈盖点头称是。

从崀山下来，陈盖说："静轩，我们这次出游，看了并题了邵州九景，我收获很大，比在学校读书强多了，可你马上就要去长沙读书了，我却还在邵州，以后可能很难有机会在一起游玩了！"静轩说："盖哥，跟你在一起玩得很开心，去长沙了也会放假啊，到时我们再一起来游览湖南九景，如何？"陈盖说："那好啊！那我一定跟你去呢！"说完两个人就一起回到邵州，各自回家。陈盖回家后，把静轩的诗又重抄了一遍，题做"胡曾咏邵州九景"。而静轩回到秋田后，就检点行李，准备去长沙道学读书去了。

欲知静轩在长沙的学习经历，请听下回分解。

第十回　看长沙眼力无二　考诗赋湖南第一

　　上回说到静轩要到长沙来读书。长沙是道学，静轩于是从县学、州学又升了一级，这样自然就离家越来越远，离中央政权越来越近。对于这道学所在地长沙，静轩以前只是听说过，而没有去过。上学时，由邵州刘学官陪同前往。当时从邵阳到长沙，一般走水路，坐船沿资江到洞庭湖，然后再逆流入湘江而到长沙城，路程约七百里。这船刚从宝庆府起航，就听得这舵工、桨手唱起了歌来："天下山河不平凡，千里资江几多滩，水过滩头声声急，船到江心步步难，谁知船工苦与乐，资水滩歌唱不完。"静轩问刘学官："刘大人，请问这师傅们唱的什么歌呢？"刘学官说："静轩，你是第一次在资江坐船吧，这首歌是《资水滩歌》，这资水分两段，以益阳为界，上游叫山河，下游叫外河，下游平缓，波澜不惊，但上游河面狭窄，水流湍急，一共有七十二滩之多，滩滩险恶，稍有不慎，即船翻人落，有时连尸体都找不到，因此船工们就唱歌壮胆提神，你刚才听的是序歌，在起锚时唱，接下来你会听到下滩歌。"果然行船没多久，即来到一个滩前，师傅们又唱了起来："一声开船下洞庭，象鼻头来头一滩。竹子山塘把流放，艄公想起上河滩，长滩只见长纤扯，景公塘里湾一湾，婆婆岩上把鹰打，小溪就把姜来担。小木滩来出红枣，抬头望见枞树滩。青荆滩上打一望，吉人庙上小连湾。石灰洞里歇一会，大连湾下大屋滩。兄弟同把花园进，出门又是小屋滩。栗滩走船如跑马，看见前面小南山……"静轩听到这铿锵振奋的歌声，又看到那翻滚的漩涡，心生怜悯，于是对刘学官说："大人，这些师傅常年在河里求生、滩里奋斗，非常辛苦啊！"刘学官说："养女莫嫁驾船郎，河风吹老少年郎；穿烂几多新草鞋，睡了几多无脚床；一年穿烂三年衣，三年没睡一年妻。驾船郎当然辛苦啊！不过这上游的师傅虽然风险大，但是工价高呢。俗话说，富贵苦中求，你读书也是一样，三更灯火五更鸡，也很辛苦啊！"两人说完，又听得师傅们唱了起来："出峡谷，入资江，无限风光放眼看，群山挂翠幛，田野铺绿毯，水浩浩，天蓝蓝，风送歌声传两岸……"刘学官对静轩说："这是另外一首《资江号子》，好听吧！静轩，要不你也来一首诗吧！"静轩说好，于是吟了首《过资水滩》，诗云：

> 资水行舟不畏难，一山才过一山拦。洞庭月色邀幽梦，东海潮声唤壮观。
>
> 险浪眼前高手破，漩涡身后日光寒。而今我识艄公曲，一路滔滔过万滩。

"而今我识艄公曲，一路滔滔过万滩！好句，好句，静轩，看来你还是有初生牛犊不怕虎的雄心壮志呢！"静轩见刘学官夸奖，心中欣喜。刘学官因经常跑这条水路，于是也慷慨地指点江山，吟哦风月。而静轩也是虚心请教，每事问，每景问，可谓一路游历，一路求学，刘学官爱静轩之才，也是知无不言，言无不尽，因此这长沙之旅，也是奇峰打草稿、碧水荡文涛，眼界大开，心境大阔。邵州到洞庭湖是顺流，一天能走一两百里，洞庭湖到长沙则是逆流，一天也就走个八十里，没几天时间就到了长沙城。

到了这长沙城，在刘学官的带领下，他们一起游玩了岳麓山、橘子洲、白沙井、定王台、天心阁、昭山等名胜，静轩喜欢思考，尤其喜欢地理和历史，他觉得这湖南观察使管理衡州、潭州、道州、邵州、永州五州，将治所设在这长沙城，也是有道理的。从地理上看，中国自古用"江山""河山"来形容政权，而长沙城则有江、有河、有山、有麓、有洲。在江河方面，湘江北上可以到达岳州、江夏而直达中原；南下可直达衡州、永州、道州、连州，直达岭南和八桂，这无疑有交通的便利。而在军事上，长沙城也有邵州城一样的优势，邵州三面临水、易守难攻，长沙也是如此，北去的湘江与自东南向西北的浏阳河和捞刀河，也形成了三面之水。在山麓方面，河西有岳麓山，岳麓山的南边则有昭山，有山则可高瞻远瞩、居高临下，这又是一个军事上的优势。因此从地理上看，长沙作为五州之中心是有其地利原因的。而从历史上看，长沙在秦朝时为长沙郡治，西汉时为长沙国都城，东汉复为长沙郡治，隋为潭州州治，因此历朝以来，长沙即为洞庭湖以南之重要都城。静轩把这些看法给刘学官讲了以后，刘学官也觉得静轩分析得有道理。

半个月后，道学就组织入学考试，这一次每州选派三人，合计有十五人参加考试。这种入学考试对于州学官和学子二者都是一种考验，如果学子成绩太差，不仅学子要被遣回，州学官也要受罚，而且次年的名额还会减少，因此学官也很紧张。考试分笔试和面试，笔试分四场，第一场贴经，就是照五经原文填空。第二场是墨义，就是按照孔颖达的《五经正义》，对五经中的字、词、句进行解释。对这样的考试，静轩虽然觉得老套，但也是老马识途，易如反掌，轻松应对。

第三场是作诗，题目是《咏橘子洲》，要求写一首五言排律，六韵十二句。橘子洲如一块翡翠镶嵌在湘江之中，静轩是去看过的，不过现在要写诗，就要展开联想了。静轩首先想起了屈原的《橘颂》："后皇嘉树，橘徕服兮。受命不迁，生南国兮。深固难徙，更壹志兮。绿叶素荣，纷其可喜兮。曾枝剡棘，圆果抟兮。青黄杂糅，文章烂兮……"屈原虽然赞美过橘子树，但是有没有到过橘子洲呢？没有历史记载，因此不能杜撰，只能在诗中一带而过。接下来呢？静轩觉得可以把橘子洲对面的贾谊故居写进来，把斑竹、舜帝写进来，把岸上的岳麓山写进来。作诗讲究起、承、转、合，最后怎么合呢？当然要遵从"文以载道"，静轩这时想起了老子的道德经："重为轻根，静为躁君"，那就是橘子洲有重、有静，任凭风吹浪打，依然屹立于湘江不动。人观景而悟道，悟道而写诗，诗以载道也。想到这里，静轩当然就成竹在胸，于是下笔，用颜楷一挥而就，诗云：

长沙嗟造化，何日立芳洲？橘绿灵均颂，沙明贾傅羞。
麓山长美慕，雪鹭自悠游。浪涌湘妃泪，潮惊舜帝眸。
水流洲不动，人去岛无忧。自得老君重，湘川美未休。

第四场是作赋，题目是《湖南赋》，要求写一篇骈赋。静轩之前看过很多名人对湖南的印象，大多数是哀叹和伤感，如被楚王放逐的屈原、被汉帝贬官的贾谊，以及被本朝贬官的褚遂良、宋之问，以及逃难的杜甫等等，在他们眼里，湖南就是卑湿和荒凉的代名词。静轩觉得应该拨乱反正，改消极为积极，以鼓舞湖南人的士气。于是满怀豪情，笔不停辍，文不加点，如行云流水一般，半个时辰就作完了。文曰：

洞庭湖南，九嶷山北，三湘之邦，四塞之国。舜帝巡而逝苍梧，湘妃沉而泣斑竹。昭王伐楚，龙失昭山之潭；屈子离骚，灵入汨罗之浦。雁别衡阳，猿啼岳麓。定王叹卑湿之窄，贾谊悲凶灾之鹏。褚都督之偶题，杜参军之愁渡，湘泪浅深，楚歌重叠。山重水复之问，秋草寒林之苦。望中原而江北去，悲贬斥而宦南来。秦时鸡犬，晋代衣冠，迁客骚人，此叹无助。曾，邵州小子，虞舜后人，踏资水而入桃源，登良山而会韶乐，深山自养虎气，大泽敢发龙声。诗赋初成，云梦泽中见日；文章偶作，洞庭湖里惊涛。抒三湘之灵气，抱七泽之辉光。恭逢盛世，太宗骈赋正读；肃立星沙，轩辕鼎乐犹闻。独立苍茫，幽思豪迈，凄凉过去，磅礴将来。眺鹤鸣而惊五岭，望兰馨而馥八桂。九嶷雾散，卿云烂兮旦复旦；衡岳云开，东海波兮新又新。大雅小雅，岂似舜皇高雅；周南召南，试观炎帝湖南。屈贾文章可继，衡阳回雁堪留，蔡伦早成纸祖，欧体正为楷宗。大道南来，潇湘不让洙泗；湘江北去，湖南可振风骚。允文允武，人材三湘波涌；亦圣亦王，诗文九州风行。江南好景，落花时节逢君；白云生处，霜叶红枫爱晚。日月丽天，江河行地，非常之人待起，不世之功待立。后起之秀，迟来之英，惟此有才，于斯必盛。小子多情，敢放歌云：

帝子苍梧悲万古，君山竹泪惊风雨。湘灵鼓瑟曲终时，江上卿云空自舞。

湘江北上去悠悠，嘉树文章看橘洲。目送波涛东海去，千年过后数鳌头。

因只有十几人考试，第二天成绩就出来了，静轩名列笔试第一，刘学官当然非常高兴，觉得静轩为邵州争光了，马上给邵州刺史发了快信报喜。

接下来就是面试。这次面试的主考官是大名鼎鼎的李群玉，李群玉比胡曾大三十多岁，是澧州人，极有诗才，文笔妍丽，才力遒健，与杜牧和裴休关系很好，曾入京向皇帝进献自己的诗歌"三百篇"，唐宣宗遍览其诗，赞曰"所进诗歌，异常高雅"，并赐以"锦彩器物"。并经大学士令狐绹举荐，宣宗授李群玉弘文馆校书郎的官职。但是他性好山林，不喜欢官场的尔虞我诈、迎来送往，于是干满三年这个从九品上的芝麻官，然后就辞职回了老家。此次受湖南观察使邀请来担任主考官，他看了静轩的诗，比较老成，骈赋虽然有待雕琢，但是豪情壮志，令人振奋，诗文水平已经不在自己之下，观其书法，亦有颜筋柳骨在里面，自有一种倔强之气。而见了静轩本人，觉得骨骼清奇，一身正气，心里暗暗为湖南有这样的人才而欣喜。

面试主要是提问，第一个问题是关于《咏橘子洲》这首诗，李群玉问道："胡曾同学，你这首诗为什么说'水流洲不动，自得老君重'呢，佛祖如来也讲如如不动啊，孟子也讲不动心啊，难道你只喜欢道家吗？"胡曾答道："回大人，本朝太宗曾下过《令道士在僧前诏》，其中说，'大道之兴，肇於邃古，源出无名之始，事高有形之外。迈两仪而运行，包万物而亭育，故能经邦致治，反朴还淳'，而且还说'朕之本系，出於柱史。今鼎祚克昌，既凭上德之庆；天下大定，亦赖无为之功'，由太宗此诏看出，道在佛先，有理有据，因此我选择了老子之道。至于孟子之不动心，主要针对功名利禄，但对于善恶，孟子还是非常动心的，您看他怎么回答'臣弑其君，可乎'这个问题的，他说：'贼仁者谓之贼，贼义者谓之残；残贼之人谓之一夫。闻诛一夫纣矣，未闻弑君也！'这种暴力革命的主张，岂止是动心，心海中更有着惊涛骇浪呢！由此看出，老君的'重为轻根，静为躁君'才是真正的不动，而不管风大浪大，橘子洲都能岿然不动，正是暗合老君之道呢！"

李群玉喜欢的也是道家，见静轩回答得头头是道，尤其是善于借势，竟然搬出了唐太宗的诏示，可谓有千钧之力，无人敢敌，心中暗暗称奇。见第一个问题没有难倒静轩，于是提第二个问题。

第二个是什么问题呢？静轩能不能答出来呢？请听下回分解！

第十一回　发宏论惊李群玉　赋歌诗折邵翁源

　　上回说到静轩令人满意地回答了李群玉的第一个问题，接下来，李群玉就问了第二个问题："胡曾同学，你怎么看诗经的'思无邪'，怎么看毛氏和孔颖达的注解？"静轩答道："诗经有国风、大雅、小雅、颂，但是到今天，国风中还有很多名篇流传，大雅小雅就少一些，颂就基本没有了。由此看出，诗好还是不好，时间是最好的检验，这不是名家抬举、注解可以左右的，民心所向，如江河行地，浩浩荡荡，岂容阻拦？毛、孔生搬硬套孔子的'思无邪'，其实是给诗上了枷锁，阻碍了诗的发展，最终还是无法阻挡人们的爱好和志趣。他们把'关雎'说成后妃之德，把'周南''召南'抬得那么高，只能适得其反，让人笑其迂腐。孔子删诗大抵用意不错，为诗立了规矩，但是不管作诗还是为文，都不能违背舜帝的中道：'人心惟危，道心惟微，惟精惟一，允执厥中'。国风未必就不是道心，雅颂未必就不是人心，能执其中，则近道也。诗可美，也可刺，也可怨，儒家之外，尚有道家，诗经之外，尚有楚骚，古文之外，尚有骈文。诗或有趣味，或有情调，或有气势，或有神韵，或有哲理，或有空灵，百花齐放，方得春意盎然，这才是大道之行，岂能都照毛孔之口径，不越雷池一步呢？这样的话，诗歌就进入了死胡同了！"李群玉觉得这静轩小小年纪，却发出如此标新立异的评论来，真是有胆量、有见地，凤毛麟角，不是凡品啊！李群玉对诗也有此看法，只是不敢说出来，听静轩这么一讲，便有知己相遇的感觉，但鉴于师生礼仪、年龄差距，不便喜形于色。

　　经发问，李群玉觉得这胡曾读书，既能进去，又能出来，见识和谈吐比他想象的更好，于是问了第三个问题："胡曾同学，你的骈赋说湖南会后来者居上，将来会出现人才兴旺的大好局面，你是怎么得出这个结论的呢？"静轩答道："自古文章出东鲁，从来武略起西秦，文者柔也，武者刚也，自汉武帝独尊儒术以来，儒学大兴，孔子成为素王，一方面，正如李白诗云：'鲁叟谈五经，白发死章句。问以经济策，茫如坠烟雾。'另一方面，也是最严重的，就是文振武颓，导致无法抵御野蛮民族的入侵，永嘉之乱、安史之乱即是明证。不过，这动乱从某种意义上来说也是好事，因为随着中原士大夫的南逃，南方文化随之兴起，而到了湖南，则必然开出另一种气象。湖南自古是三苗之地，战神蚩尤的后代就生活在莽莽梅山深处，民风剽悍，逞强好斗，周昭王即丧身于此，北方文人士大夫来到湖南后，自然就会融合楚蛮之狠，而形成允文允武的地域性格。将来如果中原王朝危难、儒学难以救国之时，这种亦刚亦柔的性格就会大显身手，深山大泽产龙蛇，必然会出现非常之人、立非常之业。"李群玉面对眼前这个十五岁的少年，处在江湖之远的长沙，竟然能发出如此高瞻远瞩、惊世骇俗的言论，真有目瞪口呆的感觉，但同时也为静轩的直言暗暗担忧，不懂韬光养晦，恐怕将来要吃大亏啊！其他陪同面试的博士和助教也暗暗称奇，觉得静轩是湖南有史以来数一数二的才子！

面试完后，道学很快出了榜，胡曾笔试和面试都是第一，刘学官当然非常有面子，高高兴兴地回邵州去了。静轩也安下心来学习，道学的课程主要是儒学九经，即《礼记》《左传》《诗经》《周礼》《仪礼》《易经》《尚书》《公羊传》《穀梁传》，不过在道学学习，其重点则放在了应用，诗文的分量增加了，不仅强调背诵，而且强调与时事挂钩，即要写策论。静轩则依据自己的短处，重点加强了骈文的写作，大量阅读魏晋以来的名作，如鲍照、孔稚珪、陶弘景、庾信、王勃、李商隐的骈文，当然他最喜欢的还是王勃和太宗李世民的骈文。除此之外，静轩注重经史合读，他认真阅读了十五史，即司马迁的《史记》、班固的《汉书》、范晔的《后汉书》、陈寿的《三国志》、房玄龄的《晋书》、沈约的《宋书》、萧子显的《南齐书》、姚思廉的《梁书》《陈书》、魏收的《魏书》、李百药的《北齐书》、令狐德棻的《周书》、魏徵的《隋书》、李延寿的《南史》《北史》，以史观经，以经览史，静轩悟出了很多兴亡之道，骈文的典故也多了起来。水积之深厚，自可负大舟，静轩的文章当然是越来越好。

但静轩最喜欢的还是作诗，主考官李群玉在道学也教了半年的诗，他非常喜欢静轩，除了跟静轩讲在京城做校书郎的旧事外，还一起纵论天下诗人，讲了很多静轩不知道的诗赋大家，让静轩大开眼界，李公也经常把他的诗给胡曾看，静轩看了李公的诗，清新脱俗，毫无烟尘之味。一次，李群玉问静轩喜欢他的哪些诗，哪些句子，静轩说："总体来说喜欢近体七律五律多一些，非常喜欢的句子如：'迹同飞鸟栖高树，心似闲云在太虚。''多情草色怨还绿，无主杏花春自红。''村梅尚敛风前笑，沙草初偷雪后春。''湖山四五点，湘雁两三声。''半岭残阳衔树落，一行斜雁向人来。'，当然还有很多。"李群玉听到静轩吟诵自己的诗句，心中非常高兴。而静轩也将自己的诗交给李公指点，受益很多，律诗更有进步。两人如切如磋，如琢如磨，志同道合，于是也变成了亦师亦友的关系，一起泛湘江、登岳麓、踏橘洲，享江山美景，数风流人物，品古今诗赋，不亦乐乎！

但是这道学的学官觉得李公教诗有一个缺点，那就是道家味太重，远离社稷河山，无关家国历史，跟儒家的格物致知、修齐治平基本上不搭边，于是多有微词，而一些执着于考取功名的学子也不满意，李群玉心气很高，见此处不留爷，于是拂袖而别，云游四海去了。过了四年，静轩闻说李公于家乡辞世，伤感不已，大抵诗人之交清淡如水，却于唱和之间共兴奋，于灵魂深处共倚靠，更能胜过世俗的对酒畅饮之乐，当年杜甫思念李白诗云：'渭北春天树，江东日暮云，何时一尊酒，重与细论文'，恰是文友真情之写照，静轩回想起当年的师友故事，悲从中来，于是挥笔写了首《悼李公群玉》，诗云：

> 观君诗赋意阑珊，屈子曾言澧有兰。性好群林怀抱玉，心开梅雪志飞鸢。
> 校书岂表皇恩重，传道方知格物难。叹尔仙风吹不再，湘江北望水波寒。

大抵孔子说诗有兴、观、群、怨，其实在体裁、题材方面也是多姿多彩。在当时的唐朝，诗坛就盛行"新乐府诗"，本来乐府是自秦、汉设立的配置乐曲、训练乐工和采集民歌的专门官署，其中汉乐府最有名，汉人称之为"歌诗"，魏晋时始称"乐府"或"汉乐府"，乐府诗大抵分为两类，一是效庙歌辞，类似《诗经》中的"颂"，一是民间俗乐，类似《诗经》中的"风"，跟诗经的四言不同，很多乐府诗采用了五言，如《孔雀东南飞》《蒿里行》等，内容有家国苦难、男女爱恨、边塞愁苦等等，到了唐朝元和年间，经"元白"即元稹和白居易发起新乐府运动，乐府古题新咏、唐朝自题新咏风靡士林，补察时政，泄导人情，借古讽今，以今咏古，称一时之盛。白居易作为倡导者，除了《长恨歌》《琵琶行》名满天下外，还做了《新乐府》五十首、《秦中吟》十首；其他有元稹的《田家词》、张籍的《野老歌》、王建的《水夫谣》、李绅的《悯农》，皆针砭时弊、脍炙人口。

当时一位被誉为岭南才子的韶州翁源人邵谒正游学长沙，擅长古乐府诗，风闻静轩是写诗能手，于是慕名来道学会静轩。他首先献上了一首《苦别离》，诗云："十五为君婚，二十入君门。自从入户后，见君长出门。朝看相送人，暮看相送人。若遣折杨柳，此地树无根。愿为陌上土，得作马蹄尘。愿为曲木枝，得作双车轮。安得太行山，移来君马前。"静轩一看这乐府诗，首先觉得已经不合时宜，这种汉代不讲平仄韵律的乐府体裁，虽然有元白的力推，但终究只能是昙花一现，不能长久，现在已经公认格律诗的至尊地位，岂可舍好求次、刻舟求剑呢？其次，邵谒作为一个男人写闺怨诗，虽然缠绵悱恻、足以动情，但终究不合阴阳之道，怨男恨女、娇娇啼啼，殊无阳刚之气。静轩终究年轻气盛，觉得既然邵谒都上门了，来而不往非礼也，于是拟了一首七律，用的是古乐府诗歌名《车遥遥》，诗云：

自从车马出门朝，便入空房守寂寥。玉枕夜残鱼信绝，金钿秋尽雁书遥。脸边楚雨临风落，头上春云向日销。芳草又衰还不至，碧天霜冷转无憀。

邵谒一看这用七律写的古乐府闺怨诗，不仅文采风流，而且柔肠寸断、催人泪下，比自己的汉乐府五言诗强了不知多少倍，看来静轩的诗才名不虚传啊！

一首不够，再来一首，邵谒于是献上自己最得意的一首《览镜》，诗云："一照一回悲，再照颜色衰。日月自流水，不知身老时。昨日照红颜，今朝照白丝。白丝与红颜，相去咫尺间。"静轩一看这诗，虽有古风，但是比兴不足，韵味不浓，格调颇浅，但看他千里而来，也不好拂其意，于是又借古乐府题名吟了一首七律《独不见》，诗云：

> 玉关一自有氛埃，年少从军竟未回。门外尘凝张乐榭，水边香灭按歌台。
> 窗残夜月人何处，帘卷春风燕复来。万里寂寥音信绝，寸心争忍不成灰。

静轩驾驭这种男女情思的文字如老马识途、顺水行舟，只是觉得这是虚幻的文字游戏，心里也没有什么成就感。但那邵谒一看这首《独不见》，顿时对静轩充满了崇拜，他说："我记得沈佺期的七律《独不见》：'卢家少妇郁金堂，海燕双栖玳瑁梁。九月寒砧催木叶，十年征戍忆辽阳。白狼河北音书断，丹凤城南秋夜长。谁谓含愁独不见，更教明月照流黄。'胡兄，我觉得你这首诗更加高雅清丽，尤其是'窗残夜月人何处，帘卷春风燕复来'一联，堪称绝妙！我今天才知道湖湘有材、天外有天啊！静轩兄一定是得到名师指点吧？"静轩说："邵兄过奖，山高者气寒，曲高者和寡，说不定邵兄的诗更为人喜欢呢！至于说到名师指点，鄙人命薄，至今还没碰到呢！不过我觉得也不要紧，舜帝有名师指点吗？老子有名师指点吗？史书都没记载啊！这赋诗作文，个人认为天赋至少占了八成，其余二成则要自己多背、多写、多悟、多切磋，这两成也跟天赋有关。命里有文昌的人，能遇到名师言传身教更好，碰不到的话，自己也会主动去找寻古圣先贤的文集，用心涵咏，切己体察，因此自学也能成材。至于名师指点，有好处，也有不好处，好处就是进步较快，不好处者，可能被名师学问所束缚，继承有余，开创不足也！所以圣人无常师呢！"邵谒问："胡兄命里有文昌吧！"静轩说："小时候母亲给我算过命，说我八字中有两重文昌呢！"邵谒说："难怪啊！看来胡兄所言极是！"说完，邵谒满心欢喜，叩谢而去，逢人就说长沙人胡曾的诗写得好，由此"长沙胡曾"的名号也传遍了诗坛。

圣人无常师，君子唯好学。静轩觉得待在学校每日读有字之书，收获不大，因此常常出校门读无字之书。一年夏天，静轩和同学们在湘江游泳，是日风大浪大，一位同学逞强好胜，被水淹死了，大家打捞上来时，已无气息，正在大家束手无策、悲天呼地之时，一个叫袁守道的医生路过，他让静轩用双手抓住此人的双腿倒背起来，然后从药箱中拿出一壶酒，打开倒进嘴里，鼓气往死者鼻子里一喷，然后让静轩踮脚来回跳，不一会，死者吐了几口水，竟然活了过来。见这么简单的动作竟然让人起死回生，静轩当下佩服不已，于是想拜袁守道为师。袁守道见静轩是道学学生，生得眉清目秀，双眸有神，知道是可造之材，于是也乐意结成师徒。每逢课余和放假，静轩总要来跟袁守道学岐黄之术。

这袁医生师承孙思邈，他先让静轩看三本书《易经》《道德经》《黄帝内经》，他语重心长地说："静轩，我知道你在练吐纳之法，这从你的脉象可以看出，不过你有文才，将来还是要走安邦定国之路的。不过学点医也好，不仅有术在身，可以事亲治病，养家糊口，而且医易同源，可以悟道呢！诸葛武侯说过，'不为良相，即为良医'，其实《黄帝内经》有句话跟这个意思差不多，那就是'上医治国、中医治人、下医治病'，这治国和治病其实道理是一样的，人身小宇宙，宇宙大人身，都离不开阴阳二气的运转，人要有阳气才有正气，国要有正气才有生气。所谓'上医治国'，就是仁民爱物，扶正压邪，这样就能避免战乱，人民安居乐业，健康和寿命都有保障；所谓'中医治人'，就是要懂得养生之道，法于阴阳，和于术数，饮食有节，起居有常，不妄作劳，避免风、湿、寒、燥，保护和增强阳气，让你不生病，也就是治未病，这完全是用教育就可以解决的问题；所谓'下医治病'，那就是病已形成，只能通过针灸或药物去治，这是教育失败、养生失败，或者治国失败后的下策，但是只要不是病入膏肓，还是有救。你好好看看这三本书，这是道，悟'道'了，再去学'术'，我再教你一些岐黄之术，也就是望闻问切，开方下药，这样你将来也能悬壶济世、治病救人。"

袁守道讲的这些话是在官学里听不到的，官学终究是儒家之道，这黄老之学看来更有实用性啊！静轩顿时开悟，于是用心钻研起《易经》《道德经》《黄帝内经》这三本经典来。《易经》《道德经》都讲太极生两仪，到《黄帝内经》这里，则由两仪生出五行来，五行对应五脏、五官、五指，这个二五之数，则由易道转为医道，静轩仔细领悟，用心体察后，对五经又有了新的认识。在此基础上，静轩跟袁师傅学会了诊断、治疗、针灸、点穴、放血之术。平时碰到同学朋友有个伤寒感冒，静轩都能施以妙手、得以回春，因此在道学也有了"胡能医"的雅号。

春去秋来，冬去春来，三更灯火五更鸡，不知不觉静轩在长沙读了五年书，每次考试静轩都是独占鳌头、荣登榜首。这年秋天，通过预试，静轩被道学推荐去参加明年尚书省的进士科考试，亦称春试或春闱，春试在三月，学校于是放假三个月，静轩本来想回家，但是又一想，难得有假期，不如去游历一番，增长见识。主意拿定后，他写信给还在邵州城读书的陈盖，约好一起游历，并约定在洞庭湖见面。

若问这一次静轩和陈盖游了哪些地方，请听下回分解！

第十二回　上君山祭祀二妃　观洞庭赋吟一楼

上回说到静轩约陈盖游历，陈盖接信后则如出笼之鸟一样兴奋，陈盖这几年老是待在邵州城读死书，考试又通不过，正烦闷着呢！他于是从邵州乘船，沿着滔滔资江水，向北向东，最终来到了洞庭湖与静轩相会。见面后，陈盖对静轩说：“静轩，我从邵州到洞庭湖，就跟我们的辰河一样，南下，东走，北上，再东去，你猜猜，我给你带来了什么？”静轩见陈盖眼中闪烁着神秘、惊喜的光芒，于是道：“我猜得没错的话，应该是你也写了一首游历诗吧！”陈盖说：“静轩，你还真的是诸葛亮料事如神呢！我不止写了一首，而是写了一组！名为《辰河九曲歌》，徒弟不才，请胡曾大师指点！”说完，恭敬递上他的诗稿。静轩一看这诗稿，惊叹道：“古人云，士别三日当刮目相待，盖兄，你这组诗写得好啊！都可以当我的师傅了！”陈盖见静轩不是调侃，心里美滋滋的，说：“静轩，真的写得好吗？那是胡曾大师尽心栽培的结果啊！为了表示谢意，这次我们游历的舟车食宿，我包了！”看官，这陈盖这么高兴，又如此慷慨，静轩又如此抬举，这是组什么诗呢？我们不妨来看看这首《辰河九曲歌》：

望云山上孕清波，辰水滔滔入赧河。我泛资江多妙想，欣吟九曲畅游歌。
一曲山溪壮志翩，龙腾虎跃入晴川。寨都一抱金潭水，合忆云峰锁翠烟。
二曲米珠峻逸峰，笔尖蘸水绘谁容。凤声交响辰河浪，不尽清风醉意浓。
三曲大东看碧山，经年绿海起何澜。药王仙气滋灵水，可舀微波照渥丹。
四曲铜盆汇两流，清波可步北青幽。春来影照桃花洞，一醉风流恋未休。
五曲都梁别凤仪，双江口阔拥夫夷。桂林山水随波跃，一入湘天瑞鸟啼。
六曲资江向北游，湖山丽影洗明眸。涛声月影穿花树，似水文章写客愁。
七曲浮舟上冷江，雪峰寒意映苍苍。应怜昨夜云山雨，添得高河几寸长。

八曲弓弦势欲张，梅山歌曲唱东方。蚩尤应忆中原事，滚滚江声唤益阳。九曲甘溪入洞庭，遥思东海意奔腾。渔郎无意桃源路，起浪长江别有声。

"'渔郎无意桃源路，起浪长江别有声。'好句，有大志，记得白居易跟元稹说：'小通则以诗相戒，小穷则以诗相勉，索居则以诗相慰，同处则以诗相娱。'盖兄，看来我们有元白同处之乐也！"陈盖见静轩如此抬举自己，于是说："这首诗写了几年呢，我的文才跟胡曾大师不可平起平坐啊！我还是做你的学生合适呢！"静轩说："昌黎先生云，弟子不必不如师，师不必贤于弟子，闻道有先后，术业有专攻，如是而已。这辰河、望云山是盖兄的地盘，当然是盖兄来写合适啊！"陈盖说："这么说那我就当仁不让了，这次游历，我们是个什么路线呢？"静轩说："我们先游洞庭湖，然后由北向南，逆湘江而游遍湖南，最后到永州，走陆路回邵州。每到一处，你先吟诗，你看这样好不好？"陈盖说："路线就按你设定的来，但是对景吟诗，我还是以学习为主，胡曾大师先吟吧！"静轩见陈盖还会谦虚了，就也不勉强。

面对这浩瀚无边的洞庭湖，两人震撼不已，陈盖说："静轩，介绍介绍啊！""盖兄，这里就是闻名天下的江湖！湘、资、沅、澧四条江汇到了洞庭湖，洞庭湖又在城陵矶与长江相汇而一起往东北流去，江入湖，湖入江，八百里云梦，八百里洞庭，八百里江湖，天下没有第二个这样的美景了！"静轩如是介绍道。然后指着湖中的君山道："这就是著名的君山，原来叫洞庭山，传说山下有金堂数百间，玉女居之，四时闻金石丝竹之声，彻于山顶，李白曾赋诗云：'淡扫明湖开玉镜，丹青画出是君山。'刘禹锡曾赋诗云：'遥望洞庭山水翠，白银盘里一青螺。'"陈盖一见这君山，就对静轩说想上去看看，静轩说："肯定要去的，我早有安排呢！"于是两人乘船过洞庭，直往君山。

踏上君山，只见这上面峰峦盘结，沟壑回环，古木绽绿，瑶草吐红，他们一起看了秦始皇的封山印、汉武帝的射蛟台。但是静轩对这些都没有什么兴趣，老是在东张西望寻觅什么，陈盖就问静轩在找什么，静轩说："在找我们的祖宗的坟墓啊。"陈盖问："静轩，难道我们还有共同的祖先吗？是谁？埋在君山上吗？"静轩说："陈胡是一家啊，我们陈胡两姓共同的祖先是周朝陈国第一任君主妫满，一个儿子以国号陈为姓，一个儿子以谥号胡为姓，因此陈胡都姓妫，陈氏和胡氏都是妫满的后代，而妫满又是舜帝的后代，舜帝的两位妻子娥皇、女英，就埋在君山之上！当年舜帝南巡，崩于苍梧，二妃泪洒斑竹，最终因绝望而投水自尽，当地人把二妃埋在了君山，于是有了二妃墓。相传二妃逝世后化成了湘水女神，经常在水底弹奏云和之瑟，声音凄美，尽诉对舜帝的忠贞和思慕，后来屈原来到君山，将这些传说写进了《湘君》《湘夫人》《远游》，于是二妃的故事传遍天下。天宝十年吴人钱起在参加由礼部主持的尚书省进士考试时，其试帖诗《省试湘灵鼓瑟》就根据屈原《楚辞·远游》中的'使湘灵鼓瑟兮，令海若舞冯夷'而创作，钱起因这首诗一举成名，而湘灵鼓瑟的传说也家喻户晓。因此二妃是我们共同的祖先，我们现在就去找二妃墓吧！"

陈盖一下听静轩讲了这么多，还待在那里回味，静轩拉他走时才醒悟过来。不一会他们就找到了二妃墓，静轩轻轻地抚摸着墓边的斑竹，心潮起伏，许久才平静下来，然后他从布袋中掏出檀香，用火镰点香于墓前，摆上茶酒，拉着陈盖行了三叩九拜之礼，然后静轩就跪在地上念起了祭文，文曰：

维咸通元年，岁次庚辰，良辰吉日，苗裔胡曾、陈盖以牢醴之奠，敬祭于祖妣娥皇女英之灵曰：维叶茂思本，河长溯源，而今百代，三千余年，邵州小子，来拜祖先。远踏资水，近入湘川，云梦不迷，江湖连天，抵此浩渺，洞庭无边。湘水澄碧，君山生妍，苍峰翠树，吸道引仙。既登宝岛，心事联翩，水天如梦，人世何年？遍抚斑竹，清泪涟涟，未闻鼓瑟，来到坟前。三拜九叩，告慰祖先。嗟尔祖妣，帝尧之媛，妻之重华，孝亲不怠。历山恩施，妫水德戴。华夏东夷，终归一宰，勤勉相夫，古风不败。舜登帝位，持盈保泰，一统三苗，和谐四海，作韶作歌，南风瑞霭。生子商君，传宗接代，万世根基，明德灌溉。嗟尔祖妣，重义多情，卿云自北，虞帝南巡。德化三苗，苍梧驾崩。君山遥望，皇天无亲，泪洒翠竹，斑斑泪痕，君山永驻，湖水长明，湘灵是化，永鼓瑟音。哀怨无尽，诚尔子孙，勿忘孝德，永树忠贞，兰芳桂馥，光大门庭，小子任重，牢记德音，千里苗裔，敬念先灵，谨以微忱，昭告惟寅，尚飨。

静轩念完后，又烧了钱纸、放了鞭炮，然后与陈盖准备离去，陈盖问："不题诗一首吗？"静轩答："祭文不是四言诗吗？你要我题什么诗呢？"陈盖说："上次在邵州你题的都是五律，这次就题七律吧，题名就叫君山拜二妃墓。"静轩回答好，他略微想了想，于是口占了一首七律《君山拜二妃墓》，诗云：

> 洞庭湖水荡君山，风自幽幽浪自寒。七十二峰青似璧，三千余载竹犹斑。
> 我来祖姒坟前拜，瑟自湘君别后弹。莫恨长流妫水远，子孙今日满湖南。

陈盖说："这首诗写得好啊，静轩，七律比五律要厚重多了，最后两句，'莫恨长流妫水远，子孙今日满湖南'，如果两位祖姒在天之灵听到了，一定会倍感欣慰的呢！"静轩说："中国人的宗教，就是祖宗教育，每年的寒食节、清明节，我们家都会去佘湖山给祖父和曾祖父上坟，只不过曾祖父以上的祖先，源流大概清楚，但是坟墓却不知在哪，真是不孝啊！孔子云，慎终追远，民德归厚也。后代给祖先上坟，不仅祖先灵魂会欣慰，给子孙带来保佑和福报，而且也让自己的后裔产生光宗耀祖的责任感呢！"陈盖听静轩这么一开示，不仅知道了自己的根，还知道了祭祖的意义，《周礼》《礼仪》《礼记》这些经书就应用到了实际生活，道不远人，人能弘道啊！陈盖受教，心里十分欣慰。

两人拜别二妃墓，然后乘船直接来到了君山对面的岳阳楼。岳阳楼位于岳州城西门，临湖而建，楼高三层，四柱飞檐，盔顶大气，他们两个上楼观景，见君山苍苍、洞庭茫茫，水天一色，风云不惊，顿觉眼界大开，静轩不禁念起李白的"楼观岳阳尽，川迥洞庭开"，杜甫的"吴楚东南坼，乾坤日夜浮"，孟浩然的"气蒸云梦泽，波撼岳阳城"，但是犹觉意思未尽，于是口占一首七律《登岳阳楼》，诗云：

> 云梦巴陵烂漫游，登临一叹岳阳楼。水天一色江湖阔，波浪多情日月浮。
> 黄帝咸池疑在耳，舜皇韶乐许弄舟。潇湘应悔东流去，好景如斯不再收。

陈盖觉得静轩的诗中总带感情、总有历史，读起来倍感亲近，于是连声说好，但是觉得登此名楼，应该写一篇赋才行，这样才能尽显静轩之才，于是对静轩说："王粲曾有《登楼赋》，王勃曾有《滕王阁序》，胡曾是否也应该有篇《岳阳楼赋》啊？"静轩被陈盖这么一激，恰好对景有情，于是临湖而咏，脱口而成《登岳阳楼赋》，赋云：

泛湘江而北上，会云梦于南荣，四水歌其盛汇，三湘舞此潮生。江湖阔兮无极，荆楚明哉有英，天生好景，人醉多情。览洞庭于何处，怅天眼之无寻。幸楼兮依芷岸，望檐兮飞兰亭。临之而觉湖小，登之而摩天平。渔客兮歌古诀，君山兮露峥嵘，五光辨来十色，千里瞥去一晴，鱼龙纵横无觉，云鹤翔集有声。遥瞻远瞩，神朗气清，黄帝张咸池乐，舜皇奏南风薰。骚赋吟兮屈子，斑竹鼓兮湘灵，少陵坐叹，太白起兴，把酒邀巫山雨，吐气吞衡岳云。风月一楼独揽，江湖万古犹尊，波推日月，浪动古今。楼生宝地而贵，人立高台而明。俯仰天地，和谐君民，觉风波于一览，止鼎沸于千声。登斯楼也此悟，愿此理兮长明，随风作赋，鼓浪歌云：

嗟此洞庭天下水，琼楼尽览风波起。咸池黄帝昔悠扬，斑竹君山今旖旎。

春来活水涨连天，巴蜀风云到眼前。指点江山重有日，浮沉日月待来年。

陈盖听得如痴如醉，半天都没回过神来，该赋不仅朗朗上口，铿锵有力，而且隐约感觉到静轩有欲平息江湖风波的豪情大志，面对八百里洞庭，有山有水，有朋有赋，真是人生之大乐趣啊！静轩说："好景和好友一样，只能相逢，不能久住，相逢有惊喜，久住则厌倦，看完了洞庭湖，走起！我们一起游长沙去！"陈盖还没去过长沙，当然心生向往，于是跟静轩高兴地乘船南下。

若问他们两人看了长沙哪些名胜，请听下回分解。

第十三回　书堂山诗探欧楷　道林寺言指道儒

　　上回讲到陈盖和静轩离开岳阳南下长沙。在离长沙城还有五十里的地方，静轩说下船去看看书堂山。陈盖问："静轩，这是什么地方呢？"静轩说："这里是书家欧阳询的故乡，我见过其法帖，笔力险劲、瘦硬，意态精密俊逸，中华欧体，名不虚传！不过这书堂山看起来和欧阳询的字却感觉不一样呢！"静轩看这书堂山，酷似笔架，但在江南只能算平凡之山，还没有秋田的园安岭高，不过也还算秀丽。他们一起兴致勃勃地看了洗笔池、读书台，静轩感慨地对陈盖说："东汉耒阳人蔡伦发明了可以书写的纸，圣朝欧阳询却发明了楷书之法，湖南人为中国文化也是有贡献的啊，欧阳询的生平算是坎坷不平，历经梁、陈、隋、唐四朝，多次死里逃生，最终能得到唐高祖和唐太宗的赏识，做到了太子率更令、弘文馆学士，封渤海县男，以八十高龄辞世，也算是有福之人。话说书者心画也，听说欧阳先生长相丑陋，因此其书法之平正险绝，跟山水和长相应该关系不大，可能跟其生平经历各种险境大有关系。"陈盖也看过欧体字，没想到静轩能把字和人的经历结合，别具见解。陈盖于是要静轩作诗，静轩随之吟了一首七律《过书堂山》，诗云：

　　　　书堂梦里峻含灵，今到山前只见青。洗笔泉声犹婉转，读书台座亦伶仃。
　　　　四朝生死真从险，八诀龙蛇势不宁。由此森森欧体出，世人争看醴泉铭。

　　看完书堂山，两人即乘船来到了长沙城，静轩先领他看了贾谊故宅。这故宅离湘江边很近，对面就是橘子洲。贾谊故宅建于西汉文帝年间，为贾谊担任长沙王太傅时的府邸，门前有贾谊所凿的一口井，还有贾谊手植的大柑一株，大门有对联一副，联云："三年卑湿，岂料文章开蛮楚；一水长流，似吟论策到如今。"陈盖问静轩："贾谊是什么人物？论策又是什么？"静轩说："贾谊是西汉洛阳人，18岁时，就是我这个年龄的时候，就精通经典和文赋，22岁担任博士，升为太中大夫，可谓年轻有为，青年得志。他的文章关注江山社稷、治乱兴亡，讲求经世济用、扶危持颠，著名的有《过秦论》《论积贮疏》，眼光独到，鞭辟入里，深得汉文帝赏识，文帝几次想要他担任公卿的高位，但是由于才高遭忌，而且太过年轻，不懂方圆之道，为权臣排挤出长安，改任长沙王的太傅。因长沙乃卑湿之地，远离长安，贾谊当然备感冷落，心情如屈原被楚怀王放逐一样，在过湘江时，惺惺相惜写下了《吊屈原赋》，明为吊屈，实为悲己。在长沙期间，有一天，一只鵩鸟，也就是猫头鹰，飞进了贾谊的屋子，他觉得是凶兆，认为自己命不久矣，于是悲愤地写下了《鵩鸟赋》，由此可见其身心之虚弱，这当然是虚惊一场。三年后，贾谊被召回长安，文帝在未央宫前殿的宣室接见了他，咨询了祭祀鬼神的问题，贾谊的回答令文帝深感佩服，并且感叹道：'吾久不见贾生，自以为过之，今不及也。'本朝李商隐先生有诗云：'宣室求贤访逐臣，贾生才调更无伦。可怜夜半虚前席，不问苍生问鬼神。'这当然是讽刺汉文帝和怜悯贾谊之作。后来贾谊任梁怀王的太傅，汉文帝多次向他征求治国方略，贾谊于是写下了千古鸿文《治安策》，时年27岁，该文立足于汉朝的长治久安，抓住内外矛盾，提出了治国安邦的宏大对策，以史为鉴，引经据典，有理有据，足资治国。该文目光如炬，非帝师王佐不能成文，非胸怀韬略、腹有良谋者不能下笔；在行文上，忽峻忽缓，夹叙夹议，妙喻横生，出神入化，亦为文苑之英华。可惜的是，因梁怀王坠马而死，贾谊也抑郁而终，才高不寿啊，享年仅33岁。这副对联中的论策主要是指《过秦论》和《治安策》，屈原的骚赋以情胜，主要在于文学上的贡献，而贾谊的策论则以理胜，贡献在于经世济民，一屈一贾，一文一理，这古老的荆楚大地、长沙之国，当然就得到了极大的开化，这情理兼容、经世济民的湖湘文化由此也就奠定了基础。"

陈盖听静轩一下讲了这么多，觉得几年不见，静轩的见识和学问越来越高了，他们一起进宅子看了看，看到这千年前的遗物，静轩有感而吟了一首七律《过贾谊宅》，诗云：

江边孤宅闭门深，太傅游踪几处寻。有用韶华悲鹏鸟，无情湘水吊灵均。
过秦论展鸿鹄志，扶汉才遭燕雀侵。许是长沙卑湿地，江湖寥落远皇恩。

陈盖听完，叫好之余，忽然有了一个建议，他对静轩说："静轩，你
对历史人物有兴趣，评价也有见地，不如写个咏史诗集子呢？我个人认
为，如果用七律来写，虽然情感和理论丰满了，但是也有一个问题，那就
是诗一长就不容易记，不容易记就不容易流传，我建议你用七绝来写咏史
诗，你看如何？尽量写得通俗易懂一些！人们一听就懂，这样就很容易流
传，也容易教化人心呢！"静轩一听，觉得陈盖这个建议非常好。按唐朝
科举考试的规则，应试作诗时，一般要求写六韵十二句的五言排律，如钱
起的《省试湘灵鼓瑟》，所以静轩平时都练习写作五言排律，听陈盖这么
一说，静轩觉得诗不仅给自己看，给考官看，给朋友看，还可以面向更
广的人群，如风一样，上以化下，下以刺上，这样一来，字数越少，当然
越容易记忆和流传呢！欲识君山真面目，还须登上岳阳楼！还是局外人清
醒！陈盖这个点子不错！静轩于是略一思索，针对贾谊故宅，题了首七绝
《长沙》，诗云：

江上南风起白蘋，长沙城郭异咸秦。故乡犹自嫌卑湿，何况当时赋鹏人。

陈盖一听，这首七绝比起那首七律来说通俗易懂多了，连声说好，但
是静轩觉得这样的七绝太过直白了，心里没有什么成就感，因此也只能付
之一笑。

看完了贾谊故宅，静轩就带陈盖来到了定王台。陈盖问："这定王是
一个人吧？"静轩说："是的，这个定王名叫刘发，他是汉景帝刘启的第
六子，到长沙做诸侯王时，贾谊已经去世了。刘发的母亲有两个，生母唐
儿本来是程姬的侍女。一日，还是太子的汉景帝召幸程姬，程姬因月事不
能侍寝，于是以侍女唐儿代替，一度春风，蓝田种玉，而生下了刘发。这
件事还引出一个典故，即后世将女子月事称为'程姬之疾'。按照古礼，
刘发就有了两个母亲程姬和唐儿。因程姬和唐儿都得不到汉景帝宠爱，因
此刘发被封时，就只能封在当时被视为南蛮之地、卑湿贫国的长沙为王。

过了十四年，诸王进京上朝，向父皇景帝祝寿歌舞，刘发耍了点心机，只是略略张袖，低低举手，王宫里的侍臣都笑他笨拙，景帝也奇怪，问他原因，刘发回答说：'臣国小地狭，不足回旋。'景帝听完哈哈大笑，于是将武陵、零陵、桂阳增封给他，从此地盘大了很多。刘发主政长沙时，没有什么突出的政绩，但是有一件事名垂千古，那就是这定王台。原来这刘发是个大孝子，因挂念他在长安的两个母亲程姬和唐儿，便定时挑选长沙上好的大米和特产，命人送往长安以示孝敬，顺带运回长安的泥土，将泥土在长沙筑台。日积月累，泥土筑成的台子越来越高，于是每当夕阳西下之时，刘发便登台北望长安，遥寄对母亲的思念，于是这台就被称为'望母台'，刘发死后，谥号为定，长沙人于是称呼这个台为'定王台'。"

静轩介绍完后，陈盖没想到这个普普通通的台子竟然隐藏了这么感人的故事，两人一边看，眼泪也一边流了出来，当然也想到了各自的母亲。待平静后，静轩说："盖兄，吃亏就是福，百善孝为先，这讲孝道的人，能吃苦的人，后代都会享受阴德、受到福报呢！大名鼎鼎的东汉光武帝刘秀，就是刘发的后代！"陈盖一听，觉得深受教育，于是说："静轩，这里要好好写一首七律了，文以载道，这个孝道一定要写进诗里去呢！"静轩徘徊一阵而口占一首七律《过定王台》，诗云：

秋风瑟瑟定王台，矗立长沙境自开。土自长安来万里，台曾夕照望千回。目悲楚水终遗孝，德泽湘波即是才。后裔煌煌光武帝，个中缘故不须猜。

陈盖觉得静轩这首诗写得有感情，更揭示了大道理，于是反复吟咏，看到陈盖这痴迷的样子，静轩说："今天就到这里吧，明天早上我们去爬岳麓山！"

第二天早上，静轩和陈盖就乘船过湘江到了对岸，步行进入岳麓山，他们一起看了麓山寺前的清风峡，看到了红枫，一起吟诵起杜牧的《山行》："远上寒山石径斜，白云生处有人家。停车坐爱枫林晚，霜叶红于二月花。"然后一起兴致勃勃地看完了唐开元十八年（730年）李邕撰文并书的《麓山寺碑》，因李邕曾官居北海太守，该碑文、书、刻三绝，因此被誉为"北海三绝碑"。仔细探寻了麓山寺后的白鹤泉之后，直上峰顶，观湘江如带、洞庭在望，静轩觉得境界大开，于是口占一首七律《登岳麓山》，诗云：

麓山叠翠迷湘川，谷口风来味似仙。北海神碑尤注目，西天佛号任随缘。
细观红叶清风峡，粗辨源头白鹤泉。努力终于登绝顶，洞庭一望水云间。

吟完下山，到了道林寺时，静轩想起了杜甫的《岳麓山道林二寺行》："玉泉之南麓山殊，道林林壑争盘纡。寺门高开洞庭野，殿脚插入赤沙湖。"于是对陈盖说："这岳麓山佛寺多了点，道观和书院都还没有，我看将来山顶一定会建一座道观，山脚一定会建一座书院的。"陈盖问："为什么道观在山顶，书院在山脚呢？"静轩说："道士都希望成仙，强调自我修行，当然离人世越远越好，离天界越近越好，所以要选择山顶。而儒家的书院主张入世，当然要离人世越近越好，所以要选择山脚，而且仁者乐山，在山脚就可以经常登山，以获得仁者之乐啊！佛教则既要普度众生，又要出世，所以选择山腰中间最好呢！"陈盖对静轩的这一番大论，又是一番佩服。不过静轩这话后来还是应验了，山脚有了著名的岳麓书院，山顶也有了云麓宫，当然这是后话了。

从岳麓山下来，两人又将去哪里呢？请听下回分解！

第十四回　湘潭论昭王有识　潇水觅舜帝无踪

　　上回说两人从岳麓山下来，当然是要照南下的路线走。他们乘舟南下六十里，来到了湘江岸边的昭山，这座山之所以出名，是因为当年周昭王南征楚蛮时，被楚蛮害死在山下深潭，因此得名昭山。陈盖和静轩看了看深潭，确实深不见底，而且漩涡很急，可以吞吐万类，的确凶险万分。看完深潭，他们一起登山观景，这昭山的风景很美，他们一一欣赏了屏风夕照、拓岭丹霞、双井清泉、老虎听经、狮子啸月、古寺飞钟、石港远帆等景致，晚上就借宿在寺庙，静轩乘夜写了一首七律《过昭山》，诗云：

　　潭水昭山望未央，人言此处没昭王。旋泉犹着周风急，山势仍争楚甸强。若起南风薰草木，何须北国动刀枪。今观四海风烟净，一享晴岚似弄璋。

　　陈盖问静轩这首诗又阐明了什么道理，静轩说："当初舜帝征三苗，用韶乐德政来感化，三苗打输了，放他们走，如果不服，还可以再约日期打仗，因此舜帝是以德服人。周昭王就不同了，用武力来征服，结果一国之君丧身于此，实在可悲啊！楚蛮都是战神蚩尤的后代，哪有那么容易被征服的呢？"陈盖恍然大悟道："'若起南风薰草木，何须北国动刀枪。'是这个意思啊，佩服佩服。"

　　第二天早上，他们又乘舟南下，从潭州进入了衡州地界，这段湘江也叫蒸湘，潇水和湘水在永州汇合后，在衡阳石鼓嘴有发源于邵东的蒸水汇入，因此称为蒸湘。这次他们要去的就是五岳之一的南岳衡山，陈盖问静轩这南岳衡山的山名来历，静轩于是说："据战国时期《甘石星经》记载，衡山因位于星座二十八宿的轸星之翼，变应玑衡，铨德钧物，犹如衡器，可称天地，故名衡山。至于这南岳的岳，意思是'王者之所以巡狩所至'，上古时期按东南西北四个方向而有四岳，即东岳泰山、西岳华山、北岳恒山、南岳衡山，四岳之内即为华夏核心区域，为王化之地，也是华夷分界，到四岳巡狩当然也是帝王彰显皇权之大事，《慎子外篇》记载：'舜遂南巡，五月至于南岳；又西巡，八月至于西岳；又北巡，十有一月至于北岳。其礼皆如宗。'而且，衡山也是华夏观象制历中心，黄帝、颛顼、尧、舜均制历于南岳，然后入主中原，夏禹制'夏历'也在南岳。上古帝王都非常重视南岳，黄帝时期，即委任祝融镇守衡山，教民用火，祝融死后葬于衡山赤帝峰，被后世尊称南岳圣帝。尧舜曾在此巡疆，夏禹曾在衡山杀马祭天地治洪水。尽管后来在四岳基础上加了一个中岳嵩山，但是衡山还是南岳。"

陈盖听完，觉得南岳在湖南，心里也特别自豪，静轩接着说："不过到了汉武帝时，衡山的地位发生了变化，朝廷嫌衡山太远，于是封徽州大柱山为南岳，衡山由此失去了岳名，被降为'衡镇'，直到七百多年后的隋开皇九年才拨乱反正，重新诏定衡山为南岳。另外，这南岳还有一个名字就是寿岳，衡山对应二十八宿之轸星，即主管人间苍生之寿命，《诗经·小雅》中有'如月之恒，如日之升，如南山之寿'之句，民间有'福如东海、寿比南山'之语，其中的南山，就是南岳衡山的简称。"

经静轩这么一介绍，陈盖觉得眼前这巍巍衡岳，不仅从外观上看起来高峻秀美，而且有了历史，有了人物，在心底的印象顿时丰富了很多，真有"看山不是山"的感悟了。"面对这样一座历史地理名山，如何游览呢？"陈盖问道。静轩说："这衡岳有五峰、有四绝、有三教，五峰即祝融峰、紫盖峰、天柱峰、石廪峰、芙蓉峰，李白诗云'回飙吹散五峰雪，往往飞花落洞庭'，杜甫诗云'祝融五峰尊，峰峰次低昂'。四绝即祝融峰之高、水帘洞之奇、方广寺之深、藏经殿之秀。三教当然是儒、释、道三家在南岳的据点，儒家有衡山书院，唐肃宗时邺侯李泌创办于烟霞峰下，后来其子李繁为随州刺史时，建南岳书院；道观在南岳也有很多，云龙峰上有栖真观，紫盖峰下有南岳观，赤帝峰前有华数观，紫霄峰前有衡岳观；而天下名山僧占多，佛寺在南岳则更多了，数量是道观的五六倍，自从南禅七祖怀让住持南岳般若寺，南岳就成为禅宗的中心。我们登名山，首先上最高峰吧！今晚先住下，半夜我们开始登山！"

　　两人于是在凌晨开始上山，到中午，他们终于登上了祝融峰，这祝融峰屹立于绝壁之上，挺拔独秀。这峰顶有一座祝融庙，大门有副对联云："峰可通天，九曲湘波空北去；君能种火，五行黄道正南来。"里面香客很多，人头攒动。走出庙门，仰头望天，碧落可近，星辰可摘。放眼下望，云海茫茫，红尘遥遥。如此胜景，确有飘飘欲仙之感。两人在此静坐很久，享受这难得的清凉，待游人散去，才终于开始下山。他们先去看了水帘洞，后来到了魏华存白日飞升的集贤峰下黄庭观礼斗坛游览，吟哦起杜甫的诗句："恭闻魏夫人，群仙夹翱翔。"最后去南岳书院一观。观毕，陈盖当然要静轩献诗，静轩说："南岳景点、人物、历史太丰富了，一首七律 56 个字，怎么概括得了啊？让我想想呢！"静轩于是边走边想，快到客栈时，一首七律《登衡山》就已腹成了，静轩吟道：

　　今日一亲寿岳容，登临尧舜恨难逢。姿生独秀来三教，天许同尊上五峰。频问祝融存火地，犹追大禹治洪踪。南山不老人为客，礼斗坛前羡道浓。

　　陈盖听完问："'频问祝融存火地，犹追大禹治洪踪。'这一联跟我们的现实不符啊，我们没有去问，也没有去追呢！"静轩说："诗要有味有趣，则不能完全根据现实来写，只要做到思无邪就行，完全的饮食男女、吃穿住行，哪有什么诗意呢？因此可以适当地夸张和想象呢！相比李白的'白发三千丈''银河落九天'，我这还是比较谨慎保守的呢！"陈盖觉得又学到了。

　　看完南岳，他们又乘船南下，这一路风光很美，他们在船上领略了衡州城和回雁峰的风光，看到了平沙落雁的场景，然后继续逆流南下，来到了湘水和潇水交汇处的永州。陈盖问这是什么地方，静轩说，这一带就是零陵，舜帝当年就是在这一带南巡，最终驾崩于此。看着这夕阳下金光闪闪的江面，两岸绵绵莽莽的群山，静轩也因此想起了舜帝，由是口占了一首七绝《湘川》，诗云：

　　虞舜南捐万乘君，灵妃挥涕竹成纹。不知精魄游何处，落日潇湘空白云。

　　陈盖知道静轩应该是思念舜帝了，于是问："我们现在去哪？"静轩说："我们先看看绿天庵吧，怀素和尚曾经在此出家练字呢！"于是他们沿潇水来到了永州高山寺。是夜，就住在寺里。第二天早上，他们看了怀素当年的墨池和笔冢，还有那练字的芭蕉林，静轩于是题了一首七律《过绿天庵》，诗云：

> 二水交来浪自酣，高人邀请绿天庵。墨池不染红尘色，笔冢犹飘白日岚。
> 名士当时夸醉素，芭蕉今日忆奇男。狂僧应悟湘波意，自叙帖中翰卷澜。

陈盖听完问："静轩，怀素是个什么奇男呢？"静轩说："怀素虽然是个僧人，但是并不守佛家的清规戒律，他不仅好酒，而且还擅长酒后狂草。他的草书以篆书入笔，藏锋内转，瘦硬圆通，用笔迅疾，有惊蛇入草之灵动，有狂风骤雨之气势，'狂僧不为酒，狂笔自通天，忽然绝叫三五声，满壁纵横千万字'！盖兄，你说这哪像个持戒定慧的和尚呢？他不仅遍访海内名山，而且还广交海内名士，并且在名士面前挥毫泼墨，让名士为之赋诗相赠呢！李白就有《草书歌行》相赠，歌云：'少年上人号怀素，草书天下称独步。墨池飞出北溟鱼，笔锋杀尽中山兔。吾师醉后倚绳床，须臾扫尽数千张。飘风骤雨惊飒飒，落花飞雪何茫茫。起来向壁不停手，一行数字大如斗。恍恍如闻神鬼惊，时时只见龙蛇走。左盘右蹙如惊电，状同楚汉相攻战。'"听静轩这么一讲，陈盖也觉得怀素确实有点奇怪，不过想想，他这样的传奇也有其道理，于是对静轩说："怀素处在这么一个偏远之地，要出名也要借势啊！所谓人抬人无价之宝。"静轩却不以为然，他说："孔子说过，志于道，据于德，依于仁，游于艺，怎么可以为书艺而如此沽名呢？如果换做我，我坚决不做这样的事！"陈盖觉得静轩心高志洁，自然鄙视怀素这一套，这样的品行虽然可敬，恐怕将来也要吃不少苦头，本来想劝劝静轩，但是看到静轩立场如此坚定，话到嘴边就不说了，于是问下一步去哪里。静轩说去九嶷山，找舜帝的陵寝。

于是他们沿潇水逆流而至九嶷山。这九嶷山风景如画，层层的山峦如卫兵一样排列而延伸，烟雾缭绕其间，宛如人间仙境，人走在中间，如入桃源乐土，神朗气清，心旷神怡。"为什么叫九嶷呢？"陈盖问。静轩说："九嶷山又名苍梧山，司马迁在《史记·五帝本纪》中说：'舜南巡崩于苍梧之野，葬于江南九嶷。'为什么叫九嶷呢？因为境内有舜源、娥皇、女英、杞林、石城、石楼、朱明、箫韶、桂林九座峰峦，九座峰峦都形貌相似，令人疑惑，因此叫九嶷，北魏郦道元在《水经注》中说：'苍梧之野，峰秀数郡之间，罗岩九峰，各导一溪，岫壑负阻，异岭同势。游者疑焉，故曰：九嶷山。'盖兄，我们现在去找舜帝的陵寝吧！"陈盖问："这山这么多，峰峰相似，到哪去找啊？"静轩说："因为九嶷山远离中原，古代帝王如夏禹、秦始皇、汉武帝，都只是望祀，即遥望九嶷山而祭舜帝，因此确切的位置没有记载，郦道元的《水经注》中说九嶷山'南山有舜庙，前有石碑，文字缺落，不可复识'，也不知这南山在哪里，本朝玄宗即位后，遣宰相张九龄赴九嶷山祭舜，也不知当时在哪里祭祀的，我们去问问当地人吧。"于是他们两个就边往前走，边向当地人打听，有说在女英峰下，有说在三分石下，有说在大阳溪白鹤观前，他们两个找了两三天，也找不到舜帝的陵庙，静轩非常沮丧，于是口占一首七绝《苍梧》，诗云：

有虞龙驾不西还，空委箫韶洞壑间。无计得知陵寝处，愁云长满九嶷山。

陈盖说这样找不到就回去吧，静轩不甘心，于是又找了两天，还是没找到，便打算作罢。临别前，静轩写了一首七律《过九嶷山》，诗云：

九曲湘江北不还，我今深入九嶷山。重峦叠嶂烟云际，汉柏秦松岫壑间。妃竹有斑千载恨，箫韶无色万年斓。可怜无计寻陵寝，枯坐溪边听淙潺。

两人于是顺潇水北上，到永州后走陆路两百多里就到了邵州，这次游历了一个多月，陈盖和静轩都觉得收获很大，唯一的遗憾就是没找到舜帝陵。

静轩回到了秋田后，跟父母报告了去长安参加春闱的消息，一家人当然欢喜，胡安命觉得静轩也成年了，按照周礼，也应该行冠礼，他于是对静轩说："静轩，你也二十岁了，是加冠礼的时候了，周文王十二岁而冠，周成王十五岁而冠，你虽然懂事早，知道怎么为人子、为人弟、为人臣、为人少者的礼仪，但是我还是要为你举行冠礼，我知道你现在热衷于考取功名，但是古语说得好，成家立业，成家在前，立业在后，当然我不是马上要你成婚，只是希望你能有这个觉悟，分清楚孰轻孰重，功名终究是命运的事，而成家才是千年大计啊！"

静轩此时心里想的是怎么在长安蟾宫折桂、一举夺魁，但孝顺孝顺，还是以顺为主，静轩于是说："那就按父亲大人的意思办！"胡安命见静轩答应了，于是按照静轩的生辰八字选择了良辰吉日，通知了亲朋好友，并请了里长作为执事者、村正作为大宾来主持冠礼。

这一天亲友齐聚厅堂神龛前，神龛上焚香点烛，桌子上备酒备果，只听得执事者大声赞唱道："大宾就位，冠者出房，大宾揖，冠者即席。"大家都肃静了起来，又听到"大宾授以新冠，执事者加冠"，里长将一顶崭新的幞头帽戴在了静轩的头上，同时村正高声吟诵祝辞曰："加尔元服，以壮大观，成人之道，尚其勉旃。"然后里长斟了酒，静轩接酒立饮，拜谢各位宾客，放鞭炮、敲锣鼓后，胡安命带静轩一起面对神龛，面告祖宗灵位，执事者大声赞唱道："主人就位，冠者就位，序立，迎神，鞠躬，拜兴，盥洗，诣香案前跪，上香，授酹，酹酒，拜兴，复位，诣神位前跪，初献爵，奠酒，亚献爵，奠酒，三献爵，奠酒，献果品，俯伏，读祝文：年长静轩，今日加冠，酒果特陈，先灵试赞，修身齐家，功名璀璨，不绝韶音，光华复旦。"执事者念完，即行醮礼，"授酒，冠者饮，拜兴，复位，序立，平身，鞠躬，拜兴，焚楮，焚文，送神，礼成"。礼仪结束，静轩于是拜父母及各位兄长，感谢大家都来祝贺。

静轩原来以为这冠礼只是一个可有可无的仪式，但行完这庄重的冠礼，戴上新冠，静轩顿时感觉自己长大了，看来这仪式还是很重要啊，不是说一说、想一想、看一看能体会的。看着父母的辛劳和期望，静轩觉得一定要早日考中进士，这样才能不亏孝道。胡安命夫妇为他准备盘缠，缝制衣服，预备干粮，日子过得很快，过完年后，静轩就从秋田出发，先到长沙，然后去长安参加科举考试。

欲知静轩参加此次科举考试的结果如何，请听下回分解。

第十五回　新桂招摇于帝苑　故园寥落在长沙

上回说到静轩准备去长安参加进士考试。静轩由道学王学官带领，和其他两名同学从长沙出发，经武昌、汉水，再到武关，最终到长安，走了一个多月终于来到了京城。一路上舟车劳顿，加上要温习书本，身边好景也只能走马观花，来不及细品。静轩看到这长安，相比长沙城大多了，百万人口，万国衣冠，大街上车水马龙，商贾云集。时值二月，长安城百花齐放，争奇斗艳，看得他们眼花缭乱，目不暇接。王学官则无心欣赏风景，急于带着他们三人去尚书省报到、办理考试手续。

静轩这次考的是进士科，在开考前，王学官问静轩有没有把握，静轩自信满满地说："老师，没有问题的，即使考不中状元，也要考个探花啊！"王学官说："静轩，你是道学第一名，希望你成功，为湖南争光呢！不过老师要跟你说，这是全国的考试，不仅强中更有强中手，而且还有很多其他因素在起作用，我们的县、州、道考试是凭才学录取的，但是这尚书省的考试，就不一定了，因此你要做好思想准备，万一考不上也不要灰心丧气，不断摸索，继续努力！"静轩因为年轻气盛，加上这十多年来从县学、州学、道学一路过关斩将，无往不胜，因此也没有去揣摩这王学官话中的意思。而王学官安顿好他们后，也不陪他们考试，就直接回湖南了。

考试分三场，第一场是贴经和墨义，这对静轩来说不在话下，第二场是做五言排律，题目是《桃之夭夭》，这当然是阐释《诗经·国风·周南·桃夭》这首诗，阐明婚姻和妇道，静轩觉得这用四韵八句就可以写完，可是要求六韵十二句，静轩也只好从命，句不加点，一挥而就，诗云：

东风腾紫气，大地起氤氲。乍见红花艳，旋观绿果纷。
夭夭谁不爱，累累孰无欣。桃蕊思淑女，蟠曲慰府君。

阴阳阴是首，夫妇妇殊勋。悟道人间乐，周南复可闻。

第三场是做骈赋，题目是《迎春赋》，静轩觉得应该歌颂东皇之功，然后颂人皇之泽，于是也是思如泉涌，纵笔驰骋，提前交卷，赋云：

寒极阳生，东皇临兮三界；雪寒梅放，紫气塞乎五行。天增岁月，春满乾坤，活水频翻翠浪，江河含笑；东风一换绿妆，山野动容。有地皆秀，无枝不荣。几多嫩绿，犹开玉树之庭；无限飘红，竞落金莲之海。蚕吐新丝，燕来故宅，莺啼秦岭，雁别衡阳。蝶影明飞，昔日庄周之梦；桃源暗渡，今朝楚客之船。凤凰山上寻仙，吹箫弄玉；鹦鹉洲中问道，鸣佩凌波。惜花而朝起早，爱月而夜眠迟。望帝声声，初动一年之计；桃夭朵朵，终思百岁之缘。迎晖灿兮念母，观笋尖兮凌云。盛世春声，一统江山永泰；圣皇恩泽，九州日月常新。煦万国若春阳，养兆民以霖雨。东西南北，无思不服；男女老少，有念皆恩。客来千钟美酒，霞聚万国衣冠，泽被四海，德耀三光，欣此作赋，敢献颂曰：

幸此东皇临玉宇，一声雷震施春雨，乾坤万紫竞千红，岁月莺歌争燕舞。长安城内帝王家，万国衣冠灿若霞，天子一声春至也，九州四海尽繁华。

静轩考完后，觉得这省试试题也不过如此，虽然每次只录取二十人，但身经百战的静轩还是很自信的，认为中个进士没有问题。

很快就到了放榜之日，几千人在看榜，静轩从头看到尾，不仅第一名不是自己，就连最后一名也不是自己，连连看了几遍，都是如此！落榜了！落榜了！静轩从来没有遇到过这样的惨败，一种沉重的羞辱感涌上心头，以前那种独占鳌头、享受众人喝彩和赞美的胜景不见了，静轩垂头丧气地回到了客栈，几天都茶饭不思，郁闷不散。

"万一考不上也不要灰心丧气，不断摸索，继续努力！"这时王学官的话在静轩耳边响起，而客栈老板也安慰他："相公，这进士不是那么容易考上的啊！三十老明经，五十少进士，你还年轻，不要急，慢慢来！"静轩想起自己才二十岁，离五十岁还有三十年，还有三十次机会，怕什么呢？顿时信心又足了起来。虽然道学的补助没有了，但父亲胡安命给他准备了足够的盘缠，还可以坚持一年，于是静轩去租了间便宜的房子，在京城安下心来复习迎考，看书累了，就到这长安城周边的人文景点游览游览，顺便也写点咏史诗。

秋去冬来，静轩没有回湖南过年，冬去春来，静轩又参加了第二年的省试，感觉还是那么好，待到放榜日，又没有自己的名字！这次他没有羞愧地掉头就走，而是在观察其他人的反应，大多数人都是垂头丧气，然后黯然离去。

这时来了几个峨冠博带的公子，兴高采烈地来看榜，为首的一个说："你们看我事先说得没错吧，我说我们都能中，你们还不信！"其他人则附和道："真是啊，多亏有夏公子，改天我们一起去拜谢夏相国吧！"说完欢喜而去。这些人走了以后，来了个约莫四十岁的男子，身材魁梧，满脸霸气，他一看完榜，即破口大骂："他娘的，大家来看看，这是什么榜，这个是相国的孙子，这个是尚书的孙子，哪一个不是出自有权有势之家？分明是皇亲国戚、达官贵人的子孙榜，平民百姓的子弟诗赋做得再好，也永远上不了榜！"这汉子一说，立刻得到了很多人的附和："是啊是啊，黄大哥说的是啊！""对啊，是富贵子弟榜呢！"大家你一言我一语地说开了。

这时只见这汉子来到一排桃树前，拿出剑来，对着那鲜艳的桃花一阵乱砍，只见这娇艳的桃花飘飘撒落了一地，砍完，只见这汉子仰天一笑，挥剑对着桃花吟了一首绝句："待到秋来九月八，我花开后百花杀。冲天香阵透长安，满城尽带黄金甲。"静轩一听这诗好大口气，杀气腾腾，似乎要翻天覆地呢！静轩平生少见这般慷慨大气之人，于是走向前说："仁兄好诗，豪气凌云，令人敬佩，在下胡曾，字静轩，长沙人氏，与仁兄颇有同感，可否借个地方说个话？"黄巢听到有人喝彩，回头一见静轩，虽然打扮土气，但是双眸炯炯有神，眉宇间有逼人的英气。于是说："贤弟见笑，本人黄巢，曹州人氏，贤弟有啥要说呢！走，我们去那边谈。"

于是两人走到了河边一棵柳树下，静轩说："这科举太黑暗了，似我等平民子弟，看来永无出头之日，刚才听了仁兄的诗，颇有澄清天下之志啊！黄兄有什么打算呢？"黄巢说："飒飒西风满院栽，蕊寒香冷蝶难来。他年我若为青帝，报与桃花一处开。静轩老弟，这是我曾经写的另一首咏菊诗，我参加科举都五六次了，每次都落第，不是我们不行，是这朝廷已经烂透了，如果将来有机会，我一定把这班门阀大族、贪官污吏杀个干净，还大家一个清清世界，朗朗乾坤！"静轩说："诗言志也，黄兄的咏菊诗吐纳风云，气冲星斗，黄兄的志向高远，排山倒海，只不过春桃秋菊，乃天地生，各安其命也，岂可颠倒四时之序？'报与桃花一处开'，是不是违背天理啊！"黄巢见静轩否定自己的诗，怨道："静轩老弟，那你的意思就是任由这朝廷这么腐败下去？任由这千里而来的贫寒考生年年失望吗？"静轩说："当然不愿意，只是杀尽官僚、重开世界，新皇帝和新官僚不是一样为家族谋私利吗？从夏禹到夏桀，从商汤到商纣，王朝总是由兴盛到衰亡，然而不管兴亡，最受伤害的还是老百姓，搞得家破人亡、妻离子散！"黄巢觉得静轩讲得有道理，于是问："那贤弟有什么好办法呢？"静轩说："仁兄有咏菊诗，陶渊明也有'采菊东篱下，悠然见南山'的诗句，渊明之意大抵与孔子'天下有道则现，无道则隐'之意合，但是孔子授徒三千，终究还是入世的，几百年后还是迎来了独尊儒术的尊荣，我认为孔子之教育乃救世之根本。舜帝说'人心惟危'，还是要从人心下手，尤其是对于皇帝，让皇帝之心回归道心，带领大家回到尧舜时代！我花开后百花杀，春至桃花照样发，与其诛其身，不如诛其心、杀其贪欲呢！"黄巢觉得静轩乃书生之见，于是说："静轩老弟，你的愿望是好的，但是只怕很难行得通呢！那些锦衣玉食、钟鸣鼎食之家，会听你的教育，像颜回那样，'一箪食，一瓢饮，在陋巷，人不堪其忧，回也不改其乐'吗？我看很难！"静轩说："皇帝手握杀伐之权，一人治天下，如果皇帝做到了，君子德风，风行草偃，这个是不难的，尧帝舜帝不就实现了尧天舜日吗？"黄巢问："如果皇帝做不到呢？"静轩说："那要逼他做到！或者换一个能做到的皇帝！皇帝者，天之子也！不遵天道，那就是自作孽，不可活！"黄巢觉得静轩的这句话说得对自己的胃口，于是说："贤弟说得好，将来如我起事，望贤弟来帮助我！我们一起来实现尧天舜日呢！"静轩看黄巢面相、诗赋及刚才谈吐，觉得黄巢日后必定会造反，这将来天下必定要大乱，于是说："满城尽带黄金甲，仁兄贵姓黄，诗中又有黄金甲，可知仁兄大志。记得黄帝云：'上医治国，中医治人，下医治病。'看目前形势，王朝已经到了下医治病的田地了。但是夕阳西下尚有余晖，百足之虫死而不僵，为老百姓计，还是以治为主，治之法不外乎'扶阳祛邪'四字，仁兄兴趣可能在'祛邪'，用猛药去疴，以得一时之效。但我的志趣还是'扶阳'。阳气者，精则养神，柔则养筋，扶阳则是固本培元，因此是长久之计。扶阳祛邪，皆是医法，仁兄欲澄清天下，我也不反对，只是到时别忘了老弟这句话呢！"黄巢说："贤弟学有本源，心怀仁义，扶阳祛邪四个字，愚兄谨记，今日有缘相逢，必当珍惜，他年若再聚，许兄弟同笑河清海晏之太平盛世吧！今日暂别。"说完，只见这黄巢飞身上马，作揖告别，静轩亦回礼说："黄兄慢走，后会有期！"眼看黄巢扬尘而去，静轩只能黯然地往回走。

走到半路，只见前面围了一堆人，静轩走向前看，只见一对中年夫妇跪在地上号啕大哭，旁边是一个五岁童子躺在地上，静轩一打听，说是这小孩贪玩，掉进池塘淹死了，刚捞上来。静轩走向前看了看小孩，虽然已经断气，但是脸面尚有血色，凭静轩的判断和上次袁师傅救他同学的经验，应该可以救活，于是对这对夫妇说："两位先不要悲伤，容在下试试！"静轩于是将小孩倒背起来，踮脚跳了不到二十下，这童子吐出几口水来，然后发出了哭声。"活过来了，活过来了！"人群中一阵惊呼，静轩于是将童子放下。那对夫妇连忙跪在静轩面前，连连叩首道谢，静轩将他们扶起来，说："举手之劳，何足挂齿，赶紧去煮点姜汤给孩子祛寒吧！"这对夫妇于是赶紧去照顾小孩，静轩见无事，也就离开了！

静轩回到了自己的住处，想起今天看到的这一切，就问房东："老板，这进士考试录用的都是富贵子弟吗？"房东见到静轩沮丧的样子就说："这都是公开的秘密啊！难道就没有人帮你引荐吗？我看你每天那么认真读书，我还以为你找好了靠山呢！"静轩想到自己一身才学，却两次都考不中，原来是没有人引荐啊，他终于悟出了这科举考试的门道，而王学官要他"不断摸索"，原来是摸索这钻营的门道！

静轩这一夜百感交集，辗转难眠，对于这科场的腐败当然也有说不出的愤怒和不公，想起黄巢的反诗，也觉得有几分道理，于是大声悲怆地吟了一首《下第》：

> 翰苑何时休嫁女，文昌早晚罢生儿。上林新桂年年发，不许平人折一枝。

第二天早上，房东走过来说："公子，昨晚你的下第诗我听到了，写得感人肺腑啊！以前很多士子落第后都曾写诗，但是没有你写得这么到位呢，我虽然不是科第中人，但也略知其中门路，一般是士子把诗文准备好，递给有权势有名望的人看，看能不能碰到赏识自己的贵人举荐，这样考中的机会才大呢！"。静轩听完，说了声谢谢。起初觉得这太伤自尊了，那不是跟叫花子乞讨一样吗？但是后来一想，也没有其他路可走啊，易经云："穷则变，变则通"，又云"尺蠖之屈，以求信也；龙蛇之蛰，以存身也"。人在江湖，身不由己，也不妨试一试。

静轩于是花了几天时间，把自己这十多年写的游历诗、咏史诗、古乐府诗、骈赋工整抄好，决定先找找那个夏相国投递看看。静轩打探了很多人，终于找到了夏相国的府邸。好大的一座宅子，大红的钉门，门边两个硕大的石狮，静轩还没走到门边，就见到十多个像他这样的年轻士子，在跟门子说话，其中一个说："官人，我来自淮南道，我写了个集子，想请相国大人指点，可否请您转交给相公呢？"那门人眼皮都不抬一下，把手一挥，说："今天是寒食节，相国不见客！快闪开！不要堵在门口！"那人说："我来了这么多次了，你总是说相国大人不见客，官人，通融一下！"门人见那人递过来集子，也不拒绝，就一手接过，那人甚喜，谁想到这门子在手里翻了下后，甩到地上，用脚踩了几脚，又拿起来扔到了门外，然后走到这个人身边，打了他一个巴掌，恶狠狠地说："你这个酸儒，就这点破诗，还想要相国看，别在这里丢人了，快点给我滚！"这些士子见一个看门的竟然敢打人，就开始起哄说："你怎么可以打人呢？你怎么可以打人呢？"这时，刚好夏相国回府，一班人前呼后拥，门人赶紧满脸堆笑，前往迎接，夏相国下轿后，看到这么多寒酸的读书人，也知道是怎么回事，头也不抬就进了府里。这些士子见相国进去了，于是知趣地散去。静轩捡起集子交给了那人，安慰了几句，也离开了相府。

"朝扣富儿门，暮随肥马尘。残杯与冷炙，到处潜悲辛。"静轩不禁吟起了杜甫的诗，是啊，当年杜甫拜访权贵的辛酸事就在这眼前活生生地上演了，人事虽变，但江山没变，遭遇没变，高高在上的权贵没变，俯首献媚的士子没变！心高气傲的静轩觉得自己不想做这么伤自尊的事，"安能摧眉折腰事权贵，使我不得开心颜？"静轩苦笑一声，就漫无目的地在闹市中走着。

他见这路边的春花灿烂地开放，路上的豪车来来往往，这男男女女谈谈笑笑，真是一番盛世景象啊！然而，谁又能了解这盛世下面落第士子的心呢？"冠盖满京华，斯人独憔悴！"憔悴、孤独、失意，这当然是有的，但是还有一个更严重的问题，那就是下一步往哪走呢？盘缠用得没剩下多少了！长安居不易，这吃穿住行都要花钱，在家日日好，出门时时难啊！他想起陈子昂的落第诗："离亭暗风雨，征路入云烟。还因北山返，归守东陂田。"看来只有回老家秋田去种地了！静轩这么一想，那也总算是一条路，有父母有兄弟，大家团聚在一起，多开心呢！今天是寒食节，他们在干什么呢？是不是准备一起去佘湖山给爷爷上坟呢？能回家最好了，静轩想起了母亲烹制的腊肉，想起了资江里的鲜鱼，不觉心头阵阵温暖，但是又转念一想，如果就这么回秋田，那读这么多书干什么呢？父母怎么想？村里的人怎么想？同学怎么想？"永忆江湖归白发，欲回天地入扁舟"，也要等自己做点事业出来才好回家啊！自己还这么年轻，这么窝囊地回去，哪有面子呢？

可眼下这局面真是难以打开啊！在这里举目无亲，如果今天那个献集子的是自己，说不定也会遭到门人的羞辱呢！这接下来怎么办呢？这接下来怎么办呢？静轩边走边想，不知不觉来到了都门，眼前的灞河如泪一样缓缓流淌，夕阳如血一样照耀着大地，富贵人家纷纷从城外观光赶回，静轩看到这个情景，落魄、孤单、思乡、念母，各种情感交集，眼泪也流了下来，诗可以怨，静轩于是对着夕阳，情不自禁地大声吟了一首《寒食都门作》，诗云：

二年寒食住京华，寓目春风万万家。金络马衔原上草，玉颜人折路傍花。轩车竞出红尘合，冠盖争回白日斜。谁念都门两行泪，故园寥落在长沙。

静轩两次科举考试都没中，下一步怎么办呢？往哪走呢？请听下回分解。

第十六回　京华失意逢刘蜕　科举无门遇贵人

上回说到静轩科举失意在长安都门吟了首诗。静轩刚吟完，忽然听得身后有人说："好诗好诗，游子思乡，寓情于景，情真意切，感人肺腑，这位兄台，请问是长沙人吗？"静轩回头一看，见到一个四十多岁的中年人，中等身材，一身清瘦，但是双目炯炯有神，看面相打扮应该是朝廷命官，听口音是长沙人，静轩连忙作揖道："承蒙谬赞，诗不好，请多指点，小生来自长沙国，乃邵州人氏！姓胡名曾，字静轩，此次来京赶考，先前在长沙道学读了五年书。"那人听后连忙说："哦，那我们是同乡啊，鄙人姓刘，名蜕，亦乃长沙人，现在朝廷担任左拾遗、中书舍人。"静轩闻后眼前一亮，想不到眼前的这位竟然是大名鼎鼎的刘蜕，十年前"破天荒"中进士的长沙人刘蜕！于是连忙答道："久闻刘大人大名，今日能在京城一见，真是三生有幸！昔日在道学，您的传奇可是享誉长沙城啊！"刘蜕呵呵一笑，对静轩说："俱往矣，俱往矣，现在是你们后生可畏啊！静轩小老乡，可有诗文集赐给老夫一看？"静轩于是从怀中掏出诗文集子呈上，刘蜕略微看了看，觉得文采照人，又见静轩器宇不凡，一身清气，应对彬彬有礼，心里很是喜欢，于是对静轩说："走，静轩小老乡，到我家坐坐聊聊天去。"静轩觉得今日是寒食节，不好打扰，正要婉拒，没想到刘大人非常热情一把牵住他的手就走，于是恭敬不如从命，来到了刘蜕的家。

这刘蜕是唐宣宗大中四年（850 年）中的进士，在此之前三十年，荆南一带（含今湖北湖南大部分地区）都没人中过进士，因此刘蜕中进士，时人称为"破天荒"。刘蜕嗜好文学，以散文名于世，每自称"饮食不忘于文，晦冥不忘于文，悲戚怨愤，疾病嬉游，群居行役，未尝不以文之为怀也"。刘蜕性格刚直，官拜左拾遗，虽然只是个从八品的小官，但是他不畏权贵，敢于直谏皇帝，颇有楚人之血性。而静轩和刘蜕，可谓志趣相投，性格相契，一见则如故，于是打开话匣子，准备长聊。

因是寒食节，刘蜕就拿了糕点，沏好茶，他和静轩一起叙了叙长沙的风土人情，静轩也讲了自己的家世。然后刘蜕仔细看了静轩的诗文，每篇都做了评论，觉得静轩的文字珠圆玉润，见识也不同凡响，于是大加赞叹。点评完诗文，刘蜕问了静轩参加科考的事，静轩于是将两次落第之所见所闻说了，并请教刘蜕下一步怎么办。刘蜕叹了口气说："现在的常科考试，难啊！全国358个州，一年两千多人参加考，也就录取20来人，可谓百里挑一啊。十年前我中进士的时候，还相对好点，注重点真才实学，而现在却全部由权贵子弟瓜分，因为名额少，权贵们都要按照品秩排队呢！像你我这样出身寒门的士子，没有朝中大官力荐，哪有机会呢？除了家庭背景外，这地域背景也很重要，长沙乃卑湿之地、南蛮之域，一般也不受皇帝所喜爱。大和三年，唐文宗设科求贤，有道州人李郃中了个状元，没想到这李郃还闹了个让第风波，让文宗难堪，此后这李郃也不受重用。我们这地方的人哪，血气太盛，是非太明，不懂圆融之道，也难以受人青睐呢！按照目前你的情况，要想考中，必须要有当年张九龄得到同宗张说举荐一样的机缘才行，否则，如果没有找到宰相一级的人举荐，基本上没有希望呢！"

静轩闻此，觉得这科考的形势比自己想象的还严峻，于是问道："难道当今皇上不知道这些情况吗？太宗当年设置科举取士，都希望笼络天下人才啊！"刘蜕说："哪能跟太宗比啊！今上看起来气度沉厚，姿貌雄杰，刚即位的那一年，确实有一番励精图治的气象，可现在呢！沉湎于游乐，热衷于宴会、乐舞和游玩。现在宫中，每日一小宴，三日一大宴，每个月在宫里总要大摆宴席十几次，除了饮酒之外，还有就是喜欢观看乐工优伶演出，他一天都不能离开音乐，即使外出游幸，也要带上乐工，现在宫中供养的乐工就有五百人。他经常去长安郊外的行宫别馆，那些负责接待的官员都要随时备好食宿，音乐自然也不能缺少，而且每次出行，宫廷内外的随从多达十余万人，你想想这费用开支有多大，这些都是民脂民膏啊！皇帝热衷于宴饮、娱乐，朝廷政务就交给宰相处理。这宰相见皇帝昏庸，于是就肆无忌惮地营私结党、任人唯亲、中饱私囊，至于这科举考试的肥肉，当然就由他们去分配给自己的子弟了啊！"

刘蜕天天待在皇帝身边，当然说起来如数家珍，静轩第一次听说这事，觉得皇帝如此昏庸的现象只是在史书上见过，于是对刘蜕说："这治理天下，还得靠尧舜一样的明君才行，上次科举发榜的时候，有个叫黄巢的人，还题了首反诗呢！现在照这么看来，说不定哪天又有陈胜吴广起义啊！"刘蜕说："前年不是有浙东人裘甫聚众叛乱吗？聚众几万人，历时半年才平定，如果真走到那一步，也是没有办法的，不过我们做臣子的，还是要敢于触逆鳞直谏，我上了几次书，都杳无音信，皇帝不听的话，我们也没有办法了。"静轩说："刘大人忠心赤胆，可敬可佩，只是这样以刚碰刚，风险比较大，伴君如伴虎，到头来可能被老虎伤害呢。不过我有个想法，能否将历代昏庸亡国的昏君故事，以及仁民爱物的明君故事汇总一下，呈给皇帝御览，让皇帝从中吸取经验和教训，这样如春晖暖物、春雨润物、春雷震物一样，或许能有效果，比起触逆鳞来，风险要小一些。"刘蜕说："你这个主意好啊！可是我没有这个闲情，你倒是可以试试！可以采用咏史诗的方式，因为今上喜欢游玩，你可以地名为标题，将历史故事融入地理中去，兼顾诗与史、人与地，简短平易，绵里藏针，效仿诗经风雅的宗旨，以成讽谏的效果。你写好后，我一定负责帮你呈给皇上看。"

静轩一听得到了刘蜕的支持，似乎于重峦叠嶂中找到了出路，于茫茫海域中找到了北斗，他心里想，如果写好直接给皇帝看，那就不要这么奴颜婢膝地求权贵了，如果皇帝满意了，受益了，于公则可以端正政风、救济人民、振兴国家；于私，则自己的功名之路也有"近水楼台先得月"的便利了。

静轩于是将跟陈盖一起游历的七绝咏史诗《长沙》《湘川》《苍梧》《武陵溪》给刘蜕看，刘蜕一看，高兴地说："就是这样最好，这标题应该能吸引皇帝，这内容也言简意赅，容易记忆和背诵。内容方面吧，好皇帝要写，坏皇帝也要写，忠臣贰臣也要写，神仙烈女也可以写。"静轩觉得刘大人眼光独到，自己在穷途末路之时，遇到了贵人和高人。贵人相助，高人指点，人生之路才会顺畅啊！心中无不充满感激，于是口占了一首七律《赠刘拾遗大人》赠给刘蜕，诗云：

> 三月花红望故乡，与君同庆破天荒。秦箫此际云中唤，楚醴今宵梦里香。
> 已觉衡云生瑞霭，更欣湘浪卷文章。京华无限春晖意，幸此相逢意更长。

刘蜕听完非常欣喜，又对静轩的怀才不遇深感怜惜，想留静轩在家多住几天，可静轩觉得刘大人家中也不宽裕，不便打扰，于是说："静轩何德何能，得大人如此抬爱，来日如有造化，再报大人大恩大德了，晚生先行告退。"说完就拜别刘蜕，回到了自己的住处。

这一夜，静轩心潮起伏，面对落第后的心如死灰，今天的奇遇真有峰回路转、柳暗花明之感，古人云"哀莫大于心死，身死次之"，人毕竟是生活在希望之中的啊！现在既然决定写《咏史诗集》，那就要好好策划一下了。历史上很多名人写过咏史诗，如东汉班固，西晋左思，本朝的杜甫、杜牧、李商隐等，但是还没有人出过《咏史诗集》，如果自己能出本咏史诗集，那也是跟刘蜕大人中进士一样"破天荒"了，"与君同庆破天荒"，看来这无心之句，用得还很贴切呢？这时，静轩忽然记起这一年在长安城周边游览，也写了数首咏史诗，于是翻出来，一共有十首，分别是：

《阿房宫》：新建阿房壁未干，沛公兵已入长安。帝王苦竭生灵力，大业沙崩固不难。这首诗讽刺秦始皇不顾人民死活，只顾自己享受荣华，而最终亡国。

《鸿门》：项籍鹰扬六合晨，鸿门开宴贺亡秦。樽前若取谋臣计，岂作阴陵失路人。这首诗讽刺楚霸王项羽昏庸好面子，不听范增之计，最终争霸失败。

《青门》：汉皇提剑灭咸秦，亡国诸侯尽是臣。唯有东陵守高节，青门甘作种瓜人。这首诗赞美邵平忠于秦皇、拒绝事汉、不羡富贵、青门种瓜的气节。

《轵道》：汉祖西来秉白旄，子婴宗庙委波涛。谁怜君有翻身术，解向秦宫杀赵高。这首诗赞美秦王子婴敢杀奸臣赵高的胆识。

《汉宫》：明妃远嫁泣西风，玉箸双垂出汉宫。何事将军封万户，却令红粉为和戎。这首诗讽刺汉元帝委曲求全的和亲政策。

《霸陵》：原头日落雪边云，犹放韩卢逐兔群。况是四方无事日，霸陵谁识旧将军。这首诗讽刺李广无自知之明。

《长安》：关东新破项王归，赤帜悠扬日月旗。从此汉家无敌国，争教彭越受诛夷。这首诗讽刺汉高祖杀功臣。

《东门》：何人知足反田庐，玉管东门饯二疏。岂是不荣天子禄，后贤那使久闲居。这首诗赞美疏广与疏受叔侄二人之明哲保身、功成身退。

《昆明池》：欲出昆明万里师，汉皇习战此穿池。如何一面图攻取，不念生灵气力疲。这首诗讽刺汉武帝不顾民生而穷兵黩武。

《灞岸》：长安城外白云秋，萧索悲风灞水流。因想汉朝离乱日，仲宣从此向荆州。这首诗讽刺董卓之乱汉。

静轩看了这些诗，有六首是讽刺帝王的，有两首是歌颂贤臣的，有两首是讽刺臣子的，觉得这样的比例刚好，咏史诗集就按照这个比例去做，至于这地理范围，当然要涵盖全中国才行。可中国这么大，如果仅仅靠自己的双腿，这游历需要多少年啊！工欲善其事必先利其器，人要游历，还得有一匹好马才行呢。静轩想到这里，点了点自己身上的通宝，还剩下几个银两，于是决定去看看马。

若问静轩这么点钱能买到好马吗？请听下回分解。

第十七回　驾宝马西行咏史　抵昆仑东望赋诗

上回说到静轩准备去买马以备游历写咏史诗。他于是来到了长安的马市，马市很热闹，熙熙攘攘的马群使人看得眼花缭乱，有大宛马、蒙古马、河曲马、西南马、三河马、伊犁马。静轩看中了一匹大宛马，毛色光鲜，膘肥体壮，甚是喜欢，于是打探价格，对方声称要五百两银子！静轩素来对马价生疏，但这报价也让他惊了一跳，要知道，静轩一年的生活费也就一两银子，这匹马的价钱可以让他生活五百年了！静轩于是连声说太贵了，卖马的小二说："这位兄台，这是汗血宝马呢，它能日行千里，疾驰时流出的汗水像鲜血一样！当年汉武帝拿千金及一匹黄金铸成的金马去换一匹汗血宝马，大宛国王都不换呢！后来汉武帝派大将李广利远征大宛国，杀了国王，才得此种良马，并赐以美名'天马'！"

静轩听完说："没错！'太一贡兮天马下，沾赤汗兮沫流赭，骋容与兮跐万里，今安匹兮龙为友'，这就是汉武帝写的《天马歌》，玄宗也有著名的'玉花骢'和'照夜白'，李白也曾有《天马歌》云：'天马来出月支窟，背为虎文龙翼骨，嘶青云，振绿发，兰筋权奇走灭没。'这马是好马，可是我没有钱，只能饱饱眼福啊！您慢慢卖，我先走了！"

静轩囊中羞涩，正准备掉头就走，这时马老板走了过来，对静轩左看右看、上看下看，然后说了声："这位公子，您不就是救我孩子的那位恩公吗？"静轩一时感到莫名其妙，连忙说："老板，什么恩公呢？"那老板说："前几天，不是恩公救了我那溺水的小孩吗？"听到这，静轩忽然记起那天看榜后救小孩的事来了，于是说："哦，那不过是举手之劳，何足挂齿啊！您是小孩的父亲吗？"那老板说："是啊是啊，恩公那天走得匆忙，我也忙着给小孩安顿，安顿好后，我出来四处寻找，都不见您的踪影，后来四处打探您的下落，也找不到您，这么大的长安城，百万人口，我到哪里去找您呢，真是皇天不负啊，没想到今日在这里碰到您呢！"静轩说："老板客气了，客气了！没什么事，我先告辞。"静轩拱手准备离开。

老板拦住静轩说："士农工商，您是士，我是商，本来是不敢高攀的，不过您是恩公，能否赏个脸，进小店一坐如何？"静轩被老板这么一激，觉得不进去就是看不起人家了，于是也只好进店铺落座。老板说："我乃咸阳人氏，叫米二，在长安城卖马，那天的大恩大德，我一直难以忘怀，今日恩公来买马，如果不嫌弃，请收下这匹汗血宝马，好吗？"静轩说："米老板客气了，小生名叫胡曾，来自长沙国，我虽然是个读书人，但是也略知岐黄之术，救死扶伤，乃积德之事，因此不需要回报。在下目前想去远游，因此希望有匹马以行方便，只是老板您的马太贵了，我也无此财力，因此准备离去，至于士农工商之排序，我无此成见，大家都是同胞，请老板不要误会了。"

米老板见静轩什么也不要，于是说："恩公，您看这样如何，刚才听您出口成章，小儿蒙您搭救，也正准备读书，要不拜您做先生，以此马作为拜师之礼如何？"静轩见李老板真心诚意，自己也确实需要，于是说："这样啊，好吧，米老板，贵公子如果要读书，我可以免费指导。不过这马，算我买下，只是我现在是个穷书生，先打个欠条给您，将来我有钱了，再来给钱吧！"于是静轩当场打了个欠条。米老板觉得静轩肯收下这匹马，也就达到了目的，趁静轩不注意，就把欠条烧了。

是日，米老板请静轩到家里吃饭，让小孩拜了师傅，这小孩叫米士能，看起来也是聪明活泼，于是静轩点了《千字文》让他读。这米老板也十分殷勤，把马的性子都跟静轩说了，又为静轩要行走的路线出谋划策，静轩觉得米老板也是仁义之人，于是在米家待了三天，把《千字文》跟米士能过了一遍。第四天，米老板备了一些干粮和盘缠给静轩，静轩感激不尽，于是就骑着宝马回到了住处。房东见静轩骑这么好的马，也满脸堆笑，静轩觉得有了这汗血宝马，就给梦想插上了翅膀，他于是给这马起了个名字叫"利贞"。这一夜，静轩心情豪迈，于是吟了首七律《出游》，诗云：

东风浩荡逐春心，宝马相随自在吟。无意寻仙游洞府，有情咏史茂儒林。

重重青岳虽无数，隐隐黄沙必有金。载满诗囊酬圣主，颜开或许作方针。

静轩准备出游，游必有方，中华这么大，东南西北先走哪一方呢？静轩觉得，首先要去西北。西北的昆仑山乃华夏万山之祖，又是黄河、长江的源头，而按照古老的奇门遁甲，西北为中国"乾"位所在，是八门中两个"吉门"之一的天位，因此首先就要去拜昆仑山。

静轩主意已定，于是驾起"利贞"，日行两百里，终于来到了昆仑山，虽然已经是夏天，但见这昆仑山宛如冰封，绵延如玉龙飞舞，寒意袭来，有遗世独立、博大苍凉之感，幸好静轩有吐纳日课，真气充满，因此也不觉寒冷。静轩首先来到了瑶池，即今天的新疆天池。只见这群峰峡谷之中，镶嵌着一湾碧池，雪峰云影，荡漾徘徊，好一个仙境风光，池边有一块石碑，石碑上刻有西王母赠给周穆王的《白云谣》："白云在天，丘陵自出。道里悠远，山川间之。将子无死，尚复能来。"静轩读了这首诗，觉得王母虽处仙界，但亦有男女凡情，且对周穆王情有独钟。而当年周穆王骑八骏、翻山越岭来此与西王母相会，不知是羡慕神仙，还是热衷关雎之事呢？不得而知。总之龙翔凤翥、钟鼓乐之，亦是人仙好事，但是站在道统立场，周穆王这种"不恤国事，肆意远游"的做派，终究不是治国之道。而最终西周的衰落，天子式微，诸侯争霸，不复武王周公之治，周穆王也是要负责任的，想到这些，静轩于是作了首咏史诗《瑶池》，以劝诫君王勤政，不要贪图游乐，诗云：

阿母瑶池宴穆王，九天仙乐送琼浆。漫矜八骏行如电，归到人间国已亡。

瑶池虽美，但是高处不胜寒，当然不能久恋，静轩于是驾起"利贞"下山，来到了昆仑山西北的不周山，即今天的新疆葱岭。静轩见到这山，如一根万丈白柱斜插云中，雪水从山顶哗哗流下。传说当年共工与颛顼争夺帝位，失败后"怒而触不周之山。天柱折，地维绝。天倾西北，地陷东南，故日月星辰移焉，地不满东南，故水潦尘埃归焉"。从此造成中国西部高、东部低、水往东流的地理形势。静轩看着这清澈的雪水，不禁想起了孔子的话："逝者如斯夫，不舍昼夜。"时间如流水，流水走时间，昂首慢说青云志，转瞬便成白发翁，上自帝王，下自平民，无不受时间的控制，无不生出人生几何之悲，这是不是应该埋怨共工呢？静轩想到这里，于是做了首《不周山》，以劝谏君王珍惜人寿，有所作为，诗云：

共工争帝力穷秋，因此捐生触不周。遂使世间多感客，至今哀怨水东流。

看完了不周山，静轩继续往西走，以探中国的西极，他穿过茫茫大漠，来到了一条大河前，经打探，这河叫流沙河，在今天的新疆西北。当年老子见天下大乱，于是带着佣人徐甲渡过此河，然后去天竺，后来有老子化胡的传奇。到了唐朝，玄奘去天竺取经，也是横渡流沙河，玄奘后来称该河"长八百余里，古曰沙河，上无飞鸟，下无走兽，复无水草"。静轩见此寒沙弱水，也是诧异不已，想起当年老君的故事，觉得也是个咏史的好题材：人类的动乱，不正是因为人类的欲壑难填所造成的吗？自天子以至庶人，如果都能依照老君的《道德经》去做，抱朴守拙，返璞归真，又何来战争，何来动乱呢？静轩于是做了首《流沙》，寄望君王崇尚节俭、回归道德，以换来天下太平，诗云：

七雄戈戟乱如麻，四海无人得坐家。老氏却思天竺住，便将徐甲去流沙。

看了西极流沙河，静轩于是驾起"利贞"向东往回走，来到了交河城遗址，在今天的新疆吐鲁番，这里曾经是唐太宗设置的安西都护府，管理安西四镇，但因安史之乱，守军被调回中土平叛，吐蕃乘虚占领。静轩看到这荒凉的故城，想起昔日的辉煌，更想起那些远离故土的边军，想起那种面对茫茫大漠而无法排遣的思乡之情，于是吟了首七律《交河塞下曲》，诗云：

交河冰薄日迟迟，汉将思家感别离。塞北草生苏武泣，陇西云起李陵悲。晓侵雉堞乌先觉，春入关山雁独知。何处疲兵心最苦，夕阳楼上笛声时。

看了交河故城，他向东南走了四千里，来到了黄河的源头星宿海，在今天的青海玉树州。只见在蓝天白云之下，无数沼泽和湖泊，在阳光的照耀下，熠熠闪光，宛如夜空中闪烁的星星一样，星宿海确实名副其实啊！静轩见此天公造化，于是感慨万千。这时，他忽然记起汉武帝时的一个传说，即博望侯张骞曾在此乘灵槎上天，在天宫中见到了牛郎织女。静轩觉得自己没有灵槎，当然也就不能上天，跟自己的科举考试一样，没有背景和后台，因此也无缘进士，想到这里，觉得应该作首诗来讽刺这科举考试，以期待明君来端正这腐败考风，于是望着东边的长安城，大声吟了首《黄河》：

博望沉埋不复旋，黄河依旧水茫然。沿流欲共牛郎语，只得灵槎送上天。

静轩因心中有不满，于是咏诵声也很大，而且吟诵了三遍。三遍念完，没想到身后传来了声音："好诗好诗，贤弟好诗啊！"静轩吃了一惊，没想到这人迹罕至的地方还有人点评他的诗，于是回头一看，见到却是一个书生，年龄比自己大六七岁，有点面熟。静轩于是行礼道："兄台见笑了，本人胡曾，字静轩，湖南邵州人氏，见过兄台，敢问兄台高姓大名，哪里人氏？我们似乎在哪见过呢！"那人也回礼道："原来是才子胡曾啊，贤弟的乐府诗写得很好啊，久仰久仰，敝人罗隐，字昭谏，乃杭州人，我也觉得贤弟面熟，可能在长安科考见过吧！"静轩于是说："原来是大名鼎鼎的罗兄啊，罗隐、罗虬、罗邺，三罗名满天下！没想到在此黄河源头之处见到大才子，幸会幸会！"罗隐自嘲地说："什么大才子啊，还不是年年落第呢！刚才听贤弟的诗，似乎也是对科举不满啊！"静轩说："小弟也是落第之身啊，不平则鸣吧。罗兄要不也来一首同题诗？"

罗隐本来就满腹怨气，见此黄河之源，怎能不赋诗言情呢，于是随口吟了首七律《黄河》。欲知罗隐的《黄河》写的什么内容，静轩又如何看待罗隐的这首诗呢？请听下回分解。

第十八回　星宿海评罗隐诗　首阳山论夷齐道

上回说到静轩在星宿海见到了罗隐，并要罗隐赋同题诗《黄河》，罗隐胸中多闷气，于是一气呵成，赋了首七律，诗云："莫把阿胶向此倾，此中天意固难明。解通银汉应须曲，才出昆仑便不清。高祖誓功衣带小，仙人占斗客槎轻。三千年后知谁在？何必劳君报太平！"吟完说："静轩贤弟，请指教！"

静轩将这首诗反复吟诵了几遍，觉得写得真好，于是说："罗兄的《黄河》诗，恰如这黄河之水一样，从昆仑山飞流直下，定可长流人世间呢！'解通银汉应须曲，才出昆仑便不清'，一联中的，读来真是痛快淋漓啊！"罗隐说："胡兄过奖！只不过直抒胸臆罢了！"静轩说："罗兄，我看这星宿海的水还是清澈的，出了昆仑山就泥沙俱下，变得黄浊，对于这种天意，仁兄是不是已经绝望？"罗隐说："高祖誓功衣带小，仙人占斗客槎轻。三千年后知谁在？何必劳君报太平！对于这黄河变清澈、朝廷变光明，我是真绝望了。贤弟不是跟我有同感吗？贤弟的落第诗：'翰苑何时休嫁女，文昌早晚罢生儿。上林新桂年年发，不许平人折一枝。'不是一样充满失望吗？我也有落第诗《西京崇德里居》：'进乏梯媒退又难，强随豪贵殢长安。风从昨夜吹银汉，泪拟何门落玉盘。抛掷红尘应有恨，思量仙桂也无端。锦鳞赪尾平生事，却被闲人把钓竿。'这种无端落第而又无处申诉的怨恨，贤弟是深有感触啊！"

静轩说："仁兄与我同是天涯沦落人啊！碰到不公，则不平而鸣、以怨赋诗，实乃人之常情。不过我后来想，这种黑暗始终要被打破才行的，因此我也不再怨恨，而是想办法去解决。纵览中国历史，这尧天舜日即如这星宿海源头，清澈无私，只是出了昆仑山，人欲横流，就变得浑浊了，因此，像我们这些读书人，不管及第或落第，首先都要做个君子，如果有明君在上，则兼济天下，如果一直黑暗，不仅要独善其身，还要尽力去挽救世风、激浊扬清呢！所谓小德川流、大德敦化、君子德风、风行草偃也！"罗隐一听这话，觉得静轩的眼光比自己要宽阔一些，既能见其暗，亦能见其明，于是问道："贤弟道高一丈，令我佩服，请问贤弟有什么打算呢？"静轩说："我想写个咏史诗集，献给当今圣上，期望圣上能以历代兴亡为借鉴，整顿吏治，整顿科举，给天下人以光明世界。"罗隐说："贤弟志向远大啊，以文化人，以诗化帝，如果真能做到，则是天下苍生之福啊！我也喜欢写咏史诗，不过喜欢用七律，觉得七绝不能尽意！"静轩说："罗兄的七律水平，从《黄河》可以看出，已在杜甫之上，可与李商隐平分秋色也！请吟咏史诗七律吧！"罗隐见静轩如此抬举自己，于是说："贤弟过奖，自觉得意者有《筹笔驿》：'抛掷南阳为主忧，北征东讨尽良筹。时来天地皆同力，运去英雄不自由。千里山河轻孺子，两朝冠剑恨谯周。唯馀岩下多情水，犹解年年傍驿流。'不知贤弟觉得如何？"

静轩觉得此诗节奏铿锵，又婉转多情，尤其额联"时来天地皆同力，运去英雄不自由"显得博大苍凉，但将孔明之败归结于运气，然后因蜀国之亡而"轻孺子刘禅，恨老臣谯周"，觉得见识稍偏，未能中的。静轩于是说："仁兄大作，高屋建瓴，气度汪洋，尤其额联，有昆仑傲视众山之势。但说到'筹笔驿'，另有两首同题诗，其中李商隐有诗云：'猿鸟犹疑畏简书，风云常为护储胥。徒令上将挥神笔，终见降王走传车。管乐有才真不忝，关张无命欲何如？他年锦里经祠庙，梁父吟成恨有馀。'李公诗言命，仁兄诗言运，大抵英雄所见略同。另有薛能诗云：'葛相终宜马革还，未开天意便开山。生欺仲达徒增气，死见王阳合厚颜。流运有功终是扰，阴符多术得非奸。当初若欲酬三顾，何不无为似有鳏。'薛能觉得诸葛亮不是王佐之才，因有是题，所谓智者见智、仁者见仁。不过在本人看来，诸葛亮之所以失败，第一，弱主雄臣，自古难成大业，诸葛亦然。第二，蜀国偏处西南，非龙兴之地，难以问鼎中原。第三，武侯弱于识人用人育人，'蜀中无大将，廖化作先锋'即是明证。"

罗隐听静轩这么一说，觉得静轩的史家眼光远远高出自己的诗家眼光，于是对静轩说："贤弟视通万里、胸蓄千年，闻此评论，醍醐灌顶啊！愚兄所见者小了！"静轩说："诗或以文情盛，或以道理盛，但孔子云：'言之无文，行之不远'。因此仁兄《黄河》《筹笔驿》诸诗，有文有情必能不朽也！而我的咏史诗，执着于说理，其传或不如仁兄呢！"罗隐见静轩如此抬爱，心中欣慰，于是说："贤弟过谦了，我友章碣曾有咏史诗《焚书坑》，我非常喜欢，诗云：'竹帛烟销帝业虚，关河空锁祖龙居。坑灰未冷山东乱，刘项元来不读书。'我看贤弟的咏史诗也有同妙呢！"静轩细品这《焚书坑》，觉得指桑骂槐、笔法老到，乃上乘之作，于是说："章兄之诗、罗兄之趣，皆属上品，我受教了。接下来仁兄可否携愚弟一起游历，便于请教？"罗隐说："请教不敢，但年前是可以的，年后我还是想去参加明春的科考。"静轩说好。

于是两人商议一起去看看长江的源头，走了五百里，来到了通天河边，顺河向西再走五百里，就来到了长江的正源沱沱河，在今天的青海省格尔木市。这河水清澈明亮，均来自四面巍峨的雪山，河两岸水草丰美，众鸟翔集，好一个人间绝域！静轩对罗隐说："罗兄，这昆仑山真是神州的神山啊，孕育了黄河、长江两条大河，奔腾万里，横贯中国。而这易经又好比昆仑山，孕育了儒家和道家。两条大河哺育中华民族，两大教派则教化中华民族，水哺育中华民族，道指引中华文明，人身难得，中土难生，罗兄来首诗吧！"罗隐乃性情中人，一直为落第之事耿耿于怀，听静轩这一说，虽有触动，但诗兴不大，于是说："贤弟来一首吧，我心血尚未沸腾呢！"静轩说好，于是站在这巍峨的昆仑山上，吟了首七律《登昆仑山》：

> 终于跃马立昆仑，白雪苍茫自养尊。才看河源星宿海，又随江远志凌云。
> 瑶池起浪呼王母，弱水流沙唤老君。莫怪共工曾怒触，祖山活水育人文。

罗隐听完说："贤弟看了这么多地方，难怪情不自禁呢！"静轩说："得即高歌失即休，多愁多恨亦悠悠。今朝有酒今朝醉，明日愁来明日愁。这不是仁兄写的诗吗？现在有口皆传呢！我看是仁兄还在想着科考的事吧！"罗隐说："知我者贤弟也！我们接下来去哪？去看看玉门关吗？"静轩说好。

于是两人向北走三千里来到了玉门关，在今天的甘肃敦煌市。玉门关是汉武帝时期重要的军事关隘，也是当时丝绸之路的交通要道，不过现在已经萧条，不复当年盛况，只有雄伟的关城还屹立在茫茫大漠之中，静轩不禁吟起了王之涣的《凉州词》："黄河远上白云间，一片孤城万仞山。羌笛何须怨杨柳，春风不度玉门关。"也吟起了王昌龄豪迈的诗句："青海长云暗雪山，孤城遥望玉门关。黄沙百战穿金甲，不破楼兰终不还。"罗隐说："贤弟，怎么不吟一下你罗兄的闺怨诗呢？"静轩说："罗兄有请，老弟洗耳恭听！"罗隐于是吟了首《莺声》，诗云："井上梧桐暗，花间雾露晞。一枝晴复暖，百啭是兼非。金屋梦初觉，玉关人未归。不堪闲日听，因尔又沾衣。"静轩说："'玉关人未归'，罗兄好诗，也启发了我写咏史诗呢！"罗隐说："想起谁了？"静轩说："投笔从戎、万里封侯的班超啊，班超从军后，凭一己心力，合三十六勇士，降服西域五十五国，纵横驰骋西域三十一年，断匈奴右臂，保华夏安全，汉帝满意，于是封为'定远侯'。不过在他垂暮之年，上书皇帝云：'臣不敢望到酒泉郡，但愿生入玉门关。'玉门关离长安3600里，酒泉离长安2850里，可怜这班超老年思乡之切、请求之薄。如果最后不是其妹班昭在宫中斡旋，班超到老都不能回归故乡。"罗隐说："最是无情帝王家呢！贤弟咏史吧！"静轩于是做《玉门关》一首，以寄望君王能体察人臣痛苦，广施仁义，诗云：

西戎不敢过天山，定远功成白马闲。半夜帐中停烛坐，唯思生入玉门关。

离开玉门关，静轩问罗隐："仁兄敢不敢去苏武牧羊的地方看看？"罗隐说："贤弟要去北海啊！那只能舍命陪君子了！"静轩拱手相谢。两人于是往东北走两千里，到了今天的内蒙古自治区与蒙古国交界之处，只见这茫茫大漠，沙尘滚滚，遮天蔽日，当地人说这里就是著名的居延海。罗隐说："这鬼地方有什么好看的呢？"静轩说："仁兄，这居延的名气很大呢！当年盘踞在此地的匈奴人一直是汉王朝的心头之患，刘邦曾无奈吟出'安得猛士兮守四方'的诗句；到了汉武帝时期，卫青、霍去病、李广等汉朝名将纷纷越过居延与匈奴决战。而苏武被匈奴劫持在此牧羊，匈奴说'等公羊生子'才可归汉，十九年如一日，持汉节不改。真是了不起啊！"罗隐说："贤弟说得也是，那请咏史吧！"静轩于是吟了首《居延》，诗云：

漠漠平沙际碧天，问人云此是居延。停骖一顾犹魂断，苏武争禁十九年。

罗隐听完说："贤弟这诗不是抄杜牧的吗？杜牧二十年前曾赋《边上闻笳》云：'何处吹笳薄暮天，塞垣高鸟没狼烟。游人一听头堪白，苏武争禁十九年。'"静轩听完说："最后一句确实是一样的呢！惭愧惭愧！不过针对同一件事，时间、地点、人物、事由、结论都一样，出现相同的字词或句子也不足为奇吧！比如天下这么多画梅花的，不管是大师还是学生，不都是红花白花、傲雪霜枝吗？殊途而同归，万殊而理一是也。写居延的诗，苏武、十九年、荒凉这几个核心词总要写进去的，否则就是离题了！"罗隐笑道："真是胡说胡有理啊！只怕后人说你抄杜牧呢！"静轩说："那也是杜牧的光荣啊！"罗隐笑道："贤弟也是甘为众矢之的啊！"静轩说："无妨无妨！仁兄，既然到了这里，我们就去看看河梁和李陵台吧！"罗隐说好。

两人于是来到河梁，罗隐说："河梁话别，苏武归汉，李陵赠诗给苏武云：'携手上河梁，游子暮何之。徘徊蹊路侧，恨恨不得辞。行人难久留，各言长相思。安知非日月，弦望自有时。努力崇明德，皓首以为期。'李陵这鸳鸯锦绣之诗，读来令人惆怅难排啊！"静轩说："是啊，各种感情交汇呢！如果当时汉武帝能调查清楚，不误信误杀，则李陵也可以像苏武那样保全气节。而苏武的气节如果稍微有所动摇，也可能像李陵那样投降匈奴、获取富贵。汉朝的两位英杰私交很好，却在这大漠之中上演了一正一反的两个角色，难道仅仅是自身的节操在起作用吗？帝王难道不应该反思吗？孟子云：'君事臣如土芥，则臣事君如寇仇。'能攻心则反侧自消，单于对李陵恩宠有加，封王之外，还将女儿嫁给他，相比起来，汉武帝则有点粗暴冷血了！我来吟首《河梁》吧！"诗云：

汉家英杰出皇都，携手河梁话入胡。不是子卿全大节，也应低首拜单于。

罗隐听完说："贤弟这是借单于骂汉武帝啊！"静轩说："恰有此意，

李陵的大节已亏，已成历史定论，本人不想否认，但主要原因还在武帝呢！李陵终究是不愿意投降的啊！我们去看看李陵的望乡台，感受他的思乡之苦吧！"两人于是登上了已经荒凉的李陵台，只见落日之下沙尘滚滚，静轩于是赋诗《李陵台》，诗云：

北入单于万里疆，五千兵败滞穷荒。英雄不伏蛮夷死，更筑高台望故乡。

两人下了李陵台，罗隐说："贤弟，这地方寒意逼人，我们向南行吧。"静轩说好，于是一路匆匆向南走三千里，走出大漠，忽见一座高山。经打听，这是渭州首阳县的首阳山，在今天的甘肃省定西市渭源县，此山因"日出之初，光必先及"而得名"首阳"，又因伯夷、叔齐二贤人、二君子而闻名千古。于是两人慕名上山，他们一起看了伯夷叔齐绝食处，又拜了二贤人庙，这庙里还刻有当年的《采薇歌》："登彼西山兮，采其薇矣。以暴易暴兮，不知其非矣。神农虞夏忽焉没兮，我安适归矣？于嗟徂兮，命之衰矣！"静轩为二贤之高风亮节所感动，于是吟了一首《首阳山》，诗云：

孤竹夷齐耻战争，望尘遮道请休兵。首阳山倒为平地，应始无人说姓名。

罗隐听完对静轩说："贤弟此诗言短意深啊！令人悬想。请问贤弟是站在伯夷、叔齐这边呢，还是站在周武王那边呢？"静轩说："我当然站在伯夷、叔齐这边，但是也不否认周武王的义举！"罗隐说："愿闻其详！"静轩说："这其实牵涉到一个千古以来的大问题，即如何对待昏君的问题，是劝谏他回头正位，还是用武力去推翻他，对于这个问题，伯夷、叔齐、孔子是一个思路，孟子又是一个思路。对于昏君，孔子是不主张以暴易暴的，他主张'君君，臣臣，父父，子子'，面对昏君，他提出的解决办法是'克己复礼'，即通过诗教、礼教，通过春秋笔法等手段，帮助君主弃其昏、正其位，回归君道。比如在《论语》中，孔子'谓《韶》，尽美矣，又尽善也。谓《武》，尽美矣，未尽善也'。这句话表面讲的是音乐，其实讲的是人。他称许舜帝以及尧舜禹禅让制，而对周武王则说'未尽善也'，隐含了对武王伐纣的不支持态度。但对周武王的父亲周文王，孔子却非常赞赏，他说：'三分天下有其二，以服事殷。周之德，其可谓至德也已矣。'当然是称赞文王面对昏君，还是以臣事之，不造反，可谓至德，这就跟舜帝对待其残暴的父亲是一样的，文王是忠，舜帝是孝，均有至忠至孝。至于阻止武王伐纣、耻食周粟饿死首阳山的伯夷、叔齐，孔子在《论语》中也是高度赞许，说他们'不降其志，不辱其身，伯夷叔齐与'！意思是恪守'忠恕之道'。不过后来继承孔子衣钵的孟子，则明确支持革命。在孟子提出的五伦中，父子和君臣是有分别的，一个有血缘关系，所以他提出'父子有亲'，一个没有血缘关系，所以他提出'君臣有义'，对于君臣关系，他说：'君之视臣如手足，则臣之视君如心腹，君之视臣如犬马，则臣之视君如国人，君之视臣如土芥，则臣之视君如寇仇。'对于武王伐纣这件事，孟子是赞许的，他说：'贼仁者谓之贼，贼义者谓之残，残贼之人谓之一夫。闻诛一夫纣矣，未闻弑君也。'孟子认为商纣王的德行已经不配君位了，因此武王也不用讲君臣之道了，雄辩的孟子可谓来了个釜底抽薪。至于伯夷叔齐，孟子则用'伯夷隘'三个字来评价，隘者狭窄也，意思是伯夷叔齐眼界狭窄。孔子和孟子谁对呢？武王和伯夷叔齐又谁对呢？只能说武王得圣人之权，夷齐得圣人之经，非武王不足以济一时之变，非夷齐不足以定万世之常。但是归根结底要回归到尧舜的禅让制、公天下才行，这样才可以从根本上避免类似的以暴易暴、改朝换代！"罗隐被静轩这么一通长篇大论说得心服口服，觉得静轩的诗如平静的大海一样，看似波平浪静，实则深不见底。

看完首阳山，罗隐说要去长安准备明春的科举考试，于是下山与静轩依依惜别。这罗隐也是命苦，此次去长安后，又考了十多次，都铩羽而归，史称"十上不第"，这当然是后话。静轩也无奈只能再孤身游历，不过接下来静轩去了一个令他心情激动的地方，是什么地方呢？请听下回分解。

第十九回　胡家坪追慕宗祖　金牛驿讥讽蜀王

　　上回说到静轩下了首阳山，与罗隐作别，然后向东走八百里，来到了泾州，也就是安定郡，登上了王母宫之山，在今天的甘肃省泾川县。该山又名回中山，波光粼粼的泾河和芮河就在山前交汇，相传周穆王与西王母曾来此山欢宴，临行前，两人对此山爱不忍舍，一再回头观望，故名"回中山"。后来汉武帝好长生之术，因找不到昆仑山的瑶池所在，于是就来回中山祭祀，希望能遇到西王母。汉武帝从45岁到67岁的22年间，曾11次到回中山，魏晋时期有人撰《汉武帝内传》，该书绘声绘色地记载了西王母赐仙桃给汉武帝，并训导其成仙之事，这当然是挖苦讽刺汉武帝而杜撰。静轩心想，秦皇汉武都希望长生不老，最终的结局不过是一场春梦而已，目睹这深秋时节，陇树枯无色，边云万里秋，于是吟了一首《回中》，以劝诫君王勿做寻仙之梦，诗云：

　　武皇无路及昆丘，青鸟西沉陇树秋。欲问生前躬祀日，几烦龙驾到泾州。

　　静轩看完西王母宫，开始下山。走到半山腰，忽见这山边躺着一个人，肩上还有个采药的背篮，里面有菊花、甘草等，旁边的峭壁上还有滚落的痕迹。静轩连忙上前探了探，还有鼻息，于是按压此人的人中穴，按了不到一百下，那人苏醒了，静轩赶忙给此人喂了几口泉水，不一会那人回阳，见到静轩，赶紧起来就想行跪拜之礼，静轩连忙说："先生不必多礼，先生哪里人氏，怎么就从绝壁上掉了下来！"那人大约五十岁年纪，憨厚老实，坐起来回答静轩道："我是安定郡胡家坪的，名叫胡念祖，前日来回中山采药，刚才看到峭壁上有一棵灵芝，去摘时没踩稳，跌了下来，只见眼前一花，后来的事就不清楚了，谢谢公子搭救啊！公子哪里人氏？高姓大名？何故在此？"静轩回答说："举手之劳，不必言谢！刚听仁兄所说，那我们还是宗亲呢！我乃江南西道邵州人氏，名叫胡曾，字静轩，我们祖上也是安定郡的，安史之乱后从洛阳入邵州。我此次来长安考进士，没有考中，于是四处游历了。"胡念祖见是宗亲，又是救命恩人，于是说："静轩宗亲，既然你是安定胡氏，那我们是一家人，马上就进入隆冬季节，游历也不方便了，要不去拜拜老祖宗？话说'天下胡姓出安定，安定胡姓出临泾。临泾胡姓哪里寻，皇后湾和胡家坪'，先跟我去胡家坪住段时间吧。"静轩觉得胡念祖一番诚意，说得也在理，恰好自己也没去过安定故里，于是驾起"利贞"，载着胡念祖，走了两百多里，来到了胡家坪，即今天的甘肃省镇原县胡家坪村。

这胡家坪在六盘山下，是一个宁静秀丽的山村，走进村子，静轩就看到了一排排的四合院，汉瓦唐砖，古风淳厚，胡念祖将静轩迎进家里，随即安排好酒好菜，把族里德高望重的人请过来，一起欢迎静轩。"五百年前是一家啊！"静轩漂泊异乡，就因为一个"胡"字，一下子得到了亲人般的温暖，实在感动。宗亲们见静轩一介书生，长相谈吐不凡，丁是在敬酒之余，要静轩吟诗一首助兴，静轩盛情难却，于是吟了一首七律《拜胡家坪》，诗云：

> 云蒸霞蔚陇山秋，坪上胡家望邵州。万里寻来江海意，千枝望去果花稠。
> 风光岁月王侯盛，瓜瓞儿孙道德修。古月一轮今更亮，漫天星斗尽凝眸。

大家听了静轩的诗，齐声叫好。散席后，大家听胡念祖在回中山遇险的事，觉得静轩懂医，于是纷纷宴请静轩，一是欢迎，二是顺便也给家里的老人小孩把把脉，静轩觉得恭敬不如从命，便在胡家坪住了个把月，看好了不少人的病，宗亲们都对静轩赞不绝口。

一天，胡念祖把家谱拿了出来给静轩看，静轩不看则可，一看这家谱，觉得安定胡氏太有光彩了！不愧为名门望族！其中有两位皇太后，即北魏胡灵太后、北齐武成帝高湛之皇后胡氏；有两位皇后，即北魏孝明皇后胡氏、后主高纬皇后胡氏；两位嫔妃，即晋武帝司马炎贵嫔胡芳、北魏孝明帝左昭仪胡明相；有八人封王，即胡长仁封陇东王、胡长怀封建昌王、胡长穆胡长洪封武德王、胡长咸封济阴王、胡长兴封汝阴王、胡长仁次子胡君璧袭爵陇东王、胡奋之子胡友封南阳王；有五人封为公爵，即胡国珍、胡僧洗、胡祥、胡宁、胡虔；有多人担任将军，即胡烈、胡岐、胡喜、胡盛、胡渊、胡仲操、胡遵、胡略、胡广、胡奋、胡渊、胡叔泉、胡世元，还有四位王妃及众多官僚不计其数，家谱记载得非常详细，包括生卒年月、子女情况、官位、生平事迹，看完家谱后，静轩在胡念祖的带领下，满怀崇敬地去瞻仰了这些先祖的坟茔，胡念祖说："静轩！我们胡家坪可是人杰地灵呢！不过还有一个地方，我要带你去看看，那就是皇后湾，北魏胡灵太后就出生在那里。"静轩当然知道曾威加海内的胡灵太后，于是拱手说："那就有劳宗亲了！"静轩于是和念祖骑马来到了皇后湾胡国珍故居，在今天的甘肃省镇原县郭原乡皇后湾。

这皇后湾离崆峒山不远，也是一个灵秀之地，胡念祖跟静轩介绍说："胡灵太后叫胡仙真，就出生在这里，传说出生时，产房内红光四起，久久不散，见此奇象，国珍公于是请教当地名士赵胡，赵胡说：'这是个吉兆啊，国珍公，令嫒有大贵之表，方为天地母，生天地主。'等到灵太后长大后，果然富贵端庄、才高貌美，有母仪天下之相。传到宣武帝耳朵里，于是把她召到后宫，册封为承华世妇，当时宣武帝无子嗣，高皇后貌美性妒，所有后宫嫔妃，都不准接近皇帝，好在胡仙真上善若水，很得高皇后欢心，于是网开一面，特准在晚上服侍皇上，因而蓝田种玉，珠胎暗结，十个月后为宣武帝产下承继大统的麟儿。宣武帝驾崩，胡仙真的儿子拓跋诩继位，是为孝明帝，仙真成为灵太后，因皇帝年幼，于是灵太后亲览万机，裁决政事，随手批答，把朝政处理得有条不紊。灵太后曾饬令制造一辆'申讼车'，设座车内，外垂帘幕，定期出巡云龙门及千秋门等繁华地区，接受吏民诉讼并处理申冤案件，当即裁判或交有司处理，获得朝野的好评。凡州郡荐举的孝廉秀才，都由灵太后亲自考试，然后量才使用，朝野都服其公平。灵太后在位十三年，广建佛寺，劝人向善，后因尔朱荣叛乱，被沉黄河而死。在文采方面，灵太后才华横溢，曾有《杨白花歌》传世，歌云：'阳春二三月，杨柳齐作花。春风一夜入闺闼，杨花飘零落南家。含情出户脚无力，拾得杨花泪沾臆。秋去春还双燕子，愿衔杨花入窠里。'"静轩听完胡灵太后的故事，有感而吟诗一首七律《过皇后湾》，诗云：

> 红光生日记神明，皇后湾来似有声。杨白花歌风月静，申冤车过凤凰鸣。
> 手持王爵依三宝，女主河山第一英。无奈黄河多恶浪，至今如恨尔朱荣。

看完皇后湾，念祖于是带静轩来到了胡国珍夫妇墓前，静轩以十七代孙身份致祭。返回胡家坪后，胡念祖热情地留静轩过年，静轩也就来之安之，观察风土人情，品尝美味佳肴。春节过后，静轩准备继续游历，胡念祖及各位宗亲给静轩准备了盘缠及当地特产、干粮，静轩感激不尽，拜别启程。

他向西南行了六百里，来到了秦州天水，即今天的甘肃省天水市，来到了隗嚣当年的城池，隗嚣是新朝末年地方割据军阀，光武帝刘秀即位后，隗嚣本来听从马援的建议，已打算投靠光武帝刘秀，并让儿子到刘秀那里做人质，可听了手下王元说："今天水完富，士马最强，北收西河、上郡，东收三辅之地，案秦旧迹，表里河山。元请以一丸泥为大王东封函谷关，此万世一时也。"听王元夸下如此海口，一丸泥就可把函谷关封住，隗嚣于是野心顿起，立志割据称霸，到最后兵败人亡，落了个可悲下场。静轩见这城池荒废，杂草丛生，于是吟了首《陇西》，以告诫手握兵权的藩镇诸侯，以史为鉴，勿怀二心，忠君爱民，诗云：

> 乘春来到陇山西，隗氏城荒碧草齐。好笑王元不量力，函关那受一丸泥。

过了天水，静轩随后南行六百里来到了梁州汉中，即今天的陕西省汉中市，来到了江岸边，看到了浩浩荡荡的汉水，和当年刘邦拜韩信为大将时所筑的拜将坛。话说当年韩信"亡楚归汉"，离开项羽，投奔刘邦，可一直得不到刘邦重用，于是失望逃走。萧何闻讯，于月下将韩信在青桥驿附近追回。追回后，萧何在刘邦面前反复陈述重用韩信的利害，刘邦最后采纳萧何建议，决定拜韩信为大将，萧何见此又对刘邦建议说："大王平素傲慢无礼，对一个大将也是呼呼喝喝，像叫自己儿子一样，此次如果真的要拜将，那就要择良日、斋戒、设坛场、具礼，这样才可以。"刘邦于是按照古礼，设坛场，恭敬地拜韩信为将。韩信有了面子又有里子，于是尽心尽力地为刘邦打天下，胜利后刘邦曾感叹："连百万之军，战必胜，攻必取，吾不如韩信！"静轩见这一千多年前的拜将坛，已经埋没在荒草之中，又见到旁边有人将一块石头往汉水中扔去，只见那绽开的浪花好像当日刘邦的笑容一样，他于是感叹刘邦的水德、礼贤下士的明君风度！古往今来，人才难得，尊重人才的明主更难得！静轩于是吟了首《汉中》，以告诫君王礼待贤臣，诗云：

> 荆棘苍苍汉水湄，将坛烟草覆余基。适来投石空江上，犹似龙颜纳谏时。

看完拜将坛，静轩来到了不远处的褒国故城，即今天的汉中市汉台区。这里出了个历史名人就是大美女褒姒。周幽王当年攻打褒国，褒国兵败，献出褒姒乞降，周幽王于是带褒姒回京，对其宠爱有加。褒姒虽然貌美，但是有一个特点就是从来不笑，周幽王曾想出各种办法都没有用。周幽王时期，骊山上设置有烽火台和大鼓，当敌人到来时，会点燃烽火召集诸侯来救援。周幽王为了博得褒姒一笑，于是在没有敌人入侵的情况下点燃烽火，褒姒看到远处赶来的诸侯惊慌失措的样子，果然哈哈大笑。周幽王见这一招管用，便多次点燃烽火戏弄诸侯，诸侯们觉得周幽王太无信用，渐渐不肯应召而来。后来申国联合缯国、西夷犬戎攻打西周，周幽王点燃烽火召集诸侯援救时，诸侯们以为又是开玩笑，因此没有前来救主，于是周幽王遭犬戎所杀，褒姒亦遭劫掳，西周也从此灭亡。静轩有感于周幽王重女色胜过军机，荒淫无度，于是吟了首《褒城》，以告诫君王远离女色，以国家社稷为重，诗云：

> 恃宠娇多得自由，骊山举火戏诸侯。只知一笑倾人国，不觉胡尘满玉楼。

离开汉中，静轩西行两百里，来到了汉江的源头嶓冢，在今天的陕西省汉中市宁强县境内，嶓冢也叫汉王山，只见这源头活水从山上汩汩而出，静轩想起当日大禹治水、别九州、三过家门而不入的故事，深感古代帝王以劳一身而利天下的大功大德，于是吟了首《嶓冢》，以告诫君王以三皇五帝为榜样，勤政爱民，造福苍生，诗云：

夏禹崩来一万秋，水从嶓冢至今流。当时若诉胼胝苦，更使何人别九州。

看完嶓冢，静轩就来到不远处的金牛驿，即今天的宁强县金牛驿村，这里是古代由秦入蜀的门户。这"金牛"的得名源于战国时期，当时秦国一直想夺取蜀地这个"天府之国"，但苦于崇山峻岭、无路可通而作罢。秦惠王时，有人献计，用五块大石头雕成五头大石牛，在牛尾部镂一洞，置金于洞中，并放出消息说此牛为金牛，能"粪金"。贪婪的蜀王听到这个消息，便托人向秦王索要，秦王马上答应了，让他派人来运。因为运输石牛需要大路，蜀王就叫五丁力士先开道再运取，于是五丁力士就开通了到秦国的蜀道。当费尽千辛万苦把金牛拉回成都后，蜀王才知上当受骗，但此时蜀道已通。秦惠王当然高兴，但因忌讳五丁力士的威猛，还不敢马上进攻蜀国。于是又生出一计，托人向蜀王讲："金牛确实没有，但是我们有五个天仙似的美女，愿意送给蜀王以表歉意。"蜀王本是好色之徒，马上叫五丁力士到秦国迎接美女，当五丁力士带着五位美女经过梓潼这个地方时，忽然看到一条巨蛇正向一个山洞钻去，五丁力士想为民除害，于是一齐来拉这条巨蛇，忽然妖风作怪，只听到一声巨响，地动山摇，大山崩塌下来，五个壮士和五个美女都被压在了山下，瞬间化为五座大山！秦惠王闻讯遂令张仪、司马错引兵伐蜀，最终平灭蜀国。李白在《蜀道难》诗中有句"地崩山摧壮士死，然后天梯石栈相钩连"，说的就是五丁力士被山压死的事，五丁力士开出的这条道被称为"金牛道"，静轩鉴于蜀王拥有如此山川形势，却因为贪财好色，以至于亡国，于是吟了首《金牛驿》，以告诫君王戒贪戒色，以免上当，诗云：

山岭千重拥蜀门，成都别是一乾坤。五丁不凿金牛路，秦惠何由得并吞。

看完金牛驿，静轩下一站会去哪里呢？请听下回分解。

第二十回　泸水忆七纵诸葛　废丘怜贰臣章邯

上回说到静轩来到了金牛驿，沿着金牛道向西南走了三百里，静轩来到了著名的剑门关，看这两边群山巍峨、峰峰似剑，静轩不禁吟起了李白的《蜀道难》，"剑阁峥嵘而崔嵬，一夫当关，万夫莫开"，也想起了安史之乱平定后唐明皇出蜀时所做《幸蜀回至剑门》："剑阁横云峻，銮舆出狩回。翠屏千仞合，丹嶂五丁开。灌木萦旗转，仙云拂马来。乘时方在德，嗟尔勒铭才。"顺着这些诗，静轩找到了魏晋时张载的《剑阁铭》，五百多年过去了，这铭上的字迹依然可辨，"兴实在德，险亦难恃"，静轩觉得此句点出了兴亡之道，于是诗兴顿起，写了首七律《过剑门关》，诗云：

> 走马金牛望剑峰，雄关鸟道入门中。可怜地设一方险，争奈天违几帝空。
> 三月姜维遗恨在，千秋张载勒铭隆。或言南去如云锦，幸蜀玄宗莫再逢。

静轩吟罢，牵马徐行，过了剑阁，于是快马加鞭，南行六百里，到了古蜀国国都成都，即今天的四川省成都市。只见这成都花团锦簇，热闹非凡，静轩漫步街头，耳边响起了杜鹃的啼叫声，于是吟起了李白的《宣城见杜鹃花》："蜀国曾闻子规鸟，宣城还见杜鹃花。一叫一回肠一断，三春三月忆三巴。"静轩忽然想起这杜鹃鸟就是古蜀国国王杜宇的化身啊！杜宇曾率兵参加了武王伐纣的战争，周朝一统天下后，武王封杜宇于蜀，疆域北至汉中，南抵青神，西达天全、芦山，东临涪水。杜宇在位时，蜀国曾洪水泛滥。因蜀国四面环山，中间是盆地，水流不出去，杜宇于是起用荆州一个死而复生的鳖灵，凿穿巫山，于是洪水疏通，水患解除，水流成河而滚滚东去，这条河即今天的长江。因鳖灵有功，杜宇拜为丞相。晚年，杜宇被丞相鳖灵推翻后逃亡，因复位不成，冤魂化为杜鹃。每年桃花盛开时节，杜鹃鸟鸣，催促蜀人春耕，蜀人闻之曰"我望帝魂也"。静轩有感于杜宇的遭遇，杜鹃啼血的凄苦，以及君王锲而不舍的奋斗精神，于是吟了首《成都》，诗云：

> 杜宇曾为蜀帝王，化禽飞去旧城荒。年年来叫桃花月，似向春风诉国亡。

到了成都，静轩当然想起蜀相诸葛亮，"三顾频烦天下计，两朝开济老臣心"，杜甫敬重诸葛亮，静轩也是如此，他于是去看了武侯祠。入门后，静轩看到了元和四年（809年）建的"蜀汉丞相诸葛武侯祠堂碑"，碑文由宰相裴度撰、柳公绰书、名匠鲁建刻。静轩看完这著名的"三绝碑"，又看了碑刻的《出师表》《诫子书》，觉得诸葛武侯虽然没有实现统一之梦，但是其忠义精神却如门前的翠柏一样，枝叶扶疏，万古清幽，长留史册。静轩于是吟了首七律《过武侯祠》，诗云：

> 曾羡南阳乐有庐，武侯祠内叹唏嘘。高瞻伐魏出师表，细品齐家诫子书。
> 天下三分君可对，江山一统梦成虚。英雄且莫悲时命，翠柏门前叶自疏。

静轩已看了西北之极，这西南之极当然也要去看看，也正好去看看诸葛亮当年七擒孟获的地方。于是驾起"利贞"，向西南疾驰两千里，来到了泸水，即今天与缅甸搭界的云南省泸水市。静轩看到这西南边疆高山陡峭，烟雾弥漫，瘴气横生，感叹真乃不毛之地。他想起诸葛武侯当年在《出师表》中的话："受命以来，夙夜忧叹，恐托付不效，以伤先帝之明；故五月渡泸，深入不毛。"又想起诸葛亮在《后出师表》中的话："故五月渡泸，深入不毛，并日而食；臣非不自惜也，顾王业不可得偏安于蜀都，故冒危难，以奉先帝之遗意也。……臣鞠躬尽瘁，死而后已；至于成败利钝，非臣之明所能逆睹也。"诸葛亮七纵七擒孟获的功业，不仅彰显了其足智多谋，还彰显了他对蜀汉的耿耿忠心，而其忠心耿耿，则源于刘备对其恩信之重，刘备临终前对诸葛亮说："君才十倍曹丕，必能安国，终定大事。若嗣子可辅，辅之；如其不才，君可自取。"如此恩信宽仁，令诸葛亮"汗流遍体，手足失措，泣拜于地曰：'臣安敢不竭股肱之力，尽忠贞之节，继之以死乎？'"言讫，叩头流血。有感于此，静轩吟了首《泸水》，以告诫君王对大臣恩信，方换得耿耿忠心。诗云：

　　五月驱兵入不毛，月明泸水瘴烟高。誓将雄略酬三顾，岂惮征蛮七纵劳。

　　离开泸水，静轩快马返回到成都，又沿着当年诸葛亮北伐的路线，北行一千五百里来到了岐山的五丈原，即今天的陕西省宝鸡市岐山县五丈原镇。静轩边走边感叹，这蜀国是块盆地，在军事上有易守难攻的优势，但如果出蜀作战，这优势实际上也是劣势，那就是粮草补给困难。看来这诸葛亮也是为报刘备知遇之恩，知其不可为而为之了。静轩看这五丈原，南靠秦岭，北临渭水，东西皆深沟，前阔后狭，最狭处仅五丈，确是兵家必争的险要之地。想当年，司马懿列兵于渭水对岸，按兵不动。诸葛亮既屡屡遣使者下战书，又致巾帼妇人之饰以激怒司马懿，但司马懿始终忍辱坚守不出，并以"千里请战"的妙计平息将士之怒。同时，司马懿向蜀汉使者询问诸葛亮的睡眠、饮食和办事情况，却不打听军事情况，使者答道："诸葛公早起晚睡，凡是二十杖以上的责罚，都亲自披阅，所吃的饭食不到几升。"司马懿于是估计诸葛亮可能活不长了。果然不久，诸葛亮就因过于操劳而病倒，且通过夜观星象，诸葛亮也知道自己要死了，于是用祈禳之法来救自己的命。他在帐中地面上布置七盏大灯，外布四十九盏小灯，内安本命灯一盏，倘若七日之内灯不灭，就可救他自己一命。可是偏偏不巧，被不知情的魏延推门闯入，四十九盏灯被风吹灭，于是诸葛亮病故于五丈原，年仅五十四岁。静轩钦佩诸葛武侯的公忠，公故无我，忠故无私，是历代贤臣的楷模，于是吟了首《五丈原》，诗云：

　　蜀相西驱十万来，秋风原下久裴回。长星不为英雄住，半夜流光落九垓。

　　看完五丈原，静轩就来到了五丈原前面的渭水边，也就是当年姜太公钓鱼的地方。话说商朝末年，周文王姬昌急需一个能文能武的人来辅佐，他苦苦寻找而未得。一晚他做了一个梦，梦见一只生有双翅的熊飞进自己的怀中。第二天文王找太史解梦，太史说："兆得公侯，天遣汝师。"周文王大喜，于是带领人马到渭水边寻找，果然在这里遇到了"宁在直中取，不向曲中求；非为锦鳞，只钓王侯"的直钩钓鱼的姜尚，而姜尚自号飞熊，恰与梦兆相合，于是文王尊姜子牙为国师，二人一同乘车而归。姜尚年七十屠牛于朝歌市，年八十即为天子师，年九十而封于齐。文王尊为"太公望"，武王尊为"师尚父"，四朝帝师王佐，享年139岁，姜太公的传奇令后人无不羡慕！静轩看着这钓鱼台，又看着这长流的渭水，感慨明主之难遇，于是吟了首《渭滨》，诗云：

> 岸草青青渭水流，子牙曾此独垂钩。当时未入非熊兆，几向斜阳叹白头。

告别渭滨，静轩向东走了两百里，来到了当年汉代皇家的射熊馆，即今天的陕西省周至县内。射熊馆是汉代上林苑中的一个别馆，上林苑是汉代皇家御用园林与狩猎区，横跨五县，苑内种植各地进献的名果花卉，并圈养各种禽兽，供皇帝射猎，汉武帝曾在这里一天杀熊24只。静轩看到这射熊馆，就想起了扬雄的《长杨赋》。话说当年汉成帝为了能在胡人面前夸耀大汉物产之丰盈、珍禽异兽之繁多，于是西自褒斜，东至弘农，南驱汉中，捕捉熊罴豪猪、虎豹猿猴、狐兔麋鹿，用装有围栏的车子运到这射熊馆，用网子围成圈，把野兽放在里边，让胡人以手搏之，汉成帝则临观取乐。看到当地农民为满足汉成帝享受"天下之穷览极观"而耽误农耕，随汉成帝到射熊馆的扬雄，回来后追作了《长杨赋》，该赋明褒实贬，隐喻劝谏汉成帝。该赋文采虽好，却好比对牛弹琴，最终西汉还是衰落了，静轩有感于此，于是吟了首《射熊馆》，以告诫守成之君勿忘祖先创业之苦也，诗云：

> 汉帝荒唐不解忧，大夸田猎废农收。子云徒献长杨赋，肯念高皇沐雨秋？

看完射熊馆，静轩就来到了附近的废丘山，这里曾经是章邯被项羽立为雍王时的都城，秦朝名将章邯在巨鹿之战为项羽所败，投降项羽。项羽灭秦后，三分秦地，秦人章邯、司马欣、董翳三人获得关中之地，分别封为雍王、塞王、翟王，号称"三秦"。楚汉战争中，章邯在汉高祖元年（前206年）八月，与刘邦屡战不利，退保废丘。汉高祖二年（前205年）六月，韩信引废丘山下的白水河掩城，城破后章邯自杀。静轩觉得忠臣不事二主，章邯不投降，最多被项羽杀，或者被赵高杀，不失为秦朝的一个忠臣，可这最后被刘邦逼得走投无路自杀，不仅身败，而且名裂。有感于此，静轩于是吟了首《废丘山》，诗云：

此水虽非禹凿开，废丘山下重萦回。莫言只解东流去，曾使章邯自杀来。

走过废丘山，静轩来到了咸阳，即今天的陕西省咸阳市，这里渭水穿南，峻山亘北，山水俱阳，故称咸阳，秦始皇统一中国后，就定都咸阳。静轩先来到了杜邮亭，秦昭王时期的名将白起即自杀于此。白起善于用兵，担任秦国将领30多年，攻城70余座，被封为武安君。曾在伊阙之战大破魏韩联军，曾攻陷楚国国都郢城，在长平之战中，斩杀和俘获赵军共45万人，可谓战功卓著。可是白起不懂功成身退的道家心法，违背帝王意志，最后被赐死。静轩有感于白起的悲剧，于是吟了首《杜邮》，诗云：

自古功成祸亦侵，武安冤向杜邮深。五湖烟月无穷水，何事迁延到陆沉。

离开杜邮，静轩来到了细柳营，在今西安市的西面，这里曾经是西汉周亚夫驻扎军队的地方。话说当年汉文帝为慰劳细柳军营，被镇守军营的将官阻挡，该将官说："将军有令，军中只听从将军的命令，不听从天子的命令。"直到皇上派使者拿出符节，周亚夫这才传令打开军营大门。而此时守卫营门的官兵对皇上身边的武官说："将军规定，军营中不准驱车奔驰。"汉文帝无奈拉住缰绳，慢慢前行，最后周亚夫才手持兵器出来行礼。静轩有感于周亚夫的治军严格，于是吟了首《细柳营》，诗云：

文帝銮舆劳北征，条侯此地整严兵。辕门不峻将军令，今日争知细柳营。

离开细柳营，静轩来到了咸阳城里，他先去看了千年多前的凤凰台遗址。话说当时秦国贤君秦穆公有一女名叫弄玉，善吹箫。一日在凤凰台上吹箫后，晚上梦见一英俊青年戴羽冠、披鹤氅由天而降，并自称为华山之主，要娶弄玉。弄玉醒来后跟秦穆公说了此梦，秦穆公于是带弄玉去华山寻找，果然有此人，名叫萧史，相貌出众，也善吹箫，弄玉见萧史后也心喜，于是两人成婚。一日，夫妻二人正在月下吹箫，忽见天上冉冉飞来凤凰，凤凰亲切地向他们召唤，二人跨上凤凰飞入青天，从此不再回人间。静轩有感于秦穆公的贤明而带来凤凰来仪的祥瑞，同时又感叹社会的治乱交替，于是吟了首《凤凰台》，诗云：

秦娥一别凤凰台，东入青冥更不回。空有玉箫千载后，遗声时到世间来。

作别凤凰台，静轩又来到了望夷宫，在今陕西省咸阳市泾阳县泾河南岸，这里曾经是秦二世胡亥自杀的地方。当年阎乐率千余兵杀死守门官，冲进望夷宫，对着胡亥说："你这个无道暴君，搜刮民膏，残害无辜，天下人人得而诛之。我今奉丞相之命，为天下铲除暴君，你快快自裁吧！"可怜的胡亥做梦也想不到，这场宫廷政变的幕后指使人，竟然是他曾经无比尊重和信赖的赵高！他痛心疾首，悔恨交加，拔出长剑，结束了年仅二十四岁的生命。静轩有感于君王不能识人，不能防微杜渐，以至于被奸臣所杀，于是吟了首《咸阳》，诗云：

一朝阎乐统群凶，二世朝廷扫地空。唯有渭川流不尽，至今犹绕望夷宫。

离开望夷宫，静轩又来到了秦哀公原来所住的皇宫，想起了当年申包胥哭秦廷的故事。当年的吴楚之战，申包胥的好朋友伍子胥为报父兄之仇，借吴兵攻打自己的祖国，攻入楚都郢，"烧高府之粟，破九龙之钟，鞭平王之墓，舍昭王之宫"。逃入山中的申包胥决定复兴楚国，他想到楚昭王是秦哀公的外甥，于是跋山涉水来咸阳搬救兵，但最初遭到了秦哀公的婉言谢绝。申包胥于是在秦廷哭了七天七夜，没有喝一口水，没吃一粒饭，秦哀公为之感动，说："楚国有申包胥这样的忠义之臣，楚不该亡。"并当场朗诵了《无衣》这首诗，诗云："岂曰无衣？与子同袍。王于兴师，修我戈矛，与子同仇！"于是发战车五百乘，遣大夫子满、子虎出武关救楚。在申包胥的带动下，楚国军民同仇敌忾，奋勇杀敌。而吴国因受秦楚夹击，加之国内暴乱而退兵，楚昭王终于得以复国。但当论功行赏时，申包胥却说："吾为君也，非为身也。君既定矣，又何求？"于是逃入山中。静轩觉得申包胥这样的忠义之臣世所罕见，赤胆忠心感天动地，于是吟了首《秦庭》，诗云：

楚国君臣草莽间，吴王戈甲未东还。包胥不动咸阳哭，争得秦兵出武关。

离开了秦国古城，静轩向北行了一百里，来到西汉郑朴曾经隐居的谷口，在今天的咸阳市泾阳县王桥镇。郑朴字子真，西汉末年，他觉察到王莽将篡汉政，遂举家迁至云阳谷口，耕种山中田地，隐居不出。名声传遍京师长安，大司马王凤礼请其出山，不为所动。静轩见这谷口山清水秀，为郑朴的高节所感，于是吟了首《谷口》，诗云：

一旦天真逐水流，虎争龙战为诸侯。子真独有烟霞趣，谷口耕锄到白头。

看过谷口，静轩就回到了长安城。从胡家坪出来时还是春节，这样出入蜀地、泸水，再游览咸阳，到长安城时已是夏天，而算起游历，则是整整一年了，静轩下一步准备去哪呢？请听下回分解。

第二十一回　刘蜕仁心铺前路　荆山故事赋卞和

　　上回说到静轩回到了长安，当然要把咏史诗给刘蜕大人看看。他拿着礼物来找刘蜕，把这一年的咏史诗交给刘大人指正。刘蜕看了这些咏史诗，觉得静轩志大心苦，很不容易，于是请静轩吃饭。饭后问静轩："你去了这么多地方游历，衣食住行怎么解决的啊！"静轩说："我因为一直在练习申泰芝国师的吐纳之法，因此几日不吃不睡也行，极寒极暑也都不怕，只是这马跟着我受累了！"刘蜕乃儒者，不相信仙佛之道，因此对静轩所说半信半疑，很是同情静轩这样风餐露宿，于是说："你也真是能吃苦啊，孤身游天下，妙手著诗文，我是做不到呢！不过这游历也不是一年两年可以完成的，老夫建议你先去找个文书幕僚这样的差事干干，有点积蓄后再游历四方，你看如何呢？"静轩觉得中国这么大，没个三年五载，怎么游历得完呢？老是这么身无分文地游历，肯定不行，于是感激地说好。刘蜕说："现在崔铉崔大人任荆南节度使，节度使权力大，安排个把人应该没问题。前年崔大人要给我'破天荒钱'七十万贯，被我谢绝，我觉得我中进士都快过去十年了，还奖励干什么呢？而且这'破天荒'一词也不准确，欧阳询的后代不是早就中进士了吗？而且湖南也还不是天荒之地啊，岭南不是更偏远吗？所以我回了句：'三十年来，自是人废，一千里外，岂曰天荒。'他应该对我的回信不高兴吧，因此我们也没什么交情。不过崔大人有个很好的朋友，名叫刘越，是我的恩师，原来在兵部任郎中，现在已经退休回家，你可以去找找他，他住在潜水驿，让刘老师带你去找崔大人，安排一个文书的职位吧。"刘蜕说完，马上修书一封给静轩，让静轩去找潜水驿的刘越刘大人。"亲不亲，故乡人啊！"面对刘蜕宅心仁厚、心细如发，静轩心里感激不尽，于是连忙道谢。

　　拜别刘大人，静轩又来到了米老板家，米老板热情款待了静轩，静轩于是把一些胡家坪的特产给了他们，又见了自己的徒弟米士能，一年没见，米士能已经把千字文背得滚瓜烂熟，静轩觉得孺子可教，于是把自己这一年的诗抄给他读，没想到米士能非常喜欢背诵静轩的咏史诗。问原因，米士能说简短押韵，都是地名，所以有兴趣，读完也隐隐约约能明白其中的意思。而千字文太长了，也很难懂！米老板见儿子上进，觉得找了个好师傅，于是又留静轩住了半个月来教他儿子吟诗作文。半个月后，静轩决定启程，米老板非常仗义，又给了盘缠和干粮，静轩本来不喜欢欠人情，可现在身无分文，也只好心怀感激地接纳，将来有出息再还人情吧。

　　静轩要去的潜水驿在岳州北面，静轩决定取道武关而至，这样一边赶路，一边游览写咏史诗。主意已定，于是驾起"利贞"，往东南而行。走了三百多里，刚好路过著名的商山，于是决定一览。此地属商洛县，即今陕西省商洛市丹凤县，契因辅佐大禹治水有功，最初就封在这里，契的后代成汤推翻夏朝后，即以商为国号，因此这里也算是龙兴之地。商亡后，秦孝公曾将此地封给卫鞅，卫鞅因此也叫商鞅。静轩细看这座山，确实也像个"商"字，走到山下，静轩见到了四皓庙，为汉惠帝所立。何谓四皓，即秦汉之际著名的商山四皓，最初他们是秦始皇的四位博士，分别是东园公唐秉、夏黄公崔广、绮里季吴实、甪里先生周术，后来不满秦始皇焚书坑儒，隐居于商山，过着清贫安乐的生活，曾有《紫芝歌》传世，歌云："莫莫高山，深谷逶迤。晔晔紫芝，可以疗饥。唐虞世远，吾将何归？驷马高盖，其忧甚大。富贵之畏人兮，不如贫贱之肆志。"刘邦建立西汉后，觉得太子刘盈为人仁弱，而他与戚夫人所生之子刘如意酷肖自己，故常有更换太子之心。吕后觉察后，问计张良，张良道："商山四皓是皇上想招而招不到的四位贤人，如果能请得动他们，时时随太子入朝，皇帝必然另眼相看。"吕后于是安排人卑辞厚礼去请商山四皓，功夫不负有心人，终于将四老迎到长安太子处。后来刘邦见到四皓追随太子，打消了更换太子的念头，并做《鸿鹄歌》安慰戚夫人，歌云："鸿鹄高飞，一举千里。羽翼已就，横绝四海。横绝四海，又可奈何！虽有缯缴，尚安所施！"刘盈继位后，四皓谢绝封赏，重回商山隐居。四皓死后，刘盈建四皓庙，以表彰四皓拥戴之功。静轩进到庙里，见到了四皓的雕像，但是香火清冷，旁边有李白题诗一首，诗中有句："一行佐明圣，倏起生羽翼。功成身不居，舒卷在胸臆。"静轩觉得李白虽然文采风流，但是见识浅薄，比如此诗，则对刘盈、四皓的赞美太过。事实上，刘邦贵在识人，惠帝仁弱，本该废之，四皓此出，坏了刘邦的大事，几乎动摇了汉朝的国本。后来事实也证明了这一点，汉惠帝即位后，家事国事之大权尽归吕后，弟弟刘如意被杀，戚夫人被做成了人彘置于厕中，惠帝无力出手，只能听之任之。更有甚者，吕后还强令惠帝娶自己的外甥女为皇后，最终导致惠帝无子，在位仅仅七年而抑郁死去，年仅二十三岁。后来，因吕后之外戚专权，也导致了刘氏皇族与吕氏外戚的一场血腥屠杀，这源头当然是四皓。静轩有感于四皓不能明势，不能守志，于是吟了首《四皓庙》，诗云：

四皓忘机饮碧松，石岩云殿隐高踪。不知俱出龙楼后，多在商山第几重。

静轩过了商山，又走了八十里，就来到了武关，位于今天陕西省商洛市丹凤县东武关河的北岸。这武关可是一个著名的地方，其与东面的函谷关、北面的萧关、西面的大散关合称"秦之四塞"，四塞之内即为八百里秦川的"关中"。武关在春秋时建制，名为"少习关"，战国时期属"秦头楚尾"，改为"武关"，静轩看这武关的形势，确实险要，北靠高耸陡峭的少习山，南凭武关河天堑及险峻的笔架山，东有四道岭阻挡，西有新开岭阻挡，不愧为"关中门户""秦楚咽喉"，古人"一夫守垒，千夫沉滞""武关一掌闭秦中，襄郧江淮路不通"的说法也真是名不虚传。静轩一边看风景，一边想到当年楚怀王武关被扣的往事。那是楚怀王三十年（前 299 年），秦王以结亲为名，约楚怀王去武关相会，屈原知道有诈，极力劝阻，怀王不听，执着前往，果然被秦兵劫持，押送到秦都咸阳，其间逃出后又被捉回，最后死在咸阳。静轩觉得，楚怀王之昏庸，值得君王借鉴，从巫山之会到张仪诈楚，再到武关被扣、客死咸阳，败迹斑斑，可怜又可恨，而强大的楚国在他手里也日渐衰退，其中一个重要的原因，就是拒绝屈原等贤臣的辅佐和劝谏，而误用佞臣子椒、子兰、靳尚、上官大夫，宠爱夫人郑袖，这些人或受了秦国的贿赂，或为了一己之私，不断出卖国家。亲小人，远贤臣，国势于是不可收拾。静轩有感于此，于是吟了首《武关》，诗云：

> 战国相持竟不休，武关才掩楚王忧。出门若取灵均语，岂作咸阳一死囚。

静轩离开武关镇，向南走了五百里，来到了著名的房陵，即今天的湖北省房县。此地因"纵横千里，山林四塞，其固高陵，有如房室"而得"房陵"之名，房陵是诗祖尹吉甫的故乡，房陵也是著名的"流放之地"，战国时期赵国亡国之君赵王迁就曾被秦始皇流放在房陵城北一间茅屋里。他曾做了一首《山水之讴》的诗，诗云："房山为宫兮，沮水为浆；不闻调琴奏瑟兮，惟闻流水之汤汤！水之无情兮，犹能自致于汉江；嗟余万乘之主兮，徒梦怀乎故乡！夫谁使余及此兮？乃谗言之孔张！良臣淹没兮，社稷沦亡；余听不聪兮！敢怨秦王？"该诗表达了自己听信谗言而错杀李牧的悔恨之情，也表达了思念邯郸故土、思念昔日丛台的强烈感情，当时听到这首诗歌的人莫不流泪。不久，赵王迁饿死在茅屋里。史上多见帝王成功后有"飞鸟尽，良弓藏"之谋，而赵王迁在大敌当前时杀害良将、自毁长城，足见其昏聩愚昧之极。静轩有感于此，于是吟了首《房陵》，以告诫君王勿蹈赵王迁的覆辙，诗云：

> 赵王一旦到房陵，国破家亡百恨增。魂断丛台归不得，夜来明月为谁升。

离开房陵，静轩向东南走了三百里，来到了著名的荆山，在今天的湖北省南漳县，找到了抱玉岩，只见这岩前桂叶葱茏，这就是当年楚人卞和得璞的地方。春秋时期，楚人卞和看见一只凤凰栖落在荆山的一块青石上，他认定那块青石中必有宝玉，于是将该石头献给了楚厉王。楚厉王命玉工辨识，玉工说这只不过是一块普通的石头，楚厉王大怒，命人砍下了卞和的左脚。楚厉王死后，楚武王继位，卞和又去献石头，楚武王又命玉工辨识，玉工仍然说那只是一块石头，卞和又因为欺君之罪而被砍去了右脚。楚武王死后，楚文王继位，卞和抱着璞玉在荆山下痛哭，一直哭得泪水流尽、眼中滴血。楚文王听说此事后，感到很奇怪，便派人去问他："天下受刑被砍掉脚的人很多，你为什么如此悲伤？"卞和答："我悲伤的不是被砍掉了双脚，而是美玉被当成石头、忠贞之士被当成骗子。"楚文王听后，便命玉工剖开石头，发现里面果真有一块稀世之宝玉，楚文王遂将此玉璧命名为"和氏璧"，卞和也因功封为零阳侯。静轩有感于卞和的遭遇，于是吟了首《荆山》，以告诫君王能识玉识才，不能有眼不识荆山玉，不能被玉工所骗，要有自己的主见。诗云：

抱玉岩前桂叶稠，碧溪寒水至今流。空山落日猿声叫，疑是荆人哭未休。

眼看静轩离潜水驿越来越近了，若问静轩有没有找到刘越，请听下回分解。

第二十二回　潜水驿半床秋月　细腰宫两赋春台

　　上回说到静轩看了卞和发现和氏璧的荆山。他从荆山下来，沿着白起渠向西走了一百里，来到了汉水边的故宜城，即今天的湖北宜城市，这里曾经是楚国的别都鄢城。周赧王三十六年（前279年），秦昭襄王派武安君白起攻打鄢城，但是由于鄢城地势险要、易守难攻，秦军久攻不下。无奈之下，白起命令秦兵在距离鄢城百里之外的蛮河上垒石筑坝，然后开凿水渠，把大水引向鄢城。秦军利用水势，不费一兵一卒，淹死十几万楚国人，最终攻占了宜城。不过这条杀人的白起渠，被后人加以利用来灌溉农田，到北魏时，已发展成为大灌区。静轩觉得眼前这条白起渠虽然利益后世，但是其初心有罪，从秦朝十五年而亡、白起被赐死的结局来看，作为君王，应该仁民爱物，否则难逃被苍天惩罚的命运，于是吟了首《故宜城》，诗云：

　　武安南伐勒秦兵，疏凿功将夏禹并。谁谓长渠千载后，水流犹入故宜城。

　　离开故宜城，静轩来到了汉水边，秋风萧瑟，江波涌起，只见这江上有商船，有客船，也有渔船，各自都在为名、为利、为食忙碌，静轩想起他看过的汉水源头嶓冢，想起这几千里穿秦入楚的万年流淌，当然也想起了当年周昭王命丧楚河的事，周昭王到底死在何处呢？有昭山下面的湘江说法，也有汉江说法，虽然都在楚国，但是无从分辨，晋朝皇甫谧《帝王世纪》中说的是死于汉水，其云："昭王在位五十一年，以德衰南征，及济于汉，楚人恶之，乃以胶船进王。王御船至中流，胶液船解，王及祭公俱没于水中而崩。"静轩觉得大一统的仁政乃中华道统，楚蛮不服周天子，周昭王南征乃王道，于是吟了首《汉江》，以维护大一统的仁政，反对割据，诗云：

汉江一带碧流长，两岸春风起绿杨。借问胶船何处没，欲停兰棹祀昭王。

静轩沿着汉水南下，走了两百里来到了石城，即今天的湖北钟祥市。静轩上了白雪楼，看到汉江如带，美不胜收，于是想起了当年楚国的莫愁。莫愁是石城桃花村人，姓卢名莫愁，貌美如仙，爱好歌舞，后来被楚顷襄王征进宫做了歌舞姬。在楚王宫，莫愁与屈原、宋玉、景差结识并受他们影响，歌舞技艺日进，并且将古传名曲融合屈原宋玉的骚赋和楚辞乐声，完成了《阳春白雪》《下里巴人》《阳阿》《薤露》《采薇歌》《麦秀歌》等名曲的创作。其中以"曲高和寡"闻名的《阳春白雪》更是成为千古绝唱，对后世的乐赋入歌传唱产生了深远影响。莫愁传说因未婚夫放逐扬州而投汉江而死，后人为了纪念莫愁，便把桃花村改名为莫愁村，把沧浪湖改名为莫愁湖，把她系艇登岩的白雪楼下的矶头渡，称为莫愁渡。静轩觉得生长在战争年代的楚顷襄王过于浪漫，虽然带来了文艺的繁荣，但是也带来了楚国的衰落，最终导致了秦兵攻陷楚都郢，屈原跳河自尽。有感于此，静轩题了首《石城》，诗云：

古郢云开白雪楼，汉江还绕石城流。何人知道寥天月，曾向朱门送莫愁。

离开了石城，静轩走了两百多里，来到了此行的目的地潜水驿，在今天的湖北潜江县。静轩只见山间白云缭绕，地上河湖密布，行走其中，如梦如幻，真是好一个云梦大泽。他想起当年刘邦擒拿韩信的事来。那是汉高祖六年（前201年），刘邦听到有人告密说韩信谋反，于是用陈平的计策，假装要游云梦泽，通知韩信等诸侯陪同。作为臣子，韩信是不得不去的，但是韩信又担心被刘邦擒拿，因此进退两难。这时有人向韩信建议，杀了原来项羽的手下钟离眛，提头去见刘邦，就不用担心祸患了。韩信把此事与钟离眛商议，钟离眛万分失望而自杀，韩信于是持钟离眛首级去谒见刘邦，没想到刘邦还是把他抓了起来，戴上械具，放在皇帝后面的副车上带回洛阳。静轩觉得韩信虽然太过张扬，不懂为臣之道，但是如果没有韩信，哪有刘邦的天下呢？明修栈道、暗度陈仓、临晋设疑、夏阳偷渡、木罂渡军、背水为营、拔帜易帜、传檄而定、沉沙决水、半渡而击、四面楚歌、十面埋伏，这十处军功，刘邦难道忘了？刘邦为了刘家天下，残害功臣，已失为君之道，于是吟了首《云梦》，诗云：

> 汉祖听谗不可防，伪游韩信果罹殃。十处辛苦平天下，何事生擒入帝乡。

静轩吟完，天色已晚，于是找了个客栈住下，拿出刘蜕大人的信，向店老板问到了刘越郎中员外的住址，说就在这不远处的城中。静轩于是早早歇息，又早早起来。天还没亮，只见秋月朗朗，繁星点点。待鸡鸣三次，静轩驾起"利贞"，乘着月色出发，朦胧中已见城郭，又闻到了更漏之声。静轩想到这是自己的第一份职业，可能因此结识贵人，心情激动，觉得自己是陶渊明笔下那个寻找桃花源的武陵渔夫一样，于是在马背上哼了首七律《早发潜水驿谒郎中员外》，诗云：

> 半床秋月一声鸡，万里行人费马蹄。青野雾销凝晋洞，碧山烟散避秦溪。
> 楼台稍辨乌城外，更漏微闻鹤柱西。已是大仙怜后进，不应来向武陵迷。

这刘越大人住在城里的一座四合院中，闹中带静，静轩一路问来，很快就见到了刘大人。刘越一见静轩，觉得神姿高彻、儒雅有礼，心下喜欢。在说明来意后，刘越连忙请静轩进屋、奉茶。静轩随即把刘蜕的信给了刘越，刘越看完后对静轩说："静轩，刘蜕在信中对你评价很高，你们应该是志同道合吧！刘蜕可是我的得意门生呢！只是有湖南骡子、沅湘屈子的脾气，刚直不阿，嫉恶如仇，这是官场的大忌呢！你可不要像他啊！"静轩说："刘蜕大人道德文章，我只能仰望，岂敢相提并论呢！您是刘蜕大人的恩师，则更如泰山北斗一样，请您多开示呀！"刘越觉得静轩低调谦卑、答对有礼，于是说："我们现在就出发去见崔大人，不过你要写咏史诗，我先带你去龙湾，先看看章华台，然后我们从龙湾再去荆州。"静轩觉得刘大人真是古道热肠，周到细致，于是连声道谢，骑马出发。

走了八十里，两人就来到了龙湾的章华台。这章华台修建于楚灵王六年（前535年），被誉为当时的"天下第一台"。一千多年过去了，在一片荒草中隐隐约约可见遗址。刘越介绍道："章华台占地四十里，中建高台，台高三十仞，登上台顶中间要休息三次，因此又叫'三休台'，台周围修建了大量亭台楼榭，极尽精美。章华台建好后，楚灵王熊虔在宫中花天酒地享受了起来，搞得楚国上下一片怨声，灵王的弟弟蔡公弃疾趁灵王在外征战徐国的机会，发动了政变，杀死他的两个儿子，立了新王。灵王的部队听到这个消息，一下子作鸟兽散，只剩下孤零零的灵王。灵王一个人在山里游荡，饿了三天三夜，最后在申亥家里上吊自杀。生于忧患，死于安乐啊。"

静轩听完说："大人点评的是，这章华台还有一个名字叫细腰宫，说的是灵王喜好细腰，在他的统治下，无论男女，还是百官，'皆以一饭为节，胁息然后带，扶墙然后起'。如此荒唐，真是前无古人后无来者！楚国八百年天下，衰落就是从楚灵王开始的。楚国曾经有楚庄王这样'三年不飞，一飞冲天！三年不鸣，一鸣惊人'的明主，有楚悼王、楚宣王、楚威王这样的雄主，有子文、虞邱子、孙叔敖、吴起这样的能臣，于是才有曾经的鼎盛。可惜后来的君王中，昏君、庸君、暴君频出，像伍子胥这样的能臣被逼事吴而攻楚，像屈原这样的忠臣则只有跳河殉国，到最后一任国君熊负刍，即使有心复兴，也是无力回天了！而刚好相反，当时的秦国却雄主一代接一代，如秦孝公、秦穆公、秦襄公、秦始皇等。有雄主则有能臣，如百里奚、商鞅、张仪、范雎、吕不韦、李斯等，他们采取的重军功、重农桑的法家思想把整个秦国变成了一架动力十足的战争机器，无坚不摧，无战不胜，最终从一个西北的边陲小国，而平定六国、一统天下。因此这章华台、细腰宫真是楚国的耻辱，也是兴衰的见证啊！"

刘越觉得静轩年纪虽轻，但论史视野广阔，目光宏大，一个杂草丛生的古城遗迹，竟然能引出兴亡的大道理来，暗自佩服，但不知其浓缩概括的诗文功底如何，于是说："静轩，吟诗咏史吧。"静轩本已成竹在胸，于是脱口吟了两首，一首是《章华台》，诗云：

茫茫衰草没章华，因笑灵王昔好奢。台土未干箫管绝，可怜身死野人家。

另一首是《细腰宫》，诗云：

楚王辛苦战无功，国破城荒霸业空。唯有青春花上露，至今犹泣细腰宫。

"请刘大人指教！"静轩吟完说。刘越觉得这诗平易近人，鞭辟入里，朗朗上口，简短精悍，于是说："静轩，你这诗如风行草上，立见倾倒啊！教化之功，他日当见。"静轩连忙道谢！

其实这刘越之所以要带静轩来龙湾，主要是想现场看看静轩的水平如何，这一论两赋诗，让刘大人对静轩的胸襟见识做到了心中有数，于是吩咐静轩把诗文准备好，前往荆州拜见节度使崔铉。

欲知静轩能否被荆南节度使赏识，请听下回分解。

第二十三回　赋诗倾倒节度使　咏史迎来方便门

上回说到刘越对静轩的诗史功底非常满意。于是两人离开了龙湾，行了百多里来到了荆州，在今天的湖北省荆州市。荆州古称"江陵"，是座历史名城，南临长江，北依汉水，西控巴蜀，东连江夏。公元前689年，楚文王继位后就把楚国都城建在这里，因处纪山之南，故名纪南城，楚人习惯性称都城为"郢"。公元前278年，秦将白起先后攻入鄢郢与纪郢，尽毁都城，史称"白起拔郢"，楚顷襄王北逃。由此算来，楚国在纪南城建都历二十王，四百余年。三国时期，又有"刘备借荆州""关羽大意失荆州"等故事发生在此，因此荆州在古代相比武汉、长沙出名多了。

刘越带着静轩径直来到荆南节度使的府衙，刘越说："静轩，节度使崔大人崔铉是我的朋友，他进士及第后曾在此当过掌书记，之后到了皇帝身边做左拾遗，我当时在兵部任郎中，两人无话不谈。后来他升迁很快，从知制诰、翰林学士承旨，升到户部侍郎，会昌三年拜相。因与李德裕不睦，被罢为陕虢观察使，大中三年又拜相，大中九年又罢相，改任淮南节度使，兼检校司徒，晋爵魏国公，去年才来荆南任节度使呢！他一到荆州，就请我来喝酒叙旧。他这个人喜欢写诗，更喜欢临场赋诗，等下见面后，肯定要你临场赋诗的，至于赋诗，我对你有信心，不过一定要谦卑啊！"静轩说："谨记大人教诲！"

两人走到节度使门口，守门的衙役见刘越来了，满脸堆笑说："刘大人，好久没看到您了，崔大人正在里面呢！"刘越点头微笑，就领着静轩直接进门，快到正堂，刘大人就大声说："崔大人，崔大人，老夫来了！"话刚说完，只见里面走出一个身材魁梧、雍容富贵的人来！"是什么风把刘兄吹来了啊！有失远迎啊！"崔铉双手作揖，热情邀请刘越和静轩入室落座。静轩没有坐，刘越介绍道："这位是胡曾，字静轩，长沙人，是我徒弟刘蜕的同乡，有见识、善诗文，刘蜕让我引荐一下，看看崔大人府衙还缺人手吗？"崔铉见静轩神朗气清、文质彬彬，颇有好感，但听说是刘蜕的同乡，又有点惊讶，崔铉于是说："昔日刘玄德三顾茅庐而得诸葛亮，今日刘大人亲自上门荐贤，本官岂有不安排之理？不知静轩可有诗作？"静轩于是将自己的诗作奉上，崔铉仔细看完，欣喜地说："静轩，这集子的诗写得流水行云，字也写得珠圆玉润，不知能否现场赋诗一首？"静轩觉得崔大人又没出题目，这诗怎么写呢？一时记起崔大人年幼时写过一首《苍鹰》诗："天边心性架头身，欲拟飞腾未有因。万里碧霄终一去，不知谁是解绦人。"又考虑到刘越大人的谦卑嘱咐，于是反其意而用之，于是脱口吟了一首七绝，诗云：

碧霄万里自由身，西渡东飞尽误春。何处寻来明主顾，而今终遇系绦人。

崔铉听完，觉得静轩竟然化用了自己的成名作，寄托了冷落江湖渴望明主的诚意，懂礼貌，有文采，深得中庸之道，于人情世故、学问文章拿捏得非常到位，顿时满意。于是对刘越说："刘大人，您觉得静轩这诗怎么样？"刘越当然是抬举，他说："从书、言、身、判四个方面看，静轩完全可考中进士的，可惜没有人引荐！静轩这首诗吧，那还得崔大人说了算啊！我个人觉得还不错呢！"

崔铉听完刘越的话，觉得静轩的诗写得又快又好，但不知其骈文写得如何，于是问静轩："'微意何曾有一毫，空携笔砚奉龙韬。自蒙半夜传衣后，不羡王祥得佩刀。'静轩，知道这首诗说的什么意思吗？"静轩说："这是李商隐感激恩师令狐楚密授骈文章奏之法的《谢书》诗。"崔铉说："说得对，那你能不能以《苍鹰》为题，现场写一篇短小精悍的骈文呢？"静轩心想，本来这诗已经是曲意逢迎，现在又要做骈文，无奈又要摧眉折腰，心中自是不快，但想到自古求人皆苦，也只能勉为其难了。静轩也不打草稿，拿起笔来，一挥而就。崔铉一看，只见静轩一手草隶，洋洋洒洒，殊是漂亮，而看那骈文，也觉得静轩胸中锦绣，不卑不亢，连声叫好，那静轩怎么写的呢？其文曰：

盖闻苍鹰，一点入云万里，三声掠地千惊，何其雄也，谁可御乎？雪爪星眸，可比鸿鹄之志；高飞远望，却候英雄之主。振翅而驱云雾，排空而扫青天。风霜越海，雨电跨山，归来必有捷报，远去必无闲心。重托可付，岂止草间捉兔；艰难可承，必能月下摘星。终非凡鸟，久慕强人，今若能遇，幸甚至哉。

崔铉说："静轩，你的诗文都不错，如不嫌弃，就先委屈做个幕僚文书吧！"静轩一听录用了，马上行礼谢恩。而刘越见事已办成，于是提出要回潜水驿，崔铉挽留他住几天，但刘越也不想影响崔铉办公，崔铉于是安排静轩相送。送了七八里，临别时，刘越说："静轩啊！就此留步吧，崔大人原来是宰相，现在朝廷内斗严重，所以就来了荆南，你好好地跟着崔大人，忠心耿耿，诚实可靠，多做事，少说话，争取得到崔大人的信任啊！"静轩觉得自己一介书生，出身贫贱，能得到刘蜕、刘越这两位大人的照护，一时感激涕零，说不出话来，于是不住地点头，待刘越走了好远，才回过神来。

静轩于是就在荆南节度使入职做了个幕僚。幕者，大军远征时在旷野上临时搭起的帐篷也；僚者，劳也。在唐朝，这种幕僚是没品的，要做到掌书记才是从八品，而节度使则位高权重，是朝廷正二品大员。话说这节度使，最初只是掌管一方的军事，主要设在西北，以对付西北边疆的外敌入侵，但从高宗、武后以来，均田制渐趋崩溃，地方豪强大量兼并土地，失地的流民、逃户大量出现，朝廷于是在内地也设立了节度使，招募流民入伍，以避免社会动乱。玄宗开元年间，划分了军事十镇，设立了十个节度使。节度使接受皇帝任命时，皇帝会赐"双旌双节"，得以军事专杀，府树六纛，即六面大旗，威仪极盛。到后来，节度使的权力越来越大，所辖区内各州刺史均为其节制，集军、民、财三政于一身，内部的人事任命全部由节度使一人说了算。对于荆南节度使，其管辖的地域包括荆州、澧州、朗州、峡州、万州、归州，相当于今天湖北省荆州石首、江陵区以西，秭归以东的长江流域和湖南省洞庭湖以西的澧水、沅江下游一带。

静轩的主要工作是起草文书公告、收发管理文件等，职位薪水虽低，但是属于节度使的近臣，经常随崔铉下军营、下州县视察，自然也是为人看重。静轩不迷官、不贪财，廉洁自守。为人机敏，说话不多，有说必中，起草文件又快又好，倚马可待，多合崔铉的心意，崔铉也是非常满意。而崔铉好诗文，经常与静轩品论古今文士名篇，亦常有彼此唱和、彼此启发、彼此借鉴之妙。尤其静轩又懂岐黄之术，崔铉有什么伤风感冒、腿脚疼痛，静轩都能手到病除，因此崔铉有静轩在身边，各方面都多了一个好助手。

主仁臣忠，上慈下义，静轩就这样在荆州愉快地过了两年多，也日益得到崔铉的信任。一日，崔铉将其《皇帝巡幸左神策军纪圣德碑》一文给静轩看，该文作于武宗会昌三年（843年），篇头落款："翰林学士　承旨朝议郎　守尚书司封郎中知制诰　上柱国　赐紫金鱼袋　臣崔铉　奉敕撰"，静轩细观其文，文曰："我国家诞受天命，奄宅区夏，二百廿有余载，列圣相承，重熙累洽，逮于十五叶，运属中兴，仁圣文武至神大孝皇帝，温恭浚哲，齐圣广泉，会天地之昌期，集讴歌于颍邸，由至公而光符，历试逾五让而绍登宝图，握金镜以调四时，抚璇玑而齐七政……"通篇都是对武宗李炎的歌颂，静轩看完说："大人以锦绣之词，歌锦绣之世，真有凤仪韶乐之盛呢！武宗登大宝，会昌见中兴，恰有其时，恰有其君，恰有其士，恰有其颂！并垂不朽也！"崔铉见静轩抬举，欣慰地说："还有正议大夫　守右散骑常侍　充集贤殿学士　判院事上柱国　河东县开国伯　食邑七百户　赐紫金鱼袋　臣柳公权　奉敕书呢！"静轩说："大人之文，如长江之水，滔滔直下。柳公之书，如泰山之松，巍巍挺拔，亦乃双美也！"崔铉说："静轩，我再给你看我写的一首诗。"

静轩接过一看，是崔铉写的《进宣宗收复河湟诗》，诗云："边隅万里注恩波，宇宙群芳洽凯歌。右地名王争解辫，远方戎垒尽投戈。烟尘永息三秋戍，瑞气遥清九折河。共遇圣明千载运，更观俗阜与时和。"静轩看完后说："大人恭逢圣主，出将入相，讨平康全泰叛乱、收复宣州，建功立业，吟出'烟尘永息三秋戍，瑞气遥清九折河'这样豪迈之联，以诗言志，慷慨激昂，立功立言，永垂不朽，真令我辈羡慕不已啊！"崔铉说："世上贤臣不少，但是好皇帝难遇呢！武宗是个好皇帝，有会昌中兴。宣宗更是个好皇帝，三十七岁登基，即勤于政事，孜孜求治，对内平反甘露之变、平息牛李之争，对外击败吐蕃、收复河湟，又安定塞北、平定安南。为人明察沉断，从谏如流，恭谨节俭，惠爱民物，不愧为'小太宗'，不愧为贞观之治、开元盛世之后的'大中之治'。大中九年，我去淮南担任节度使时，宣宗亲自在太液亭饯行，说我'瑞玉凝姿，春林发秀，贞谅实德，谦虚葆光。冲用既臻於化源，达实每宏於理本，擅松桂后凋之色，劲节自高；含金石希代之音，正声特异'。并赐了一首诗给我，其中有'七载秉钧调四序'的句子，这是我担任宰相七年的莫大荣誉呢！"

静轩作为一个下第之人，从个人立场上来看，当然对宣宗是有看法的，因为科场腐败正是宣宗造成的。宣宗继位后，罢免李德裕，打击李党，重用白敏中、崔铉、令狐绹为代表的牛党，即牛增孺一派，导致科举为牛党的这些权贵子弟把持。李德裕做宰相时，一直主张多录用寒门子弟，而在李德裕被贬崖州后，科举几乎为士族垄断，学子们不禁发出"八百孤寒齐下泪，一时南望李崖州"的悲叹。而静轩这两年多在荆南的所见所闻，也证实了这点，虽然崔铉个人品德尚可，但是手下这班人，则多是好色好货、媚上欺下之徒，静轩表面上和他们相安无事、不便得罪，但是心里是反感的。

如果凭自己以前的血性，自然要跟崔铉理论一番的，但是这两年的历练，自己也稳重多了，真话假话都不说，只说合适的话，以求和谐局面。而且自己目前的饭碗，不也是依靠关系而得到的吗？水太清而无鱼，因此面对恩人崔铉，静轩于是说："大人，您的尾联总结得非常好，'共遇圣明千载运，更观俗阜与时和'。只不过小生有个问题请教，不知当说不当说？"崔铉说："你也来了两年多了，我们无话不谈，你有什么但说无妨！"静轩说："请问大人，您觉得当今圣上和宣宗比起来，怎么样呢？"崔铉没想到静轩会问这个问题，于是说："当然也是一个好皇帝啊，不过，要向他父亲宣宗学习的地方还很多呢！且不说游乐宴饮太过，就说这宰相，也换得太勤快了，才继位六年不到，就换了十四个，你看，有令狐绹、白敏中、萧邺、夏侯孜、蒋伸、杜审权、杜悰、毕諴、杨收、曹确、高璩、萧寘、徐商、路岩，这路岩是去年上任的。不过说起路岩，也算我有知人之明吧，我在淮南做节度使时，他曾经是我的副手，我看他必然显贵，必做宰相，后来从监察御史到翰林府，一路升迁，真的做宰相了，才三十六岁呢，我希望他做宰相做久一点！"

静轩听完崔铉的看法，心里有数了，于是把自己和刘蜕商量好写咏史诗献给皇上的想法跟崔铉说了，崔铉说："你这个想法很好，也可以说跟我是殊途而同归。德宗时期，苏冕撰《会要》40卷，记载了从高祖到德宗九朝的典章制度，我撰了《续会要》，续载了从德宗到宣宗八朝的典章制度。整理历朝典章制度，当然是给后来的皇帝作为治国借鉴呢！上医治国，中医治人，下医治病，作为皇帝，应该要做上医，欲做上医，则要学会治未病，要鉴古知今，《会要》《续会要》的目的就是如此，我希望你的咏史诗也是如此，殊途而同归也！静轩，你的志向很大，要写咏史诗，当然要去游历才行，公事不紧张的时候，你就自己安排，有出公差的机会，我会安排你去，你也顺便游历写诗吧！"

静轩感觉到了崔铉对时局的关切，同时也感觉到了崔铉对他的支持，中国人讲情、理、法三个字，情是排在第一位的，这人情到了浓的时候，什么都可以网开一面，但这种人情也有利有弊，比如科举的腐败，也是人情所导致的。而自己写诗能得到崔大人大开方便之门，也算是人情所导致，严格说起来，也是一种腐败。但是静轩又想，这科举的腐败是损害寒门利益，而自己写诗，则是利益家国民生的，因此静轩也就心安理得了。静轩于是对崔铉道谢。崔铉接着说："你去游历时，我给你找个伴，那就是我的三儿子崔潭，比你小两岁，顺便你也教教他作诗。"

静轩一听，本想拒绝，因为游历途中不仅辛苦，而且有风险，崔公子千金之躯，这个担子太重。但转念一想，崔大人相信自己、器重自己才做这个决定，而且有个伴也好，可以互相照应，于是答应了。崔铉把崔潭叫来，与静轩见面，当面夸了静轩的学问和见识，让崔潭以师长相待。静轩觉得崔潭虽然是王孙公子，但也彬彬有礼，感觉还好，静轩于是跟他讲了自己去过的地方，崔潭听得津津有味，最后静轩问道："崔公子，你最想去哪里玩呢？"崔潭说："我最想去看看巫山神女，不知有没有机会呢！"静轩心里一听就乐了，想来这崔潭也是多情之种，想做楚襄王啊！于是两人约定开春后西游巫山。

欲知静轩和崔潭有没有见到巫山神女，请听下回分解。

第二十四回　咏夷陵崔潭纠错　言蜀帝静轩阐幽

上回说到静轩和崔潭准备西游。第二年开春，静轩先随崔铉去了下面的军营州县视察，春分之后，工作稍微清闲，于是约好崔潭一起西游。他们乘船逆流而上三百里，先到了宜昌，即今天的湖北省宜昌市。宜昌这个名字从东晋开始就叫开了，以前叫夷陵，因为"水至此而夷，山至此而陵"，故名"夷陵"，静轩站在船上，看着这云霞绚烂下的宜昌城，于是想起了当年秦楚之战，夷陵作为楚国要塞，武安君白起三战而烧夷陵、焚毁楚国先王墓地的事，由此引发楚都郢失陷、襄王东逃入陈、屈原投江的悲剧，于是吟了首《夷陵》，诗云：

夷陵城阙倚朝云，战败秦师纵火焚。何事三千珠履客，不能西御武安君。

崔潭听到静轩的这首诗，反复吟诵了一会，然后说："胡兄，您这首诗是好诗，只不过这夷陵被焚毁，怪不得春申君黄歇吧！"静轩一愣，对崔潭说："公子请指教！"崔潭说："夷陵被白起烧毁发生在楚顷襄王时期，而春申君黄歇养三千珠履客，那是在襄王的儿子楚考烈王时期了啊！"静轩说："哦，是我记忆有误，公子所言极是，谢谢，您看如何改才好呢？"崔潭说："胡兄，您看改成这样如何呢？夷陵城阙倚朝云，战败秦师纵火焚。而后三千珠履客，不如一个武安君。"静轩觉得崔潭对历史如此精通，深感佩服，于是说："公子改得太好了，三千对一个，对比强烈，烘云托月，手法高超，在下受教了！"崔潭一听静轩如此看重，心里甚是得意，而且觉得父亲这么夸静轩，水平也不过如此啊！但表面上还是要谦逊一番，于是说："胡兄咏史明理，春申君养士，有量无质，真是绣花枕头一包糠啊，良禽择木而栖，贤臣择主而侍，可见春申君个人志趣不高，无法吸引治国平天下的大才，只能招揽那些崇尚浮华奢侈的小人。

屈原不用，黄歇无能，楚国之亡，亡于人才也！"静轩觉得崔潭深得诗心，于是投之青眼。不过这首诗后来被收入胡曾咏史诗集时，还是没照崔潭的修改，可能是静轩疏忽的结果，而传误至今，此是后话。

看过夷陵，再西行两百里，静轩说这里是屈原的故乡，去看看吧！崔潭说好，于是一起来到了秭归乐平里，即今天的湖北省秭归县。这里位于西陵峡和巫峡之间的长江北岸，他们一起看了屈原祠、屈原出生地香炉坪、屈原开凿的照面井、屈原少年时代常去的读书洞、吟诗台，还见到了满目清幽的橘树林。崔潭看完说："胡兄，如此好人好景，作首诗吗？"静轩说好，于是吟了首七律《秭归》，诗云：

> 为探骚源到秭归，葫芦城里辨依稀。香炉当日啼诗祖，幽井何时怅落晖。
> 桑梓少年当尽兴，庙堂中岁每相违。吟诗台上今怀古，橘颂声声胜采薇。

崔潭听完说："好诗！"静轩说："公子谬赞，想不到房陵出了尹吉甫，秭归出了屈原，两位诗祖相距不到两百里，这风骚之源都在这云梦之区，是天意还是地利呢？"崔潭说："当然是地利啦，云雾迷离，晴雨难测，这不是跟诗的意境一样吗？"静轩说："公子高见！不过《左传》云'惟楚有材'，或不虚言呢！"

两人离开乐平里，再乘船两百里来到了巫山，即今天的重庆市巫山县。只见一江碧水奔腾，两岸峰峦高耸，人在江中，如登天界一般。两人下了船，崔潭久仰巫山之名，于是快步来到了巫山县城西边高都山上的阳台遗址，相传这里就是楚怀王与巫山神女幽会的地方。静轩于是问崔潭："公子，可否背一段宋玉的《高唐赋》呢？"崔潭对这一节背了很多遍，于是脱口而出道："楚襄王与宋玉游于云楼之台，望高唐之观，上有云气。王问玉曰：此何气也？玉曰：所谓朝云也。王曰：何谓朝云？玉曰：昔者先王尝游高唐，怠而昼寝，梦见一妇人曰：妾巫山之女也，为高唐之客，闻君游高唐，愿荐枕席，王因而幸之。去而辞曰：妾在巫山之阳，高丘之阻，旦为朝云，暮为行雨，朝朝暮暮，阳台之下。"

静轩连连称赞，然后又指着前后左右的山峰问崔潭："公子可否叫出巫山十二峰的名字？"崔潭答道："名字是叫得出，分别是登龙峰、圣泉峰、朝云峰、神女峰、松峦峰、集仙峰、净坛峰、起云峰、飞凤峰、上升峰、翠屏峰和聚鹤峰，只是对不上号啦！前面那个类似一个美女的山峰应该是神女峰吧！"静轩说："应该是！我也叫不出，这得请教当地人才行，元稹说过，'除却巫山不是云'，你看这巫山之云，秀丽多变，如梦如幻，真是奇景啊，难怪怀王襄王有阳台之梦呢！"崔潭说："是啊！胡兄，您相信巫山云雨的故事吗？"静轩说："男子十六而精通，出现梦交之事也是正常的，所谓食色性也！至于楚怀王的巫山云雨阳台梦，亦有可能。然而《易经》云：'天地氤氲，万物化醇。男女媾精，万物化生。'天地的云雨交合，男女的阴阳交合，无非是为了'生'而已，否则就是淫乱。而万恶淫为首，不管是邪淫、意淫、手淫，都是败国、败家、败政之首因，周公制作婚礼，就是将男女交合规范成'上以事宗庙，下以继后世'，这样才是婚姻文明啊！"崔潭本来也想在此做个巫山之梦，听静轩这么一说，顿时就有羞愧之感，同时也有开悟之喜，于是说："想不到这里面还有这么深的大道理啊！感谢胡兄开示！"静轩说："一阴一阳之谓道，易经以乾坤二卦开头，诗经以关雎开始，五行发自阴阳，五伦发自夫妇，这二五之精，即是大道所在呀！我吟首诗，公子请雅正！"静轩于是吟了首《阳台》，诗云：

楚国城池飒已空，阳台云雨过无踪。何人更有襄王梦，寂寂巫山十二重。

崔潭说："好诗，朗朗上口，微言大义，阐明了国家长治久安的大道，告诫君王，应该效法天地长久的乾坤二道，即自强不息、厚德载物，不要像楚怀王、楚襄王那样意淫、荒淫。对吧？胡兄！不，应该叫师傅！"静轩觉得崔潭领悟力很强，一点就透，而崔潭也觉得静轩参悟天人，以诗载道，悟道至简，画龙点睛，足为师资。静轩觉得崔潭要叫自己师傅，确实不敢当，于是对崔潭说："公子，我们还是以兄弟相称吧，您叫我胡兄，我叫您潭弟，如何？我们再往西走走，去看看白帝城，可以吗？"崔潭说："好啊，胡兄。'朝辞白帝彩云间，千里江陵一日还。两岸猿声啼不住，轻舟已过万重山。'只不过我们先要逆行，回来时，就可以领略李白的那种欢快之情了呢！"于是两人从巫山乘船西行一百里，来到了瞿塘峡口，看到了长江北岸巍峨的白帝城，在今天的重庆市奉节县。

下船上山，进了白帝城，他们看到眼前的长江水浩浩东流，想起了八百年前公孙述建白帝城的故事，静轩于是问崔潭："潭弟，可知道这白帝城的来由？"崔潭说："知道一些，那是西汉末年，王莽篡汉，天下大乱，公孙述割据蜀地，他看到这里的白鹤古井白雾升腾，以为是白龙献瑞，要出天子，于是自号白帝，建城为白帝城，而公孙述字子阳，所以白帝城也叫子阳城。"静轩说："潭弟对历史真是了如指掌，那公孙述为什么敢称帝，后面为什么失败了呢？"

崔潭说："虽然论血统、论名望、论战绩来说，公孙述不能和刘秀比，但是公孙述敢于称帝，主要有几个原因，第一，他对自己的才能很自负。汉哀帝时期，公孙述补为清水县县长，经他治理，奸盗绝迹，太守觉得他有能力，于是命他兼摄五县，结果他一个人就把五县政事处理得有条不紊。王莽篡位后，公孙述担任蜀郡太守，也享有能力之名。更始元年，更始帝刘玄即位，公孙述自命辅汉将军、蜀郡太守兼益州牧，打败了刘玄派来的'虎牙将军'宗成，数万兵士向公孙述投降。更始二年秋天，更始帝派万余人侵蜀，同样被公孙述打败，由此威震益郡，远方的士民多来归附，西南的邛、笮等部族的酋长都来纳贡，见此，公孙述当然有了称帝的自信。第二，下属李熊的劝进。隗嚣有王元的唆使而自比周文王，公孙述则有李熊的鼓动而梦做商汤和周武，李熊说：'现在四海沸腾，百姓不安，将军割据千里，地方十倍于过去的商汤、周武王，如能奋威德以投合天时，就可以成就霸王之业。蜀地沃野千里，土壤肥腴，物产丰富，战士不下百万，见到有利时机则出兵扩大地盘，无利则坚守以从事农业，东面可下汉水以窥秦地，南面顺着江流以震荆、扬。现在你蜀王的声名，已闻于天下，而名号未定，有志之士在狐疑观望，应当即大位，使远方之人有所依归。'第三，谶书自慰。公孙述看到孔子作的《春秋》中说：'为赤制而断十二公'，而汉高帝至汉平帝已过十二代，应该算历数已完，刘姓不再受命为帝；又见《录运法》说：'废昌帝，立公孙'；《括地象》说：'帝轩辕受命，公孙氏握'；《援神契》说：'西太守，乙卯金'，意思是西方太守轧绝卯金刘氏。他觉得所有这些古书，都是预示他可成帝业。加上他手纹有奇，更加自信。第四，妻子怂恿。传闻李熊劝公孙述称帝之时，公孙述曾梦见神人对他说，'八厶子系，十二为期'，'八厶子系'即'公孙'二字的拆字。他醒来后对妻子说：'虽然贵极但祚短，如何？'其妻说：'孔子云，朝闻道夕死可矣，何况有十二年呢！'这时，恰巧府殿中夜间有光芒耀眼，好似有龙出没，公孙述于是认为这是上天赐给他称帝的符瑞。而公孙述自立为帝的消息一出，形势也是一片大好，或归附，或投奔，或投降，一时会聚兵甲数十万人。公孙述在汉中积聚粮食，在南郑修筑宫殿，又造十层赤楼帛兰船，同时广刻天下牧守的印章，备置公卿百官，确实有了一副君临上界、主宰天下的气象。至于公孙述最后失败了，也许就是天意，命运比不上刘秀，这请胡兄指点！"

静轩见崔潭条分缕析，说得有理有据，连连夸好，对于公孙述失败的原因，静轩也有自己的见解，于是说："潭弟，对于公孙述失败的原因，我来个抛砖引玉吧。第一，地理受限。蜀地只有东、北两个门户，东面为水路，行江道，由三峡而入中原，以夔州为门户，瞿塘关即在此处。北面为陆路，行栈道，从成都北出，由金牛道、米仓道可入汉中，另由阴平道可通陇上，以剑阁为其门户。守住水路、陆路的关口，易守难攻，因此是个偏安的好地方。但是蜀地真要偏安，也只能短暂偏安，为什么呢？蜀地居长江上游，行舟畅通无阻即可抵达中原，因此威胁很大，足以令中原帝王寝食难安，因此中原王朝一定想方设法灭掉蜀国，绝对不容长久割据。那蜀地历代割据政权能统一中原吗？也不行。自夔门东出而达荆襄，荆襄与中原间尚有大别山、桐柏山相隔；自汉中北出，越秦岭、陇山，可达关陇，关陇与中原之间又有崤函之险相隔。这样，在蜀地与中原之间有着双重的阻隔，每一重阻隔的突破都殊非易事，蜀地割据者很难跻身中原逐鹿的群雄之列。因此从地理形势看，公孙述称帝所处者非有为之地。公孙述之后，有刘备白帝城托孤、孔明六出祁山无功、李雄割据蜀地建立'成汉'被东晋大将桓温所灭，大概都是相同命运，受地势所制啊。第二，天下者，天下人之天下也，有德者居之。从道德来看，公孙述不具备作为天子之德。公孙述于蜀称帝时，隗嚣曾派马援前往蜀地观察公孙述。马援与公孙述是同乡故交，以往关系很好，谁知见面后，公孙述竟然摆出皇帝的架子，欲赐马援为侯，马援见公孙述如此做作，甚是轻蔑，他说：'天下雌雄未定，公孙不吐哺走迎国士，与图成败，反修饰边幅，如偶人形。此子何足久稽天下士乎！'回陇右后，马援告诉隗嚣：'子阳井底蛙耳，而妄自尊大。'在马援心目中，公孙述器小易盈，装腔作势，不能成事，比起雍容豁达、雄才大略的光武帝来说，差得太远。因此公孙述无其地、无其德，败亡是注定的了。"

崔潭一听，觉得自己还是处于记住历史而加以总结的层次，而静轩的眼界则相当广阔，有九州四海之视野，有历代兴亡之借鉴，见解比自己高明多了，心里佩服不已，于是说："胡兄见解高明，令小弟茅塞顿开，现在就请胡兄赋诗吧。"静轩于是面对江水，吟了一首《白帝城》，诗云：

蜀江一带向东倾，江上巍峨白帝城。自古山河归圣主，子阳虚共汉家争。

崔潭觉得这诗都是大白话，简单易懂，引而不发，说而不破，足见静轩的功底，心里对静轩是更加佩服了，于是连声说好。崔潭以前跟别人游山玩水，也就是走走看看，只是有了耳目之新。而这次跟静轩在一起，既游历了山水，又增长了见识，真正有了"读万卷书不如行万里路"的感悟，心情当然格外舒畅。从白帝城下山后，两人就决定东返，于是一路"两岸猿声啼不住，轻舟已过万重山"，返回了荆州！

欲问两人返回荆州后，还会去别的地方游历吗？请听下回分解。

第二十五回　隆中三顾说诸葛　堕泪一观拜羊公

上回说到两人西游后返回到荆州。崔铉见二人回来，当然要问崔潭此行的收获，崔潭把这一路的经过都说了，然后说："父亲大人，这胡曾兄学问很好，跟他在一起能学到很多东西，您看以后能不能让我多跟他出去游历游历呢！"崔铉也觉得男人就是要见世面，当下答应了崔潭的要求，但是也叮嘱他不要忘了科举考试。而静轩见到崔铉后，大夸崔潭的学识，并说崔潭能指出自己诗中的错误，说得崔铉也很是欣慰，并叮嘱静轩多指导他。

转眼又是阳春三月，静轩和崔潭彼此都工作和学习了一个月，又有出游的想法。见面后，崔潭说想先去诸葛亮的隆中看看，静轩说好，崔潭于是跟他父亲说了，崔铉也就应允三个月时间。静轩和崔潭于是骑马北上，行了约六百里，来到了隆中山，在今天的襄阳市襄城区，属于古邓县，隆中山距离襄阳城很近，才二三十里路，名叫南阳墟，他们两个饶有兴趣地看了山下的诸葛亮宅，宅西的避暑台、三顾门，诸葛亮的读书台，曾经务农时的菜地、稻田，静轩有感而吟了首《南阳》，诗云：

世乱英雄百战余，孔明方此乐耕锄。蜀王不自垂三顾，争得先生出旧庐。

崔潭一听："看胡兄此诗，是不是也希望像诸葛亮一样遇到明主啊！"静轩回答道："贤弟此言深得我心啊！哪一个读书人不是希望有人赏识呢？所谓学成文武艺，货与帝王家啊！"崔潭道："胡兄，那您跟我讲讲，为什么诸葛亮能让刘备三顾茅庐呢？而诸葛亮答应出山跟随刘备，难道仅仅是因为刘备的诚意吗？"

静轩说："贤弟这问题问到了根本，我试着来回答一下吧！这诸葛亮能得到刘备三顾茅庐的礼遇，跟姜子牙和傅说那样的奇遇不同，姜子牙和傅说直接进入了帝王的梦里，而诸葛亮却是自己精心布局的结果。虽然诸葛亮在《出师表》中自称'臣本布衣，躬耕于南阳'，这当然只是表象。诸葛亮其实出身官宦之家，其先祖诸葛丰在西汉曾被汉元帝提拔为光禄大夫，诸葛亮的父亲诸葛珪在东汉时期曾做过泰山郡丞，但诸葛亮八岁时丧父，诸葛亮与兄弟姊妹只好跟随做太守的叔父诸葛玄到豫章，但不久，朝廷派朱皓接替了诸葛玄的太守职位，诸葛玄只得携诸葛亮等家眷投奔在荆州任职的刘表。建安二年，诸葛玄去世，诸葛亮与弟弟诸葛均便只好在隆中定居，靠种田为生，于是成了布衣。诸葛亮在隆中合计过了十年的耕读生活，可诸葛亮毕竟不是后来的陶渊明，他隐居隆中，不是为了消极避世，而是为了积极出山救世。他静观风云变幻，不断地积累关系和名声。他不仅通过游学结交了大量的荆州名士，而且娶了襄阳名士黄承彦的女儿黄月英，虽然黄月英长得不好看，但人很聪明，而且黄承彦更是一个了不起的人物。黄承彦的岳父是南郡大士蔡讽，而蔡讽的另一个女儿嫁给了荆州牧刘表，蔡讽的儿子还是刘表麾下最受信任的一员大将，可以看出，这门亲事给诸葛亮带来了巨大的军政资源。同时，诸葛亮的大姐嫁给了蒯氏家族的蒯祺，二姐则嫁给了庞德公的儿子庞山民，都与当时荆州的大家族结下了姻亲。诸葛亮品貌出众，才华横溢，自比管仲、乐毅，自己又有关系网，于是很快声名鹊起，而隐居隆中，非明主不事，还摆出了待价而沽的架势，于是'卧龙'的称号不胫而走，也自然引起当时依附刘表、胸怀大志、求贤若渴的刘备的极大兴趣。虽然诸葛亮后来在《出师表》中这样说：'先帝不以臣卑鄙，猥自枉屈，三顾臣于草庐之中，咨臣以当世之事，由是感激，遂许先帝以驱驰。'感觉是为刘备的诚意所打动，其实这也不过是门面之话罢了。刘备虽然诚意满怀，但当时还是寄人篱下，而诸葛亮最终选择辅佐刘备出山，也是一番权衡算计的结果。诸葛亮可以选择曹操、孙权、刘表，为什么选择刘备呢？应该有如下的原因。首先，刘备是中山靖王之后，是汉室宗亲，是皇叔，是正统，兴兵'匡扶汉室'，师出有名，得道多助。其次，刘备本人仁民爱物，虚怀若谷，是道统意义上的明主之器，诸葛亮在那里不会遭到猜忌，不会兔死狗烹。最后，刘备帐下刚好只有武将，没有谋臣，正四处求贤，虚位以待。"

"世事洞明皆学问，人情练达即文章"，崔潭听完静轩的这一番话，如拨云见日！于是说："听胡兄这么一说，看来这君臣相遇，既有天意，也有人谋啊。不过说起刘备，我带你到襄阳城内的檀溪湖去看看，那是当年刘备遇难成祥的地方呢！"静轩说："那好啊，有劳贤弟带路了！"于是他们一起来到了襄阳城的檀溪湖，在今湖北省襄阳市政府附近。崔潭说："胡兄，这就是当年刘备跃马檀溪的地方呢！当年刘备为曹操所讨伐，无奈来投靠任荆州牧的同宗刘表，因刘备名声在外，荆州豪强蔡瑁和蒯越怕他来抢地盘，于是想方设法要除掉刘备。在一次宴会上，蔡瑁和蒯越预谋刺杀刘备，刘备闻讯慌忙骑马跑出西门，可途中却被檀溪湖所阻，在前有水挡、后有追兵的生死关头，刘备横下一条心，对自己的坐骑大呼一声'的卢努力'，该马似乎有临危救主之勇，于是一跃三丈，越过了檀溪湖，而将追兵抛到了对岸，刘备终于化险为夷。"

静轩听完，对崔潭说："贤弟对历史典故如探囊取物啊，佩服佩服，那你觉得刘备和马有什么相似之处吗？"崔潭说："这个搞不懂呢，还望胡兄指教。"静轩说："指教谈不上，也只是个人的一点看法。马有坤德，易经坤卦的卦辞就有'利牝马之贞'的话，《象》也有'牝马地类，行地无疆，柔顺利贞'的话。所谓坤德，就是忍辱负重，厚德载人，这个坤德表现在人，就是女人有坤德，尤其是母亲，因此'妈'字拆开就是'女'加个'马'。而刘备虽然贵为蜀王，其实也是有坤德的，那就是礼贤下士，比如对诸葛亮的三顾茅庐，这是一般帝王做不到的，的卢马能救主，也可能是志同道合、惺惺相惜吧！除了刘备外，还有一位有坤德的帝王就是前秦皇帝苻坚，也有如此传奇。苻坚一次战败失足掉到山洞里，爬不上来，他的战马就将缰绳垂下来救了苻坚，因此也留下了'马有垂缰之义'的佳话呢！"崔潭见静轩这么一讲，顿时对马肃然起敬了，以前总是觉得马不过是畜生，想不到这马还有如此大德，于是催静轩题诗，静轩看了看自己的"利贞"马，于是吟了首《檀溪》，诗云：

三月襄阳绿草齐，王孙相引到檀溪。的卢何处埋龙骨，流水依前绕大堤。

崔潭见静轩把自己比作王孙，也非常高兴，于是说："胡兄对的卢马还真有感情啊，还问埋骨之处呢！"而静轩的"利贞"似乎听懂了这首诗，竟然眼睛都湿润了！

看完檀溪湖，静轩问崔潭这襄阳城附近还有什么历史景点，崔潭说还有邓城遗址、高阳池、岘山。静轩说那就先去看看邓城遗址，遗址就在这汉江边，当年的城垒还依稀可见，静轩问崔潭可知邓城的历史，崔潭说："在殷商时期，国王武丁封他的叔父为邓侯，就在这里建立邓国。春秋时，邓国为楚国所灭，《左传》上是这样记载的：'楚文王伐申，过邓。邓侯曰：吾甥也。止而享之。骓甥、聘甥、养甥请杀楚子。邓侯弗许。三甥曰：亡邓国者，必此人也。若不早图，后君噬脐……弗从。还年，楚子伐邓。十六年，楚复伐邓，灭之。'至于到底是怎么灭亡的，我还是没看懂。请胡兄指教。"静轩说："《左传》是不好懂的，这段话的意思是，楚文王讨伐邓国旁边的申国，要途经邓国。邓侯说：'楚文王是我的外甥。'于是设宴款待他。邓侯手下三位大臣骓甥、聘甥、养甥则请求在宴席上杀楚文王，邓侯不许。三甥说：'灭亡邓国者，一定是此人，如果不早做打算，恐怕将来您噬脐莫及啊。'这噬脐莫及的意思是，麝被追猎时，猎人的目的就是要取麝香，而麝也聪明，看到快要被猎人追上时，就会把自己肚脐中的麝香咬下来，然后逃走。当然如果还没来得及咬肚脐而被抓住，再求自保就晚了，比喻后悔已经来不及了。可最后邓侯还是不从。楚文王伐申归楚的那年，果然顺道攻打了邓国。鲁庄公十六年，楚国再次进攻邓国，于是灭了邓国。"崔潭说："看来这春秋无义战还是真的啊，外甥竟然灭舅舅的国！"静轩说："是啊，一般人认为只有秦国才是虎狼之国，其实楚国称霸也差不多，兼人之国，修其国郭，处其廊庙，听其钟鼓，利其资财，妻其子女。几乎无恶不作，跟强盗没有什么两样，春秋无义战，然也。不过《左传》这段，主要是告诫君王要采纳贤臣之计，防人之心不可无啊！我就按这个意思吟首诗吧！"静轩于是吟了首《邓城》，诗云：

邓侯城垒汉江干，自谓深根百世安。不用三甥谋楚计，临危方觉噬脐难。

看完邓城遗址的第二天清早，他们就迎着朝阳，渡过汉水，来到了城南的岘山。他们先看了一个石室，崔潭说："这里传说是赤松子的洞府道场呢！赤松子是神农时雨师，能入火自焚，随风雨而上下。又传说伏羲死后葬在此处，身体化为上中下三岘，其中岘首山为下岘、紫盖山为中岘、万山为上岘，胡兄，你上此山想起谁了？"静轩说："上古时期的伏羲、赤松子距离我们太遥远了，道家成仙之说，我久生羡慕，但是得有王子晋遇浮丘公这样的缘分才行呢，因此可遇不可求，我上岘山，想起了羊祜。'祜乐山水，每风景，必造岘山，置酒言咏，终日不倦。'当然也想起了孟浩然的那句诗，'羊公碑尚在，读罢泪沾襟'。走！我们去看看那块羊公碑！"于是他们一起来到了一座庙前，有一块碑还在，松露滴在碑上，隐约见到"堕泪碑"三个字，静轩见碑感叹道："六百年过去了，碑零落了，字迹也模糊了！但是羊祜的大德却还长留在人们心中啊！"崔潭问："羊祜有哪些大德呢？愿闻其详！"

静轩说："孙子兵法说：'上兵伐谋，其次伐交，其次伐兵，其下攻城。'其实在羊祜这里，孙武所见还是太小，'羊公恩信，百万归来'，直接用了老子上善若水之德，感化敌军，这是多么高超的战法啊！羊祜出身名门，祖父羊续曾任东汉南阳太守，父亲羊道为上党太守，伯父羊秘为京兆太守，母亲是左中郎将蔡邕的女儿，姐姐羊徽瑜嫁与司马懿之子司马师为妻，姨母为蔡文姬，可见其家族的显赫。虽然出身权贵，但羊祜从小恭谨有孝道，长大后博学多才，而且仪度潇洒，州官四次要他做官，羊祜都拒绝就职，被时人誉为'当代颜回'。司马炎受禅称帝建立西晋后，因为羊祜有扶立之功，司马炎晋升他为中军将军，加散骑常侍，并想封他为郡公，食邑三千户，但是羊祜只受侯爵。因司马炎志在吞吴，于是调任羊祜为荆州诸军都督，羊祜到任后，大量开办学校，兴办教育，安抚百姓，怀柔远人。并与吴国开诚相待，凡投降之人，去留可由自己决定。同时，羊祜把军队分作两半，一半从军，一半垦田，由此积蓄十年之粮。司马炎深表满意，加封他为车骑将军，但羊祜力辞，称自己的德行还有待进步，又没有什么功，如此加封，内心不安，但司马炎照封不误。西陵之战后，羊祜挥兵挺进，占据了荆州以东五座城池，吴人不断来降，羊祜对吴国的百姓与军队讲究信义，每次和吴人交战，羊祜都预先与对方商定交战的时间，从不搞突然袭击。有部下在边界抓到吴军两位将领的孩子，羊祜知道后，马上命令将孩子送回，那两个孩子的父亲深受感动，于是率部来降。吴将陈尚、潘景进犯，羊祜将二人追杀，然后嘉赏他们死节而厚礼殡殓，两家子弟前来迎丧，羊祜以礼送还。吴将邓香进犯夏口，羊祜悬赏将他活捉，抓来后又把他放回，邓香感恩，率其部属归降。羊祜的部队行军路过吴国边境，收割田里的稻谷以充军粮，但每次都要根据收割数量用绢偿还。打猎的时候，羊祜约束部下，不许超越边界线，如有禽兽先被吴国人所伤而后被晋兵获得，他都送还对方。羊祜这些做法，使吴人心悦诚服，十分尊重他，不称呼他的名字，只称'羊公'，甚至连吴军统帅陆抗也称赞羊祜的德行度量，说他'虽乐毅、孔明不能过也'。一次陆抗生病，向羊祜求药，羊祜马上派人把药送过去，吴将怕其中有诈，劝陆抗勿服，陆抗不疑，并说：'羊祜怎会用毒药害人呢？'于是仰而服下。羊祜死后，上至皇帝司马炎及文武百官，下至老百姓，皆痛哭流涕。司马炎亲着丧服，泪水流到鬓须上都结成了冰；襄阳百姓罢市痛哭，街巷悲声相属，连绵不断，甚至连敌国吴军将士也为之落泪，于是有'堕泪碑'立在岘山上。臣子能感动皇帝，则有坤德和水德；长官能感动百姓，则有乾德和恩德；将领能感动敌人，则有仁德。德者，从直从心，施之于人，则能感动，羊祜死后之哀荣，足见羊祜之德化。羊祜死后二年，杜预按羊祜生前的军事部署一举灭吴，完成了统一大业。当满朝文武欢聚庆贺的时候，司马炎手举酒杯，流着眼泪说：'这是羊太傅的功劳啊！'羊祜打仗的水平不高，仅有的西陵之战还输了，虽不是将才，却是帅才，不战而屈人之兵，上之上者也！水利万物而不争，是为百谷王。"

崔潭听完静轩这一通长篇大论，顿时觉得羊祜太伟大了，于是对静轩说："胡兄，这么伟大的人物，你怎么作诗来歌颂呢？"静轩说："诗有六义，风雅颂赋比兴，颂是朝廷专门歌颂功德用的，虽然庄重，可惜流传不广，倒是风雅大兴，尤其是采用比兴手法的风雅会流行，我写咏史诗，主要以赋为主，直入主题，辅之以比兴，对于羊祜，我就这样题一首吧！"静轩于是吟了首《岘山》，诗云：

晓日登临感晋臣，古碑零落岘山春。松间残露频频滴，酷似当时堕泪人。

　　崔潭听完，觉得此诗平易近人，但又引人入胜，如指月之手，可入浩瀚银河，读来余味无穷。

　　看完堕泪碑，他们两个准备去看高阳池，静轩怎么看待魏晋名士呢？请听下回分解。

第二十六回　高阳池贬斥山简　古柏举细评伍员

上回说到他们看完了岘山羊公碑。然后他们就来到了岘山上的高阳池。静轩说："这看起来像个鱼池啊！"崔潭答："这本来就是东汉襄阳侯习郁的鱼池啊！习郁曾随汉光武帝刘秀驾幸离这里不远的黎丘，两人共同梦见苏岭山神，刘秀于是封他为襄阳侯。习郁在苏岭山建立神祠，刻二石鹿于祠前神道两侧，百姓称之为鹿门庙，苏岭山从此改称鹿门山。后来他在岘山南，依照范蠡养鱼法作鱼池，池旁有堤，种有竹、楸、芙蓉、菱、茭覆于水面，池背负岘山，面临汉水，苍松翠柏，风景优美，人称习家池。到了西晋时期，征南将军山简驻襄阳，常游憩于此，酒醉而归。因更名高阳池，取郦食其'高阳酒徒'之意，时有童谣唱道'山公出何许，往至高阳池。日夕倒载归，酩酊无所知。时时能骑马，倒著白接离。举鞭问葛疆：何如并州儿？'后来高阳池、高阳宴、山简醉就成了典故。庚信有句'不如饮酒高阳池，日暮归时倒接离'，杜甫有句'池要山简马，月净庾公楼'。"

静轩听完说："看来贤弟对这高阳池的来龙去脉搞得很清楚啊！那贤弟对山简的好酒买醉怎么看呢？"崔潭说："山简总揽一方军务，繁忙之余，喝喝酒也正常啊！况且还可以借酒浇愁呢！不过还待胡兄高论开示！"

静轩说："不敢，不过有点看法。山简是竹林七贤之一山涛的儿子，山简性格温润典雅，年轻时与嵇绍、刘漠、杨淮齐名，也算魏晋名士，历任太子舍人、黄门郎、青州刺史、镇西将军、尚书左仆射等职，永嘉三年出任征南将军，都督荆、湘、交、广四州诸军事，镇襄阳，本来手握重兵，是可以大有作为的。然而山简却优游卒岁，唯酒是耽。不仅山简如此，王敦、王澄、王衍、司马睿、刘琨也是如此。永嘉五年，西晋专政的太傅东海王司马越病死，匈奴第三次围攻洛阳，首都危急，而王敦却天天召集士族饮酒作乐；王澄带兵从荆州出发，以极慢的速度到了南阳，一听山简的军队战败，就跑回去了；王衍率十几万大军公开逃跑，在苦县被石勒全歼。建兴元年，晋怀帝在平阳遇害，在长安的晋愍帝下令司马睿、刘琨等共七十万大军分三路合击平阳，司马睿竟抗命不遵。建兴四年，长安失守，于是西晋灭亡了。西晋灭亡后，匈奴几乎控制了整个中原，长达一百多年的大动乱开始，此后各少数民族纷纷在北方建立国家，史称'五胡十六国'，最后至隋朝统一中国，才结束了近四百年的分裂局面。从西晋历史我们看出，如果当时山简这些所谓的魏晋名士，能遵循孔孟之道，能有'君忧臣辱，君辱臣死'的忠义之心，西晋如何能被匈奴所灭呢？魏晋名士的典型特征有两个，第一是'挥麈谈玄'，第二是'裸裎痛饮'。'挥麈谈玄'以王衍为代表，算是高雅一路，因为王衍有才有地位，谈论起老庄来风度翩翩，好像尘外仙人，于是感动了山简等一大批人效仿。'裸裎痛饮'则以阮籍、嵇康、刘伶、王澄为代表，算是放荡一路，觉得人生如寄，不如饮酒，由此在士大夫中间形成了好酒风气，山简无疑也是其一。魏晋名士的出现，当然也跟当时险恶环境有关，人命如犬，朝不保夕，在三国魏晋南北朝大分裂大动荡的四百年中，只有太康之治这十年没有战争。这样长期的无休止的痛苦，导致了中华文化的变异，修齐治平的儒家文化式微，印度传来的佛教兴起，逃避俗世和崇尚自然的老庄思想也大行其道。'醉里乾坤大，壶中日月长'，呼酒买醉成为风尚和解忧的良药。从曹操的'慨当以慷，忧思难忘。何以解忧，唯有杜康'，到陶渊明的'得欢当作乐，斗酒聚比邻。盛年不重来，一日难再晨。及时当勉励，岁月不待人'，一路皆是如此。然而俗话说'药医不死病，酒不解真愁'，像王衍、山简这些人，手持玉节，本来肩负治国平天下的重任，却在清谈之中、醉生梦死之中体会人生的短暂快乐，醉醺醺地看着国家的灭亡，更带动整个社会风气的颓废，由此看来，老庄之道，还是不能成为政统啊！"静轩这一番高论，听得崔潭茅塞顿开，静轩说完，咏了一首《高阳池》，诗云：

古人未遇即衔杯，所贵愁肠得酒开。何事山公持玉节，等闲深入醉乡来。

崔潭本来就仰慕魏晋名士，现在经静轩这么一点拨，才知道老庄之道对家国之不利，觉得受益匪浅。看完襄阳，静轩提议去当年吴楚交战的柏举看看，崔潭说好。

他们两个先向东行了两百多里，来到了古代的唐国，即今天的湖北省随州市。静轩说先去看看当年唐成公放牧骕骦马的山坡，即骕骦陂。只见这山坡上杂草丛生，崔潭于是问静轩这唐成公与骕骦马的故事，静轩说："骕骦马是唐国传国之宝，春秋早期，楚国凭武力征服唐国。春秋中期，唐成公掌权时，唐国沦为楚国附庸，他上任后到楚都郢朝见楚昭王，贪婪的楚国令尹子常私自索要他乘坐的两匹骕骦马，唐成公不给，被子常扣留楚都三年，后来唐国义士华宝灌醉唐成公的随从，将骕骦宝马偷出献给子常，唐成公才得以释放回国，从此，唐、楚二国结仇。同时蔡昭侯朝楚时，因拒绝子常索要其一佩一裘，也被扣押三年，因此也与楚国结仇。蔡昭侯、唐成公为报仇，于是与晋、吴结盟，使楚国北边失去屏障。周敬王十四年冬，吴王阖闾亲自挂帅，以孙武、伍子胥为大将，与蔡、唐等国组成联军伐楚，周敬王十四年冬，在柏举大败楚军，随后攻入楚国都城郢，肆意烧杀抢掠，伍子胥鞭尸楚平王而报父兄之仇，楚昭王则流亡到随国。"静轩说完，随后吟了首《骕骦陂》，诗云：

行行西至一荒陂，因笑唐公不见机。莫惜骕骦输令尹，汉东宫阙早时归。

崔潭听完，就问静轩："如果当时不惜把骕骦马送给楚国令尹子常，可能早就回到了汉水东面的唐国宫阙了，胡兄，你的意思是唐成公太死板了？"静轩说："写诗跟打架骂架一样，有时要声东击西、指桑骂槐呢！所谓'言在此而意在彼''言已尽而意有余'，我这里明里是指责唐公不懂贿赂小人，实际是骂楚国令尹子常祸国殃民！令尹是楚国在春秋战国时代的最高官衔，相当于宰相，执掌国柄，总揽军政大权。令尹子常也叫囊瓦，历史评他是'贿而信谗'，囊瓦可以因为小利而罔顾国家大利，导致四面树敌，最终所有矛头对准楚国，楚国于是遭受灭顶之灾，幸亏还有申包胥，不然楚国早就灭亡了！"崔潭听完，觉得静轩的诗不仅蕴含大道，而且还有写诗的技巧在里面呢，可谓道术一体，于是有"仰之弥高，钻之弥坚，瞻之在前，忽焉在后"的感觉。

离开骕骦陂，他们向东南走了四百里，来到了古战场柏举，在今天的湖北省麻城市。举目四望，只见茫茫杂草，莽莽荒丘，当年吴楚大战的场面只能凭空想象其惨烈了，崔潭正要发感慨，谁知静轩已经在吟《柏举》，诗云：

野田极目草茫茫，吴楚交兵此路傍。谁料伍员入郢后，大开陵寝挞平王。

静轩吟完问崔潭："贤弟，你对伍子胥鞭尸楚平王的事怎么看呢？"崔潭说："楚平王是个昏君，曾命伍子胥的父亲伍奢为太傅，命费无极为少傅，太子建尊重伍奢，厌恶费无极，费无极于是嫉恨伍奢，伺机陷害。一次，楚平王命费无极到秦国去迎亲，即为太子建聘娶秦女孟嬴为夫人，费无极回国后，力夸孟嬴美色，并劝平王自娶，平王好色，正中下怀，于是纳孟嬴为夫人，费无极因此得到了平王的格外宠信。因惧怕太子将来继位后加害，费无极于是利用平王的宠信，构陷加害太子和伍奢。他先唆使平王派太子去守边，然后诬告太子与伍奢密谋叛乱。平王信以为真，就把伍奢关押起来，并派城父司马奋扬去杀太子。因奋扬同情太子，太子于是逃到宋国。费无极见太子不回来，无奈只能加害伍奢，同时对楚平王说：'伍奢有两个儿子，都有才干，可将他们召来一起杀掉，不然会后患无穷。'楚平王于是派使者对伍奢说：'你若将你的两个儿子招来可免你一死，不然性命难保。'伍奢说：'伍尚仁厚，召他一定会来。伍员性格刚烈，忍辱负重，能成大事，他料到会被擒，一定不会来。'平王不死心，又派人召伍奢的两个儿子说：'你们若来，我就让你父活命；不来，马上就杀掉伍奢。'伍尚要去，伍子胥说：'楚王召我兄弟，并不是为了让父亲活命，是怕我们逃脱后成为祸患，所以拿父亲作为人质，假意召我兄弟俩，我兄弟俩一到，结果只有一个，就是父子三人一起被杀。与其去送死，不如投奔别的国家，借他国的力量来为父亲报仇，一起束手待毙是没有作为的。'伍尚不为所动，束手就擒，使者来捕伍子胥。伍子胥挽弓搭箭对着使者，使者不敢上前，伍子胥就逃走了。伍奢听说伍子胥逃走了，叹息说：'楚国君臣将要苦于战争了！'而伍尚到了楚国都城，楚王果然将伍奢、伍尚一起杀死。俗话说，父母之仇，不共戴天！吴军攻入郢都后，楚平王早死了，费无极也早被楚国令尹杀了，因此伍子胥开棺鞭尸，也是人子之常情，楚平王死后受辱，也是恶有恶报啊！"

静轩听完，说："贤弟说的是，杀父杀兄之大仇，是可忍孰不可忍，只是伍子胥之仇毕竟是家仇，作为楚国人的伍子胥，投奔吴国，用吴国兵力来侵略自己的祖国，以此报复家仇，当然就难说这是人人称赞的正义行为了。加上攻入郢都后纵容吴军肆虐，又鞭尸楚国故君，伍子胥的行为于是从原来的几分合情合理，变成了彻底的暴行，由此激起了楚国上下的公愤，楚国的遭遇更引起了当时其他国家的同情。他的朋友申包胥就挺身而出，哭秦廷而感动秦王出兵相救，败吴军于沂，越国乘吴国国内空虚发兵进袭吴都，夫概又企图夺取王位，吴王阖闾被迫撤离楚地，引兵东归，柏举之战的胜利果实由此化为乌有。而最后伍子胥也不能善终，被吴王夫差赐死，抛尸江上，也似有报应。在中华传统文化中，身之上是家，家之上是国，国之上是天下，虽然家仇当报，但是不能伤害到国，更不能伤害到天下，由此可见伍子胥智识不足也！"崔潭听完，觉得静轩的眼光见识、格局胸襟又比自己高出很多，深感叹服。

看完柏举古战场，他们两个又将去哪里呢？请听下回分解。

第二十七回　追陶令至彭泽县　叹祢衡游鹦鹉洲

上回说到两人看完柏举古战场。静轩于是问崔潭想去哪里，崔潭说想去看看那"采菊东篱下，悠然见南山"的陶渊明，静轩也久生羡慕，于是两人往东南行了六百里，来到了彭泽县，即今天的江西省九江市彭泽县。他们看了当年陶渊明隐居的地方，可惜房屋破败了，门口的五棵柳树也枯萎了，菊花园对面的南山看起来也很平常，毫无令人惊叹之处，相比诗意相差很远。崔潭深感失望，觉得文人妙笔生花、点石成金，专挑好的写进诗里，大抵和实际生活相去甚远，静轩见崔潭失望，于是说："景物虽凡，但精神不俗啊，我来吟首诗，贤弟你品品。"静轩于是吟了首《彭泽》，诗云：

英杰那堪屈下僚，便栽门柳事萧条。凤凰不共鸡争食，莫怪先生懒折腰。

崔潭一听这诗，顿时精神一振，说："出手不凡啊！胡兄！凤凰不共鸡争食，神来之笔呢！"静轩说："美丽的风景终究是肤浅的，精神的震撼才是深刻的，有了感悟，有了诗，就不虚此行了吧，贤弟，你觉得陶渊明这种个性如何？给中国读书人有什么大影响吗？"

崔潭说："我觉得陶渊明还是缺乏和光同尘之道、忍隐维持之功，陶渊明不愿对粗鄙的督邮折腰，于是辞职。首先对自己不好，五斗米的俸禄没有了，自然要面对艰苦和清贫的农夫生活，虽然有'方宅十余亩，草屋八九间'，但还是需要'晨兴理荒秽，带月荷锄归'，即使如此勤劳，也常常遇到'性嗜酒，家贫不能常得''环堵萧然，不蔽风日；短褐穿结，箪瓢屡空'的苦境。其次对国家也不好，修身齐家的目的，在于治国平天下，陶渊明读了这么多书，品行又好，至少可以为官一任造福一方的。至于他对中国读书人的影响，还是起了不好的带头作用吧！"

静轩听崔潭这么一说，连声叫好，觉得崔潭最近的认识水平提高了不少，于是说："贤弟的见解很深刻啊！不过陶渊明的高风亮节，也是有积极意义的。历史上清高的文人大抵如此，他们都把精神生活看得比物质生活重要得多，尤其是儒家弟子，他们欣赏的是孔颜之乐，即孔子的'饭疏食，饮水，曲肱而枕之，乐亦在其中矣'，颜回的'一箪食，一瓢饮，在陋巷，人不堪其忧，回也不改其乐'。他们注重和追求心灵的独立、自由、平等、尊严。而官场则是强调等级、规矩，官大一级压死人，如果上司有德有才，也许会心服口服，如果碰上的是无德无才、欺下媚上的得志小人，那样的官场生活无疑是痛苦和难受的。因此很多人无法忍受，辞官归故里，宁愿过着艰苦的农夫生活，也不再眷恋官场了。这种孤高无疑跟凤凰一样，非梧桐不栖，非竹实不食，非醴泉不饮。从影响看，陶渊明也为中国的读书人提供了一种人生观和价值观，这个门出来了，那个门可以进去，用之则行，舍之则藏，得意从儒，失意从道，春赏桃花，冬赏梅花，以此安身立命，在物质和精神两种生活之间任意转换，自取其乐，由此健壮了中华民族的生命力，建立了中国人的幸福感。而对于中华民族来说，专制政治无疑压抑了个性，导致民族没有活力，而魏晋名士却打开了一个缺口，树立了一面旗帜，如斗雪梅花一样，高洁、耐寒、清香，不为功名，不为富贵，由此让中华民族和中华文化生生不息。"崔潭听了静轩的见解，觉得又高出自己很多，看来这学问，不仅靠学，还要靠问、靠切磋啊！

静轩说完，问崔潭："贤弟，我们下一步往哪儿走？"崔潭随即吟了首诗："昔人已乘黄鹤去，此地空余黄鹤楼。黄鹤一去不复返，白云千载空悠悠。晴川历历汉阳树，芳草萋萋鹦鹉洲。日暮乡关何处是，烟波江上使人愁。"静轩听完道："这是你们博陵崔氏的大才子崔颢的诗啊，李白游江夏时曾感叹'眼前有景道不得，崔颢题诗在上头'，贤弟想去看黄鹤楼和鹦鹉洲！那好！我们走！"于是两人沿长江逆行走了六百里来到了江城，即今天的湖北省武汉市。他们登上黄鹤楼，看到了江中的鹦鹉洲，晴川历历，芳草萋萋，一览了崔颢诗中的景象。崔潭说去鹦鹉洲中看看，静轩说好，于是两人乘船前往，路上静轩问崔潭："贤弟可知这江城的历史？可知这鹦鹉洲的来历？"

崔潭说："东汉末年，荆州牧刘表派黄祖为江夏太守，当时兴建了却月城和鲁山城，后来东吴孙权在蛇山修筑夏口城，同时在城内的黄鹄矶上修筑瞭望塔，取名黄鹤楼。至于这鹦鹉洲，那是东汉末年，黄祖的长子黄射在此大宴宾客，才子祢衡即席挥笔写了一篇《鹦鹉赋》，赋中云：'惟西域之灵鸟兮，挺自然之奇姿。体全精之妙质兮，合火德之明辉。性辩慧而能言兮，才聪明以识机。故其嬉游高峻，栖跱幽深。飞不妄集，翔必择林。绀趾丹嘴，绿衣翠矜。采采丽容，咬咬好音。虽同族于羽毛，固殊智而异心。'该赋'锵锵振金玉，句句欲飞鸣'，文惊四座，人争传诵，于是此岛就得名'鹦鹉洲'。后来祢衡被黄祖杀害，亦葬于洲上。"静轩说："贤弟果然满腹历史啊，我们去看看祢衡的墓吧！"

二人一起来到了祢衡墓前，竟然有鲜花摆放，看来祢衡还是有人纪念的。崔潭说："祢衡年少成名，有文采和辩才，但是恃才傲物，目无余子。在他二十岁的时候，其四十岁的好友孔融写《荐祢衡表》，向曹操推荐祢衡，曹操爱才，却只召他为鼓史，曹操本意是想压压他的骄气，没想到祢衡竟然当众大骂曹操，曹操本想杀他，但顾及彼此名声，就将烫手山芋推荐给刘表，刘表欣赏他的文章和议论，但是也遭祢衡侮辱、轻慢，刘表也没杀他，于是送给了性情急躁的黄祖，黄祖也很欣赏祢衡的文笔，但祢衡性情依旧，有一次竟然骂黄祖为'死老头'，暴躁的黄祖怎能容忍？于是祢衡被杀，年仅二十六岁。"崔潭又跟静轩讲了祢衡的生平，静轩听得也是唏嘘不已，有感而发，于是吟了首《江夏》，诗云：

黄祖才非长者俦，祢衡珠碎此江头。今来鹦鹉洲边过，惟有无情碧水流。

崔潭听完说："看来胡兄还是怜惜祢衡的呢！"静轩说："怜惜肯定是有的，只不过万物负阴而抱阳，冲气以为和，出现这样的悲剧，无非是阴不阴、阳不阳，君不君、臣不臣造成的啊！"崔潭说："怎么理解呢？请胡兄开示！"静轩说："一阴一阳之谓道，这个阴阳之道由'天尊地卑'，而引出了'父尊子卑、夫尊妻卑、君尊臣卑'，孔子曾说君君臣臣父父子子，到了汉代，董仲舒将其固化为三纲，即'君为臣纲、父为子纲、夫为妻纲'，这就是中华礼教，礼者理也，自有合理之处。比如父尊子卑，身体发肤受之父母，长大成人依靠父母，父母有付出和辛劳，子女当然应该尊重父母。又比如君尊臣卑，不管是'此山为我开，天下是我打'，还是'先到为君，后到为臣'，作为臣子，都得仰仗、依靠主子才能生存和发展，因此也必须尊重主人。如果按此礼教，就不会出现逆子、贰臣，家国也比较稳定。但另一方面，这也不利于人才发展，儿子、臣子只有听话的份儿，不能有自己的想法，尤其那些有才学的人，往往受到打压，著名的如李白、陶渊明即是，安能摧眉折腰事权贵？不为五斗米折腰！于是混不下去。孔子虽然也强调'君使臣以礼'，强调慈爱，他也谴责暴君，但也往往只能在史书上骂骂而已，在现实政治中，没有多少可以约束这种暴政的力量！而在这种伦理中，如果对上忤逆、悖逆，那可就是不得了的事了，那些犯上、逆鳞、藐视君父的人，轻则贬官丢饭碗，重则惹来杀身之祸，在这其中，最悲惨的是那些才高自大的人；祢衡无疑就是这样的一个典型。祢衡露才扬己，狂妄自大，不懂谦抑、守雌之道，得罪上司而遭噩运，其他如杨修、许攸也是如此，而且正史对这些人也基本缺乏同情。对于祢衡珠碎这个悲剧，黄祖当然要负主要责任，虽然黄祖事后也很后悔，并且给予了厚葬，但是作为一方父母官，即使没有海纳百川、礼贤下士的胸怀，也应有父母之心，毕竟祢衡还年轻，一时无礼也要包容，不能视人命如鸡命，黄祖才非长者俦啊！但是对于祢衡来说，'目无尊长'无疑也是招祸的主因，虽然才高八斗，但是没有贵人提携，终究难以施展抱负，孔融多好啊，将他介绍给爱才的曹操，可惜不懂珍惜！《易经》云：'谦谦君子，君子有终，地道卑而上行。'《大禹谟》云：'满招损，谦受益，时乃天道。'因此文章再好，不懂得做人，不知趋吉避祸，终究也是个不入道的文匠而已。惟有无情碧水流！历代君臣不和的悲剧当然就跟长江水一样，滔滔不绝，其中受伤最严重的是地位卑下的臣子，要想避免悲剧，那就得修德，以做到德能配位。儒家讲'自强不息'的乾德，又讲'厚德载物'的坤德，其实分别是君德和臣德，如何做到无过、无不及，这取决于随机应变，不同的君臣，不同的应对，最终如果能达到鱼水皆欢、阴阳和合的局面，那就是对的了。"静轩这么一讲完，崔潭连声说妙，觉得静轩把书读活了，难怪他父亲这么器重静轩呢！

说完祢衡的故事，静轩指着长江问崔潭："贤弟，我们来说点打仗的事吧，我问你，如果想阻止上游的战船通过眼前的长江，贤弟可有什么好办法？"

欲知崔潭如何回答，请听下回分解。

第二十八回　武昌城讥笑铁锁　古赤壁畅谈英雄

　　上回讲到静轩问崔潭如何阻止长江上游的战船。崔潭说："这个还得靠沿途的弓箭手射杀吧，军事上的事我了解得很少呢！"静轩说："这武昌城乃三国时吴王孙权所建，而到了其孙子孙皓手里，吴国却被西晋所灭，西晋战船就是从益州出发，沿长江一路东下，而直接攻到金陵城下的。当时晋武帝与羊祜密谋伐吴，羊祜荐王浚，也叫王濬，镇守益州，王濬凭借长江上游地势之利，治水军万余人，大造舟舰，历经七年建成一支强大水军。王濬当时在益州造船时，产生的木屑随着长江水流到建平郡，建平太守吾彦发现后，将捞起的木屑上呈孙皓，认为西晋正建造战船，打算伐吴，要求孙皓增派守军到建平防守，称只要建平不失陷，西晋就无法渡江进攻，可是孙皓充耳不闻。吾彦无奈，唯有制造铁锁链，在险要之处放下以横断长江；又制作大铁锥，暗置在江水之中，试图以此阻止西晋战船东进。咸宁五年，经王濬上书，晋武帝于十一月发兵大举攻吴。太康元年正月，王濬自成都出发，率水陆军顺流而下，沿江城池的吴国守将多数望风而降，但是在建平郡却遭遇了江中障碍，王濬于是以大筏带走吴军置于江中之铁锥，以火炬熔毁其铁链，然后攻克丹阳，继续前进。在杜预等的支援和策应下，顺利攻占西陵、夷道、乐乡、武昌。三月，与另两路晋军同逼吴都建业，率先进入建业西石头城，接受吴主孙皓投降，实现西晋统一大业。"崔潭听完说："王濬这个故事我记得，刘禹锡还写过一首诗呢，叫《西塞山怀古》，诗云：'王濬楼船下益州，金陵王气黯然收。千寻铁锁沉江底，一片降幡出石头。人世几回伤往事，山形依旧枕寒流。今逢四海为家日，故垒萧萧芦荻秋。'"静轩说："这首诗写得很好，情词俱佳，美中不足的是没有挖掘兴亡之理，徒叹历史沧桑而已，我来首咏史诗吧！"静轩于是吟了首《武昌》，诗云：

王浚戈铤发上流，武昌鸿业土崩秋。思量铁锁真儿戏，谁为吴王画此筹。

崔潭听完问静轩："铁锁也有用啊，可以阻挡战船，怎么说是儿戏呢？"静轩说："铁锁横江以御寇，当然是能起作用的，可最终如儿戏一般，一触即溃，由此可知，决定战争胜负的不是器具，而是人心啊！这吴王孙皓刚即位时，曾被誉为明主。一方面，他加封有功的文臣武将，另一方面，他发放粮食，救济穷人，从皇宫放出大量侍女让她们婚配。但一段时间后，孙皓便显露出残暴、迷信、自负的本性，他设立酷刑，杀死、流放多名重要宗室和大臣，在杀掉诤臣张布后，竟然把张布女儿纳为美人，同时又非常迷信，常借运历、望气、卜筮、谶语来决定如迁都、用兵、皇后废立等国家大事，还坚信自己将统一天下，在位期间就曾多次北伐西晋，穷兵黩武，耗尽国力，却一无所获。当时晋朝的羊祜对这一切洞若观火，他评价孙皓说：'恣情任意，与下多忌，名臣重将不复自信，是以孙秀之徒皆畏逼而至。将疑于朝，士困于野，无有保世之计，一定之心，平常之日，犹怀去就，兵临之际，必有应者，终不能齐力致死，已可知也。'意思是军心民心已经涣散，孙皓已成孤家寡人，文臣武将噤若寒蝉，生怕因言获罪，只能眼看吴国一日一日地腐烂。基于昏君在位，羊祜才最终向晋武帝建议伐吴，并推荐王濬在益州做准备。因此在昏君治下，铁锁是挡不住历史潮流的，只有人心才能建立起钢铁长城啊！"崔潭经静轩这么一讲，豁然开朗。

两人看完黄鹤楼和鹦鹉洲，崔潭说去看看赤壁之战的古战场。于是两人沿长江南下两百里到了赤壁矶头，位于今湖北省赤壁市西北长江之滨的南岸，临江悬崖上石刻有周瑜所书的"赤壁"二字，威武肃穆。矶上有一个周瑜将军庙，两人走进庭院，只见春草疯长，夕阳下呈现凄凉景象，走进去见周瑜坐像也满是灰尘，静轩想起周瑜生前羽扇纶巾、谈笑间樯橹灰飞烟灭的勃发英姿，于是有感而吟了首七律《题周瑜将军庙》，诗云：

共说生前国步难，山川龙战血漫漫。交锋魏帝旌旗退，委任君王社稷安。
庭际雨余春草长，庙前风起晚光残。功勋碑碣今何在，不得当时一字看。

听完，崔潭说："看来胡兄还是仰慕周瑜、诸葛亮之类的书生武功、儒生事业啊！"静轩说："知我者贤弟也！古人云，虽有智慧，不如乘势；虽有镃基，不如待时。要立功勋，还得有其时与势啊！贤弟可知周瑜碰到的是怎样一种时势吗？"崔潭说："这个知道的呢！"静轩："那就洗耳恭听贤弟口吐锦绣吧！"

崔潭说："建安十三年，曹操自任丞相，基本平定北方，兵锋南指。七月，南征荆州刘表。八月，刘表病死，九月，曹操大军进至新野，刘表之子刘琮投降曹操。刘备听说刘琮投降，便率军向江陵撤退，曹操亲率五千骑兵从襄阳疾驰三百里，在当阳长坂将刘备追上，大破其军，随后进占江陵。曹操在击溃刘备后，想乘势一举鲸吞江东。面对大军压境，孙权虽想与曹操一战，但此时大臣中投降主和之声甚大，正当孙权犹豫不决之时，周瑜勇敢地站出来，向孙权指出曹操的几大弱势：一是曹军远途跋涉，疲惫不堪；二是天气寒冷，马没有草吃；三是北方人习陆战不擅水战，水土不服；四是马超、韩遂尚在关西，为曹操的后患；五是刘表新降的七八万人，人心并不向曹。孙权闻之大喜，于是下定决心与曹操决战，命周瑜及程普等领三万人抗曹。因为北方士卒不习惯坐船，当时曹操就下令将舰船首尾连接起来，于是人马于船上如履平地。周瑜部将黄盖见此，即献上火攻之计，一方面，黄盖选取艨艟战船十艘，装上干荻和枯柴，在里边浇上油，外面裹上帷幕，上边插上旌旗，预先备好快艇，系在船尾。另一方面，黄盖派人送信给曹操，谎称打算投降。当时东南风正急，黄盖于是带领浩荡战船向曹营进发，曹操信以为真，也未做防备，军中的官兵都走出营来迎接。在距离曹军还有二里远的时候，那十艘船忽然同时点火，火烈风猛，船像箭一样驶向曹营，风大火烈，没多久曹军战船全部烧光，火势还蔓延到曹军设在陆地上的营寨。顷刻间，浓烟烈火，遮天蔽日，曹军人马烧死和淹死的不计其数。周瑜则率领轻装的精锐战士杀入曹营，曹军大败，曹操慌忙率军从华容道步行撤退逃走，孙刘联军于是取得了赤壁之战的胜利，而周瑜因此战而一举成名。胡兄，我讲完了，现在轮到仁兄赋这赤壁之战的咏史诗！"静轩说好，于是吟了首《赤壁》，诗云：

烈火西焚魏帝旗，周郎开国虎争时。交兵不假挥长剑，已挫英雄百万师。

崔潭一听这诗，就问静轩："胡兄，为啥开头称曹操为魏帝，最后称曹操为英雄呢？"静轩说："孙刘联合击败曹操这件事，到底是对是错呢？如果站在'大一统'的高度来看，曹操虽然有私心，'挟天子以令诸侯'，却始终没有废汉献帝而自己称帝，他一直打着'匡扶汉室'旗号，去扫平各路诸侯，包括称帝的袁术、有称帝野心的袁绍，因此皇帝姓刘，江山还是姓刘，东汉的政统还在，他只是丞相、魏王，因此他讨伐孙权与刘备，法理充足。而孙刘联合抗曹，则在法理上输了一筹，只能算是军阀割据。既然是军阀割据，则周瑜、诸葛亮等均是师出无名、加剧动乱了。赤壁之战导致一国分为三国，直到晋武帝灭东吴实现全国统一为止，分裂了七十二年。我在这里也借鉴了孔子的春秋笔法，称呼曹操为魏帝，是嘲讽其有称帝的私心，而最后说其为英雄，既源于他与刘备论英雄的事，即曹操对刘备说：'天下英雄，唯使君与操耳。本初之徒，不足数也'，也有赞同其一统天下、结束战乱的英雄壮志。"崔潭听了，觉得静轩写诗这曲笔、直笔用得高明。

离开赤壁，崔潭说去看看洞庭湖，还去看看屈原投水自尽的汨罗江，于是两个人沿长江南行两百里，来到了六年前与陈盖同游的洞庭湖，静轩带崔潭上了岳阳楼，然后行船在洞庭湖中游荡，当时已经是五月天，天气热了起来，湖水中传来阵阵腥味，这令静轩想起了当年黄帝的故事，于是吟了首《洞庭》，诗云：

五月扁舟过洞庭，鱼龙吹浪水云腥。轩辕黄帝今何在，回首巴山芦叶青。

崔潭一听这诗，就问静轩："胡兄，这腥味我也闻到了，可是这腥味怎么跟黄帝挂起钩来了？"静轩问崔潭，知不知道后羿杀巴蛇的故事，崔潭说不知道，静轩说："那'贪心不足蛇吞象'还是听说过吧，《山海经·海内南经》记载有这样的事：'巴蛇食象，三岁而出其骨。'说的是古代洞庭湖中有一种巨蛇叫巴蛇，体型巨大，能生吞一头大象，过了三年才把大象的骨头吐出来，所以蛇吞象是真的。因巴蛇伤人及动物，黄帝知道这件事后，派遣后羿前往除害。后羿来到洞庭湖，首先用箭射中巴蛇，然后将其斩为两段，巴蛇死后，其尸骨堆成了一座山，人们于是名之为巴山，而这个地方就叫巴陵。李商隐曾有诗篇《夜雨寄北》云：'君问归期未有期，巴山夜雨涨秋池。何当共剪西窗烛，却话巴山夜雨时。'就是在洞庭湖所作。"崔潭说："胡兄写此诗，是为了怀念黄帝的大德吧！"静轩说："是啊，贤弟，像黄帝这样的帝王，几千年来，有几个呢，也仅仅只有一个舜帝才能比肩啊！"崔潭问："怎么这么说呢？"静轩说："黄帝是人文初祖。黄帝发明了舟车、弓矢、房屋、水井、衣服，命史官仓颉发明了文字，著作《黄帝内经》建立了医学，发明了田亩制、历法、音乐、算术、五谷种植、金属冶炼，并且通过战胜蚩尤、炎帝，统一了华夏，划野分疆，是真正的华夏始祖。"经静轩这么一说，崔潭感觉周瑜、诸葛亮这些他曾经崇拜的人物，在黄帝面前顿时失色很多了，接着崔潭问："胡兄，你懂医学，是不是看《黄帝内经》学到的呢？"静轩说："《黄帝内经》博大平易，这是自然要看的，不过还要多悟，多体验，才能融会贯通，这样保自己的身体、治未病就没问题了！上医治国，中医治人，下医治病，内经不止是一本医书呢，实际是治国的宝典。你有空多看看！"崔潭第一次听到《黄帝内经》有这么大的学问，看来读万卷书不如行万里路，行万里路不如名师指路啊，崔潭心里十分欣慰。

　　游完洞庭湖，两人直接坐船南行，来看屈原的遗迹，欲知静轩对屈原的看法，请听下回分解。

第二十九回　荷包潭诵怀沙赋　屈子祠论失败因

　　游完洞庭湖，两人直接坐船南行百余里，来到了汨罗江和湘江交汇处的荷包潭，即在今天的湖南省汨罗市，今名河泊潭，乃当年屈原投江之处。崔潭非常喜欢屈原的骚赋，于是对着茫茫江水，忍不住吟诵起屈原的《怀沙》来："滔滔孟夏兮，草木莽莽。伤怀永哀兮，汩徂南土。眴兮杳杳，孔静幽默。郁结纡轸兮，离慜而长鞠……"吟完，静轩和崔潭又往东南走了二十里，来到了汉代建造的屈子祠，该祠位于汨罗江畔的玉笥山麓，为三进青砖结构，门口有一副对联云："万代离骚，一江千古，文赋长流汨罗水；楚虽三户，浩气九州，孤忠不动玉笥山。"两人进祠祭拜，祭拜完，见这墙壁上题了很多诗，静轩觉得写得最好的是崔涂的五律，诗云："逸胜祸难防，沈冤信可伤。本图安楚国，不是怨怀王。庙古碑无字，洲晴蕙有香。独醒人尚笑，谁与奠椒浆。"还有刘威的七律，诗云："三闾一去湘山老，烟水悠悠痛古今。青史已书殷鉴在，词人劳咏楚江深。竹移低影潜贞节，月入中流洗恨心。再引离骚见微旨，肯教渔父会升沈。"看完诗，两人又去周边看了独醒亭、骚坛、濯缨桥、桃花洞、寿星台等古迹。

　　看完，静轩问崔潭："贤弟，你觉得屈原是个什么样的人呢？"崔潭说："一位怀才不遇的大诗人啊！他的诗突破了四言为主的诗经体，而走向了五言、六言、七言，由集体创作走向了个人创作，风骚并举，开创了一个新时代呢！"静轩说："贤弟所言极是，不过屈原其本意不在立言，而在立德立功啊！"崔潭说："胡兄，这怎么说呢？"

　　静轩说："从'诗言志'的角度看，其诗乃志之表也，其志向还是在治国、平天下，但是由于遭遇昏君，平生抱负难以实现，最终，其政治才华为文学才华所掩盖，其高尚品德为其浪漫文藻所掩盖。在当时，如果说楚国是一潭龌龊的淤泥，屈原则是一朵清丽的莲花，如果说楚国是沉沉的黑夜，屈原则是一座耀眼的灯塔。对于这点，我们既可以从屈原自己的诗文中找到相关描述，也可以从楚国的历史结局中得到这个结论。屈原在《渔父》中说'举世皆浊我独清，众人皆醉我独醒'，在《卜居》中说'世溷浊而不清：蝉翼为重，千钧为轻；黄钟毁弃，瓦釜雷鸣；谗人高张，贤士无名'，这是屈原对楚国黑暗政治的描述。文人的话能信吗？大凡是文人都喜欢用夸张、比喻、添油加醋、移花接木等艺术手法描述真实的生活，屈原是否也是如此呢？其实如果我们从历史的结局来看，就可以推理出，屈原的文字是可信的。在屈原所处的战国时代，最强大的当然是秦国和楚国，可最后的结果是秦国灭了楚国，其中的标志性事件，就是秦国攻陷了楚国的都城郢，屈原闻讯在汨罗江绝望自尽。而楚秦势力消长的分水岭，则是楚怀王抛弃屈原提出的'联齐抗秦'，而选择'闭关绝齐'，结果张仪成功'诈楚'，然后导致秦楚交兵。楚怀王不只在战略上不接受屈原的方略，在战术上也不接受屈原的远见，楚怀王不顾屈原的苦苦劝谏赴秦而在武关被扣留，最终客死咸阳，从此楚国国势日非、江河日下。"

静轩停顿了一下继续说："而从历史过程来看，一方面，当时的秦国明君在位，励精图治，唯才是举，王翦、白起、商鞅、张仪、李斯均在秦国脱颖而出、建功立业。另一方面，当时的楚国，即楚怀王、楚顷襄王时代，则是君为昏君、臣为佞臣，整个官僚阶层醉生梦死，对人民极尽剥削和压迫，楚国人民生活十分痛苦。屈原在《离骚》中就有'众皆竞进以贪婪兮，凭不厌乎求索''长太息以掩涕兮，哀民生之多艰'的句子，而楚怀王虽曾重用屈原进行政治革新，却因为楚国贵族一致反对而失败。屈原在《离骚》中就有'众女嫉余之蛾眉兮，谣诼谓余以善淫'的句子，屈原的耿耿忠心、远见卓识，换来的却是在政治上的被孤立、被排挤、被中伤、被流放。而屈原被流放民间的二十年，就是楚国政治日益糜烂的二十年。楚国的国土不断被秦国攻占，重要城池不断沦陷，最后楚顷襄王竟然被秦昭襄王诈以公主许婚而大开城门，秦军则乘机攻入楚都郢城，烧毁夷陵。因此纵观整个历史进程和历史结局，'举世皆浊我独清，众人皆醉我独醒''谗人高张，贤士无名'是楚国政治的真实写照，而非文学上的夸张呢！楚国到了这个地步，作为被流放的直臣，面对昏庸的楚国君王，面对那些见利忘义而卖国的奸臣，屈原势单力薄，无力回天，因此决定'宁赴湘流，葬于江鱼之腹中。安能以皓皓之白，而蒙世俗之尘埃乎？'因此也可以说，屈原之死，不仅仅是殉国，更多是因绝望而死，他是一个孤独的战斗者，可是没有人支持他。"

　　崔潭听静轩这么一分析，对屈原的认识又更深了一层，对静轩说："胡兄，那你觉得屈原失败的原因是什么呢？仅仅是因为昏君和奸臣吗？"静轩说："这当然是主要原因啊，不过对于屈原投江而死，当时楚国朝野上下反应都冷清，官僚阶层当然不会痛惜，而文人阶层也很冷淡，'沧浪之水清兮，可以濯吾缨；沧浪之水浊兮，可以濯吾足'。大部分人都是观潮派，觉得屈原迂直，不懂随波逐流，不懂能屈能伸之道，而当时的老百姓呢，也很麻木，投粽子喂鱼那是很久以后的事了，屈原真的如司马迁所说的'不容于世'啊！当时只有宋玉为屈原写悼辞，其辞曰：'夫君子之心也，修乎已不病乎人，晦其用不曜於众，时来则应，物来则济。应时而不谋己，济物而不务功，是以惠无所归，怨无所集。'意思是屈原站得太高，着眼的是整个楚国的利益，加上志行高洁，没有代表哪个阶级的利益，因此没有哪个阶级特别喜欢他，也没有哪个阶级特别痛恨他。不过在他死后，则有越来越多的人认同他、称赞他，如贾谊贬至长沙时写下《吊屈原赋》，如司马迁写《史记》时将屈原和贾谊做了合传，称赞屈原云：'其文约，其辞微，其志洁，其行廉。其称文小而其指极大，举类迩而见义远。其志洁，故其称物芳；其行廉，故死而不容。自疏濯淖污泥之中，蝉蜕于浊秽，以浮游尘埃之外，不获世之滋垢，皭然泥而不滓者也。推此志也，虽与日月争光可也。'如刘勰《文心雕龙·辨骚》云：'不有屈原，岂见《离骚》。惊才风逸，壮志烟高。山川无极，情理实劳。金相玉式，艳溢锱毫。'如李白《江上吟》云：'屈平词赋悬日月，楚王台榭空山丘。'至于屈原失败的主要原因，更重要的还是脱离了民众，他的骚赋，也只有极少数文人看得懂，他的眼光只局限于楚王和上层的士大夫，没有去唤醒和发动群众，没有去代表人民利益，因此其悲剧也是注定的了。"崔潭见静轩的这一番头头是道的高论，则更佩服了，于是对静轩说："胡兄高见，醍醐灌顶啊，那现在洗耳恭听胡兄的咏史诗吧。"静轩于是吟了首《汨罗》，诗云：

襄王不用直臣筹，放逐南来泽国秋。自向波间葬鱼腹，楚人徒倚济川舟。

"好个'楚人徒倚济川舟'，都是观潮派，看来还是要发动起民众啊！孟子云，君为轻，社稷次之，民为重，如果屈原写的诗老百姓能读懂，并发动起来和楚王斗争，和秦国斗争，那楚国的命运就改变了！楚蛮连周昭王都敢消灭，还怕那秦始皇吗？可惜了灵均，可惜了三闾大夫！"静轩听崔潭这么总结，非常欣慰地说："贤弟真是目光如炬啊！"崔潭见静轩这么夸自己，心情非常舒畅！

看完汨罗，静轩问崔潭，还想去看看哪里，崔潭说："要看就看远点，过岭南，到中国最南端去看看大海，再看看马援立的铜柱。"静轩听了大吃一惊，没想到崔潭有这么大的志向，那可有两三千里远啊，来回得一两个月呢！崔大人才给了三个月的假期啊，现在已经过了两个多月了，那如何是好？

欲知他们两个有没有去看铜柱，请听下回分解。

第三十回　郴县论义帝熊心　广州题贤臣陆贾

　　上回说到崔潭想去看铜柱。静轩是个谨慎之人，本想就此结束游历，不超假期，崔潭见静轩犹豫不决，就知道他的心思，对静轩说："没事，胡兄，我父亲曾跟我说，万一要远游，就要写信告知，所谓游必有方。"静轩见崔潭如此壮志，不忍拂意，加上自己也想去看看，既然崔潭说了这话，静轩心里便有了底，于是两人各修书一封给崔铉，告知去向，交由驿站快递，他们两人就在洞庭湖边的客栈等候。五天后接到了回信，信中答应他们南行，并委托静轩带封信给岭南节度使韦宙。两人当然高兴，于是快马加鞭一路南行。

　　走了八百里，到了郴县地界，静轩说："船到郴州止，马到郴州死，人到郴州打摆子，这闭塞荒凉之地，让我想起了一个人！"崔潭问是谁，静轩说："那就是当年被项羽迁杀的义帝熊心！这里应该有一座义帝陵，我们去找找看看！"于是两人经打听，来到了义帝陵，在今天的湖南省郴州市文化路。只见这门口有一副对联云："两霸争雄，一尊一弑，义帝灵佑刘天子；穷泉涌泪，哭死哭生，乌江剑刻楚霸王。"两人进门，只见这里面十分荒凉，义帝的塑像也满是灰尘，出门后看了穷泉，静轩心有戚戚，于是吟了首《郴县》，诗云：

　　义帝南迁路入郴，国亡身死乱山深。不知埋恨穷泉后，几度西陵片月沉。

　　吟完，静轩问崔潭可知义帝的故事，崔潭说："楚义帝熊心是楚怀王熊槐之孙，楚国灭亡后，隐匿民间牧羊。项梁起事后，采纳范增的建议，立熊心为楚怀王，以从民望。熊心上位后，项梁在定陶败死，于是以宋义为上将军，项羽为次将，率兵救赵。又令刘邦西进入关，并与诸将约'先入关中者为王'，项羽对熊心的安排不满，矫杀宋义，然后在巨鹿之战中大败章邯，熊心被迫以项羽为上将军。后因刘邦先入关中，按熊心的约定应为王，项羽不同意，但熊心坚持照原约办，项羽因此对熊心充满怨恨，假借'古之帝者，地方千里，必居上游'之名，项羽迁徙熊心到荒凉的长沙郴县，并安排九江王英布弑义帝于郴城穷泉旁。郴人怜之，遂葬义帝于城邑西南边后山。"

静轩说："贤弟胸中藏史，佩服，那请贤弟针对熊心这件事评价一下刘邦、项羽。"崔潭说："熊心虽然只是一个放羊娃，但是他是楚怀王的孙子，'楚虽三户，亡秦必楚'，因为楚怀王客死秦国，所以楚国人同情楚怀王，当然也爱屋及乌，同情和支持熊心，因此熊心是一面旗帜，可以团结人心，这点刘邦看得准。而当项羽杀害义帝熊心的消息传来时，刘邦即令三军发丧，缟素三日，并发檄文布告天下，怒斥项羽弑君、大逆不道，刘邦于是抓住了民意，将自己摆在了道义的高点。相比起来，项羽则是明显的一介武夫，虽有拔山盖世之勇，但目光短浅，只在乎一己之得失和恩怨，而不懂得道义和人心，因此无智慧，失败也是必然。"静轩听崔潭这么一讲，说："万物生于有，有生于无。有之以为利，无之以为用，看来贤弟深得老子之道啊！那贤弟怎么看熊心呢？其悲剧原因在哪儿？"崔潭说："义帝熊心可是人主之器啊！他派刘邦入关，而不派项羽；选拔宋义做上将，也不选项羽，可见有知人之明。见到项羽来势汹汹，也不改'先入关中者为王'之约定，可见重信守诺。悲剧原因当然在于项羽之残暴。"

静轩说："贤弟说得有道理，但义帝之悲剧，个人也有原因啊，熊心虽有帝王之器，但毕竟楚国已灭亡，他只不过是个精神领袖，在拳头出政权的乱世之中，他没有自己的武装力量，却以君王的身份去节制和裁判心胸狭窄的军阀项羽，也算没有自知之明，也没有知人之明。面对项羽之摆布迁徙，也是任之由之，显得懦弱！要当乱世之主，无毒不丈夫啊！在中国历史上，弱主强臣上演了多少悲剧！尤其在王朝末世，总有弑君之暴臣出现，如赵高之于秦二世，曹操之于汉献帝。站在道统立场，当然只能责怪臣之不忠，然而作为君主，其统御无术也是值得反思的。当然要彻底解决这个问题，则只有重返尧天舜日时代，君无特权特利，则无人去争了。"崔潭听静轩这么一讲，觉得静轩如在云端俯视历史，是非曲直一目了然，心里叹服。

　　郴县"北瞻衡岳之秀，南峙五岭之冲"，是"楚粤之孔道"、湖南的南大门，两人从郴县南行，翻过五岭的骑田岭，越过秦时的阳山关，就来到了韶州，亦称韶关。崔潭问韶关名字的由来，静轩说："这韶字，当然跟舜帝有关，相传舜帝南巡时，登上了丹霞山群峦中的一座山奏韶乐，出现了'《箫韶》九成，凤凰来仪；击石拊石，百兽率舞'的祥和之景，从此这山就叫韶石山，本朝韩愈'一封朝奏九重天，夕贬潮州路八千'而贬官岭南时，就有'暂欲系船韶石下，上宾虞舜整冠裾'的句子。因为韶石山闻名天下，于是这地名就有个韶字。韶关的关字，则因为此地乃水路要塞，历朝在此收关税。由是得韶关之名。"崔潭说："想不到这里还是圣地呢！这五帝之中，也只有舜帝来过岭南吧！"静轩说："是的，只有舜帝来过。这五帝之中，舜帝的孝道、韶乐、德治是独一无二的，奠定了中华文明的根基，因为巡视，也留下了这么多美丽的地名和传说，我们去看看韶石山吧！"崔潭说好，于是两人一起上山，看了韶石山上的舜帝祠、虞泉、翠华亭、望韶亭、舜峰寺等纪念舜帝的名胜，崔潭说："胡兄，登临此圣地，不吟首诗吗？"静轩正有此意，于是吟了首七律《过五岭至韶关作》，诗云：

　　莫叹巍巍五岭崇，阳山一越见青葱。两峰拔地烟云里，千嶂排空指顾中。
　　妙曲林间追玉琯，虞泉石下起南风。韶关岂是蛮荒野，一水经年唱舜功。

　　看过韶关，因道路难行，于是他们牵马坐船，沿韶水南下。这客船非常漂亮，头上画着鹢，如一只大鹭在水上飞行。这韶水虽然不似三峡壮观，但奇峰突兀，也有游三峡之感。到了清远峡，只见这雨后的木莲、雾散的蒹葭，与似黛的山峦、如蓝的岛屿，交织成一幅美丽的图画，河边还有一座凌空而起的寺庙，崔潭说："这里景色这么好，我们下船玩一天再走！"静轩说好。当天晚上他们就住在一个客栈里，临窗正是韶水，月色中银光闪烁，水龙低吟，殊是一番享受。第二天一早，他们就去看了梁武帝萧衍时期建的新松寺，即位于今天广东省清远市城北的飞来峡风景区。传说该寺是三百年前从徽州延祚寺飞来清远峡而落地生根的。览此美景，静轩心旷神怡，于是吟了首七律《自岭下泛鹢到清远峡作》，诗云：

乘船浮鹢下韶水，绝境方知在岭南。薜荔雨余山自黛，蒹葭烟尽岛如蓝。
旦游萧帝新松寺，夜宿嫦娥桂影潭。不为箧中书未献，便来兹地结茅庵。

崔潭一听这诗，就揶揄道："胡兄，你说诗人的话能不能相信呢？这
蛮荒岭外，虽然景色优美，真有人想到这里来结茅庵吗？"静轩一听笑
道："哈哈，贤弟不必如此挖苦呢！诗来自生活，将生活中痛苦的一面撇
开，将美好的一面呈现给大众，于是就有诗的高明，也引发人们对生活的
热爱呢！佛教说一切如梦幻泡影，那就太悲观了，人生虽然痛苦居多，但
总有美好之处，诗提取美好，既是一种艺术，更是一种功德！宋之问的
'度岭方辞国，停轺一望家。魂随南翥鸟，泪尽北枝花'，以及他的'岭外
音书断，经冬复历春'，还有韩愈'知汝远来应有意，好收吾骨瘴江边'，
如果都像他们这么把岭南说得凄惨荒凉，谁还敢来岭南呢？"崔潭说：
"胡兄，开个玩笑哈，小弟无礼，不要见怪哦！"静轩说："怎么会呢，贤
弟，不过这里的景色这么美，来这里搭个茅棚也未必不可以呢！"

两人看完清远峡的美景，又买船南下，经北江一路滔滔来到了广州。
五岭北来山到地，九州南尽水连天，这广州确是一个物华天宝之地。山峦
俊秀，河网密布，绿树葱茏，繁花馥郁，同时也是"通海夷道"，海外商
船络绎不绝，国外珠宝琳琅满目。这广州城由牙城、子城和罗城组成，三
重错落，四季花开。崔潭进入这花花世界，一时看得眼花缭乱，目不暇
接。静轩说："我们先去把信带给岭南节度使韦宙大人吧。"于是二人走进
了节度使府，找到了韦宙大人，韦宙打开崔铉的信一看，知道了两人的来
历，又见二人都是清秀书生，于是安排茶饭。这韦宙与崔铉是朋友，当然
要好好招待崔潭，而韦宙曾做过永州刺史，对邵阳当然熟悉，而且韦宙兼
通医术，因此也和静轩谈得来，饭后就安排随从带他们住宾馆，但是被崔
潭谢绝了。崔潭的意思第一是不麻烦人家，第二是喜欢自由自在，他于是
和静轩在广州城闲游了起来。

静轩问崔潭可知这广州的历史？崔潭说："这广州的名字是三国时孙
权主政时流行的，变了多次。此地在春秋战国时期属于南越，后来秦始皇
统一中原六国之后，初次派尉佗、屠睢南攻百越，但失利。后来又派任

器、赵佗再次攻越，于秦始皇三十三年终于平定，然后设置南海、象、桂林三郡，南海郡尉是任嚣，任嚣在番山、禺山上修筑了最早的广州城，城名叫番禺，这是广州最初的名字，又叫任嚣城。秦朝末，南海郡尉任嚣病危时，召见龙川县令赵佗，言：'秦政无道，中原扰乱，番禺负山险、阻南海，东西数千里，颇有中国人相辅，此亦一州之主也，可以立国。'并假托秦廷命令，委赵佗代理南海郡尉。赵佗也叫尉他、尉佗，他乘秦亡之际，在五岭封关、绝道，三年后，兼并岭南的桂林郡、象郡，到汉高祖三年，正式建立南越国，自号'南越武王'，国都定于番禺。南越国北、东、西三面分别与长沙、闽越、夜郎三国交界，东南两面靠南海，东西达万余里，从开国君主赵佗至亡国君主赵建德，历经五帝，享国九十三年，最终汉武帝出兵将其征服。"

静轩听完问崔潭："那赵佗归汉的故事，贤弟可知？"崔潭说不知道，静轩说："那我们去看看朝汉台。"于是两人一起上了越秀山，朝汉台遗址尚在，静轩说："刘邦平定中原后，赵佗已在南越称王。因国家初定，刘邦便派陆贾出使南越，游说赵佗归附汉朝。陆贾到广州后，赵佗态度傲慢，陆贾于是细数赵佗的中原出身，斥责他忘本而不讲礼仪，随后结合楚汉之争的历史，指出南越和汉朝实力上的强弱悬殊，晓以情理，迫使赵佗改颜谢罪。赵佗问及他与萧何、曹参、韩信谁更高明，陆贾回答赵佗似乎更高明，赵佗很高兴。又拿自己和刘邦进行比较，陆贾明确答复汉王远胜赵佗。赵佗对陆贾的说辞非常满意，愿意遵从汉朝约束，接受南越王封号，对汉称臣，并留陆贾宴饮数月。陆贾不辱使命，刘邦也非常满意，封他为太中大夫。刘邦死后，吕后临朝，与赵佗交恶，赵佗又闹独立，自封为'南越武帝'，吕氏覆灭后，文帝即位，通告诸侯和四方边境之国，广施盛德。而对于赵佗，文帝先派人修复赵佗先人在真定的坟墓，增设守墓之人，按时祭祀，并厚待赵佗尚在中原的兄弟，然后在陈平等人举荐下，文帝派陆贾再次出使南越。陆贾见赵佗后，宣示文帝诏书，赵佗为书信所感动，表示愿意放弃帝号，去除僭越的各项礼仪，在越秀山作朝汉台，北面朝汉，朔望升拜，地位如同诸侯，于是陆贾又一次不辱使命。"

崔潭听完说："看来这陆贾的口才了得啊，三寸之舌，胜过百万雄师！"静轩说："南越暂时归汉，陆贾是有大功劳的。这远离中原的南越，确实是一个割据立国之地，北控五岭，南阻大海，远离中土，近扼三江，只要封锁南下诸关，中原势力就无法进入。刘邦死后，吕后曾派遣大将隆虑侯和周灶前去攻打赵佗，都失败而回，连南岭都没有越过，由此可知其易守难攻。但除了陆贾之口才，赵佗狐死首丘、心向祖国，也是重要原因，赵佗本来就是冀州人，在回复汉文帝的信中说：'老夫身定百邑之地，东西南北数千万里，带甲百万有余，然北面而臣事汉，何也？不敢背先人之故。'信中一句'不敢背先人之故'也道出了他归汉的心愿。这个'先人'可能是其祖先，因为其故乡在河北，其逝去的祖宗都在河北，'慎终追远'是中国人的信仰，'叶落归根'是中国人的归宿，因此站在家族的层面，这无疑是赵佗归汉的原因。而汉文帝对'其亲昆弟在真定者，已遣人存问，修治先人冢'，当然也令赵佗感动。其次，如果站在民族的层面，这个'先人'也可能是秦始皇。赵佗曾是秦始皇手下的名将之一，秦始皇在平定统一中原后，安排蒙恬领兵三十万北上驱逐匈奴，修筑万里长城以御外患；又派主将任嚣、副将赵佗领五十万精兵，南下平定岭南，这足以看出秦始皇对于'大一统'的决心。而在刘邦项羽灭秦时，这一北一南的两支军队合计八十万人却遵守秦始皇的遗令，安守边疆，眼睁睁看着秦朝灭亡。因此作为秦始皇下属的赵佗，其根深蒂固的'要统一，不要分裂'的思想也是不足为奇的。由此看出，南越归汉，应该是由汉文帝的礼遇、陆贾的口才、赵佗的心动三者合作而成，陆贾亲自游说而最终实现，因此陆贾立了首功！而陆贾的口才不仅在此事上，他还曾与郦生一起游说秦军将领，让刘邦趁机攻破了武关。除了口才外，陆贾的笔才也不错，曾向刘邦进献新语。那是汉朝得天下后，陆贾经常在刘邦面前称引《诗经》《尚书》等儒家典籍，刘邦讨厌儒生，因而骂道：'我马上打得天下，要诗书何用！'陆贾反驳说：'马上得到天下，岂能在马上治理！'刘邦觉得有理，便命陆贾著书论述秦亡汉兴、天下得失的道理，以资借鉴。陆贾于是著文十二篇，每奏一篇，刘邦都极力称赞，称其书为'新语'，今天来到这里，我就吟首诗吧。"静轩于是在越秀山吟了首《番禺》，诗云：

重冈复岭势崔巍，一卒当关万卒回。不是大夫多辨说，尉他争肯筑朝台。

崔潭听完说："看来胡兄欣赏陆贾这样不战而屈人之兵的说客啊，将来如果遇到兵事，以胡兄之才，一定能大展抱负呢！"静轩说："上兵伐谋，建功立业，当然是读书人的理想了！"

两人看完朝汉台，于是下了越秀山。下一步他们去看了哪里呢？请听下回分解。

第三十一回　南沙出海赠渔者　铜柱标高说马援

上回说到两人看了朝汉台。他们下了越秀山后，又渡珠江来到了大夫山，山名就是为纪念陆贾这位"太中大夫"而起，此地湖光山色，林木清幽，鸟语花香，宛如桃源。看完后崔潭说："我们去看看大海吧！"静轩正有此意。

两人骑马来到了南沙，立在岸边，极目远眺，只见两岸如画，一水茫茫，崔潭问："这海的那一头是哪里呢？我真想去看看！"静轩说："那就是海外了，你看还有洋船出入呢！"崔潭一看，果然有金发碧眼的洋人在船上，正在张望间，忽然有一艘小渔船从他们身边经过，崔潭想去海中看看，于是行礼问道："这位老者，可否载我们到海中一游？"那位船夫白发银须，见两位年轻人长相不俗，彬彬有礼，于是回礼说好。他们两人把马拴好，坐船出海。他们经零丁洋来到了南海，只见这海域越来越宽广，海浪也越来越汹涌。老者选择了一个深水宁静的地方，手脚麻利地张开一张大网，不一会儿收网，只见网中鱼跃虾跳，老者抓了两条大鱼出来，随即在一个叫清水湾的地方靠岸，在沙滩上烹煮，不一会儿就端上来了香喷喷的鲜美鱼汤，请两人享用，静轩崔潭吃得津津有味。

吃完，崔潭问老翁："老爷爷，现在这里是什么地方呢？这遥远的海域你去过多远？"老翁说："这里属于东莞县，原来属于宝安县，我最远就去过交趾，从海上过去的！"静轩说："现在这里虽然还不算发达，我看将来一定是个大市场，各个国家的东西都会在这里交易！水上运输比陆地方便快捷啊！"老翁说："公子说得有道理，现在波斯的商人都经常来广州呢！"静轩说："老爷爷今年多大了，哪里人氏？"渔翁说："我今年八十八岁了，出生在东吴的海边，年轻时也读书，参加过科举考试，可是连年不中，后来就放弃了，做了一名渔夫，靠打鱼为生。我驾一条船，从东吴漂到南越，再从南越漂到东吴，来来回回，乐此不疲，以海为家，以船为家，饿了就打点鱼吃，鱼多了就拿到集市上去换点猪肉鸡肉、衣服被褥之类的，生活也自由自在。后来娶妻生子了，也是生活在船上，现在子孙也大了，他们也各自打鱼，儿孙自有儿孙福，我一个人也乐得在海上清闲。刚才，我在广州的集市上把鱼卖完，没想到碰到了两位相公。"静轩说："老爷爷，您看起来也就五十多岁的样子呢，没想到快九十岁了，身体还这么好！您这样的生活比起桃花源中的生活还自在，桃花源中的人还要春耕秋种，还要靠天吃饭，而您在南海，日出而作，日入而息。渴饮鱼汤，饿食虾肉。沧海无边，鱼虾万千。朝看云霞，夕观沧浪，无忧无虑！真是令人羡慕啊！"老者说："哈哈，击壤歌变成了激浪歌，相公好文采，不过确实自由自在。想当年科举不第，我自己和家里人都很不高兴，觉得低人一等，抬不起头，现在想起来，那做官又有什么好的呢！为了五斗米摧眉折腰，伴君如伴虎，劳心又劳形，哪像我现在，想到哪儿就到哪儿，海阔凭鱼跃，海宽任我行，孔子当年最大的心愿就是乘桴浮于海，我现在不正是如此吗？陆地上见不到的景象，如沧海鲛室、海市蜃楼，我都能见到，海底奇观、海中仙岛我也能见到，这日子多快活啊！"崔潭说："是啊，笑一笑，十年少，难怪老爷爷越活越年轻呢！"静轩说："李耳云：'含德之厚，比于赤子。'又云：'常德不离，复归于婴儿。'大概这成仙之道，就是要跟老爷爷一样！"老翁听了说："哈哈，成仙倒没想过呢！两位相公，我们现在就返回刚才上船的地方吧。"老翁于是经南头、虎门而回到了南沙。

临别时，静轩觉得老者天真善良、逍遥自在，于是说："老爷爷，感谢您今天带我们出海，又给了我们鲜鱼吃，俗话说，宝剑赠壮士，红粉赠佳人，我们是穷书生，就赠首诗给您吧。"老者说："好啊，谢谢公子！"静轩于是吟了首七律《赠渔者》送给老者，诗云：

不愧人间万户侯，子孙相继老扁舟。往来南越谙鲛室，生长东吴识蜃楼。
自为钓竿能遣闷，不因萱草解销忧。羡君独得逃名趣，身外无机任白头。

老者听完此诗，对静轩说："公子好文才啊！深得道家心法，渔樵耕读渔为首，此诗足为咏渔家第一诗啊，看来公子年纪轻轻就懂儒道互补，将来必成大事啊！"静轩说："诗言志也，还望老爷爷开示啊！今日叨扰，感激不尽，望您福如南海，寿比南岳呢！"渔者作揖道谢，皆大欢喜，静轩和崔潭于是骑马回到广州。

他们又一起去见了节度使韦宙大人，说去看铜柱，韦宙大人说那里刚打完仗，高骈率兵五千人打败了交趾五万蛮兵的叛乱，现在去也要小心呢。崔潭一听打仗，说正好要去看看，于是拜别韦宙，朝西疾行。

他们向西走了一千多里，来到了雷州，找到了交趾国边界的铜柱，在今天的广西钦州。其上铭文"铜柱折　交趾灭"依然可辨，崔潭感叹说："伏波将军马援不仅用武力征服交趾，而且立铜柱、刻铭文，让交趾人恨而不敢为，手法老辣高明呢！"静轩说："马援文武全才，军功卓著，但是死后，光武帝对他还是刻薄了点！"崔潭问："这是怎么回事呢？"静轩说："我先来吟首诗吧！"静轩于是吟了首《铜柱》，诗云：

一柱高标险塞垣，南蛮不敢犯中原。功成自合分茅土，何事翻衔薏苡冤。

崔潭听完问："什么是'薏苡冤'呢？是不是和光武帝刻薄有关呢？"静轩说："贤弟，这个容我慢慢道来。马援是东汉开国功臣，官拜伏波将军，但他死后，却被光武帝刘秀追收新息侯印绶，马革裹尸回家后，宾朋故旧不敢来吊唁，景况凄凉，无奈草草埋葬。后经家人六次上书，刘秀才命令安葬，直到汉章帝时才遣使追谥'忠成'。何也？得罪小人，遭小人陷害也！"崔潭说："刘秀这么对待功臣，是有点刻薄呢！"

静轩接着说："是啊！马援年少即有大志，仗义疏财。新朝末年，被王莽任命为新城大尹，建武元年，马援被陇右军阀隗嚣任命为绥德将军，同年出使蜀地，回来对隗嚣道：'公孙述井底之蛙，妄自尊大，您不如专意经营东方刘秀。'建武四年，马援到洛阳拜见刘秀，觉得刘秀乃帝王之器，刘秀也以礼相待，佩服其胆识。马援回报隗嚣，隗嚣同意归汉，派长子隗恂到洛阳去做人质。建武八年，隗嚣反叛，刘秀亲征，军队行进到漆县时犹豫不前，马援建议乘机进攻，定获全胜，然后'堆米为山'，指点山川形势，不日，隗嚣大将十三人及部众十万余人不战而降，隗嚣逃至西城，隗嚣军主力消灭。建武十一年，刘秀任命马援为陇西太守，在任六年，恩威并施，平定了塞外羌族侵扰。建武十七年，马援被征入朝任虎贲中郎将，平定了李广叛乱。同年，交趾女子征侧、征贰举兵造反，占领交趾郡，九真、日南、合浦等地纷纷响应，刘秀任命马援为伏波将军，发长沙、零陵、苍梧兵一万余人南击交趾。建武十八年，马援率军到达浪泊，大破反军，斩首数千人，降者万余人。建武十九年正月，马援斩杀征侧、征贰，传首洛阳，朝廷封马援为新息侯，食邑三千户。接着马援进击征侧余党，从无功一直打到巨风，斩俘五千多人，平定了岭南，并立铜柱在疆界。建武二十年，马援率部回京，刘秀赐马援兵车，朝见时位次九卿。建武二十一年，马援率领三千骑兵出高柳，先后巡行雁门、代郡、上谷等地，吓退乌桓兵。建武二十四年，武陵郡五溪蛮暴动，马援请战，虽已六十二岁，但精神矍铄，披甲持兵，飞身上马，神采飞扬，刘秀见马援豪气不减，雄心未已，于是派马援率中郎将马武、耿舒、刘匡、孙永等人，领四万人远征武陵。出征前，马援对老友说：'我受国家厚恩，年龄紧迫，余日已经不多，时常以不能死于国事而恐惧，现在获得出征机会，死了也心甘瞑目啊。'建武二十五年，马援率部到达临乡，大败蛮兵，斩俘两千余人。三月，马援进驻壶头，蛮兵据高凭险，紧守关隘。水势湍急，汉军船只难以前进，加上天气酷热难当，好多士兵得了暑疫等传染病而死，马援也因此病逝于军中。"

崔潭听到这里说："从马援的生平看出，其一生战功累累，忠心耿耿，无可挑剔。可为什么会死后得到如此冷遇呢？"静轩说："这得从最后攻打五溪蛮说起。在马援进驻壶头前，有两条路可走，一是经壶头山，一是经充县。经壶头山，路近，但山高水险；经充县，路远，粮运不便，但道途平坦。权贵子弟耿舒想从充县出发，而马援则认为，走充县耗日费粮，不如直进壶头，扼其咽喉，充县的蛮兵定会不攻自破，两人将意见上报刘秀，刘秀同意马援的意见。但当壶头山难以攻下、军队进入困境时，耿舒参了马援一本，刘秀得知后，就派虎贲中郎将梁松，也就是刘秀的女婿，去责问马援，并命他代监马援的部队。而梁松到时，马援已死，梁松因有旧恨，于是乘机告了马援的御状。梁松有何旧恨？一次马援患病，梁松前往看望，在床边向马援行礼，马援没有回礼。梁松走后，马援的儿子说："梁松是陛下的女婿，身份贵重，公卿以下莫不害怕，大人为何独不答礼他？'马援说：'我是梁松父亲的朋友，就算他显贵，怎能失掉长幼的辈分呢？'马援觉得无所谓，但梁松因此记恨马援。还有一件事，马援当年南征交趾，在前线听说侄儿马严、马敦到处乱发议论，讥刺别人，而且跟一些轻狂的人结交往来，于是立即写信劝诫他们，信中还提到了杜季良就是轻狂之人。杜季良时任越骑司马，他的仇人龙伯高看了马援这封信，于是上奏章给皇帝控告杜季良，并且说梁松、窦固也正与杜季良交往，刘秀览此奏章，于是把梁松、窦固两位女婿召来严加责备，同时把奏章和马援的信给他们看，二人叩头流血方免去罪过，最后杜季良被罢官，龙伯高则升任零陵太守，梁松、窦固恨龙伯高，当然也记恨马援。除了与梁松、窦固的过节外，马武、侯昱还向刘秀上奏了另一件事，也就是本诗中的薏苡之冤。话说马援当初南征交趾时，常吃薏苡米，这薏苡能治疗筋骨风湿，避除邪风瘴气，马援回京时，就拉了满满一车，准备用来做种子，有些权贵因为没分到薏苡，于是背后说马援的坏话！只是当时马援正受刘秀宠信，所以没人敢跟皇帝诬陷他。马援死后，有人上书造谣，说马援曾搜刮了一车珍珠文犀运回，马武、侯昱等人也上表章，说马援确曾运回过一车珍稀之物。墙倒众人推，梁松、窦固、侯昱、耿舒、马武一班皇亲国戚纷纷落井下石，刘秀因此大怒，于是在马援死后，追收新息侯印绶。"

崔潭听完说："光武帝刘秀作为一代明君，应能明察秋毫，而且也应知小人难防、人死不能争辩，其实以马援军功之烈，即使以上指控属实，也是瑕不掩瑜。木秀于林，风必摧之，刘秀演的这一出，有损明君形象啊！"

静轩说："是啊，不过马援自己也有责任，不知谨言慎行，他告诫侄子'勿讥刺别人'，却在信中点杜季良的名，由此连累两位驸马，再由此有薏苡之冤。由此观之，善战的马援亦百密一疏、考虑不周呢！当然这不是主要的原因，最主要的原因还是马援最终兵败！正如子贡所说'君子恶居下流，天下之恶皆归焉'。马援兵败失势，令皇帝失望，小人趁机中伤，于是迅速失宠。至于马援兵败武陵郡的事，马援其实也不应该轻易否定耿舒的意见，可以兵分两路，一路声势浩大走充县，而另一路轻兵攻打壶头，这样既不得罪权贵，取胜的可能性也更大，而且马援在六十二岁高龄、皇帝未命的情况下，主动出征，虽有不服输的精神，有马革裹尸的豪情，但在年轻人看来，却是贪功的表现，不给年轻人立功的机会啊，马援兵败受辱，死后含薏苡之冤，也是马援不能体察人心所致！"

崔潭说："看来这做人是一门大学问啊！稍微不注意，得罪了权贵，自己怎么死的都不知道呢！"静轩说："所以做人要外圆内方啊！要滴水不漏！要面面兼顾！不过，马援之冤，跟韩信比起来，也不算什么。后来马援女儿被阴丽华钦点为皇后，马家势力又恢复。建初二年，汉章帝又追谥马援为忠成侯，也算是清者自清，否极泰来，而死后千载名声不减，马革裹尸也成为千古壮烈的典故，本朝将他列为古代六十四位名将之一，因此马援在九泉之下也可以瞑目了。"崔潭听完静轩这一番议论，于做人做事又是一番大教育，看来这千里奔波，一看铜柱，也是收获满怀啊！

看完铜柱，见高骈大军在大破交趾，觉得兵事凶险，两人决计北还，静轩说："我们回去就不走广州了，我们走柳州、桂州，这样要近很多，也可以去看看漓江，然后再入湘江，顺便看看当年秦始皇修的灵渠，贤弟，这样安排可好？"崔潭听说要去看新地方，当然说好。

于是两人快马往东北方向行一千里，来到了桂林的漓江，他们沿灵渠走了七十多里来到了湘江，即今天的广西兴安县。湘江水位高，漓江水位低，这灵渠工程通过筑坝，将湘江水三七分流，其中三分水通过南渠流入漓江源头，七分水通过北渠再汇入湘江，湘漓分派，湘江北去入长江入东海，漓水南流入珠江入南海，确实人间奇观。而两人见灵渠中商船不绝，两岸稻穗繁茂，对此千年前的巨大水利工程也赞不绝口。

静轩问崔潭，可知这灵渠的历史，崔潭说："秦并六国统一中原后，决定南征。秦始皇二十八年，秦始皇命屠睢率五十万大军，分五路，平均一路十万，一路攻取东瓯和闽越，两路攻南越，其余两路攻西瓯。出兵当年就攻下闽浙，随即在此地设置了闽中郡，在秦统一岭南的战争中，广东很快攻占，但广西则迟迟难以拿下，遭到当地土著民族的激烈抵抗，三年不能进兵，秦皇于是命史禄开凿灵渠运河，运载粮饷，前后花了四年时间，灵渠通航，秦兵得以迅速平定广西。秦始皇于是在岭南设桂林、象、南海三郡，并从中原分五批迁来五十万人，以巩固战果。后来马援讨伐交趾立铜柱，也是通过灵渠，现在西洋与中原货物的交易，也是通过灵渠。灵渠的功劳不小呢！"

静轩说："贤弟说得对，湘漓虽然分派南北，但是同出一源呢！郦道元《水经注》云：'湘漓同源，分为二水，南为漓水，北则湘川，东北流。'今漓江与湘水同出兴安县南海阳山金义岭，至县东南分成漓水与湘川，我们去金义岭看看吧。"于是两人上了海阳山金义岭，找到了湘江和漓江的源头，静轩非常兴奋，站在山上看灵渠，好像一条天河一样，于是吟了首《金义岭》，诗云：

凿开山岭引湘波，上去昭回不较多。无限鹊临桥畔立，适来天道过天河。

崔潭听完诗，对静轩说："胡兄好浪漫啊！把灵渠比作鹊桥搭成的天河，那是对秦始皇表示肯定和赞扬了吧！"静轩说："秦始皇是一个暴君，这个历史有定论，这主要是因他采用了严刑峻法，荼毒生灵，焚书坑儒，毁灭了文化。但是他统一中国，那是有功劳的，平灭六国、修万里长城、修灵渠，无不是为了一个统一的中国，这个功劳是可以跟黄帝、舜帝相比的。当时的南越乃蛮荒之地，人烟稀少，连广州都是一个小渔村，而自从秦始皇平定岭南后，商贸繁荣，文化兴起，到本朝甚至还出了张九龄这样的宰相！因此秦始皇可算五帝之外的千古一帝呢！"崔潭第一次听说秦始皇也有功劳，而看到灵渠后也确实如此，看来这无字之书还得多读才行！

两人看完灵渠，沿湘江北上，到永州后，静轩顺便回邵阳省亲，带崔潭游历了邵阳城，同时与陈盖见了一面，把他最近的诗作抄了一份给他，然后经朗州，回到荆州。

回到荆州后，作为节度使幕僚，静轩还有机会出游写咏史诗吗？请听下回分解！

第三十二回　息国叹红颜薄命　葛陂说费氏成仙

上回说到静轩、崔潭游走六个月后回到了荆州。回来时已经是深秋，崔潭先把此次的行程和收获跟崔铉说了，崔潭对静轩的诗文见识当然是赞不绝口，崔铉觉得崔潭跟着静轩在一起，确实见识增长了不少，待人接物方面也拿捏得比较到位，尤其欣赏他到韦宙那里的表现，觉得懂事了，因此非常满意。静轩当然也向崔铉做了汇报，对崔潭也是赞赏有加，对崔铉的恩信也是感谢不已，把咏史诗给崔铉看了，崔铉看了也觉得受益，他觉得静轩心怀如此大志，决定尽量给他机会游历，以早日将咏史诗写完，也让崔潭跟他多学一点。因北方已经寒冷了，于是安排明年春天让静轩带崔潭去北方游历。静轩感激不尽，于是加班加点地将工作做完，自己也把历史书拿出来温习，并制订了初步的游历计划。崔铉看了他的游历图，于是给几个目前在北方任职的故旧同僚写信，以求到属地时给予关照。

第二年刚开春，静轩和崔潭又踏上征程，崔潭说从哪里游起，静轩说带他去看一位倾国倾城的大美人！崔潭闻此心情大好，问这美人是谁，静轩说去到息国就知道了。于是骑马从荆州出发，经武昌向东北行了五百里，来到了息国故城，即今天的河南省息县。

静轩领崔潭来到了一处庭院之中，庭中种满了桃树，桃花朵朵，夭夭动人，庭院正中有一座墓，墓碑上写有"桃花夫人之墓"六个隶书大字。崔潭恍然大悟地说："胡兄，你说的是桃花夫人息妫吧！"静轩说："贤弟说的正是，可知她的故事否？"

崔潭说："'桃花夫人好颜色，月中飞出云中得。新感恩仍旧感恩，一倾城矣再倾国。'这桃花夫人是春秋四大美女之一，陈国君主陈庄公之女，生于陈国宛丘，因嫁给息国国君，故亦称息妫、息夫人。息妫初嫁给息国国君时，息国国力衰弱，夫君整日沉湎于酒色，疏于政事，息妫力劝息侯亲贤士，远群小，奖耕战，兴农商，经夫人劝导，息国慢慢富强了起来。一次息妫回陈国探亲，路过蔡国，顺便去探望已为蔡侯夫人的姐姐，谁知蔡侯迷恋她的美色，竟在接风的宴席上调戏息妫，息妫盛怒之下回到了息国，将此事告诉了息侯。息侯闻此十分愤怒，便与楚文王密谋图蔡，楚国于是出兵俘虏了蔡侯。蔡侯怀恨在心，设计报仇，他极力向楚王称赞息妫的美貌，好色的楚王于是出兵灭了息国，将息妫抢去作为夫人，而息侯被楚王安置在汝水，封其食十家之邑，以守息祀。息侯见国家没了，爱妻也被抢走了，于是抑郁而死。息妫被迫嫁给楚文王后，终日怀念故国，牵挂息侯，虽为楚文王生了两个儿子，但三年不语，最终也因抑郁自尽而死。宋之问曾有诗感叹道：'可怜楚破息，肠断息夫人。仍为泉下骨，不作楚王嫔。楚王宠莫盛，息君情更亲。情亲怨生别，一朝俱杀身。'息夫人死后，当地人在江城桃花洞上立了座桃花夫人庙，杜牧曾到庙中凭吊，曾题诗道：'细腰宫里露桃新，脉脉无言度几春。至竟息亡缘底事，可怜金谷坠楼人。'"

静轩听完说："宋之问的诗太过直白了，杜牧的诗写得好，不过将息夫人跟金谷园中石崇的宠妾绿珠相比，有点牵强呢，而且细腰宫是在楚文王之后的楚灵王时期修建的，时间差了一两百年，这移花接木可骗不了懂历史的人，我记得杜牧还有一首咏赤壁的诗：'折戟沉沙铁未销，自将磨洗认前朝。东风不与周郎便，铜雀春深锁二乔。'这首诗也是写得非常好，但是也有硬伤，对于不懂历史的人，还真以为赤壁之战曹操得胜，抓住了大乔小乔，在铜雀台金屋藏娇呢！"崔潭说："胡兄所言极是，那看胡兄的咏史诗了！"

静轩正要吟诗，忽然旁边传来一个声音："两位公子，在下韦庄，可否先由我来吟一首？"静轩回头一看，只见一个身材廋长、面目清秀的书生向他们走来，年纪在三十岁左右，静轩赶紧回礼道："仁兄莫非韦公应物之后人？"韦庄说："韦应物乃在下曾祖父！"崔潭说："'春潮带雨晚来急，野渡无人舟自横。'令祖写的好诗啊！仁兄乃诗人之后，定是出手不凡！仁兄请！"韦庄于是吟了首七律《庭前桃》，诗云："曾向桃源烂漫游，也同渔父泛仙舟。皆言洞里千株好，未胜庭前一树幽。带露似垂湘女泪，无言如伴息妫愁。五陵公子饶春恨，莫引香风上酒楼。"崔潭闻后说："仁兄好诗，颇有花间风情呢！可以与大诗人温庭筠媲美了！"韦庄见崔潭夸自己，心里十分得意，于是对崔潭说："谢谢这位兄台，不过这首不算我的得意之作，我认为这五首《菩萨蛮》才能看出我的水平呢！"韦庄说完，掏出一本诗集来，递给崔潭看，崔潭一看，果真写得好，于是吟了起来："第一首：红楼别夜堪惆怅，香灯半卷流苏帐。残月出门时，美人和泪辞。琵琶金翠羽，弦上黄莺语。劝我早归家，绿窗人似花。第二首：人人尽说江南好，游人只合江南老。春水碧于天，画船听雨眠。垆边人似月，皓腕凝霜雪。未老莫还乡，还乡须断肠。第三首，如今却忆江南乐，当时年少春衫薄。骑马倚斜桥，满楼红袖招。翠屏金屈曲，醉入花丛宿。此度见花枝，白头誓不归。第四首，劝君今夜须沉醉，尊前莫话明朝事。珍重主人心，酒深情亦深。须愁春漏短，莫诉金杯满。遇酒且呵呵，人生能几何。第五首，洛阳城里春光好，洛阳才子他乡老。柳暗魏王堤，此时心转迷。桃花春水渌，水上鸳鸯浴。凝恨对残晖，忆君君不知。"

崔潭吟完，佩服不已，说："韦公子情浓词浓，读来春潮带雨、心意迷离啊！"韦庄听完，对崔潭说："敢问公子高姓大名？可有诗作？"崔潭说："我乃荆南节度使崔铉之子崔潭，这位胡兄乃荆南节度使文书胡曾，我不擅诗，我正在跟胡兄学习呢！"韦庄说："崔公子谦虚了，胡公子是否参加了科举？"静轩说："两试不中啊！仁兄已经高中了吧。"韦庄说："跟胡兄一样啊，五十少进士，现在还早呢！不谈科举之事了，请胡兄来首诗吧！"静轩说："本来在韦公子面前是不敢吟诗的，为不扫仁兄兴致，那我献丑来一首吧！"静轩于是吟了首《息城》，诗云：

息亡身入楚王家，回首春风一面花。感旧不言长掩泪，只应翻恨有容华。

韦庄听了这诗，觉得如平湖秋月，无波无浪，情趣文采比自己差太远，于是半带安慰地说："胡兄的诗写得平易近人，妇孺亦懂，足为童蒙吟诵啊！胡兄可有七律？"静轩知道韦庄看不上自己的咏史诗，静轩也看不上韦庄那轻浮浪漫的艳情词，两人志趣不同，本来不是一路人，但静轩也不希望被人看不起，于是吟了一首旧作，乃咏汉武帝皇后阿娇的七律

《薄命妾》，诗云：

阿娇初失汉皇恩，旧赐罗衣亦罢熏。倚枕夜悲金屋雨，卷帘朝泣玉楼云。
宫前叶落鸳鸯瓦，架上尘生翡翠裙。龙骑不巡时渐久，长门空掩绿苔纹。

韦庄听了这首闺怨诗，将阿娇心态刻画得细致入微，觉得文采、情调比起自己刚才那首七律要高很多，于是说："胡兄也是深藏不露啊！竟然有这么好的七律呢！"静轩说："比起韦兄差很远啊！还望多指导，我们还有事，就此告别，韦兄多珍重！"崔潭见静轩不想多谈，于是也跟韦庄告别。

出了庭院，崔潭问静轩："胡兄觉得韦庄的诗词怎么样啊？"静轩说："韦庄的花间词必能传世，只是男欢女爱，多是淫词，诲淫诲盗，非君子所为，大丈夫当修身齐家治国平天下，哪有那么多闲心思去歌吟风月、缠绵悱恻呢！"崔潭说："胡兄一身正气，文采风流，是不为也，非不能也！刚才那首《息城》，'只应翻恨有容华'，隐含了什么大道理啊，小弟没看出来！"

静轩说："我那首诗，韦庄、杜牧这些风流人物是不屑作的，也是看不起的，他们擅长言情，我擅长说理。'只应翻恨有容华'，说的是天道，天道幽幽，二仪垂象，月盈则亏，水满则溢。因此，上天赋予一个人才华、美色，一方面引来众人倾倒羡慕，另一方面也会带来坎坷的命运。所谓才子无坦途、红颜多薄命，高者抑之，有余者损之，天之道，损有余而补不足也！比如才子如贾谊、王勃、李贺，都是寿命不长，美女如妹喜、妲己、褒姒、戚夫人都不能善终。桃花夫人天生丽质，本身也不是水性杨花之人，但是她的美色引起了三个王侯之间的武力争夺，最后蔡侯被俘虏，息侯亡国且抑郁而死，她自己也因为未能守节而十分痛苦，以至于三年不语，最终自尽。出现这样的结局怪谁呢？能怪息妫吗？当然不能！'只应翻恨有容华'，怪只怪上天赋予息妫的美色，以及迷恋美色的这些王侯，尤其是蔡侯和楚王。而蔡侯在楚国被软禁至死，楚文王后来暴病而死，似有好淫之报也。"

崔潭问："胡兄说得有道理啊！那才子和美人如何趋吉避凶呢？"静

轩说："尊老君之道，守易经谦卦，才子不要露才，美女不要露色，懂得谦抑，不让人嫉妒、迷恋，如此才能保身！"崔潭没想到，这诗中藏有这么深的道理。相比之下，韦庄的诗不仅浅薄，而且轻薄，于是对静轩说："胡兄开示，拨云见日啊！看来人不需要太聪明，也不需要长得太好看，中等之姿，平安一生，就足矣！胡兄，接下来我们去哪里呢？"静轩说："看完了桃花美女，我们现在去新蔡县看看仙人吧！"崔潭对成仙之道非常羡慕，于是说好，两人向北走了一百五十里，来到东汉仙人费长房投杖成龙之地葛陂，即今天河南省新蔡县的葛陵村。

静轩对崔潭说："这一带古名汝南，又称'天中'，因汝南属豫州，豫州居九州之中，汝南又居豫州之中，因此汝南又称'天中'。在周朝时期此地属蔡国，'蔡'字上'草'下'祭'，乃祭祀之草也，传说伏羲氏因蓍草生于此地而画卦于蔡河之滨，遂名其地为蔡。周文王时期，曾封其弟叔度于此，后蔡国为楚国所灭而为楚国地域。到了汉代，这里建了葛陵城，东汉时汝南人费长房曾投杖于此，杖化为龙，我们今天来看的就是费长房这位神仙。"

崔潭说："费长房的故事我在《列仙传》中看过，长房是上蔡人，曾为当地管理市场的小官。一日，他在楼上看到，一位悬壶卖药的老翁在集市散后，竟然跳入了壶中，消失了一阵后，又从壶中跳了出来，长房觉得此翁不是凡人，是夜长房拿着酒果去拜见老翁，老翁似乎知道长房的来意，对他说：'你明天再来。'第二天清早，长房去找老翁，老翁于是施法，将他带进了壶中。进去后，只见这壶中另有世界，琼楼玉宇，奇珍异果，美酒佳肴，应有尽有，两人对饮一番后出来了，出来后，老翁告诉他不要对人讲。后来有一天，老翁到楼上找长房，对他说：'我是神仙，因为犯错在人间受惩罚，现在惩罚完毕，楼下有酒，想拿来与你告别。'长房于是派人去取，可根本扛不动，又派十人去扛，还是举不起来。老翁笑而下楼，用一根手指就提了上来，看那酒器，也就一升许，两人对饮了一天，但是怎么也喝不完。长房心存羡慕，想向老翁学仙，但是又怕家人反对，因此犹豫。老翁知道后，折断一根青竹，长度与长房身高一样，带着长房神游回家，将青竹放在了长房屋后。长房家人来到屋后，发现的不是青竹，而是长房上吊死了，一家大小悲痛不已，于是哭哭啼啼把他埋了，其实长房就在旁边，家人见不到罢了。从此长房随老翁进入深山，独处在群虎之中，踩踏在荆棘之中，长房也不怕。又睡在一间空房子里，用一根快腐烂的绳索吊了万斤之石压在他心口上，很多毒蛇来咬绳索，长房也是一动不动。老翁对他说：'子可教也。'然后要他吃粪便，粪便中有三只虫，又臭又脏，长房觉得很恶心就不吃。老翁说：'你差不多就得道了，可是这关过不了，可惜啊！'长房无奈只能辞归，老翁给他一根竹杖，说：'骑着这根竹杖就可以回家，到了就把它扔到葛陂中吧！'同时又作了一符，说：'这个符可以控制地上的鬼神。'长房谢过，然后骑着竹杖，一眨眼就回到了家。长房学仙合计十日，其实人间已是十年，到家后长房把竹杖扔到葛陂，竹杖马上变成一条龙飞走了。家人又见长房活着回来，都不敢相信，长房说：'当时所葬的是一根竹杖！'于是大家开棺，发现棺材里真的只有一根竹杖。从此费长房就给大家看病，鞭笞百鬼，为汝南人民做了不少好事。"

静轩说："这成仙之事，看来既有天命，又有人为呢！我先来首咏史诗吧！"静轩于是吟了首《葛陂》，诗云：

长房回到葛陂中，人已登真竹化龙。莫道神仙难顿学，嵇生自是不遭逢。

崔潭听了静轩的《葛陂》一诗，觉得莫名其妙，于是问道："这嵇生是嵇康吗？费长房怎么跟嵇生扯到一块儿了？"欲知静轩怎么回答，请听下回分解。

第三十三回　论嵇康学仙故事　说李斯灭族缘由

　　上回说到崔潭不明白静轩的《葛陂》诗为什么把嵇生和费长房扯到了一块儿。静轩说："嵇生就是三国时期的嵇康，字叔夜，他娶曹操曾孙女长乐亭主为妻，官至中散大夫，世称'嵇中散'，后隐居不仕，屡拒为官，一直想成仙，他曾赋诗云：'人生寿促，天地长久。百年之期，孰云其寿。思欲登仙，以济不朽。'又云：'乘风高逝，远登灵丘。托好松乔，携手俱游。朝发太华，夕宿神州。弹琴咏诗，聊以忘忧。'他又在《与山巨源绝交书》中云：'又闻道士遗言，饵术黄精，令人久寿，意甚信之。'跟费长房遇到壶公一样，嵇康也遇到了孙登和王烈两位神仙，孙登和王烈是什么样的神仙人物呢？葛洪在《神仙传》中说孙登：'琴技高超，喜读《易》，容颜不衰，乐善好施，预言应验，死而复生。'说王烈：'常服黄精及铅，年三百三十八岁，犹有少容，登山历险，步行如飞。'嵇康随孙登游学三年，临别时孙登遗憾地对嵇康说：'少年才优而识寡，劣于保身，其能免乎？'说嵇康才高，但是见识少，不懂得保身。嵇康也跟王烈一起入山采药，一次山崩石裂，石中有青泥流出，像骨髓一样，拿起来如同热蜡，味道像粳米饭，王烈吃完后，团了几个桃大的丸子，带回给嵇康吃，可回来后，这丸子就变成了青石。又一次，王烈在石室中见到一卷仙书，呼唤嵇康一起去取，但嵇康去时已经不见，王烈叹息说：'叔夜志趣非常而辄不遇，命也！'说他命中与仙无缘。"

　　崔潭听完说："胡兄，这嵇康不能成仙，那也是命中注定的了吧！"静轩说："是啊，这一切都是天命，有天命即有天性，江山易改，禀性难移，不管嵇康怎么努力，到头都是一场空。不仅如此，最后还因一件朋友的官司而惨遭杀身之祸呢。"

　　崔潭说："这个我知道！景元四年，嵇康的好友吕安的妻子徐氏被吕安的兄长吕巽迷奸，吕安愤恨之下，欲状告吕巽。嵇康与吕巽、吕安兄弟均有交往，故劝吕安不要揭发家丑，以保全门第清誉。但吕巽害怕报复，先发制人，诬告吕安不孝，吕安于是被官府收捕，嵇康觉得吕巽做得过分，出头为吕安打抱不平。最后官司递到了司马昭手里，司马昭本来就想整嵇康，正愁没有机会，于是抓住嵇康把他杀了。嵇康哪里得罪了司马昭呢？首先，因为嵇康乃曹魏驸马，后来司马晋室临朝，嵇康却坚决不仕，这当然令司马昭不满。其次，嵇康还得罪了司马昭的宠臣钟会，钟会有一次去拜访嵇康，想捞个礼贤下士的好名声，嵇康一不让座，二不行礼，冷言道：'何所闻而来？何所闻而去？'钟会也不甘冷落，怒道：'闻所闻而来，见所见而去！'然后拂袖而去，当然就结下了梁子。由于司马昭、钟会两位权贵的嫉恨，嵇康与吕安都被处死。嵇康行刑当日，三千名太学生集体请愿，请求朝廷赦免他，并要求让嵇康来太学任教，司马昭不允。临刑前，嵇康神色不变，在刑场上弹了一曲《广陵散》，曲毕，嵇康把琴放下，叹息道：'从前袁孝尼跟我学《广陵散》，我却不肯传授，现在看来这《广陵散》要失传了。'说完后，从容就戮，时年四十岁。"

　　静轩听完说："贤弟说得详细，我们看这嵇康的作风，清高自傲，嫉恶如仇，其实是儒家士大夫之风范，与'和光同尘、知雄守雌、上善若水'的道士作风相距太远，这又如何学得了仙呢？'沧浪之水清兮，可以濯吾缨；沧浪之水浊兮，可以濯吾足'，只有这样的人方可入道成仙呢！"崔潭也觉得有道理，于是说："我本来羡慕神仙，想不到嵇康这样的竹林领袖都难以实现，我觉得还是做个中庸儒家之人好呢！"静轩说："儒道互补，方是保身之道！贤弟，修身齐家治国平天下，也不是每个人都能达到的，达不到时，则可以采取道家心法，趋吉避凶，秦相李斯知道吧，可惜他满腹良谋，却不能善终！我们现在去他家乡看看吧！"崔潭说好。

　　于是两人向西北方向走了两百里，来到了李斯的家乡上蔡，今天的河南省上蔡县芦冈乡李斯楼村。这里，除了李斯闻名外，还有其他古迹，于是他们一起看了蔡国故城、伏羲画卦亭、蔡侯玩河楼、孔子问津处、孔子晒书台，最后来到了李斯墓。

　　静轩问崔潭："贤弟可知这冢中人的生平呢？"崔潭说："李斯名满天

下，那是自然知道的。李斯早年为郡小吏，观'厕中鼠'与'仓中鼠'开悟，于是从荀子学帝王之术，学成入秦，开始被吕不韦任命为郎，后劝说嬴政灭诸侯、成帝业，被任为长史。嬴政采纳其计谋，遣谋士持金玉游说关东六国，离间各国君臣，又任其为客卿。秦始皇十年，由于有韩国人郑某在秦国搞间谍活动，嬴政于是下令驱逐六国客卿，李斯上《谏逐客书》阻止，被嬴政采纳，不久官为廷尉。在嬴政灭六国的事业中，李斯居功至伟。秦统一天下后，与王绾、冯劫议定尊秦王嬴政为秦始皇，并制定有关的礼仪制度，李斯被任为丞相。他建议拆除郡县城墙，销毁民间兵器，一反分封制而行郡县制。又主张焚烧民间收藏的《诗》《书》等百家语，禁止私学，以加强中央集权的统治。还参与制定了法律，参与统一车轨、文字、度量衡制度。秦始皇死后，他与赵高合谋，伪造遗诏，迫令始皇长子扶苏自杀，立少子胡亥为二世皇帝。胡亥即位后，重用赵高为郎中令，朝中大小事务均交由赵高打理，李斯不甘心权力被架空，又对胡亥和赵高狼狈为奸、倒行逆施不满，便经常向胡亥上书劝谏，但遭贪图享乐的秦二世厌恶，而赵高早有取代李斯当丞相之心，见此情形，便在皇帝面前诬陷李斯谋反，并将其打入死牢，严刑拷打，所谓'三木之下，何求不得'，李斯没熬过酷刑，在牢中屈打成招，很快被判了死罪。云阳受刑当日，李斯顾谓其子曰：'吾欲与若复牵黄犬俱出上蔡东门逐狡兔，岂可得乎！'遂父子相哭，并夷三族。"

静轩听完说："贤弟觉得李斯不能善终的原因在哪里呢？"崔潭说："遇到了昏君奸臣，那也没有办法啊！"静轩说："那也是，不过如果懂得趋吉避凶之道，下场就不会如此悲惨了。首先，当然是不应该与赵高合谋害死扶苏、拥戴胡亥。赵高野心勃勃，意在称帝，跟这种人合作，除非同流合污到底，臣服于他，助纣为虐，尚可以保命，如果想跟他争权，自然就没有好下场。但李斯才高功大，又怎么会臣服于一个宦官呢？所谓有求皆苦、无欲则刚，李斯在一开始与赵高这种人合作，私心作祟以保丞相之位，就注定了没有好日子过，最终不仅相位不保，连东门逐狡兔都不可得。而如果没有私心，按照始皇的诏命，拥扶苏继位，虽然不一定保住丞相，但依扶苏之仁，断不会落个腰斩的下场，最差也能作为功臣退休而已。这样一来，扶苏不会死，蒙恬不会死，胡亥、赵高也不会为非作歹，李斯在历史上也不会落个矫诏的罪名。其次，在胡亥继位、赵高欲占丞相之位时，则知事不可为，就应该退隐乡里，东门牵黄犬逐狡兔，自可避祸。不知黄老之术，不如张良、范蠡，于是不能善终啊。"崔潭觉得静轩分析入木三分，于是请静轩赋诗，静轩吟了首《上蔡》，诗云：

上蔡东门狡兔肥，李斯何事忘南归。功成不解谋身退，直待云阳血染衣。

崔潭听完问："胡兄，这秦始皇和李斯设计的郡县制，搞得江山如铁桶一般，如果胡亥下定决心要除掉李斯，他想要回老家牵黄犬逐狡兔，恐怕也难吧，除非隐姓埋名！"静轩说："贤弟说得好，当时的李斯是逃不掉的。相比周朝的封建制，这郡县制无疑巩固了皇权，不可能再出现春秋五霸、战国七雄，看似固若金汤了，然而实际情况却恰恰相反。周朝虽然乱，但人们还有一定自由，东方不亮西方亮，鲁国不行到齐国，因此总有逃亡之处，总有仁义之君，还不至于拼了命去造反，因此周朝也能做到垂而不死，有八百年天下。而秦始皇一统天下，采用郡县制，烧诗书，收兵器，看似实现了天下大治，一网乾坤，雀无所逃，却因为严刑峻法，搞得老百姓没有活路，于是陈胜、吴广登高一呼，应者云集，最后可怜才享有十五年的国祚！因此说到李斯的结局，如果归隐，只要熬到秦朝灭亡，还是有希望回归东门、安享晚年的。"崔潭说："胡兄，由此看来，那周朝的封建制并非一无是处呢！只不过诸侯争霸，天子如果无能，那局面也是非常混乱的呢！"静轩说："是啊，说到这里，我们去召陵看看当年齐桓公怎么帮助周天子控制局面的吧！"崔潭说好。

他们去召陵看到了什么，又悟到了什么呢？请听下回分解。

第三十四回　召陵怀古评管仲　刘秀成名看昆阳

上回说到他们想去召陵。于是他们向西北走了百多里，来到了郾城县，即今天的河南省漯河市郾城区。静轩对崔潭说："这里的古地名是召陵，著名的召陵之盟就发生在这里。春秋初年，楚国发展起来，不断向中原挺进，它先后灭掉了申、息等国，并多次向郑国进攻，郑国支持不住，准备背齐向楚。齐桓公闻讯，于是率领齐、宋、陈、卫、郑、许、鲁、曹、邾九国军队进攻楚的盟国蔡国，蔡军不战而溃，然后齐桓公列兵于楚境。楚王也不甘示弱，气势汹汹地来到齐桓公阵前，咆哮道：'你处北海，寡人处南海，简直风马牛不相及，你怎么跑到我的地盘上来了？'管仲出来回答说：'从前周天子命令我们先君姜太公说，东到海边，西到黄河，南到穆陵，北到无棣，五等诸侯和九州长官，如果不服管理，齐国都有权征讨他们。这次为什么来你们这儿，是因为你们应当进贡的包茅没有交纳，周王室的祭祀供不上，没有用来渗滤酒渣的东西，我们特来征收贡物。还有周昭王南巡没有返回，我们特来查问这件事。'楚王见管仲搬出了周天子，只能低头认错。但齐桓公看到楚国也非常强大，不好欺负，于是在召陵与楚国结盟。"崔潭问："那怎么看待这次齐楚结盟呢？"静轩说："我先来吟首诗！"静轩于是吟了首《召陵》，诗云：

小白匡周入楚郊，楚王雄霸亦咆哮。不思管仲为谋主，争取言征缩酒茅。

崔潭听完诗，说："胡兄，你的意思是齐桓公只是找个尊王的借口实现称霸的目的吧！"静轩说："是啊，贤弟真是一语中的。小白以诸侯长的身份，挟天子以伐不敬，名义上为周天子，其实是为自己，孔子云：'天下有道，则礼乐征伐自天子出；天下无道，则礼乐征伐自诸侯出。'孟子云：'春秋无义战。'我们看到，周天子没下令，齐桓公就出兵，管仲竟然堂而皇之地质问楚王纳包茅的事，这当然是周室衰弱、诸侯坐大的表现。"崔潭问："我记得孔子曾经盛赞管仲，说：'微管仲，吾其被发左衽矣。'又说：'桓公九合诸侯，不以兵车，管仲之力也，如其仁，如其仁！'不过胡兄这诗好像有点讽刺管仲的意思在里面呢！"

静轩说："管仲是法家先驱，治世能臣，北击山戎，南伐楚国，齐国能成春秋第一霸主，当然全赖管仲之能。在维护周天子、实现大一统方面，孔子对管仲是称赞的。但是管仲不知节俭、不懂礼数、开设妓院、衡山之谋、金龟换粮等事，在儒家看来，那是大逆不道的。比如在妓院，正中都悬挂有祖师爷管仲的画像，两边则悬有'子曰食色性也，诗云君子好逑'的对联，大胆引用了孔子和《诗经》的话，给人的感觉是堂堂正正、合乎中道，而在管仲看来也是如此，妓院的存在给极贫极富的男人以宣泄之场所，可以减少强奸犯罪，同时也给国家增加了税收，是利国利民的好事。然而，从实际来看，其实对国家伤害很大。第一，影响了夫妻和谐与家庭稳定。国之本在家，男人热衷妓女，无疑就冷落了妻子，婚姻和谐就可能被一个妓女所破坏，没有定力的男人也会因为好色而毁了家业和前程，家庭不稳定，国家也难见祥和。第二，万恶淫为首。妓女的风光无疑会引起不少好吃懒做、爱慕虚荣的女子羡慕和效仿，传统相夫教子的妇德会被冲击，'女人讲贞操，男人讲节操'的传统道德也会被人尽可夫的妓女所冲毁，最终引发家国危机。因此妓院的开设无疑是弊大于利，是占小便宜吃大亏，由此也可以看出法家的短视。因此，很多人讥笑孔子治鲁三年无政绩，讥笑孟子游说诸王无实效，而夸奖秦始皇用法家思想统一中国，然而从秦朝采用法家思想十五年而亡来看，则法家无疑是亡国之术。后来汉武帝'罢黜百家，独尊儒术'以后，尽管管仲既有政绩又著书立说，法家人物还是靠边站了。当然儒家和法家都有长处，都有短处，司马迁父亲司马谈曾在《论六家要旨》中说：'儒者博而寡要，劳而少功；法家不别亲疏，不殊贵贱，一断于法，严而少恩。'算是高论，因此后世治国，以阳儒兼阴法，也算是采二者之长了吧！"

崔潭闻此说："那就是对管仲又褒又贬了啊！"静轩说："以褒为主吧！也算是一个能臣。但是从历史来看，不管是封建制，还是郡县制，中国的政权要长治久安，还是要靠圣贤治国，要有一个文武兼资、有德有才的皇帝才行啊！这样就不会依赖能臣，也不用防备能臣，更不会为能臣所挟制啊！"崔潭问："这样的皇帝有吗？"静轩说："有啊，我们这就去昆阳找找看！"

两人于是西行一百五十里，来到了昆阳，也就是今天的河南省平顶山市叶县，崔潭说："胡兄，你说的皇帝是光武帝刘秀啊！别看这昆阳城这么小，可这里发生过一场大战呢，这昆阳之战让刘秀一举成名！"静轩说："那贤弟说说这战争的经过吧！"

崔潭说："昆阳之战是中国历史上著名的以少胜多的战例之一，与周武王牧野之战、项羽巨鹿之战、曹操官渡之战、周瑜赤壁之战、陆逊夷陵之战、谢安淝水之战齐名。昆阳之战中，身为偏将军的刘秀一战而天下闻名，并趁此夺取天下。当时，汉军起义后迅速攻占昆阳，并且与宛城形成掎角之势。王莽派手下王邑统率四十二万重兵来围攻昆阳，随军还带了虎、豹、犀牛、大象等凶猛野兽。而驻扎在昆阳的兵力只有﹒万人。面对大军压境，统帅王凤对坚守昆阳信心不足，军心不稳，军官有逃命打算。刘秀看到这种情况，便对大家说：'目前有强大之敌，如能团结一心，集中力量抗击敌人，还是有取胜可能的；而如果我们贪生怕死，各打小算盘，昆阳必然失守，而昆阳一旦失守，不出一天，各部也必将被敌人各个击破。'大家都认同，于是要刘秀拿主意。刘秀便拿出破敌之策，他安排王凤和王常坚守昆阳城，自己当夜和宗佻、李轶等十三骑，出昆阳城南门，到外面去调集部队，准备对新军来个内外夹攻。当时，新莽大军把昆阳包围了十层以上，同时挖地道，使用冲车和棚车攻城，集中了所有的机弩向城内狂射，王凤见势不妙，向王邑乞降。但王邑认为，攻克昆阳指日可待，不接受他们投降，非要踏平昆阳不可。王凤见不得降，则横下一条心只能死守，这样一来，几十万莽军就是攻不下昆阳城。而刘秀出城后，即到达定陵、郾城，说服将领一齐向昆阳开进，同时刘秀将宛城被绿林军攻克的喜讯传入昆阳城内，守军士气立刻高涨，而新军则士气低落。六月初一，刘秀所率汉军到达昆阳，为鼓舞大家的斗志，刘秀亲自率步骑兵一千多人为前锋，在逼近新军四五里的地方摆开阵势，王邑、王寻也派兵数千前来迎战，一介书生的刘秀毫不畏惧，带头杀入敌营，新军大败，损失近千人。得胜后，刘秀将'宛下兵到'的密信射进昆阳城内，同时也转落到新军手中，王邑、王寻见信后，真以为大兵来到，十分恐慌。刘秀见此，亲自带领自己精选的三千敢死队，自城西冲击新军军营，并斩杀王寻，新军顿时群龙无首，一片混乱，而昆阳守军也抓住机会出城冲杀新军，于是内外合击，杀声震天动地，而恰在此时又遇上大风和大雷雨，新军里面的野兽开始四处踩踏，新莽的四十二万大军瞬间土崩瓦解，走者相腾践，伏尸百余里，淹死踩死者不计其数。王邑仅带少数精骑，踏着死尸渡河才得逃脱。刘秀以一万战胜四十二万，真是了不起啊！胡兄，要好好吟首诗呢！"静轩说："贤弟吩咐，哪敢不从！"静轩于是吟了首《昆阳》，诗云：

> 师克由来在协和，萧王兵马固无多。谁知大敌昆阳败，却笑前朝困楚歌。

崔潭问："'师克由来在协和'，这句诗总结得好呢，兵多势大不一定就能赢，对于狭小区域，兵多、猛兽多，反而是个包袱！因此带兵打仗，如下棋一样，全在全盘布局之能、调兵遣将之谋啊！不过想问胡兄，最后一句，'却笑前朝困楚歌'，是什么意思呢？"

静轩说："最后这句说刘秀比刘邦强很多啊！刘秀为汉高祖刘邦九世孙，长沙定王之后，昆阳之战的胜利原因，当然与将士舍生忘死分不开，但是更得益于刘秀在统筹一切，有道、有术、有智、有谋、有勇，由此能以弱胜强、以少胜多。而刘秀冲锋陷阵、身先士卒更为难得，纵观自古开国皇帝，如此神勇者，一人而已！如果拿刘邦的垓下之战来跟昆阳之战相比，刘秀完全有资本嘲笑自己的先祖刘邦了，想当年的垓下之战，刘邦调集了多少人马去围困区区几千兵马的项羽呢！一个以少胜多，一个以多围少，刘邦打仗跟刘秀比起来差了几千里啊！"

崔潭听静轩这么一讲，也觉得有道理，静轩接着说："除此之外，在其他方面，刘邦也比不上刘秀，总结起来刘秀有五大优势。第一，年龄优势。刘邦称帝时已经五十四岁，还曾在战争中负过伤，因此身体不好，为后代考虑，于是对韩信、英布等壮年功臣大加杀戮，落下'兔死狗烹'的恶名；而刘秀统一天下后年仅四十岁，年富力强，春秋鼎盛，可以熬死许多功臣，根本不用担心功臣在他死后造反的问题。第二，继承人优势。刘邦的继承人刘盈柔弱，权力归于吕后之手。而刘秀的继承人刘庄却聪慧干练，做太子时已能独当一面。刘秀去世时，他已经三十多岁了，此时功臣大多已去世。第三，对手优势。刘邦的对手是战神项羽，因为自己打仗不行，刘邦不得不四处结盟，将权力下放给部下，前方依靠韩信，后方依靠萧何，导致建国后，其臣子的势力都很大。而反观刘秀，对手实力都很弱，不论是王邑、王寻、王郎、樊崇、隗嚣、公孙述，还是各路农民军，都智识短浅，缺乏长远谋略，只懂得抢地盘，与刘秀相差太远。刘秀自己能力强，无论战略还是战术，都不须过于依靠他人，所以稳坐中枢，垂拱天下，没有不服从的臣子，也没有功高盖主的猛将，自始至终，刘秀都稳稳控制着东汉的军政大权。第四，功臣优势。为了战败项羽，刘邦给了功臣很大的优厚条件，仅仅异姓王就封了七个，这些人的军队、将领和土地足以抗衡刘邦，并随时要挟，让刘邦寝食难安。而刘秀则自信许多，在内能控制内政，不需要萧何这样的臣子，在外也能掌控军队，没有韩信这种猛将，而且刘秀出手大方，即使夺功臣兵权，也是给足荣华富贵，让人心服口服。第五，皇后优势。刘秀有阴丽华这样'有母仪之美、后妃之德'、患难与共、忍让推功的妻子。而刘邦的吕后则是性格刚毅，心胸狭窄，杀心很重，野心勃勃，最后导致临朝称制、外戚专权。"

崔潭听完静轩这样一番开示，说："真是山外有山、天外有天啊，刘邦厉害，刘秀更厉害，物华天宝，人杰地灵，乱世总有英雄出现，这是中华之福呢！"静轩说："为学日益，为道日损，贤弟的学问真如良驹见鞭影，一日千里啊！"崔潭说："那还不是跟着胡兄行万里路得来的啊！"静轩说："《学记》云：'善待问者如撞钟，叩之以小者则小鸣，叩之以大者则大鸣。'还是贤弟问得好，也启发我思考，相信不用多久，贤弟的学问就要超过我了呢！"崔潭说："胡兄的学问如海阔天高，我还差得远呢！接下来我们去哪里呢？"静轩说："既然到了叶县，我们就去看看叶公吧！"

于是两人一路打听，来到了叶公的墓地，只见这墓地历经一千多年，已经冷落难辨，静轩问崔潭："贤弟可知这叶公的故事吗？"崔潭说："叶公子高好龙，钩以写龙，凿以写龙，屋室雕文以写龙。于是天龙闻而下之，窥头于牖，施尾于堂。叶公见之，弃而还走，失其魂魄，五色无主。是叶公非好龙也，好夫似龙而非龙者也。哈哈，叶公好龙，天下皆知啊！这叶公叫沈诸梁，芈姓，沈尹氏，名诸梁，字子高。生于楚国王室之家，其曾祖父是春秋五霸之一的楚庄王，其父沈尹戌在吴楚之战中屡立战功，他二十四岁时，楚昭王把沈诸梁封到楚国北疆重镇'方城之外'的叶邑为尹，因楚国封君皆称公，故称叶公，其后代以叶为氏。"静轩说："贤弟了解得很清楚，叶公这么传奇，我来题首诗吧！"静轩于是吟了首《叶县》，诗云：

> 叶公丘墓已尘埃，云蠹崇墉亦半摧。借问往年龙见日，几多风雨送将来。

静轩吟完说："其实叶公好龙的故事乃杜撰。当年叶公到了叶邑后，了解到此地水患很严重，老百姓苦不堪言。他为了根除水患，于是亲自勘察河流，部署治理方案，由于当时的竹简不适合画水利施工图，于是他就在自家墙壁上画出了每条河流、沟渠的地理位置，并在每个出水口画上龙，并称之为'水龙头'，希望掌管施雨的龙王来帮助自己治水，以求风调雨顺。到了汉朝，由于汉武帝独尊儒术，孔子地位上升，崇尚儒家的西汉宗室刘向在《新序·杂事五》就写了个叶公好龙的故事，将龙比作孔子，以讥讽叶公。当年孔子经蔡国入叶，拜见叶公，叶公也久慕孔子贤名，于是迎接孔子入邑，向孔子请教治理国家之道，孔子答曰：'近者悦，远者来。'叶公非常认同。适巧，叶邑发生了这样一桩事：'吾党有直躬者，其父攘羊，而子证之。'叶公于是问孔子的看法，孔子说：'吾党之直者异于是。父为子隐，子为父隐，直在其中矣。'叶公对孔子的回答非常不满意。孔子觉得叶公不能认同他的思想，于是离开叶邑。刘向'叶公好龙'的故事一流传，叶公则由一个勤政爱民的长官变成了一个口是心非、装腔作势的小丑。而叶公除了勤于治水外，还擅长军政，他曾平定白公胜叛乱，被楚惠王封为令尹与司马，但叶公不迷恋权位，将令尹一职让给公孙宁，司马一职让给公孙宽，自己退居叶地，安享晚年。由此看出，尽信书不如无书，仓颉发明文字，天雨粟，夜鬼哭，可见文字力量之大，可生人、可毁人、可杀人，文章千古事，下笔要留心呢！"崔潭听完这诗外之话，顿时有悟，原来叶公是如此好人，心中惭愧不已。静轩见崔潭心有愧意，于是说："中国人相信天人感应，叶公感动龙王，未必就不是真的呢，比如大德之人感动天上的德星出现。"崔潭说："还有这等事吗？"静轩说："有啊，就在颖川，我们去看看吧！"

欲知他们到颖川看到了什么，请听下回分解。

第三十五回　抵颍川上德星亭　到商丘话天子位

上回说到两人看完昆阳古战场，想去颍川。于是两人向东北行一百多里，来到了颍川，即今天的河南省许昌市，来到了德星亭。只见这亭子卷檐垂阁，飞金流彩，进入亭中，静轩说："这个地方古称'许'，因尧时高士许由牧耕此地、洗耳于颍水之滨而得名。东汉时，颍川出了两位大德之人陈寔与荀淑，两家人聚会时，朝中太史发现德星相聚，于是天下认定两家的德行感动了上天，出现'德星聚'的祥瑞。"崔潭问："那陈寔与荀淑两位到底有何德行可以感动上天呢？"

静轩说："东汉陈寔先后任郡督邮、功曹，他的德行是'善则称君，过则称己'，和他交往的人都为他的品德所折服。东汉桓帝时任为闻喜长，后又改任太丘长，因此世称'陈太丘'，陈寔为官以德施治，受到人民拥戴，甚至有邻县百姓都想迁居到他属下的地方。后来陈寔因无法阻止朝廷增加百姓赋税，便辞官归故里。延熹九年，宦官弄权，大兴'党锢之祸'，陈寔等二百余人受诬下狱，当时很多人逃避求免，但他却说：'吾不就狱，众无所恃。'幸好第二年遇赦出狱。建宁元年灵帝即位，大将军窦武欲谋除宦官，征陈寔为掾属，参与定计，但不久事败，窦武被杀，陈寔于是避祸隐居在家乡。在乡里，他同样以良好的道德感化人们，威信很高，人们认为'宁为刑罚所加，不为陈君所短'。一次，有个小偷躲到他家屋梁上，准备夜间行窃，陈寔发觉后，不动声色，把儿孙们叫到屋里，教育他们要努力上进，正正当当做人，不要做梁上君子。伏在梁上的小偷听了很受感动，跳下来向他请罪，这事传开后，其他人也都受到了教育，县里盗窃案也减少了，'梁上君子'的典故因此传世。党锢解除后，大臣们都纷纷推荐陈寔，朝廷也多次以公相之位相召，但他都推辞了。陈寔的两个儿子陈纪、陈谌也有贤名，父子三人并称为'三君'。陈寔与钟皓、荀淑、韩韶则合称为'颍川四长'。中平四年,陈寔病逝于家中,享年八十四岁,各地赶来吊祭的有三万多人,大将军何进也遣使出席,为之刊石立碑,谥为文范先生。"

崔潭听完说:"陈寔确实有德啊!从后代昌隆也可看出!自陈寔起家,颍川陈氏就成为望族,世代传袭,名重魏晋!那另一位荀淑呢?"静轩说:"荀淑是先秦大儒荀子的第十二代孙,年少时就有德名和才名,与一般俗儒不同,荀淑不读死书,也不愿为官。但汉安帝时,他被征为郎中,再迁当涂长、黎阳令,又为朗陵侯相,虽然都是小官职,但他能力很强,被称为'神君'。及梁太后临朝,当时发生了日蚀和地震,荀淑上疏对策,讥刺势焰熏天的大将军梁冀,因此去职还乡,但他这种敢于反抗权恶势力的风骨,得到了士人领袖李固、李膺的推崇,拜其为师。还乡后,在治学之余,他致力发展产业,一有利润就分给亲友,自己不留多钱。荀淑去世,时任朝廷尚书的李膺亲自服丧悼唁,周围二县之人也纷纷出资修建祠堂,以示怀念。荀淑的八个儿子秉承了其父风范,俱以文化见长,时称'荀氏八龙'。"

崔潭听完说:"从两位生平看来,确实品德高尚!不过,德行出众就能感动天上的星象吗?"静轩说:"中国自古为神州,自然有神奇之事啊,《易·系辞上》云:'天垂象,见吉凶,圣人象之;河出图,洛出书,圣人则之。'可见天人之道不是虚幻,而大孝的舜帝有'象耕鸟耘'之说,也未必不是事实,一阴一阳之谓道,继之者善也,这悠久的历史,也证明了这一点啊!"崔潭听完这些神秘之论,于是说:"应该是有这些事的,董仲舒的天人感应说说得很清楚,诸葛亮死时,不是也有异象吗?"静轩说:"贤弟说得好,看来我们做人的目的,还是在'进德'两个字啊!我来吟首诗吧!"静轩于是吟了首《颍川》,诗云:

> 古贤高尚不争名,行止由来动杳冥。今日浪为千里客,看花惭上德星亭。

崔潭听完诗,对静轩说:"胡兄也不用惭愧啊,老子说,失道而后德,失德而后仁,失仁而后义,失义而后礼,两位贤人的大德也是通过一些实事,与那些无德之人相比才显现出来的。其实在上古时期,每个人都是大德，也没有感觉出什么德来，比如像许由这样的高士，在当时很平常，而到了我们现在，却是人人敬仰的高德，人心不古，世风日下，这正是失道的结果啊！"静轩听完说："贤弟的见识越来越高明了！说到许由，我们去他曾经避世耕种的箕山看看吧！"崔潭说："好吧，不过我相信这风景都差不多，只不过'地因人显'而已！"静轩说："是呢，贤弟！"

于是两人向西北走了两百里来到了登封县的箕山，箕山原叫许由山，在今天的河南省郑州市登封市，这"登封"二字，那是武则天登嵩山、封中岳、大功告成而得的。两人一起看了许由墓，以及许由当年弃瓢的弃瓢岩，看了曾经洗耳的小溪，面对此上古世外之地，静轩觉得古风犹存，有阵阵清凉之气，于是吟了首《箕山》，诗云：

寂寂箕山春复秋，更无人到此溪头。弃瓢岩畔中宵月，千古空闻属许由。

崔潭听完问："尧帝要把君位让给许由，他推辞不受而逃到这箕山，后来尧帝又让他做九州长官，他竟然跑到溪边洗耳，觉得尧帝的话弄脏了他的耳朵。请问胡兄，许由为什么这么做呢？"静轩说："很多人说许由是淡泊富贵功名的高节之士，其实这是世俗的观点、儒家的观点。在道家看来，许由只是一个普普通通的修道人物。许由为什么不受尧帝的禅让而登帝位？因为许由跟尧帝的志向不一样，他不想为外物所累，不想任天下之重，喜欢一个人自由自在，要知道，尧舜禹时代的皇帝那可真是辛苦啊！只有付出，没有回报，只有为公家兴利除弊，没有任何的私利！因此许由'量而不入'，不去自讨苦吃罢了。人都好逸恶劳，谁愿意去接天子这样一副重担呢！"

崔潭说："胡兄分析得对，但是如果都像道家那样，各人只顾自己，那天下的灾害没有人出来消除，天下的利益没人出来开创，这国家也无法形成，人类也无法延续呢！"静轩说："贤弟高见，天下者，天下人之天下也，有德者可为天子也！尧舜禹已经为天子做出了榜样，后来人如果要做天子，人民都会跟尧舜禹比对，看看是否有尧舜禹一样的大德呢！"崔潭问："那夏桀之后，商汤成为天子，我们要不去商丘看看！"静轩说："我正有此意！"

于是两人从箕山下来，向东走了五百里，来到了商汤建立商朝的亳邑，即今天河南省商丘市谷熟镇。只见这里莺啼鸟唱、百草新茂，确实乃帝王之乡，但由于年湮月久，商朝的遗迹已经很难找到了。静轩问崔潭："贤弟可知这商汤的故事？"崔潭说："商汤也叫成汤，是舜帝大臣契的十四代孙，商汤原是夏朝商国的君主，在伊尹、仲虺等人的辅助下陆续灭掉邻国，十一征而无敌于天下，使商国成为当时的强国，后作《汤誓》，与桀大战于鸣条，最终灭夏。经过三千诸侯大会，汤被推举为天子，定都亳，定国号为商，成为商朝的开国君主。"静轩说："贤弟如数家珍啊，商汤看似以武力推翻夏桀而成为天子，其实还是他的仁德在起作用呢。我先来吟首诗吧！"静轩于是吟了首《商郊》，诗云：

莺啭商郊百草新，殷汤遗迹在荒榛。谁知继桀为天子，便是当初祝网人。

吟完，崔潭问："胡兄，这商汤祝网是个什么故事呢？"静轩说："这是圣人典故啊！话说成汤当年在商丘，一日走进一处茂盛的林子，一个农夫正在张网捉鸟，他的网布置有东南西北四面，待网挂好后，这个农夫就跪下去对网祷告说：'求上天保佑，网已挂好，愿天上飞下来的，地下跑出来的，从四方来的鸟兽都进入网中来。'成汤听见了以后对农夫说：'如此张网，一网打尽，什么都逃不掉，实在太残忍了！只有夏桀才这样做呢！'于是就叫手下人把张挂的网撤掉三面，只留下一面。成汤也跪下去对网祷告说：'天上飞的，地下走的，都赶快逃跑吧，只有那些不想活的，那就向网里钻吧。'说完起来对那个农夫说：'对待禽兽也要有仁德之心，只有不听天命的才去捕捉呢。'农夫连连道歉，后逢人便说成汤的大德。'成汤祝网''网开一面'的故事传开后，马上就有四十个小国仰慕成汤的大德而前来归附。后人云：'人置四面未必得鸟，汤去其三面，置其一面以网其四十国，非徒网鸟也。'商汤通过自己的德行不断感化天下人，因此羽翼也越来越丰满。加上夏桀的暴虐，于是商汤出兵吊民伐罪，推翻了夏朝，建立了商朝。"

崔潭听完问："以前是禅让天子之位，然后就是父传子，商汤是第一个用武力夺取天子位的人，这三种方式各不相同，请问胡兄，你觉得中国人做天子需要什么资格呢？"静轩说："与尧舜禹禅让不同，商汤是中国历史上第一个采用革命手段，也就是通过'以暴易暴'上位的皇帝。他不仅留下了《汤誓》一文，解释了革命的原因；更留下了《汤诰》一文，解释了天道的内容和天子的品德和标准，即'其尔万方有罪，在予一人；予一人有罪，无以尔万方'。从此，成汤式革命成为改朝换代的主要方式，公天下时期的尧舜禅让制成为过去，《汤诰》成为帝王的教科书，汤之前有尧舜禹，汤之后有文武周公孔子，一起创立了中华的道统。而成汤之所以能做天子，就是因为他有'网开一面'的仁德、好生之德。后来孔子在《易传》中讲'天地之大德曰生，圣人之大宝曰位'，庄子在《天下篇》中讲'内圣外王'，都是讲天子的资格和标准。这个标准一经提出，一经为中国道统所确认，一经为人民所认可，那么在中国做天子就不是那么容易的了，当然也就不是谁都能做天子的了，要想成为天子，那就要效法天地的大德。第一是无私，所谓'天无私覆，地无私载'。第二，天地之大德乃生育万物，而不是残害生灵。但后世对于天子的记载中，总是用诸如出生时的祥瑞，或者云间的天子气，或者夜空的紫薇星等来证明，可这些天象大抵稍纵即逝，很难有证据，因此有杜撰之嫌，难以让人信服。到了汉代，司马迁作《史记》时发现，从尧舜开始，夏代、商代、周代、秦代的君主都是黄帝的后裔，都是贵族。如尧是黄帝的玄孙；舜是黄帝的第九代孙；禹是黄帝的玄孙；商汤是舜大臣契的后代，契是黄帝的玄孙；周文王是尧舜时大臣弃的后代，弃也是黄帝的玄孙；秦始皇是舜大臣费的后代，费也是黄帝的后代。黄帝无疑是受命于天的真龙天子，司马迁于是将'有黄帝血统才能做天子'作为除了德之外的又一标准。而按照这个标准，司马迁也碰到一个难题，那就是无法解释平民皇帝刘邦。到后来，汉武帝极力推崇董仲舒的天命思想，根据这个天命思想，刘邦成为天子的合法性就可立足于天命，而不用黄帝血统论，终于解决了这个难题。虽然如此，汉代儒者还是花了两百年的时间，最终由一个叫贾逵的人在《左传》中找到了依据，即刘邦的祖先是尧的后代中一个叫刘累的人，于是帮刘邦找到了黄帝血统。再后来的王莽、曹丕做皇帝，都要追溯一番，他们两人都将自己的血统上溯到舜，由舜再上溯到黄帝。由此看来，在中国古代，要成为天子，光靠武力是不行的，因为天道、天子之道深入中国人心，根深蒂固，影响深远！"

　　崔潭听完说："想不到刘邦做天子还费了这么多周折啊，看来这天下悠悠之口，也是需要一番理论才能镇得住的呢！"静轩说："那是啊！这就是法理，法理不足，统治者就没有权威。除了法理之外，还有天命天理的说法，刘邦当时造反的时候，就有斩白蛇的传说呢！"崔潭说："那我们要不要去看看那个刘邦斩白蛇的地方呢？"静轩说："好啊！"

　　两人于是从商丘向西南走了一百多里来到了芒砀山，即刘邦夜斩白蛇的地方，在这里静轩说了刘邦杀蛇的因果，说得神乎其神。欲知这因果为何，请听下回分解。

第三十六回　砀山斩蛇说因果　官渡勒虎论功勋

　　上回说到崔潭和静轩来到了芒砀山，即在今天的河南省永城市芒山镇。静轩说："这芒砀山很有名呢，黄帝曾到此山巡视，孔子'去曹适宋'曾在此山避雨，刘邦隐于此地的紫气岩、斩白蛇起义，因此是汉兴之地。"崔潭说："秦始皇当年说东南有天子气，莫非是指这里吗？"静轩说："是的。天子气，内赤外黄，四方所发之处当有王者。这种灵异之象，包括鬼母哭蛇，按照天人感应，应该是有的！"说完他们一起看了刘邦杀蛇、鬼母夜哭的大草泽，还看了汉文帝建的汉高祖庙，看完后，静轩吟了首《大泽》，诗云：

　　白蛇初断路人通，汉祖龙泉血刃红。不是咸阳将瓦解，素灵那哭月明中。

　　崔潭听完诗问："胡兄，'不是咸阳将瓦解，素灵那哭月明中'，这两句怎么解呢？"静轩说："《汉书》有这样的记载：'高祖夜经泽中，有大蛇当径，拔剑斩蛇，蛇分为两。后人至蛇所，有一妪夜哭。人问妪，妪曰：吾子白帝子，化为蛇当道，今者赤帝子斩之也。'这里的白帝、赤帝是什么呢？据《晋书·天文志上》所载，天帝有五位，各有所司，各辖一方，东方为苍帝，南方为赤帝，中央为黄帝，西方为白帝，北方为黑帝。因刘邦兴于楚，楚为南方，故为赤帝管辖，视为赤帝子。秦国在西，为白帝管辖，秦始皇视为白帝子，'赤帝子斩白帝子'的意思是，南方的刘邦要取代西方的秦始皇，以顺天命，承继大统。"

　　崔潭说："那就是刘邦做天子乃天命所赐啦！"静轩说："照这个神话看确实如此。而我们看到，刘邦作为一个没有任何背景和后台的小吏，在沛县起义时已经四十七岁了，经过短短七年，五十四岁就做了皇帝，其中关于他是真命天子的传说给他助力不少。比如，传说刘邦之母刘媪梦中与蛟龙交合而生下刘邦，刘邦面呈龙相，左腿上还有 72 颗黑痣。比如，沛县吕公一见刘邦就觉得相貌不凡，马上将女儿许配给当时是个小吏，而且已离异的刘邦。比如，曾经一老者给吕雉和孩子们相面，均言乃大富大贵之相，给刘邦相面，则言'君相贵不可言'。比如一次刘邦在沛县喝酒，两个酒商见到刘邦醉后身上有龙出现，等等。这些传说，包括素灵夜叹、五曜霄映，以及秦始皇东巡时说的'东南有天子气'，虽然真假难辨，但比起陈胜在鱼腹中书'陈胜王'这种小把戏来，刘邦真龙天子之命无疑更有说服力。而这些传说对于刘邦来说，第一增加了自信，第二能得到更多人的信赖和依附。于是能力平平的刘邦，登高一呼，应者云集，英雄好汉多来归附，最终成为天子。"

崔潭听完说："话说蛇咬三世怨，这刘邦无缘无故杀蛇，会不会有报应呢？"静轩说："那是民间的说法，不过这刘邦斩白蛇起义，还真有因果报应的传说呢！传说白蛇曾托梦给刘邦说：'你今天杀了我，欠下的账总有一天要还的。你斩了我的头，我就篡你的头；斩我的尾，我就篡你的尾；现在你把我腰断两截，我就在中间平帝时，篡你的朝。'两百余年后，西汉传到汉平帝时，白蛇转世为王莽，似有蟒王之意呢，真的篡了汉朝而建立了新朝，经光武中兴才又恢复了汉室！而再过两百余年，刘邦后代刘备在'白帝城'托孤，没多久，蜀汉亡，刘姓江山彻底覆灭，这白帝也似乎在复仇呢！天地之大德曰生，天地之大德厌杀，江山社稷唯德治方能长久，小德川流，大德敦化，如是而已。"崔潭听完，也觉得冥冥之中有天命和因果在左右，于是对静轩说："刘邦天命之说也是有的，但是他的从谏如流、豁达宽容也是其成功的原因吧！"静轩说："那是自然，有天命就有天性，比如从刘邦对郦食其的前倨后恭、信任重用，就可看出刘邦的天性！我们去郦食其的家乡高阳看看吧！"崔潭说好。

于是两人骑马向西北走了四百里，来到了汴州，即今天的河南省开封市，静轩说："这汴州最初也叫高阳，五帝之一的颛顼帝高阳就封在这里。刘邦斩白蛇起义后，行军至砀郡高阳，并访求贤士。自称'高阳酒徒'的郦食其当时已有六十多岁了，身高八尺，人们都称他是狂生，经同乡引荐，去见沛公。相见时，刘邦正踞坐在床，令两女子给他洗脚，眼睛都不看郦生一眼。郦生大为不满，大声斥责道：'您是想帮助秦国攻打诸侯呢，还是想率领诸侯灭掉秦国呢？'刘邦骂道：'你个奴才相儒生！天下的人同受秦朝的苦已经很久了，所以诸侯们才陆续起兵反抗暴秦，你怎么说我帮助秦国攻打诸侯呢？'郦生说：'既然您下决心推翻暴秦，那就不应该用这种倨慢不礼的态度来接见长者。'刘邦觉得失礼，起身道歉，整理好后以礼接待了郦食其。两人谈兵论战，相见恨晚。从此郦食其追随刘邦，建功立业。郦食其因此碰贵人，遇明主，如鱼得水，令人羡慕啊，我来吟首诗吧。"于是静轩吟了首《高阳》，诗云：

路入高阳感郦生，逢时长揖便论兵。最怜伏轼东游日，下尽齐王七十城。

崔潭听毕说："这郦食其下尽齐王七十城的事我很清楚呢！楚汉相争时期，郦食其对刘邦说：'如今燕国、赵国都已经平定，只有齐国还没有攻打下来。田广占据着幅员千里的齐国，田间带领着二十万大军屯兵于历城，田氏宗族的力量也很强大，他们背靠大海，凭借黄河、济水的阻隔，完全可以割据自立，加上齐人多诈，反复无常，您即使派遣数十万军队，也不可能在一年或几个月的时间里把它打下来。我现在请求奉您的诏命去游说齐王，让他归汉而成为东方的属国。'刘邦大喜，于是郦食其坐车东游，会见齐王田广。郦食其对齐王说起：'汉王刘邦和项王项羽一起向西进军攻打秦朝，在义帝面前已经约定好，先攻入咸阳的人就在那里称王，虽然刘邦先一步攻入咸阳，但是项羽却背弃了盟约，不让他在关中称王，而让他到汉中为王。后来项羽迁徙义帝到郴县，并派人暗杀了他。刘邦听到之后，立刻发起蜀汉的军队来攻打三秦，出函谷关而追问义帝迁徙的处所，收集天下的军队，拥立以前六国诸侯的后代，每逢攻下城池，立刻给有功的将领封侯，缴获了财宝立刻就分赠给士兵，和天下同得其利，所以那些英雄豪杰、才能超群的人都愿意为他效劳，诸侯的军队从四面八方来投归，蜀汉的粮食也源源不断地送来。而项王既有背弃盟约的坏名声，又有杀死义帝的不义暴行，他对别人的功劳不记，对别人的过错却从来不忘，将士们打了胜仗得不到奖赏，攻下城池也得不到封爵，不是他们项氏家族的人得不到重用，攻城得到的财物，宁可堆积起来，也不肯赏赐给大家，所以天下人背叛他，才能超群的人怨恨他，没有人愿意为他效力。现在天下人才都投奔刘邦，刘邦安坐就可以驱使他们，刘邦带领蜀汉的军队，平定了三秦，占领了西河之外大片土地，率领投诚过来的上党精锐军队，攻下了井陉，杀死了成安君，击败了河北魏豹，占有了三十二座城池，如同当年黄帝的军队一样。现在刘邦已经据有敖仓的粮食，阻塞成皋的险要，守住了白马渡口，堵塞了大行要道，扼守住蜚狐关口，天下诸侯都争先归附，您若是赶快投降汉王，那么齐国的社稷还能够保全下来，倘若是不投降汉王的话，那么危亡的时刻马上就会到来。'田广认为郦食其讲得有道理，于是撤除了历下的兵守战备，归顺刘邦。郦食其凭三寸不烂之舌，成功游说齐王，取得了齐国七十余座城池。"静轩听完说："贤弟对这段历史真是了如指掌啊！上兵伐谋，其次伐交，折冲樽俎，高阳酒徒，名副其实也！这汴州除了郦食其，还有一个义士侯嬴呢，我们要不去看看？"崔潭说好。

于是两人来到了城内东北隅的夷山上，静轩说："侯嬴虽然是这夷门的一个小吏，但魏国信陵君却礼贤下士，慕名往访，并亲自执辔御车，迎为上客，这让侯嬴很感动，同时信陵君对侯嬴的屠户朋友朱亥也多加礼遇。有一年秦急攻赵，围住邯郸，赵请救于魏，魏王命晋鄙领兵十万救赵，但因受到秦始皇的警告而停兵不进。信陵君考虑到魏赵是近邻，又是姻亲，唇亡齿寒，于是想率领门客百余人去救赵，侯嬴觉得这是以卵击石，于是献计窃得魏王的兵符。信陵君拿到兵符后，令朱亥击杀晋鄙，夺权代将，最终成功救赵却秦。不过最后，侯嬴觉得此举对魏君不忠，于是自刎而死。"

崔潭听完说："士为知己者死，侯嬴真乃义士也！"静轩说："是啊！不过如果站在孟子'春秋无义战'的角度，侯嬴也谈不上什么'义'，站在魏国的统治立场看，侯嬴这样算是欺君，而侯嬴最终能一死了之，也算有个交待。站在赵国的立场看，侯嬴当然是位恩人。而站在信陵君的立场看，侯嬴确实是忠义，以生命报答其知遇之恩。无论如何，这种忠义是值得发扬的。我来吟首诗吧。"静轩于是吟了首《夷门》，诗云：

六龙冉冉骤朝昏，魏国贤才杳不存。唯有侯嬴在时月，夜来空自照夷门。

崔潭听完说："'唯有侯嬴在时月，夜来空自照夷门。'这两句到位啊，胡兄，这世界上像侯嬴这样的人很少，大多数人都是见利忘义！"静轩说："这利和义也不是那么好分清楚的呢！《易经》云，利者，义之和也！君对臣有恩，臣于是对君有义。但这信陵君对侯嬴好，是出于什么目的？这个也不好说，但是不管出于什么目的，侯嬴报恩是对的，至于报到什么程度，是拿财产来报，还是拿性命来报，这当然取决于恩深还是恩浅了，既要考虑利害，也要对得起良心和各方面的利益，能做到义之和，这利就可以获得了！这里不远有官渡之战的遗址，我们去看看，也顺便分析一下这义利，好吗？"崔潭说好！于是两人西行五十里来到了官渡，即今天的河南省中牟县官渡镇。

静轩问崔潭："贤弟，这官渡之战的历史说来看看啊！"崔潭说："那是建安四年六月，袁绍挑选精兵十万，战马万匹，南下朝许都而来，曹操认为袁绍志大才疏，刚愎自用，兵多而指挥不明，将骄而政令不一，于是决定以所能集中的数万兵力，扼守要隘，重点设防，以逸待劳，后发制人。建安五年正月，袁绍派陈琳书写檄文，把曹操骂得狗血喷头。四月，曹操急趋白马，令关羽于万军之中取颜良首级，袁军溃败，解白马之围后，在南阪杀了文丑，顺利退回官渡。两军相持到十月，陷入胶着，曹操更因粮草不足陷入困境。就在这时，袁绍谋士许攸投奔曹操，建议曹操轻兵奇袭袁绍的粮仓乌巢，烧其辎重。曹操于是亲自率领步骑五千，冒用袁军旗号，人衔枚，马缚口，各带柴草一束，利用黑夜掩护，走小路偷袭乌巢，到达后立即围攻放火。袁绍得知曹操袭击乌巢后，一方面派轻骑救援，另一方面命令张郃、高览率重兵猛攻曹军大营，可曹营坚固，久攻不下。曹操激励将士死战，大破袁军，杀淳于琼等，并将其粮草全数烧毁，张郃、高览闻得乌巢被破，于是投降曹操，袁军由是崩溃。曹军先后歼灭和坑杀袁军七万余人，袁绍带八百骑兵仓皇退回河北，从此北方无人能和曹操抗衡了。"

静轩听完说："贤弟认为官渡之战的关键人物是谁呢？"崔潭说："那

当然是许攸啦！"静轩说："贤弟高见，官渡之战，许攸是个扭转局势、决定胜负的关键人物，知己知彼，一招制敌，为曹操取胜立下大功。现在我们就来说说许攸和曹操之间的义利。许攸年轻时即与袁绍、曹操交好，后投靠袁绍，官渡之战刚开始，许攸说：'曹操兵少，而集中全力来抵抗我军，许都守卫不足，防备一定空虚，如果派一支队伍轻装前进，连夜奔袭，就可以攻陷许都。占领许都后，就奉迎天子以讨伐曹操，必能捉住曹操，即使他未立刻溃散，也能使他首尾不能兼顾，疲于奔命，一定可将他击败。'这无疑是个好计谋，可惜袁绍未采纳。正在这时，许攸家里有人犯法，留守邺城的审配竟然将他们逮捕，许攸知道后大怒，于是投奔曹操。曹操听说许攸来了，跣足出迎，高兴地说：'子远来了，大事可成！'许攸入座后问：'贵军军粮可以用多久？'曹操答曰：'尚可支持一年。'许攸再说：'哪有这么多？说真的吧！'曹操再答：'还可以支持半年。'许攸说：'难道你不想打败袁绍吗？为何不说真话？'曹操说：'跟你开玩笑而已，其实军粮只剩此月的分量。'许攸献计说：'今孤军独守，既无援军，亦无粮食，此乃危急存亡之时也。现在袁军有粮食存于乌巢，虽然有士兵，但无防备，只要派轻兵急袭乌巢，烧其粮草，不过三天，袁军自己败亡！'曹操于是采纳许攸之计而打败袁绍。而许攸之功不只此战，建安九年，曹操攻破邺城，占领冀州，许攸亦立有功劳。但是许攸自恃功高，屡次轻慢曹操，公开场合直呼曹操小名，说：'阿瞒，没有我，你得不到冀州啊。'曹操表面上说'你说得对'，但心里却为许攸不尊重自己而恼怒。一次，许攸出邺城东门，对左右说：'曹家人没有我，进不得此门。'于是有人将此话向曹操告发，曹操恼羞成怒，随即将许攸收押，最终杀害。贤弟，你对这许攸和曹操之间的恩怨是非怎么看的呢？"

崔潭说："许攸对曹操有恩啊，曹操杀许攸是不对的！"静轩说："对！曹操作为一代雄主，在处理许攸这件事上，没拿捏好。如果没有许攸，曹操确实不能攻克袁绍、攻下冀州，虽然许攸有君谋却只有臣命，恃才傲物，但是曹操也不该自己亲手杀他的，曹操自知难以驾驭雄才，又怕为敌所用，所以才出此下策，背负千古不义之名呢！由此观之，曹操量小也！我来吟首诗吧！"静轩于是吟了首《官渡》，诗云：

本初屈指定中华，官渡相持勒虎牙。若使许攸财用足，山河争得属曹家。

崔潭听完说："许攸作为谋士，不只财用不足，而且做人也不行呢！这让我想起张良，他不仅能力强，而且勇敢，最终功成身退、功德圆满！"静轩说："贤弟说得好，我们一起去博浪沙看看当年张良锤击秦始皇的地方吧！"崔潭说好。

欲知两人看了博浪沙如何评价张良，请听下回分解。

第三十七回　服张良游博浪沙　嗟墨翟入朝歌市

上回说到两人看完官渡，想去看博浪沙。两人于是越过黄河，向北走了一百里，来到了博浪沙，在今天的河南省原阳县。静轩说："这里可谓地灵人杰呢！周勃、周亚夫、毛遂、陈平都是这里人！贤弟说说当日张良报仇的事吧！"崔潭说："还是胡兄先吟诗！"静轩说好，于是吟了首《博浪沙》，诗云：

嬴政鲸吞六合秋，削平天下虏诸侯。山东不是无公子，何事张良独报仇。

崔潭说："胡兄这首诗既然问到'何事张良独报仇'，那我来回答一下吧！张良出身于贵族世家，祖父张开地连任韩国三朝的宰相，父亲张平亦继任韩国二朝的宰相，至张良成年时，韩国被秦国所灭，张良失去了所有，因此相比一般的贵族公子，张良的家仇国恨更深，由此也激发了他强烈的复仇欲望。有此强烈的欲望，于是就有刺杀秦始皇的大策划和大动作了。张良首先找到一个叫沧海君的人帮他谋划，然后找到一个大力士，并为他打造了一只大铁锤，最后差人密切打探秦皇东巡的行踪。秦始皇二十九年，也就是统一中国三年后，他开始东巡，在快要到达阳武县时，张良认为机会来了，于是指挥大力士埋伏在这博浪沙，准备随时行刺。当日，秦始皇的车队威风凛凛地到来，前面鸣锣开道，紧跟马队清场，车队两边是大小官员前呼后拥。虽然分不清哪一辆车坐着秦始皇，但张良认为机不可失，于是指挥大力士攻击最豪华的那辆车。大力士于是挥舞大铁锤，飞速将乘车者击毙在地，然后两人钻入芦苇丛中逃离现场。可惜的是，豪华车辇中坐的不是秦始皇，被大力士击中的只是副车。秦始皇毫发无伤。一怒之下，秦始皇下令全国缉捕刺客。但因秦始皇仇人太多，无从查起，使张良得以逍遥法外，不了了之。话说张良貌如好女，却敢刺杀秦始皇，可见张良有胆量、有血性，而事前有计划、事后能逃脱，则说明其有谋略，非匹夫之勇。自古非常之人，敢行非常之事也！报韩虽不成，天地皆震动也！"静轩听崔潭这么一讲，说："贤弟讲解透彻啊！这张良非等闲人物，从博浪沙这件事就可以看出了！但是这非常人物也是逼出来的啊！"崔潭说："是啊，胡兄，下一步我们去哪里！"静轩说："墨子非乐，不入朝歌之邑。现在我们离朝歌不远了，去朝歌看看吧！"崔潭说："那是商纣王和妲己住的地方啊！那是肯定要去的！"

于是两人向东北方向行去，刚走没多远，只见一座巨大的坟冢直插云天，远处的青山积雪初融，青翠初露，近处的梅花似乎已开放，两人见此空明之境，于是下马，见到路边有碑，上面有"三陵冢"三字，静轩于是问路边人这是谁的坟冢，有人说是仓颉墓，有人说不知道，静轩面对此景，诗兴大发，于是吟了首《七绝·题三陵冢》，诗云：

春到三陵淑气和，雪初消处翠嵯峨。梅花未识开多少，策杖携壶试一过。

吟完，两人策杖携壶上了坟冢，饱览了这群山环抱之境，又赏了梅花，然后继续赶路。他们走了一百五十里，来到了朝歌，今天的河南省淇县，他们一起看了鹿台、淇水关、折胫河、三仁祠、箕子庙等遗迹，崔潭见这古代的商都已经是一片废墟，于是说："邦畿千里，维民所止。朝歌夜弦五十里，八百诸侯朝灵山，曾经的朝歌多么繁华啊！牧野一战后，纣亡商灭，周武王以纣京师封纣子武庚为诸侯，以续殷祀，武庚就居住在他父王的宫室里。后武庚叛周，周兵攻下朝歌，武庚身死，宫殿被焚，百姓被掳，顽民被迁，这朝歌就变成了废墟，胡兄，是不是要吟首讽刺商纣王淫乐的诗呢？"静轩说："贤弟，纣王之败，原因尽知，我今天来吟点别的内容吧！"于是静轩吟了首《朝歌》，诗云：

长嗟墨翟少风流，急管繁弦似寇仇。若解闻韶知肉味，朝歌欲到肯回头？

崔潭听完说："墨子担任宋国大夫时，有一次，他带领他的学生，赶着马车到邻国讲学游说，宣传自己的墨家思想。当他们经过卫国时，听说前面就是朝歌，墨子大惊失色，赶紧吩咐车夫掉转车头。弟子们请问原因，他说：'朝歌名字不好，而且是商纣王沉迷歌舞的地方，我们还是绕道过去吧！'于是留下了'墨子回车'的典故。胡兄贬低墨翟，难道是想给纣王翻案吗？"静轩说："怎么可能呢！只是讽刺墨翟不懂音乐而已！"崔潭说："孔子那么喜欢音乐，为什么墨翟不喜欢呢？"

静轩说："这可能跟墨子处于社会底层，没有听过韶乐有关。孔子不仅爱好音乐，而且音乐天分高。孔子曾跟从师襄子学鼓琴，循序渐进，最后竟然能闻音知义，甚者从《文王操》中想像出周文王的模样，即'黯然而黑，几然而长，眼如望羊，如王四国'，足见其感悟力。不仅如此，孔子还能感悟韶乐，《论语·述而》记载云：'子在齐闻《韶》，三月不知肉味。'孔子怎么有机会听到韶乐呢？自从舜帝发明韶乐之后，夏、商、周三代帝王均把《韶》作为国家大典用乐，周武王定天下后，姜太公以首功封营丘，建齐国，《韶》乐于是传入齐。鲁昭公二十五年孔子入齐，在高昭子家中就有机会听到《韶》了。《乐记》云：'凡音之起，由人心生也。人心之动，物使之然也。感于物而动，故形于声。声相应，故生变；变成方，谓之音；比音而乐之，及干戚羽旄，谓之乐。'因此《韶》乐无疑代表了圣人舜帝的心声，孔子闻《韶》三月不知肉味，说明孔子与舜帝心灵相通。'人相知，贵在知心''闻弦歌而知雅意'，孔子精研了三个月，如灵山法会上'佛祖拈花，迦叶微笑'一样，于是尽得舜帝的心传，由此继承了'乐'的道统。而音乐'可以善民心，其感人深，其移风易俗，故先王着其教焉'。孔子由是也继承了舜帝的'乐教'，并集圣人之大成，提出了'兴于诗，立于礼，成于乐'。让中国成为诗国和礼乐之邦。"

崔潭听完说："那商纣王也爱好音乐啊！那是不是也跟圣人相通呢？"静轩说："《乐记》又云：'乐者乐也。君子乐得其道，小人乐得其欲。'对于君子和小人，音乐都能带来快乐，但是君子乐的是入道的欣喜，小人乐的是感官的愉悦。而'以道制欲，则乐而不乱；以欲忘道，则惑而不乐'。为提升音乐的鉴赏层次和发挥教化功能，则需要用道去驾驭欲，这样就可以'广乐以成其教'。商纣王沉迷朝歌的声色，当然是'小人乐得其欲''以欲忘道'，如果是'以道制欲'，则不会让周文王'凤鸣岐山'，而是'凤鸣朝歌'了。这当然不是音乐的错，而是商纣王没有悟道的结果。对于没有听过《韶》的墨子来说，闻朝歌而掉头，主要因为商纣王暴虐亡国，于是恨屋及乌，把小孩和洗澡水一起倒掉，那是不了解音乐功用的缘故。"

崔潭听完豁然开朗，想不到这音乐还能教化人心！于是接着问："胡兄，按此说法，汉武帝罢黜百家，独尊儒术时，是不是因此把墨家禁了？"静轩说："墨家的消失，不只跟音乐有关，也不仅仅是因为汉武帝不喜欢，其学说缺乏生命力也是关键原因。墨子与孔子是同时代人，分别是墨家和儒家的创始人，都为天下大乱而四处奔走，都是伟大的圣贤，历史留下了'孔席不暖，墨突不黔'这个成语来赞美他们两人，意思是孔子坐席没有坐暖、墨子灶突没有熏黑，却又匆匆地到别处传道去了。然而，由于天性、出身、成长环境和受教育程度不同，两人的思想差别很大，不仅在音乐方面如此，在以下的五个方面也是如此。第一，孔子敬鬼神而远之，而墨子则相信鬼神，相信鬼神能'赏贤而罚暴'。第二，孔子讲的是仁爱，认为'仁者爱人，亲亲为大'，那就是先敬爱自己的父母，然后再爱亲戚朋友，最后再爱天下人，其中把'亲亲'摆在最核心的位置，如果父亲犯罪了，儿子为其隐藏是应该的。而墨子则强调兼爱，爱无差等，六亲不辨，亲人犯法，则要大义灭亲。孔子重孝道，强调礼和尊卑，注重厚葬。但墨子则主张薄葬和节用。孟子针对此点，曾骂过墨子云：'杨氏为我，是无君也。墨氏兼爱，是无父也。无父无君，是禽兽也。'第三，墨子主张尚同，尚同就是天子运用行政组织，来统一天下人的思想。而孔子则认为'君子和而不同'，主张'大同'，允许'小异'。第四，孔子讲求中庸之道，认为'过犹不及'，正视人的欲望，认为'食色性也''饮食男女，人之大欲存焉'，只要'发乎情，止乎礼'就行。而墨子则喜欢走极端，要求其弟子做到'必去喜、去怒、去乐、去悲、去爱，而用仁义。手足口鼻耳，从事于义'，并且'赴火蹈刃，死不还踵'。相传他的弟子们'手足胼胝，面目黧黑，役身给使，不敢问欲'。第五，孔子重道轻器，曾说'朝闻道，夕死可矣'，而且认为'道不远人''人能弘道，非道弘人'，由此他认为'君子不器'，轻视生产和劳动，并且一生致力于弘道。而墨子则重视器，主张发明创造器具来'兴利除弊'，并且在器物上多有发明。以上几点差别，根源于彼此的社会地位不同，因此立场也不一样。墨子代表的是以农民和手工业者为代表的平民阶层，而孔子代表的是'学而优则仕'的士大夫阶层，以及'一人治天下'的君王阶层，因此观点不同也很正常。但作为国家政统来看，如果完全按照墨子的思路，则可能中国有发达的制造，有很多能工巧匠；而因为墨子不讲祭祀，不讲孝道，不讲'不孝有三，无后为大'，则不仅中国人失去了精神幸福和精神寄托，而且整个民族也失去了繁衍的动力，可能亡国灭种。因此墨家不为士大夫和皇帝所喜，墨子的思想甚至也没有被他的信徒所传承。墨家那种'苦行僧'似的生活没有任何快乐可言，至少佛教还有'西方极乐世界'让人去追求，墨家却只有让人无私奉献，这如何能长久呢？而且墨家的尚同思想，只会带来一个比秦始皇法家更暴虐的政权，会受到普天下人民的反抗。因此即使没有汉武帝的罢黜，墨家也不长久。而相比较而言，孔子及其儒家思想虽然有'君子不器''劳心者治人，劳力者治于人'等观点受到非议，出现了很多'四体不勤、五谷不分'的书呆子，但是终究成为帝王之学，成为道统、政统、学统，可以保持家国的长久，诗、礼、乐这些文化艺术，就足以给中国人一个幸福的生活和美好的国家。"

崔潭听完，连忙拱手作揖，说："胡兄这番开示，如春雷一震，万物苏醒也！"静轩说："贤弟谬赞，不过是愚兄不断思考而有点滴心得罢了，学而不思则罔，思而不学则殆，只是学思并进的一点感悟罢了。汉武帝独尊儒术，也是综合考虑的结果呢！"崔潭说："除了墨家，那老庄之道也应该是有其缺陷的吧！"静轩说："那是当然，我们去庄周钓鱼的濮水看看吧！"崔潭说好！

欲知两人去濮水又有什么心得，请听下回分解。

第三十八回　濮水遇龟论庄子　虎关忆旧话祖生

　　上回讲到两人想去看庄周钓鱼的濮水。于是两人离开朝歌，向东北行了一两百里来到了濮水，即今天的河南省濮阳市，他们来到了当年庄周钓鱼的地方，只见这千年濮水悠悠流淌，河边的蒲草郁郁葱葱，两人也学庄周，在河边钓起了鱼。这河里鱼很少，半天也没钓到一条，两人觉得无趣，这时见到一只乌龟拖着尾巴在烂泥中爬行，虽然周身肮脏，似乎也悠然自得。静轩见到龟，于是来了诗兴，吟了首《濮水》，诗云：

　　青春行役思悠悠，一曲汀蒲濮水流。正见涂中龟曳尾，令人特地感庄周。

　　崔潭听完说："胡兄，你这诗不是照抄《庄子·秋水》的段落吗？'庄子钓于濮水，楚王使大夫二人往先焉，曰：愿以境内累矣！庄子持竿不顾，曰：吾闻楚有神龟，死已三千岁矣，王巾笥而藏之庙堂之上。此龟者，宁其死为留骨而贵乎？宁其生而曳尾于涂中乎？二大夫曰：宁生而曳尾涂中。庄子曰：往矣！吾将曳尾于涂中。'"

　　静轩说："贤弟说的是，天下文章一大抄，看你会抄不会抄，这文字都是仓颉发明的，所有文章都是抄的仓颉的字；这道是圣人发明的，所有的文章都是抄圣人之道，关键看你能不能用在正确的地方呢！贤弟，你觉得庄周的见解如何呢？"崔潭说："楚王看重庄子的学问，让他去做相国，而庄子却喜欢过自由自在、清贫无忧的生活，我觉得大多数人都不会同意庄周的做法。"静轩说："是的，庄子不愿受世俗所累，不为物欲所驱，安贫乐道，抱朴守真，继承和发展了老聃的思想，与老子并称'道家之祖'，被玄宗诏封为南华真人。但是对于大多数人来说，要成家立业、养家糊口，甚至还要治国平天下，因此难得有绝对的自由。生老病死，人人都要面对，衣食住行，人人都要去获取，身、家、国、天下，人人都在其中，因此这羡泥中龟、做蝴蝶梦，只能是一种理想而已。相比孔孟之道来说，庄子的这些思想只适合个人之学，或者修身，或者修辞，或者修养，在人生失意、彷徨、绝望之时，可以找到庄子这个心灵的知音，抚平心海的波浪，回归心湖的平静，但是无法成为一家之学、一国之学。所谓儒家是粮店，道家是药店，粮食天天吃，良药只能是病了才吃，但是两个都不能少！"崔潭听完，甚是受益。

濮水垂钓后，静轩说："我们去看看隋炀帝开凿的大运河如何？"崔潭说："大运河南北两三千里，包括永济渠、通济渠、邗沟、江南河、广通渠，连接了通海河、黄河、淮河、长江、钱塘江，我们去看哪一段啊？"静轩说："我们就去看看通济渠的东段汴水吧。"于是两人向西南走了四百多里来到了汴水边，今河南省荥阳市汜水镇，只见两岸榆柳依依，河中帆船点点，从黄河引水而至淮河，再经邗沟即可达到江都扬州。静轩想起昔日隋炀帝从东都洛阳到江都的浩荡情景，想起隋炀帝最后惨死于江都的悲剧，于是随口吟了首《汴水》，诗云：

千里长河一旦开，亡隋波浪九天来。锦帆未落干戈起，惆怅龙舟更不回。

刚吟完，身后就传来了一个声音说："这诗不能这样写啊！隋炀帝开凿大运河也是有功劳的呢！在下皮日休，虽然不才，但让我来吟一首吧！'尽道隋亡为此河，至今千里赖通波。若无水殿龙舟事，共禹论功不较多！'"静轩一听此诗不错，连忙回头行礼，但见此人长相猥琐，一眼似闭，乃独眼龙，且气势有点傲慢，心里不喜欢，于是客套说："仁兄好诗，在下献丑了！"于是就扭头不再搭理，皮日休见讨个没趣，于是也自个儿离去。

崔潭见此一幕，于是问静轩："这皮兄的诗不错呢，为什么胡兄不搭理人家了？"静轩说："天有天象，地有地象，人有人象，由象可识数理，而知兴衰吉凶。如天地出现异象，则人世必多灾难，所谓天发杀机，移星易宿，地发杀机，龙蛇起陆，人发杀机，天地反覆，因此天有五贼，见之者昌。至于人象，则相由心转，中正之人必有中正之相，此人一眼不明，面目可憎，心术必也不正，虽有才学见识，将来只怕会欺灭君父，不能善终啊！"

崔潭说："想不到胡兄精通易理啊，这皮日休之相，我也不喜，不过胡兄预言，还待时间验证呢！刚才说到象数理，请教胡兄，那这隋亡唐兴又是什么易道呢？"静轩说："隋炀帝在位十四年，巡游就达十一年，有了运河后，光扬州就巡游了三次。去扬州时，隋炀帝和萧皇后分别乘着两艘四层高的大龙船，船上装饰得像宫殿一样金碧辉煌，接着是皇妃宫女、王公贵族、文武百官分乘几千艘彩船，最后是装载卫兵和物品的几千艘大船，这庞大的船队在运河里排开，可谓浩浩荡荡，前后竟有二百里长，八万多个民工，专门为船队拉纤，场面浩大！船队在运河里行驶，岸边有骑兵护送，船队停下来，当地的州县官员就逼着百姓办酒席招待，这是一方面。另一方面，当时修大运河时，隋炀帝'诏发天下丁夫，男年十五以上者至，如有隐匿者斩三族'。最后征到民工三百六十万，但开凿到徐州境内时，民工已死了一百五十万人，'下寨之处，死尸满野'。这豪奢与悲惨两方面一对比，恶象就出来了，人民怨恨当然不用说，苍天也愤怒呢！多次发生日食、月食、彗星、流星、陨石，因此隋亡是定数定理了！大业七年农民起义爆发，大业十三年李密率领的瓦岗军逼围东都，并向各郡县发布檄文，历数杨广十大罪状。大业十三年五月，李渊在晋阳起兵，同年十一月攻入长安，拥立杨侑为皇帝，遥尊杨广为太上皇。大业十四年三月，杨广见天下已失，心灰意冷，于是无心回洛阳，而手下那些关中子弟，听闻李渊定鼎关中，思乡心切的这些士兵终于酿成了一场兵变，混乱之下，宇文化及将杨广勒死，隋朝于是灭亡。天视自我民视，天听自我民听，纵观隋炀帝一生，修运河、开科举、西服吐谷浑、东征高句丽、南克占城、北讨契丹，不可不谓雄才大略，而且诗才横溢，文章不朽，可败就败在不能做到'民为本'三个字，由是身死国灭也！"

崔潭听静轩这么一分析隋炀帝，觉得这象数理还真是不虚！于是说："胡兄分析得有道理，那当今的天象如何呢？"静轩说："水满则溢，月满则亏，自然之理也。从贞观之治到开元盛世，则是月圆花好，江静海平，但到目前已见衰象，你看我们这一路上所遇到的人，总是愁脸多笑脸少、怨气多和气少。每次科举发榜，即见怨声载道、骂声喧天。皇上好乐宴游，每月宴会十几场，水陆皆备，听乐观优，不知厌倦，朝中宰相一年几换，朋党盛行，我看这形势，不出十年，必有大乱啊！贤弟，这话只跟你说说呢，不要传出去！"崔潭说："胡兄敢言，并言之有理啊，目光如炬，拨云见日，这等天机我怎么会泄露出去呢！看完汴河，我们接下来看哪里？"静轩说："这里属豫州，自古乃兵家必争之地，这附近就有一个虎牢关，我们去看看！"

于是他们走了几里路，来到了黄河边的虎牢关。静轩说："这虎牢关又称汜水关、虎关、武牢关，传闻周穆王曾将进献的猛虎圈养于此而名虎牢。你看，这虎牢关南连嵩岳，北濒黄河，山岭交错，自成天险，有'一夫当关，万夫莫开'之势，历来是兵家必争之地呢！不过，我到这里想起了一个人！"崔潭问："谁呢？"静轩说："想起东晋时北伐功败垂成的祖逖，他临死前曾抱病营缮虎牢城！"

崔潭说："这祖逖我知道，生性豁达，轻财重义，少年时即深受乡党宗族敬重。成年后闻鸡起舞，发奋读书，时人都称其有赞世之才。永嘉五年，洛阳陷落，祖逖率亲族乡党南下，到达泗口后，祖逖被琅琊王司马睿任命为徐州刺史，不久又被征为军谘祭酒，率部驻扎京口。建兴元年，晋愍帝即位，以司马睿为侍中、左丞相，命其率兵赴洛阳勤王。司马睿不愿出兵，却也不便公开反对，于是派祖逖去应付。他任命祖逖为奋威将军、豫州刺史，但只拨给千人粮饷、三千匹布帛，让他自募战士，自造兵器。祖逖于是毅然从京口渡长江北上，并在大江之中，用力拍击船楫，立誓中流曰：'祖逖不能清中原而复济者，有如大江。'渡江后，暂驻淮阴，起炉冶铁，铸造兵器，又招募到士兵二千多人。建武元年，祖逖进驻芦洲，继而进据太丘，进而劝降樊雅，占据谯城，终于在豫州站住脚跟，打通了北伐的通道。太兴元年，司马睿在建康称帝，建立东晋。太兴二年，祖逖出兵征讨陈川，石虎率五万大军救援，被祖逖击败。太兴三年，祖逖在汴水设伏，尽夺石勒运给桃豹的军粮，逼得桃豹退守东燕城，祖逖于是命韩潜进占封丘，压逼桃豹，自己则进屯雍丘。击退桃豹后，祖逖又多次出兵邀截赵军，使石勒在河南的力量迅速萎缩。当时河南境内有赵固、上官巳、李矩、郭默等割据集团，各据一方，经常兵戎相见，祖逖遣使调和，示以祸福，晓以大义，使赵固等人都服从自己的统一指挥，成功收复黄河以南中原地区的大部分土地。祖逖礼贤下士，体恤民情，生活俭朴，不畜资产，劝督农桑，带头发展生产，又收葬枯骨，深得民心。刘琨在给亲戚写信时，大力称颂祖逖威德，晋元帝也下诏擢升他为镇西将军。石勒见祖逖势力强盛，不敢南侵，命人在成皋县为其母修墓，又致信请求互市，祖逖虽未回信，但也默许，为此收利十倍，兵马日益强壮。后来，祖逖部将童建叛归后赵，石勒将其斩杀，向祖逖示好，而祖逖亦与石勒修好，禁止边将进侵后赵，边境暂得和平。太兴四年，晋元帝任命戴渊为征西将军，位置在祖逖之上，祖逖认为戴渊虽有才望，却无远见卓识，而自己辛苦收复河南，却仍不得朝廷信任和重用，心中甚为不快。不久，祖逖又听闻王敦跋扈，朝廷内部矛盾日益尖锐，担心内乱爆发，诸多不如意，祖逖由是忧愤成疾。患病期间，仍图进取，营缮虎牢城。但壁垒尚未修成，祖逖便在雍丘病逝，时年五十六岁。去世前，豫州分野有妖星出现。此前术士戴洋曾预测道：'祖豫州九月当死。'妖星出现后，陈训道：'今年西北大将当死。'祖逖也叹道：'妖星应在我身，本想进军平定河北，而天欲杀我，这是对国家不利的征兆啊。'祖逖死后，豫州百姓如丧父母，谯梁百姓还为他修建祠堂，晋元帝追赠祖逖为车骑将军，并命其弟祖约接掌其部众。而后赵闻祖逖已死，于是趁机入侵河南，祖约难以抵御，退据寿春。最后，祖逖收复的河南大片土地又被后赵攻陷。"静轩听完说："贤弟说得透彻，我来吟首诗吧！"静轩于是吟了首《豫州》，诗云：

策马行行到豫州，祖生寂寞水空流。当时更有三年寿，石勒寻为关下囚。

崔潭听完问："胡兄，你觉得祖逖为什么壮志难酬啊！"静轩说："天意如此，这个天既是老天，也是天子，主弱臣雄，人臣难处，消极自私的司马睿自知不能驾驭无私进取的祖逖，因此猜忌掣肘随之而来，加上整个东晋朝廷多清谈名士，王谢风流，醉生梦死，斗志不盛，于是北伐动力不足，指望凭借长江天险而偏安而已！"崔潭说："是啊！主弱臣雄，难以成事啊！"静轩说："我们去看看当年刘邦项羽两分天下的鸿沟吧！"崔潭说好！

静轩来到这鸿沟，浮想联翩，竟然题诗三首，若问是哪三首呢？请听下回分解。

第三十九回　抵鸿沟评说楚汉　数壮士细论田横

上回说到两人看了虎牢关，然后去看鸿沟。两人于是向东走了六十里，来到了鸿沟，鸿沟是古运河，在今天的河南省荥阳市黄河南岸广武山上，他们一起看了东边项羽的霸王城、西边刘邦的汉王城，静轩想起了很多的人和事，于是连吟了三首诗，第一首是《荥阳》，诗云：

汉祖东征屈未伸，荥阳失律纪生焚。当时天下方龙战，谁为将军作诔文。

第二首是《广武山》，诗云：

数罪楚师应夺气，底须多论破深艰。仓皇斗智成何语，遗笑当时广武山。

第三首是《鸿沟》，诗云：

虎倦龙疲白刃秋，两分天下指鸿沟。项王不觉英雄挫，欲向彭门醉玉楼。

崔潭说："胡兄，一个地方连吟三首，说的是三个故事啊！"静轩说："贤弟说来看看，是哪三个故事？"

崔潭说："第一首是赞美纪信。汉高祖二年四月，刘邦被困荥阳城，外无援兵，内无粮草，将士精疲力竭，情况十分危险。与刘邦长相相似的将军纪信献诈降之计，由陈平写了降书，派人送交项羽，说汉王今夜出东门投降。到了半夜，果然见到城内的妇女从东门相拥而出，而此时刘邦便乘机从西门逃走。天亮时，最后见'刘邦'卧在一龙车上出来投降，楚兵一见欣喜，就将龙车带入军营，项羽一见从车里下来的人不是刘邦，便问：'你是何人，敢冒充汉王？'纪信答道：'我乃大汉将军纪信。'项羽又问：'汉王在哪里？'纪信说：'早已离开这里了！'项羽非常愤怒，但见其忠心，便有意招降，但遭纪信拒绝。于是项羽将纪信绑上龙车活活烧死。第二首诗说的是汉高祖三年，楚军包围了荥阳，刘邦感到形势危急，向项羽求和。项羽听从谋士范增的计策，拒绝讲和，决定乘胜追击。刘邦势单兵弱，接受谋士陈平建议，离间项羽和范增的关系。项羽果然中了离间计，对范增生疑，并把他驱逐。项羽失去了军师，于是刘邦复取成皋，屯兵广武，取敖仓之粮而用。项羽闻知成皋失守，急回师广武，刘邦闭城不出。而此时项羽军中缺粮，不可久战，于是项羽派人给刘邦传话，要与刘邦单打独斗，一决雌雄。刘邦答复'我宁斗智，不能斗力'。项羽前来挑战，刘邦当众宣布项羽十大罪状。项羽大怒，命人开弓射箭，一箭射中刘邦胸口，刘邦为了安定军心，顺势弯下腰来，不捂胸部伤口而去摸脚，大声说：'臭小子，射中了我的脚趾！'气急败坏的项羽见此招不成，于是把俘虏来的刘邦父亲刘太公拉至广武山上，隔涧要挟刘邦说：'你若不及早投降，我就把你父亲下锅煮死。'刘邦闻此，脸不变色心不跳，说：'吾与项王俱北面受命怀王，曰'约为兄弟'，吾翁即若翁，必欲烹而翁，而幸分一杯羹。'项羽听后无可奈何，决定杀掉刘太公，幸有项伯劝阻而作罢。第三首诗是汉高祖四年，楚汉战争已经处于尾声，刘邦已经占领了全国大部分地区，汉军正从后方包抄项羽，项羽固守荥阳孤城，兵员和粮草枯竭，随时有可能被汉军围歼。项羽在危急关头，遂拿刘太公胁迫刘邦签订鸿沟协议，项羽提出自己让出荥阳，送还刘邦家人，双方以鸿沟为界，两分天下，其西属汉，其东属楚，两军不得随意越界。刘邦粮草充足，本来不怕和项羽打持久战，但是为救家人，双方进行了历史上著名的鸿沟和议。和议形成后，项羽依约罢兵东归，刘邦也想遵守协议撤兵西返。可此时张良、陈平劝刘邦说，汉已据天下的大半，诸侯又都归附于汉，而楚军已兵疲粮尽，这正是上天亡楚之时，不如趁此机会把楚消灭，如果现在放走项羽，这就是养虎遗祸。刘邦于是听从了他们的建议，追击项羽到阳夏南边，让部队驻扎下来，并和淮阴侯韩信、建成侯彭越约好日期会合，共同攻打楚军，最后当然是霸王别姬、项羽垓下兵败而身死了。"

崔潭说完，静轩说："贤弟滔滔不绝，如泉下注啊！刘邦手下有纪信这样不怕死的忠臣，自己有不要脸的流氓嘴脸，又有张良、陈平这样的谋臣，所以最终夺得江山，而项羽连仅有的范增都逼走，又轻易地相信鸿沟协议，所以他就失败了！"崔潭说："天命之谓性，率性之谓道，修道之谓教，项羽还是不入道，不就教，难以成器啊！"静轩说："贤弟入道也！"崔潭："胡兄笑我了！真入道了，那都可以成仙了啊！"静轩说："哈哈，说到成仙，那我们去缑山看看王子晋当年白日飞升的地方？"崔潭说："那是求之不得呢！"

于是两人向西南走了两百里，来到了缑山，即今天的河南省偃师市府南村，周武王伐纣在县城东筑城，息偃戎师，遂名偃师。他们一起看了武则天撰文的《升仙太子碑并序》，以及武则天亲笔书写的碑额"升仙太子之碑"六个大字，觉得武后文采飞扬、笔迹潇洒，一代女主，令人佩服。又上山看了子晋祠、抚父堆，感觉在这古柏新松间，总有一种仙灵之气在弥漫，令人心旷神怡，静轩问崔潭，可知王子晋的故事。

崔潭说："王子晋贵为东周太子，从小就有王者之智慧和胆识，但他不喜荣华富贵，他喜欢吹笙，声如凤凰之音。成年后他常常一个人到伊水、洛水漫游，有一天遇到一个叫浮丘公的道士，浮丘公见王子晋颇有慧根，于是带他到嵩山修道，一修就是三十余年。一天，王子晋在嵩山遇见了一个名叫柏良的老朋友，他就对柏良说：'请你回去告诉我家里人，七月七日这天，叫他们在缑山下等我，我要和他们告别了。'到了那天，周灵王一家如期等候在山脚下，只见王子晋乘着一只白鹤，徐徐降落在缑山的顶峰，拱起手向家人告别，眼中似有话要说，但是没说出来，然后飘然升天，最后从云层里落下两只绣花鞋，算是他临别时留给父亲的纪念。"静轩听完说："莫学吹笙王子晋，一遇浮丘断不还。贤弟，看来这成仙也好，学道也好，都是有缘分的啊，我来吟首诗吧！"静轩于是吟了首《缑山》，诗云：

缑山岗翠孕仙灵，古柏新松满洞馨，借问吹笙王子晋，定从何处上青冥？

崔潭听完对静轩说："胡兄，最后两句，是问成仙之法门吧！"静轩说："是的，其实这法门，说起来容易，做起来就非常难，无非就是摆脱掉人世间的一切欲望，吃苦吃亏，受累受辱，可是谁又能做到呢？"崔潭说："这么自讨苦吃，那还不如去死了算了呢！"静轩说："哈哈，不过说到死，我们可以去看看田横墓，那田横本来有荣华富贵可以享受，可是走到这偃师首阳山，就自杀了！"崔潭说："田横和他手下五百人都是壮士啊，那要去看看呢！"

于是两人向北走了五十里来到了首阳山，问了很多人才找到田横墓，只见这墓高大崔嵬，俨然有田横当年勇武的气势，静轩见此，吟了首《田横墓》，诗云：

古墓崔巍约路岐，歌传薤露到今时。也知不去朝黄屋，只为曾烹郦食其。

崔潭听完问静轩："这《薤露》歌是什么歌呢？"静轩说："《薤露》为田横门客为哀悼田横自杀而作的挽歌，至汉武帝时，宫廷乐师李延年将其分为二曲，《薤露》悼别王公贵人，《蒿里》悼别士大夫和庶人。《薤露》云：'薤上露，何易晞。露晞明朝更复落，人死一去何时归。'诗以薤上的露水容易晒干起兴，写人生的短暂，又以露水干了明天还能再降落，反写人的一去难以回还。《蒿里》诗云：'蒿里谁家地？聚敛魂魄无贤愚。鬼伯一何相催促？人命不得少踟蹰。'"崔潭听完说："胡兄这首诗好像没有歌颂田横的壮烈呢！"

静轩说："刘邦统一天下，田横不肯称臣于汉，率五百门客逃往海岛，刘邦派人招抚，田横被迫乘船赴洛，在首阳山自杀，死前口唱：'大义载天，守信覆地，人生遗适志耳！'遂横刀自刎，两个门客手捧他的头，跟随使者飞驰入朝，奏知刘邦。刘邦看到田横的头，说道：'哎呀！能有此言此行，真是了不起的人呀！从平民百姓起家，兄弟三人接连称王，难道不是贤能的人吗！'刘邦忍不住为他流下了眼泪，并封田横的两个门客为都尉，派两千名士卒，以诸侯王的丧礼安葬了田横。安葬完田横之后，两个门客在田横墓旁挖了个洞，然后自刎，倒在洞里，追随田横死去。刘邦听说此事之后，大为吃惊，想不到田横的门客如此忠烈。刘邦又听说田横手下还有五百人在海岛上，又派使者召他们进京。这五百门客听到田横已死，也都在岛上自杀。"

崔潭说："太壮烈了啊！田横及其五百壮士的死，历来为史上名人称赞，诸葛亮说：'田横，齐之壮士耳，犹守义不辱。'司马迁的评价最高，说：'田横之高节，宾客慕义而从横死，岂非至圣？'竟然拔高到圣人的层次呢！胡兄，你怎么看呢？"

静轩说："如果站在大一统的角度看，这些人对田横的评价显然是拔高了的。因为刘邦毕竟算豁达雍容、礼贤下士的帝王，而且刘邦在真正意义上统一了中国，刘邦创建的汉朝还是中华盛世，令后世羡慕的。而田横自杀，一方面是因为和刘邦同是当年的诸侯王，面子上过不去，膝盖跪不下去；另一个最重要的方面，则是田横错杀了刘邦的重臣郦食其，怕被清算，这两个方面导致其臣不了，而刘邦已一统天下，田横不仅反不了，而且想在孤岛称王都不行，因此最终只能选择自杀。这种自杀谈不上什么节烈，既不是为民请命而死，也不是为皇帝尽忠而死，只能说惨烈而已。而错杀郦食其，最大的原因是暴怒下失去理智。"

崔潭说："跟汉武帝听到李陵投降匈奴的消息一样吧！"静轩说："是的。怒字从奴从心，心为奴也，不能做主也，心不能做主，就行事莽撞，田横看到韩信兵攻来，不去调查，就做出'郦食其骗他'的结论。其实如果换作冷静的人，可以先将郦食其关起来，或者打入死牢。但是田横没有，一怒之下做出烹杀的决定，跟汉武帝杀李陵全家一样。田横这些人手中握有杀伐之权，习惯了草菅人命，于是肆意妄为。但人死不能复生，局势也就无法挽回了，这无疑是一时暴怒的结果啊！怒是猛虎，欲是深渊，惩忿窒欲历来为圣贤君子的修身下手处。田横一怒而成千古恨，到头来自己和五百壮士也因此自杀收场，作为后人，能不以戒怒为师乎？"崔潭听静轩这么一分析，觉得有点背离传统观点，发古人之未发，但也是有道理、站得住脚的，于是说："真知灼见啊，胡兄，我们接下来往哪走儿呢？"静轩说："去洛阳吧！"

唐朝时，洛阳贵为东京，是仅次于长安的大都市，他们两人怎么游览洛阳的呢？请听下回分解。

第四十回　到洛阳论王夷甫　说精气观金谷园

　　上回说到静轩决定去洛阳。崔潭一听要去洛阳，心中涌起无限向往，吟道："洛阳地脉花最宜，牡丹尤为天下奇！"静轩说道："贤弟，还有'唯有牡丹真国色，花开时节动京城'呢！传说当年武则天游长安后苑时，曾史无前例地对百花下旨曰：'明朝游上苑，火速报春知，花须连夜发，莫待晓风吹。'第二天早上，百花竟然都好像遵旨而开放了，但唯有牡丹拒绝而未开。武后大怒，下令用火焚烧后，更把牡丹贬至洛阳，可这牡丹一到了洛阳，立即昂首怒放、锦绣成堆，看来这牡丹和洛阳缘分不浅呢！不过贤弟，牡丹花期在春夏之交，现在已经过时了！不过我们可以看看河山拱戴、形胜天下的自然风光，天下之中、十省通衢的优越地理，崤函帝宅、河洛王国的天子之气，还可以追寻帝喾都亳邑、夏太康迁都、商汤定都西亳、武王伐纣、周公辅政、平王东迁、高祖都洛、光武中兴、魏晋相禅、孝文改制的政迹，探访河图洛书、伏羲画卦、周公制礼作乐、老子著经、孔子问礼、班固著史、建安七子、竹林七贤、金谷二十四友的文踪呢！"崔潭听静轩这么一说，心驰神往，于是快马向洛阳奔去。

　　他们两个向西行了百来里，越过伊水、洛水就来到了洛阳城，崔潭感叹道："东压江淮，西挟关陇，北通幽燕，南系荆襄，八方辐辏，九州中心，不愧为群雄逐鹿必争之地啊！好一派王者之气，好一派学术之风呢！"静轩问："贤弟何以看出了学术之风？"崔潭说："道学肇始于此，儒学渊源于此，经学兴盛于此，佛学首传于此，玄学形成于此，姓氏寻根于此，莫不是学术之风么？胡兄，对于这样一个大地方，怎么作你的诗呢？"静轩说："七绝咏史诗二十八个字，要写广大之景物很难啊！只能写一件事一个理，所谓巢林止于一枝，饮河不过满腹！老虎想吃天，还不知从哪儿下嘴呢！哈哈，这洛阳乃兵家必争之地，我想起了西晋的一件事，贤弟先听听我的诗吧！"说完，静轩吟了首《洛阳》，诗云：

石勒童年有战机，洛阳长啸倚门时。晋朝不是王夷甫，大智何由得预知。

崔潭问："胡兄，这说的是怎么一回事呢？"静轩说："后赵明帝石勒是胡人，十四岁时，随乡里的人到洛阳卖东西，曾靠着东门大声呼啸，西晋尚书左仆射王衍刚好听见，惊异不已，回头对左右的人说：'刚才那个胡人小孩儿，我听他的声音，感觉此人野心不小，霸气外露，恐怕将来会成为国家的祸患。'于是安排左右快马去抓，可石勒早已离开了。"崔潭听完问："王衍怎么会有辨声识人的本事呢？"静轩说："玄学有五术，即山、医、命、相、卜，山即成仙之术，医即方剂针灸等道医之术，命即占星算命之术，相即相面相声相风水之术，卜即占卜推算之术，该五术都记载在黄帝所著的《金篆玉函》一书中。该书原藏于昆仑山中，姜子牙得之，后传之苏秦、张仪、诸葛亮、李淳风、袁天罡等，王衍崇尚玄学，能闻声相人也不奇怪呢！不过王衍虽有道术，却不能匡时济世，只知道崇尚清谈、趋利避祸，最后贻误家国，自己也不能善终！"崔潭说："愿闻其详！"

静轩说："西晋末年，东海王司马越去世，众人共同推举王衍为元帅。王衍认为此时战争频繁，心存惧怕，因此极力推辞。后来王衍与众人奉司马越的棺椁返回东海国时，被石勒军队擒获，石勒久闻王衍大名，于是以西晋的旧事询问王衍。王衍向石勒陈说了西晋败亡的原因，并说自己年轻时就不喜欢参与政事，只想保身避免祸患，并劝说石勒称帝。石勒怒骂道：'你名声传遍天下，身居显要职位，年轻时即被朝廷重用，一直到头生白发，怎么能说不喜欢参与朝廷政事呢？破坏天下，正是你的罪过。'于是让手下把他押下去。石勒对他的参谋孙苌说：'我行走天下多年，从来没有见过这样不知廉耻的人，还应该让他活下去吗？'孙苌说：'他是西晋朝廷的三公，一定不会为我们尽力，有什么可惜的呢？'石勒说：'要处决他我也不忍，不可用刀刃加害于他啊。'孙苌于是命令士兵在半夜里推倒墙壁把他压死。王衍临死前曾充满悔恨地说：'如果我们平时不崇尚浮华虚诞，勉力来匡扶天下，也不至于到今天的地步啊。'其实，王衍擅长玄理道术，所以能从声音预知石勒，如能遇到雄才大略的明主，说不定可以像姜子牙一样做出一番事业。可惜生不逢时，西晋末年，主上昏庸，胡人猖獗，战乱频仍，国家危如累卵，只有儒家的忠义、法家的严酷才能救世，而王衍崇尚的老庄之道则显得不合时宜了！"崔潭说："胡兄这诗，如同剥笋一样啊，越剥越见新鲜呢！"静轩说："文似看山不喜平！文如此，人事也如此，王衍少年富贵老来悲，也是苍天不喜平的表现啊！我们现在去看看曾经繁华盖世的金谷园吧！"崔潭说："那是西晋大富翁石崇的别墅啊！金谷二十四友闻名天下呢！我们走吧。"

两人于是来到了洛阳城东北的金谷洞，五六百年过去了，这里已经败落，只有几株古树在夕阳中肃立，似乎在诉说当年的热闹。静轩说："石崇是西晋大司马石苞第六子，早年历任吴国修武县令、城阳太守、散骑侍郎、黄门郎等职。西晋灭吴后，获封安阳乡侯，累官南中郎将、荆州刺史、南蛮校尉、鹰扬将军等职，在任上劫掠往来富商，因而成为巨富。成为巨富后，他为了与皇帝的舅舅王恺斗富，于是建金谷园。'金谷当年景，山青碧水长，楼台悬万状，珠翠列千行。'金谷园依邙山、临谷水，随地势筑台凿地，楼台亭阁，池沼碧波，交辉掩映，茂树郁郁，修竹亭亭，百花竞艳，犹如天宫琼宇，连厕所都修得跟宫殿一样。石崇住进金谷园后，过着花天酒地的生活，他那成群的姬妾，都穿着刺绣精美无双的锦缎，身上装饰着璀璨夺目的珍珠美玉。石崇的爱妾绿珠，相貌美艳，善吹笛，他特意为她建绿珠楼，以示专宠。'锦障烂如云，珊瑚碎不惜，造膝结贾谧，望尘拜广成。'石崇之所以敢于张扬富贵，是因为他巴结上了外戚贾谧、皇后贾南风的母亲郭槐。然而好景难留，永康元年，赵王司马伦发动政变，诛杀贾后、贾谧，石崇后台没了，司马伦党羽孙秀趁机向石崇索要其宠妾绿珠，绿珠不从，跳楼而死，孙秀于是诬陷其为乱党，一家老少十五人都被杀害。"崔潭说："荣华终是三更梦，富贵还同九月霜啊！看来荣华富贵真的不必羡慕，不必追求！"静轩说："贤弟悟道也，我也来作首诗！"静轩于是吟了首《金谷园》：

一自佳人坠玉楼，繁华东逐洛河流。唯余金谷园中树，残日蝉声送客愁。

静轩吟完说："红颜祸水，君子爱财取之有道，德不配位必有灾殃，虽然这些古训人人知道，但还是有很多人如飞蛾扑火般，去追求美色，去追求富贵，最后落个身家性命不保的悲剧。其实，富贵不可强求，靠偷、靠抢、靠骗、靠贪污而获得富贵，不仅社会嫉恨，而且天也不容许啊！积不善之家，必有余殃，真实不虚也！记得石崇曾作《思归叹》云：'惟金石兮幽且清，林郁茂兮芳卉盈，玄泉流兮萦丘阜，阁馆萧寥兮荫丛柳，吹长笛兮弹五弦，高歌凌云兮乐余年，舒篇卷兮与圣谈，释冕投绂兮希聃，超道遥兮绝尘埃，福亦不至兮祸不来。'该文高调，似乎有超然物外的淡泊胸襟，然而观其依附权门，汲汲于富贵美色，露财露色，乃知口是心非也，实乃不入道的凡夫俗子！"崔潭问："大凡男人，一旦富贵饱暖，一定会思淫渔色。而石崇宠幸绿珠，好淫必遭天谴，于是绿珠跳楼、石崇灭族，看来这淫字千万不能沾啊！"

静轩说："贤弟高见，男子十六而精通，这精来自先天的父精母血和后天的水谷之精，精通脊髓，脊髓通脑海，乃繁殖后代之元，有精，乃有气，乃有神，十分精神，才能做得十分事业，因此君子注意养精蓄锐。而道家修炼，就是炼精化气，炼气化神，于是能做到精满不思淫、气满不思食、神满不思眠，最终能做到精神上流，三花聚顶、五气朝元，而登真登仙。但是世间好色之人，见色起淫心，或手淫、意淫、邪淫，于是精从脑海下流，图一时之快，实损耗精气，戕害自身，结果不仅病魔相侵，而且祸害相随！最终得到如石崇一样的下场。而懂得保精之人，精神饱满，阳气充足，一身正气，走夜路不怕，遇鬼神不惊，而且还可鞭打恶鬼，喝退神魔呢！"

崔潭闻此啧啧称奇，问道："我常听说有鬼压床、梦游、收魂收惊之事，看来这是阳气不足之表现吧？"静轩说："是的啊！贤弟。孔子云，吾未见好德如好色者，可见这色对男人的诱惑呢！如何养精呢，佛家说，人身只是臭皮囊，美女也是包着屎尿血汗的臭皮囊。老子说，不见可欲，使心不乱。孔子说，少年血气未定，戒之在色。三教都教人戒色啊！说到阳气足的人呵退神魔的事，我们现在去黄河渡口孟津，去看看当年周武王之传奇吧！"崔潭说："周武王有这样的神勇啊！那我们去看看。"

欲知两人到孟津如何说起这周武王的神奇，请听下回分解。

第四十一回　孟津赋武王二渡　邙山题杨震四知

　　上回说到两人看完金谷园，想去看孟津。于是两人向北走了五十里，来到了黄河渡口，在今天的河南省孟津县。静轩面对滔滔东去的黄河水，对崔潭说："滚滚黄河经龙门后，再经人门、鬼门、神门三道峡谷，到孟津的水势已经平缓了，传说伏羲在这里遇到了龙马负图。而因为平缓，所以有津渡，适合渡河。周武王与这孟津的故事有两个，第一个是孟津之会，史称孟津观兵，乃周武王即位后的第二年，率大军先西行，至毕原周文王陵墓祭奠，然后转而东行向朝歌前进，在中军竖起写有周文王西伯昌名字的大木牌，周武王则自称太子发，意为仍由文王任统帅。大军抵达孟津时，八百诸侯闻讯赶来，都认为纣可伐矣。但是武王和姜尚觉得东方大国没来，商纣王身边还有贤臣，时机还不成熟，于是在军队渡过黄河后又下令返回。第二次是周武王即位后的第四年，商纣王更加昏暴，诛杀了比干等重臣，又穷兵黩武，持续发动征讨东南夷的战争，把商朝弄得国困民乏、怨声载道。武王见时机已到，联合庸、蜀、羌、髳、卢、彭、濮等部族，亲率战车三百辆、虎贲三千人、甲士四万五千人，往商都朝歌出征。在孟津东渡黄河时，水神阳侯掀起大浪，迎面扑卷过来，狂风大作，天昏地暗，人马都看不清楚，部队一时慌乱，这时，只见周武王左手握着黄钺，右手举起军旗，瞋目喝道：'有我在此，谁敢违背我的意志！'话音一落，随即风平浪静，部队顺利渡江。然后与商朝军队决战于牧野，殷商大败，纣王自焚于鹿台，商朝灭亡。"崔潭说："看来这周武王也是正气凛然，阳气退鬼啊，胡兄吟诗吧！"静轩于是吟了首《孟津》，诗云：

　　秋风飒飒孟津头，立马沙边看水流。见说武王东渡日，戎衣曾此叱阳侯。

　　静轩说："周武王这般传奇，一方面是武王阳刚英武，一方面也表示武王伐纣，顺乎天而应乎人，鬼服神钦也！在历史上，不只周武王得天助，后来春秋时期鲁阳亦有此传奇。传说楚国鲁阳公与韩国交战，斗得难分难解，眼看太阳就要落山，鲁阳公于是挥戈对着太阳一声大喝，太阳竟为之退避三舍。后来西汉的《淮南子》针对此事感叹道：'夫全性保真，不亏其身，遭急迫难，精通于天！'说鲁阳公阳气十足，可以喝住太阳呢！而传说中的童子尿可以治病，也是纯阳之效力！"崔潭说："胡兄，我现在也是纯阳之体呢，为子孙后代计，看来我也要远离色欲才行。"静轩说："哈哈，贤弟，儒家讲中庸，无过无不及，黄帝说，孤阳不生，孤阴不长，一切服从周公之礼就行！要想子孝孙贤，还要多积德才行。在这洛阳，既有石崇遗臭万年，也有关西孔子杨震流芳千古呢！"崔潭问："杨震有什么大德可以流芳千古呢？"

静轩说："杨震流芳千古是因为他的'四知'。杨震是东汉时人，少时师从太常桓郁研习《欧阳尚书》，成年后通晓经籍、博览群书，有'关西孔子杨伯起'之称。杨震不应州郡礼命数十年，至五十岁时，大将军邓骘听说杨震是位贤人，于是举其为茂才，四次升迁后成为荆州刺史、东莱太守。当他前往就任时，刚好路过昌邑县，而从前他推举的荆州茂才王密此时正担任昌邑县令，王密出于感恩和敬重，晚上备了黄金十斤去看望杨震，但杨震坚决不受。杨震对王密说：'老朋友知道你，你为什么不知道老朋友呢？'王密说：'现在是深夜，没有人会知道啊！'杨震说：'天知、神知、我知、你知，怎么说没有人知道呢。'王密因此作罢，同时为杨震的一身正气所倾倒，广为传颂，杨震于是获得了'四知先生'的美誉。贤弟我们现在去北邙山看看杨震的墓吧！"两人于是上了北邙山。

这北邙山位于洛阳北面，为崤山支脉，东西绵亘，成为洛阳的天然屏障，"北邙冢墓高嵯峨"，自东汉以来，邙山遂成王侯公卿葬地，很多帝王将相都埋在这里，两人走到了杨震墓前，只见马鬣崇封，颇有王者之气。静轩有感，于是吟了首《关西》，诗云：

杨震幽魂下北邙，关西踪迹遂荒凉。四知美誉留人世，应与乾坤共久长。

崔潭说："杨震的四知美誉确实能与乾坤共久长！然而水太清而无鱼，

杨震这样的人应该在官场很难混得开吧！"静轩说："是啊，贤弟真是见识高明呢！杨震不只混不开，最后还落个自杀身亡的结局。永宁元年杨震升任司徒，作为国之三公，当然有了激浊扬清、澄清天下的条件了。永宁二年，邓太后去世，后宫就开始不宁静了，先是宠妃骄横，然后就是安帝的奶娘王圣无法无天，王圣的女儿也兴风作浪，出入宫中，贪赃枉法，肆意妄为。见此情形，杨震即写《上疏请出乳母王圣》呈给汉安帝，建议送王圣出宫。然而汉安帝不仅没依杨震所请，反而将上疏给王圣看，杨震于是遭到王圣的记恨。后来王圣的女婿刘瑰承袭侯爵，官至侍中，杨震觉得破坏祖制和国体，于是上书《复诣阙上疏谏刘瑰袭爵》，对王圣'一人得道，鸡犬升天'表示愤慨，可安帝不仅未加理会，而且还下诏为乳母王圣建造府第。杨震见此，竟然愈挫愈勇，再上《谏为王圣修第疏》，直指汉安帝不顾民生、不分轻重的错误。话说这汉安帝还不到三十岁，史书评价他'令自房帷，威不逮远，始失根统，归成陵敝'，其实根本不是做皇帝的材料；而杨震已经是七十岁的大儒，有孔子之贤，又有周公之位，于是当仁不让，知无不言，言无不尽。然而杨震这样三番五次地劝谏，不仅没能让顽石点头，最终竟然让顽石砸了自己。汉安帝逐渐对杨震不满，宦官樊丰于是趁机进谗。一日，太史说星变倒行，樊丰就诬陷杨震怀恨皇帝，安帝于是下令将杨震送归原籍。杨震无奈归乡，但走到洛阳城西的几阳亭时，又觉得自己居高位而不能除奸臣、禁嬖女，无颜见天下人，于是服毒而死。葬前十几天，有大鸟高一丈多，飞到杨震坟前，俯仰悲鸣，泪流湿地，直到下葬，鸟才飞去。杨震的结局也是十分悲惨啊！"崔潭说："能垂名千古者，自然是特立独行之人，受常人之不能受，难常人所不能难，德高望重，方能流芳不止也！"静轩说："贤弟高见，道家合则留，不合则去；儒家则知不可为而为之，不仅为人所敬重，天亦酬之！这杨震以'四知'闻名，杨震儿子杨秉则以去'酒、色、财三惑'闻名，父子积德累仁，由是后代中封侯拜相者很多，其中最著名的当然是隋朝开国皇帝杨坚，位登天子。只可惜杨坚的儿子杨广将祖先功德挥霍一空，不能长住也！"崔潭说："善恶之别，从历史中看得明明白白、清清楚楚啊！跟着胡兄游历，真是受益匪浅！"静轩说："那是贤弟慧根深种呢！洛阳看完了，我们往西走，去看看函谷关吧！"崔潭说好！

于是他们一路西行，行了一百五十里，刚好到了渑池。崔潭说去看看秦赵会盟台遗址，静轩说好，两人来到了渑水、羊河汇流的会盟台遗址，只见这里已经是一片荒凉。崔潭说："一千多年前，秦强赵弱，秦昭王约赵惠文王到渑池见面，赵惠文王怕吃亏而想不去，廉颇、蔺相如却劝说道：'大王如果不去，就显得赵国既软弱又胆小。'赵王于是携蔺相如前往。廉颇送到边境说：'大王此行，估计来回不会超过三十天。如果三十天还没回来，就请您允许我们立太子为王，以断绝秦国的妄想。'赵王同意。赵惠文王与秦昭王会见于渑池，刚开始大家都很客气，但当秦昭王饮到酒兴正浓时，说：'寡人私下里听说赵王爱好音乐，现在就请赵王弹瑟助兴吧！'赵惠文王无奈，于是上前弹瑟一曲，弹完，秦国的史官却上前写道：'某年某月某日，秦王与赵王一起饮酒，令赵王弹瑟。'蔺相如觉得赵王受辱，于是上前说：'赵王私下里听说秦王擅长秦地土乐，请让我给秦王捧上盆缶，以击缶娱乐。'秦昭王认为秦国强大，怎么能受弱小赵国的蔺相如指使呢？于是拒绝。这时蔺相如向前递上盆缶，并跪下请秦昭王演奏，秦昭王仍然不肯击缶。蔺相如说：'如果在这五步之内，秦王还不肯击缶，我蔺相如要把脖颈里的血溅在大王身上了！'秦国侍卫想上来杀蔺相如，蔺相如圆睁双眼大喝一声，侍卫都吓得倒退，秦昭王见此情景，于是极不情愿地敲了一下缶。蔺相如回头招呼赵国史官写道：'某年某月某日，秦王为赵王击缶。'秦国的大臣说：'请你们用赵国的十五座城向秦昭王献礼。'蔺相如也针锋相对地说：'请你们用秦国的咸阳向赵惠文王献礼。'就这样来回交锋，直到酒宴结束，秦国始终没能占住上风。而蔺相如因为护主有功，回国后赵王即拜蔺相如为上卿。"静轩听完说："一言之辩，重于九鼎之宝；三寸之舌，强于百万之师。拔城于尊俎之间、折冲席上者，蔺相如是也，我来吟首诗。"静轩于是吟了首《渑池》，诗云：

> 日照荒城芳草新，相如曾此挫强秦。能令百二山河主，便作樽前击缶人。

崔潭听完静轩的《渑池》，说："蔺相如勇气可嘉，但是要说辩才，那还不是那么让人拜服，有点类似泼妇骂架、横子撒野的架势呢！难道不可以用斯文狡猾一点的办法，让秦王主动愉快地击缶吗？"静轩说："蔺相如不懂机变阴谋之术，只能以死相拼，这是缺点，但也是优点啊！证明他是耿直忠厚之人，由此赵王就不会防备。如果能巧言令色地诱惑秦王，即使胜利，那赵王也不敢放心使用呢！"崔潭说："那是，这人还真有直肠子和弯肠子之别！"静轩说："是啊，比如汉武帝的太子刘据，那也是一个直肠子呢！"

欲知这刘据是个什么样的直肠子，请听下回分解。

第四十二回　望思台题汉武帝　函谷关说孟尝君

　　上回说到静轩说刘据是个直肠子。崔潭说："胡兄，太子刘据的事，说来听听啊！"静轩说："在著名的巫蛊之祸中，太子刘据就是一个耿直而手足无措的人。话说汉武帝晚年，总是疑心左右之人用巫蛊诅咒他，丞相公孙贺之子公孙敬声就曾被人告发，武帝于是命宠臣江充查巫蛊案，数万人因此而死，江充得手后，觉得可以用这个办法对付太子。为什么要对付太子呢？因江充曾与太子刘据有过节，怕太子登基后处死自己。江充于是声称在太子宫中挖掘出一个桐木人，刘据本是仁厚之人，遭此诬陷，一时怒火攻心，马上捉住江充斩首。杀了江充后，本来可以找武帝说明缘由，可太子却觉得自己闯下大祸，于是矫诏发动兵马自卫。武帝在甘泉宫闻报，以为刘据叛乱，立命丞相调兵平乱，双方在长安城中混战五日，死者又是数万人，血流成渠。后来太子兵败逃亡，被汉军包围在长安东边的湖县泉鸠里，最后悬梁自尽，太子夫人及二子皆被杀戮，只留下一个襁褓中的皇孙，即后来的汉宣帝，被廷尉监丙吉隐藏下来。事平之后，卫皇后因有同谋之罪自杀，江充的上属被腰斩，司马迁的好友任安，时掌北军，他接到太子的命令后，闭营未肯出兵，被视作首鼠两端，也被判了死罪。这场大乱，不仅白白死了好几万军民，也弄得汉武帝骨肉相残，皇后、太子、皇孙皆丧命。事后汉武帝渐渐觉悟，知道是江充从中施诈术，乃命夷江充三族，又怜惜刘据无辜遭害，修建思子宫以寄哀思，后又在湖县修建了一座归来望思之台。我们去湖县看看望思台吧！"崔潭说好。

　　两人向西行了两百多里，来到了望思台，即今天的河南省灵宝市西北阌乡，望思台的遗址在水边，两人感觉有阴风阵阵吹来，崔潭说："胡兄吟首诗安慰一下冤魂吧！"静轩于是吟了首《望思台》，诗云：

太子衔冤去不回，临皋从筑望思台。至今汉武销魂处，犹有悲风木上来。

崔潭听完问："胡兄，你说这巫蛊之祸不是很怪吗？皇帝和太子是亲骨肉，怎么会被一个外人搞得骨肉相残呢？即使是太子迂直，但汉武帝可是雄才大略、英雄盖世啊，对于太子谋反这样的事，难道不会对话吗？即使不能对话，就让太子谋反好了，反正江山以后是自己儿子的！谋反也不过早点登基罢了！"静轩说："贤弟问得好，这巫蛊之祸用情理确实是无法解释得通的，只能说是因果和天意。秦始皇在位三十九年，杀人如麻，最终导致子孙相残，江山二世而亡。汉武帝三十年来的穷兵黩武，也导致白骨累累，死者不可胜数，与秦始皇类似。杀戮太重必遭天谴，因此也有巫蛊之祸啊！"崔潭说："看来这万法皆空，因果不空啊！"静轩说："儒释道三教，都讲善恶因果呢，可惜这世间人欲太重，杀戮不断啊！贤弟，此处已接近函谷关，我们去看看吧！"

两人于是离开望思台，向西走了六十里来到了函谷关。静轩一见这历史上著名的函谷关，顿时浮想联翩，思接千载，他感叹道："西据高原，东临绝涧，南接秦岭，北塞黄河，这函谷关真是雄关要塞！'天开函谷壮关中，万谷惊尘向北空'，周慎靓王三年，楚怀王举六国之师伐秦，秦依函谷天险，使六国军队伏尸百万，流血漂橹。秦始皇六年，楚、赵、卫等五国军队犯秦，至函谷，皆败走。后来，又有刘邦守函谷关拒项羽的百万雄兵。'双峰高耸大河旁，自古函谷一战场。'真是兵家必争之地啊！"崔潭说："除此之外，还有紫气东来、鸡鸣函关的典故呢，不过场面没这么大，但是影响也深远啊！胡兄打算用哪个史料写诗啊？"静轩说："那就题鸡鸣函关吧！"于是静轩吟了首《函谷关》，诗云：

寂寂函关锁未开，田文车马出秦来。朱门不养三千客，谁为鸡鸣得放回。

静轩吟完，崔潭问："胡兄这诗对孟尝君田文是褒还是贬呢？"静轩说："褒即是贬，贬即是褒！"崔潭一听哈哈大笑："怎么打起佛教腔来了？色即是空，空即是色！"静轩说："言之无文，行而不远。话说佛教在中土大兴，实赖玄奘、鸠摩罗什翻译之功呢！拿《金刚经》和《道德经》相比就可以看出。《金刚经》通俗易懂，近似白话，即使妇孺咏诵，也明其义。《心经》《金刚经》还创造了很多佛系语法，如有'色即是空空即是色，色不异空空不异色'这样的循环句式，有'无我相，无人相，无众生相，无寿者相'以及'过去心不可得，现在心不可得，未来心不可得'这样的排比句式，还有'如来说世界，即非世界，是名世界'这样的三段论，让人感觉有语言美、节奏美。而《道德经》呢，则相对晦涩难懂，一般人很难看懂，而且断句多有争议，如第一句'道可道非常道'，就有'道可道，非常道''道可，道非，常道''道，可道，非，常道''道，可道非常道'四种断法，文生歧义，导致注家蜂起，莫衷一是，当然影响流传。因此，对于佛经好的语法，我们就可以拿来借用，因此我也照《心经》的句式东施效颦一下，哈哈！"崔潭听完说："胡兄真是高见啊！这么一说，我也深有同感！"

静轩说："扯远了！我说褒即是贬，贬即是褒，是说孟尝君因为有三千门客，所以手下三教九流的人很多。有人扮狗，钻入秦宫中的仓库，取出狐皮裘，献给秦昭王的宠妾，宠妾因此向昭王说情，昭王于是释放了田文。有人扮鸡，是说田文半夜逃到函谷关，可关门紧锁，按照关法规定，鸡叫时才能放来往客人出关，于是有门客学了几声鸡叫，附近的鸡也随之叫了起来，守关将士一听鸡叫，便打开关门，田文一行于是逃出了函谷关，回到了齐国，这是褒的方面。贬的方面，则是孟尝君有了这三千门客，尤其是弹铗而歌的冯谖为他经营狡兔三窟，田文于是能绝处逢生，一生显贵，做了齐、秦、魏三个国家的宰相，但是他既不顾君，也不顾民，更不顾社会风气。'闻齐之有田文，不闻有齐王'，纯为一己之私而已！《易》曰：'圣人养贤，以及万民。'田文养士的目的不过是自私自利、祸国殃民罢了。而其死后落个灭族的下场，无疑也是作恶太多、跋扈太久，因果报应所致也！"

崔潭听静轩这一番高论，又有更上层楼的感觉了，于是对静轩说："看来这写诗，第一要近似白话才好，第二，还要褒贬融合才有味道呢！胡兄，我们现在往哪个方向走呢？"静轩说："我们往西走，去看看刘蜕刘大人！"崔潭说："那个破天荒的刘蜕吗？"静轩说："是啊，三年前，也就是咸通四年，刘蜕上书当今圣上，指责淮南节度使令狐绹之子令狐滈以'布衣行卿相之权'干预政事，没想到搬起石头砸了自己的脚，竟然被黜为华阴令！"崔潭说："这个人听我父亲说过，是个有才华的人，但是性格很倔强！"静轩说："湖南人性格大多如此，如天下河流一样，大多数南流、东流，但是三湘之水却北流！你说奇怪吧。"

于是两人向西走了一百多里，来到了华阴县，见到了刘蜕大人，静轩带了一点洛阳的金麻枣、蛋黄酥、核桃酥送给刘蜕，介绍了崔潭，又把这几年的咏史诗给了刘蜕看。刘蜕看完说："静轩，谢谢你来看我，你真能吃苦啊！咏史诗一下写了这么多，老夫读了也很是受益呢！诗文有一时之作，亦有千秋之作，静轩你的诗必是千秋之作了，我在你这个年纪的时候，曾将之前十五年的文章尽数掩埋，名之文冢，因为那都是一时一事之作，不足流传啊！我平时爱读屈原骚赋，最近写了一篇《哀湘竹》，我吟给你们听听：怅二妃之泪竹，圆红滴滴兮临乎潭沚。竦枝与修干兮，吟哀风之不已。摇劲节而锦舒兮，垂高荫而自美。招翔鸾之与翠凤兮，缌晴霞之数里。繁柯重乎舜祠兮，瘦影叠乎湘水。谅高节之自任兮，匪庭筱之云比。鄙众荫之延接兮，耻凡羽之栖止。入清溪之浪声兮，无笙簧之相拟。恨叶翻波兮骚屑之风，露滴烟蒙兮濯缨之子。怅灵均之节兮依然，想贞姿兮千年若此。"

静轩听完说："刘大人哀湘竹，化俗为雅，以小见大，道通千载，文足风流也！叹服！叹服！"崔潭亦在一旁称赞，刘蜕得到抬举，心里当然欢喜，对静轩说："现在虽然是个穷县令，但也是一方之主，比在皇帝身边自在多了，可以四处探访民情，顺带观赏山水，也多了几分乐趣呢！"静轩说："大人到此，说不定是皇帝故意栽培呢，我看不久您就会被皇帝挂念，再召入京的呢！"刘蜕惊喜问道："静轩何以见得？"静轩说："皇帝与相国，当然是君臣关系，但此关系历来难处，太亲了失去了皇威，太疏了则不能和衷共济，但如果皇帝身边有大人这样的忠臣辅佐，刚正不阿，敢于代皇帝鞭笞百官，皇帝在中位上做个仁厚之主，岂不是两全其美吗？"刘蜕闻此，觉得静轩年纪比自己小一辈，但是见识超群，心中暗自佩服，当然也对自己的前途乐观了起来，于是安排酒菜为两人接风洗尘，三人对酒吟诗，也是不亦乐乎。

散席后，崔潭说："胡兄，你这位同乡刘大人对你真是不错呀，可以称得上伯乐识千里马，千里马常有，伯乐不常有呢！"静轩说："贤弟说得是，刘大人和令尊都对我恩重如山！说到伯乐，我们明天过黄河去看看虞坂吧，那里是孙阳发现骐骥的地方呢！"崔潭说好。第二天，静轩和崔潭就告别刘蜕，过黄河向虞坂赶去。

若问两人有没有找到孙阳发现千里马的地方，请听下回分解。

第四十三回　虞坂叹伯乐难逢　绵山赋介公不朽

　　上回说到两人想去看虞坂，于是经茅津渡渡黄河，来到了平陆县虞坂，即今天的山西省平陆县张店镇。他们找到了那条千年运盐的古道，只见这道两边山势陡峭，道中怪石嶙峋，道路连绵十多里，他们一路看到了与伯乐孙阳相关的地名：怨平地、识乐沟、赛坡、荐门坡、饮马池，静轩有感于伯乐的慧眼，于是吟了首《虞坂》，诗云：

　　悠悠虞坂路欹斜，迟日和风簇野花。未省孙阳身没后，几多骐骥困盐车。

　　静轩吟完后说："孙阳善于相马，人们叫他伯乐，这伯乐本是天上星宿名称，专管天马。伯乐成名后，得到了秦穆公的信赖，被封为'伯乐将军'，伯乐后来将毕生经验总结写成《伯乐相马经》，他把马分为六种，即繁殖用的种马、打仗用的戎马、礼仪用的齐马、快递用的道马、打猎用的田马、干杂役用的驽马。贤弟，你说有了这本《伯乐相马经》，被埋没的千里马就应该少了吧！"崔潭说："应该会少了，不过胡兄，你这诗是感叹人才被埋没吧！"静轩说："也有此意呢！何世无奇才，遗之在草泽，观历朝历代，人才被埋没是很正常的呢！要想发现人才，首先得有方法，比如尧发现舜，舜发现禹，都是经过几十年的观察试用呢！后来蜀相诸葛亮有识人七法：问之以是非而观其智，穷之以辞辩而观其变，咨之以计谋而观其识，告之以难而观其勇，醉之以酒而观其性，临之以利而观其廉，期之以事而观其信。不过诸葛亮这套方法，也没为蜀国物色到什么人才，最后蜀中无大将，廖化作先锋。但自从隋炀帝开科举以来，总算有个选才平台，但是选出来的都是人才吗？这也未必！这识人用人可是千古难题啊！"崔潭说："不过也有靠托梦发现的呢！比如说我的老祖宗姜太公，就是周文王梦飞熊遇到的呢！"

静轩说："没错，除了姜尚，还有一个傅说！那是商朝武丁即位后，三年都没有找到贤臣来辅助他，一夜梦中遇到一个贤人，说愿意辅佐他，他非常高兴。第二天起来召见百官，发现都不是那个梦中人，他并未就此放弃。他安排百工画像，并安排人马依照画像到民间寻找，功夫不负有心人，终于在傅岩找到此人，当时他是一名奴隶，在傅岩版筑护路。手下人马上将此人带入宫中，武丁一见，即是梦中人，一交谈，就觉得此人胸中有文韬武略，足可任重，于是举以为相，从而实现了天下大治，创造了武丁盛世。因为此人为奴隶，无姓，于是就以傅岩的傅字为姓，叫傅说。傅岩离这里不远，我们去看看吧。"

两人离开虞坂，走了三十多里来到了傅岩，这里也叫圣人窟、隐贤社，曾是虞、虢两国的交界，看着这一片荒凉的傅岩，静轩于是吟了首《傅岩》，诗云：

岩前版筑不求伸，方寸那希据要津。自是武丁安寝夜，一宵宫里梦贤人。

崔潭听完说："孟子曾说'舜发于畎亩之中，傅说举于版筑之间'，然后说'天将降大任于斯人也，必先苦其心志，劳其筋骨，饿其体肤，空乏其身，行拂乱其所为'，胡兄你觉得孟子的这套理论说得通吗？"静轩说："孟子这个说法只能顺着讲，倒过来就讲不通了，天下忧患劳苦之人比比皆是，而舜帝只有一个，傅说也只有一个，因此其中还是有机缘的，舜帝因为孝道闻名，傅说是因为梦，说来说去，还是命啊。孔子云，不知命无以为君子。因此对于一般人，何必每天都忧患呢，该安乐即安乐，做个乐天知命的君子不是很好吗？"崔潭说："看来这孟子也是有点偏激啊，不过说到舜帝，传说这里是他的出生地呢，我们一起去看看吗？"静轩说："关于舜帝的出生地，历来说法很多，按照孟子'舜乃东夷之人'的记载，应该不是这三晋之地，不过舜摄政后，把诸冯作为舜都，因此也是圣地，我们去看看吧！"崔潭说好。

于是两人一起向西行了两百里，来到了诸冯，即今天永济市舜帝村，这里靠近黄河，向北一百多里就是大禹开凿的龙门，向南四十里就是著名的鹳雀楼，他们一起游览了舜庙、舜井、二妃坛，静轩感慨良多，于是吟

了首七律《过蒲坂》

　　九曲黄河此向东，龙门一过拜诸冯。名山鸟象殷勤似，舜井妃坛胜迹隆。
　　眼望卿云歌复旦，心思韶乐会重瞳。三千年后君宜笑，一树繁华满国中。

　　崔潭听完问："胡兄，我有个问题，你的老祖宗舜帝好像没读过书吧，为什么尧帝会把帝位传给他呢？"静轩说："没错，历史上确实找不到舜帝读过书的记载，而且上古时代也没有什么书可读啊！那个皮日休曾有《奉和鲁望读阴符经见寄》诗，中云：'舜唯一鳏民，冗冗作什器。得之贼帝尧，白丁作天子。'虽然以蠡测海，但也是实情。不过作为黄帝后裔，舜帝应该是认得字的。而尧帝之所以传位给舜，主要是因为舜的贤能。虞舜帝处在一个'父顽、母嚚、弟傲'的复杂家庭，这个母还是继母，这个弟还是继弟，继母继弟几次想害死他，但是舜脱险后，还是对父母至孝，对弟弟友爱；在技能方面，舜是多面手，他会耕种打鱼，会制造精美的陶器，会打井，会经商，他走到哪里，都会乐意把这些技艺传授出去，把赚来的利润和大家分享。于是他走到哪里，大家都跟随到哪里，人越来越多，于是一年成聚、二年成邑、三年成都，名声越来越大，最后传到尧帝耳朵里。虽然尧帝当时急于禅让帝位，但他对舜的德行还是半信半疑。他首先把两个女儿嫁给舜，看看舜有没有能力处理好这种更加复杂的家庭关系，没想到这一夫二妻彼此关系都很好，出身高贵的娥皇女英也能恪守妇道，像舜一样对顽父嚚母孝敬、对傲弟友好。尧帝觉得舜有齐家之能，于是让丹朱等九个儿子跟随舜做事，舜不仅和这些骄傲的帝子相处融洽，而且能以身示范。尧帝非常满意，于是让舜摄政，舜把内政外交都管理得井井有条，近者悦，远者来，经过几十年的考察，尧帝最终把帝位传给舜。由此看出，舜帝是以德服人，而不是像我们今天一样，靠读书而得位。如果硬要说读书，那就是舜帝把无字之书读得好。舜帝虽然读书不多，但是他留传下来的文字却是字字珠玑，一首《卿云歌》，一首《南风歌》，还有'虞廷十六字'，胜过我们今天的千言万语。舜帝之后，文字越来越多，书也越来越多，所谓杀不尽的猪、读不尽的书，可世道越来越不古，人心越来越坏，终究是过分重视读书的结果呢！"

崔潭说:"哈哈,仁兄高见!不仅世风日下,而且纸上谈兵的人也越来越多呢!最著名的就是赵括了!"静轩说:"长平一战,赵军死了四十万,这是赵括的战绩啊!我们要不要去长平战场看看呢?"崔潭说:"这么大的一场战役,那是一定要去看看的。"两人于是从蒲坂向东走去,走了五百里,来到了济源,静轩问崔潭:"贤弟可知这济源是个什么地方?"

崔潭说:"长江、黄河、淮河、济水,古之四渎,名闻天下,而济源,顾名思义,济水之源啊,当然是物华天宝之地!而且这里的人都有雄心壮志呢!《列子·汤问》就记载有移太行、王屋二山的愚公!"静轩说:"贤弟胸怀天下,如数家珍,佩服佩服,不过我到这里,倒是想起韩愈诗文中的两个人,一个是茶仙卢仝,一个是隐士李愿,我们去看看卢仝的玉川井和李愿的盘谷吗?"崔潭问:"是韩昌黎先生作的《寄卢仝》诗吧,'玉川先生洛城里,破屋数间而已矣'。还有《送李愿归盘谷序》文吧,'与其有誉于前,孰若无毁于其后;与其有乐于身,孰若无忧于其心'。昌黎先生文气倔强,但多是散文,少见其骈文。"静轩说:"贤弟所言甚是,我们现在就去看看卢仝的玉川井、李愿的盘谷吧!"两人于是跋山涉水找到了这两个世外之地,并品了玉川名茶,一起吟诵卢仝的诗:"一碗喉吻润,两碗破孤闷。三碗搜枯肠,唯有文字五千卷。四碗发轻汗,平生不平事,尽向毛孔散。五碗肌骨清,六碗通仙灵。七碗吃不得也,唯觉两腋习习清风生。蓬莱山,在何处?玉川子,乘此清风欲归去。"吟完,只见山川隐隐、白云悠悠,周身舒泰,崔潭说:"胡兄,看完这济源美景,难道不题诗一首吗?"静轩说:"贤弟有命,岂敢不从?"静轩于是吟了首《玉川偶兴》,诗云:

玉川鹤避卢仝啜,盘谷猿惊李愿归。兴尽携筇一回首,西风拂拂白云飞。

崔潭听完说:"胡兄,话说这写诗,总要用一些比兴之词才行啊!"静轩问:"此话怎讲呢?"崔潭说:"雅洁用鹤,幽寂用猿,游览用策杖、携筇,这样就诗意悠远了!"静轩说:"贤弟与我真是心有灵犀啊!我们继续赶路吧。"

两人离开济源，向东北走了两百里来到了长平，即今天的山西省高平市长平之战古战场。他们看了白起台、头颅山，见到了偶尔露出的头骨、尸骨和兵器，静轩于是问崔潭："贤弟可知赵括的故事？"崔潭说："赵括从小喜读兵书，谈起兵事来，觉得自己本事很大，天下第一。他父亲赵奢见此非常忧虑，赵奢对妻子说：'战争是生死存亡的大事，而括儿竟说得如此轻松容易。将来赵国不用括儿为将则已，如果真用了他，使赵国惨败的，一定是他了。'赵奢死后，赵王因为中了秦国的反间计，于是打算用赵括代替老将廉颇带兵。蔺相如听到后，急忙劝说：'赵括只会读他父亲遗留的兵书罢了，并不懂得灵活应变。'可赵王不听。等到赵括率领的大军就要起程时，赵括母亲跟赵王说：'不可以让赵括做将军啊，大王。我记得他父亲当初做将军时，由他亲自捧着饭食侍候吃喝的人数以十计，被他认作朋友的数以百计，大王和王族们的赏赐的财物全都分给军吏和僚属，从接受军令的当天起，就不再过问家事。现在赵括一下子做了将军，就接受朝见，军吏没有一个敢抬头看他的，大王赏赐的金帛，都带回家收藏起来，还天天访查便宜合适的田地房产，可买的就买下来。大王你看他哪里像他父亲？父子二人的心地不同，希望大王不要派他领兵。'可赵王还是不听。赵括到了前线，一反廉颇的策略，改守为攻，在长平全线主动出击。秦将白起见此分兵两路：一路佯败，把赵军吸引到秦军壁垒周围；一路切断赵军后路，实行反包围，使赵军粮道断绝，困于长平。最后，赵军四十六日不得食，分四路突围，五次都不成功，赵括亲自率勇士突围，被秦军射杀而死，四十余万赵兵尽降，后又被秦军坑杀！"静轩说："主帅无能，害死三军啊！后世论及东周五百年的战争时，唯推晋阳、长平两役，所谓'晋阳之围，悬釜而炊；长平之战，血流漂橹'，纸上谈兵的赵括当然也注定遗臭万年了！"静轩说完，于是吟了首《长平》，诗云：

长平瓦震武安初，赵卒俄成戏鼎鱼。四十万人俱下世，元戎何用读兵书。

崔潭听完诗，对静轩说："胡兄，'元戎何用读兵书'，在这里主要是讽刺赵括读死书吧！在我们今天，书还是要读的呢！不过现在天下的书这么多，从哪儿读起呢？法门在哪儿？"静轩说："贤弟说的是，若问这读书的法门，只要弄清楚'读'的意思就可以了！"崔潭知道静轩又有高见，于是拱手道："请胡兄开示！"静轩说："贤弟免礼，仅谈一己拙见。所谓读者，渎也，若四渎之引水也。四渎如何引水呢？首先，其源头必须地位崇高，如此才能有一泻千里之势，形成大江大河。其次，形成了大江大河，再吸纳小江小河，最后就可形成巨江巨河。四渎之中，我们以长江和黄河为例，她们都发源于地势高峻的昆仑山，滔滔而下，沿途吸纳百川，于是形成了浩浩江河、滚滚洪流。我们读书也跟此类似，《易经》是大道之源，就好比这昆仑山，昆仑山孕育黄河长江，《易经》孕育儒道两家，因此要读书，首先要把《易经》学懂弄通，然后再看《诗经》《尚书》《礼记》《乐记》《春秋》《道德经》《黄帝内经》等儒道经书，如此打好学问根基，然后再看史书、诸子百家之书、诗文集，这样才能积理宏富，因而有高瞻远瞩之视野，可以分辨高低是非，如果一直徘徊在子集、野史、小说之列，终究难成其大、难立其高，是为读书之法门也！"崔潭闻静轩发此大论，有洞遇强光之感，连说善哉善哉。静轩见此说："古人云：'仗义每多屠狗辈，负心多是读书人。'又云：'有德者或无文，有文者或无德。'我们还是不谈读书了吧，接下来我们去绵山，感受一下介子推的浩然义气如何？"崔潭说："好啊，浩然之气，至大至刚，配义与道，集义所生，那一定要去的。"

于是他们向西北走了五六百里来到了绵山，在今天的山西省介休市。只见这里悬崖峭壁、乱山重叠，他们多方打听，才找到了当年介子推被烧死的地方。静轩说："贤弟，这介子推如此拒绝晋文公，又如此而辞世，你怎么看呢？"

崔潭说："这得从头说起。晋文公重耳出逃期间，先是遭到父亲献公追杀，后是兄弟惠公追杀，重耳经常食不果腹、衣不蔽体。虽然如此，却一直有一帮人不离不弃地追随左右，介子推就是其中之一。有一年逃到卫国，一行人饥饿难当，向农夫乞讨，农夫不但不施舍，反而用土块来戏弄他们，重耳因此饿晕过去，介子推临时一急，竟然割下大腿上的肉做成汤，救了重耳一命。重耳复国成功后，跟随逃难的兄弟们纷纷争功邀赏，介子推看不惯，于是远离闲居起来。而晋文公论功封赏时，也把介子推忘记了。介子推有个朋友叫解张，觉得晋文公这样做不够公平，于是夜里写了封书信挂到城门上，书信云：'龙失其所，周游天下，众蛇从之。龙饥乏食，一蛇割股。龙返于渊，安其壤土。数蛇入穴，一蛇于野。'晋文公看了书信一下就明白了，于是派人去请介子推，派去的人回来告诉晋文公，说介子推已经带着老母亲隐居到绵山去了，晋文公于是又带人到绵山去找，可找了很多天都没找到。晋文公羞愧地说：'子推可能是非常怨恨我，不然不会不出来的。不如我们放火烧山，他一定会背着老母亲出来见我的。'于是晋文公叫人在山前山后放火，火势绵延数里，三日才熄，可介子推还是没有出现。晋文公于是带人入山搜寻，却在一棵枯柳树下发现了两具尸骨，一看就是介子推和他母亲，同时发现附近有件留有血诗的衣服，诗云：'割肉奉君尽丹心，但愿主公常清明。柳下作鬼终不见，强似伴君作谏臣。倘若主公心有我，忆我之时常自省。臣在九泉心无愧，勤政清明复清明。'晋文公见此，十分内疚与悲痛，于是厚葬他们，并将一段烧焦的柳木，带回宫中做了一双木屐，每天望着它叹道：'悲哉！足下。'同时晋文公改绵山为介山。而且为了纪念这位忠臣义士，晋文公下令介子推死难之日不准生火做饭，要吃冷食，由是成为寒食节。第二年晋文公率众臣登山祭奠，发现老柳树死而复活，便赐老柳树名为'清明柳'，并晓谕晋国，把寒食节的后一天定为清明节。由此慢慢地，寒食节、清明节成了中国人的节日。介子推为什么宁愿被烧死，也不出来见晋文公呢？因为介子推是纯粹的义士，玉洁冰清，眼睛容不得任何污浊，因此宁愿被烧死也不见重耳。"静轩听完说："贤弟真是说得好啊，我来吟首诗！"静轩于是吟了首《绵山》，诗云：

亲在要君召不来，乱山重叠使空回。如何坚执尤人意，甘向岩前作死灰？

崔潭听完问："那胡兄怎么看介子推呢？"静轩说："介子推当然是一个真正的义士，淡泊名利，鄙视富贵，他的理想就是政治的'清明复清明'。然而社会终究是复杂的，水太清而无鱼，人至察而无徒，君子可以这样要求自己，但是不能强求别人。水中的莲花艳丽芳香，但也得益于泥中之藕啊！因此要儒道结合，和光同尘。不过，介子推这种纯粹的大义，跟屈原纯粹的忠君一样，无疑是中华文化的丰碑。屈原带来了端午节，介子推则带来了寒食节和清明节，由此永垂不朽，当然也是对中华文化的巨大贡献呢！"崔潭闻此，深表赞同。

从绵山下来，崔潭觉得已经快到中国的最北边了，于是问静轩是不是继续往北走，那静轩是怎么决定的呢？请听下回分解。

第四十四回　平城徒叹吹毛剑　青冢犹怜绝色人

上回说到两人看完绵山，崔潭问静轩是不是继续往北走。静轩说："走吧，我们去看看秦代长城、汉代白登山战场以及王昭君的青冢吧！"崔潭说好，于是他们向北走了九百里，来到了平城，即今天的山西省大同市，他们一起上了城东的白登山。静轩问崔潭："贤弟可知当年汉高祖在此被困的事？"崔潭说："那是汉高祖六年，韩王信在大同叛乱，并勾结匈奴企图攻打太原。刘邦亲率三十二万大军迎击，先在铜辊告捷，后来又乘胜追击，直至楼烦一带。时值寒冬天气，天降大雪，刘邦不顾前哨探军娄敬的劝解阻拦，轻敌冒进，直追到平城，结果中了匈奴诱兵之计，刘邦和他的先头部队被围困于此山达七天七夜。危急时刻，刘邦采用陈平的计谋，一方面放风说要献美人给匈奴单于，一方面又去游说匈奴皇后，说汉美女要与之争宠。匈奴皇后由是劝单于撤兵，白登之围得解。之后，娄敬鉴于美人计的效用，向刘邦提出与匈奴和亲的主张。他认为，把汉朝公主嫁给匈奴的冒顿单于，多多陪送嫁妆，匈奴必然慕钱财而立汉公主为皇后，生子必为太子，单于为女婿，太子为外孙，变成了一家人，匈奴之患自然解除了。刘邦觉得娄敬的建议可行，于是开启了西汉初期的和亲政策。"静轩说："贤弟觉得这和亲之策怎么样？"崔潭说："这当然是化干戈为玉帛的好策啊！胡兄认为呢？"静轩说："我的意见在我的诗里呢！"说完，静轩吟了首《平城》，诗云：

> 汉帝西征陷虏尘，一朝围解议和亲。当时已有吹毛剑，何事无人杀奉春。

崔潭说："胡兄刀光闪闪、反对和亲啊！"静轩说："我大汉民族怎么可以跟蛮夷和亲呢？这是耻辱啊！而从汉朝历史来看，汉初的和亲政策并没有收到预期的效果，匈奴的南下入侵并没有停止，娄敬也最终是一厢情愿。直到汉武帝派出卫青和霍去病与匈奴多次交战，最终战乱才得以平定，西汉建国以来近百年的匈奴边患问题才得以基本解除。匈奴怀鸟兽之心，难养易败，因此必须先以德润之，以文化之，文化不改，然后加诛。"崔潭觉得静轩说得有道理，于是说："说到武力加诛，那长城是有作用的吧，那我们现在去登下长城吗？"静轩说好。于是两人走了十几里，登上了位于平城的这段长城，看着这宛如长龙的秦长城，想起当年花费了多少人力物力啊！同时又想起秦朝十五年的国祚，静轩于是吟了首《长城》：

> 祖舜宗尧自太平，秦皇何事苦苍生。不知祸起萧墙内，虚筑防胡万里城。

崔潭听到问静轩："看来胡兄对这长城是不屑一顾啊！"静轩说："尧舜时代'堂高三尺，土阶三等，茅茨不剪，采椽不斫'，是没有这样浩大的国防工程的。可是尧天舜日人人都在怀念，历朝皇帝都以为榜样。而秦始皇修万里长城，看似为国设防，利益千秋，但秦皇暴政却人人厌恶，历朝皇帝都引以为戒，这是什么原因呢？主要原因还是秦始皇不能做到'以民为本'。一个政权要稳固，不仅要防止外族入侵，最重要的是要得到人民拥护，人民拥护了，众志即是长城，比起这花费巨大人力物力修筑起来的长城更能抵御外敌。当年秦始皇修筑长城时，每年使用了近百万的劳动力，累死、饿死、打死的不计其数，可以说万里长城是累累白骨堆成的。陈琳曾在《饮马长城窟行》云：'君独不见长城下，死人骸骨相撑拄。'而由于'万姓陇头死，中原荆棘生'，于是有杜撰的'孟姜女哭长城'故事流传。在当时，农民一年辛辛苦苦得来的粮食，三分之二以上要作为税赋，修阿房宫、修骊山墓穴、五次大规模的巡游、寻长生不老之药、到处刻石记功，秦始皇的这些行为，无不增加了天下人的反感和怨恨，而焚书坑儒又得罪了天下的儒生，于是'天下苦秦久矣！''一夫作难而七庙隳'，秦朝就灭亡了。"崔潭听完这番治国的大道理，觉得静轩深得治国要义，于是说："天下万物生于有，有生于无，看来这无形的道德才是治国的关键啊！"静轩说："贤弟悟道也！天无情，万物尚能春生夏长；王有德，百姓岂会家破人亡？不说秦始皇这暴君了，我们现在去看看青冢吧！"

　　两人于是策马向西北进入当年匈奴的腹地。走了五百里，来到了王昭君墓前，这墓周围的草色皆白，唯独此墓上草青，故名青冢。崔潭看到这青冢，想起王昭君作为有着"落雁"之称的美女，如今却埋没在一片荒凉之中，于是深深叹息说："代马依风，狐死首丘，落叶归根乃人之常情，这王昭君应该是极不情愿埋在这里的吧！"静轩说："可不是嘛！人身难得，中土难生，这一切都是和亲带来的悲剧啊！我来吟首诗吧。"静轩于是吟了首《青冢》：

　　玉貌元期汉帝招，谁知西嫁怨天骄。至今青冢愁云起，疑是佳人恨未销。

　　崔潭说："胡兄觉得昭君最恨的是谁呢？"静轩说："这个待我详细说来，秦汉时期，北方的匈奴一直对中原王朝构成巨大的威胁。在秦代，匈奴曾一度为蒙恬所击败，逃往漠北，有十多年时间，胡人不敢南下牧马。秦朝覆灭后，匈奴趁楚汉相争、无暇北顾之机再度崛起，重新控制了中国西北部、北部和东北部的广大地区。西汉建立后，实力不逮，只能对匈奴采取屈辱性的和亲政策。汉武帝登基后，利用前辈奠定的雄厚基础，不再忍辱，于是通过四十四年的战争，解除匈奴威胁，将其驱赶至苦寒的漠北之地。到了汉元帝以后，匈奴更加积弱，呼韩邪单于以归附汉朝的形式向汉朝请求和亲，汉元帝本来不想答应，但是第三次请求时，以高姿态从自己的后宫挑选了一个不喜欢的'丑女'王昭君，以此响应呼韩邪单于的请求。临行前召见，却发现王昭君天姿国色，昭君出塞后，汉元帝于是怒杀毛延寿、陈敞等画工。而王昭君西嫁天骄呼韩邪单于后，虽育有一子，但结婚三年呼韩邪单于就去世了。依胡人婚制，王昭君无奈嫁给呼韩邪单于的长子，两人共同生活十一年，育有二女。鸿嘉元年，呼韩邪单于的长子又去世，是年王昭君才三十五岁，坚决不再'从胡俗'而寡居。从此思乡之情和寡居之苦伴随了她的余生。不过，令王昭君欣慰的是，她的兄弟被朝廷封为侯爵，多次奉命出使匈奴，王昭君的女儿也曾到长安入宫侍候皇太后王政君，此时的汉匈关系也和平稳定。可到王莽篡汉建立新朝，匈奴单于认为'非刘氏子孙，何以可为中国皇帝'？于是边乱又起，王昭君看到自己为之献身的和平之局即刻变为乌有，于是悲愤成疾，不久在幽怨绝望中死去。潭弟，你说王昭君应该恨谁呢？"崔潭说："应该是毛延寿吧，如果他不故意把王昭君画得那么丑，王昭君怎么会嫁给匈奴单于呢？"

静轩说："对于昭君出塞一事，见仁见智，其中有同情她的，如李白有'燕支长寒雪作花，蛾眉憔悴没胡沙。生乏黄金枉图画，死留青冢使人嗟'，如杜甫有'群山万壑赴荆门，生长明妃尚有村。一去紫台连朔漠，独留青冢向黄昏。画图省识春风面，环珮空归夜月魂。千载琵琶作胡语，分明怨恨曲中论'。也有讽刺汉元帝的，如白居易有'自是君恩薄如纸，不须一向恨丹青'。也有讽刺王昭君的，更有为毛延寿翻案的，评价百出，各有视角。在我看来，王昭君的怨恨，可以从其一封信中看出，这是她写给汉成帝的书信，书云：'臣妾幸得备身禁脔，谓身依日月，死有余芳。而失意丹青，远窜异域，诚得捐躯报主，何敢自怜？独惜国家黜陟，移于贱工，南望汉关，徒增怆结耳。有父有弟，惟陛下幸少怜之。'从此信看出，她恨毛延寿，其实更恨当时颠倒美丑、贿赂盛行的腐败政治。若问强大的西汉从什么时候开始衰落呢？也正是从汉元帝开始的。史书上说，汉元帝刘奭柔仁好儒，当他还是皇太子时，其父亲汉宣帝就说'乱我家者，太子也'！而继位后软弱无能，连一个画工都敢欺弄皇帝，可见皇帝的天威还有多少呢？汉元帝三十多岁时，就已发齿脱落、老态龙钟，去世时才四十二岁。身体不好，血气不足，精力欠佳，统御自然乏力。而且子嗣也身体不好，儿子汉成帝性格懦弱，且好淫，宠幸赵飞燕姐妹，是有名的荒淫之主，由是绝后。皇帝懦弱，于是有宦官、外戚得寸进尺，飞扬跋扈，最终导致了王莽篡汉。因此王昭君恨的自然是汉元帝了！"

崔潭没想到静轩这么简单的一首诗，竟然上升到了西汉兴亡的高度，对静轩的史学见地深感佩服。崔潭说："胡兄高见，看来这皇帝还是要能文能武才行啊！对于小人，还得用法、术、势，对于叛乱，还得铁腕镇压！"静轩说："贤弟说得是，皇帝就应该都像黄帝一样，有文治武功，正好，我们到涿鹿去看看吗？"崔潭一听要去黄帝战蚩尤的地方，于是连声说好。

若问两人在这黄帝战蚩尤的古战场看到了什么，请听下回分解。

第四十五回　涿鹿茫茫题黄帝　易水迢迢论荆轲

上回说到两人想去涿鹿。于是向东行了八百里，来到了三千多年前黄帝战蚩尤的古战场，今天的张家口市涿鹿县。深秋时节，白草茫茫，他们一起看了黄帝城遗址、黄帝泉，然后进轩辕祠祭拜，静轩面对黄帝伟岸的坐像，行稽首大礼，焚香致祭云：

赫赫黄帝，人文初祖。功昭日月，德被黄土。五帝之首，鸿蒙之曙。血脉万载，华夏先主。三月初三生轩辕，从此中华别荒古。生而神灵长聪明，廓清乱世凭神武。三战神农，貔貅驱虎。终平蚩尤，四海无阻。天下一统，奠基建础。光被遐荒，文化钝鲁。画野分疆建九州，封官治国惩恶虎。创造文字，发明器具。重农兴工，礼乐钟鼓。在世一百二十岁，鼎湖升天望中土。《黄帝内经》救万世，开凿功勋耀千古。血脉流身，情牵远古。焚香作赋，敬颂始祖。英灵在上，慈颜已睹。望赐大教，恩光和煦。

祭完，两人出来，看到太阳照在河水上，泛起滚滚红波，一如当年的战血，静轩于是吟了首《涿鹿》，诗云：

涿鹿茫茫白草秋，轩辕曾此破蚩尤。丹霞遥映祠前水，疑是成川血尚流。

吟完，静轩问崔潭，可知这涿鹿之战的经过，崔潭说："当时天下有三大势力，黄帝、蚩尤、炎帝，其中蚩尤已经使用青铜做兵器，他于是侵占了炎帝的地盘。黄帝决定援助炎帝，遂与蚩尤大战于涿鹿，因黄帝只能用木块和石头做武器，他与蚩尤打了九仗都失败了。胜利在望的蚩尤，作大雾三天三夜，困住了黄帝，黄帝军队危在旦夕，随时可能被歼灭。此时，幸有黄帝之臣风后在北斗星座的启示下发明了指南车，冲出了大雾，然后在玄女的帮助下，打败蚩尤军队，并杀之，血染涿鹿。消灭了蚩尤这个最大的对手之后，黄帝又打败炎帝，统一中原，成为华夏共主。胡兄，你这首诗的意思，似乎是反对战争的吧！"

静轩说："非也！贤弟，兵者，乃凶器也，圣人不得已而用之。但国家的统一，有时候也不得不用武力去实现，所谓江山是打出来的。始以武功一海内，终以文德怀远人，于是乎国家的版图才越来越大呢！"崔潭说："那是啊，我们从春天走到秋天，才走到长城边上，这老祖宗打下的江山还真是辽阔呢！现在马上进入寒冬了，冰雪封路，难以行走了呢。我们出门时，我父亲说让我们到了幽州，就去拜访一下卢龙节度使张允伸大人，他们是好朋友，我们现在走吧！"静轩说好。

于是两人从涿鹿走了三百里来到了幽州，即今天的北京。卢龙节度使又称范阳节度使、幽州节度使，幽州曾经是安禄山起兵动乱的根据地。卢龙节度使张允伸见是崔铉之子，于是亲自接见二人，同时安排节度使掌书记赵珽热情相陪，赵珽与静轩年龄相仿，两人一见如故。他对静轩说，自从安史之乱后，这幽州是满目疮痍，后来慢慢治理，才逐渐恢复元气，尤其这十多年来，经过张允伸大人的治理，卢龙镇连年丰收，边境太平，百姓安居乐业。静轩想起那开元盛世，好端端的一个盛唐却被安禄山破坏，心中也多触动，于是当着赵珽和崔潭的面，吟了首七律《过范阳》，诗云：

千里冰封到范阳，雪花簌簌叹苍茫。胡儿当日窥天宝，游子今时觅盛唐。
莫谓红颜真祸水，堪怜白首失霓裳。谁知四纪为天子，早注金刚却不刚。

赵珽一听静轩这诗，觉得见识不同凡响，于是说："胡兄，这诗不指责安禄山，不指责杨玉环，却指责玄宗，这是为何？"静轩说："圣人之大宝曰位，玄宗四纪为天子，注《孝经》，注《道德经》，注《金刚经》，颇有圣人君临天下的气象。然而儒释道三家都反对好色好淫，即民间君子贤人均以此修身，何况圣人乎？玄宗一人治天下，则天下治乱皆一人之责也。安禄山之反，杨玉环之色，于玄宗而言，皆在五行之内、人欲之中，自当防备。试问哪个皇帝不防备悍将造反？哪个皇帝不提防美色惑君？只要反者攻其心，色者去其媚，即可心如金刚，百毒不侵，江山稳固，垂拱而治，怎么会任其泛滥呢？因此对于治乱，总根源还是在皇帝那里，因此我写咏史诗，重点是针对皇帝。"赵珽听了静轩这番话，顿时开悟，觉得静轩高瞻远瞩，是入道之人，于是倍加敬重。而静轩觉得赵珽为人正直，慷慨豪爽，彼此同心同德，于是两人在崔潭的见证下结拜为异姓兄弟。赵珽留二人在此过冬，在接下来的日子里，三人经常一起骑马观北国风光，煮茶论古今趣事，日子过得逍遥自在。

咸通八年，阳春三月，冰雪消融，春风送暖，两人拜别张大人和赵珽而南返。崔潭问先去看哪里，静轩说先去看看黄金台。此时，跟了他数年的"利贞"宝马，由于长期跋涉，现在已经羸弱不堪了，静轩心疼不已，于是决定慢慢行走，歇一会儿再走一会儿，他们向西南走了两百多里，终于来到了黄金台故址，即今天的河北省定兴县高里乡北章村，只见这里已经是杂草连天，夕阳下一片荒芜，静轩觉得十分悲凉，于是吟了首《黄金台》，诗云：

北乘羸马到燕然，此地何人复礼贤。若问昭王无处所，黄金台上草连天。

崔潭听完说："胡兄这诗有点苍凉啊，燕昭王建造黄金台以吸引人才，那是千古礼贤下士的佳话呢！"静轩说："那请贤弟说说这个佳话吧！"

崔潭说："战国时期燕昭王立志强大燕国，于是找到臣子郭隗咨询计策，郭隗则先给燕昭王说了一个故事。他说古时候，有个国君派侍臣去买千里马，可侍臣打听到了一匹千里马时，该马已经死了，侍臣于是把马骨买了回来。国君见没买到马，却花钱买了马骨，于是大骂其愚蠢。而侍臣却不慌不忙地说：'如果人家听说您对千里马的马骨都肯花钱，还怕没有人把活的千里马送上来吗？'国君一听有道理。果然，在国君'千金买骨'的消息传开后，四面八方就送来了好几匹千里马。郭隗讲完这个故事，说：'大王如果要征求贤才，就不妨把鄙人当马骨来试一试吧。'燕昭王大受启发，于是建造了一栋豪华别墅送给郭隗，名曰黄金台。消息传出后，各国有才干的人纷纷来到燕国求职，武将剧辛从赵国来，谋士邹衍从齐国来，屈庸从卫国来，乐毅从魏国来。其中最出名的是魏国人乐毅，燕昭王拜乐毅为亚卿，请他整顿军政，训练兵马。有了人才相助，燕国于是一天天强大了起来，竟然打败了齐国这个东方强国。李白曾写诗赞叹道：

'燕昭延郭隗，遂筑黄金台。剧辛方赵至，邹衍复齐来……' 李贺也曾赋诗云：'报君黄金台上意，提携玉龙为君死。'"

静轩听完说："这佳话被贤弟说得绝佳呢！我之所以感觉苍凉，是因为尧舜时期的敬贤之风没有了，就连燕昭王这样礼贤下士的明君也越来越少了。话说当年燕昭王在周天子之下，为了争霸而建黄金台，当然是利益驱使，但是也有重视道德学问的成分在里面，比如对待邹衍，邹衍是阴阳家，当时已名闻天下，在齐国时就受到尊重。周游魏国时，魏惠王亲自跑到郊外去迎接；到赵国时，平原君侧着身子走路来迎接他，并用衣袖替他拂去座席上的灰尘，毕恭毕敬。而燕昭王迎接邹衍时，比前面的人更为恭谨，他亲自用衣袖裹着扫把，退着身子边走边扫，在前面清洁道路。入座时燕昭王主动坐在弟子座上，请邹衍以师长身份给自己授业，还特意为邹衍修建了一座碣石宫，供其居住讲学，即使邹衍并没有为燕昭王打下一城半池，但可见当时对贤人的尊重。但是到后来朝代就变了，刘邦在打天下时还能做到礼贤下士，可登基之后就凶相毕露，兔死狗烹，杀尽异姓王。从此，古代君主礼贤下士之风越来越少见了！"崔潭问："这是什么原因呢？"

静轩说："人心不古，私欲横行！我华夏民族有礼仪之大，有服章之美，由此产生了华夷之别，其中著名的礼仪有夫妻婚礼和君臣之礼。礼之用和为贵，婚礼用于建立和谐婚姻家庭，君臣之礼用于建立和谐国家和朝廷，这两个礼仪都用在没有血缘关系的两个人之间，因此受到格外重视。对于君臣之礼，孔子曾说过，君使臣以礼，臣事君以忠，这说的就是周礼。周天子见客，无论是对诸侯，还是对卿、大夫、士乃至更低级的故士、虎士、大仆等，都是天子先行揖礼，然后臣属回礼。对于重要人物，天子还有降阶、避席、撤席等礼仪。在称呼上，国君不名卿老，就是对地位高的属下，都不直呼其名。可惜的是，周天子使臣以礼，却没有换来'臣事君以忠'，各地诸侯纷纷抗礼，春秋五霸、战国七雄根本不把周天子放在眼里，'礼乐征伐自天子出'成了空话。在此情况下，强调'法、术、势'的法家思想迅速崛起，秦始皇也采用法家而统一中国。自此以后，韩非子那套'势'理论成了皇权的护身符。秦始皇把先秦时期君主礼敬大臣、卑己尊臣的礼仪从礼制中取消，皇帝只向极个别的大臣，主要是自己的授业恩师及'三老五更'行礼，至尊的皇帝在宝座上心安理得地接受百官的跪拜。刘邦灭秦夺取天下后，废除了秦朝的君臣之礼，可群臣在他面前'饮酒争功，醉或妄呼，拔剑击柱'，后来命叔孙通制作朝仪，'自诸侯王以下莫不振恐肃敬'，乐得刘邦感慨道：'吾乃今日知为皇帝之贵也。'从这些看出，公天下变成私天下后，君臣各自打自己的算盘，由此也各自猜忌，君主也没必要对臣子那么客套，即使有礼贤下士，也不过是权宜之计，或者表演给外人看罢了！"

崔潭问："那怎么解决呢？"静轩说："以利相交，利尽则散；以势相交，势败则倾；以权相交，权失则弃；以情相交，情断则伤；唯以道相交，方能成其久远也！因此还是要重返道德才行！回归赤子之心才行！"崔潭心中愉悦，真有孔子"朝闻道"之感。

离开黄金台，崔潭对静轩说："燕国除了燕昭王建黄金台之外，还有太子丹派义士荆轲刺杀秦王的故事呢，我们去易水看看吧！"静轩说好，于是两人向西北行了五十里，来到了易州，即今天的河北省易县，他们一起来到了当年燕太子丹、高渐离送别荆轲的易水边。这哀怨的河水哗哗流淌，似乎在诉说当年的故事，静轩看到这凄凉的情景，于是吟了首《易水》，诗云：

> 一旦秦皇马角生，燕丹归北送荆卿。行人欲识无穷恨，听取东流易水声。

静轩吟完问崔潭："贤弟了解荆轲这个人吗？怎么看待荆轲刺秦王这件事？"崔潭说："荆轲是春秋时期齐国大夫庆封的后代，喜好读书击剑，为人慷慨侠义，后游历到燕国，经田光推荐给太子丹。秦国灭赵后，兵锋直指燕国南界，太子丹震惧，决定派荆轲入秦行刺秦王。荆轲献计太子丹，拟以秦国叛将樊於期之头及燕督亢地图进献秦王，相机行刺。太子丹不忍杀樊於期，荆轲只好私见樊於期，告以实情，樊於期为成全荆轲而自刎。荆轲于是带燕督亢地图和樊於期首级，前往秦国。临行前，燕太子丹、高渐离等许多人在易水边为荆轲送行，场面十分悲壮。荆轲吟完'风萧萧兮易水寒，壮士一去兮不复还'后，慷慨西去。在咸阳宫见到嬴政，在交验樊於期头颅后，荆轲献督亢之地图，图穷匕首见，荆轲拿起匕首快速刺向秦王，可惜没刺中，进而被秦王拔剑击成重伤，被一拥而上的秦侍卫所杀。荆轲胆量过人，敢刺杀秦王，视死如归，当然是个勇敢的义士啊！"

静轩说："惜哉剑术疏，奇功遂不成，其人虽已没，千载有余情。贤弟说得是啊。不过从结局来看，荆轲可谓害人害己呢！燕丹与秦王嬴政在少年时代是朋友，但当燕丹到秦国当人质时，嬴政已经是执政十五年的秦王，正雄心勃勃地准备统一中国。而当燕丹求情回国时，秦王竟然说要等到'乌头白、马生角'才可以，摆出一副刻薄寡恩、不念旧情的嘴脸。燕丹回到燕国后，当然恨意未消，于是就策划了这起刺杀事件。可结局呢？樊於期死了，荆轲死了，后来燕丹也被其父亲杀害，将首级献给了秦王，最后燕国也灭亡了！燕丹策划实施的这次刺杀事件，是多么的失败啊！不仅没有挽救燕国的命运，反而白白送了几条人命，加速了燕国的灭亡，易水含悲，此恨无穷呢！如果秦王统一中国是对的，荆轲刺秦王则是错的。如果秦王采取暴力统一中国是错的，荆轲刺秦王则是反抗暴秦的义举。春秋无义战，此举很难说是义举呢！而从结局看，此举当然是鲁莽愚蠢的匹夫之勇。"

经静轩这么一分析，崔潭对荆轲也就有新的认识，于是说："秦朝的法家思想真是不得人心啊！荆轲虽然没有刺死秦始皇，但是秦朝也是十五年就灭亡了啊！"静轩说："赵国的简襄之烈比这更残忍呢！我们去看看离这里不远的摩笄山吧，那里有个悲惨的故事！"崔潭说好。

摩笄山到底有什么悲惨的故事呢？请听下回分解！

第四十六回　摩笄山题法家恶　豫让桥赋国士忠

　　上回说到两人准备去看摩笄山。于是离开易水，西行一百多里，来到了摩笄山下，即在今天的河北省涞源县境内。静轩指着这山说："这里曾经是代国的地方，赵国君主赵简子当年想灭代国，于是将其女嫁给代君，因此其女又被称为代赵夫人。一日，代赵夫人的弟弟赵襄子请姐夫代王赴宴，在席间用铜勺残忍地将代王及随从杀害，然后兴兵平灭代地。经此巨变，代赵夫人说：'以弟慢夫，非义也。以夫怨弟，非仁也。吾不敢怨，然亦不归。'处在姐弟之亲情和夫妻之情的两难之地，代赵夫人无所适从，只能呼天泣地，摩笄而死，即摩尖了发笄，用笄尖刺太阳穴自杀。代人感其忠，将她葬于此山上，这座山也因此被称为摩笄山，其人则称为摩笄夫人。"

　　崔潭听后感觉毛骨悚然，想不到这山清水秀的地方，竟然出现如此灭绝人性的事情，这时刚好有黄莺在山边啼叫，似乎在哀诉从前事，静轩有感而吟了首《摩笄山》，诗云：

　　　　春草绵绵岱日低，山边立马看摩笄。黄莺也解追前事，来向夫人死处啼。

　　崔潭听完说："这赵简子、赵襄子父子真是无情至极、无耻至极啊！"静轩说："不过以暴易暴，均不得善终，这赵国最后不是也被秦国灭了吗？赵王迁不是死在了房陵的深山了吗？而秦始皇则更惨，子女相互残杀，二世而亡！得道天助，失道天谴！真实不虚呢！关于得道天助，我们正好可以去看看滹沱河，看看当年天老爷是怎么帮助光武帝的呢！"静轩听到有灵异之事，于是说好！

　　两人向东南行了六百里来到了滹沱河，即在今天的河北省衡水市境内。静轩指着这河说道："昆阳之战后，刘秀声望如日中天，遭到更始帝刘玄猜忌。更始元年十月，刘玄遣刘秀行大司马事北渡黄河，镇慰河北州郡。但当时王郎已在邯郸称帝，起兵意图消灭刘秀。刘秀率部到滹沱河时，王郎军队紧追在后，前方侦察的军官回来报告刘秀，说河面浮着薄冰，没有船只，无法渡河，官兵听闻十分害怕。刘秀于是又命王霸前去察看，王霸害怕无法渡河而动摇军心，于是向刘秀报告说冰厚可渡，官兵闻此皆喜。刘秀于是催军快进，而当部队到达河边时，河冰真的已冻合，大军于是顺利过河，而当最后人马刚刚上岸，河冰又化解了。刘秀见此灵异，于是夸赞王霸，王霸却说：'此明公至德，神灵之佑，虽武王白鱼之应无以加此。'这里说的白鱼之应，是指周武王乘船到河中央，有白鱼跳进船中，武王俯身抓起来用它祭天，因商朝尚白色，白鱼即指商兵，白鱼入武王之手，被视为祥瑞。刘秀听王霸如此说，于是回道：'王霸权以济事，殆天瑞也。'即命王霸为君正，赐爵关内侯。"崔潭听完说："真命天子，自有天助啊！"静轩说："是啊，我来吟首诗！"静轩于是吟了首《滹沱河》，诗云：

> 光武经营业未兴，王郎兵革正凭陵。须知后汉功臣力，不及滹沱一片冰！

崔潭听完说："'须知后汉功臣力，不及滹沱一片冰。'这句一点都没夸张呢！光武帝能文能武，那些后汉功臣也帮不上什么忙，确实不如这一片冰能救刘秀的命啊！"静轩说："确是，这滹沱河结冰，应该是人意感动了天意，于是出现如此奇迹。与光武帝相反，秦始皇却是强迫人意，最终天意难容，上天垂象警示，还是执迷不悟，最终还弄出个沙丘鲍鱼腥的千古笑话出来呢！沙丘离这里不远，我们去看看吧！"

崔潭说："好啊，沙丘不是秦始皇驾崩的地方吗？"静轩说："是啊！秦始皇在第五次巡游途中，暴毙于沙丘呢！话说秦始皇这次巡游，也是有原因的，跟前一年的三件灵异事件有关。第一件就是陨石事件，秦始皇三十六年，一颗流星坠落到东郡，而坠落的陨石上面竟然刻着七个字'始皇帝死而地分'。第二件是沉璧事件，前一年秋天，一个陌生人献上传国玉玺，并说'今年祖龙死'，而秦始皇看那玉玺，正是秦始皇二十八年他乘船过洞庭湖抛下的那块。是日洞庭湖风浪大作，秦始皇情急之下投下传国玉玺，马上风平浪静，安然过湖。第三件就是'荧惑守心'。'荧惑守心'是一种不吉利的星象，按照星相术，轻者皇帝失权，重则天子暴毙！对于以上这三个凶兆，秦始皇通过占卜，得到了迁徙百姓和巡游的化解方法。于是他选择了巡游。此次巡游的路线是：从咸阳出发，出武关，沿丹水、汉水流域到云梦，再沿长江东下直至会稽，登会稽山，祭大禹，并刻石留念，然后返回。在归途中，到达平原津时患病，次年七月病重，迁移至沙丘宫养病。但不久病情恶化，在病中勉强支撑写下玺书赐公子扶苏，要他立刻赶回咸阳主持治丧葬礼。玺书写好令赵高保管，还没来得及交给使者传送，始皇就死在沙丘。丞相李斯害怕国家发生变乱，于是严密封锁消息，继续以秦始皇还活着的姿态巡游。但由于当时正值暑天，尸体很快发臭，于是他们就拉了几车臭鲍鱼，以掩盖尸臭。与此同时，赵高与胡亥、李斯密谋，擅自开启密封的玺书，篡改始皇遗令，另立胡亥为太子，赐死扶苏和蒙恬，史称'沙丘政变'。扶苏见到假诏后自杀，蒙恬疑心有诈，不肯自杀，下狱后被迫服毒而死。当銮舆回到咸阳后，胡亥继位，即秦二世皇帝。"

崔潭听完说："真是惊心动魄啊！我们去看看遗址！"两人向西南行了两百多里来到了沙丘，即今天的河北省邢台市广宗县大平台村。静轩看着这个普通的村子，想到曾经发生过如此重大的历史事件，于是吟了首《沙丘》，诗云：

年年游览不曾停，天下山川欲遍经。堪笑沙丘才过处，銮舆风过鲍鱼腥。

崔潭说："'年年游览不曾停，天下山川欲遍经。'我们现在的行踪也跟秦始皇差不多呢！'秦皇扫六合，虎视何雄哉，挥剑决浮云，诸侯尽西来。'可笑这千古一帝，生前如此威风凛凛，死后被人篡改遗诏，还要与腥臭的鲍鱼为伍！"静轩说："是啊，这皇帝越残暴，手下人就越虚伪，说假话，做恶事，阳奉阴违，以讨皇帝欢心，因为只有这样才能生存！而一旦这样的皇帝死去，他们就露出本来面目，各打各的算盘。沙丘政变由赵高、胡亥、李斯三人合谋而成，当然对三人都有好处。对于胡亥来说，能做皇帝，当然比做皇弟要好。对于李斯来说，他推崇的是法家，而扶苏心地仁厚，偏向儒家，如果扶苏登基，不仅严刑峻法的法家很难有市场，而且李斯的丞相之位可能就是蒙恬、蒙毅的了，甚至还有可能性命难保，因为这有前车之鉴：秦孝公死后，商鞅被五马分尸；秦惠文王死后，张仪赶紧跑路；秦始皇亲政，吕不韦被逼自杀。因此于公于私，李斯都不可能支持扶苏继位。而宦官赵高呢，当然是极力主张胡亥继位的。赵高深得秦始皇宠信，因精通狱法，不仅被任命为中车文府令，而且秦始皇还让他教胡亥断案，因此他与胡亥交情很深。另一方面，他因为曾经犯法，蒙恬之弟蒙毅曾依法要判他死罪，后来幸得秦始皇赦免，因此赵高对蒙氏兄弟恨之入骨，不可能希望与蒙氏兄弟关系好的扶苏继位。于是，精通揣摩人意的赵高轻而易举地说服了李斯、胡亥，三人一拍即合，密谋了沙丘之变。此后，狼子野心的赵高又设法除掉了李斯并夷其三族，自己当上了丞相，再后来竟然敢在胡亥面前指鹿为马，并杀了胡亥，再后来竟然想自己当皇帝，最终的结果是被子婴灭了三族。可以看出，搞阴谋的三个人都不得善终。銮舆风过鲍鱼腥，秦始皇的这个政权，也是臭不可闻啊！"

崔潭听完说："看来法家的暴政是害人害己啊，治国还得以儒家为主，君使臣以礼，臣事君以忠！这样才能出现忠臣义士呢！"静轩说："贤弟所言极是，说到义士，有个'士为知己者死'的典故，贤弟可知这个士是谁呢？"崔潭说不知道。

静轩说："这个人叫豫让，是春秋末期晋国人，最初是范氏家臣，后又给中行氏做家臣，都是默默无闻，最后他做了晋国正卿智伯的家臣，智伯对他很尊重和礼遇，称他为国士。这智伯曾经势力很大，但遭到赵、韩、魏联手攻打，在晋阳之战中兵败身亡，三家分割了智伯在晋国的领地，这就是历史上著名的'三家分晋'。而赵襄子，就是那个杀死姐夫的人、代赵夫人的弟弟，因为仇恨智伯，战后竟然把他的头盖骨漆成饮具。豫让知道后说：'士为知己者死，女为悦己者容。我一定要为智伯报仇。'于是改名换姓，躲在赵襄子分封的邢邑以待时机。一次他携带匕首，藏在赵襄子的茅厕中，意欲行刺，被赵襄子发现并捉住，赵襄子念他忠于故主，就把他释放了。但豫让不死心，决心再次行刺。他遍体涂漆，引起满身疮疠，口中吞炭，破坏了自己的嗓音，灭须去眉，改变了自己的容貌，只身潜在邢邑之北的芦荡中。有一天，赵襄子骑马到这里巡游，豫让便藏在板桥下，马到桥头，蓦地惊叫起来，赵襄子惊呼：'必是豫让行刺！'手下卫士搜索桥下，果然是他。赵襄子说：'过去你也曾投奔过范氏、中行氏，后来又投奔智伯，为何单单忠于智伯，给他卖命？'豫让说：'我在范氏、中行氏手下，他们以平常人待我，我所以用平常人的态度对待他们。至于智伯，他以国士待我，我所以用国士的壮举回报他。'赵襄子叹息说：'你是忠义之士，第一次杀我，我不记恨，把你放了。这次你又来杀我，我怎好再放你呢？'豫让知道赵襄子不会放过他了，便对赵襄子说：'我听说明主不掩人之美，而忠臣有死名之义。过去你宽赦我，天下没有不称赞的。今天我罪当处死，只请求你脱下衣服，我用剑砍几下你的衣服，以满足我为智伯报仇的愿望，我便死而无憾了。'赵襄子即脱衣传给豫让，豫让奋起举剑，跳起来连砍几下，大呼一声：'我可以到九泉之下回报智伯了！'说完伏剑自杀。后来当地人为纪念豫让，就命名那座桥为豫让桥。"

崔潭听完："燕赵多慷慨悲歌之士，名不虚传啊，这智伯也算有知人之明呢！我们去看看豫让桥吧！"静轩说好，于是他们向西行了一百多里，来到了邢州的豫让桥，今天的邢台市翟村，经过一千多年的风风雨雨，这桥竟然还在，静轩有感而赋《豫让桥》一首，诗云：

豫让酬恩岁已深，高名不朽到如今。年年桥上行人过，谁有当时国士心。

崔潭听完《豫让桥》问静轩道："胡兄，你觉得豫让之忠称得上是国士之忠吗？"欲知静轩如何回答，请听下回分解。

第四十七回　泜水念韩信礼贤　邯郸遇青娥笑步

　　上回说到崔潭问豫让之忠是否称得上是国士之忠，静轩说："我只是引用豫让的原话罢了，豫让不忘旧恩、以死报主的忠义之举还是值得称赞的。不过，要达到大忠的层次还是差很多呢。古人云：'以道覆君而化之，是谓大忠也，若周公之于成王，可谓大忠也。以德调君而辅之，是谓次忠也，管仲之于桓公，可谓次忠也。以谏非君而怨之，是谓下忠也，子胥之于夫差，可谓下忠也。'豫让之忠算哪个位置呢？按照'以道事君'的原则，只能算愚忠。豫让的主子智伯可不是什么仁慈的主子，智伯之所以下场悲惨，其实也是咎由自取。三家分晋的起因就是著名的'水灌晋阳'，当年智伯胁迫韩、魏两家共同出兵攻打赵氏，赵襄子退居晋阳固守。智伯久攻不下，于是借山洪暴发，引水淹灌晋阳城，导致城内一片泽国，百姓易子而食。而志得意满的智伯见胜利在望，于是说：'我今天才知水也可以亡人国呀。'韩、魏两家本来是被迫参战，听他这么一说，立即有唇亡齿寒之感。是夜，赵氏刚好派家臣密会韩、魏，赵、韩、魏三家一见面，马上志同道合，决定一起来对付智伯。第二天，韩、魏即调转刀枪，杀向晋军，智伯乐极生悲，一败涂地，赵、韩、魏三家乘机分晋。如果智伯能像对待豫让一样对待赵、韩、魏，相信也不会有如此可悲的下场了。当然，尽管豫让是愚忠，但终究是一种美德，值得发扬！"

　　崔潭听完说："纵观中国历史，如果是忠臣，则会受到敌对双方的尊重呢！"静轩说："是啊，当然这个对手也是要有眼光见识的才行。除了对忠臣义士会格外开恩外，那些有韬略的战俘，一般也是舍不得杀的呢！"崔潭说："比如呢？"静轩说："比如韩信对李左车。当年韩信在泜水与赵国决战，胜利后就对赵国名将李牧之孙李左车十分优待呢！"崔潭说："那我们去泜水的古战场看看吧！"静轩说好。

于是两人向东北走了几十里，来到了泜水，在今天的河北省隆尧县境内。静轩见这泜水浪浅沙明，轻波荡漾，于是对崔潭说："汉三年，韩信、张耳统兵几万欲过太行山井陉口进攻赵国，赵王与成安君陈馀布兵二十万在井陉口抗击汉军，广武君李左车对陈馀献计说：'韩信渡西河、掳魏王、擒夏说、血洗阏与，风头正健，现又有张耳加盟，势头正猛啊。不过这井陉口，车不可并行，骑兵不可列队，韩信行军数百里，其粮草必落在后面。大人，希望您暂拨给我三万奇兵，我从小路截断汉军辎重粮草，您深挖护营壕沟、加高兵营围墙而待，这样汉军必然前不得战，退不得回，不出十日，韩信、张耳的头颅就可悬在您的旗下了，希望您考虑采纳我的计谋。'可陈馀是一介书生，认为正义之师不用奇谋诡计，于是拒绝。韩信派人暗中探听，得知李左车的计策没被采纳，非常高兴。大胆引兵前来，离井陉口三十里驻扎下来。半夜选二千轻骑，人持一面红旗，从小路来到山坡上伪装隐蔽。然后派一万人为先头部队，背靠河水摆开阵势。赵军见汉军摆出只有前进而无退路的绝阵，都大笑不已。天刚亮，韩信打起了大将军的旗号和仪仗鼓吹，击鼓进军井陉口。赵军果然出营迎击，大战良久，韩信、张耳佯装打败，退到河边的军阵之中。赵军见状，立即倾巢而出追击，争夺汉军丢下的旗鼓，眼看韩信、张耳退入河边阵地，水上汉军忽然出迎赵军，拼死作战，导致赵军无法取胜。而这时韩信所派的二千轻骑兵，见赵军倾巢而出，立即冲入赵军营垒，拔掉赵军旗帜，竖起二千面汉军的红旗。而赵军久战不胜，想退回营垒，却见营中遍是汉军红旗，大惊失色，以为汉军已经把赵王及其将领全部俘虏了，于是阵势大乱，四散逃命。汉军乘势两面夹击，大破赵军，斩杀陈馀，活捉赵王歇。韩信又下令军中不许杀李左车，有能擒者赏千金。不久，擒获李左车，韩信亲自上前松绑，请李左车东面而坐，自己执弟子之礼，向李左车请教攻燕、伐齐之事。李左车答道：'智者千虑，必有一失，愚者千虑，必有一得，目前不宜强攻燕、齐，应抚恤百姓，犒劳将士，同时以优势兵力向燕国进发，以造声势，迫使燕国顺从。一旦燕王顺从，齐国就会闻风而服。这就是兵书上说的先虚后实之法。'韩信欣然采纳了建议，果然不久就取得了燕、齐的国土。韩信才高而不傲物，仍然见贤思齐，礼贤下士，殊为难得。我来吟首诗吧！"静轩于是吟了首《泜水》，诗云：

> 韩信经营按镆铘，临戎叱咤有谁加。犹疑转战逢勍敌，更向军中问左车。

崔潭听完说："刘邦得韩信，韩信得李左车，自古得人才者得天下啊！"静轩说："贤弟说得极是，记得武王伐纣的时机吗？武王看到纣王将他身边的贤臣杀光后，才讨伐他的！"崔潭说："是啊，商纣王暴虐荒淫，横征暴敛，其叔父及丞相比干叹曰：'主过不谏非忠也，畏死不言非勇也，过则谏不用则死，忠之至也。'遂至摘星楼强谏三日不去。纣问何以自恃，比干曰：'恃善行仁义所以自恃。'纣怒曰：'吾闻圣人心有七窍信有诸乎？'遂杀比干剖视其心，比干死。"静轩说："武王伐纣成功后，遣南宫括散发钜桥仓的粮食，赈济饥民，我们去看看钜桥吧！"崔潭说好。

于是他们向南行了两百多里来到了曲周县钜桥，即在今天的河北省曲周县东北，粮仓遗址还在，但已经是杂草一片。静轩说："商纣王不是庸碌之君，他能文能武，开疆拓土，跟秦始皇修长城一样，只顾稳固江山，不顾民生疾苦，粮仓里的粮食积满了灰尘，也不给老百姓吃，最终天怒人怨而亡，我来吟首诗吧！"静轩于是吟了首《钜桥》，诗云：

> 积粟成尘竟不开，谁知拒谏剖贤才。武王兵起无人敌，遂作商郊一聚灰。

崔潭说："民为本啊！"静轩说："是啊，不顾民生则失去了民心，剖杀贤人则失去了官心，民心官心都失去了，那就只能是孤家寡人了。而文王德比尧舜，凤鸣岐山，天下三分有其二，武王则继承文王的德业，既得民心又得官心，当然是无人能敌呢！贤弟，现在这里已经是邯郸地界了，应该记得邯郸学步这个故事吧，要不我们现在去邯郸城内逛逛？"崔潭说："名都多妖女，鼓鸣瑟，蹠躞游媚贵富，那得去看看呢！"于是两人向西南走了一百里来到了邯郸城，即今天的河北省邯郸市。

春风十里邯郸城，静轩边看边说："如今的邯郸城已经不复春秋时期的热闹了！邯郸作为赵国的都城，历经八代王侯，延续了一百五十多年的繁华，尤其出现了一代英主赵武灵王。当其他国家还在使用战车、着宽衣大袖、摆好方阵进行正面攻击时，赵武灵王已经实施了军事改革，骑战马、穿胡服，进行机动作战。于是两次战胜了强大的秦国。而赵武灵王的儿子平原君赵胜，则因为礼贤下士而闻名诸国，曾有'赵胜杀妾'的典故传世。"崔潭问："娶妾以色，赵胜怎么舍得杀妾呢？"静轩说："传说赵胜有一个美妾，因嘲笑门客中的一个跛子，众门客见此，纷纷散去。赵胜知道后，立即杀妾，以表明自己重士轻色，于是门客又纷纷归来，忠心耿耿，其中更有门客毛遂自荐为邯郸解围，立下大功，并留下毛遂自荐的佳话。邯郸还有一个典故呢！说当时燕国寿陵有个少年，看到邯郸人走路的姿势很优美，于是来到邯郸学步，结果，他不但没有学会，还把自己原来走路的姿势也忘记了，最后只好爬着回去。后来李白写诗调侃道：'寿陵失本步，笑煞邯郸人。'"

崔潭听完说："这学步学不成，还会失步吗？我就不信呢！"于是在街上大摇大摆地学起舞步来，一边舞还一边唱，引得旁人喝彩，而两边楼上的美女也站在窗台边看边笑，静轩上前对崔潭说："贤弟，表演太精彩啦，那楼上的美女都在笑你呢，你要不要作首诗送给她们啊！"崔潭说："胡兄，我不会啊，要不代我作一首呢？"静轩说好，于是对着那些美女吟了首《邯郸》，诗云：

晓入邯郸十里春，东风吹下玉楼尘。青娥莫怪频含笑，记得当年失步人。

那些美女不但不羞怯，反而对崔潭说："这位公子，来楼上坐啊！"静轩见状，连忙对崔潭说："贤弟，这邯郸真是多妖女呢，我们还是早点离开好！那秦始皇就出生在邯郸，其母亲赵姬，就是个十足的妖女，惹上了可不得了呢！"崔潭经静轩这么说，无奈收敛，问静轩："那我们现在去哪儿呢？"静轩说："我们去一个更风流更有诗意的地方，著名的铜雀园，好吗？"崔潭说好。

这铜雀园到底有何风流有何诗意？请听下回分解。

第四十八回　铜雀题曹操好色　蓬莱笑嬴政求仙

上回说到两人想去看铜雀园。于是两人离开邯郸，向南走了九十里，来到了邺城，在今天的河北省临漳县境内。邺城是三国时魏国都城，前临河洛，背倚漳水，虎视中原，颇有王霸之气。崔潭见此风景说："'东风不与周郎便，铜雀春深锁二乔。'看来这铜雀园名不虚传啊！"静轩见崔潭吟杜牧的诗，说道："杜牧有诗，五六百年前的曹氏父子更有诗赋传世呢！这铜雀园也叫西园，为曹操所建，当年曹氏父子经常邀请文人雅士在此园中聚会，尤其喜欢在秋凉的夜晚赏月赋诗呢！曹植《公宴》云：'公子敬爱客，终宴不知疲。清夜游西园，飞盖相追随。'这园中原来有铜雀、金凤、冰井三台，三台之间有阁道相连，恰若彩虹。登台远眺，则西岳松岑、临漳清渠皆收眼底，可惜现在只能看到这断瓦残垣了，我来吟两首诗吧！"静轩于是先吟了首《西园》，诗云：

月满西园夜未央，金凤不动邺天凉。高情公子多秋兴，更领诗人入醉乡。

崔潭听完说："胡兄，诗中的高情公子是谁呢？"静轩说："曹植啊，天下才有一石，曹子建独占八斗，曹植骨气奇高，词采华茂，情兼雅怨，体被文质，粲溢今古，卓尔不群！建安十五年，曹操在邺城所建的铜雀台落成，召集了一批文人雅士登台为赋，曹植文思敏捷，第一个交卷，写下了经典之作《登台赋》，赋云：'从明后而嬉游兮，聊登台以娱情。见太府之广开兮，观圣德之所营。建高殿之嵯峨兮，浮双阙乎太清。立冲天之华观兮，连飞阁乎西城。临漳川之长流兮，望园果之滋荣。立双台于左右兮，有玉龙与金凤。连二桥于东西兮，若长空之蝃蝀。俯皇都之宏丽兮，瞰云霞之浮动。欣群才之来萃兮，协飞熊之吉梦。仰春风之和穆兮，听百鸟之悲鸣。天功恒其既立兮，家愿得而获逞。扬仁化于宇内兮，尽肃恭于上京。虽桓文之为盛兮，岂足方乎圣明。休矣美矣！惠泽远扬。翼佐我皇家兮，宁彼四方。同天地之矩量兮，齐日月之辉光。永贵尊而无极兮，等年寿于东王。'该赋中'连二桥于东西兮，若长空之蝃蝀'这一句，传说被诸葛亮改成'揽二乔于东南兮，乐朝夕之与共'，以此挑拨东吴与曹魏的关系，以坚定东吴决战曹操的决心。当然也就有了后来杜牧'东风不与周郎便，铜雀春深锁二乔'的以讹传讹，这首《登台赋》充满了曹植对父亲曹操的歌颂与赞美，文辞华丽，语句跌宕，当然得到了曹操的喜爱，从此曹操对曹植也寄予厚望，几度想立他为太子。"

崔潭说："后来曹操立的太子是曹丕啊！"静轩说："是的，这曹植福薄，跟大多数才子一样，得意却忘形，失意却苦闷，生活如钟摆，总在二者之间摆动。建安二十二年，他在曹操外出期间，借着酒兴，私自乘坐王室的车马，擅开王宫大门，在只有帝王举行典礼才能行走的禁道上纵情驰骋，一直游乐到金门，早把曹操的法令忘到了九霄云外。曹操觉得曹植不知轻重，因此曹植失宠，不久曹操即立曹丕为太子。建安二十四年，曹仁为关羽所围困，曹操命曹植担任南中郎将、征虏将军，带兵解救曹仁，然而曹植却喝得酩酊大醉，不能受命，失望之余，曹操不再重用他。曹操之后，继位的曹丕、曹叡两位皇帝也不喜欢他，而且还对他严加防范。建安二十五年曹丕废汉称帝，曹植竟然穿上丧服为汉朝哭丧，曹丕大怒，意欲杀之，相传曹植作了七步诗才保住性命，诗云：'煮豆持作羹，漉豉以为汁。其在釜下燃，豆在釜中泣。本自同根生，相煎何太急。'黄初七年，曹丕病逝，曹叡继位，口头上虽然对叔叔曹植有嘉许，但其实对其多加限制。太和六年，曹植改封陈王，十一月曹植在忧郁中病逝，年仅四十一岁。"崔潭听完说："情深不寿，才大易伤，自古才子都是命运坎坷啊！"静轩说："是啊！不过，命运坎坷也成就了才子，于是有了灿烂的文章传世。曹植后来写的千古名篇《洛神赋》，无疑也是他理想破灭、积泪成珠的滴血之作。其实，从屈原到贾谊、曹植、王勃、李贺，基本上逃不开这个宿命。天道忌满，老天给了文才，当然也就给了这些人处世的短处，金风不动邨天凉，世态炎凉，人情冷暖，千古以来，莫不如此。"崔潭听完说："胡兄看透了这历史啊！受教了，还有一首呢？"静轩说："还有一首是说曹操的。"静轩于是吟了首《铜雀台》，诗云：

> 魏武龙舆逐逝波，高台空按望陵歌。过云声绝悲风起，翻向樽前泣翠娥。

崔潭听完问："这'望陵歌'是什么歌呢？"静轩说："'望陵歌'就是望着曹操陵墓而演奏的歌曲。话说曹操在生前酷爱音乐，倡优在侧，常常通宵达旦，又常自作诗歌，令妓女演唱。临死前，曹操命其子将其葬在邺之西岗，让妾妓都住在铜雀台，早晚设酒食祭奠，每月初一、十五在灵帐前奏乐歌舞。后人有感于此事，创作了名为《铜雀妓》的乐府歌曲，很多诗人也以'铜雀妓'为题赋诗，如南朝梁诗人何逊有《铜雀妓》诗云：'秋风木叶落，萧瑟管弦清。望陵歌对酒，向帐舞空城。寂寂檐宇旷，飘飘帷幔轻。曲终相顾起，日暮松柏声。'本朝王勃也有《铜雀妓二首》诗云：'（其一）金凤邻铜雀，漳河望邺城。君王无处所，台榭若平生。舞席纷何就，歌梁俨未倾。西陵松槚冷，谁见绮罗情。（其二）妾本深宫妓，层城闭九重。君王欢爱尽，歌舞为谁容。锦衾不复襞，罗衣谁再缝。高台西北望，流涕向青松。'"

崔潭说："这曹操生前淫乐，死后还这么奢侈啊！"静轩说："曹操自许英雄，胸怀大志，文韬武略，自是豪杰，然而曹操有三个可怕的缺点，第一是好杀，滥杀无辜达到几十万之多。第二是盗墓，'操别入砀，发梁孝王冢，破棺，收金宝数万斤，天子闻之哀泣'。第三就是好色，曹操一生娶了十五个老婆，而跟曹操有过鱼水之欢的女人更是不计其数。宛城张绣刚投降，曹操就把张绣的婶婶霸占了，为此张绣造反，杀了他大儿子曹昂、侄儿曹安民以及猛将典韦。袁绍死了，曹操正准备霸占袁熙的绝色媳妇，不幸被儿子曹丕领先占有，只能自嘲'真我儿妇矣'！围困吕布时，关羽看上了秦宜禄的媳妇，可曹操一见倾心就自己享用了。《易经》云，积不善之家必有余殃，曹操好杀、盗墓、好淫，带来的恶果，就是其子孙寿命都不长。曹操有二十五个儿子，其中才华出众的也不少，比如曹丕、曹植、曹冲、曹彰都是才华卓绝之人，就连孙子曹叡的能力也是有口皆碑。可他们的寿命都短，曹冲八岁会称象，可十三岁就病死了，曹彰被曹丕毒死于三十五岁，曹丕做皇帝没几年，三十九岁就死了，寿命最长的曹植也只活了四十一岁。这些人比司马懿年轻一代甚至两代，可偏偏都死在了司马懿的前面，而曹叡的寿命还不及自己的父亲曹丕。子孙短寿，最终导致曹魏江山易手，从曹丕称帝，到司马炎篡魏，曹魏仅仅享有四十五年的国祚。"崔潭听完说："真是万恶淫为首啊！真实不虚也！胡兄，我们接下来是去哪里呢？"

静轩说："去齐鲁大地看看吧，去看看蓬莱仙岛！"崔潭说："你这'利贞'宝马都走不动啦，这要走到什么时候啊！要不这样，你先慢慢游，我先回荆州，到我父亲军营挑一匹好马给你，明年春天我们到彭城相会如何？"静轩说："那好吧，贤弟在路上要多加小心呢，那就明年三月在彭城相会吧！我的行踪会寄信来的。"说罢，两人就在邺城分手，崔潭即从官道返回荆州。

静轩于是一个人骑着羸弱的"利贞"往齐国走来，他向东南走了两三百里，来到了马陵之战的古战场，今天山东省莘县大张家镇，当时已经是深秋九月，落叶纷纷。他问当地一个农夫，可知写有"庞涓死于此树之下"八个大字的树在哪儿，那农夫指着前边的一棵古树，说："就在那里呢，那上面是虫书，你看得懂吗？"静轩上前一看，果然是古老的虫书，除了那八个大字外，还用隶书书写了当年孙膑战胜庞涓的年份，那农夫说："公子你怎么对这个感兴趣呢？"静轩说："我在写咏史诗，每游历一个地方就写一首呢！"农夫说："那这个马陵你怎么写呢？"静轩于是吟了首《马陵》给农夫听，诗云：

坠叶萧萧九月天，驱羸独过马陵前。路傍古木虫书处，记得将军破敌年。

那农夫说："公子你这诗我能听懂呢！不过你写这些诗有什么用吗？现在老百姓连饭都吃不饱，而你们这些公子哥却在这里优哉游哉，游山玩水！你看我，一年辛辛苦苦地耕种，大部分粮食都交租了，自己仅仅得个温饱！碰到天灾，就只有去逃荒了！"静轩说："仁兄说得有道理，我虽然是一介书生，但也是种过田的，知道稼穑的辛苦，我写这咏史诗的目的，就是让那些达官贵人体谅民情啊！"农夫说："那你这首诗怎么体谅民情了，我没看出来啊！"静轩说："孙膑与庞涓都是鬼谷子的学生，都是同学，可是最终却是你死我活地争斗，在马陵打了一场大仗，死了很多人，我写这诗的目的就是希望像庞涓那样的人悔改！希望不要有战争呀！"农夫说："这样说来，还是有些道理，宁为太平犬，不做离乱人！现在我们农夫虽然苦点，但至少没有性命之忧，如果打仗，那就惨了！"静轩说："还有，如果出现秦始皇、隋炀帝那样的暴君，官逼民反，这天下的战乱也是不可避免的呢！我写诗的目的，就是希望不要出昏君和暴君！而是希望出现尧舜那样的圣君！"那农夫见静轩器宇轩昂，知道不是一般的迂腐书生，便请他到家里做客，静轩反正也是四海为家，于是来到农夫家里。当时正值农忙季节，静轩下田给农夫做了几天事，然后又往东海走。

走了一千二百里，来到了东海边的蓬莱，即今天的山东省烟台市蓬莱区，他看到海中烟雾缭绕的蓬莱山，隐隐有红光浮动，于是想起秦始皇求仙的故事。当年徐福受秦始皇所委派，率三千童男童女去蓬莱仙岛，为秦始皇寻长生不老之药，后面一去不复返。静轩觉得暴君秦始皇不思修德，却妄想如黄帝一样成仙，成为千古笑料，于是吟了首《东海》讽刺秦始皇，诗云：

东巡玉辇委泉台，徐福楼船尚未回。自是祖龙先下世，不关无路到蓬莱。

看完蓬莱岛，静轩会去哪里呢？请听下回分解。

第四十九回　田单复国题即墨　黄石传书赋圯桥

　　上回说到静轩看了蓬莱，题了东海。静轩于是向南行了四百里，来到了即墨，即今天山东省青岛市即墨区。他来即墨干什么呢？当然是看田单用火牛阵复国的古战场。话说当年燕昭王建黄金台吸纳人才，得到了乐毅，于是拜其为上将军，合燕、秦、韩、赵、魏攻齐，连下齐国七十二城，齐国只剩下了莒和即墨。眼看齐国灭亡在即，幸亏有田单用火牛阵击败燕国军队。又想起齐襄王心胸狭窄，御下无术，与田单君臣相忌，田单于是去齐而做了赵相，最终齐国灭亡。静轩看到这荒凉的遗址，于是题了首《即墨》，诗云：

　　即墨门开纵火牛，燕师营里血波流。固存不得田单术，齐国寻成一土丘。

　　离开即墨，静轩准备去看看泰山，他一路向西走，走了六百里。一日来到了一座山前，只见这山顶有一块巨石，如一妇人，直插青天。静轩觉得奇异，一打听，说这座山叫望夫山，石头叫望夫石，在今天山东省莱芜城东北二十里。当地人说，从前一对恩爱夫妻，结婚不到三天，丈夫就被抓去修长城，妻子于是登山遥望丈夫归来，可日复一日、年复一年，始终见不到丈夫的踪影，最终便化为坚石屹立在山顶。静轩有感于此，吟了首《望夫石》，以告诫君王体恤民情，勿拆散幸福夫妻，诗云：

　　一上青山便化身，不知何代怨离人。古来节妇皆销朽，独尔不为泉下尘。

　　离开望夫山，静轩又向西走了一百里，来到了东岳泰山。他登上了泰山山顶，观看了壮丽的日出，想起了当日秦始皇在泰山封禅的一个笑话。那是秦始皇祭天完毕，准备下山之时，天色突变，乌云滚滚，眼看大雨将临，秦始皇意识到可能是民间传说中的山神显灵，于是拔腿就往山下跑，刚刚跑到云云亭这个地方时，只听得一声惊雷，瓢泼大雨就劈头盖脑地落了下来。惊慌之下，秦始皇忽然发现路边有一棵虬枝伸展的大松树，于是秦始皇赶忙跪在树前，两手死死抱住树干，口中念念有词，哀求树神保佑。也巧，祷告之后，大雨果然就停了。秦始皇十分感激，认为该树护驾有功，于是加封"五大夫"的爵位。静轩于是来到云云亭，可眼前的万年松树不计其数，已经看不出哪位是"五大夫"树了，静轩于是吟了首《云云亭》以讽刺秦始皇无德，而妄行封禅之事，诗云：

　　一上高亭日正晴，青山重叠片云无。万年松树不知数，若个虬枝是大夫。

　　从泰山下来，静轩向南走了两百里，来到了古代的鲁国都城，即今天的山东省曲阜市，他去看了古都城，在一片荒草中找到了当年都城的台阶，于是他想起了当年鲁大夫臧文仲淫祀爰鶋的事。话说当年一只名叫"爰居"的海鸟停留在鲁国东门外两天，臧文仲以为是神鸟，于是大张旗鼓地去祭祀了该鸟，此举受到了柳下惠、孔子两位圣人的批评。静轩于是吟了首《鲁城》，以告诫君王"国之大事，在祀与戎"，祭祀不能乱来，诗云：

　　鲁公城阙已丘墟，荒草无由认玉除。因笑臧孙才智少，东门钟鼓祀爰鶋。

　　看完后，静轩就来到了孔子故里，瞻仰了孔府、孔庙、孔林、杏坛、奎文阁，静轩看了圣人遗迹，心多感触，于是在奎文阁前吟了首七律《过曲阜》，诗云：

　　奔波万里夫何见，一水一山一圣人。尊道而今隆曲阜，伤时当日哭麒麟。
　　如流洙泗来连汉，却觅桃源去避秦。呼唤孔林虽不应，幽幽松柏万年春。

　　静轩刚吟完，就传来一声："仁兄好诗！在下孔缄，孔子四十世孙！见过仁兄！"静轩见是一位清朗书生，峨冠博带，连忙还礼道："在下胡曾，字静轩，乃舜帝九十五世孙，长沙人，见过贤弟！"两人相见甚欢，于是通报各自的生平。孔缄听说静轩现在崔铉手下做事，于是说："我大哥孔纬在崔相国手下做过支使呢！他是状元。胡兄，现在已经是隆冬，不如就住在我们孔府，我们一起切磋学问如何？"静轩四海为家，见孔缄如此好客，于是就答应了。他们一起看了孔子出生地尼山，去了孔子生前常去的洙水、泗水，孔缄也慷慨地将孔府的古籍给静轩看，静轩于是在此与孔缄吟诗论道、读书过年。

咸通九年（868年）三月，春暖花开，静轩告别孔缄准备出游，孔缄说："胡兄，南行两百多里，就是当年齐鲁会盟、先祖孔子杀侏儒的夹谷，你可以去看看！"静轩说："好的，谢谢贤弟，我们后会有期！"静轩于是一个人来到了夹谷，即春秋时期齐国和鲁国交界处，在今山东省枣庄市齐村镇的夹谷山周边。只见这里山林俊秀，莺飞草长，在当时齐强鲁弱的情况下，面对一群滑稽的侏儒来戏弄鲁定公，孔子一句"匹夫而荧惑诸侯者，罪当诛"，于是命令斩杀侏儒。齐景公见孔子不仅身材魁梧，威风凛凛，而且理直气壮，声势夺人，生怕孔子指挥鲁将来杀自己，于是惊慌失措，任由孔子摆布，不仅在盟书上签字，而且应孔子要求，归还了过去侵占的鲁国土地，如郓地、汶阳和龟阴，因为孔子的能力、气魄和智慧，"夹谷会盟"以鲁国大胜而告终。静轩在此圣地吟了首《夹谷》，以美孔子外交之能，诗云：

夹谷莺啼三月天，野花芳草整相鲜。来时不见侏儒死，空笑齐人失措年。

走过夹谷，静轩向西越过微山湖，行了一百多里，来到了"千古龙飞地，一代帝王乡"的刘邦故里沛中，即今天的江苏省沛县。他看了泗水亭，又看了歌风台、大风歌碑，此碑为汉明帝来沛祭高祖原庙时在台前所立，碑上有篆书《大风歌》，静轩看着这千年前的碑刻，吟诵起刘邦的《大风歌》，然后吟了首《沛中》，以美刘邦得人才而得天下也，诗云：

汉高辛苦事干戈，帝业兴隆俊杰多。犹恨四方无壮士，还乡悲唱大风歌。

走过沛县，静轩南行一百五十里来到了著名的彭城，当初尧帝封彭祖于此，故名彭城，即今天的江苏徐州市。没想到崔潭已经在此等候了两日，他给静轩换了一匹战马，静轩的"利贞"安排随从骑回荆州。静轩试了试，觉得此马膘肥体壮，爬山如履平地，非常喜欢，于是起名"元亨"。

崔潭说："胡兄，元亨利贞，乾卦的卦辞啊，马属坤呢！"静轩说："贤弟有所不知啊，这半年来，我骑着'利贞'，彼此都好辛苦呢，因此还是希望有天行健的乾势才好！"崔潭说："胡兄喜欢就好，我们现在就可以加快游览了，我们先去哪儿？"静轩说："先去下邳看看张良得兵书的地方吧！"崔潭说好。于是他们向东南走了一百多里来到了下邳，原来下邳国的都城，也是韩信做楚王时的都城，在今天的江苏省睢宁县古邳镇境内。他们一起来到了当初张良遇黄石公的圯桥，经过了一千多年的风风雨雨，这桥竟然还在，静轩有感而吟了一首《圯桥》，诗云：

庙算张良独有余，少年逃难下邳初。逡巡不进泥中履，争得先生一卷书？

吟完，崔潭问静轩："黄石公在此桥上将鞋脱了抛到桥下，然后使唤张良去捡鞋，张良捡鞋后，黄石公又使唤张良穿鞋，然后约张良五日后凌晨到桥头相会，张良第一次迟到后，再约五日后，张良又迟到，第三次，张良索性半夜就到桥上等候，黄石公最后才把兵书赠给了他，胡兄，敢杀秦始皇的张良为什么对黄石公百依百顺呢？而黄石公为什么把兵书赠给他呢？"

静轩说："张良敢杀秦始皇，自然是血性男儿，却也乐于被陌生的黄石公使唤，这有性格的因素，但更多的是谋略使然。张良有志报仇，有志复为韩相，但是博浪沙行刺失败后，作为逃难之人，自然需要'高人指点和贵人相助'。黄石公作为有道之人，自然面有仙气，不同凡俗，以张良的直觉和聪明，难道看不出这其中有套路？即使没有套路，在敬老尊贤的古代，给老人进履也不是什么太丢面子的事，与韩信的胯下之辱不可同日而语。另一方面，黄石公原是秦国老臣，只因不满嬴政的暴政才隐居著书，因年事已高，当然希望将此书传下去，而张良状貌如妇人好女，清新脱俗，黄石公在圯桥一见，应知是良相之才，待试其脾气耐性，果如所料，于是授书于他。黄石公临别时说'十年后天下大乱，十三年后济北谷城山下的黄石便是老夫'，则可知此公颇具神通，不仅能相面，还能预测天下大势。因此圯桥进履的佳话，只是两个绝顶聪明的人彼此心照不宣的一场戏罢了，经权达变，丈夫之为也！"

崔潭说："胡兄说得有道理，相由心生，一个人可交不可交，见第一面就知道了，那黄石公给张良的究竟是什么兵书呢？"静轩说："司马迁记载的是《太公兵法》。《太公兵法》又名《六韬》，相传为姜太公吕望所著，分《文韬》《武韬》《龙韬》《虎韬》《豹韬》《犬韬》六篇，约两万多字，以周文王、周武王与姜太公对话的形式论述军政要略，《六韬》以'规模阔大，本末兼该'著称，史载张良、刘备、诸葛亮、孙权都曾受益。不过后世有人说，张良得到的书实际上是黄石公自己写的《三略》。《三略》三千八百字。还有人说是《素书》，该书只有一千三百多字，分为《原始正道》《求人之志》《本道》《宗道》《遵义》《安礼》六篇。到底是哪一本呢？秦末还没有造纸术，书籍一般以绢帛或者竹简为载体，因此黄石公传给张良的书，以轻便为上，因此《素书》可能性最大，《三略》其次，最后才是《太公兵法》。"

崔潭说："看来这世界上还真有传奇之事呢！"静轩说："黄石变成人，当然是传奇，而草木变成兵，则更神奇呢！"崔潭说："胡兄说的是'八公山上，草木皆兵'的典故吧，这八公山太有名了，传说因西汉淮南王刘安与八公在此学道成仙而得名，还留下了'一人得道，鸡犬升天'的传奇！我们去看看！"

若问两人有没有看到草木皆兵的奇景，请听下回分解。

第五十回　八公山论苻坚乱　乌江镇题项羽心

上回说到两人想去看草木皆兵的神奇。于是向西南走了六百多里来到了八公山，在今天的安徽省淮南市寿县境内。只见这山绵延几百里，一脉四十峰，气势磅礴，崔潭感叹道："八公草木晚离离，仿佛成人似设奇。老气逼云含雾雨，空青拔地镇淮夷。好个八公仙境、峻极之山啊！"静轩说："贤弟吟这自然妙境，我来吟历史典故吧！"静轩于是吟了首《八公山》，诗云：

苻坚举国出西秦，东晋危如累卵晨。谁料此山诸草木，尽能排难化为人。

崔潭问静轩："胡兄，你相信这草木化成了人吗？"静轩说："此乃苻坚幻觉也！前秦皇帝苻坚率百万大军来攻打东晋，当时扬言投鞭即可断长江之流，没料到首战即被谢玄的八万兵打败，于是六神无主，慌乱中竟然视草木为兵，由是愈加恐惧，最后一败涂地，仓皇逃回北方，苻坚一代雄主，虎头蛇尾，可叹。记得老子曾经说过：'祸莫大于轻敌，轻敌几丧吾宝。故抗兵相若，哀者胜矣。'作为军中主帅，最重要是心理素质要好，不管是战前还是战中，不管是胜还是败，此心如果能处于平和中正的状态，就能沉着冷静，有主见和智慧。而对于士兵，主帅就要激励他们的斗志，要么激发他们的愤怒，要么挑起他们的哀伤，要么刺激他们的欲望，这样主帅就能以静驭动，有决胜之可能。《中庸》云：'中也者，天下之大本也。和也者，天下之达道也。'苻坚不懂中庸之道，先是过于自信，然后就是自信不足，最后变成恐惧，乃至惨败，比起对手谢安的举重若轻来，相差太远。两军之战，即两位统帅的定力、智慧、性格之战呢！"

崔潭说："无为而无不为啊！这沉着之心才是帅才之心啊！"静轩说："贤弟画龙点睛，一言中的，还是跟贤弟在一起游览受益呢！这天下可以智取、德配，还有天赐，南北朝对峙四百年，三国鼎立六十年，也似乎有天意的成分在里面呢！比如曹魏讨伐孙吴，攻打濡须坞五次，都无法攻破！怎么也灭不了孙吴！"崔潭说："那我们去濡须坞看看，究竟是个怎么样固若金汤的险地呢！"静轩说好。

两人于是向东南走了五百里来到了濡须坞，这坞是军事防卫用的小堡，濡须坞为三国时吴国所占建，在今安徽省无为县城北边。崔潭看这地方也没什么稀奇古怪的，于是说："这么个不起眼的地方，有什么军事价值呢？胡兄！"静轩说："濡须这个地方在江山一统的王朝并不起眼，可在三国时期，曹魏三代帝王前后五次攻打，时间达四十年之久！直到魏亡，也未能突破东吴的濡须坞防线。濡须这个地方为什么如此重要呢？因为在当时已占据庐州和巢湖的曹操看来，濡须口直通长江，曹军只要攻占了濡须口，攻占牛渚，大军就可以通过水路直抵金陵，捣毁吴国。而相反，孙吴凭借濡须口则可以西进，攻占巢湖和合肥，这样一来，曹魏势力就只能退到淮河以北了。俗话说'英雄所见略同'，曹操看到了濡须口的重要性，孙权也看到了。建安十三年曹操在赤壁之战中大败，孙权预料曹操迟早会来报仇雪恨，在吕蒙的建议下，做了两件事：一是建安十六年孙权将都城从京口迁到建业，并兴建石头城；二是建安十七年，在濡须山上建东关，修筑濡须坞，在七宝山上建西关，两关对峙，中有石梁，凿石通水，为险关津道，并筑形似堰月形的濡须坞，史称偃月城。"崔潭听完说："经胡兄这么一指点，这濡须坞的军事价值就凸显出来了啊！那现在看胡兄作诗了！"静轩于是吟了首《濡须坞》，诗云：

徒向濡须欲受降，英雄才略独无双。天心不与金陵便，高步何由得渡江。

崔潭听完说："'天心不与金陵便'，这句请胡兄解释一下呢！"静轩说："说的就是曹魏打了五次都打不下！建安十七年，一场由曹魏进攻、孙吴防守的濡须之战开始，开战之初，曹操号称有步骑四十万，而此时孙权军队不过七万，因此曹操胸有成竹，以为征服孙吴如探囊取物，但初次交战，曹军失利，于是坚守水寨不出。一日，孙权借着晨雾，带兵乘轻舟去曹营前观察，曹操见吴军整肃威武，发出'生子当如孙仲谋，刘景升儿子若豚犬耳'的感叹，随后下令弓弩齐发，而孙权则不慌不忙，射满一面后，调转船头再让曹军射满一面，潇洒地载箭而回，留下孙权'草船借箭'的佳话。后曹操乘机围攻孙权的江西大营，俘获了东吴都督公孙阳，扳回一局，但由于东吴军队擅长水战，曹军数次进攻濡须口皆被打退，濡须坞依然掌握在吴军手中，曹操战船始终无法顺河入长江。次年春，随着春雨渐多，双方都有退兵之意，孙权于是给曹操写信说：'春水方生，公宜速去。'又附上一张字条，上书：'足下不死，孤不得安。'曹操拿着信对手下诸将说：'孙权不欺孤也。'便主动撤军。第二次濡须之战在建安十九年，曹操号称四十万大军南下，声称'临江饮马'，大军抵达居巢，随后开始进军濡须水口。孙权以甘宁领兵三千为前部督，自率七万主力进驻濡须，两军相持一个多月，互有冲突，最终曹操北撤。第三次濡须之战在建安二十二年正月，曹操再次兴师伐吴，以张辽、臧霸为前锋，进至居巢。孙权即在濡须口筑城据守，以吕蒙为都督，令其率军死守濡须坞，曹军久攻不克。三月，曹操见难以急战速胜，遂留夏侯惇、曹仁屯兵居巢后，率军撤回。第四次濡须之战在黄初三年秋九月，当时曹操已死，曹丕令三路大军攻吴，东路以曹休、张辽、臧霸出兵洞浦口，中路由曹仁领兵攻打濡须坞，西路由曹真、张郃围攻南郡。孙权派吕范督徐盛、全琮迎战，以水军抵挡曹休进攻，以朱桓任濡须督抗击曹仁，以诸葛瑾、潘璋救援南郡。曹仁在濡须坞惨败，不久因其余两路皆被击退，魏军被迫撤兵。第五次濡须之战在嘉平四年十二月，此时曹丕已死，齐王曹芳起十五万大军三路伐吴，以司马师为主帅，司马昭为监军，派征南大将军王昶进攻南郡，镇南将军毋丘俭进攻鄂城，镇东将军胡遵率七万主力攻打濡须。诸葛恪从建业率四万援军日夜兼程救援濡须口。胡遵到达濡须后，命令部队架设浮桥渡过湖面，列阵于东兴堤上，分兵攻打濡须东西二城。吴军轻装突袭，魏军惊恐溃逃，争渡浮桥，人多桥断，落水和自相践踏而死者达数万人，东吴彻底胜利。"

静轩说完这五次战争，然后总结说："曹魏五次失败，足见天心不可违啊！当然这天心一半归于地利，一半归于人为。有吕蒙、甘宁这样的将领，有习水战的江南将士，最主要的是有一个远见卓识、识人用人的统帅孙权，这些人齐心合力，于是众志成城。而人乃天地所生，因此也是天意吧。"崔潭说："不知命无以为君子，每个人的出生时间地点不同，因此八字也不同，性格也不同，于是天命也不同，到头难与命相争，曹魏不能灭孙吴，真乃天命也！"静轩说："贤弟真是入道之言啊，比如这项羽相比刘邦，在性格上就不是帝王之料呢！我们要不去乌江看看？"崔潭说："西楚霸王项羽最终乌江自刎，但至少是个悲剧英雄吧！这个一定要去看看！"

两人向东北行了两百里来到了乌江，即今天的安徽省马鞍山市和县乌江镇，乌江镇位于长江西岸，东岸是南京市。他们来到了乌江镇东南凤凰山上，看了西楚霸王灵祠，传说项羽兵败自刎于此，该墓埋葬了项羽"分裂之余"的残骸和血衣，静轩俯瞰长江，遥思千载，而吟了首《乌江》，诗云：

争帝图王势已倾，八千兵散楚歌声。乌江不是无船渡，耻向东吴再起兵。

崔潭听完说："'耻向东吴再起兵'，失败了，无颜见江东父老，于是自刎乌江，胡兄，你认为项羽是个要面子的人吧！"静轩说："是啊，贤弟，项羽这种人的最大特点就是心气浮躁，自高自大，只能成功，难受失败，一旦失败，即觉得颜面尽失，羞愧难当，于是走向绝路。"

崔潭问："从哪里可以看出呢？"静轩说："三岁看大，七岁看老，项羽的性格在其少时就表现了出来。《史记·项羽本纪》中这么说：'项籍少时，学书不成，去，学剑，又不成。项梁怒之。籍曰，书足以记名姓而已。剑一人敌，不足学，学万人敌。'于是项梁乃教籍兵法，籍大喜，略知其意，又不肯竟学。可以看出，项羽是个眼高手低、见异思迁、没有耐性的人。可偏偏项羽抱负还很大，秦始皇游会稽时，他竟敢说出'彼可取而代也'的冲天之言。这样的人在和平时期，如果想通过读书而考取功名，那当然只能是黄粱美梦，往往是牢骚满腹而一事无成。但如果遭逢乱世，不仅自己是个悲剧，而且会遗祸天下呢！项羽力可拔山，气能盖世，当秦失其鹿天下共逐之时，凭借武力和霸道，在短短三年之内，遂分裂天下，而封王侯，政由羽出，号为霸王，年仅二十五岁，时势造英雄，让人惊叹！然而短短五年之后，落个四面楚歌、八千兵散、霸王别姬、乌江自刎的结局，死时年仅三十岁！"

崔潭问："那这种性格可以矫正吗？"静轩说："江山易改，禀性难移，这种先天的性格基本难以改变，大凡只有后天的教育才可以去矫正其中的一部分，但是项羽不爱读书，不肯修身，所以智慧和道德一点都没进步。从智慧看，鸿门宴放走刘邦、杀楚怀王、定都彭城、死守鸿沟协议都是缺乏谋略的表现。从道德看，首先是其残暴。他有七件大暴行，第一件，会稽郡守殷通准备和项梁一起起事反秦，在项梁的授意下，项羽把郡守杀了，并杀了其部下一百多人，接收了郡守部下精兵八千人作为打天下的老本。第二件，项羽攻下襄城之后，把那里的军民全部活埋。第三件，项羽编造罪名杀了楚怀王任命的上将军宋义，并追杀了宋义的儿子。第四件，章邯带秦兵投降项羽，项羽却下令将秦军二十余万人击杀坑埋。第五件，项羽攻破咸阳即屠城，杀了投降的秦王子婴，抢劫财宝美女，火烧宫室，大火三月不绝。第六件，项羽命人暗杀义帝熊心于郴州。第七件，项羽北进，活埋田荣手下投降的士兵，掠毁齐国。其他小暴行则恐难计其数。《易传》云'天地之大德曰生'，《道德经》云'强梁者不得其死'，因此自古仁君都仁民爱物，而自古暴君都为天理不容，都没有好下场，尤其是滥杀无辜和杀降，令天地难容、人神皆愤，这当然是他不悟道、不知道的结果。其次是其自大。刘邦评价他说：'项羽有一范增而不能用，此其所以为我擒也！'陈平评价说：'项王不能信人，虽有奇士不能用。'韩信评价项羽说：'项王暗恶叱咤，千人皆废；然不能任属贤将，此特匹夫之勇耳。'因为是一个自高自大的匹夫，于是范增离开了项羽，陈平、韩信这两个奇才也离开了项羽，最终为刘邦所用。而自大的性格的另一个表现就是心胸狭窄、嫉贤妒能、睚眦必报、志趣庸俗。郦食其评价项羽说：'于人之功无所记，于人之罪无所忘。'而当有人讥笑他定都彭城是'沐猴而冠'时，即把此人烹杀。其广为流传的《垓下歌》：'力拔山兮气盖世，时不利兮骓不逝。骓不逝兮可奈何，虞兮虞兮奈若何。'虽然苍凉感人，但是格调不高、格局不阔，在他心中占住重要地位的还是宝马和佳人。项羽残暴和自大的个性，配合他的神勇和不学无术，在战乱之中如入无人之境，自然就能成就一时霸业。但是武力带来的霸业怎么能长久呢？《道德经》云：'天下之至柔，驰骋天下之至坚。'中国历史反复证明，只有文化才带来长治久安，只有王道才能实现长治久安。"

崔潭听完静轩这一通大论，觉得眼界大开，于是说："这还真的是天意和天命啊，但愿天地少生一些这种性格的人呢！"静轩说："天地氤氲，万物化生，总是智愚相杂，静躁不一的啊，这是无法阻挡的！唯一的办法就是以圣贤之道进行教化，我写咏史诗也是希望能以此开化蒙昧呢。但这教化也是要因材施教才行，正如医生一样，不同人不同病症，因此要对症下药！贤弟知道'燃犀牛渚'这个典故吗？"崔潭说不知道。

静轩说："'燃犀牛渚'是指东晋名将温峤燃犀而照出牛渚矶水下的怪物呢！如果作为尊长，能有此'燃犀牛渚'的神通，能洞察人心，就能选人用人，则可避免将不合适的人选拔提升，就可避免项羽这样的人祸害人间了。当时楚怀王这个放羊娃选择刘邦去西征，不选择项羽，还真有点燃犀牛渚的眼光呢！"崔潭说："那我们去看看牛渚矶吧！"静轩说好。

若问静轩在牛渚矶看到了什么，请听下回分解。

第五十一回　牛渚题温峤照鬼　长江论秦帝投鞭

　　上回说到两人想来看看牛渚。于是南行五十里，渡长江而到马鞍山牛渚矶，即今天马鞍山市西南长江边的采石矶，为牛渚山北部突出于长江中的部分。他们站在牛渚山上，看碧空如洗，长江北去，江天浩渺，心旷神怡。静轩对崔潭说："真是好景啊，贤弟可知这马鞍山和牛渚矶的历史？"崔潭说请胡兄开示。

　　静轩说："马鞍山得名于西楚霸王项羽的乌骓马，话说当年项羽败退至和县乌江，渔人请渡江，项羽以无颜见江东父老而不渡，但请求渔人将乌骓马渡至对岸，乌骓马颇通人性，渡江后思念项羽而翻滚自戕，马鞍落地，化为一山，此山后人称之为马鞍山。而采石矶的名字，则传说是三国东吴时，此处曾有五彩石供开采，故得名采石矶，又因其形如蜗牛，且有'金牛出渚'的传说，故又名牛渚矶。马鞍山采石矶与建康城燕子矶、岳阳城陵矶并称'长江三大名矶'。东晋时袁宏高咏的故事就发生在这里。话说东晋镇西将军谢尚镇守牛渚时，秋夜泛舟赏月，正好遇见袁宏在船中诵自作的《咏史》诗：'无名困蝼蚁，有名世所疑。中庸难为体，狂狷不及时……'音辞俱佳，谢尚遂大加赞赏，邀其前来，谈到天明。因受谢尚赏识，于是袁宏做了谢尚的参军，后来担任了桓温的记室，并出任东阳太守。本朝李白羡闻此事，作《夜泊牛渚怀古》，诗云：'牛渚西江夜，青天无片云。登舟望秋月，空忆谢将军。余亦能高咏，斯人不可闻。明朝挂帆席，枫叶落纷纷。'为自己怀才不遇而愤愤不平。后来李白在此醉酒捉月，溺水而亡。而在袁宏之前，更有东晋名将温峤燃犀的传说，我先来吟首诗吧。"于是静轩吟了首《牛渚》，诗云：

　　温峤南归辍棹晨，燃犀牛渚照通津。谁知万丈洪流下，更有朱衣跃马人。

　　静轩吟完说："温峤燃犀的传说是这样的，那是温峤平定苏峻之乱后，准备返回武昌而途经牛渚矶时，闻水底有音乐之声，又听传闻说此处水中有许多怪物，温峤想探究竟，于是在那天夜晚，点燃犀牛角来照看，不看则已，一看吓了一跳，只见这水下灯火通明，水怪奇形怪状，有乘马车的，有穿红衣的，温峤惊恐而止。当晚入睡后，温峤梦到一个人愤怒地对他说：'我们和你幽明有别，各不相扰，你为什么要点火把来照我们呢！'温峤更加惊诧，知道是不祥之梦。回到武昌后不久，温峤即中风，不到十日就去世了，年仅四十一岁。"崔潭听完静轩的话，再看看山下无底深渊，不觉打了一个寒战，对静轩说："胡兄，你相信这事吗？"

　　静轩说："相信，黄帝内经云：'阳气者，若天与日，失其所则折寿而不彰。'大凡阳气不足、阴气太盛的人，就容易见到鬼怪，温峤燃犀见鬼，说明其阳气已衰、阳寿将尽了。"崔潭说："那温峤为什么会英年早逝呢？"

　　静轩说："温峤去世以后，百姓都悲伤流泪，晋成帝则下诏追赠温峤为侍中、大将军，谥号忠武，并评价说他功格宇宙、勋著八表。恩誉如此之隆，何也？原因是温峤先后有功于平定王敦之乱和平定苏峻之乱，两次挽救了东晋司马王室！先说第一次平乱，话说当年司马睿在金陵称帝时，琅琊王司马睿自己并无班底，只不过是得到了以王敦、王导为代表的当时第一望族琅琊王氏的拥护，才坐稳了这皇帝的位置。这样一来，司马睿无奈要分权给王氏，由王导主政、王敦主军，出现了'王与马，共天下'的局面，王氏势力最大的时候，朝中官员四分之三以上都是王家的或者与王家相关的人。自古皇权不容外人染指，司马睿面对此情景，当然心存不满，于是开始培植自己的班底，重用丹阳尹刘隗、尚书令刁协，对王敦进行防备，对其势力范围进行挤压，而最终触怒王敦。王敦于是以讨伐奸臣刘隗的名义在武昌起兵，东攻建康。刚开始司马睿大怒，下诏定王敦为大逆，但两个月后，王敦大军就攻占建康，杀了尚书令刁协，司马睿无奈向王敦低头，以王敦为丞相，封武昌郡公，王敦大获全胜，司马睿被彻底架空，羞愤忧郁的司马睿当年十一月死，太子司马绍即位，史称晋明帝。王敦连司马睿都不放在眼里，何况新上任的司马绍呢，于是王敦变本加厉，谋害忠良，树立党羽，将州牧长官都变成了王氏族人。温峤早就对王敦不满，于是向司马绍告发王敦夺位的图谋，晋明帝遂封温峤为中垒将军，抵抗王敦。王敦则以诛温峤等奸臣为名，以哥哥王含为元帅，率五万兵进攻建康。七月，王敦军队到达秦淮河南岸，温峤亲自率军渡河奇袭，大败王含，王敦之乱于是得以平定，温峤因功封建宁县公，第一次平乱成功。第二次平乱是在司马绍驾崩后，在庾太后临朝、庾亮掌握实权时，庾亮欲削历阳内史苏峻的兵权，征召苏峻入朝为大司农，苏峻不服，于是起兵叛乱，当年二月，苏峻率叛军攻陷建康，挟持晋成帝，控制了朝政。四月，温峤与庾亮起兵讨伐苏峻，同时温峤说服陶侃起兵，传檄天下，宣告苏峻罪状。九月，陶侃都督水军攻打石头城，庾亮、温峤等率步兵万人从白石出战，苏峻酒醉之下，竟然马失前蹄，被陶侃麾下将领斩杀，第二次平乱成功。两次平乱，两造东晋，温峤无疑功勋卓著啊。至于为什么温峤会英年早逝呢？可能是因为东晋无雄霸之开国君主，根基不厚；根基不厚，自然国祚不长；国祚不长，天意怎么能容忍温峤这样的能臣长寿呢！"

崔潭说："哈哈，胡兄这样解释虽然不好反驳，但也不是十分有力啊！"静轩说："那就另外找个理由吧！或者是温峤享大功享大名而无灾无难，由是老天忌满吧！"崔潭说："这个解释还差不多呢！胡兄，看了采石矶，我们现在就去看看燕子矶吧！"静轩说好，于是两人沿长江向东北方向走了一百五十里来到了建康城，沿着石头城来到了燕子矶。看着城墙高耸，固若金汤，而长江浪涛翻滚，声势浩大，真不愧为长江天险，静轩想起了当年前秦皇帝苻坚投鞭断流的豪言，于是吟了首《东晋》，诗云：

石头城下浪崔嵬，风起声疑出地雷。何事苻坚太相小，欲投鞭策过江来。

崔潭听完说："那苻坚一直在北方做皇帝，可能没来过石头城吧，所以想得太容易呢！"静轩说："苻坚肯定是没来看过这长江天险的，而且还没打到长江，在淝水之战中看到八公山上草木皆兵逃回北方去了呢！"

崔潭问："那苻坚凭什么自信，能打赢东晋呢？"静轩说："苻坚是氐族人，十六国时期前秦第三位国君，惠武帝苻洪之孙，丞相苻雄之子，生下来即有贵相，传说其背后天生有谶文：'草付臣又土王咸阳'。'草付'

是'苻'，'臣又土'是'坚'，也就是说，苻坚将来要在咸阳称王。苻坚自幼聪明过人，崇尚儒家经典，八九岁时言谈举止犹如大人，所以备受祖父苻洪的宠爱，年仅十三岁就任龙骧将军，后封东海王。因不满暴君苻生，杀之而受众拥戴为天王，上任后重用汉人王猛，整顿吏治，惩处不法豪强，平息内乱，实行与民休养生息的政策。又推行礼治，广开学校，以学取仕，于是开创了五胡十六国唯一治世，史称'关陇清晏，百姓丰乐'。后成功统一北方，又攻占东晋的蜀地、襄阳，形成南北对峙局面。苻坚还不到四十岁，就建立了如此功业，因此对于统一中国，苻坚不仅有雄心壮志，而且也有足够自信。虽然王猛去世前劝他不要对东晋有所图谋，但是雄心勃勃的苻坚不以为然。建元十八年，苻坚在太极殿召见群臣说：'我十九岁继承大业，将近三十年了。四方大致平定，只有东南一角，还未统一，我准备亲率大军东伐。你们以为如何？'属下多不赞成，大臣石越说：'从星象来看，今年不适合南进。何况东晋据有长江天险，且君臣和睦，更有谢安及桓冲这样的人才，我们不如暂时固守国力，生产整军，等东晋内部松动，再伺机攻伐。'对于这种稳重合理之言，苻坚鄙夷不屑地说：'星象之事，不可尽信。至于长江，春秋时的吴王夫差和三国时的吴主孙皓，他们都据有长江天险，最后仍不免灭亡。现在朕有百万大军，光是把马鞭投进长江，就足以截断江流，还怕什么天险？'群臣退下后，苻坚留下其弟苻融，苻融亦以天象不利、晋室上下和睦以及兵疲将倦三点为由反对。但苻坚非常执着，苻融于是哭着劝谏，并重提王猛死前的话，也未能说服苻坚，名僧释道安、太子苻宏、苻坚宠爱的中山公苻诜，以至宠妃张夫人皆反对伐晋，苻融等人亦屡次上书表示反对，但苻坚仍然独持己见，一意孤行，吃了秤砣铁了心，于是终遭失败。苻坚变夷从夏，有帝王气象，本来有望统一天下，可惜未识天时，不听王猛遗言，在东晋气数未尽的情况下，淝水一跌而导致局势不可收拾，亡身败国，可叹可叹啊！"

崔潭问："那苻坚什么时候南征为好？"静轩说："如果苻坚再等两年，等谢安死了再南征，那就有可能一战而夺东晋了！"崔潭说："这夺人江山还得看人啊，皇帝不行，大臣行，还是不可轻举妄动呢！"静轩说："贤弟入道之言也，不过如果皇帝不行，大臣太能干，江山易姓是常态呢！东晋之后，南朝的宋、齐、梁、陈，均以金陵为都，传华夏之正朔，历四朝、二十四帝、一百六十九年，其中遭遇改朝换代的末代君主即这种情况，不是无德，就是无才，如宋废帝刘子业的乱伦、宋明帝刘彧的残暴、齐明帝萧鸾的昏暴，到了梁武帝萧衍，本来作为开国帝王，应该有一番作为的，到最后也断送了江山。我们去看看梁朝的皇宫遗址吧！"静轩说好。

那梁武帝因为什么而断送了江山呢？请听下回分解。

第五十二回　论金陵萧衍崇佛　赋陈宫后主好淫

上回说到两人要去看梁武帝的皇宫。于是他们离开燕子矶，而走进了金陵城内，来到了梁朝古皇宫遗址。崔潭说："梁武帝萧衍亡国的事，愿闻其详呢！"

静轩说："萧衍即位后，勤于政务，他不分春夏秋冬，总是五更起床，批改公文奏章；他为了广泛地纳谏，下令在皇宫门前设立两个盒子，一个是谤木函，一个是肺石函。如果功臣没有因功受到赏赐和提拔，良才没有被使用，都可以往肺石函里投书信。如果是一般的百姓，想要给国家提什么批评或建议，都可以往谤木函里投书。他个人生活节俭，一冠三年，一被两年，吃饭也是蔬菜和豆类，而且每天只吃一顿饭，太忙的时候，就喝点粥充饥。萧衍很重视官吏的选拔任用，强调清廉，经常亲自召见他们，训导他们遵守为国为民之道，萧衍还下诏书到全国，如果有小的县令政绩突出，可以升迁到大县里做县令，大县令有政绩，就提拔到郡做太守。"崔潭说："这梁武帝也是个明君啊。"

静轩说："是啊，可到了晚年，他却笃信佛法，大兴佛教，杜牧曾有诗形容云：'南朝四百八十寺，多少楼台烟雨中。'当时的郭祖深也形容说：'都下佛寺五百余所，穷极宏丽，僧尼十余万，资产丰沃。'不仅如此，作为皇帝的萧衍还亲自以身事佛，四次出家。普通八年，萧衍第一次前往同泰寺舍身出家，三日后返回，大赦天下，改年号大通。大通三年，萧衍第二次至同泰寺，举行四部无遮大会，脱下帝袍，换上僧衣，舍身出家，群臣见朝廷无主，无奈捐钱一亿向三宝祷告，请求赎回皇帝菩萨，九月二十七日萧衍才还俗。大同十二年，萧衍第三次出家，这次群臣用两亿钱将其赎回。太清元年三月三日，萧衍第四次出家，在同泰寺住了三十七天，四月十日朝廷出资一亿钱赎回。萧衍信奉佛法，还对佛门有所创造发明，他从《大般涅槃经》中找到理论根据，下令僧人必须吃素，开创了汉传佛教吃素的传统，他带头不近女色，不吃荤，还要求全国效仿，甚至规定宗庙祭祀，不准再用猪牛羊，要用蔬菜代替。由于萧衍全身心扑在佛教上面，导致政务废弛，朝政昏暗，奸臣弄权，大地主肆意剥削和压榨老百姓，民怨沸腾。太清二年，从东魏投降梁朝的侯景因对梁朝与东魏通好心怀不满，遂以清君侧名义在寿阳起兵叛乱，次年攻占金陵，将梁武帝囚禁在台城，梁武帝最后竟然被活活饿死。"

崔潭听完说："这萧衍竟然未能善终啊！"静轩说："萧衍出身兰陵萧氏，为西汉相国萧何的二十五世孙，博通文史，为'竟陵八友'之一，又曾钦令编《通史》六百卷，并亲自撰写赞序。他才思敏捷，文笔华丽，所作的千赋百诗，其中不乏名作，在位四十八年，在南朝诸帝中位列第一，可因为痴迷佛教而亡国亡身，可惜啊！我来吟首诗吧！"静轩于是吟了首《金陵》，诗云：

侯景长驱十万人，可怜梁武坐蒙尘。生前不得空王力，徒向金田自舍身。

崔潭听完问："作为皇帝怎么就不能痴迷佛教呢？这个还请胡兄开示！"静轩说："中国自古以中庸之道来治理国家，道心居上，人心居下。对于饮食男女，强调无过、无不及，不提倡放纵，也不会去禁绝，民间有歌云：'无酒不成礼仪，无色路断人稀，无财世路难行，无气倒被人欺，看来四字有用，劝君量体裁衣。'而作为西方传来的佛教，却要求信徒'诸恶莫作，众善奉行'，不杀生，不偷盗，不邪淫，不妄语，不饮酒，这样的清规戒律，除了看破红尘的人和少数有佛性慧根的人能做到外，大部分人是很难做到的。而如果将佛教作为国教，让一国之人都信奉五戒十善，虽然世间清平祥和，但是带来的后果也是可怕的！人人都向往西天极乐世界，而不去繁衍后代，人人都吃斋念佛，而不去生产劳动，这样国家就危险了，人类也就没有了。因此佛教只适合个人修行，修五戒十善，去贪嗔痴慢恨五毒，不过不仅和尚如此，道士、君子都是如此，这就是所谓三教同源于善。但是如果要建立和治理国家，还得采用儒家或法家理论才行呢！尤其像梁武帝处在南北朝这样的战乱时代，国家和民族还是要有尚武精神才行，所谓用霹雳手段，显菩萨心肠。"崔潭听完说："感谢胡兄开示，受教了，说完了梁朝，那取代梁朝的陈朝呢？"静轩说："梁朝亡于佛教，陈朝亡于女色啊！"两人来到曾经豪华富丽的陈宫遗址，静轩看完，吟了首《陈宫》，诗云：

> 陈国机权未可涯，如何后主恣娇奢。不知即入宫中井，犹自听吹玉树花。

崔潭听完问："玉树花是啥呢？"静轩说："有两个意思，一是花名，生长在江南，因多是在屋后的庭院中栽培，故称'后庭花'，后庭花的花朵有红白两色，在白花盛开之时，树冠如玉一样美丽，又名'玉树后庭花'。二是古乐府曲，陈朝皇帝陈叔宝为之填上新词，词为：'丽宇芳林对高阁，新妆艳质本倾城。映户凝娇乍不进，出帷含态笑相迎。妖姬脸似花含露，玉树流光照后庭。'因陈叔宝亡国，该曲后来被称为亡国之音。"崔潭说："'妖姬脸似花含露，玉树流光照后庭。'能写出这种艳词来的人大多是多情浪漫之人啊，这种人当皇帝定非国家之福！"

静轩说："贤弟高见啊，这陈朝的底子本来很厚实的，开国皇帝陈霸先是东汉廉吏陈寔的后代，陈寔就是我们上次看的德星亭的主角，祖宗积德，后人有福。陈霸先出身低微，从军后一路升迁，并通过平定'侯景之乱'而渐渐控制了梁朝的政权，太平二年，废梁敬帝自立为帝，建立大陈，改元永定，是为陈武帝。陈霸先生活俭朴，克勤自律，可惜于永定三年病逝。其侄陈文帝陈蒨即位，陈蒨大力革除南梁奢侈之风，陈朝也因此安定。天康元年陈蒨死，遗诏太子陈伯宗继位，但于次年被文帝弟陈宣帝陈顼所废。陈顼即位后，继续实行陈蒨轻徭薄赋之策，使江南经济逐渐恢复。太建十四年陈顼病死，太子陈叔宝继位。而陈叔宝当了皇帝后，皇宫就开始奢侈了起来。他为了金屋藏娇，建起了临春、结绮、望仙三阁，阁高数十丈，袤延数十间，穷土木之奇，极人工之巧，门口垂着珍珠帘，里面设有宝床宝帐，服玩珍奇，器物瑰丽，前所未有。阁下积石为山，引水为池，植以奇树名花。每当微风吹过，香闻数十里。陈叔宝自居临春阁，张丽华居结绮阁，龚、孔二贵嫔，居望仙阁，其中有复道连接。又有王、季二美人，张、薛二淑媛，袁昭仪、何婕妤、江修容等七人轮流召幸，得游其上。时人看见张丽华曾于阁上梳妆，有时临轩独坐，有时倚栏遥望，都以为仙子临凡呢！所谓温柔乡是英雄冢，当时北方的隋文帝正雄心勃勃地想灭掉陈朝完成统一，可陈叔宝一点忧患意识都没有，甚至认为'王气在此，役何为者耶'？而大臣孔范也附和认为'长江天险，限隔南北，今日虏军，岂能飞渡耶'？开皇八年三月，隋文帝发兵五十一万八千人，由晋王杨广节度，分进合击，很快突破了长江，攻下了金陵，隋军随即冲入皇宫，从宫中的一口枯井中捉住陈叔宝、张贵妃、孔贵嫔，当隋军将三人用绳吊上来时，张丽华全身湿透，衣裙贴身，更显玲珑秀美，晋王杨广，也就是后来的隋炀帝，为其丽容所动，欲纳为妾。隋军元帅高颎说：'武王灭殷，戮妲己。今平陈国，不宜娶丽华。乃命斩之。'于是张丽华被斩。"

崔潭听完说："又是红颜祸水的亡国教训啊。一个有色，一个好色，于是缠绵而亡国，夏桀与妹喜、商纣与妲己、周幽与褒姒，现在是陈叔宝与张丽华，看来这种亡国之悲剧是很难避免的了！"静轩说："老子云：'谷神不死，是谓玄牝。玄牝之门，是谓天地根。绵绵若存，用之不勤。'在男女情欲上，世俗认为是女人吃亏，其实说起来是男人吃亏呢！民间有俗语云：'犁不坏田累死牛！'陈叔宝以一人之身，要对付这么多'脸似花含露'的妖姬，哪有那么多精髓？即使不被隋军灭国，也会精尽而亡啊。男欢女爱的初衷是繁殖后代，这就是天道，逆了天道，自然也会得到惩罚。要避免这样的悲剧，则要从男女两方的教育入手，对于男人，要力戒意淫、手淫、邪淫，有时连正淫也要节制，要强调万恶淫为首，而对于女人的美色，要注意守藏，跟珠宝、利器、才华一样，不要轻易示人，更不能一味地贪图闺房之乐，如果丈夫贪色，还要规劝才行呢。"

静轩说完，忽然听到后面传来一个声音："这位公子不仅诗写得好，解说也妙呢！二八佳人体似酥，腰间仗剑斩凡夫。虽然不见人头落，暗里教君骨髓枯。息精息气养精神，精养丹田气养身。有人学得这般术，便是长生不死人。"静轩回头一看，见是一个邋里邋遢的醉汉，但眉宇间有一股仙气，静轩一看此人非同凡俗，于是向前行礼道："大人过奖，请问大人高姓大名！"那人说："一口琼波一口珠，一双冷眼看江湖。桃花洞里为宾客，沧海舟中一丈夫。"静轩听完心想，"一口加一口就是吕字，洞里为宾客就是洞宾"，于是说："原来是吕洞宾高道啊！久仰久仰！刚才听君两首绝句，受益匪浅呢！"崔潭一见是仙人现身，也过来行礼。吕洞宾拿起酒葫芦喝了一口，醉眼看了一眼静轩说："自古机缘不易逢，观君骨相带仙风。灵槎已备连沧海，同上蓬莱第一峰？"静轩一听吕公这诗，是要他跟随学道成仙啊，静轩觉得自己还没有去做道士的想法，于是也拱手回了一首诗云："家国恩深尚未酬，蓬莱只合梦中游。何时四海风波静，喜带儿孙去弄舟。"吕洞宾见静轩不是同路人，于是摇头吟歌而去，歌云："神仙事业人难会，养性长生自意吟。铁牛耕地种金钱，刻石时童把贯穿。一粒粟中藏世界，二升铛内煮山川……"崔潭说："胡兄，机缘难遇啊！昔日王子晋遇浮丘公，费长房遇壶公，今日胡静轩遇吕洞宾，人家叫你去修道成仙，你也不去！"静轩说："修道上天堂，人间也有天堂啊，我们去苏州看看吧！"崔潭也久慕苏州，于是说好，两人向东南走了四百多里来到了苏州城。

"'君到姑苏见，人家尽枕河。古宫闲地少，水港小桥多。夜市卖菱藕，春船载绮罗。遥知未眠月，乡思在渔歌。'胡兄，你看这姑苏城多美啊！"崔潭说。静轩说："贤弟在吟杜荀鹤的诗啊，江山还需诗人捧，诗比景更美呢，我也来诵一下李白的《乌栖曲》，'姑苏台上乌栖时，吴王宫里醉西施。吴歌楚舞欢未毕，青山欲衔半边日。银箭金壶漏水多，起看秋月坠江波。东方渐高奈乐何！'想当初，伍子胥相土尝水、象天法地营造苏州城，吴王却沉迷酒色，不听伍子胥的忠言，于是亡身亡国，江山易手，令人遗憾啊！我们先去看看吴宫遗址吧！"崔潭说好。

欲知两人到了吴宫，静轩又有一番什么高论呢？请听下回分解。

第五十三回　姑苏城题伍员恨　华亭谷论陆机才

　　上回说到两人来到了姑苏城看吴宫遗址。不过眼前看到的已经是一片荒草，宫非人亦非，静轩想起以前这里的繁华，触景生情而吟了首《吴宫》，诗云：

　　草长黄池千里余，归来宗庙已丘墟。出师不听忠臣谏，徒耻穷泉见子胥。

　　看完吴宫，两人又看了当年伍子胥修筑的人工河吴江，想起伍子胥死后，在五月初五这天，吴王夫差令人将伍子胥的尸体扔到江中。看着这东流的江水，静轩又吟了首《吴江》，诗云：

　　子胥今日委东流，吴国明朝亦古丘。大笑夫差诸将相，更无人解守苏州。

　　两人离开吴江，又来到了苏州城外西南隅的姑苏山上，看了当年姑苏台遗址，相传吴王夫差经常在此奢靡娱乐，花天酒地，静轩俯瞰这姑苏城，又看着这荒凉的姑苏台，于是吟了首《姑苏台》，诗云：

　　吴王恃霸弃雄才，贪向姑苏醉酴醿。不觉钱塘江上月，一宵西送越兵来。

　　崔潭听完问："胡兄，这一座苏州城你就吟了三首诗，主要是说伍子胥和吴王夫差这两位人物，为什么这么安排呢？"静轩说："《易经》云，一阴一阳之谓道，阴阳和合，小则身体好、夫妻和，大则国家兴旺。君臣也是一对阴阳，阳的一方如果是圣君、明君，阴的一方就会有忠臣、贤臣、净臣，如周武王和姜尚、太宗和魏徵。而如果君是庸君、弱君，但只要有贤臣辅佐，虽然不能创业，基本也能守一时之业。但如果君是昏君、暴君，即使有忠臣、贤臣、净臣辅佐，最终的结局，则是忠臣、贤臣、净臣远走或者被杀，佞臣、奸臣上位，政治黑暗，最终失去江山社稷，吴王夫差杀伍子胥即是明证。而纵观中国历史，国家的治乱兴衰大抵是这样循环往复，一旦出现战乱纷争，受害最大的还是老百姓。因此我之所以针对夫差和伍子胥写了三首诗，主要是提醒帝王不要重蹈覆辙啊！吴国倚重伍子胥，西破强楚，北败徐、鲁、齐，从而称霸东方，这足以证明伍子胥之才能，而伍子胥多次劝谏吴王夫差杀灭勾践以绝后患，从后面的结局来看，也是先知先觉。伍子胥死后九年，夫差蒙眼自杀，无颜面去九泉见伍子胥，这个教训足以让所有帝王借鉴呢！"

崔潭听完说："胡兄讲得有道理，请教一个问题，那伍子胥为什么一直念念不忘地提醒夫差灭掉越王勾践呢？"静轩说："夫差之昏，在于无知人之明，在纷纷扰扰的议论中，分不出哪是忠言哪是祸言，分不清在大臣之中，谁是忠臣，谁是奸臣，而对于越王勾践，也分不清是真心降服还是权宜之计。而伍子胥则眼光独到，能燃犀照鬼，他之所以断定勾践是个强大的对手，在于勾践不仅有宏图大志，而且能委曲求全，勾践在吴国称臣三年的刻意谦卑，以及回越国后的卧薪尝胆、十年生聚十年教训，这种人要不成功是很难的，其次就是勾践手下有范蠡、文种这样的能臣相助，越国君臣勠力同心，吴国君王则花天酒地，不要说伍子胥，就是你和我，也能看出其中的趋势啊！"

崔潭说："那确实呢！那胡兄觉得伍子胥和范蠡相比如何？"静轩说："伍员是儒家做派，孟子云：'道之所在，虽千万人，吾往矣！'伍员就有孟子所称许的这种浩然之气，自刎前还告诉舍人'抉吾眼县吴东门之上，以观越寇之入灭吴也'，以此让夫差悔悟，可谓舍生而取义。而范蠡是道家做派，道家主和光同尘，在道家看来，伍员和屈原两个楚国蛮子，都是迂腐不化之人，庄子云：'伍员知事君尽忠，而不知逆君之致祸。'这当然是指伍子胥不懂道家无为避祸之道，而范蠡则是入道之人，知道越王能共苦不能同甘，于是远遁五湖避世，逍遥于江湖，得以保命全身。虽然如此，中国人总体来说还是敬佩悲剧英雄，如项羽，如伍员，五月初五端午节就是用来纪念伍员和屈原的，因此伍员在后世的影响要比范蠡大得多了！贤弟，我们去太湖看看当年范蠡泛舟的地方吗？"崔潭说："听说范蠡和西施一起在五湖泛舟呢！那要去看看！"

两人出姑苏城，沿太湖向北走了百里来到了蠡湖，静轩登上了太湖上的高山，望着这碧波万顷、一望无际的五湖，感叹地说："当年勾践灭了吴国后，范蠡带西施直向太湖而来，他们到了太湖北边的五里湖边，见这里风景优美，山明水秀，就搭了几间草房，隐姓埋名住了下来。自从范蠡归隐五湖的故事传开后，五湖也成了中国文人心中'功成名就身退'或者'厌世避世归隐'的圣地和代名词呢！我来吟首诗吧！"静轩于是吟了首《五湖》，诗云：

东上高山望五湖，雪涛烟浪起天隅。不知范蠡乘舟后，更有功臣继踵无？

崔潭听完说："'不知范蠡乘舟后，更有功臣继踵无？'我来回答一下，范蠡功成名就之后隐迹五湖，化名为鸱夷子皮，其间三次经商成巨富，三散家财。后定居于宋国陶丘，自号'陶朱公'，后人尊之为财神，与孔子门徒子贡即'端木'齐名，所谓'端木生涯，陶朱事业'。后来的功臣，像王翦、张良，也都能保身，但是没有陶朱事业了！"

静轩说："贤弟回答得好呢！有些人也并不需要归隐五湖的！姜子牙协助周武王创立周朝后，不是成了几代帝师，最后活到一百四十多岁吗？范蠡为什么要功成身退？因为他觉得越王勾践'为人长颈鸟喙，可与共患难，不可与共乐'，善于相面的范蠡知道勾践必然过河拆桥，所谓'飞鸟尽，良弓藏；狡兔死，走狗烹；敌国破，将相亡'。后来勾践令共过患难的丞相文种自尽，也证实了范蠡的远见。在一家一姓的私天下，王位是帝王身家性命、私家之物，不容任何人觊觎和染指，尤其对于劳苦功高、手握大权的将相，即使再贤明的帝王也是猜忌万分，而大臣稍微有所不敬，即带来杀身之祸，兔死狗烹的悲剧代代上演。面对勾践这样的君主，范蠡之隐退自然是明智之举。老子说：'持而盈之，不如其已。揣而锐之，不可长保。金玉满堂，莫之能守。富贵而骄，自遗其咎。功遂身退，天之道也。'而后来的白起、商鞅、李斯之惨死，则是没有这种智慧的结果呢！当然即使不能成功，也要懂得趋吉避祸，不能自己往火坑里跳！"

崔潭说："胡兄应该有所指吧！"静轩说："是的，东门黄犬之后，就是华亭鹤唳，我们去华亭看看陆机的故乡吧！"崔潭说："潘江陆海，大才子陆机啊！那要去看看呢！"

于是两人向东南走了三百里来到了华亭，即今天的上海松江，这江南水乡，荷叶田田，蓬蓬勃勃，确实美不胜收。他们一起去了陆机、陆云兄弟年轻时经常去的华亭谷，只见这里如世外桃源，多佳鱼莼菜，又多白鹤清唳，静轩感叹道："陆机临刑前曾说：'华亭鹤唳，岂可复闻乎？'这鹤鸣声确实回肠荡气啊！我来吟首诗吧！"静轩于是吟了首《华亭》，诗云：

> 陆机西没洛阳城，吴国春风草又青。惆怅月中千岁鹤，夜来犹为唳华亭。

崔潭听完问："胡兄，这'千岁鹤'，代指什么呢？"静轩说："这是个典故，出自陶渊明《搜神后记》，篇首就说了这个故事。丁令威，本辽东人，学道于灵虚山。后化鹤归辽，集城门华表柱。时有少年，举弓欲射之。鹤乃飞，徘徊空中而言曰：'有鸟有鸟丁令威，去家千年今始归，城郭如故人民非，何不学仙冢垒垒。'遂高上冲天。其中说的丁令威是著名的道家人物，丁令威唱歌与麻姑弹琴、谢自然击筑、王子晋吹笙齐名呢！在我这首诗里当然是代指陆机啦！"崔潭说："看来胡兄念念不忘得道成仙的人物呢！话说回来，陆机为什么放弃这么好的地方一定要去洛阳做官呢？"

静轩说："身后有余忘缩手，眼前无路想回头！中国人在年轻时大都有一番修齐治平的志向，陆机也是如此。吴亡后，陆机离开华亭，北上洛阳，我觉得原因有几个。第一个原因是来自'光宗耀祖'的压力。陆机祖父陆逊，为东吴丞相，叔祖父陆瑁，为选曹尚书，父亲陆抗，为东吴大司马，从叔父陆凯，为左丞相，从叔父陆喜，累迁选曹尚书。在孙皓时期，陆氏一宗在朝有'二相、五侯、将军十余人'。而一旦吴亡，陆机成了一介布衣，家族荣光从此熄灭。这之后的十年间，陆机退居华亭旧里，闭门勤学，闲暇之余，常与弟陆云游于华亭谷中，算是过了一段逍遥自在的隐居生活。然而，对于青春年少、血气方刚的陆机来说，难道就此湮没无闻，老死海边了吗？没有，他认真总结了吴国兴起与衰亡的原因，述其祖父功业，作《辩亡论》两篇，然后决然北上，闯荡洛阳，当然是想光宗耀祖、建功立业啊。"

崔潭听完说："这跟张良有点相似！"静轩说："是的。第二个原因是才高自许带来的治平之志。太康十年，陆机与弟弟陆云一同来到京师洛阳，凭借自己的才气，专意巴结权贵。初入洛阳时，即拜访当时的名士、太常张华，张华非常赏识陆机兄弟，逢人便说：'伐吴之战，获得了两个俊士。'有了高人抬举，由是名声大振，时有'二陆入洛，三张减价'之说，'三张'指当时名士张载、张协和张亢。太熙元年，太傅杨骏征召陆机任祭酒。元康二年，陆机接连担任太子洗马、著作郎，并与外戚贾谧亲善，跻身石崇的'金谷二十四友'。元康四年，吴王司马晏出京镇守淮南，任命陆机为吴国郎中令。元康六年，随吴王游梁、陈之地，其冬，转任尚书中兵郎。元康七年，转为殿中郎。元康八年，陆机出补著作郎。永康元年，赵王司马伦发动政变，诛杀贾皇后并任相国，陆机被请为参军，因参与诛讨贾谧有功，赐爵关中侯。不久，司马伦篡位，任命他为中书郎。永宁元年，齐王司马冏、河间王司马颙、成都王司马颖诛杀篡位的司马伦，齐王司马冏认为陆机是司马伦同党，于是被治罪，流放边地，后遇大赦，于是投靠认为有前途的成都王司马颖，司马颖也看重陆机，委任其为平原内史，后世遂称其为'陆平原'。太安二年，司马颖与河间王司马颙起兵讨伐长沙王司马乂，让陆机代理后将军、河北大都督。从其履历看出，陆机当初入洛的决定还是对的，在官职上屡获升迁，当然，这一切还是基于其满腹的才华！"

崔潭问："有才华，有机遇，那应该更上一层楼啊！怎么落个杀头的下场呢？"静轩说："陆机从委身贾谧，到委身司马伦，再到委身司马颖来看，三易其主，跟吕布一样，已无忠义可言，有奶就是娘，有权就是爹，最终在西晋八王之乱的历史旋涡中沉没了，没有人去搭救他。当时司马颖任命陆机做河北大都督时，陆机曾坚决请辞。因为第一，他家中三代为将，杀伐太重，必有奇祸。第二，他是外来人，却位居本地群士之上，下属多有不服，成功还好，失败了必然墙倒众人推。但是司马颖却劝慰陆机说：'如果事情成功，封你为郡公，任台司之职，将军你要努力啊！'陆机官瘾很大，加上盛情难却，只好任职。出征时即有不祥之兆，军旗折断。交战时，长沙王司马乂挟持惠帝与陆机在鹿苑遭遇，陆机军大败，赴七里涧而死的士兵如同积薪，于是部下群起向司马颖进谗言，司马颖大怒，让牵秀秘密逮捕陆机。当晚，陆机梦见黑车帷缠住车子，手撕扯不开，天亮后牵秀的部队就到了。陆机脱下戎装，戴上白帽，与牵秀相见，神态自若，他对牵秀说：'自从吴国覆灭，我兄弟宗族蒙受大晋重恩，入朝陪侍帷幄，剖符带兵，此次成都王把重任交给我，我推辞却没有获准，今日被杀，难道不是命吗？'说完给司马颖写了一封信，言辞非常凄恻，然后慷慨赴死。临刑前哀叹华亭鹤唳，时年四十三岁。两个儿子陆蔚、陆夏也一同被害，弟陆云、陆耽也随后遇害，被夷三族。传说陆机遇害那天，白天大雾弥合，大风折树，平地积雪一尺厚。"

崔潭听完说："陆机也算传奇，不知后人是怎么评价陆机的呢？"静轩说："陆机志在功名，以才求贵，趋炎附势，操守不保，而治军无策，攻心乏术，临乱无主，此乃其结局悲惨的原因。虽然如此，陆机的千古文名，还是如雷贯耳，永载史册的，而从'文章合为时而著'来看，如果陆机一直隐居华亭幽谷而终老，天天听华亭鹤唳，无交游，无人事，又怎么写得出这样的诗赋来呢？陆机文采历代多人赞誉，葛洪评价说：'机文犹玄圃之积玉，无非夜光焉，五河之吐流，泉源如一焉。其弘丽妍赡，英锐漂逸，亦一代之绝乎！'刘勰在《文心雕龙·才略篇》中评价说：'陆机才欲窥深，辞务索广，故思能入巧，而不制繁。'钟嵘在《诗品》中评价说：'晋平原相陆机，其源出於陈思。才高词赡，举体华美，咀嚼英华，厌饫膏泽，文章之渊泉也。张公叹其大才，信矣！'本朝太宗对陆机也是高度赞赏，特作《陆机传论》，称赞陆机为'廊庙蕴才，瑚琏标器，百代文宗，一人而已'。又悲其遭遇为：'自以智足安时，才堪佐命，庶保名位，无忝前基。不知世属未通，运钟方否，进不能辟昏匡乱，退不能屏迹全身，而奋力危邦，竭心庸主，忠抱实而不谅，谤缘虚而见疑，生在己而难长，死因人而易促。上蔡之犬，不诫于前，华亭之鹤，方悔于后。'最终说出陆机命运之根源：'然则三世为将，衅钟来叶；诛降不祥，殃及后昆。是知西陵结其凶端，河桥收其祸末，其天意也，岂人事乎！'"

崔潭听完说："太宗皇帝真是目光如炬啊！可人在命运之中，岂可自己做主？即使陆机看了太宗之文，还是会入洛而沉没，命也！其天意也，岂人事乎！"静轩说："贤弟真是高明啊，陆机争来争去，最终人头落地，四十三岁死，而谢安携妓东山，寄情山水，四十岁才出山，却功成名就，富贵人生，这不是命吗？"崔潭说："谢安东山携妓，风流潇洒，我们也去东山看看吧！"静轩说好。

欲知两人在东山看到了什么，请听下回分解。

第五十四回　题谢安东山携妓　赋勾践会稽逃生

上回说到两人想去看看谢安携妓的东山。于是两人向南行三百里来到了东山，即在今浙江省绍兴市上虞区上浦镇境内。他们一起看了蔷薇洞、白云堂、明月堂、谢安墓、洗屐池，还看了东山江边山壁间形如手指的巨石，即"东山指石"，以及石下的钓鱼石和指石潭。静轩想起当年谢安携妓游乐的情景，于是吟了首《东山》，诗云：

五马南浮一化龙，谢安入相此山空。不知携妓重来日，几树莺啼谷口风。

崔潭听完问："几树莺啼谷口风！这颇有道家风趣呢！"静轩说："黄帝升仙于谷口，西汉郑朴隐居于谷口，道家又有云生谷口之说，大抵说谷口即出世、入世之交界也！"崔潭说："云生谷口，莺啼八风，生动形象呢！那什么叫'五马南浮一化龙'？"静轩说："那是一首童谣。西晋末年发生八王之乱，导致五胡乱华。永嘉五年，匈奴攻陷洛阳，掳走晋怀帝，次年怀帝遇害，太子司马业在长安即位，为晋愍帝。五年后匈奴再陷长安，愍帝出降，被掳至平阳，西晋灭亡。于是中原士族纷纷'衣冠南渡'，其中有'五马南浮'的说法，即琅琊王司马睿、西阳王司马羕、南顿王司马宗、汝南王司马佑、彭城王司马纮，五司马一同南下过长江，然后司马睿在建康称帝，即'一马化龙'。而早在几年前八王之乱时，洛阳就有童谣云'五马渡江去，一马变为龙'，与后事吻合，似有天意。"

崔潭听完说："不是猛龙不过江，但司马睿是条困龙啊，东晋还得靠温峤、谢安这班贤臣辅佐才行！不过这谢安在中国历史上还是数一数二的贤臣，被誉为江左风流宰相，风流之外，临危不乱，举重若轻，这种定力殊为难得，请问胡兄，这种定力是怎么得来的呢？"

静轩说："谢安出身于名门家，四岁时，名士桓彝见到他就赞赏说：

'此儿风神秀彻，后当不减王东海。'谢安童年时便神态沉着，思维敏捷，风度条畅。少年时即得到名士王蒙及宰相王导的器重，已在上层社会中享有较高的声誉。青年时朝廷屡次召他出来做官，但是他屡次拒绝，一直隐居在东山，与王羲之、许询、支道林等名士、名僧频繁交游，出门便捕鱼打猎，回屋就吟诗作文，就是不愿当官。到后来他们谢氏家族凋零，权势快衰落了，谢安才不得不决定出仕，当时已经四十多岁了。走出东山的谢安，真名士自风流，泰然自若地处理军政大事。从如下几件事可以看出：第一件事，宁康元年，想篡位的桓温入京朝见孝武帝司马曜，谢安及侍中王坦之受命到新亭迎接，当时已有传闻桓温要杀王坦之、谢安，王坦之因此非常害怕，但谢安却神色不变。桓温抵达后，百官夹道叩拜，文武大臣都惊慌失色，王坦之更是汗流浃背，连手板都拿倒了，而谢安从容就座。面对隔壁的刺客，谢安对桓温说：'我听说诸侯有道，守卫在四邻，明公哪里用得着在墙壁后面安置人呀！'一句话让桓温羞愧不已，尴尬地把刺客撤走。第二件事，太元八年，前秦皇帝苻坚率领着号称百万的大军南下，志在吞灭东晋而统一天下。当时建康城一片惶恐，可是谢安镇定自若。他以征讨大都督的身份，派谢石、谢玄、谢琰和桓伊率兵八万前去抵御。谢玄手下的北府兵虽然勇猛，但是前秦的兵力是东晋的十多倍，谢玄心里到底有点紧张。出发之前，谢玄特地到谢安家去请示这个仗怎么打，谢安泰然自若，回答道：'朝廷已另有安排。'过后默默不语。谢玄不敢再问，便派好友张玄再去请示，谢安于是驾车去山中别墅，与亲朋好友聚会，然后又与张玄入座下围棋赌别墅，谢安平时棋艺不及张玄，但这一天张玄因为心事重重，心慌意乱，反而败给了谢安，谢安回头对外甥羊昙说：'别墅给你啦。'说罢便登山游玩去了。晚上返回后，才把谢石、谢玄等将领召集起来，当面交代机宜事务。第三件事，当晋军在淝水之战的捷报送到时，谢安正在与客人下棋，他看完捷报，不动声色，继续下棋。客人憋不住问他，谢安淡淡地说：'没什么，孩子们已经打败敌人了。'从这三件事看出，谢安临危不乱，处变不惊，确有非凡定力，堪称大才。这种定力怎么生成和养成的呢？这首先来自天性，来自父精母血、日月时辰。其次则来自当时的玄学气氛。在那个战乱频仍的年代，人命如蝼蚁，朝不保夕，儒家忠君报国、修齐治平的人生理想被及时行乐、醉生梦死的玄学思想所代替。从早期的何晏、王弼、嵇康、阮籍，到中期的王衍、王导、王羲之、谢安，到后期的陶渊明，这些魏晋名士表现的魏晋风度，大都不拘礼节、不守陈规，他们认为'天地无限，生死无常'，所以敢于放浪形骸，潇洒风流。谢安在《兰亭集》中的赋诗云：'相与欣佳节，率尔同褰裳。薄云罗阳景，微风翼轻航。醇醪陶丹府，兀若游羲唐。万殊混一理，安复觉彭殇？'在《与王胡之诗》中云：'朝乐朗日，啸歌丘林。夕玩望舒，入室鸣琴。五弦清激，南风披襟。醇醪淬虑，微言洗心。幽畅者谁，在我赏音。'诗里有与自然融为一体的大自在、大快乐。由此可见，在谢安的心中，什么功名利禄、生死胜败，他都看透了，看淡了，因此做事也无所顾忌，无有挂碍，因此无有恐怖，可以携妓出游，可以笑对刺客，更可以泰然面对战争的成败，于是就有神闲气定、举重若轻的沉着了。"

崔潭听完说："胡兄讲得精彩，不过，比起王衍、山简来说，谢安的玄学又是另外一种境界了！"静轩说："说到底，谢安终究还是忠君爱民的，只是做到了儒道互补而已！单纯的儒，单纯的道，那就跟孤阴不长和孤阳不生一样！往往人死了，又失败了，于国于身都是两败俱伤，而做到儒道互补的人，既能办成事，而且还能保全名声和性命，这就是两全其美！"崔潭说："胡兄开示鞭辟入里，我们接下来去哪里呢？"静轩说："这古越国的第一名山当属会稽山，谢安和王羲之就曾在那里举行了兰亭聚会呢！那上面还有大禹陵，秦始皇曾上会稽山祭拜过，我们去看看吧！"崔潭说好。

于是两人向西北行了六十里来到了会稽山，他们先看了会稽山阴兰渚山下的兰亭，亭前有石碑，刻着王羲之的传世名作《兰亭集序》，以及《兰亭集》中诸多诗作，炳炳烺烺，蔚为大观，崔潭对着石碑说："'此地有崇山峻岭，茂林修竹，又有清流激湍，映带左右，引以为流觞曲水，列坐其次。虽无丝竹管弦之盛，一觞一咏，亦足以畅叙幽情。'胡兄，你觉得王羲之和谢安的字怎么样呢？"静轩说："书者心画也！王羲之和谢安的字翩若惊鸿，婉若游龙，有魏晋潇洒之风，但终究缺少儒家忠勇之气，我个人喜欢颜筋柳骨，有我大唐雍容富贵的正大气象！王羲之的人、文、字大抵皆与当时国势、玄学相关也！"崔潭问："胡兄的意思是王字不能成为榜样吗？太宗皇帝就非常喜欢王羲之的字呢！"静轩说："书法是需要不断推陈出新的，如看山看水看人一样，如不变化，则沦为常景而熟视无睹、无所动心了，太宗时颜真卿、欧阳询、怀素、柳公权还没出世呢！因此一个时代当有一个时代的书法巅峰，于此才不负韶华啊！"崔潭听完说："胡兄高瞻远瞩啊！这兰亭的名字传遍天下，不知从何而来呢？"静轩说："相传是越王勾践曾在此种兰而得名，不过勾践差点就死在这座山了！"崔潭问："可有这事？"

静轩说："越王勾践三年，勾践听说吴王夫差准备攻打越国，于是不顾范蠡劝阻，决定先发制人。夫差听说之后，出动全部精锐，在夫椒击败越军，勾践剩下五千兵退守到这会稽山，吴军进而将会稽山团团围住。越王勾践见此情况，追悔不已，这时谋士范蠡建议勾践向吴王夫差请和，并入吴国为臣。勾践无奈令大夫文种去吴国，表示愿意携妻带子入吴国为臣。吴王夫差同意勾践之请，相国伍子胥却反对此事，认为灭越在此一举。于是吴国没有同意越王的请求，文种回到越国后，认为吴国太宰伯嚭贪财好色，可以用财货美女贿赂，要求他离间夫差与伍子胥的关系，勾践同意照办。伯嚭接受了越国贿赂后，对吴王夫差进言：'若继续进攻越国，必然使得勾践杀妻灭子，焚烧宫室，与吴国拼死一战，到时越国上下同心，吴国更难从中取利了。'吴王夫差认为有道理，于是接受了越国的请和。伍子胥见此愤怒道：'如今天赐良机，却不灭越，此后将追悔莫及！'但吴王夫差拒绝了伍子胥之言，赦免了越王勾践，并从越国撤军。我来吟首诗吧！"静轩于是吟了首《会稽山》，诗云：

越王兵败已山栖，岂望全生出会稽。何事夫差无远虑，更开罗网放鲸鲵。

崔潭听完说："量小非君子，无毒不丈夫，胡兄的意思是夫差有妇人之仁吗？"静轩说："贤弟高见，夫差有妇人之仁，而无丈夫之决，夫差之后，项羽鸿门宴放走刘邦，袁绍多谋少决而被曹操所灭，皆是败例！而之前的大禹杀防风，则是无毒不丈夫的成例呢！我们去大禹陵看看吧！"崔潭说好。

两人于是前往大禹陵，欲知他们对大禹有何评论，请听下回分解。

第五十五回　涂山题大禹立威　柯亭赋蔡邕辨笛

　　上回说到两人想去看大禹陵，于是两人离开兰亭。沿途只见千岩竞秀，万壑争流，古木参天，百草葱茏，更有'蝉噪林逾静，鸟鸣山更幽'之趣，他们祭拜了大禹陵，然后看了大禹祠，祠前有一副楹联云："功盖九州垂万世，道承二帝并三王。"祠内香火很旺。静轩说："大禹封禅、娶亲、计功、归葬都发生在会稽山，这山下应该有很多他的后代，所以香火不绝呢！"崔潭说："看来这道德的流传还不如血脉的流传啊！"静轩说："那是肯定的，以孝治天下，所以历朝皇帝都是传子啊！不过对于大禹这样的明君，后来的帝王都会举行国祭的，秦始皇不就亲自来这里祭祀吗？"崔潭说："那是，不过，还是要德泽万世的帝王才会享有这种待遇呢！胡兄，你来之前说大禹杀防风氏是怎么回事呢？"

　　静轩说："会稽山也叫涂山，传说当日大禹在涂山召开诸侯大会，各位诸侯都恭恭敬敬、满载玉帛准时来到，唯独巨人防风氏赴会迟到，大禹于是当着众诸侯的面，杀了防风氏。行刑之时，由于防风氏足足有三丈三尺高，刽子手只好筑起高大的架子才能完成行刑。千多年后，吴国攻打越国，在会稽山上发现一副巨人骨，光是巨人的一截胫骨就装满了一车，吴王不知道是怎么回事，于是派使者去鲁国请教博学的孔子，孔子说那是当年被大禹杀的防风氏的骨头。我来吟首诗吧！"静轩于是吟了首《涂山》，诗云：

　　　　大禹涂山御座开，诸侯玉帛走如雷。防风谩有专车骨，何事兹辰最后来。

　　崔潭听完说："'防风谩有专车骨，何事兹辰最后来。'胡兄，你这个问题的答案是什么呢？"静轩说："防风氏是巨人，走得很快，为什么会迟到呢？传说是防风氏路遇洪水，沿途为了救助灾民，所以迟到。大禹为什么要杀防风氏呢，传说防风氏反对大禹将帝位传子，为防止群起反对，于是杀一儆百，立天子之威。"

崔潭说："大禹传子，开启夏朝，公天下禅让制到大禹就中断了，尧舜的以德服人、以德禅让也一去不复返了，从此中国走向了一家一姓的私天下！"静轩说："是啊，贤弟，人心不古，世风日下，私天下为了把江山一代代传下去，防止有能力有声望的人觊觎，于是就出现了很多权谋权术，比如杀一儆百、枪打出头之鸟，就属于其中之一！不过这种权谋大家都看得很清楚，只是慑于天子一时的威权，在一段时间敢怒不敢言而已，但最终也会作为笑料和污点留在历史上。另一方面，由于圣人的礼乐教化还在，人民已经知道了尧舜的存在，后来的皇帝在榜样的参照下，在民意的监督下也不能为所欲为！而且诗歌、音乐多少对私天下的帝王有教化的作用的。说起这音乐，贤弟可知道这柯亭笛？"崔潭说："未之闻也！"

静轩说："这柯亭笛的笛声奇绝，天下闻名，月白风清的夜晚，登楼一吹，听说可以引来凤凰呢！简直可以跟舜帝当年的韶乐相比了。这柯亭笛谁发明的？是东汉的蔡邕。据晋朝伏滔记载云：'初，邕避难江南，宿于柯亭。柯亭之观，以竹为椽。邕仰而眄之曰，良竹也。取以为笛，奇声独绝。历代传之，以至于今。'然而，是不是柯亭的竹子都可以做出这么神奇的笛子呢？不是！相传蔡邕经过甄别后，只有柯亭第十六根竹拆下来才能制成。后来到东晋时，笛圣桓伊'善音乐，尽一时之妙，为江左第一'，用的就是蔡邕的柯亭笛。"崔潭问："那这柯亭在哪呢？"静轩说："就在这会稽县城西南，我们去看看吧！"于是两人下了会稽山，向西北走了三十里，来到了柯亭，即今天绍兴市柯桥区柯亭公园。

这柯亭处在形若半岛的平地上，三面临水，风景秀丽，南面正对古纤道，亭高两层，飞檐翘角，古朴典雅，他们两人于是登楼赏景，只见这波光粼粼，水天一色，真乃绝妙，静轩又仔细看了这亭中的竹子，遥想当年蔡邕夜宿此亭而发明柯笛，现在人和笛都不在了，只剩下了柯亭名垂千古，静轩于是吟了首《柯亭》，诗云：

一宿柯亭月满天，笛亡人没事空传。中郎在世无甄别，争得名垂尔许年。

吟完静轩说："蔡邕是个全才呢！他曾师事著名学者胡广，通经史，善辞赋，又精于书法，擅篆、隶书，尤以隶书造诣最深，有'蔡邕书骨气洞达，爽爽有神力'的评价，所创'飞白'书体，对后世影响甚大。唐张怀瓘《书断》评蔡邕飞白书'妙有绝伦，动合神功'，在书法论述方面，他的《笔论》影响很大，他说：'书者，散也。欲书先散怀抱，任情恣性，然后书之；若迫于事，虽中山兔毫不能佳也。夫书，先默坐静思，随意所适，言不出口，气不盈息，沉密神彩，如对至尊，则无不善矣。'他早年拒朝廷征召之命，后被征辟为司徒掾属，任河平长、郎中、议郎等职，曾参与续写记载东汉光武帝至汉灵帝纪传体史书《东观汉记》。汉灵帝熹平四年，蔡邕建议石刻《鲁诗》《尚书》《周易》《仪礼》《春秋》《公羊传》《论语》经书，后历九年刻四十六隶书石碑，称'熹平石经'。后因罪被流放朔方，几经周折，避难江南十二年。董卓掌权时，召蔡邕为祭酒，三日之内，历任侍御史、治书侍御史、尚书、侍中、左中郎将等职，封高阳乡侯，世称蔡中郎。"

崔潭听完问："蔡邕精通音律的传奇除了柯亭笛外，还有吗？"静轩说："还有两个，一个是焦尾琴的故事。话说蔡邕在吴地时，听到一块桐木在火中爆裂的声音与众不同，蔡邕于是断定这是一块好木材，因此把它拣出来做琴，音色果然非常美妙。但是由于做琴的木头尾部当时被烧焦了，所以人们叫它焦尾琴。蔡邕遇害后，焦尾琴保存在皇家内库之中。据说齐明帝在位时，曾取出焦尾琴请古琴高手王仲雄弹奏，王仲雄连续弹奏了五天，并即兴创作了《懊恼曲》献给明帝。还有一个就是听琴辨杀心的故事，话说蔡邕当时在陈留时，他有个朋友准备了酒菜请他去赴宴，蔡邕走到门前时，听到里面有琴声传出，而且琴声中藏有杀心，于是掉头就走。主人赶紧追赶并问起原因，蔡邕就将把事情都告诉了他，弹琴的客人连忙出来说：'我刚才弹琴的时候，看见一只螳螂正要扑向鸣蝉，我担心螳螂会丧失了机会，这难道就是所谓的杀心流露到音乐中来吗？'蔡邕莞尔而笑说：'是呢！'"

崔潭听完问："蔡邕善辨音色，在辨人识人方面应该也很厉害吧！"静轩说："非也！《乐记》云：'德成而上，艺成而下。'蔡邕在辨忠奸方面，却差了火候。当初害怕被杀而委身董卓，这就算了，而闻董卓被杀，竟然发出悲叹，更有世传的《荐董卓表》，由此看出，在大是大非面前，没有见识啊！由是被王允处死，人生都要面对一个死，或重于泰山，或轻于鸿毛，蔡邕的这种死法确实不值，可惜才华有余而识见不足，令人遗憾了！"

崔潭说："胡兄这诗应该不是说蔡邕的识见不足吧，竹遇蔡邕，马遇孙阳，于是有脱颖而出的机会，叹世间少辨材之伯乐，对吧？"静轩说："贤弟深得我心也！其实像蔡邕这样的才子，遇到董卓相逼，应该像严子陵躲避王莽一样去隐居避世，才算高人呢！"

崔潭说："东汉光武帝的朋友严光吗？他的生平我很熟悉呢！严子陵年轻时就很有名望，后来游学长安时，结识了刘秀和侯霸等人。王莽称帝后，曾广招天下才士，侯霸趁机出来做官，而刘秀却参加了绿林起义军，决心推翻王莽。严子陵当时也多次接到王莽的邀聘，但他不为所动，最后索性隐姓埋名，避居富春江畔，彻底摆脱了王莽的羁绊。刘秀在洛阳即皇帝位后，想起了老朋友严光，于是派人四处寻找，几年后得知严子陵隐居地，便立即派人带了聘礼，备了车子去请，并修了一封著名的《与子陵书》，书云：'古大有为之君，必有不召之臣，朕何敢臣子陵哉。惟此鸿业，若涉春冰；辟之疮，须杖而行。若绮里不少高皇，奈何子陵少朕也。箕山颍水之风，非朕所敢望。'意思是古代大有作为的君主，必定有不敢召唤而是亲往请教的贤臣，我怎么敢以你严子陵为臣呀！只是我的事业刚开始，好似要踏过薄薄的春冰一样，好比腿上有疮需要拐杖扶持一样。因此，从前商山四皓不避汉高祖，老朋友你也不可以避开我，像许由那样的箕山颍水的风范，则不是我所希望的呢！光武帝的这封信写得很诚恳，严子陵实在推诿不过去，于是来到了洛阳。但他看到王莽手下的侯霸现在却又成了刘秀的重臣，心中十分鄙视，觉得羞与为伍，因此每天在宾馆睡觉，不去朝见刘秀。刘秀无奈亲自来看望，他闭着眼睛，不理不睬。刘秀抚着他的肚皮说：'子陵呀子陵，你到底为啥不肯出来辅助我治理国家呢？'严子陵突然睁开眼盯着刘秀说：'唐尧著德，巢父洗耳。人各有志，何必相逼呢？'刘秀见一时说服不了他，只得叹息着登车而去。过了几天，刘秀又将严子陵请到宫中，与他谈论旧事，谈得十分投机。晚上，还与严子陵同榻而卧，半夜，严子陵竟然在睡梦中把脚搁到了刘秀的肚皮上。第二天太史官上奏，说是昨夜客星侵犯帝座，刘秀听了哈哈大笑，说：'这是我和子陵同睡啊，没事！'不久刘秀命严子陵做谏议大夫，可严子陵早已悄然离去，隐居富春山去了。富春江这么吸引严子陵，一定是个风景绝妙的地方呢！我们去看看吧！"静轩说："我也正有此意！"

于是两人离开柯亭，向西南走了两百多里来到了七里滩，即今浙江桐庐县南富春山下，这富春江的景色如何？他们又有何心得？请听下回分解。

第五十六回　富春江说严光节　延平津论张华剑

上回说到两人来到了七里滩。只见这里环境清幽，青山吐翠，绿水流金，好一个隐居之地，他们一起看了严子陵钓鱼台，这钓鱼台位于山腰上，东西各有一盘石，高百余米，巍然对峙，耸立江湄，静轩在台上一坐，觉江风轻抚，恍如隔世，由是起了诗兴，吟了一首《七里滩》，诗云：

七里青滩映碧层，九天星象感严陵。钓鱼台上无丝竹，不是高人谁解登。

崔潭听完问："'钓鱼台上无丝竹，不是高人谁解登。'胡兄，我也有这种疑问呢？这台子这么高，怎么钓到鱼呢？他不会是像姜太公在渭水钓王侯吧！"静轩说："这严光跟姜尚、范蠡、谢安比起来，可谓一事无成。而之所以受到传颂，则是他的高节。他没有因为自己是皇帝的朋友而觉得高人一等，也不为唾手可得的富贵功名而心动，质本洁来还洁去，过自己无忧无虑的清贫生活。他登台钓鱼，只不过是打发岁月而已，既不是钓王侯，也不是钓生活所需的鱼虾！不过说实在话，古往今来，这样的人不是比比皆是吗？和尚道士大都如此。而严子陵享如此高名，只不过因为他是光武帝刘秀的朋友而已，沾光而不朽。如果不是刘秀的朋友，没有借势，怎会有此立德之机缘呢？这跟伯夷叔齐之阻拦武王伐纣、不食周粟饿死首阳山一样，没有武王，哪有夷齐呢！"

崔潭听完说："哈哈，胡兄真是高见啊，严光也太有洁癖了，看到侯霸就宁愿隐居，那读那么多书有什么用呢？而且红尘浊世，哪能像出山泉水那样清澈呢？太理想化了！"静轩说："是啊，不过像严光这样，既没有美誉也没有恶声，在历史上永远是一股清流，因此也是死而无憾了。在山泉水清，出山泉水浊，人只要进了仕途，想要做点事，就必须放弃黑白分明的想法，和光同尘，这样才可能获得功名和事业。但是这样一来，就难保清洁了，有人说你好，同时就必定有人说你坏，有时看似四平八稳、功德圆满，可能还不能善终呢！西晋的张华知道吧，西汉留侯张良的十六世孙，本朝宰相张九龄的十四世祖，博学多才，记忆力极强，被比作子产。他仕途一直顺利，在曹魏时历任太常博士、河南尹丞、佐著作郎、中书郎等职。西晋建立后，拜黄门侍郎，封关内侯，后拜中书令，加散骑常侍。晋惠帝继位后，累官开府仪同三司、侍中、中书监，即使在皇后贾南风那里，也能获得重用，最后封壮武郡公，又迁司空。像这样一个八面玲珑的人，最终却被赵王司马伦杀害！死后也恶评不断！而且听说张华死后，他手里的那把宝剑竟然在延平津化龙而去呢！"崔潭说："竟有如此神奇的事，我们要不去延平津看看？"静轩说好。

于是两人向西南跋山涉水，走了一千里，来到了江南东道的建州延平津，在今福建省南平市东南，位于建溪、西溪汇合处，是闽江的源头。只见这里山势陡峭，水流漫漫，他们问了很多当地人，才找到那个神剑化龙的地方。到了晚上，却见这里星光点点，水波汹涌，似乎真有神龙出没。第二天早上来看时，又见波平浪静，静轩于是吟了首《延平津》，诗云：

延平津路水溶溶，峭壁巍岑一万重。昨夜七星潭底见，分明神剑化为龙。

崔潭听完问："胡兄，这张华宝剑化龙的事情，请详细说说啊！"静轩说："这说来就有点话长了，王勃《滕王阁序》中有'物华天宝，龙光射牛斗之墟'之句，说的就是这宝剑的光芒。话说当初吴国还未被西晋吞灭时，斗星与牛星之间常有紫气，一般人认为象征吴国强大、不可征伐，懂得谶纬的张华则认为吴国可伐，因此只有他一人支持武帝与羊祜的伐吴计划。羊祜死后，张华不仅帮助晋武帝下定了灭吴的决心，而且帮助制定作战计划和调度粮草，并亲临战线，最终西晋四个月就消灭了吴国，重新统一了中国。吴国平定之后，斗星与牛星之间的紫气更加明显，张华于是邀请豫章人雷焕来一起寻察，二人登楼仰观天象，雷焕说：'我观察很久了，斗星牛星之间，有非常不一般的气息。这是宝剑的精气，上贯于天。'张华说：'你说得对。我少年时，有个相面的人说我年过六十会位登三公，并当得到宝剑佩带，我相信这话是会应验的，不知这宝剑在哪个郡？'雷焕说：'在豫章的丰城。'张华说：'我想委屈您到丰城做官，顺便寻找这把剑，可以吗？'雷焕答应了。张华大喜，立即补任雷焕为丰城县令。雷焕到丰城后，挖掘监狱屋基，下挖四丈多时，发现一个石匣，发出不一般的光彩，打开石匣，中有两把剑，剑上都刻有字，而这天晚上，斗牛之间的紫气消失了。雷焕于是用南昌西山北岩下的土擦拭这两把剑，擦拭后光芒四射，雷焕派人送其中的一把剑和北岩土给张华，留一把剑自己佩用。有人对雷焕说：'得到两把却只送一把，瞒得过张公吗？'雷焕说：'本朝将要大乱，张公也会在祸乱中遇害，此剑应当悬于东汉隐士徐稚墓树之上，这是灵异之物，终究会化为他物而去，不会永远为人所佩带的。'而张华收到宝剑后，认为南昌的土不如华阴赤土，于是给雷焕写信说：'详观剑文，这把剑就是干将，与它相配的莫邪，怎么没有送来？尽管二剑分离，天生神物，但终究要会合的。'因而送给雷焕一斤华阴赤土。雷焕用华阴土擦拭宝剑，剑更加光亮。永平元年，皇后贾南风专权，张华因平定楚王司马玮有献谋之功而升官，佩戴金印紫绶。由于张华出身庶族，儒雅有谋略，往上不遭君主猜疑，往下又是众望所归，于是张华受到贾南风重用，他尽忠国事，辅佐朝政，弥补缺漏，尽管惠帝昏弱、贾后残暴，但天下仍然安定，贾皇后也敬重张华，几年后，晋封他的爵位为壮武郡公。永平六年，张华接替已去世的下邳王司马晃为司空，正式位列三公。但此时，贾南风的专权引起了司马王室的不满，而张华所封的壮武郡有棵桑树变成了柏树，精通占卜的人认为这是不祥之兆，他的住宅及官署多次出现妖怪，张华的小儿子张韪因为中台星散裂，劝张华逊位引退，但张华不听，他说：'天道玄奥莫测，只能修养德行来应天变罢了。不如静观以待，听天由命。'永康元年四月，司马伦、孙秀准备废黜贾后，孙秀让司马雅连夜前往见张华，告诉他说：'赵王想要与您共同匡扶朝廷，为天下除害，派我来通知您。'张华拒绝，司马雅生气地说：'刀都要架在脖子上了，还说这样的话吗！'头也不回就走了。不久，张华梦见房屋忽然倒塌，醒后心中恐惧，当天夜里便发生了政变。司马伦诈称惠帝有诏召张华入宫，张华于是被捕。张华将死时对张林说：'你要谋害忠臣吗？'张林称自己有诏书，指责张华说：'你身为宰相，担负天下的重任，太子被废黜，却不能为气节而死，这是为什么呢？'张华说：'式乾殿议论此事时，我竭力劝阻，这是众所周知的，并不是我不谏啊！'张林说：'劝谏不被听从，为何不逊位？'张华无话可答。片刻，使者来到说：'有诏令杀你。'张华说：'我是先帝老臣，赤心如丹。我不怕死，只怕王室将有大难，祸不可测啊！'说完就被处死，又夷灭其三族，终年六十九岁。张华被杀后，宝剑不知去向。雷焕去世后，其子雷华任州从事，一次带剑经过延平津时，剑忽从腰间跳出落入水中，雷华让人进入水中找剑，一直找不到，却见到两条数丈长的龙盘绕在水中，身上有花纹，寻剑的人惊惧之下离开。不一会儿水中光彩照人，波浪大作，这把剑也就消失了。雷华叹息道：'先父化为他物的说法，张公终将会合的议论，今日算是验证了。'"

崔潭听完问："胡兄，你怎么看待张华的作为呢？"静轩说："贾南风是西晋时期'八王之乱'的罪魁祸首，八王之乱引发了'五胡乱华'，更将中国带进了近三百年的大分裂大动荡时期。而张华作为贾南风的宰相，虽然忠于乱世，自古为难，但是面对这样的历史责任，贪恋荣华，不能挺身出来拨乱反正，最终误国、误身，无疑是不称职的，正如孔子所云：'危而不持，颠而不扶，则将焉用彼相矣！'张华有其位，有其剑，却不能用剑斩邪恶，只是用来炫耀地位，最终不得善终，何哉？华而不实也。"崔潭说："看来牝鸡司晨，女主天下，终会大乱啊！"静轩说："贤弟见识更高一层，但说来说去还是晋惠帝无能！"

看完延平津，崔潭说再往南看看，静轩如何回答呢？请听下回分解。

第五十七回　咏史成集序心志　出谋平乱试锋芒

上回说到崔潭想再往南走。静轩说："再往南走，即是闽越之地，再过去就是我们去过的南粤，这些地方都是百越聚居之地，开化晚，人文待举，能游览的地方很少呢，我们就此回荆州吧！"崔潭说好，于是两人向西北方向行了两千多里回到了荆州。

崔铉见崔潭和静轩风尘仆仆回来，连忙接见，详细问了静轩这一年多的经过，静轩如实做了汇报，崔铉说赶紧把诗整理好成集，给大家看看。

此时已经是咸通九年（868年）六月，静轩觉得这八年的辛苦，就换来这些诗，先是一种忧，觉得三十而立，自己还没成家，事业也没见起色，这些诗就好比自己种树一样，如果没碰到识货之人，就等于树没结果，功夫就白费了，辛苦可能换来一场空。然后又是一种喜，古人云立言不朽，自己在三十岁之前也写出了这本集子，而在此之前，历史上还没有人专门出过咏史诗集，万一能流传不朽呢，这也不负韶华啊！静轩这样一想，心情也光亮起来，于是将咏史诗整理汇总，合计一百五十首，分上中下三卷，每卷五十首。静轩本来想请崔铉写个序，崔铉说，你这本集子将来要给皇上看的，我写序不好，有朋党之嫌，还是你自己写吧，你自己把写咏史诗的目的说清楚就行。静轩觉得也有道理，于是自己下笔写了序，序曰：

夫诗者，盖美盛德之形容，刺衰政之荒怠，非徒尚绮丽瑰琦而已，故言之者无罪，读之者足以自戒。观乎汉魏才子晋宋诗人，佳句名篇，虽则妙绝，而发言指要，远离王政。齐代既失轨范，梁朝文加穿凿，八病兴而六义坏，声律隽而风雅崩，欲补经国大业，良不能也。曾不揣庸陋，转采前王得失、古今成败，历时八年，游历天下，北至河梁，南抵铜柱，东临即墨，西界流沙，采帝王将相、贤人才子、义士贞妇之留迹，依尧舜禹汤文武周公孔子之道统，咏成一百五十首，名之咏史诗，为上中下三卷，有美有刺，有褒有贬，人事虽古，道理长存，非欲臧否古人，实欲裨补当代，庶几与大雅相近者也。此诗集之成，得益于恩公崔铉大人之巨手相助，亦有崔潭贤弟之相伴激发之功也！是为序。

静轩还写了首七律《咏史诗成集》，诗云：

当日长安蕾正红，归来果硕自江东。八年马迹嗟何得，三卷鸾声许自雄。已探兴亡方寸内，更明治乱史诗中。若能邀得真龙眼，舜日尧天自可逢。

静轩将咏史诗集给了崔铉审阅，崔铉看完后说："静轩，你这咏史诗集既是一本地理旅游集，也是一本历史精华集，语言平实，朗朗上口，不仅可以给皇帝百官看，更可以作为幼儿吟咏呢！因为蒙以养正！"静轩说："谢谢大人抬爱，看看还有哪里要修改的吗？请大人斧正呢！"崔铉说："序中我和犬子的名字就不要写了，以免引起人家过多联想，其他都很好，你先印个五百册，这钱就由公家出，一方面我赠给我的一些同僚故旧，比如现在京城的宰相路岩，一方面在军中发放，让军官们闲暇时吟诵吟诵吧！"静轩说："大人恩德，山高水长，静轩真是无以为报啊！"崔铉说："崔潭说跟你在一起学到不少东西，我还没感谢你呢，你忠厚老实，忧国忧民，对你的支持，就是对国家长治久安的支持啊！你去安排付梓吧！"静轩感激地说好。

静轩于是自己再校对一番，合计也不到五千字，书本很快就出来了，集子也不厚，崔铉看了集子，于是给宰相路岩邮寄了五本，还特意写了封信推荐。静轩给刘蜕、刘越、米二、胡念祖、陈盖、赵斑均寄了诗集，崔铉又安排给各营的军官每个人发了一册。这些军官本来就认字不多，即使静轩的诗通俗易懂，也是难以理解。崔铉于是对静轩说："静轩，这些军官也不是很爱读书，要不你来做老师，给他们开个课堂，组织他们来学习呢！"静轩说："大人英明，小的遵命！"

静轩于是在军营里面做起了老师，他先让这些人背诵，然后讲解，最后就是讨论。因为这些都是真实发生的历史故事，而且很多跟战争有关，所以这些军官也非常有兴趣。一日，静轩教了《昆阳》这首诗："师克由来在协和，萧王兵马固无多。谁知大敌昆阳败，却笑前朝困楚歌。"讲了刘秀如何以少胜多、刘邦如何以多胜少，堂上的军官正准备开始议论，忽然一个军官从外面进来说："桂州戍兵庞勋起兵暴动了！正沿湘江北上呢！"静轩问："这位兄台，具体情况如何，能否详细说说！"

那人说："事情的经过是这样的：咸通四年，南诏攻陷安南，皇上征兵攻打南诏，在徐泗招募二千兵，其中分了八百人守桂林。按照当初约定，这八百人只需在桂林守三年，三年期满就可以返回家乡，由新募的戍兵替代。这些戍兵主要来自徐州，以勇悍闻名，朝廷由此特派徐泗观察使崔彦曾前去镇领。这崔彦曾治兵严苛，本来就引起戍兵的不满，加上他信任的都押牙尹戡、教练使杜璋、兵马使徐行俭克扣军饷、虐待士兵，大家更是怨恨不已，然而这些戍兵还是一忍再忍，希望能忍满三年，回家乡与妻儿老小团聚。可三年期满，崔彦曾却以种种理由，将他们强留下来。又过了两年，戍兵多次提出履行当初的约定，但崔彦曾却以路费不够为由，要他们再留一年。戍兵闻言群情愤怒，觉得忍无可忍了，于是造反。其中牙官许佶、赵可立、王幼诚、刘景、傅寂、张实、王弘立、孟敬文、姚周等九人，杀了都头王仲甫，推举颇有人望的粮料判官庞勋为头，庞勋于是发号施令，号召大家进入监军院拿兵器，于是一起暴动起来了！现在他们的队伍已经进入了湘潭、衡山两县，在四处抓壮丁抵抗朝廷呢！"静轩见此情况危急，于是马上停课，直接向崔铉这边走来。

荆南节度使崔铉此时正在与皇帝特使张敬思面谈，只听得这张敬思说："此次庞勋暴动，责任完全在崔彦曾这班人，说好三年期满即可回家，可现在都五年了，还要人家留一年，可又没有什么补偿，态度又粗暴。皇上的意思是赦免这些人的造反之罪，派我来当面向他们表达歉意，提供银两让他们回徐州与家人团聚。"崔铉说："张大人这样似乎有失妥当，虽然崔彦曾失信，带兵粗暴，但是也没出人命啊！哪个带兵的都事事依着士兵呢？三年期限未兑现可能也是没招到替代的士兵吧，但是戍兵也不能杀长官啊！如果戍兵杀都头、起兵造反这样的事就这么赦免了，那以后我们这些人还怎么带兵呢？"张敬思说："崔大人的话也有道理，但是皇帝已经下诏，就照皇帝的命令执行吧，在下告辞了！"说完张敬思就离开了荆州。

张敬思走后，崔铉见到静轩问："我们刚才的对话你都听到了吧，静轩！谈谈你的看法。"静轩说："事情的经过以及两位大人的对话我基本搞清楚了，但是属下才疏学浅，于军机大事不敢妄发言论呢！"崔铉说："静轩，你写这么多关于治乱的咏史诗，现在正是派上用场的时候了啊！但讲无妨。"

静轩说："那我班门弄斧试言之，浅陋之处还望大人指点。出现暴动这样的事，作为皇帝，应该站在公正的立场做出裁判，虽不说各打八十大板，但是无疑两方面都有责任、都要严惩的。对于徐泗观察使崔彦曾，言而无信，统御无方，既不能识微见著于前，也不能熄灭怒火于后，小怨而累至暴乱，不具父母官之德，亦不具带兵之能，当革职严办，其手下之都押牙尹戡、教练使杜璋、兵马使徐行俭诸人，亦当革职，对贪腐之事，当按唐律论处。对于庞勋诸众，当以重兵包围，迫其缴械，对于为首之十人，以杀人罪论处，但因事出有因，处罚从轻，不处死刑，对于一班从众，则既往不咎，但不赐予银两回家，对于未参加暴乱之兵士，则给予银两回家。对于被杀之王仲甫，则当厚葬隆祭，抚恤其后代。整个处理过程及结果当昭告天下，以明是非，防止类似事件发生。"

崔铉见静轩思路清晰，有条不紊，于是说："静轩说得好啊！这样两面都采取措施、两面都处理，我都没想到！但现在皇帝已经下诏赦免了，如何是好呢？"静轩说："皇帝这样下诏赦免，一方面不能明正是非，导致天下公道丧失，直接丧失皇威。另一方面，庞勋一班人都知道造反是大逆不道之罪，而皇帝竟然赦免，定会怀疑其中有圈套，双方无法互信，他们必定拥兵自保，到徐州后也必然不敢分开，必然抱团，他们先会以在职将士的名义向皇帝要求处死崔彦曾等，甚至可能跟朝廷要官做，朝廷肯定不会答应，于是他们会揭竿而起，以身家性命博取荣华富贵，这样一来就会大乱了！为什么会大乱呢？朱门酒肉臭，路有冻死骨，现在官民对立非常严重了，此次游历，我和潭贤弟已经深刻感受到了这种沸腾的民怨，正如有人总结的'人有五去而无一归，有八苦而无一乐，国有九破而无一成，官有八入而无一出'。就差陈胜吴广了，此事如果不压下去，这大唐的江山都危险！如果大人认同我的观点，当务之急应该赶紧将此利害上奏，让皇帝重新下诏，两面处理，并组织兵马将庞勋这班人围剿在湖南，则浇灭火苗，万山无虞也！"崔铉说："静轩说得很有道理，你赶紧代拟一份奏折，我看完后马上八百里加急上奏皇上，我则部署兵力合围。"静轩于是匆匆下笔，半个时辰就写好奏折，崔铉看后甚合心意，于是快马发送长安。

崔铉在荆州赶紧调动兵马到长沙、岳阳的湘江边集结，自己也带着静轩赶到了岳阳，这时探子来报，说张敬思已在昭山慰问了庞勋一众，庞勋一众已经拿到银两，并放下武器，正向长沙赶来。崔铉于是决定在岳阳洞庭湖围捉庞勋。就在这时，崔铉接到了皇帝的回复："照前诏令执行，一切听从张敬思节制。"崔铉看完顿觉心灰意冷，静轩说："大人，将在外君命有所不受！先把人活捉再说！"崔铉也觉得只能如此。

不到一日，庞勋率领千多人浩浩荡荡北上，看那阵容，不像乌合之众，船上的人警惕性很高，东张西望，崔铉于是命令长沙的战船开动尾追，这边的战船也驶出洞庭湖停在湘江上迎敌。庞勋船上的人一看这架势，马上行动起来，连忙分发武器，原来张敬思并没有收缴他们的武器！不久，崔铉的战船将庞勋团团围住，崔铉的战舰冲在最前头，崔铉于是对着庞勋大声说道："尔等听着，尔等在桂林杀死都头造反，又在湘潭衡山剽掠，虽然因崔彦曾言而无信，都押牙尹戡、教练使杜璋、兵马使徐行俭贪暴引起，但尔等之罪难恕，崔彦曾诸人我已申请皇帝严惩，但庞勋等为首十人之罪难逃，本人乃荆南节度使崔铉，现已布下天罗地网，着捉拿庞勋等为首十人治罪，但念及造反有因，不会偿命，这我保证，其余人等既往不咎，经查验后放行，尔等快快放下武器！否则，你们这一千人就将葬身洞庭湖，明年今日就是你们的忌日。"

崔铉一席话，如巨石投湖，那些人顿时骚动了起来，有的人说这是在分化，要和庞勋共存亡；有的人说这样处理比较公平，杀了都头造反不关我的事，我们还是可以平安回家的；有的人眼睛望着庞勋，问怎么办。庞勋见崔铉这么一分化，也不愿意连累大家，于是说："请问崔大人，说话可算数？我们十人可以跟你走，那剩下的兄弟们可要承诺他们平安到家呢！"崔铉说："你放心就是，本节度使又不是崔彦曾，曾经是大唐宰相，在皇帝身边这么多年，难道还换个老来说话不算数的恶名吗？"庞勋听崔铉这么说，也觉得可信，于是集合这为首的十人，放下兵器，准备直接过崔铉这船来，俯首就擒。

就在这时，只见一船驶来，上面那个人大声喝道："荆南节度使崔铉听旨！"崔铉一看是皇帝特使张敬思，连忙跪下接旨，欲知这张敬思颁了什么圣旨，这庞勋能不能捉住，请听下回分解。

第五十八回　料时局目光如炬　遇小人官场难留

　　上回说到庞勋正准备束手就擒，忽然来了个张敬思宣圣旨。这庞勋一看这局势，也就没过来崔铉船上。张敬思宣旨曰："朕绍膺骏命：朕前次已令张敬思赦免庞勋等人，尔之想法虽好，但朕金口玉言，岂可出尔反尔，失信于天下？着照张敬思之口令执行前次诏令！"崔铉接旨后，静轩在一旁说："大人，此乃千钧一发之际也，岂可前功尽弃？此时若放走庞勋，此后必掀大乱啊！不如将张大人先行捆了！"崔铉说："静轩，那是皇帝特使啊，这样做是欺君大罪，要灭族的啊！"于是下令退兵，让开江面。张敬思见崔铉退去，就催促庞勋快走，庞勋这十个首领见了这番变故，疑心更重了，一番合计后，把兵器分到每个人手里，于是从城陵矶入长江，一路东去。

　　话说庞勋本来可以就擒，却被张敬思放走，崔铉无奈派兵一路监督，看到庞勋他们走出自己的地界，于是带静轩回到荆南节度使治所。崔铉说："静轩，你的主意很好，但是皇上无法说服，我们做臣子的也只能服从，不过庞勋没有在湖南闹出动静来，我们保了一方平安，职责也到位了，就乐观其变吧！"

　　静轩说："太宗皇帝从谏如流，所以得贞观之治，皇帝也只有一个脑袋一双眼睛，怎么能事事正确呢？像汉高祖、唐太宗这样的皇帝太少了！我们如果在洞庭湖把这些人活捉了，然后将没闹事的交给徐州地方官接回严加看管，把庞勋这些人从轻处罚，这江山还是一样稳固，可现在就这么放走了，到了徐州肯定会引发大乱呢！这一乱，可能多少人头要落地，多少家庭要毁灭啊！不过，我刚才看了庞勋这些人的长相，不是那种干大事的人，难成气候，因此再乱也就是在淮海一带吧！"崔铉见静轩职位虽低，却有如此见识和能力，心里十分佩服，于是安排静轩协助整顿军队，把桂林兵乱的相似隐患进行排查，强调关爱士兵，重信守诺，同时又开始让静轩为军官讲授咏史诗课程，一切复归平静。

咸通九年（868年）十二月初八日早，崔铉忽然叫来静轩说："静轩，现在庞勋他们闹大了啊！庞勋到徐州后，崔彦曾要除掉他们，结果被庞勋打败，然后庞勋开始明目张胆地造反。十月十七日，庞勋军已经达到了六七千人，攻下了徐州城，俘虏了崔彦曾、焦璐等人，杀了尹戡、杜璋、徐行俭等人，消息传出，声威大震，各地流民纷纷投奔。十二月初五，庞勋军活捉李湘，攻占都梁城，进占了淮口，控制了江淮粮草运输线，目前军队达到了二十多万人，皇帝目前已下诏让我们出兵征讨呢！"静轩说："本来小事可以化了，暴乱可以扼杀在摇篮之中，现在闹得这么大，这张敬思难辞其咎呢！不过大人放心，我看这庞勋是神气不了几天的。第一，他们这些人造反的意志不是很强烈，那庞勋望之不似人君，也没有帝王的野心，他只是把事情再闹大一点，好跟朝廷讨价还价，讨个节度使一类的官做一做，像当年的王智兴一样。第二，这些人都不是圣贤君子，一旦得势，马上就会掠夺财富和美女，其行为会比现在朝廷的贪官污吏还要恶劣，老百姓会更痛恨他们。第三，这庞勋也没什么眼光，说到造反，其实桂林才是造反的好地方！离中原很远，朝廷也没多少兵力部署在那里，完全可以割据，而现在他们选择的徐州就不一样了，这个地方我今年春天刚去过，没有什么天险可以凭借，是个四战之地，难守易攻，而现在庞勋断了朝廷的粮道，皇帝一定会不惜血本、派遣重兵从三面合围，到时就是跟项羽在垓下一样的结局了！我看不出一年，他们就会被剿灭！"崔铉一听静轩这番话，觉得分析得非常有道理，于是问静轩："现在皇帝要我们派兵，静轩你的建议如何？"静轩说："大人，这兵一定要派的，尽量多派一点，因为这场仗是绝对会胜利的！"崔铉于是照静轩的建议，派了一万人马去助剿。

这庞勋造反的过程跟静轩预计的差不多，到了咸通十年（869年）正月，庞勋已经是一副无敌于天下的姿态了，他也过起了皇帝般的日子来，日有游宴，夜有佳丽，手下这班人则更加骄暴，夺人资财，掠人妇女。二月，沙陀族人朱邪赤心领三千沙陀骑兵加入围剿，沙陀骑兵骁勇善战、屡败庞军，逼近徐州。三月，庞勋军姚周部被沙陀骑兵全部剿灭。四月，庞勋败遁彭城，其军队死数万人。五月，新上任的徐州南面行营招讨使马举率精兵三万驰援泗州，庞军死数千人。六月，庞勋军又损失数千人，营寨也被夷平，朝廷各路兵马共同进逼徐州。七月，在官军步步逼近的情况下，义军内乱，互相残杀，庞勋亲率两万人西征。九月初七，朝廷兵马入徐州城，庞举直、许佶从北门突围战死，其余将士多赴水而死，城中所有桂州戍卒亲族，都被搜捕，斩尽杀绝，死数千人。九月初九，庞勋至县西，率领将士忍饥抵抗，战死近万名，其余投水溺死。最后庞勋在转攻亳州途中被沙陀骑兵杀死，至此，合计一年零两个月的庞勋暴动被彻底剿灭。

大乱削平，荆南节度使崔铉也因此受到皇帝表彰，崔铉对静轩的见识和谋划深表佩服和感谢，于是对静轩说："静轩，这次平乱，你处变不惊，出谋划策，见识超群，虽然我们最初的方案被皇帝否决了，但是我觉得你也是有功的，我准备提拔你做掌书记！"静轩闻此说："静轩才疏学浅，蒙大人不弃，能在此谋一职位，即已心满意足，此次平乱，全赖大人运筹帷幄，我岂有尺寸之功可言呢，况且掌书记之位，当以老成持重的名士担当为好，我在此虚心学习，等日后立功再说呢！"

崔铉说："君子当仁不让也，我需要你这样的人来辅佐我，况且现在的掌书记年岁已大，再过两个月就要退休回老家了！你就大胆地承接下来吧！"静轩见崔铉不是试探自己，而是一番诚意，于是说："那就谢谢节度使大人，我将进思尽忠，退思补过，不负大人一片关爱！"崔铉说："静轩不必客气！对于当今朝廷局势，静轩有什么看法呢？"

静轩说："太宗皇帝云，以铜为鉴，可以正衣冠，以人为鉴，可以知得失，以史为鉴，可以知兴替。现在的形势是一日不如一日啊，有点春秋战国时的乱象了，这次平定庞勋，作战最猛、战功最著、风头最盛的是异族沙陀骑兵，首领朱邪赤心被唐懿宗赐名李国昌，拜单于大都护、振武军节度使、徐州观察使，并赐京城亲仁里官邸一所，您看这李国昌不是跟当年董卓、安禄山一个德性吗？大凡作战凶猛者，均为蛮横不怕死的人，这样的人难以驾驭啊！俗话说得好，磨刀恨不利，刀利伤人手。如果人主无法驾驭，就应该像刘邦一样在事后将这些悍将除掉，以绝后患呢，可现在皇上却倚李国昌为长城，倍加恩宠，这只会让李国昌这种不读圣贤书的人更加骄横，但一骄横皇上肯定会压制，但一压制李国昌必然造反，这不是去了一个庞勋，又来了一个李国昌吗？大人您是忠于朝廷的，可其他节度使呢？未必都跟您一样啊！这么多集军权、政权、财权于一身的节度使，不是跟春秋战国时的诸侯一样吗？周天子和诸侯之间还有血脉之亲，因此再怎么称霸，还会留给周天子一个虚位，而现在皇帝和藩镇之间没有血脉之亲，皇帝也没有秦始皇那样武力的威服，也没有尧舜那样道德的文服，仅仅依靠一个空洞的君君臣臣，在太平时期还可以勉强维持，但如果民怨太大，一旦再出现庞勋式的暴动，节度使则可以完全不听皇帝的命令，或拥兵观望，或火中取栗，如此一来，天下就会陷入春秋战国的分裂局面了！"

崔铉本来还很乐观的，经静轩这么一分析，也悲观了起来，于是对静轩说："你说得有道理，那我们现在怎么做才好呢？"静轩说："皇者，大也。帝者，天也。皇帝一人治天下，当效法天，天无私覆，日月周行，自强不息，给普天下以阳光雨露，又给叛逆者以雷霆霜雪，让天下人感恩又畏惧，这样才能坐稳江山！因此还是需要皇帝自己振作才行！我写的咏史诗，差不多一半是写古代君王，就是希望皇帝能看到，从中领悟治国要道啊！可现在君门九重，怎么能看到我的咏史诗呢？即使看到，又怎么保证能静下心来仔细领悟呢？大人，您看看有什么好法子？"崔铉说："皇帝身边有三公、御史，可是这些人要么不敢说，要么说了皇帝不听，上次我们提出在洞庭湖剿灭庞勋的方案，你都看到结果了啊！如果采纳我们的方案，何至于引起这么大的动乱呢？你的咏史诗我已经寄给宰相路岩了，现在还没有回音呢。不过静轩，现在人心浮躁，你那良药苦口的咏史诗，几个人看得进去呢？因此我劝你也不要寄望太高呀！"静轩经崔铉这么说，心想："崔大人说的也是事实啊！可能真的只能给少儿开蒙用了！所谓一张白纸好画画呢！现在的皇帝和百官都已经是一张涂得乱七八糟的纸了，怎么洗也洗不掉了，要他们读咏史诗，确是一厢情愿了。大抵人只有病了才去养生，江山也只有等到要易手才知道后悔，大概这就是规律和宿命吧！"静轩于是也只能消极地静观局势！

过了一月，静轩见崔铉也没给自己下任命书，而且每次见面话也少了很多，心生诧异，但又不好明问。一天夜里，崔铉叫来静轩，对他说："静轩，最近出了点事，现在才有结果，我今天找你来，是告诉你一个不好的消息。"静轩早有预感，于是说："大人待我恩重如山，有什么事直说无妨！"崔铉说："我本来是打算提升你做掌书记的，可现在出现了变卦！当时张敬思在洞庭湖宣布圣旨的时候，你跟我说要把张敬思捆起来！这句话被一个小人听到了，他最近听说我要提拔你，正准备拿这件事到京城去告你呢！不过这个小人也是想坐掌书记这个位置，我见此无奈答应了他，但是他对你不放心，希望你离开这里！这事我刚开始没答应他，可他现在到处串联，我担心这事闹大了对你不利，所以只好委屈你离开这里，我这边帮你联系一下别的节度使，看看有没有机会，好吗？"

静轩听崔铉这么一说，当然有点惊讶，好端端一个饭碗就没了，当然是灰心丧气的，不过他还是相信崔铉的话的，于是对崔铉说："大人对我的大恩大德没齿难忘，现在出现这样的情况，只怪我当时一时情急，口不择言，给人家留下了把柄，这责任全在我，我也不怪那个人的。只是这大乱平定之后，皇帝还不自我反省，整顿吏治，体恤民心，恐怕还有更大的乱子要出啊！当年我在长安落榜时，见到一个叫黄巢的落榜之人，他吟了一首菊花诗云：'待到秋来九月八，我花开后百花杀。冲天香阵透长安，满城尽带黄金甲。'我看此人气质和诗赋，颇有领袖群伦的气象啊！如果还不赶紧挽救民心，我看他是要造反的，而且他不比庞勋，他是能造成反的！如此这天下就要大乱了，到时只怕会四分五裂啊！"崔铉见静轩这么通情达理，反求诸己，又如此关心国事，确是良才，心底更是感动，也愈加觉得对不住静轩，于是给静轩多发了半年的薪水。静轩却是平常心，虽然有一点点失落，但是也对崔铉这么几年来的照顾充满谢意，于是告别了崔铉、崔潭。因没地方去，静轩于是骑着已老的"利贞"马，回到了老家秋田。

故乡的十一月，天气有点冷了，胡安命夫妇见静轩回来了，当然心生欢喜，杀鸡网鱼，不在话下，走门串户，自是人情。一别九年，父母老了，自己也三十岁了，七位哥哥的小孩都长大了，静轩见到这故乡的山还是那样青翠，水还是那样清澈，一副永远不老的样子，于是生出了很多愁绪，一则自己尚未考中进士，功名遥遥无期，处于社会底层有志难伸、报国无门。二则是干了七年的饭碗也没了，现在连微薄的薪水都没有了。三是同龄人都已为人父亲了，自己却还没成家。四是这官场腐败，即使进去了也难有前途。五是民怨沸腾，国势日非，爱莫能助。静轩想到这里，于是以诗言志而吟了首《西江月》：

岁末寒生笔砚，归来寥落秋田。江湖九载过云烟，辛苦吟诗三卷。
蜀相茅庐莫美，上林新桂无缘。几时重见舜尧天，辗转年华如箭。

静轩现在遇到了人生的低谷，下一步怎么走呢？请听下回分解。

第五十九回　漆家铺胡曾息心　咏史诗陈盖作注

　　上回说到静轩因遭遇小人而无奈从荆南节度使文书职上回到了秋田。咸通十一年（870 年）正月，静轩在家跟父母一起过完春节，然后就骑马去邵阳北面的鸟树下找陈盖。陈盖的邻居说陈盖搬家了，搬到漆家铺去了。静轩于是在漆家铺找到了陈盖，十年没见，陈盖已经是一双儿女的父亲。静轩一见面，就问："盖兄，怎么把家搬到了漆家铺来了？"陈盖说："结婚了，就要安个家，为了沾点周公、诗祖、孔圣人弟子的灵气，我于是就搬到这漆家铺来了！静轩，十年没见你了啊！今天是什么风把你吹来了？走，屋里坐！"陈盖说完，马上吩咐他婆娘准备酒席，安排两个孩子去叫客人。

　　静轩说："不必如此客气啊，盖兄，十年没见了，盖兄现在都成家立业了，令我好生羡慕啊！"陈盖说："'孝'字上面是'老'的一半，下面是'子'，那就是半老当有子啊！不能做皇帝的忠臣，就做个父母的孝子吧！静轩，这次来多住一会，我们好好聊聊！"陈盖的老婆很快就把饭菜做好了，于是请静轩入席，陈盖还特意请了这附近有名望的人来作陪，凑满八个人一个方桌。

　　静轩看这漆家铺的礼数比秋田多了很多。首先是入座就花了不少时间，你推我让，最终由静轩和一位长老坐上席，两位读过书的坐下席，即陪位。第一轮是喝糯米甜酒，吃瓜子和糖果。第二轮是上烧酒，坐在静轩旁边的陈盖掌管酒壶，一一倒满，静轩本来不喝酒的，但是盛情难却，也被筛满。然后开始上正菜，每样菜两碗，荤菜为主，第一样菜是蛋丝，将鸡蛋煎成薄饼再切成丝状开汤。陈盖见菜上来了，就开始喝酒，并请静轩带头吃菜。第二样菜是冬钵肉，只见碗上隆起半个瓜状，夹起来是一块块三角形的厚肉，外表鲜红，吃起来醇厚香甜。第三样是炒鸡，陈盖特意将鸡头夹给静轩，将鸡屁股给那位长老。第四样是炖牛肉，第五样是炖羊肉，第六样是鱼冻，由鱼汤经冰冻而成，第七样是蒸猪血圆子，由猪血、豆腐、猪肉合做而成，第八样是红薯粉炖白菜，合计十六碗菜，八个人一起端碗喝酒，一起拿筷夹菜，吃一会，再说会话，大家都围绕静轩转，菜凉了又热，饭少了又煮，这顿饭吃了足足一个半时辰，静轩也在频频敬酒中喝得面红耳赤。

静轩对陈盖说："盖兄，这里的礼数真是足啊！"旁边的后生说："这位大人，我陈盖叔叔是把您作贵客来陪啊！一般只有新郎到丈母娘家才有这个礼数呢！"静轩说："哈哈，那我今天享受了一次新郎官的待遇了啊！谢谢盖兄！"吃完饭，陈盖就带静轩去看他的猪圈、鸡圈、牛圈、果园、鱼塘、菜园、稻田、竹林、树林，一边看陈盖一边说："静轩，我们在这万山丛中、梅山腹地，远离官府，只要自己勤劳一点，还是有吃有喝的呢！平时自己看点书，写点字，钓点鱼，砍点柴，这渔樵耕读的日子也自由自在。"静轩说："这就是陶渊明羡慕的桃花源吗！"看完已经是夕阳西下，回到陈盖家已是玉兔东升，于是一起吃晚饭。

晚饭后，只见明月照耀下的漆家铺安静祥和，陈盖的婆娘准备哄孩子睡觉，怀抱孩子边哄边唱起了山歌："月光光，海光光，走到河里洗衣裳。衣裳洗得雪雪白，我跟哥哥进学堂。学堂门前一眼塘，两个鲤鱼扁担长。大个留给妈妈吃，细个留得讨婆娘。娘啊娘，还不给我讨婆娘！娘啊娘，还不给我讨婆娘！"唱完见孩子还没睡意，于是又唱了一首："摇摇摆摆，摆到南海。南海转来，带把扇来。扇子两面风，骑马走江东。江东人问我，我是陈相公。江东人问我，我是陈相公。"

静轩听到这朗朗上口的山歌，如那潺潺流淌的山溪水一样，沁人心脾，引人入胜，于是对陈盖说："这梅山山歌非常好听呢！"陈盖说："这山歌好听吗？！怎么比得上你的咏史诗呢？不过谢谢大诗人谬赞呢！我们这里的山歌有哄小孩子的催眠歌，也有跑江湖的游子歌。"静轩说："都唱来听听咯！"陈盖于是唱了一首："太阳出来一点红，人乘骏马我骑龙，人乘骏马走天下，我骑神龙入海中。哎哟嘿，八仙过海显神通。哎哟嘿，八仙过海显神通。"静轩听完说："好逍遥啊！好歌谣！这梅山人志气高远啊！"陈盖得意地说："最好听的是那些露骨的情歌呢！听得未婚的面红耳赤，已婚的眉开眼笑呢！比如这首。"静轩连忙打断道："罢了罢了，盖兄，郑声淫，郑声淫啊！"陈盖说："哈哈，那就不再唱了，这乡里野曲终究难登大雅之堂呢！"静轩说："非也非也，阳春白雪，下里巴人，各安其位，各得其乐也！但思无邪即可！"陈盖听完说："对了，静轩，你上次给我寄的咏史诗集我收到了，也看完了，写得非常好，请问这么多地方你都去过吗？怎么去的呢？"

静轩听到陈盖这么问，于是把这么多年写咏史诗的经过跟陈盖讲了，陈盖听得津津有味，听完说："这本集子从上古黄帝到隋朝隋炀帝，时间跨度三千多年，而在地理上，东至蓬莱，西至流沙，南至交趾，北至河梁，纵横几万里，不简单啊，自古以来有几人能做到呢？静轩，你真是志猛心雄！令人佩服！静轩，我有个请求，不知你能不能答应呢？"

静轩说："我们亲如兄弟，你的请求我没有不答应的，只是我一介寒儒，你能求我做什么呢？"陈盖说："静轩，在中国历史上，你是第一个将咏史诗汇编成集的人，其他人咏史只不过是星星点点，虽有佳作，但是没有成集，你写的这些诗都以地名开头，文字通俗易懂，读起来如行云流水，十分流畅，跟我们的山歌一样，凭我的直觉，你这本书会流芳千古，可能会成为幼儿开蒙之最好读物。而我呢，静轩你是知道的，朽木不可雕啊！不过我也想附骥尾而日行千里，给你的每首诗作个注解，也好跟着你的诗永垂不朽，你看如何呢？"

静轩说："盖兄，我们一起在邵阳、湖南游历时，那些诗都是你作注的呀！你能给咏史诗作注，那我是求之不得的呢！至于你说流芳千古，那要谢谢你的吉言呢！"陈盖说："静轩，那我要谢谢你呢！我争取早点把注作完，交给你审阅，然后去雕印，发行到各个私塾去！对了，静轩你还有什么打算呢？"静轩说："盖兄，我很羡慕你呢，'上林新桂年年发，不许平人折一枝'，这科举之路恐怕没有希望了，而走过千山万水，走遍五湖四海，觉得还是自己家乡好，正如陶渊明所说的，'羁鸟恋旧林，池鱼思故渊'，盖兄，我就跟你一样，过渔樵耕读的日子算了。"

陈盖说："'不为箧中书未献，便来兹地结茅庵！'静轩，你有归隐之志，我猜你是这十年不得志所造成的，你要过渔樵耕读的日子很简单啊！只要你志愿安于清贫就行！不过我看你面相和气色，将来必定有一番作为的。古人云，天不得时，日月无光；地不得时，草木不长；人不得时，利运不扬。文章盖世，孔子厄于陈邦；武略超群，太公钓于渭水。静轩，你现在只是时机未到而已啊！"静轩听完笑道："盖兄，这几年不见，你这口才是越来越好了，你的话非常有道理。不过，在士农工商四民之中，士的出路只有两个，要么做官，要么教书。而做官需要参加科举，科举需要有人引荐，现在王孙公子都在排队，哪有平民百姓的份儿呢？而教书相对容易些，而且长久些，孔子云，天下有道则见，无道则隐，我也学做个邵阳孔子算了，盖兄你看如何？"陈盖说："君子可屈可伸，可行可藏，你要做孔子，那就到我们周公山开个书院如何，校舍安排和招收学徒，这个我来负责，你就安心教授就是了！我先把你的咏史诗尽快作好注解，拿去雕印！"静轩说好。

陈盖看那咏史诗，第一卷五十首，分别是：乌江、章华台、细腰宫、长城、沙苑、钜桥、沙丘、石城、洞庭、江夏、荆山、阳台、赤壁、居延、吴宫、阿房宫、沛中、金谷园、湘川、夷门、田横墓、鸿门、黄金台、夷陵、汉江、苍梧、陈宫、南阳、即墨、渭滨、五湖、易水、长平、西园、长沙、圯桥、汨罗、青门、铜雀台、东晋、吴江、函谷关、武关、垓下、郴县、东海、首阳山、姑苏台、息城、故宜城。第二卷五十首，分别是：成都、濡须坞、檀溪、青冢、李陵台、河梁、轵道、上蔡、汉宫、豫让桥、汉中、华亭、彭泽、武昌、鸿沟、东山、涿鹿、云梦、孟津、七里滩、霸陵、杀子谷、马陵、嶓冢、玉门关、昆阳、长安、滹沱河、望夫石、黄河、东门、凤凰台、回中、五丈原、泜水、褒城、平城、汴水、金陵、昆明池、兰台宫、金牛驿、望思台、邯郸、箕山、洛阳、高阳、会稽山、召陵、不周山。第三卷五十首，分别是：摩笄山、官渡、虞坂、秦庭、延平津、金义岭、瑶池、商郊、铜柱、关西、番禺、咸阳、高阳池、泸水、云云亭、细柳营、叶县、射熊馆、颍川、八公山、夹谷、杜邮、柯亭、绵山、葛陂、邓城、骓骝陂、柏举、缑山、涂山、豫州、博浪沙、陇西、白帝城、灞岸、濮水、鲁城、房陵、牛渚、废丘山、朝歌、谷口、武陵溪、流沙、大泽、傅岩、渑池、岘山、四皓庙、荥阳。陈盖看完说："静轩，我一看这标题，就觉得有九州在握、天下一览的感觉，我们当年游历湖南时你作的《长沙》《湘川》《苍梧》三首诗都收在了第一卷里，这三首诗我都作了注，我拿给你看看，这样注行不行呢！"陈盖于是拿出当年的注解给静轩看。

欲知静轩觉得陈盖的注解如何，请听下回分解。

第六十回　诗集邵州初闻名　长安科举再失意

　　上回说陈盖将咏史诗的注解给静轩看。静轩于是先看了对《长沙》的诗和注：

　　胡曾诗：江上南风起白蘋，长沙城郭异咸秦。故乡犹自嫌卑湿，何况当时赋鵩人。

　　陈盖注：汉书云：昔贾谊洛阳人也，有大才，孝武帝用之，帝所问之事，诸老凤未言，贾谊皆谓其对，尽合其节，帝以贾谊才能迁太中大夫，渐委公卿之任。后景帝舅王信无功，帝欲封侯，而周亚夫与贾谊皆谏曰：高祖有约，非刘氏不封王，非功臣不封王，非功臣不封侯，今信虽王后兄而无功。由是信恨谊，乃谮于帝，令左迁谊于长沙郡，为长沙王太傅，谊至长沙，为土地卑湿，不习水土，乃疾病，有鵩鸟来止谊坐隅，谊甚恶之，乃做鵩鸟之赋，后卒于长沙也，夫天子轻贤，时不容哲，盖时不用明者也！

　　静轩觉得陈盖之注，与史实多有不合，贾谊乃汉文帝时人，在长沙只是谪居三年，并未卒于长沙，后又召回长安，做汉文帝小儿子梁怀王的太傅，因梁怀王坠马而死，抑郁而离开人世，此时汉景帝尚未即位。因此陈盖注中孝武帝、周亚夫、王信、汉景帝诸人与贾谊均不是同时代之人，真是有点张冠李戴啊！除此之外，于美刺之意亦未尽得己心，"天子轻贤，时不容哲"亦过于武断，贾谊有才不假，朝廷论资排辈亦难避免，皇帝无奈，贾谊多愁善感亦乃弱点也，因此不能责于一面。

　　接着看了《湘川》的诗和注：

　　胡曾诗：虞舜南捐万乘君，灵妃挥涕竹成纹。不知精魄游何处，落日潇湘空白云。

陈盖注：古史云，舜有虞氏高阳之后，姓姚，瞽叟之子，父顽母嚚，书云：元首明哉，肱股良哉，庶士康哉。又博物志云，帝舜南捐不返。舜有二妃，一曰娥皇，一曰女英，并帝尧之二女也，于洞庭忆舜，挥涕洒成竹纹，投潇湘水而死也，今乃斑竹是也，夫舜受尧让位，日月光华，卿云歌分，思二妃之泣想，亦感万民之悬思也！

静轩觉得陈盖对这首诗的注解还可以。

接着又看了《苍梧》的诗和注为：

胡曾诗：有虞龙驾不西还，空委箫韶洞壑间。无计得知陵寝处，愁云长满九嶷山。

陈盖注：史记曰舜帝葬于此山，其山有九峰，常有浮云浮罩，莫辨陵之所在，呼为九嶷山，舜兴天下也，弹五弦琴之治，咏南风之诗，圣德穹隆，惠和优绝，陵寝之所，故与凡殊也！

静轩觉得注解的前面部分还可以，但"陵寝之所，故与凡殊"的结论不是很恰当，是实在没有找到，而不是与凡人不同呢！

因在陈盖家里做客，对于陈盖的注解，静轩只能说好，并说辛苦了。静轩想等他全部注解完了，再帮他修改一遍。陈盖得到了静轩的表扬，当然劲头更高了。每天做完农活，就把历史书籍拿出来，对着静轩的诗来作注解。同时，又把自己的一边厢房拿出来，做了一间周公书院，陈盖在鸟树下、七水江一带很有名气，毕竟是在邵州城里读过书的人，经他这么一呼吁，就招来了十多个学生，静轩于是做起了塾师，教他们《诗经》《楚辞》《论语》《史记》《礼记》，顺带也教他自己的《咏史诗》，教学了一段时间，静轩发现这些学生最喜欢的还是《咏史诗》，每天能背诵十多篇，不到一个月，拔尖的学生就把《咏史诗》背得滚瓜烂熟，这是静轩没有想到的，问陈盖原因。陈盖说："静轩，不见梅山真面目，只因君在此山中，你还不知道你写的咏史诗这么讨人喜欢啊！我当时一拿到就喜欢上了，比起《诗经》《楚辞》《论语》这些古书来，你的诗流畅易懂，字大家都认得，地名大家又有兴趣，历史故事大家愿意听，而从历史感悟道理，则让人受益呢！"静轩经陈盖这么一说，当然很欣慰，心想既然这么通俗易懂，那还要我在这里做塾师干吗呢，于是对陈盖说："盖兄，这周公书院你教就行，目前的任务是你赶紧将注作好，我们雕印一点，去送给私塾和书院吧！"陈盖说好。

陈盖于是焚膏继晷，每天注解两三首，两个月就注解完了，本来想给陈盖的注做一个编辑校对，但考虑是陈盖的原创，又顾忌陈盖的面子，静轩因此也就算了。陈盖热情很高，准备好钱，他们一起来到邵州城开始雕印，封面上印有"胡曾咏史诗 胡曾著述并序 陈盖注诗"的字样，书里面，诗用大号字，注用小号字，陈盖见到自己的名字和静轩并排上了书，心里非常高兴，于是说："静轩，我们印一千本，你放心，钱我准备好了，都由我来出！"静轩本来也没钱，于是说好。

书很快就雕印了出来，两人于是马不停蹄地给自己的老师同学都送了一本，然后就到邵州各个私塾、书院送书。送完后，静轩又在陈盖家里帮忙干农活、教学生，而此段时间，又有很多人来漆家铺拜会静轩和陈盖，都说这本书写得好，整个邵阳的学生都在读这本咏史诗，陈盖见此说："静轩，据我估计，将来你这本书一定会传遍天下！"静轩说："盖兄，你怎么这么自信呢？"陈盖说："实际情况你都看到了啊，现在小孩子要么读千字文，要么就是读咏史诗啊！"静轩说："那要感谢盖兄慷慨解囊印书呢！"陈盖说："那我也是为了出名吧！下次你还有诗文要出书的话，不要忘了要我作注呢！"静轩说："那是肯定的！"

时间过得很快，一晃就到了中秋节，静轩于是跟陈盖告别，回秋田陪父母团圆过中秋。父亲胡安命见静轩回来，语重心长地对静轩说："静轩，现在外面的人都说你写了本什么诗集啊！我们这里的学生都在读你的诗呢！"静轩于是把雕印的《咏史诗》送了一本给父亲，胡安命很快翻了一遍，然后说："静轩啊，你的诗影响大，这是好事，但是这也不能当饭吃啊！你今年都三十一了，我也七十六了，你大哥都做爷爷了，你却还是单身一人，我知道你有抱负，但是这岁月不饶人啊，现在你也要做个决定了，要么就在家结婚生子，要么就还是去参加科举，争取看看能不能考中呢！"

　　静轩见父亲白发苍苍、眼中带泪，一时非常惭愧，于是对胡安命说："父亲大人，怪孩儿不孝，让您操心了，这样吧，我再去长安试一试，如果又考不中，我就回来结婚成家吧！"胡安命说："静轩，你小时候读书一路顺风顺水，可二十岁去长安，这十多年来都不得志，可能是老天故意折磨你呢，希望你不要灰心，你爷爷的梦会成真的！孩子，只是苦了你了！"胡安命说完老泪纵横，静轩见此更是泪如泉涌，赶紧跪下对父亲说："孩儿让父亲如此担心，真是不孝之至啊！我明年开春就去长安吧，希望祖宗保佑我高中状元，以光宗耀祖！"胡安命马上把静轩扶起，说："今天是中秋节，你七个哥哥都有各自的家了，今天就我、你妈、你三个人一起过节吧！"于是他们三人一起吃月饼、赏月，说儿时的故事，静轩觉得，跟父母在一起，永远是那么的幸福和安详，是夜，望着天上那一轮满月，静轩久久不能入睡。

　　离过年还有几个月，静轩于是一边帮父母做农活，一边又拿起原来的书本看起来。过完春节后，静轩准备赶往长安，他骑马先去荆州看了崔铉和崔潭，告知自己进京赶考的事，崔潭说他也想去参加科举考试，崔铉于是把京城做礼部侍郎的大儿子崔沆介绍给了静轩，静轩和崔潭两人于是又在一起了，他们经武关而到了长安。

　　到长安后，他们先去找了崔沆，崔沆见自己弟弟来了，当然热情接待，静轩将他的《咏史诗》和其他诗文给了崔沆，希望能得到荐举。崔沆看完诗作后说："静轩，我父亲给我来信，信中对你评价很高，我这一次一定尽我所能为你说话的，你放心吧！"静轩喜出望外地说："感谢崔大人！"崔沆留静轩住自己家里，静轩觉得不好打扰，于是就去外面找了个便宜的旅馆住了下来。然后又去马市看了米老板和米士能，一晃十年不见，这米士能已经长成了英俊少年，见到静轩叫了声师傅，然后在静轩的指导下读《咏史诗》，静轩问他将来的志向，他说准备去从军，静轩告诉他多读《咏史诗》，争取做个儒将。静轩又检查了他的学问，觉得这个孩子悟性一般，但是学习很认真，于是嘱咐他很多做人作文之道。离开米家，静轩安安心心地备考。

　　咸通十二年（871年）三月，静轩三十二岁，又是一年的科举考试时间，静轩觉得此次考中的把握很大，一是因为自己有了《咏史诗》的集子，二是因为有崔沆的举荐。这崔潭经常来旅馆看他，跟他说起他大哥跟主考官推荐静轩的事。静轩于是信心十足地走入考场，考试一切顺利，静轩觉得自己发挥正常，答题也是得心应手。走出考场后，静轩胸有成竹，于是安心静待好消息！

四月底，到了放榜时间，崔潭约静轩一起去看榜，又见到了榜前拥挤的人群，有人欢呼，有人尖叫，有人叹气，有人流泪。崔潭眼尖，一眼就看到了他自己的名字，跳起来说："我高中了，胡兄！"静轩说："恭喜啊，贤弟，我左看右看都没有自己的名字呢！你能帮我看看吗？"崔潭从左到右又看了一遍，说也没看到静轩的名字。崔潭见静轩没中，原本冲上云霄的心也赶紧降了下来，因此也没表现得十分得意，于是一半自嘲一半安慰地对静轩说："哎，这主考官怎么搞的呢？让我这种人瞎猫碰到死老鼠了，而让胡兄这样的大才子却无缘折桂，真是太不公平了！"静轩说："贤弟，可能是你答得比我好呢！不过这次我觉得答得还很好的呢！"崔潭说："我再怎么走运，诗赋也不可能比你好吧，可能我哥在主考官面前重点推荐你我之时，主考官觉得我是他弟弟，就格外施恩了吧，胡兄，不要灰心！争取下一年吧。"静轩说："没关系的，我们兄弟两个，你考上了，我也为你高兴！五十少进士，相比那些五六十岁还没考中的，我还不是最悲惨的，我才三十二岁啊！仁者不忧呢！"崔潭说："胡兄心态平和，让我佩服啊！这样，我去跟我哥汇报一下！你跟我去吗？"静轩说："你去报喜吧。我先回旅馆了！"崔潭知道静轩心情不好，这一喜一忧，哪能合在一块呢？因此也就不打扰静轩了！

静轩一路沮丧地回到旅馆，房东的狗竟然对他狂叫起来，房东马上出来对狗大骂，狗马上收声，房东对静轩说："哎，狗咬穿烂衣啊！胡公子，看你样子是没考中吧！"静轩苦笑着说："是啊，老板！"房东说："你们这些贫寒子弟，这么远跑来京城赶考，年复一年地落第，也真是让人同情呢！对了，你的房费到今天就该续了！你现在交一下吧！"静轩摸了摸口袋，数了数，刚好剩下一天的房租钱，于是递给了老板。回到房间，静轩觉得饥肠辘辘，才想起今天还没吃饭，可现在已经是身无分文，静轩想，就饿一天吧，谁叫自己考不上呢，活该没有饭吃，可能躺在床上不动，就没这么饿吧。

静轩于是躺下来，果然好了很多。静轩想，明早房租到期，就该离开这里了，去哪里好呢？静轩想起自己跟父亲的承诺，只考这一次的，看来真的只能回秋田了，结婚生子，终老林泉，自己的祖祖辈辈不都是这样吗？有天伦之乐，有耕读之乐，春有百花秋有月，夏有凉风冬有雪，何苦到他乡受苦呢？有空还可以去陈盖那里，去经营那个周公书院，想着想着，静轩就睡着了。第二天早上天刚亮，那房东就来敲门，说房租不交，就得赶紧离开，静轩连忙说好，于是赶紧收拾行囊，打扫一番就出了房门，走出旅馆时，那狗又对他吼了几声，静轩也懒得计较了。

静轩骑着他的"利贞"，在长安城慢悠悠地往前走，这繁华热闹的大街上，现在行人还很少，天边的红日刚出来，满天的朝霞灿烂无比，巍峨的城楼在朝阳下熠熠生光，良辰美景奈何天啊！自己却始终是一个落魄的长安过客！静轩想，自己虽然现在是面有饥色，但决定要落魄还乡，还得去跟崔氏兄弟辞别一下，毕竟人家帮过自己很多忙，他于是来到了崔沆家门口，因天色太早，所以静轩就在门口等，等了半个时辰，也不见开门，于是静轩就在外面叫崔潭的名字。崔潭闻声赶紧出来，说："胡兄，我正好要去旅馆找你呢，想不到你这么早就来了，我大哥正有事要告诉你啊！"静轩说："贤弟，我准备回家了，所以来辞别！不知令兄大人有什么事要告知呢！"崔潭说："先进屋吧，我大哥有好消息要告诉你！"崔潭于是把静轩引进了屋。静轩这算是处于人生的最低谷了，不知崔沆有什么好消息呢？请听下回分解！

第六十一回　崔沆宅闻评贵人　剑门关上书路相

　　上回说到崔沆有好消息要告诉静轩。静轩于是来到了崔沆家里，崔沆很快从内室出来见了静轩，静轩行礼，崔沆说："静轩，先吃饭吧，我们吃完再聊！"静轩见崔沆也有诚意，加上饿了一天，也就端起碗吃了起来。吃完饭，崔沆找出几件干净的旧衣服给静轩，说："静轩，你这衣服也该换换了，如果不嫌弃，去沐浴一下，就把我这衣服换上，虽然不是新的，但是也没穿几回呢！"静轩这才意识到自己穿得太破烂了，难怪那旅馆的狗对着自己咬呢！静轩沐浴换上新衣服，人也精神很多，崔沆看了静轩说："对啊，这才好去给路相做掌书记啊！"静轩莫名其妙，一脸疑问，崔沆说："静轩，你又落第，我知道你心情不好，不过，失之桑榆，收之东隅，宰相路岩点名要你去做他的掌书记呢！你看这是任命书。"

　　静轩接过竹笏，看到任命书上面写有"门下：举人胡曾精通文史晓畅军机公忠体国办事老练可行剑南西川节度使掌书记主者施行"，落款有"同平章事充剑南西川节度使路岩"，静轩都不敢相信眼前的一切是真的，崔潭对静轩说："恭喜啊胡兄，车到山前必有路，总算也不虚此行了！掌书记不简单呢，记得韩愈先生云：'书记之任亦难矣！元戎整齐三军之士，统理所部之剩以镇守邦国，赞天子施教化，而又外与宾客四邻交，其朝觐、聘问、慰荐、祭祀、祈祝之文，与所部之政，三军之号令升黜，凡文辞之事，皆出书记。非闳辨通敏兼人之才，莫宜居之。'胡兄，大有作为啊！"静轩点头称谢。

　　崔潭又问崔沆："这同平章事是个什么官呢？"崔沆对着静轩和崔潭说："这皇帝下面有中书省、门下省、尚书省三省，以总揽政务，中书省的长官是中书令，门下省的长官是侍中，尚书省的长官是尚书左、右仆射，三省的长官都是宰相。除此之外，皇帝又可指令其他官员参与朝政，加以'同平章事'的头衔，亦为宰相。路岩最初从屯田员外郎进入翰林院任学士，随后以兵部侍郎身份任同中书门下平章事，时年二十六岁，八年后任宰相，升任尚书左仆射。不过此次路岩以西川节度使兼同平章事，这宰相之位已是虚衔，被称为使相了。"崔潭问："那是被贬了吗？"崔沆说："这话只能在家里说，不要说到外面去呢！此次乃路岩与韦保衡争权落败所导致，韦保衡是当今皇上的女婿啊，怎么争得过呢？于是被皇帝贬出京了！"崔潭说："我听这长安城的人说，这路岩喜欢拉帮结派，也喜欢收受贿赂，还把政事委托给亲信小吏边咸去做，曾经一个叫陈蟠的官员向皇上报告说，如抄了边咸家产，可充国家两年的军费，陈蟠被皇上痛斥了一番，从此更是无人敢言。路岩和稍后任相的驸马都尉韦保衡两人沆瀣一气，势动天下，被称为'牛头阿旁'，意思是像厉鬼一样阴恶可畏，现在京城的人对这些宰相的贪污腐化都敢怒不敢言，而且把曹确、杨收、徐商、路岩几个宰相的姓名编了一首歌，歌云：'确确无论事，钱财总被收。商人都不管，货赂几时休？'"

崔沆听完对崔潭呵斥："你从哪里听到这些乱七八糟的东西啊！以后说话要小心呢！这样乱说不仅脑袋不保，还会连累家人！"崔潭见大哥发怒，连连赔罪，崔沆转头对静轩说："不过这路岩的口碑确实不怎么好，这次出京时，都有人用瓦砾袭击他的车队，这京城负责防守的京兆尹薛能，原是路岩提拔的，这次都袖手旁观，路岩埋怨薛能说：'谢谢你在我出京时用瓦砾相送啊。'薛能竟然说：'宰相到外面做官，向来都没有安排兵马防卫的啊。'不念及提拔之恩就算了，还讽刺他外贬，想来路岩也是很悲凉的。不过我父亲很早以前也说过，路岩最终是要做宰相的，只不过年纪轻轻就入翰林，以后如何到老？这路岩升迁也实在太快了，又没什么大的功勋，三十四岁就拜相，恐怕将来难以善终呢！"

静轩一直在认真听，也不表态，但心情却是又喜又忧，喜的是有贵人提携，忧的是这路相口碑不好，弄不好将来还会受牵连。不过他又想，在目前走投无路的情况下，能得到路岩赏识，给一个名分和职位，也算一条大路，至于路相口碑不好，只要自己干净，如果适当规劝，或许有所改变呢！静轩于是心情开朗了起来。

这边崔沆又说："我昨晚接到家父的来信，说宰相路岩接到皇帝任命，去做剑南西川节度使，临行前要家父通知你去做他的掌书记，家父让我去拿任命书。路相已于四月二十七日从长安出发赶往成都了，你接信后就马上赶过去吧！"静轩感激地说："真是要谢谢令尊节度使大人了，大恩大德，无以为报呢！崔大人，我一直有个疑问，请问路相怎么知道我呢？又怎么点中了我呢？"

崔沆说："你前年在荆南的时候，家父就把你的咏史诗寄给了路相，请求他方便的时候给皇帝看看。后来你离开荆南，家父又跟路相讲了你的情况，尤其讲了你在平定庞勋暴动中的突出表现，希望能安排一个职位，路相是我父亲的老部下，自然会帮忙的，只是当时没有机会啊！现在西南局势紧张，南诏又准备攻打成都，路相作为一介书生，没有带兵打过仗，而你文才又好，有幕僚经验，更有跟随我父亲在一起的平乱经验，肯定就点名要你了！"静轩听完说："令尊节度使大人一直没忘记提携我啊！待我真是恩重如山！"崔潭在一边说："胡兄做人厚道，忠肝义胆，文韬武略，自有贵人赏识！现在闲话少说吧，胡兄，你就赶紧上路吧，希望借此机会，一展才华，建功立业呢！"静轩连声说是，于是拜别崔氏兄弟走了出来。接着他又去马市跟米二告别，米二知道静轩要去路相手下做掌书记，连声说恭喜，特意为静轩换了一匹汗血宝马，又打发了盘缠。静轩人穷志短，也不客气，思量日后有钱了再报答。静轩见这匹马毛色光亮，雄姿英发，于是起了个"捕风"的名字。

从长安到成都这段路，静轩当年写咏史诗时曾走过，这捕风马速度很快，一天能跑两百里，行了五天，静轩就来到了剑门关，静轩想："路相应该还不知道我现在在哪里，我应该先写封信报告一下行踪才行，顺便表达一下谢意，以让长官放心。其实离开长安就应该写的，走得匆忙算是疏漏了，现在就赶紧写吧！"于是静轩找了个旅馆住下，从店老板那里借来文房四宝，这店老板也粗通文墨，仰慕文人，于是热情地帮静轩磨起墨来，静轩则坐在窗前构思，静轩觉得路相无疑是自己的大贵人，想想这一年来的落魄凄凉，终于走到了尽头，于是以谦卑而仰望的态度、感激而愉快的心情，用骈体文、用工整的楷书，下笔写了一篇《剑门寄上路相公启》，书信云：

　　某启。某革户庸人，荷衣贱子，道惭墨妙，业愧笔精。效枚叟之文章，虽怜七岁，感潘生之岁月，已叹二毛。失路肠回，迷邦足刖。蚁栖培塿，蛙伏潢洿。自笑柴愚，谁怜参鲁。尚思逐鹿，未分牵羊。将趋涣汗之程，讵学邯郸之步。但以才非迥出，性乏孤标。虽勤测管之窥，终类正墙之视。有心吐凤，无梦怀蛟。不疼曹操之头，虚刺苏秦之股。诚宜世弃，敢望时来。方嗟碌碌之生，忽忝戋戋之幸。朽株委地，永甘夫子之捐。枯骨凝尘，岂料昭王之市。遍身德泽，满目恩辉。宁止负嵩，仍兼戴华。既蒙蜀顾，敢望秦留。即爱面走鹿头，背驰鹑首。如升青昊，似入元都。不知剑阁之艰，岂宽刀州之远。伏惟相公神资重器，天纵伟才，邦国金城，朝廷玉烛。文高庾月，词峻谢山。才见紫髯，便居黄阁。陶钧百辟，启沃一人。议平吴皓之时，虽云推局，报破秦坚之日，不废围棋。故能早执化权，久司政柄。今则暂辞龙阙，来镇龟城。将军之细柳虽新，丞相之盐梅仍旧。不烦壮士，自伏雄图。扬麾而氛雾晨销，按节而妖星夜落。刘焉原野，昔为累卵之乡。杜宇山河，今作覆盆之地。曾实惭孤陋，叨沐招延。郑驿将穷，燕台渐近。那能倚马，妄窃攀龙。仰天上之程途，已亲台席。指人间之歧路，尚感客星。披雾非遥，拜尘在即。无任云云。

　　静轩写完，自己觉得还满意，于是也请店老板帮忙看一看，店老板看这楷字，颜筋柳骨，雄浑倔强，看这章法，整齐严肃，一丝不苟，于是连声说好！静轩问他对书信内容的看法，他说只能大概看懂前面，知道静轩七岁就能写文章，后面的就不是很懂了，希望静轩用白话跟他讲一讲，静轩于是口述道："胡曾启：鄙人出身贫苦，一介寒儒，道业无成，愧对笔墨，虽然七岁就效法枚乘的文章，至今却已三十二岁了，只能如潘岳那样感叹年华虚度。怀才不遇，报国无门，贱如土上蚁，伏若塘中蛙。自笑高柴愚直，亦怜曾参迟钝，羡慕韩信逐鹿，向往微子牵羊，梦想为国效力，无奈邯郸学步，或许才华不足，气质平凡，虽勤于管中窥豹，但最终无法脱颖而出。有心如扬子云那样吐凤，却不能如董仲舒那样怀蛟；不能像陈琳那样一篇文章骂好曹操的头痛，却虚学苏秦那样引锥刺股而努力学习，确实应该遭到世人抛弃啊，哪敢奢望有什么好的时机到来呢？正当我嗟叹碌碌无为的人生时，却忽然得到了恩公带来的幸运，倒地的枯树得到了您的扶持，如蒙尘的马骨得到了昭王的青睐，遍身的德泽，满目的恩辉，恩情和责任堪比嵩山和华山。既蒙恩公照顾去蜀，就不再奢望留秦。我即面朝蜀鹿头，背驰秦鹑首，好像平地升仙一样，一点也不顾虑剑阁之艰和益州之远。相公您是神资重器、天纵伟才，是国家的柱石、朝廷的明灯。文章辞赋胜过庾信、谢灵运，三十多岁便居相位，陶冶文武百官，辅佐皇帝一人。您现在所处的要职，如推动局面的羊祜、不废围棋的谢安一样，完全可以建立平定东吴孙皓、打败前秦苻坚这样的功业，现在您离开京城，来到成都，如周亚夫在细柳营治兵，又如傅说依旧做皇帝的盐梅，对于目前的局面，您自有妙计，不烦他人，虽然此地原来是刘焉的危险之地，现在是苦难之乡，但只要您挥旗按节，就可以让妖雾立即消失、蜀地立即太平。我实在惭愧于自己的孤陋寡闻，也深深地感谢您的招纳，郑庄驿快走完了，黄金台也接近了，我不是倚马可写文章的高手，也不敢随意地攀龙附凤，仰望天上的程途，距离您的台席越来越近了，俯视人间的歧路，还是感觉客星的飘零，幸好很快就能拨开云雾，拜见主公，无上欣喜，此致敬礼。"店老板听完说："这书信写得很有礼节啊！如果我是那路相，肯定喜欢的！"

静轩觉得店老板这种深谙人情世故的人看了没问题，那就可行，于是自己又念了两遍，觉得无甚错漏，就来到剑门关驿站，驿站守兵见了静轩的任命，知是节度使的人，马上安排人加急发信。静轩心想，此地离成都五百里，这信应该一天就到，自己也赶紧赶路，于是也驾起捕风飞奔起来，三天后也赶到成都，进了西川节度使治所。

欲知静轩和路岩初次见面的情形如何？请听下回分解。

第六十二回　察边疆眼无疏漏　问对策腹有奇谋

　　上回说到静轩来到了成都，一番通报交验，静轩见到了自己的主公宰相路岩，静轩向前一拜，路岩随即扶起，静轩见那路岩：面如冠玉，眼似朗星，森森若千丈松，渺渺若万顷湖，而路岩见静轩：一身正气，两袖清风，如九皋之鸣鹤，若空谷之白驹。初次相见，两相欢喜。路岩说："静轩，你的来信我收到了，写得文采飞扬，情深意切，这一路风尘，鞍马劳顿，就先住下，休息几天，然后我们再谈正事吧！"静轩想到目前正是局势危难之际，路岩身负重任，急需人辅佐，于是说："大人，目前这边境不平，您下车伊始，也是军政繁忙、宵衣旰食，这二十五府州和西山八国保宁都护府都要您劳心费力，我就不休息了。孙子云，知己知彼，百战不殆，我先去了解一下这边境形势，尤其是南诏国的地理、历史、军事，南诏骠信的底细、志向，两国交战的历史，边关的情况，预计一个月后将情况跟您汇报，您看如何？"路岩听到静轩这么说，正合心意，于是说："知己知彼，百战不殆，静轩如此敬业，难怪崔大人对你如此抬爱呢，那你去吧，路上多加小心！"

　　静轩于是匆匆安顿后立即出发，他以游客的身份，不惊动州县百官，不驻足奇峰飞瀑，专注于军事政治。他先去了跟吐蕃交界的西山八国，查看了大渡河边的关隘和堡垒，然后来到与南诏交界的戎州、石门、威宁、宣威、石城、曲靖、安宁，每到一处，静轩即记下山川险要、人口民族，并与当地人及守将了解过往战争历史、现在的人事和形势，一个月后返回成都，此时唐朝与吐蕃、南诏交往的历史、交界的地理、双方的情况皆已了然于胸。他于是向路岩汇报说："明公，对于这西南形势，个人建议采取这样的策略：对吐蕃顺手牵羊，对南诏敲山震虎。"路岩听了问："静轩，如何顺手牵羊，又如何敲山震虎？愿闻其详！"

静轩说:"先说这吐蕃,明公还记得杜甫那首《登楼》的诗吧,其中两联是:'锦江春色来天地,玉垒浮云变古今。北极朝廷终不改,西山寇盗莫相侵。'而现在的形势跟这一百年前杜甫当时的形势大不一样了。这吐蕃自从朗达玛死后,其二子沃松和永丹各据一方,互争权位,攻伐不已,随之各地百姓纷纷起义,至前年,大暴动已经蔓延吐蕃全境,统一的吐蕃王朝现在已不复存在,吐蕃地域现在已被多个割据势力占有。虽然大中年间,朝廷已乘吐蕃动乱将沙、瓜、伊、西、甘、肃、兰、鄯、河、岷、廓等州降服,但是现在给我们还留有机会,明公可以将西山八国纳入版图,当前西山八国动乱不堪,民心思定,我们可以不费一兵一卒,只需一篇檄文即可收复,这就是所谓的顺手牵羊。"路岩说:"顺手牵羊,八国来降,说得很好,对南诏的敲山震虎呢?静轩你继续说!"

静轩接着说:"南诏的情况比较复杂,我先说下南诏与我大唐的交往历史。开元二十六年,因皮逻阁一直忠唐,得到唐玄宗的支持,派兵帮助其统一六诏,南诏从此正式立国。天宝九年,因云南太守张虔陀侮辱南诏王妃,勒索贿赂,并向朝廷诬告南诏王阁逻凤,阁逻凤于是愤怒起兵,攻破姚州,杀张虔陀,并取羁縻州。天宝十年,鲜于仲通率兵出戎、巂州,往击南诏,阁逻凤遣使谢罪请和,鲜于仲通不许,进军至西洱河,兵临南诏首都大和城,南诏无奈归附吐蕃,二者合击唐兵,导致唐兵死六万人,全军覆没,鲜于仲通只身逃回,宰相杨国忠竟然谎称胜利。天宝十三年,剑南留后李宓率兵七万击南诏,又全军覆没。天宝之战,李唐皇威大失,第二年,安禄山反叛,唐无力再进攻,但南诏还是有意归唐。阁逻凤在太和城中立南诏德化碑,表示叛唐出于不得已。长寿十一年,唐将李晟大破南诏、吐蕃联军,联军损失超过十万人。而此年,南诏受吐蕃之辱,由'兄弟之国'降为臣国,要向吐蕃缴纳赋税,并受吐蕃指挥。南诏骠信异牟寻在清平官郑回的建议下,重新归附于唐朝,异牟寻派使者带着黄金、丹砂送给西川节度使韦皋,由韦皋献给皇帝,黄金表归顺,丹砂表赤心,唐德宗赞许,韦皋派崔佐时到羊苴咩城宣告天子旨意,南诏献地图、方物于唐朝,唐朝册封异牟寻为南诏王。保和六年,剑南节度使杜元颖不晓军事,武备废弛,且苛待士卒,导致士卒引南诏入寇,攻破成都外城，掠走数万人。保和七年，唐朝派李德裕前来镇守，练士卒，修堡垒，南诏上表请罪，唐文宗准许南诏求和，立约互不相侵。咸通元年，安南引南诏兵乘虚攻破安南交趾城，不久唐军再次占领安南。咸通四年，南诏攻破交趾城，唐军退守岭南。咸通七年，安南都护高骈大破南诏军，献上首级三万，平定安南。但此时朝廷为防南诏再次进犯，于是派大量戍卒镇守岭南，屯兵于桂林，桂林戍卒因思乡于咸通九年爆发庞勋叛乱。虽然南诏在安南攻势最终受到遏制，但是在西川的挑衅几乎没有停止过。咸通五年，南诏增兵进犯西川，战败；咸通六年夏，南诏又进犯，刺史俞士珍降于南诏；咸通七年，南诏派清平官董成等十九人出使成都，西川节度使李福准备盛礼迎接，但董成要求按兄弟国的礼仪平等相待，李福大怒，命武士殴打南诏使臣，并将其投入狱中。年底，西川节度使由刘潼接任，释放了董成等人，并送往长安，受到隆重接待，后返回南诏，至此，南诏暂时停止了对西川的骚扰。咸通十年，也就是前年，定边节度使李师望欲激怒南诏以求功，擅杀南诏使者杨酉庆。十月，南诏数万人攻破归附唐朝的董春乌部，朝廷遂派太府少卿窦滂代替李师望。十一月南诏军进逼俊州，占领沐源川。十二月十四日南诏攻陷犍为，焚掠陵、荣二州。二十九日南诏攻陷嘉州城。咸通十一年，也就是去年正月，西川民众纷纷逃入成都。初五，南诏兵已到眉州，西川节度使卢耽遣使与其约和，南诏不予理睬，且扣留来使，进犯新津。十一日，南诏军长驱直入，攻陷双流。二十日，直抵成都城下。二月初一，南诏兵架云梯开冲车，四面攻城，城上官兵投火沃油，烧死攻城士兵。初五，骠信酋龙见强攻不成，遂敛兵请和。十一日，东川节度使颜庆复率兵进军新都，十二日大破南诏军，杀两千余人。老百姓数千人手执割草刀、木棒协助官军，呼喊声震天动地。十三日，南诏骠信派步骑数万增援。这时，唐右武卫上将军宋威率忠武军两千人赶到，与诸军合兵会战，南诏大败，死五千余人，但围城如故。十八日，唐援军赶到，南诏退走。南诏退兵后，颜庆复令人重新加固了城门和堡垒，加强了战备，所以这一年多来，南诏还没有来犯。这就是南诏与唐朝这一百三十三年的历史。"路岩听完说："静轩娓娓道来，说得好，请继续！"

静轩说："元和三年寻阁劝继立，自称骠信，从此南诏王的官称就是骠信，其宰相的官称就叫清平官，有六位，又有大军将十二人，随同清平官每日见国王议事。六位清平官中一人为内算官，二人为副内算官，其余三位为外算官，外算官领六曹，相当于唐朝的六部，名称是兵曹、户曹、客曹、法曹、土曹、仓曹。六曹长有功绩，得升大军将。大军将在内随同清平官议政，出外任节度使，如果有军功，可以升清平官，这是南诏的中央政权。中央政权所在区域称为六，其中遵川城、龙口城、大厘城、太和城、羊苴咩城为南诏国王居住，白崖为国王亲属居住，赵川东南为南诏主要官员居住，六以外，东有云南和品澹，西有蒙秦脸，北有牟和，为拱卫中央政权的重镇，由国王的子弟镇守。地方政权则以洱海为中心，分为十睑六节度，睑相当唐朝的州。各地方凡一百家设总佐一人，一千家设理人官一人，一万家设都督一人，南诏一共有会川、通海两都督，这就是十睑。六个节度使统治六诏以外的诸部落，分别是弄栋节度使、永昌节度使、银生节度使、剑川节度使、拓东节度使、丽水节度使。弄栋节度使驻弄栋城，管诸族部落；永昌节度使驻永昌城，永昌镇就有兵一万，而南诏全国常备兵数才三万，永昌镇拥重兵监视西爨，又管辖金齿、漆齿、银齿、绣脚、穿鼻、裸形、磨些、望外喻等部落；银生节度使驻银生城，督辖朴子、长鬃等数十族；剑川节度使驻铁桥城，管辖浪加萌、于浪、传衮、长裈、磨些、朴子、河人、弄栋等十余族；拓东节度使驻善阐府，管辖东爨乌蛮三十七部；丽水节度使驻丽水城，管辖金齿、漆齿、绣脚、绣面、雕题、僧耆等十余族。六节度使对外是指挥剑川、丽水两镇防吐蕃，拓东、弄栋两镇防唐剑南。在兵制方面，南诏采用唐均田制、府兵制，文武官员和自由民都要服兵役，军事组织以乡兵为主，按照居地远近，编为东南西北四个军，每军置一将，统带一千人或五百人。统带四个军的军官称军将。每年十、十二两月，农事完毕，即集合队伍，操练武艺，挑选最精锐的乡兵作前锋，称为罗苴子，每百人置罗苴佐一人统带。出兵征战，以二千五百人为一营，每兵携带粮米一斗五升，鱼干若干，此外别无给养。因为带粮不多，急求决战，军法规定兵士前面受伤，允许治疗，如背后受伤，即行杀戮。南诏人仰慕中原文化，信仰佛教，采用中原文字，礼法皆学中原，其诗文水平亦可，南诏德化碑亦足见文采！"路岩听完说："静轩打探得如此细致，不容易啊，那怎么看目前形势？我们采取什么对策？"

静轩说："明公您应该看到，自咸通元年以来，这南诏国却一反过去常态，持续不断地主动进攻大唐，而且屡败屡战，什么原因呢？这跟南诏新上任的国王有关。大中十三年，南诏王丰佑去世，其长子酋龙继位，年仅十六岁。我们这边是宣宗驾崩，长子李漼继位。这酋龙上任后，不仅对其父丧未告知唐朝，且对宣宗驾崩也不闻不问，甚至将自己的名字'酋龙'改为'世隆'，直接冲犯太宗李世民、玄宗李隆基的名讳，并于次年正式称帝，改元建极，改国号为鹤拓，至今已十二年了。这酋龙现在也不过二十八岁，血气方刚，野心勃勃，因此与我国的争斗必然不会停止，加上其手下百官，很多人在当年韦皋任内到成都留学，对蜀中的情况不仅十分了解，而且对这天府之国也是十分仰慕，加上前年攻打成都是主动退兵，并未伤到元气，因此进攻成都的可能性很大！"

路岩听此心情紧张起来，问道："那如果再犯成都，静轩觉得如何防备啊！"静轩说："这主要看明公在此能待多久，长有长的打算，短有短的打算！有些话我也不知当不当讲呢！"

路岩说："静轩，我知道你是一片忠心的，你尽管说无妨！"静轩说："据我观察，明公在西川任上不会待太久，也就两三年时间，即会回京城的。为什么呢？现在宰相韦保衡之所以得宠，无非是因为娶了皇上爱女同昌公主，可去年，同昌公主死了，韦保衡的恩宠也自然会逐渐消失的，皇上还是看重明公的，自然会重新把明公召回身边。因此在西川，只能做两三年的打算。虽然只有两三年，但是也不能碌碌无为，最好的情况就是有军功，最差的情况也要确保西南边境平安无事。但从酋龙的年龄和志向来看，进攻是难免的，那我们的对策就是敲山震虎、以势压人，让他知难而退，不敢来犯。"

"那如何敲山震虎，以势压人呢？"路岩急切地问。欲知静轩如何回答，请听下回分解！

第六十三回　传檄来西山八国　备战接南诏一书

　　上回说到路岩急切地想知道静轩的敲山震虎之法。静轩说："南诏国不是吐蕃，也不是一般的蛮夷，他们懂汉话、说汉语，汉化比较彻底，这对我们沟通提供了方便，也为我们以文退敌提供了便利。首席清平官郑回就是汉人，天宝年间举明经，任西泸县令，其间为南诏所俘，因通儒学，得到南诏王阁逻凤的赏识，担任凤迦异、异牟寻、寻阁劝三代南诏王室子弟的老师，他积极推进了南诏的汉化，加上韦皋任西川节度使期间，很多南诏官吏留学成都，受到了中原文化的教化，都知道并且服膺周公孔子。因此，现在面对南诏官吏以中原人自居，以及他们夺人河山、问鼎中原的野心，我们只需搬出道统和政统，在道理上、形势上给予有力反驳，再配合武力威胁，就基本可以不战而退敌了！"路岩说："很好，很好，静轩，想不到你到成都才一个月，就能出此治平之策，殊为难得。目前，我们先让西山八国入朝，你草拟一个檄文，到时我再接见他们国王。我来之前已给南诏国发了皇帝的圣旨，先看他们怎么回示，我们再作对策！"静轩说好！

　　所谓"西山八国"，乃唐代成都平原以西的八个诸羌部落小国，分别是哥邻羌、白狗羌、逋租羌、南水羌、弱水羌、悉董羌、清远羌、咄坝羌。所谓西山，为唐代对成都平原以西、岷江上游诸山的泛称，主要在今天的离成都市六百里左右的阿坝、甘孜两州乃至西藏东部昌都地区。因为该地区为唐朝和吐蕃两国交界之地，当年吐蕃大举东进时，这些"东方部落"即被统一到吐蕃。

　　静轩于是依照路岩的吩咐，以路岩的口吻，起草了《告西山八国檄》，檄文是这样的：

檄谕发哥邻国王董卧庭、白狗国王罗陀忽、逋租国王弟邓吉知、南水国王侄薛尚悉曩、弱水国王董辟和、悉董国王汤息赞、清远国王苏唐磨、咄坝国王董蘱蓬：夫普天之下莫非皇土，率土之滨莫非帝臣。我大唐圣皇帝道齐太极，德配二仪，仁披草木，智贯江河。照万国若春阳，镇千虫如冬雪。东邻蓬岛，西届流沙，北通阴山，南抵铜柱，莫不风从而云会，航海而梯山。礼献车书，夷归华夏。是知合聚萤光，孰可比于红日；齐鸣黄鸟，焉能同于韶音？故东夷西戎，南蛮北狄，虽居外荒，尽尊中国。皆从礼仪之大，尽进服章之美。赐周公之学，传孔子之书，脱胎换骨，化野为文。君臣歌日月光华，百姓乐春秋复旦，观蟛蛦之离沟渎，追鸾凤而上云霄，共拜桥山，同怀湘水，齐登龙门泰岳，共享舜日尧天。昔西山八国，陷吐蕃贼害，城池皆为灰烬，士庶尽为幽冤。今西域已成火宅，北蜀若望云霓。元恶已除，须革心而向化；牙蘗既立，克率众以怀归。宜观大势，早托明君，蕴义以立名，蹈仁而成德。本相官是宰衡，位当侯伯，昨日来镇西川，安抚巴蜀。思天府之丰茂，怜弱水之凄贫，爱民如子，怀柔若父，欲合百川而归流，捧众星而拱月。以博龙颜之大悦，垂圣德之恩辉。今告尔来投者勋名立，欲臣者国史书，诚心必许，赏秩必崇，量才以授官位，论德以配职称，金帛随迎，琼瑶相待，官职及名册望进送朝廷，故牒。

路岩看后非常满意，即安排阿坝州刺史给八位国王去信，八位国王看信后，均回信愿意归附唐朝，路岩于是上奏皇帝，皇帝即下诏，册封这八位国王，路岩安排刺史将八位国王带来成都，于十月举行隆重的册封仪式。

十月十五日，只见这节度使治所内张灯结彩，锣鼓喧天，路岩着紫色袍，束金玉带，傲立府中，八位打扮得五花八门的国王跪地，路岩庄严接诏宣读皇帝诏书，八位国王三呼万岁，前行接诏，随后呈上地图和人丁册，并呈上各国珍奇特产。仪式结束后，路岩又安排了盛大的宴席，邀请成都绅士、军队将领、各级官员与八国要员一起宴饮，觥筹交错，好不热闹。然后，路岩又安排歌舞欣赏。在此同时，路岩又安排静轩草拟布告，张贴至州县乡里，安排副节度使犒赏边军边将，没有几天，整个西川都知道了西山八国入朝的事，整个民心军心一下子就被这新来的节度使搅得喜气洋洋。

路岩对静轩策划的第一步棋非常满意，于是对静轩说："静轩，想不到我们刚来这里，就立了一功，可喜可贺啊！这还多亏你谋划到位呢！"静轩说："主公过奖，这天下事，当顺水推舟，顺势而为，这样力气花得少，而且收益又大。这次西山八国来朝，若论原因，第一是大唐的天威，第二是主公的仁威，您看您站在那里，稳如泰山，不怒自威，这些国王都不敢仰视呢！而主公又对他们的生活关心体贴，无微不至，让他们在内心感到温暖，恩威并施，这样下来，他们当然就铁心归顺了。"

路岩听静轩这么一说，心里很自豪，于是问："那你觉得如何才能让他们永远归顺呢？"静轩说："诸葛亮当年用七擒七纵的办法降服这西南夷，可惜只有一时的效果。要真正解决，个人觉得对这些民族要平等对待，不能觉得汉族高人一等。然后在此基础上采取两条路，即通婚实现民族融合、教育实现道德敦化，这两个办法可以穿插进行。我们可以先在成都为这些民族开办学校，教他们识汉字，读汉诗，让他们这些接受过周孔教育的王公子弟和我们汉族女子结婚，然后再让我们的汉族男子与他们的女子结婚，这样一来，他们逐渐汉化，逐渐融入中华文明，这样民族壁垒就打破了，就不会故步自封、夜郎自大，当然对于他们的传统医药、技艺、武术，我们也要学习和传承，这样互相学习，对他们和我们都好！这一步成功后，就在这些民族内部去开学校，吸收那些家庭贫寒的孩子入学，鼓励他们参加科举考试做官，这样就可以实现长治久安！"路岩听完，说："静轩，你这个提议很好，那我们就会超过诸葛武侯了，我看就安排你去负责这个事，教材就用你的那个《咏史诗》！公家出钱，你去多印一点！"静轩说好。

于是静轩在成都为西山八国开办了学校，传授《咏史诗》，而成都其他私塾、学校、军营也觉得这《咏史诗》通俗易懂，不像那些经书深奥难懂，于是一传十、十传百，胡曾咏史诗也开始在西南流行了起来。

转眼就到腊月，静轩对路岩说："相公，往年这个农闲时节，这南诏就会发起对我们的进攻，我们今年也要注意防备啊！"路岩说："这几个月我都没有歇，在邛州安排了很多边军，尤其在大渡河的渡口部署了很多兵力，修复了清溪关等旧关口，我又安排教官到各学校、军营、乡村教授武术，以做到全民皆兵、妇孺参战，另外我也在南诏布置了探子，他们有什么风吹草动，我都会很快知道的。静轩，你把这西山八国入朝的公告四处张贴，那南诏国王都知道了呢！说新来的节度使不比以前，要小心对付！"静轩说："我的布告都发到了边界的集市和乡村，您又犒赏了边军，这些消息肯定会传到世隆的耳朵里，加上您本来就是宰相，位高权重，现在出师大胜，南诏世隆肯定对您有所畏惧和顾忌！"两人正悠闲地说话，忽然军士来报，说有南诏王送来的木夹书。路岩马上接过这木夹书，是用两漆板夹着的一封文书，漆板上写"大唐国同平章事充剑南西川节度使路岩亲启　南诏国皇帝世隆缄"，路岩打开一看，这木夹书是这样写的：

牒：前缄具悉，垂示萦怀，巴蜀重开，欣迎新主。伏惟相公英才伟器，武略文韬，八年相国，卅岁韶华。一人之下，运乾坤于帷幄；百僚之首，腾鸾凤于金銮。今移虎步，辞玉阙而至天府；必起龙吟，振河山而铭岁月。然君子见几而作，达人顺势而为，今有数言，不敢不吐。夫天地氤氲，化生万物；元首文武，平定八方。我南诏崛起西南，百夷归化。厄寒流潦，高原为稳黍之田；疏决陂池，下隰树园林之业。易贫成富，足食丰衣，家饶五亩之桑，国贮九年之廪。荡潏之恩，累沾蠢动；珍帛之惠，遍及耆年。设险防非，凭隘起坚城之固；灵津蠲疾，重岩涌汤沐之泉。越睒天马生郊，大利流波濯锦。西开寻传，禄郫出丽水之金；北接阳山，会川收瑟瑟之宝。南荒奔凑，覆诏愿为外臣；东爨悉归，步头已成内境。建都镇塞，银生于黑嘴之乡；候隙省方，驾憩于洞庭之野。盖繇人杰地灵，物华气秀者也。于是犀象珍奇，贡献毕至；东西南北，烟尘不飞。遐迩无剽掠之虞，黔首有鼓击之泰，乃能骧首邛南，平眄海表。岂惟我钟王之自致，实赖我圣神天地赞普，德被无垠，威加有截。然遥望东北，千念含恨。天宝九年云南太守张虔陀辱我诬我；天宝十年鲜于仲通率兵击我；天宝十三年李宓再击我；长寿十一年李晟破我；咸通七年高骈又于交趾破我；咸通七年李福辱我；咸通十年李师望又擅杀我使者。虽累积之仇，深如洱海；未报之恨，堆似苍山，但彼国无道，我邦有仁。山河锦绣，有德者居之；岁月光华，有道者久之，故每思汉祖脱褐於泗水，常念周王仗锤於岐山。今朕春秋方盛，大号世隆，国号大礼，改元建极，建都鹤拓。龙凤之姿，天日之表，气受冲和，德含覆育，才出人右，辨称世雄，高视则卓尔万寻，运筹则决胜千里。绍开祖业，宏覃王猷，坐南面以称孤，统东偏而作主。修文习武，官设百司，列尊叙卑，位分九等。辟三教，宾四门，阴阳序而日月不愆，赏罚明而奸邪屏迹。通三才而制礼，用六府以经邦，春云布而万物普润，霜风下而四海逢秋，故能取乱攻昧，定京邑以息民；兼弱侮亡，肩尧舜而继泰。今者试统兵百万，直指中原，欲借锦江饮马，更望中原逐鹿，雌雄当论，高下当分。如路相投明，清平官有待；若成都抗命，龙泉剑无情。三军整装待发，一月或抵城下，谨牒！

路岩看完，顿时觉得寒光闪闪，他把信也给静轩一看，待静轩看完，路岩说："这鹤拓帝世隆野心勃勃、杀气腾腾啊！静轩，如何应对？"

欲知静轩如何应对，请听下回分解！

第六十四回　鹤拓帝凭武来犯　胡静轩以柔克刚

　　上回说到路岩接到了南诏皇帝世隆杀气腾腾的木夹书，想问静轩的对策。静轩说："这世隆尚未到而立之年，血气方刚，口气甚大，前次我已经跟您禀报过，如果硬拼，无疑是两败俱伤，他以武来，我们以文去，以柔克刚，以理服人，以势压人，我们先给他回信。"路岩问："信怎么回呢？"静轩说："相公，我的意思是，首先，要抬举他，恭维他，把他的政绩和德行捧到天上，让他有飘飘然的满足感。以前的西川节度使，自觉高人一等，往往老气横秋、颐指气使，将南诏国王视为蛮夷，踩在脚下随意侮辱。殊不知这人的自尊受到践踏，就很容易以命相拼，大家都是人，人同此心，心同此理。其次，要借他的话来驳斥他的观点，比如他说江山有德者居之，我们可以借这句话，层层递进，步步为营，最后揭示出他的狂妄和无知，把他重重地摔到地上，让他痛悟。最后，我们阐述中华正道，如天道地道而生出的尊卑之道、天道人道而生出的王朝兴替之道、全民皆兵同仇敌忾的人民战争之道。由道而生出理，有理而就有势，有势就有力，有力然后能服人、化人！不仅让他自惭形秽，也要让他不敢轻举妄动，稍动即是粉身碎骨，万劫不复。只要回信有势有力，他自然会知难而退、主动退兵的！"静轩话音刚落，一个探子来报，说南诏三军已经从他们的都城出发，一路浩浩荡荡，杀气腾腾，路岩说："静轩，希望你说的成为现实，你赶紧去写吧！"

　　静轩于是回到住处，点燃一根香，即下笔如滔滔江水，香燃完，信也刚好写完。他马上交给路岩看。路岩看了连声叫好，于是叫静轩多抄了一份，然后安排使者八百里加急快递，嘱咐务必交到南诏国王世隆手中。

　　这成都到南诏两三千里，平时要走个把月，此次却很快，西川这边是加急快递，南诏那边是紧急行军，于是七天后在曲靖就遇上了。世隆此时正在营中读从西川传过来的胡曾《咏史诗》，接到通报，于是接信一看，只见封面上面是"南诏国王世隆亲启，同平章事充剑南西川节度使路岩缄"，世隆觉得此信非常重要，于是下令部队就地歇息！他自己小心启封，静心读了起来：

牒。前件木夹，万里离南，一朝至北。开缄捧读，辞藻焕然，奖饰过多，欣慰何极。实以乍回边镇，才到藩篱，且按此朝之旧仪，未委彼国之新制，不知鹤拓，惟认苴咩，尚呼南诏之佳名，岂见大朝之美号，要从微耗，且是所宜。伏承骠信王化风行，君德云被，雕题屈膝，躲舌折腰，卉服来庭，毳裘入贡，盖以深明豹略，精究龙韬，波伏西天，草偃南土者。

世隆看了这开头，心里说："路岩这牒不仅文采飞扬，而且还彬彬有礼呢！辞藻焕然、大朝美号、王化风行、君德云被、深明豹略、精究龙韬、波伏西天、草偃南土，这些词用得好啊！这路岩不愧为大唐宰相，如此尊重我、称赞我，我喜欢！"兴奋一阵后，他接着往下看：

然侵轶我华夏，无乃不可乎？将谓我皇帝有所负于彼邦，边臣有所负于彼国，虑彼直我曲，获罪於天，是陈木夹申怀，用贮荣报。及披回示，已见事根，止於囚系使人，放归彼国，始乎小怨，终此深仇。吞噬我朗宁，虔刘我交趾，取我越巂，犯我益州，若报东门，何乃再四。

夫物居中者尊也，处外者卑也，是以众星拱之北辰，百谷趋之东海，天地尚不能违，而况于人？我国家居天之心，宅地之腹，四方八表，莫不辐辏，亦由北辰之于东海也。

世隆看到这里，兴奋没有了，心想："这路岩先礼后兵啊，不仅说起旧仇新恨，还把天地之道搬出来压我呢！"看看下面怎么说吧，我世隆也不是好吓唬的！于是又接着往下看：

诚知土地山河，归于有德。虽云有德，亦须相时。苟无其时，安可妄动。明公博识多闻，岂不见仲尼乎？仲尼之圣逾尧舜，颜子之贤过皋夔，六合茫茫，无立锥之地者，盖无其时也。适使孔子生于秦末，乘胡亥之乱，用颜回闵损为宰相，子路冉有领将军，子贡宰我充行人，子夏言偃典书檄，虽六合鼎沸，可期月而定也。当此之时，刘项只可都头，韩彭不过部将耳。圣人虽有帝天下之德，而无帝天下之时，终不妄动。及子路欲使门人为臣，以为欺天乎，及自叹曰："凤鸟不至，河不出图，吾已矣夫！"止于负手曳杖，逍遥倚门，告终而已。王莽不识天时，苻坚不知历数，妄恃强富，争帝乾坤。莽以百万统师，来袭后汉，光武以五千之旅，破于昆阳；坚以六十万精兵，寇于东晋。谢元以八千之卒，败于寿春。岂不为欺天罔地所致者也？国富兵强，何足恃之！

世隆看完这段，心想："路岩在反驳我信中'江山锦绣，有德者居之'的论点！孔子的遭遇，王莽、苻坚的教训，这些是我没想到的！看来这次出兵，确实还不是时候啊！"于是又接着往下看：

周王仗锤于岐山，汉祖脱褐于泗水，我高祖起自陇州，盖明公只知其一，未知其二，见其形未知其兆也。今与明公陈之，望审参焉。

昔周公承公刘之德，遇殷纣之暴，刳剔孕妇，涂炭生灵，剖贤人之心，断朝涉之胫，三分天下而二归周，文王率诸侯而朝之。至武王观兵孟津，八百诸侯不期而会，尚曰彼有人焉，未可图也，退归修德，观乎圣人去就，岂容易哉？及微子去，比干剖，箕子奴，民不聊生，皇天厌之，国人弃之，武王方援旗誓众，一举而灭纣者，盖天夺殷而与周也。我皇帝宵衣旰食，肩尧踵舜，父事三老，兄友百僚。推赤心于比干腹中，愚白日于微子头上，诸侯合德，百姓欢心。天下有人圣如周王，家有姬旦，户生吕望者乎？

汉祖承帝尧之德，遇秦皇无道，并吞六国，恃宇宙一家，焚烧诗书，坑灭贤哲，筑长城于紫塞，造阿房于皇州，鬼母哭蛇，人臣指鹿，民不聊生，皇天厌之，国人弃之。是以陈胜一呼，天下响应，汉祖西入，五星都聚者，盖天夺秦而与汉也。我皇帝方崇诗书，任贤哲，卑宫室，恤黔黎，野无歌凤之人，朝有问牛之杰。天下有人英如汉祖，家有韩信，户生张良者乎？

我高祖承玄元之德，遇隋炀荒淫，徭役不均，征敛无度，竭民生之财产，为巡幸之资粮，虎噬群贤，猱殄庶母，浮沉辽海，疏凿汴河，今年东征，明年西伐，民不聊生，皇天厌之，国人弃之。是以我高祖应天顺地，奄有四海者，盖天夺隋而兴唐也。我皇帝方淡泊声色，杜绝巡游。梦卜宰辅，倚注藩屏，思成垂拱，恶习干戈，皇天方赞，国人方欢。天下有人雄如唐祖，家有敬德，户生玄龄者乎？

世隆看完这段，有点自卑和自悔了，心想："这些帝王都是圣人的后代，帝位都是积德累仁才得来的！而称帝的时机都是天怒人怨的乱世，相比起来，我的资历就寒碜了，碰到的时机也不对啊！如果我早知道这些，就不会如此贸然出兵了，此去可能凶多吉少啊！"世隆心里一阵发毛，但稍作镇定后，继续往下看：

而况越巂新州，牂牁故地，不在周封之内，非居禹迹之中。曩日边将邀勋，妄图吞并，得之如手加骈拇，失之若颔去赘瘤，九牛之落一毛，六马之亡半毳，何足喻哉！

仆虽自绛纱，素耽黄石，既探师律，亦识兵机。奉诏镇压三巴，抚安百姓，思敦礼乐，耻用干戈。每伤虞芮之争田，念姬周之让路，苟不获已，即须训戎。且蜀地阔数千里，郡列五十城，户口之多，士卒之众，可以挥汗成雨，吐气成云。盖缘从前元戎，皆是儒者，有昧见机而作，但守升平之规，虽分帝忧，不教民战，是以彼国得以深入，无备故也。仆示之以三令，教之以八阵，鼓声而进，钲动而退，甘与之共，苦与之均，义等埙篪，情犹瓜葛。悦礼乐而敦诗书，务耕桑而聚谷帛，使家藏甲胄，户贮干戈，赏罚并行，公私共贯，既识三略，便可七擒，不惟喝倒不周，亦可劈开太华。

况彼国自长庆以来，搔扰益部，杀人之父，孤人之子，掠人之妻，鳏人之夫，焚人之庐舍，使人暴露，蒉人之桑麻，使人寒冻，蜀人怨恨，痛入骨髓。仆乘其众怒之势，示其暴怨之门。况抱鸡搏狸，不由人教，乳犬敌虎，自是物情。既仗宗庙之威灵，兼统华夏之精锐，若乘流纵棹，下坂推车，岂劳心哉？

仆官是宰衡，位当侯伯，披坚执锐，虽则未曾，济河焚舟，平生所贮。彼国将帅之强弱，邦国之盈虚，坐可酌量，何烦询诱。且六合之外，舟车不至，圣人不言。彼国在圣人不言之乡，舟车不及之地，纵主上英哲，人臣俊义，亦犹烛龙衔耀，只可照於一方，春雷振声，不能过于百里。

世隆看完这段，心里阵阵寒意袭来，心想："看来这路岩不好惹啊，不仅不把我放在眼里，而且已经扎好口袋，让我去钻！这不是去送死吗！"死就死吧，再看看：

"天与不取，谈何容易！夫天有五贼，见之者昌。彼国纵晓六韬，未娴五贼，而欲泥封函谷，水灌晋阳，何其谬哉！五贼者，夏桀张罗，殷汤祝网，是以仁而贼不仁也；殷纣剖生人，周文葬枯骨，是以德而贼不德也；齐国厚征薄贷，鲁国厚贷薄征，是以恩而贼不恩也；项羽杀义帝，高祖举哀，是以义而贼不义也；陈后主骄奢，隋文帝恭俭，是以道而贼不道也。能行五贼，兼晓六韬，方可夺人山河，倾人社稷。我朝未有五失，彼国徒自陆梁。以此推之，兴亡可鉴，何劳远离庭户，始识安危，久习韬钤，方明胜负。

而妄要姑息，不务通和，回示荒唐，一何乖戾！罔念孔颜之知命，翻效莽坚之覆车。交阯丧亡，可知人事，新都失律，足见天时。欲慕平交，妄希抗礼，何异持衡称地，举尺量天。但百谷不趋东海，众星不拱北辰，则不可议也。苟未如是，则不可改图。昔管仲入周，不受上卿之礼，苏武在北，无亏中国之仪。事有前规，固难更易，况小不事大，春秋所诛。若彼直我曲，恐招天殃，既彼傲我谦，何患神怒。见已训齐士卒，调集糇粮，或玉露垂槐，金风动柳，建鼓数里，命车指南，涉巂吊民，渡泸会猎，继齐鲁之夹谷，绍秦赵之渑池。便是行人，岂遗佳策。皇帝圣旨，已具前缄奉闻，臣下不复多谈，恐乖忠告。谨牒。

当世隆看到"罔念孔颜之知命，翻效莽坚之覆车""欲慕平交，妄希抗礼，何异持衡称地，举尺量天"两句话，唯我独尊的心顿时如雷击一般，愤怒、羞愧、恐惧齐来，一时六神无主！连忙呼喊："来人，扶我去休息！"

若问这世隆看完信之后，是进兵还是退兵？请听下回分解。

第六十五回　南诏国三军惊牒　掌书记一纸退兵

上回说到世隆看了静轩草拟的《答南诏牒》，从兴奋到反抗，从反抗到羞愧，再从羞愧到胆怯，再从胆怯到恐惧，一时感觉从云中跌落万丈深渊，竟然急火攻心、不省人事起来。世隆的心腹和将军们一齐赶来探看，你一言我一语，不知如何是好，心腹知道是这封信惹起来的，于是想看看这信里到底写了什么。虽然南诏的文官都精通汉语，但南诏的将士大多数人不认得汉字，少数军将认得汉字，但不懂文言文，看不懂，当时一筹莫展。这时来了一位大军将，他看完后说："这信我看懂了，我来把这封信的大概意思跟大家讲一下吧：

贵国前次发来的木夹书，从南到北穿越万里，业已收到。开封拜读，辞藻华丽，褒奖过多，无尽欣慰。我刚刚回到边镇成都，还不知道贵国的新称呼，不知道鹤拓，只认得苴咩，只知道南诏的佳名，还不知道大朝的新号，这些还等待我们慢慢适应。国王陛下，你的仁道大德风行云卷，龙韬豹略非比寻常，所以引得周边蛮夷纷纷屈膝折腰、称臣纳贡，对于你的伏波偃草、称王一方，我们是认可的。但是否就有理由侵犯我巍巍大唐、堂堂华夏？说什么我们皇帝有负于你邦，边将有负于你国，说什么是我们错你们对，说什么我们获罪于天，于是送来木夹书，来势汹汹地准备报复。我看到你们的回示，已明白了事情的根源，只不过是抓了你们的使者，后来又放归你国，开始于小怨恨，最后结成了大仇恨，于是你们吞灭我们的朗宁，劫掠我们的交趾，攻取我们的越巂，侵犯我们的益州，如果按古代报东门之仇的说法，你们已经报了四次了。

我们都知道，在这朗朗乾坤，中心为尊，边缘为卑，所以众星拱卫北斗，众河流向东海，天地都不能违背这个规律，何况人呢？我们中国处在天的

- 363 -

中心、位于地的心腹，四方八面像车辐围绕车毂一样，这跟北斗和东海的地位是一样的。自古以来，土地山河归于有德者来主宰，由此你也认为自己有德，可以入主中原吧。但是你不要忘了，还有一个时机问题，如果时机不对，也是不可轻举妄动的。明公你博识多闻，应该知道孔子吧！孔子的圣明超过尧舜，颜回的贤明超过皋夔，可是六合茫茫无立锥之地，什么原因呢？没有时机啊！假设孔子生在秦末，乘胡亥之乱，用颜回、闵损做宰相，命子路、冉有做将军，让子贡、宰我做商人，安排子夏、言偃做文书，即使天下大乱，也是个把月就可以平定的，如此的话，刘邦、项羽只可做将军，韩信、彭越不过是部将罢了。因此，即使圣人有称帝天下之德，却无称帝天下的时机，最终还是不能妄动。子路后来想让门人充当家臣，孔子骂他是欺骗老天之举，"凤鸟不到，河不出图，我这辈子完了！"孔子最终只能挂着拐杖、靠在门边，自叹悲凉地告别人世。另外，西汉王莽不识天时，前秦符坚不知历数，依仗富强，就想争夺天下，可结果呢？王莽以百万之师进攻东汉，却被刘秀在昆阳以五千兵马击败；符坚统帅六十万精兵进攻东晋，却被谢元在寿春以八千兵马打败，这不是欺天蔽地所导致的吗？国富兵强，真的没什么好狂妄的！

周文王在岐山兴起，汉高祖在泗水发迹，唐高祖从陇州起事，明公可能觉得自己可以成为这样的人，做着这样的美梦吧！如果这样的话，那就是只知其一，不知其二，只见到结果不知道来由，现在我跟你说说，希望你能好好想想。

周文王是继承了祖先公刘的大德，遇到殷末的暴政，纣王剖杀孕妇，残害人民，挖贤人之心，砍耐寒之腿，于是三分之二的天下人都归附周文王，即使如此，周文王还是率诸侯去朝拜商纣王。后来到周武王孟津观兵，八百个诸侯赶来相助，周武王还是按兵不动，因为商纣王身边还有贤人，因此掉兵返回。因此，对于夺人江山这种事，即使是圣人，也没有那么容易决定的呢！直到微子离去，比干被挖心，箕子为奴，民不聊生，皇天讨厌纣王，国人抛弃纣王，周武王才举旗誓师，一举而把纣王灭掉。因此，与其说是周武王灭纣，还不如说是老天把殷商的江山送给周朝呢！而我朝现在的情况呢，皇帝勤于政事，宵衣旰食，追随尧舜，尊敬三老，团结百官，与比干这样的贤人推心置腹，对微子这样的贤臣关怀照顾，诸侯拥护，百姓欢心。试问当今天下，有哪个国家，皇帝圣明如周武王，文有周公旦、武有姜子牙呢？

汉高祖继承了尧帝的大德，恰好遇到秦朝的暴政。秦始皇吞并六国后，将天下作为其家产，焚书坑儒，修长城，建阿房宫，出现了鬼母哭蛇的异象，出现了赵高指鹿为马的乱象，民不聊生，皇天讨厌他，国人抛弃他，于是陈胜一呼，天下响应。而刘邦大军西入，出现了五星连珠的吉象，这其实是老天夺取秦朝江山给汉朝啊！而我朝现在的情况呢，皇帝崇尚诗书，任用贤哲，不尚奢华的宫殿，怜悯百姓黎民，民间没有歌凤之人，朝廷有问牛之杰，试问当今天下，有哪个国家，皇帝英明如汉高祖，武有韩信、文有张良呢？

我朝高祖继承了老子的大德，恰好遇到了隋朝的残暴。隋炀帝荒淫无度，横征暴敛，将民脂民膏作为巡幸的资粮，虐待群贤，淫乱庶母，穷兵征伐高句丽，穷民开凿大运河，今年东征，明年西伐，民不聊生，皇天讨厌他，国人抛弃他。于是高祖李渊应天顺地，统一四海，这其实是天要灭隋而兴唐啊！而我朝现在的情况呢，皇帝淡泊声色，杜绝巡游，梦里思贤，倚重边将，思成垂拱之治，讨厌干戈用武，皇天称赞，国人欢喜，试问当今天下，有哪个国家，其皇帝雄健如唐高祖，朝廷有尉迟敬德这样的武将、有房玄龄这样的文臣呢？

况且越嶲新州、牂牁故地，原本不在周朝的封地之内，也不在大禹的足迹之中，昔日边将为了邀功，妄图吞并，现在看来，得到了好比手加了一个多余的骈拇；失去了好比下巴去了一个瘤子。九牛掉了一根毛，六马掉了半根寒毛，有什么大不了的呢！

我乃大唐朝官，向来喜看兵书，既探讨军纪，也懂得军机，现在奉诏镇压三巴，安抚百姓。我的思路是以礼乐来治理，以动武为耻辱。但是如果不能实现周文王时期的谦让之风，那就必须用武力来教训。况且蜀地有数千里之地盘，有五十座城市，户口之多，士卒之众，可以挥汗成雨，吐气成云。以前的首领都是读书人，不懂见机而作，只知道墨守升平之规，虽然也能分担皇帝的忧虑，但是没有发动起人民来作战，所以让你们得寸进尺，这只不过是没有事先准备罢了。我现在用三令来指挥，用八阵来训练，闻鼓而进，鸣钲而退，同甘共苦，情如兄弟，用礼乐诗书来教化，勤于耕桑，集聚谷帛，使得全民皆兵，全民参战，并且严明纪律，赏罚并行。如此一来，我们懂得三略，便可如诸葛亮一样七擒，不仅能喝倒不周山，也可劈开太华山。

况且你国自长庆年间以来，骚扰益州，杀人家的父、子、妻、夫，烧人家的房屋，使人露宿，剪人家的桑麻，使人寒冻，蜀人怨恨你们，痛入骨髓。我恰好可以调动他们的愤怒和怨恨与你们战斗。况且抱鸡斗狐狸，不用人教；乳犬敢敌虎，也是常情。我们既仰仗宗庙的威灵，兼统华夏的精锐，想战胜你们，就好比顺流行舟、下坡推车一样容易，有多少需要劳心的呢？

我现在官居宰相，有侯伯之爵位，虽然没曾披挂上阵杀敌，但是做个"济河焚舟"的指挥官，还是绰绰有余的。你国将帅的强弱、国家的实力，掐指算算就知道了，根本就不需要去打探。况且六合之外、车船不到的地方，圣人都不愿说起。你国就在圣人不说、舟车不到的地方，即使你世隆皇帝英明，百官能干，也不过是点亮一方的烛龙、响彻百里的春雷而已。

老天给了，能不能争取，这不是那么容易的事！因为天有五种夺取江山的方式，也叫五贼，明白五贼才能昌盛。你国虽然知道六韬，但是不知五贼，却想着像隗嚣那样以一丸泥东封函谷关，像智瑶那样引水淹灌晋阳城，这是何等荒谬啊！天有哪五贼？夏桀张罗一网打尽，殷汤祝网网开一面，这是以仁去贼不仁；殷纣王活剖生人，周文王恩葬枯骨，这是以德去贼不德；齐国厚征薄赏，鲁国厚赏薄征，这是以恩去贼不恩；项羽杀义帝，高祖举哀，这是以义去贼不义；陈后主骄奢，隋文帝恭俭，这是以道去贼不道。能行五贼，并晓六韬，这样才可以夺人江山社稷。我国目前并没有五失，你国却如此嚣张，真是可笑。其实按照五贼的理论，你们的败局早已注定，何必要离开故土，劳师远征，被我们打个落花流水才肯服输呢？

你们不想和平，一意孤行，回示荒唐，真是狂妄！不念孔子颜回的知命，反而要效仿王莽苻坚的覆灭。交趾失败，已知人事，新都失败，也足见天时，在这种情况下，你们还想跟我们平起平坐，分庭抗礼，这跟拿秤称地、拿尺量天有什么区别呢？除非百河不流向东海，众星不拱卫北斗，否则，你们不要有这样的妄念。以前管仲入周，他懂得不受上卿之礼，苏武在北，也不改中国的礼节，这种长期形成的传统，岂是你们想改变就能改变的吗？况且小国不侍奉大国，《春秋》就可以将你们诛杀，如果你国理直、我国理亏，那我们愿遭天谴，而现在是你国傲慢、我国谦逊，即使天神发怒，我们又能怕什么呢？现已训练好士卒，调集好干粮，或许在秋露垂槐、秋风动柳的时候，战鼓数里响起，命车指引方向，我们会抵达越巂，去悼念那些受到侵害的人民，会渡过泸水与你们决战，像当年齐鲁夹谷之会、秦赵渑池之会一样，大获全胜。即使是碰到商人，我们也不会遗漏他们的好计策。我们皇帝的圣旨，已在前面书信中告知，我就不再多谈，唯恐你们不听忠告，故谨以此牒告知。"

这些人听完大军将的话，觉得此信如泰山压顶、狂风卷浪，势不可挡，无坚不摧。正当大家面面相觑的时候，世隆醒了，也冷静了，他坐起来说："现在成都不比以往，有能人在啊，我看这封信用的典故基本上出自胡曾这本《咏史诗》，我怀疑这信就是这胡曾写的，这人有水平啊！掌上握千秋史，胸中运百万兵呢！路岩有了胡曾，一封信就把西山八国收服了！而现在，这蜀地是全民皆兵，而在我们军队里都可能安插了他们的人！我们去打，只怕是瞎子和聋子一样，去送死罢了，我看这仗还是不打了！"

这些人本来就不想打仗，现在见世隆发话，于是纷纷附和，这时一个满脸横肉的大军将走上来说："主公，就凭这一张纸，我们就怕了吗？我们都走到这里了，难道我们就不想去尝尝成都的美食，抢几个成都的美女？难道就不怕这么回去被国人耻笑吗？"

这人话音刚落，忽然听到这大白天一声霹雳，马上就是天昏地暗，狂风大作，闪电雷鸣，军营前的一棵大树被活生生拦腰吹断，大家见此天象，都惊得目瞪口呆、汗毛倒竖，不敢说话了，不过世隆到底是敢在大唐面前称帝的国王，他对众人说："别看这一纸文书，威力可大了，你们的任命书，不也是一张纸吗？你们拿了我的一纸任命书，马上就高人一等，马上就有富贵，还马上就可以让手下人头落地，你们说这一张纸威力大不大？想当初仓颉造字，天雨粟，鬼夜哭啊！这文章字字千兵，排山倒海，这天象风雷磅礴，摧枯拉朽，君子相时而动，不要违背天意人心吧，空手回去总比抬着尸体回去强！我们还是退兵吧！"

这些手下人听了书信，见了天象，又听了世隆的安排，觉得前路凶险，是万劫不复之地，不如就此回头，以保全性命，于是纷纷说国王英明、大智大慧。世隆于是叫来大唐使者，让他送一把南诏宝剑给路岩，并写了"君在成都，孤不会扰"八个字，一起交给使者。安排完毕，没多久，天又大亮，重见光明。于是一纸退蛮兵，世隆回南诏。后来五代人何光远在其《鉴诫录》赞叹道："胡曾破之数联，天下称为奇绝。"今邵阳鸿儒君亦有诗赞曰：

一纸平南代代闻，焚香读罢意拿云。可堪众赋昭千载，孰比孤篇故万军。
道若江河犹蓄势，字如星斗已垂勋。今观东海洪波涌，似诵湖湘第一文。

话说这使者见大功告成，即马不停蹄，于半个月后返回成都，那已经是咸通十三年（872年）正月，路岩见了宝剑和书信，喜上眉梢，他对静轩说："静轩，真是如你所愿，一纸退兵啊！你这篇《答南诏牒》一定会流传千古呢！"静轩说："主公抬爱，受宠若惊，这南诏退兵，还不是大唐威名远播、主公慑服群小的结果吗？不过，来而不往非礼也，宝剑赠壮士，红粉赠佳人，主公还是去封短信，也送把大唐宝剑，再送点经书、蜀绣、蜀锦、宣纸、毛笔过去，两国交好，万民之福。同时，您将宝剑和世隆的书信上奏给皇上，皇上一定龙颜大悦呢！"路岩说："静轩说得对，给南诏王的回信和礼物你负责去办，隆重一点，不要怕花钱。给皇帝上奏折，还要把你的这篇《答南诏牒》附上，另外最好还写首诗！"静轩说："那我现场以您的口气吟首诗如何？"路岩说："好，吟来看看！"于是静轩思索片刻，吟了首七律《草檄答南蛮有咏》，诗云：

辞天出塞阵云空，雾卷霞开万里通。亲受虎符安宇宙，誓将龙剑定英雄。
残霜敢冒高悬日，秋叶争禁大段风。为报南蛮须屏迹，不同蜀将武侯功。

路岩听完说："好！好！静轩真是深得我心啊！'为报南蛮须屏迹，

不同蜀将武侯功。'是不是跟对西山八国一样，采用通婚和教育两种手段，来对待南诏呢？"静轩说："主公，这个可以试一试，但是我没有对西山八国那样的把握，因为这世隆毕竟年轻，既要文服还要武服才行！要真正把他打残打趴下，他才会服输的，但是目前我们还没有这样的实力，我觉得还是走文化这条路，多开展文化交流，争取文化认同，让他们内部多出现一些郑回这样的人，慢慢地影响世隆！当前，他既然答应您在成都就不会来侵犯，这就够了，相比其他节度使让皇帝劳心烦躁，已经是大功劳，至于文化之事，则只能做一分算一分，很难立竿见影的呀！"路岩说："静轩，那你多想想两国交流的事，给皇帝的奏折赶紧去办吧！"

静轩于是按路岩所吩咐的，一方面给南诏国王送去礼物，一方面准备好文书供路岩上奏皇上。这皇上接到奏折非常高兴，于是下诏给路岩。欲知这皇帝在诏书中说了什么，请听下回分解。

第六十六回　西川府欣言奇遇　锦官城喜结良缘

上回说到路岩接到了皇帝下诏。诏书说："尔镇西川，有西山八国来朝，又能一檄退南诏蛮兵，足见才堪重任，天佑大唐。南诏之诺，当听言观行，边防守备，当谨慎如旧，不容稍懈。西南久治之法，尔循序渐进，不求近功，若和平一年，朕升尔作中书令！"路岩喜滋滋地把皇上的意思告诉了静轩，君臣欢喜，不在话下！

而南诏国王世隆收到路岩丰盛的礼物，心生欢喜，尤其喜欢那大唐的宝剑，据说是大唐皇帝赐给路岩的，路岩竟然割爱送给了自己，世隆觉得还没有哪个节度使如此看重自己，他于是给路岩回信，重复以前的承诺，并希望派些王族子孙来成都留学，留学生最好能读读胡曾的咏史诗。

路岩接信后跟静轩说："静轩，想不到你和你的咏史诗都传到南诏国去了啊！可喜可贺，关于南诏国王送人来留学的事，你怎么看？"静轩说："这是好事啊！明公，我们好好接待这些人，给他们免费提供食宿，最好能给他们介绍妻子，能在此成家，这些人学成之后，这文化事业就好推动了，试想，如果连语言都不通，连书信都看不懂，连历史典故都不知道，如何沟通，如何说理呢？"路岩说："那就这么定，我负责给世隆回信，你来负责推动这件事。静轩，说到这结婚成家的事，你也三十三岁了，也该成家了，你自己到成都街上看看，看到合适的跟我说，我来帮你办婚礼！"静轩说："谢谢主公关心，我先把这留学的事办完吧！"于是静轩用心办起这教育的事情来，静轩自己有这方面的兴趣和爱好，而且自己也是寒窗苦读十多年出来的，知道怎么教，怎么学，尤其是咏史诗的出版，对于那些少数民族的教学可谓是雪中送炭。于是没过多久，就得心应手地把这个班开了起来，听到学生在朗诵自己的咏史诗，静轩也感到非常自豪！

　　一日，静轩找到路岩，说："主公，我有个不情之请，想预支一个月的薪水，您看可以吗？"路岩说："碰到什么困难了？"静轩说："主公不是让我去成都街上走走吗？因我略懂医道，于是有空就去一个名医那里聊天，那个医生五十多了，在这成都街上很有名气，是这里的大户人家，姬姓秦氏，叫秦光，但不是秦始皇的后代，他自称是战国时期越人扁鹊的后代。他的医术很高明，擅长砭刺、针灸，我亲眼看到几个不省人事的人被抬到他那里，他一针扎下去就救活了。我也曾看到他用刀砍断鸡头，他喷口活水、念句咒语就能把鸡头接上，接上后那鸡还是活动自如，而且看不出任何伤痕。因他医术高明，因此我也就经常去请教，一来二去就聊开了，他说他们家是汉朝时从天水那边迁移过来的，我也告诉他我在路相手下做事，他说他知道。于是我提出要拜他为师，将来学好了可以治疗伤兵，也可以救死扶伤。他说这个事比较难，他们这医术不传外人，除非……我问除非什么，他说除非我做他的女婿。他说他有二子二女，就剩下这个小女未嫁了，他还说这小女长得不丑，不仅懂医，而且还懂诗文呢。我说，这个本来是不可以的，父母之命，媒妁之言，婚姻都是父母安排的，不过我父母现在远在几千里之外，将在外君命有所不受，子在外父命也有所不请吧，那我也只好自己做主了，如果可以的话，能不能求见他女儿一面。他问我有诚意吗，我说我是湖南人，因为还没有考中功名，所以现在三十多了还没结婚，俗话说先成家再立业，我功名不顺，或许是未成家的缘故，我们路相也催我结婚，因此诚意是有的。他说他对我的情况大概知道一些，他还知道我的文章写得好。说完他就把他女儿叫出来跟我见面，我见那女孩子二十岁左右，端庄清秀，知书达理，聪明能干，没有富家女的娇气，更没有贫家女的粗俗，我看了很有眼缘，我于是问了她名字，她说她叫秦玉，今年二十一岁，吐字清脆大方，然后就进里屋去了，也没有任何矫揉造作。我问那秦医生，做女婿可以，不知秦玉是否看上我了。秦医生听到后哈哈大笑，说她早就看上我了，我来第一次，她当时在店里，就看上了！见我文质彬彬，就跟她父亲说，这位相公好像有前缘，可能就是她要嫁的人，他父亲以前给她介绍过很多对象，她都看不上，看来这姻缘真是有缘千里来相会啊！后来她不知从哪里看了我写的咏史诗，就决定非我不嫁呢！我听这么一说，心里当然乐滋滋的，于是就跟秦医生说，那就找个媒人，合个八字，如果合适，我就来提亲吧！秦医生找了当地有名的媒婆，要了我的庚书。过了几天，我就找那媒婆问信，媒人说找专门的八字先生合了，说我和秦玉的八字非常合，能生五个儿子，个个有出息，我听后非常高兴，于是就打算去提亲。因为囊中羞涩，所以就来跟您借点钱，顺便也把这婚事跟您汇报一下，我孤身一人在外，您就是我父母一样的，所以只好跟您开口！"

路岩听完说："静轩，恭喜你啊，你办公事又快又好，办起个人终身大事来也是干脆利落呢！你现在父母不在身边，也不要紧，你是西川节度使的人，那我要给你做主，你一个月薪水才两三千文，怎么拿得出手呢，人还是要讲面子的，何况是我路岩的手下呢，这样吧，彩礼准备厚重一点，然后再请我们喝酒，我给你五万文，你自己去风风光光、热热闹闹地办婚事，这五万既不是我借给你的，也不是预支你的薪水，记住，这是对你这一年来工作表现优异的奖励，因此不要太寒碜，婚姻是终身大事，你尽量大方点！"于是拿出了五万文给静轩。

静轩心想："这路相也真是出手阔绰啊，一文钱都可以买两三斤大米，五万文都可以买十多万斤大米了，路相这么慷慨豪爽，难怪这么多人追随呢！不过自己清贫生活过惯了，还不知道怎么去奢侈，而且自己也不想弄出大动静来，请客也不想场面太大，跟自己的身份差不多就行，也免得人家说闲话，因此应该也花不了多少钱，不过自己喜欢秦玉，应该把彩礼多准备一点，以不负秦玉的一片痴心呢！如果还有剩余，还是得还给路相。"于是连声说谢谢，接过了路相给的钱。

这一夜，静轩一直无法入睡，一是有了秦玉，彼此都喜欢，自己的人生终于有了另一半，成立家庭，上以事宗庙，下以继后世，将来的人生不至于那么漂泊。二是路相真是自己的贵人和恩人，搭帮路相，自己有了职业，更有了事业，而且自己要结婚，路相竟然如此慷慨，心想要写个感谢信才行。不过写感谢信时，静轩想到了路岩手下那几个亲信，如将军边咸、司马郭筹，贪污腐化，上次送给南诏国王的蜀绣、蜀锦，他们都想贪污一部分，想起这些，静轩觉得还是要在信里指东说西地点一下，以让路相警惕。第二天，他要和一位平时志同道合的将军刘太清一起去西山八国检查军务，临行前，他给路岩写了一封《谢赐钱启》，启云：

　　曾启。曾业谢悬头，道非刺股。未能入洛，安可下辽。空怀逐鹿之心，莫遇斩蛇之世。囚拘翰墨，困厄尘泥。虚费宣毫，枉销蜀缥。不救锄兰之祸，讵禳伐树之灾。自叹龙钟，谁知牛铎。又以山东藩镇，江表节廉，悉用竖儒，皆除迁吏。胸襟龊龊，情志荒唐，入则粉黛绕身，出则歌钟盈耳。但自诛求白璧，安能分减黄金。虽设朱门，何殊亡国。徒开玉帐，无异荒墟。遂使宁戚无扣角之歌，邹阳乏曳裾之地。伏惟相公英风独振，伟量孤标。推葛亮之秤心，负姜维之斗胆，内安宗庙，外却蛮夷。鱼水贤良，埙篪骨肉。桃李满於衢路，金帛遍於风尘。六合之中，一人而已。是以昨者不度庸陋，辄有干祈。方虞按剑之勃然，敢望梦刀之莞尔。俄颁清俸，遽恤白衣。朝乏半千，夕盈五万。岂期庸寒，忽忝遭逢。不是孟尝，讵听冯谖之铗。若非赵胜，那知毛遂之锥。遇既重於西河，知亦深於北海。感恩泣处，未成泉客之珠。持已哭时，空抱荆山之玉。限以程途，陈谢末由。感激生成，不任死所。

　　刚写完，这刘太清就走了进来，见静轩在写信，于是想出去回避，静轩叫住他说："太清兄，我写了一封感谢信给路相，你帮我看看，是否措辞得体？"刘太清是名武将，书读得不多，粗看了一下，觉得尽是典故，于是说："静轩，你这字是好看，但我墨水不多，这文章看不懂呢，要不你翻译成白话念给我听听，我才好评价呢！"静轩说好，于是念道：

　　胡曾启：鄙人的事业比不上头悬梁的孙敬，学问比不上锥刺股的苏秦，既不如西晋入洛的才子陆机，更不如一箭下辽城的鲁仲连。空怀韩信逐鹿天下之心，莫遇刘邦斩蛇起义之世，在笔墨纸砚中消磨，在红尘俗世中虚度，更谈不上解救张裕的锄兰之祸、消除孔子的伐树之灾。自叹龙钟需人扶持，谁把我当作牛铎？回忆以前，那些江南的藩镇，都喜欢任用迂腐的儒生，那些人胸襟龊龊，情志荒唐，喜欢声色犬马，我处在那种环境里，唯一能做到的，就是洁身自好，不谋求任何非分之财。这些藩镇衙门，看起来朱门玉帐，其实跟亡国的废墟一样。可叹这样一来，就再也没有扣角的宁戚、曳裾的邹阳出现了。相公您英明伟岸，有诸葛亮的公平之心，又有姜维的斗大之胆，内安朝廷，外定蛮夷，关怀下属，亲近贤良，门生遍布海内，慷慨闻名四方，当今天下，您是第一人啊。所以昨天我不知分寸，向您提出救济的想法，我都做好了您会勃然大怒的心理准备，根本没想到有嘉奖的喜悦，刚刚我领到了俸禄，我的窘境一下就化解了，早上还缺少五百，晚上就有了五万，本来打算过苦日子，没想到这么快就得以翻身。如果您不是孟尝君，又怎么会答应冯谖弹铗呢？如果您不是赵胜，哪知道毛遂之锥呢？这种知遇之恩重过子夏和孔融啊，我感恩的眼泪啊，虽然不是泉客之珠，但感恩的心情，却如卞和看到了荆山之玉。因为要赶路，所以上书陈谢，感激之心，愿意为恩公鞠躬尽瘁，死而后已。

刘太清听完说："静轩，你这信诚意到位了，不过我看了这信里有点含沙射影的意思在里面呢，是不是啊？"静轩说："知我者刘兄也！"刘太清说："这就对了，路相是聪明人，应该一点就通的，不过……"静轩问："不过什么？"刘太清说："路相有些场合自己也不注意啊，上次路相在合江亭设宴，邀请了官妓行云等十人侍宴，当时可能酒喝多，竟然和行云难舍难分，还当场填了首《感恩多》词给行云，现在成都的妓院倡楼都在传唱这首词呢！"静轩说："还有这回事啊！那《感恩多》怎么写的呢？"刘太清于是把《感恩多》念了起来：

离魂何处断？烟雨江南岸。尽观今日情，合江亭。
流水行云岁月，惜峥嵘，惜峥嵘。梦里春声，盈盈双眼星。

刘太清念完说："我也是听说的。"静轩听了，觉得路相是美男子，风月场所逢场作戏，也是难免，只是也不够慎重，于是说："路相也忒多情呢！哈哈。"两人对视一笑，静轩于是把信放在路相桌上，自己就去出差了。

出差回来，路岩找到静轩说："静轩，你真是忠厚之人啊，给你那么点钱，你还要写篇启，骈文写得很好，用典精妙，措辞华丽，不过我也看出你信中的意思了，你说得也对，也不对。静轩，官场是复杂的，黑白不要那么分明，水太清而无鱼，人至察而无徒，常在河边走，哪能不湿鞋呢？莲花这么鲜艳，还不是靠吸取淤泥的养分吗？因此人要做成事，就需要有各种不同的人来支持，否则孤掌难鸣啊！"

静轩说："主公指教的是，我尽量适应吧，不过江山易改本性难移，有的脾气还是没办法改过来的啊！"路岩说："这点我清楚，你是君子，洁身自好，但是世界上君子终究是少数啊，大多数人是货色之徒，你不满足他们，他们怎么会给你用心做事呢？你不是说要顺水推舟、顺势而为吗？怎么碰到这些问题就又跟屈原一样了？世溷浊而不清，蝉翼为重，千钧为轻；黄钟毁弃，瓦釜雷鸣；谗人高张，贤士无名。吁嗟默默兮，谁知吾之廉贞！屈原的牢骚文章是传世了，可楚国终究是灭亡了啊！因此还是詹尹的话说得有道理，夫尺有所短，寸有所长；物有所不足，智有所不明；数有所不逮，神有所不通。用君之心，行君之意。你说呢？你赶紧去办婚礼吧！随后准一个月的婚假，你就准备开枝散叶吧！"静轩说："谢谢主公指教，结婚请客的事情，我不想太张扬，不过到时您得赏光啊！"路岩说："这个你放心，我一定到的。"

静轩于是安排人将聘礼送去秦玉家，与秦光、媒人一起看了个黄道吉日，并与秦光商议客人的名单。静轩对秦光说："大人，我的亲戚都在湖南，将来带秦玉回家再请酒，这次请客，主要是您这边的亲友，我这边主要是请路相及几个要好的同事，您看如何？"秦光说："静轩，我知道你是一个节俭的人，是个不爱张扬的人，路相来了，那是天大的面子啊，不过我们还是多准备几席，万一路相又带了人来了呢！还有，按照古礼，是应该你来迎亲，在你家拜堂的，现在你这情况，也只好在寒舍进行，有点像上门女婿一样，希望你不要介意！"静轩说："没关系的，只要能跟秦玉在一起，形式都无所谓，大人您经验丰富，就请您做主和安排吧！节度使这边的请帖我这就去送！"

金秋送爽，丹桂飘香，胡曾和秦玉结婚的大喜日子终于来临。只见那秦府喜气盈盈，鞭炮声声，红灯笼、红绣球琳琅满目，欢笑声、祝贺声络绎不绝。这时只听到一阵震天锣鼓，路相来了，还带来了这附近州县的刺史、县令等，还有边咸、郭筹诸人，一行二三十人，秦光和静轩赶紧跪地迎接，然后迎至上席。婚礼开始，当礼宾喊到"二拜父母"时，这路相就当仁不让，大方地当了一回静轩的父母，把新人扶起，接着喊"夫妻相拜"，静轩和秦玉对拜，然后就送入洞房。洞房内，静轩掀起秦玉的红盖头，只见秦玉脸泛桃红，眼含秋水，多情怯怯，浓情脉脉，静轩紧紧握住秦玉的手，说了声："娘子，执子之手，与子偕老！"秦玉回了声："相公，愿得一人心，白首不相离！"洞房外，大家都去给路相敬酒，这路岩的酒量很大，来者不拒。宴席结束后，静轩和秦光送路相一行离去，接下来就是闹新房，姜太公钓鱼、双龙抢珠、水底捞月，这蜀地的婚俗轮番上演，一番热闹之后就都散去了，剩下一双人，一条心，春宵一刻值千金，在此不表。

第二天早上起来，新郎新娘一起去拜见了秦玉的父母、爷爷奶奶、伯伯叔叔，一番应酬之后，静轩就点了昨日路相一行送的礼金，竟然有十几万之巨，静轩大吃一惊。

欲知静轩如何处理这礼金，请听下回分解。

第六十七回　编蜀人文振乡学　厌腐败窝离西川

上回说到静轩点了礼金后大吃一惊。于是就与秦玉商量道："娘子，这些钱都是那些刺史、县令、军官看在路相面子上送来的，这个钱不能要，我打算退回去。"秦玉说："相公，这成都连年战乱，人民生活很苦，吃糠咽菜，有的甚至卖儿卖女，可这些官僚却这么有钱，出手这么大方，这些钱应该是不干净的，不干净的钱我们不能要，即使干净我们也不能要，你去回礼的时候顺便还给人家。另外，你那彩礼钱我父亲说也不需要，说要给我用，我觉得是路相给的，那就还给路相吧！如果路相要你拿着，说是奖励，那你就拿点意思一下！"静轩说："娘子真是深明大义，拿捏得当。那如果我哪天没有差事俸禄，我们怎么办呢？要不要留点钱过日子？"秦玉说："我们靠行医生活，另外我们有手有脚，可以种田养猪呢！"静轩笑着说："娘子，那不如你学你的老乡卓文君当垆卖酒？我学司马相如洗碗打杂啊！"秦玉说："那卓文君跟本姐姐能比吗？她是离婚后跟司马相如私奔，本姐姐可是黄花大闺女嫁给相公呢！司马相如最后还差点变了心，卓文君还哭哭啼啼地写《怨郎诗》《白头吟》《诀别书》呢！"

静轩闻言吟起了卓文君的诗："一别之后，二地相思。只说是三四月，又谁知五六年。七弦琴无心弹，八行书无可传。九曲连环从中折断，十里长亭望眼欲穿。百思想，千系念，万般无奈把君怨。万语千言说不完，百无聊赖十倚栏。重九登高看孤雁，八月仲秋月圆人不圆。七月半，秉烛烧香问苍天，六月伏天人人摇扇我心寒。五月石榴似火红，偏遭阵阵冷雨浇花端。四月枇杷未黄，我欲对镜心意乱。急匆匆，三月桃花随水转；飘零零，二月风筝线儿断。噫，郎呀郎，恨不得下一世，你为女来我做男。"然后说："娘子，你们成都女子还忒是多情呢！"秦玉说："你那湖南话念出来就无情了！我们成都话念出来才真叫多情呢！"静轩说："哈哈，你们成都话不是正宗的唐音，呼十却是石，唤针将作真；忽然云雨至，总道是天因。"秦玉听完嗔道："相公，还作诗来讥笑我们发音不准啦，看你是不想在成都混了吗？！"说完做出打人状，静轩马上作揖："娘子息怒，湖南骡子在此赔不是啦！"秦玉说："免礼吧，赶紧去办事吧！"静轩觉得秦玉不仅通情达理，而且志趣高尚，真是打着灯笼都难找的好媳妇啊！算是皇天眷顾，后土同情。有了秦玉的支持，静轩于是把这礼金都退了回去。然后就跟着岳父秦光和妻子秦玉一起学习医道，琴瑟和鸣，其乐融融，只羡鸳鸯不羡仙，然也！

一个月的假期过去，静轩来见路岩，说了一番感谢的话，然后说岳父家不收彩礼，将五万文钱退还，路岩也不推辞，就收回了，然后嘱咐静轩，要把南诏国的留学生照顾好、培养好，争取能让他们写点歌颂大唐的诗文出来，将来好跟皇上汇报。静轩说好，于是就去看了留学生的学习情况、生活情况。

静轩觉得这教学分为家学、乡学、国学三部分，家学当然是一姓氏一家族之学，乡学当然是一乡一地之学，国学当然是一国之学，这科举考试考的只是国学，无疑就忽视了家学和乡学。然而，这同宗、同乡的圣贤巨子往往对于一个人的立志、成材影响最大，可惜被这历朝教育所忽略。想到这里，静轩决定将这成都的乡学建立起来。乡学内容包括山、水、人、文四部分，其中人、文是重点，静轩于是重点将这成都及周边的名人名文收集整理，取名《蜀人文》，给留学生看，也给成都的学子看，还给外地来成都做官、做生意的人看。

《蜀人文》的第一章是望帝春心，即商朝时蜀王杜宇化为杜鹃鸟的故事。第二章是苌弘化碧，即周朝时蜀地人、孔子之师、忠臣苌弘被杀三年后，其心化为红玉，其血化为碧玉，即碧血丹心的故事。第三章是相如遗韵，即西汉成都人司马相如与其妻卓文君的情爱故事，以及作为赋圣辞宗的司马相如留下的文赋，如《子虚赋》《天子游猎赋》《大人赋》《长门赋》《美人赋》《哀秦二世赋》《喻巴蜀檄》《难蜀父老》《谏猎疏》《封禅书》。第四章是王褒学骚，即西汉蜀郡资中人王褒学楚骚而写赋的故事，其辞赋与后来的扬雄并名为"渊云",其传世之作有《洞箫赋》《圣主得贤臣颂》《甘泉赋》和《四子讲德论》。第五章是君平神算,即西汉蜀郡邛州人严君平在平乐山上,提前二十年预言"王莽服诛,光武中兴"的故事,以及其遗著《老子指归》。第六章是扬雄探玄,即严君平弟子、西汉成都人扬雄在横山读书台拜师的故事,以及其模仿司马相如而创作的《甘泉赋》《羽猎赋》《长杨赋》,模仿《易经》作的《太玄》,模仿《论语》作的《法言》。第七章是重大历史故事,包括司马错南下金牛道灭蜀、战国时期李冰修建都江堰、西汉末年公孙述在蜀称帝、东汉末年刘焉刘璋父子割据、三国刘玄德建立蜀汉及诸葛亮治蜀、西晋末年李雄建立成汉及范长生治蜀等。第八章是文人歌咏成都的诗文,有扬雄的《蜀都赋》、西晋左思的《蜀都赋》、卢照邻的《相如琴台》、岑参的《石犀》《张仪楼》、李白的《上皇西巡南京歌十首》《登锦城散花楼》、杜甫的《琴台》《茅屋为秋风所破歌》《蜀相》《绝句·两个黄鹂鸣翠柳》《江畔独步寻花七绝句》《客至》《春夜喜雨》、薛涛的《续嘉陵驿诗献武相国》、张籍的《送客游蜀》、刘禹锡的《竹枝》、李商隐的《杜工部蜀中离席》等。

静轩编写完《蜀人文》,于是找路岩作序,路岩看了文稿,问静轩:"这成都处西南边陲,去中原甚远,王化甚迟,如何人文如此之盛呢?"静轩说:"主公,这个问题,我也不断问自己呢!我想,第一,诗文与水有关。如《诗经》的作者尹吉甫、《离骚》的作者屈原都生长在云梦大泽,河湖密布,水态多变,时而汹涌澎湃、掀天揭地,时而微波荡漾、碧绿含情,时而化冰为镜、顿失滔滔,这容易变的东西就容易让人产生情感,情动于中而行于言,言之不足故嗟叹之,嗟叹之不足故咏歌之,于是有了这诗赋之盛。而自从李冰父子建都江堰,将岷江水一分为二为内江和外江,内江又被分成多条河流,从西北向东南引入成都平原,不仅引水灌田、服务民生,而且可以让家家户户都能依河而居,让成都成为水城,水能生财,水亦能生情,见了水的温柔、狂怒、冰冷,自然就能产生诗文了。第二,这也跟神话传说有关,这望帝化为杜鹃鸟,一到春天就叫,能不让人产生情感吗?这苌弘化碧,能不让人泪下吗?因此这些传说也让人多愁善感,由此比兴风雅就起来了!"路岩说:"静轩说得有道理啊!左思在其文中也有类似的说法：'廓灵关以为门，包玉垒而为宇。带二江之双流，抗峨眉之重阻。碧出苌弘之血，鸟生杜宇之魄。妄变化而非常，羌见伟于畴昔。'行，我来写这个序，写好你就去印个几千本，这也算是我们的一个功绩了！"

咸通十四年（873年）正月，静轩编辑的《蜀人文》付梓出书，这留学生见到此书倍感亲切，地名、人名都跟自己非常接近，因此非常喜欢。静轩于是又安排了游学活动，带他们参观了子云亭、平乐山、青城山、武侯祠、都江堰，每到一地，静轩都让他们作诗或作赋，并将他们的诗赋汇总起来形成了一个集子。

三月，他满怀欢喜地把集子交给路岩。路岩看了集子，对静轩说："静轩，我交给你办的事，你总是又快又好，我也是非常喜欢你。只不过，你对我不是很忠心呢！"静轩见路岩脸上没有一点笑容，于是就说："主公待我恩重如山，我如果哪里有不对的地方，还望主公海涵！但是我自觉没有对主公不忠心的地方啊！"路岩说："你上次结婚，我给你一点钱，你还要退回来，我给你带去那么多官吏捧场，你也将礼金退了，你这跟我是一条心吗？你这明显是跟我划清界限，要做个泾渭分明啊！"路岩见静轩不说话，于是继续说："你要做清官可以，但是你也不能让人家觉得我们是贪官啊！前不久边咸将军说，他要跟下面的县令收点《蜀人文》《咏史诗》的辛苦费，听说你当场就呵斥了边将军，说这是腐败，搞得边将军下不得台，很失面子！"静轩还是不说话，路岩说："静轩，我要靠这些人给我卖命打仗！一点好处都不给，谁愿意卖命呢？我上次就跟你讲了，但是你就是阳奉阴违、坚决不改！这次他们这些人已经对你无法忍受了，他们说，有你在这里，他们就走！"

静轩一直埋头编书教学，没想到事情搞得这么水火不容，不过觉得清浊也确实无法同流，希望再劝路岩一次，于是对路岩说："主公，这边咸和郭筹的口碑很差，您不能再纵容了，再纵容您也会陷进去，他们两个是能打点仗，但也不能帮您彻底打垮南诏啊！希望您能忍痛割爱，将此二人革职查办！"路岩一听大怒："我堂堂相国，还要你来教我怎么管人吗？你的尾巴翘天上去了，没有我哪有你的今天呢！"静轩看到路岩发起雷霆之怒，觉得梁园虽好，也不是久恋之乡，于是也冷静地说："主公，您的大恩大德我没齿难忘，刚才的话乃一时冲动，望见谅，现在情况如此对立，我觉得我也没办法继续在此聆听教诲、为您效劳了，我就辞职吧！"路岩正在气头上，于是冷冷地说了句："那随你吧！"静轩听到此言，无奈作揖退出！

静轩回家后，觉得自己运气怎么这么不好，在荆南节度使那里待不下去，在西川节度使这里又待不下去，是不是自己太迂直了？秦玉会不会对自己有看法呢？因此一直闷闷不乐，饭也不想吃，秦玉问："相公怎么了，茶饭不思的？"静轩于是把经过讲了，秦玉说："我还以为是什么大事呢？古人云，富贵如可求，虽执鞭之士，吾亦为之。不义而富且贵，于我如浮云。他们摆明是一个腐败团伙，你不愿意同流合污，他们就视你为敌人，这样辞职不是很好吗！我不是跟你说过吗，我们自己可以养活我们自己！放心吧，不会饿死的。不过，相公，我也佩服你的勇气呢，一个八品的掌书记，竟然有胆量要一个二品的宰相开除一个四品的将军和五品的司马！不愧是湖南人啊！不过，以后说话还是不要那么直呢，要注意保护自己！"静轩见秦玉这么说，心里的乌云尽散，顿时一阵舒坦，吃完饭就歇息了。

第二天，他就来到节度使办移交手续，也跟路岩辞行。路岩跟他说："静轩，昨天我也是脾气不好，冲你发火，你虽然跟我不到两年，但是我对你的人品、能力和业绩是非常满意的，你要走，我是舍不得的，你现在要走，不知到哪里去？"静轩说："感恩主公的栽培，我也是舍不得离开主公，但是道不同不相为谋，只希望主公多保重自己，不要受小人所累！我打算带妻子回湖南老家种田算了！"路岩说："我们宾主一场，埙篪合奏，还是相当愉快的，现在你要回家，我准备了十万文送给你，你可能又会拒绝，静轩，就算是我对你父母的一点心意好吗？"静轩说："主公的心意领了，但君子无功不受禄，这钱我是死也不收的，主公以后有用得着的地方就告诉一声，我立刻回到您的身边！静轩在此告别！"说完静轩含泪行礼而退，路岩竟然也送到大门口，眼含泪花，依依不舍！

静轩回家后，跟秦玉说："娘子，我现在无官一身轻，你就跟我回老家邵阳，过男耕女织的生活吧！不过我还有个心愿未了，现在已成家，就是想把这安定胡氏的家学好好整理一下，把祖宗的生平事迹摸清楚，写本《安定集》。"听到静轩要回湖南老家，这秦玉是怎么回答的呢？请听下回分解。

第六十八回　兴家学撰安定集　中状元谢皇帝恩

　　上回说到静轩不愿同流合污而辞职，准备回湖南老家写《安定集》。秦玉闻言说："相公，你去哪里我就跟着去哪里，所谓夫唱妇随，不过你要写《安定集》，当然要到京城才好，那里资料齐全，信息灵通，我们就在京城开个医馆，也有生活来源。你看如何？"静轩觉得秦玉的主意不错，于是说："真是贤内助啊！想得真是周到！"于是静轩和秦玉辞别亲戚，离开成都，边走边游，经剑门关到汉中，行了一个月来到了长安。静轩先租了铺面、住所安顿了下来，然后就去拜会崔沆、崔潭兄弟。

　　话说静轩在西川，虽然与崔沆、崔潭兄弟经常通信，但是也有两年多没见面了，静轩于是送了蜀地特产给他们。崔潭说："胡兄，你这次入蜀，可是收获不少啊！不仅喜结姻缘，而且名满天下呢！现在满朝文武都在看你的《答南诏牒》！这两年的经过如何，怎么不干了，说来听听！"静轩于是把经过讲了，崔沆说："这路岩因为平南诏有功，刚升为中书令，封魏国公，这里面有你的大功啊！不过你离开也好，功成名遂身退，不失为明哲保身之道。"崔潭问："大哥，是不是听到什么不好的消息呢？"崔沆说："今年三月皇上不顾群臣反对，也不吸取唐宪宗迎奉佛骨之后暴死的前车之鉴，坚持到法门寺去迎奉佛骨，四月初八佛骨入京师，可没几天皇上就病倒了，现在已经是疾大渐。民间传言，佛骨才入门内，龙已泣于苍野，恐怕无力回天了！如果新皇帝上位，这韦保衡自然难逃一死，这路岩，也是凶多吉少啊！他那两个贪腐的亲信边咸、郭筹，几年前就已朝野皆知了。"崔潭说："大哥真是懂得多，我这个礼部主事可是啥也不知道，由此看来，那胡兄离职也是对的！胡兄现在有什么打算呢？"静轩说："我的个性不适合当官，我就在长安开个医馆，贱内是扁鹊之后，我们就悬壶济世算了。另外我也想做点家学，准备写《安定集》。"崔沆说："静轩，这也好，天下有道则见，无道则隐，看看这形势再说吧！有空我带些同僚到你那医馆看看。"静轩说欢迎。然后静轩又去看了米二和米士能，静轩送了蜀锦、蜀绣给他们，米二感激不尽。

静轩于是和秦玉就暂时在长安城安顿下来，一方面，他配合秦玉开医馆，一方面他查史书、查族谱，走访这长安及周边的胡氏族人，开始着手写《安定集》。这秦玉不仅持家是好手，而且这医术也是妙手回春，很快在长安城里有了名气，很多达官贵人都来医馆看病，秦玉对钱财却是很有分寸，一般小病不收钱，大病只收药钱，但是有些大病痊愈的达官贵人，为表感谢，执意要给医馆捐款，秦玉这才收下，积累下来也就有了余钱，秦玉于是请了几个伙计，又收了几个徒弟，这日子也就体体面面地过了起来。

静轩有了秦玉持家，衣食的问题就解决了，于是有时间写《安定集》。他尽量从国史中找到依据，否则就从方志、族谱、家谱中去寻找，还有就是走访，获得一些口口相传的传说，这个资料的准备工作虽然漫长，但写起来就快了。安定胡氏的始祖是胡城，他就从胡城写起：西汉景帝三年（前154年），汉高祖刘邦之侄、吴王刘濞发动七国之乱，胡城随太尉周亚夫统兵平叛，以功封大中大夫，从长安始迁安定临泾，娶妻东方氏，封安定郡夫人，城公卒于汉武帝建元元年（前140年），享年六十七岁，葬于灵台岩宝山。然后依次往下写，到城公十二世遵公，才兼文武，官至曹魏车骑将军，子孙有镇南大将军胡奋、将军胡烈、秦州刺史胡渊、晋武帝贵嫔胡芳。再写到南北朝时期，北朝有北魏司徒胡国珍、北魏宣武灵皇后胡充华，后有雍州刺史胡僧洗、泾州刺史胡宁、徐州刺史胡虔、陇东王胡长仁、赵州刺史胡长粲等。他将这安定胡氏中的名贤高官都作了传，将家训家规、源流世系、名人序言都写进了书里，算是集安定胡氏之古今与南北之大成，合计花了四年时间，写成十卷，虽然辛苦，但是静轩还是觉得非常值得。

秦玉无疑是第一个读者，她看了家训十条，念道："孝父母、友兄弟、端闺化、不淫乱、择婚姻、正蒙养、睦族姓、勤职业、戒诉讼、存忍让"；又念了家规："同姓不婚、无故不出妻、有子不娶妾、做官不贪财、聘定无悔盟、教习幼仪、戒赌博。"念完秦玉说:"相公,这胡家要兴旺,还得靠祖宗积德呢!一代一代地积德,这生出的后代就自然品行端正、智勇双全,哪用得着那么多的家规家训呢!只有那些不积善的人家,生出来的小孩毛病多,才用得着这么多条条框框,而且即使如此多的家规家训,也是白搭。这跟治病一样,主要是要固本培元,身体强壮了,什么风寒都能抵抗得住!"

静轩一直觉得秦玉的见识不同一般,而此番话语更是入道之言,于是说:"娘子真是牵牛牵牛鼻子,抓纲治家!大道至简!看来这管家还得靠女人呢,我们老家称呼妻子就叫婆娘,这个称呼很形象,那娶进来的女人既要做儿女的娘,还要做儿媳妇的婆婆呢!所以叫婆娘!"秦玉说:"人生不满百,常怀千岁忧,看你这架势,真想以家为国了。不过这样也好,你天天在我身边,我也感到很幸福!"静轩说:"居官乃命运之事,居家乃长久之计。安定者,往大点说,安邦定国,往中点说,安家定业,往小点说,安心定命!不管这大中小,都缺不了一个贤内助,一个贤惠的女人,你看这'安'字,宝盖底下就是一个'女'字,就是家里有个女人打理,这样才能安心、安家、安邦呢,秦玉大人!"秦玉闻言笑着说:"你这是攘外必先安内啊!不过我看你面相和气色,不像就这么一直窝在家里的!"静轩说:"男儿未盖棺,进取谁能料,太公八十遇文王,我还没到四十岁呢!五十知天命,还有十年!"秦玉见静轩有自信,也很欣慰。

岁月不居,时节如流,时间来到了乾符四年,即公元877年,静轩三十八岁,三十而立,四十不惑,静轩回首这酸甜苦辣的人生,虽然没考中功名,但是也没虚度年华,为国完成了《咏史诗》,为家完成了《安定集》,于家于国,自然有了一份可能流芳千古的事业。还值得欣慰的是,谨遵"不孝有三、无后为大"的圣训,结婚虽晚,但是孝道初成,这四年,秦玉连添三个男丁,乾符元年(874年)生下了章甫,乾符二年(875年)生下了良甫,乾符三年(876年)生下了祥甫,三个儿子的出生,给了静轩做父亲的无尽喜悦,后继有人,比起荣华富贵、功名利禄来,更催人奋进!

这四年,国事却是喜少忧多。咸通十四年(873年),就是静轩离开成都到长安的那一年，七月份唐懿宗死，第五子李儇在灵柩前即位，年仅十二岁。一朝天子一朝臣。这新皇帝上任，自然就会革故鼎新，原来的宰相、新皇帝的姐夫韦保衡于十月被处死。而静轩的恩公路岩，也因这新旧交替而从天上跌落，十一月，其亲信边咸、郭筹在军中的阴谋败露，加上长期贪暴，军中哗变，震动朝廷，朝廷于是立即派牛僧孺之子牛丛接替路岩担任西川节度使，路岩则被贬官为荆南节度使。乾符元年（874 年）正月，路岩还没走到荆南，却被告知贬为岭南的新州刺史（今广东新兴县），到了荆南又被告知免职、家产充公、边咸郭筹被处死、路岩流放到儋州（今海南省儋州市），路岩听到这个消息后，曾经的美男子，两天之内变成了头须皆白的老头，等路岩到了新州，则有诏命处死他，并将喉管割下来上交朝廷验证。路岩做宰相时，曾下令要求"三品以上官员犯罪被处死，要割下喉管作为证明"，没想到木匠造枷，自作自受，路岩的结局如此凄惨，死时年仅四十八岁，真是验证了崔铉的"如何到老"的预言！年轻时升迁太快，又不注意修身，步入了"德不配位，必有灾殃"的宿命，静轩想起路岩曾经对自己的恩义，也无不悲痛，但又想起路岩的执迷不悟，也感叹自己人微言轻、徒叹奈何，他闻讯烧香遥祭，尽吐衷肠。

西南边界方面，国王世隆遵守诺言，路岩在西川的两年多时间没进攻，但当路岩一离开，又蠢蠢欲动。乾符元年十一月，南诏世隆率大军渡大渡河，大举进犯西川，十二月，朝廷急派曾在交趾（今越南）大破南诏的天平节度使高骈入西川。乾符二年（875 年）高骈派步骑五千追击南诏军，至大渡河，斩杀酋长五十多人，彻底将南诏打败，南诏从此再无力进攻。乾符三年（876 年）八月，高骈筑成都外城，从此基本安定了西南边境。

而在国内，因关东连年水旱，百姓流离，乾符二年濮州人王仙芝聚众数千起义，六月王仙芝攻克濮州（今河南省濮阳）、曹州（今山东省菏泽市），而家在曹州的黄巢也不出静轩所料，乘时起事，聚众数千人响应王仙芝。乾符三年八月，王仙芝乘中原空虚，率军西进，攻陷阳翟（今河南禹县）、郏城（今河南郏县）等八县，威胁东都。

静轩本来想就此做个太平百姓，可看这四处暴动、天下震荡，全是因为政治腐败、民不聊生造成的，因此打算有所作为。这时刚回京城担任户部郎中的刘蜕找到自己，极力支持静轩参加今年的科举，静轩将想法告诉秦玉，秦玉也支持。而崔潭又来告诉静轩，说崔沆已经担任了工部尚书，并且跟主考官是好朋友，也通知他参加三月的科举考试。由于有刘蜕和崔沆的力荐，加上《咏史诗》《答南诏牒》的名声，静轩这次参考一举夺得了第一名，也就是唐朝民间所说的中了状元（朝廷正式有状元这一名称从宋朝才开始）。

"天上一轮才捧出，人间万姓仰头看"，静轩中了状元的消息自然如满月照耀，全国皆知了。然而静轩却没有太多的惊喜，第一是自己都快四十了，已经没有那种春风得意马蹄疾的年少轻狂；第二，也知道这科举考试就是那么回事，没有刘蜕、崔沆的举荐，自己是没办法考中的。而这刚刚十五岁的皇帝李儇，则是血气方刚，亲自在勤政务本楼主持了面见。

静轩第一个被召入，皇帝问："胡曾，听说你曾经一牒平南，可有此事？"静轩说："回皇上，那是仰仗大唐的天威，仰仗懿宗的大德，才能让南诏退兵，鄙人那封信只是借势而为罢了！"说罢静轩将用颜楷工整抄好的《答南诏牒》呈上，李儇看到这排列整齐、雄秀端庄的楷书，赏心悦目，于是问："胡曾，你觉得颜真卿的书法和王羲之的书法相比如何？"静轩心想："羲之俗书趁姿媚，数纸尚可博白鹅。虽然个人喜欢颜鲁公书法多一些，但是太宗李世民却非常喜欢王羲之的，因此不能贬低王羲之。"静轩于是说："启禀皇上，两人都是大书家，各有春秋，难分伯仲，王逸少书法优在妩媚，如美女登台、仙娥弄影、红莲映水、碧沼浮霞，亦如龙跳天门、虎卧凤阙、众星列阵，初月临枝，饱含玄意，生动自然，老庄之道尽显，符合魏晋名士风度。而颜鲁公书法优在盛大，点如坠石，画如夏云，钩如屈金，戈如发弩，纵横有象，低昂有志，如孔子杀俳、关公挂甲，泰山压顶，长江泄洪，忠义之气，磅礴难犯，盛世之仪，不怒自威，符合大唐气象、儒家道统。就我个人而言，我当然喜欢颜鲁公的阳刚之气多一点，但也不厌二王之阴柔多曲。"李儇也喜欢颜真卿的书法，对静轩的回答非常满意，于是就拿起这两千来字的《答南诏牒》读了起来，李儇亦曾听说这篇名文，今日一读，觉得此文大气排空，雄涛卷海，不禁连连称赞道："雄文雄文，虎啸深山，龙翔大海，写出了大唐的威严，很好！"说完，他又接着问："你觉得路岩这个人怎么样？"静轩说："路相有功有过，功在保持了西川两年多的稳定，过则是拉帮结派、损公肥私，我在西川之时，因在路相面前指责边咸、郭筹朋比为奸而被迫离职，总的来说路相辜负皇恩，过大于功。"李儇听了，觉得静轩还是重情义又能明是非、敢直谏的人，印象很好。李儇接着又问："可有文集上呈？"静轩于是呈上了《咏史诗》，李儇因久读经书，初看了几首咏史诗，觉得如清风吹拂，耳目一新，说："这咏史诗有什么用？"静轩说："这咏史诗一百五十首，囊括了几千年治乱兴衰的故事，其中一半多是讲古代皇帝，有明君、仁君，也有昏君、暴君，希望给圣上施政参考！"李儇说："这个很好！还有什么要上呈吗？"静轩于是呈上了《安定集》，李儇一看这本集子，看到这安定胡氏出了这么多安邦定国的人才，又觉得这静轩也是人才难得，于是命人拿墨过来，在扉页上欣然题词，然后还给静轩道："胡曾，你们家族之书我就不细看了，朕给你们题词：绵绵安定公族，世世长发其祥！"静轩接到皇帝墨宝，欣喜不已。而李儇觉得静轩精通经史，又有文才武略，为人刚正不阿，敢于直谏，于是就准备下诏封官。

欲知皇帝给静轩封了什么官？请听下回分解。

第六十九回　状元洲迎胡御史　太极殿问平乱谋

上回说到皇帝李儇面见了静轩。他觉得静轩精通经史，可以做侍读学士，可以给自己讲读经史，同时又有文才武略，为人刚正不阿，敢于直谏，因此可以做御史，以监察文武百官，弹劾纠察过失。于是下诏，令静轩担任从五品的侍御史，兼任翰林院侍读学士，静轩领旨谢恩而退。

话说静轩中了状元，皇帝诏令做侍御史，这侍御史的工作职责是什么呢？其职责就是监督、弹劾中央及京都官员，主要针对正三品以上官员，侍御史直接由皇帝任命，有情况可以直接跟皇帝汇报。静轩觉得这皇上虽然年纪不大，但是识人还比较老到，看到了自己的长处。静轩也觉得自己的性格适合这份差事，符合自己的志向和理想，因此心中很满足，也很感恩，于是立下治平之志，希望能挽救大唐当时的危局。

静轩接下来一起参加了新科进士的曲江宴、雁塔题名等活动，到御史台报到之后，静轩请假两个月回邵阳省亲。他于是带着秦玉和三个孩子，出武关，经汉水到武昌。本来此行应该有荣归故里的豪情相伴的，可因为战乱，这一路走得很艰难，随处可见流离失所的灾民难民，静轩心有戚戚，也尽己所能地帮助。到了武昌再南下到岳阳，从洞庭湖经资水回邵阳，一路好景，无心细赏。

过了邵水入口，静轩远远看到邵州城西的资江江心小岛上彩旗飘飘、人头济济，静轩记得在邵州城读书时，经常跟同学游水到这岛上玩，今天不知有什么喜事呢！稍近则看到岛上建有辕门，门头上有"欢迎状元郎胡曾荣归故里"字样，岛两边则有战船一字排开，静轩对秦玉说："好像这州府在欢迎我呢！我们回家并没有告诉其他人啊！"秦玉说："在洞庭湖有几个人打听你是不是胡曾，你忘了？这本地州府欢迎你是应该的，你还是要出去应酬客套一下，不冷也不热吧！"静轩觉得秦玉说得有道理，于是换了官服，站在船头。

当时的邵州刺史是杨严，其兄杨收曾是宰相，杨收与路岩一样，都受到了韦保衡的排挤，杨收被贬岭南后，杨严也因此从浙东观察使贬为邵州刺史。当他得知静轩中了状元、封了御史，首先作为地方官，欢迎静轩这样的乡贤当然是分内之事，其次也希望静轩在皇帝面前为自己美言几句。于是他就派人一路打探静轩的行踪，做好迎接准备。他们知道静轩是沿资江逆流而回，一定会经过这城西，于是选择了这个资江河中的小岛作为迎接的地方。这小岛比起长沙的橘子洲小多了，但是也像个舞台一样，可以容纳几百人，而两岸的人都可以观看。要知道，这静轩中状元，当时在这资江、沅江流域，可是破天荒的，这种消息传播起来，比飓风还快，而邵州府要在这小州岛迎接状元郎的消息传开，也让这十里八乡的人都赶来了。

这一天艳阳高照，晴空万里，资江水泛起金浪，邵州城升起瑞霭，这资江两岸密密麻麻地站满了人，大家都想看看这状元郎的风采。只见静轩头戴乌纱帽，身着紫官袍，神采奕奕地从船上下来，拱手向三面行礼，两岸人潮顿起欢呼声，岛上则鼓乐齐鸣，奏唱《小雅·鹿鸣》之诗，好不热闹。刺史上来行礼说："状元郎御史胡曾大人，敝人乃刺史杨严，在此恭候多时，大人状元及第，首破蛮荒，一纸退兵，闻名海内，今日相见，三生有幸，兹备薄酒，为大人洗尘，望给薄面，请随鄙人乘船到州府。"静轩说："人之好我，示我周行，感谢刺史大人，心意已领，皇帝有令，御史不能与朝官过从甚密！见谅，见谅。不过可否一起去文庙祭拜？"刺史觉得静轩搬出了皇帝的诏令，那是不敢违抗的，但答应去文庙，也算给了面子。

刺史于是安排一条特制的彩船，载着静轩一家驶向北门，下船后步入文庙。文庙旁边就是州府、州学、县学，这些学子听说静轩这个状元郎来了，纷纷出来一睹风采。静轩来到这熟悉的文庙，恭恭敬敬地上香祭拜孔子，祭拜完，正准备离去时，只听得这些学子齐呼："请状元郎现场赋诗一首！"静轩没有想到这些学子会出此招，盛情难却之余，静轩也艺高人胆大，兵来将挡，来回踱了几步，就吟了首七律《拜邵州文庙》，诗云：

春风几度化层冰，夫子千年苦点灯。文庙不嫌猪肉冷，灵牌犹望碧烟腾。天荒有幸诗来破，地色还须韵去增。此际魁星昭古楚，长辉资水万年恒。

大家觉得静轩文才了得，纷纷喝彩"好诗好诗""又快又好""七步成七律""好诗才"。静轩拱手对大家说："静轩不才，赖夫子显灵，蒙皇上天恩，得以及第，今返回故里，见到昔日师长，今日师弟，倍感亲切，我们邵阳物华天宝，人杰地灵，将来自有更多人及第。但依愚之见，及第与未及第，关乎命运，并非人力可以决定。但是及第也好，未及第也好，我们的志向不能变，那就是要立志做圣贤，做不了圣贤，也要争取做一个君子，如何做君子，就是要打破货色两关，穷则独善其身，达则经世济民。孔子一生以布衣为主，但却是百世之王，因此我们读书，要向孔夫子这样的圣人看齐。而如果命运垂青，学而优则仕，为官一任，那就要造福一方，要爱民如子，以父母之心去体恤百姓的冷暖，做一个清官、仁官！"这些学子听了静轩这番话，纷纷赞叹道："说得好！""志向高洁！""圣贤君子！"静轩闻此拱手致谢！

走出文庙，刺史准备让静轩乘坐自己的"五马朱轮"，安排衙役鸣锣开道，风风光光地送静轩回秋田，静轩说："大人，您的好意我领了，现在中原战乱，民不聊生，我不忍劳民伤财，如果方便，就安排几个挑夫送我回家就可以了！"刺史觉得这静轩好似不讲情面，又好像给点情面，给自己台阶下，于是也就说好，安排了几个士兵护送静轩一家到了秋田。这胡安命夫妇见到静轩中了状元，当了京官，又见带回了儿媳妇和三个宝贝孙子，欣喜无法言表，杀鸡捕鱼，呼亲唤友，一家其乐融融，全村喜气洋洋，不在话下。

而邵州城西资江中的那个芳草萋萋的小岛，从此也有个美丽的名字：状元洲，以纪念邵州这位破天荒的状元胡曾，该名一直沿用至今。晚清时邵阳人孙开旦游状元洲时曾有诗咏之："少年读书时，曾将旧录检。记得胡公名，唐廷膺首选。一举破天荒，邵阳文风坛。荣归渡资水，宫袍映冉冉。从此状元洲，芳名流播远。"今邵阳鸿儒君亦有《状元洲赋》云："邵阳铁打之城，宝庆龙兴之府。城西有水，资江北去洞庭；水中有洲，砥柱南来波浪。立江心而横碧玉，分星月而合潮流。洲名源自胡公，唐季状元及第；际会缘于盛事，长安赐锦荣归。自汉水而抵武昌，经洞庭而达资水。首破天荒，闾里风闻而至；陡升地望，州官鱼贯而迎。云开紫气南来，日照金波北望。洲陈花海，岸列人山。曾公虎步龙行，下船登岛；刺史鹿鸣凤唱，献酒乐心。鼓乐喧天，欢呼动地。琼树瑶林，疑似仙峰人物；儒风道骨，合为天下奇才。退兵百万凭一纸，咏史四千精三卷，邵邑之光，梅山之彩，神州之杰，华夏之英。无名洲岛，因兹而永得芳名；有幸邵阳，自此而长开文运。昔日状元虽渺，士林好梦常温；至今诗赋犹存，新桂蟾宫常折。新灯而驱百暗，古月而耀千江。惟德惟才，资水浪冲海水；允文允武，邵州名响九州。睹芳洲之不改，见豪杰之辈出。武有蔡锷，文有魏源，千秋丕振，万代炽昌。"

静轩一回到秋田，就在这附近村庄走访，看到的情况一点都不乐观，杜甫说的"朱门酒肉臭，路有冻死骨"、柳宗元说的"孰知赋敛之毒，有甚是蛇者乎"，都可以看到。官府的苛捐杂税越来越重，有的人没办法生存，都躲到深山里去了。静轩本来想去看看陈盖，但这时接到了皇帝的诏令，要他马上回京。考虑到现在王仙芝、黄巢率军四处搏杀，中原大乱，正转战江南，静轩于是将秦玉和三个儿子暂时留在秋田，自己一人风尘仆仆返回了京城。

皇帝在太极殿召见了静轩，静轩问皇帝诏他回来有何吩咐，皇帝说要静轩陪他读经，读了几天经书后，皇帝李儇对静轩说："胡爱卿，你在西川时，曾经用一篇檄文让西山八国来朝，再用一封书信让南诏退兵，现在这王仙芝、黄巢造反，搞得朕寝食不安，你能不能也用一篇文章让他们退兵呢？"静轩说："回皇上，这是可以的，但是需要圣上配合。"李儇马上来了兴趣说："胡爱卿，你快说说，要我怎么配合？"静轩见这十五岁的少年皇帝，虽然跟他父亲唐懿宗一样，也是个贪图享乐的主子，但是现在王仙芝、黄巢把他的江山搞乱了，他也有忧患意识了，这进言就有了可能。

静轩说："皇上，您应该知道，尧舜时期是没有人造反的，为什么呢？因为尧帝、舜帝是很辛苦的，他们要为天下苍生去发明器物、去架桥修路、去征服水害、去惩治坏人，虽然这么辛苦，但他们没有任何享受，没有自己的任何利益，他们还是自己种田种菜、织布建房，因此在那个时代，是没有人想做皇帝的，巢父、许由为了不做皇帝，都隐居了起来，因此，当时只有怜悯天下苍生的圣人才愿意去挑起这副重担。可后来大禹把帝位传给儿子后，这个皇帝就有了享受不完的荣华富贵，有华丽的宫殿，有娇艳的美女，锦衣玉食，万民崇拜，从此帝位成为人人向往和羡慕的东西。皇帝为了防止有人争帝位，于是蓄养军队来保卫自己，任何人想造反做皇帝，皇帝就派军队去镇压，一想到这造反是掉脑袋的事，一般人是不敢的了，只要有饭吃、有活路，谁都不会去造反。但是如果碰到天灾人祸，逼得大多数人没有活路了，这时只要一个不怕死的人吆喝一声，就像一堆干柴只要一点火星就熊熊燃烧一样，大家就跟着造反了，比如历史上，陈胜吴广就带头起来反抗秦朝，这时候派兵去镇压，有两种可能，要么打赢，要么打输，其实这两种结果都差不多。打赢了也是虽胜犹败，因为帮皇帝打仗的将军武士肯定要给更大的权力和利益，对皇权的威胁并不比造反者的威胁小，跟去了一个袁绍，又来了一个曹操一样，因此可以说是虽胜犹败；而打输了就直接改朝换代了，那就是完全败了。因此皇上您要想平定目前王仙芝、黄巢这些造反者，很简单，只要学他们就行！"

欲知静轩说的他们是谁，请听下回分解。

第七十回　志平乱条呈皇帝　令监军启贺高骈

上回说到皇帝李儇请教平乱之策，静轩说："皇上您要想平定目前王仙芝、黄巢这些造反者，很简单，只要学他们就行！"皇帝李儇急着问："他们是谁？"静轩说："就是尧帝舜帝。"李儇毕竟只是个十五岁的少年，见静轩说要他学尧舜即可平乱，听得云里雾里，于是说："胡爱卿，那你说我怎么学尧舜呢！"

静轩说："这治国跟治病一样，比如说人的一个手指受伤了，人就要用另外一只手去摸摸、用嘴巴去舔舔；如果出血了，就要敷药，而不能任由手指出血，甚至还撒盐，这样不仅不能停止痛苦，反而因为出血过多而导致死亡。这次王仙芝造反，原因是三年前关东大旱，很多百姓没有饭吃，这不就是一只手指出血一样吗？敷点止血药就可以了啊！可惜的是，这当地官吏不仅不抚慰饥民，而且还催缴租税、摊派差役，这不是往伤口撒盐吗？恰好这王仙芝因贩私盐而仇恨官府，他本人又练得一身武艺，胆子又大，于是这些没有活路的人就在他的带领下造反了。如果这时皇帝下诏，罢免这些酷吏，免除受灾地区的赋税和差役，开仓放粮给这些饥民，对造反这件事既往不咎，这继续造反就没有理由了！有饭吃谁还去送死呢？可惜朝廷从一开始就是采取暴力剿灭的方式，可剿灭又没有这个能力，于是越剿越多，伤口从一个手指扩张到多个手指，人越来越痛。这三年多来，这中原已经差不多被王仙芝、黄巢扫了一个遍！那皇上可能会问，现在下个诏书，昭告天下，还能不能让他们罢兵呢？这个时候虽然已经晚了点，但是只要皇上您效法尧舜，他们也会放下干戈，这大乱也会马上平息。这诏书怎么写呢？至少要把这些话说到位：只要这些人放下武器，第一，对一切参与造反的人既往不咎，但继续造反者将严惩，诛九族；第二，免除全国农民半年的赋税；第三，对于没有饭吃的饥民由国家供给粮食，国家购买公田给无田的贫民耕种；第四，皇帝要立志做圣人，以尧舜为榜样，带头节俭，裁撤宫女和宦官，取消各种宴会和工程，自己种田种菜，自己养活自己，也号召文武百官向皇帝学习，主动降低薪水，对于守边的将士可以不减；第五，杀一批、关一批民愤极大的贪官污吏；第六，彻底纠正科举考试舞弊现象，皇帝亲自主持考试，量才录用，体现公平公正。"

李儇听完说："胡爱卿，这六条我觉得很好，应该不难做到，但是我要跟人商量商量！"静轩说："皇帝跟人商量是可以的，但是皇帝要想做尧舜，开万世太平，有时候还需要以史为鉴，乾纲独断呢！"李儇说："朕一人治天下，胡爱卿你尽管放心就是！"

当时李儇最亲信的人是田令孜。田令孜何许人也？咸通年间他随义父入内侍省做宦官，起初地位卑贱，只是负责管理州县进献给皇帝的良马，但是田令孜读过很多书，很有智谋，李儇为普王时还是个儿童，田令孜就跟李儇玩得很好，李儇甚至经常要田令孜陪他睡觉。李儇十二岁一即位，就提拔田令孜为枢密使，田令孜于是由一个小宦官一跃而为四贵之一，"四贵"指两枢密使、两神策军中尉，不久李儇又提拔田令孜为神策军中尉，即禁军统领。李儇此时称田令孜为"阿父"，大小政事都交给田令孜拿主意。这次李儇听静轩这么一讲，慨然也有了澄清天下之志，于是兴致勃勃地跟田令孜讲了这下诏六条的事。田令孜一听让皇帝自己养活自己，而且还要裁撤宦官，就马上正色道："皇上，这胡曾的话听不得，您愿意做农民吗？您愿意把这些美貌如花的宫女裁撤吗？如果免除全国半年的赋税、免费给灾民粮食，那我们吃什么？还有这么多官僚吃什么？皇上，当务之急是平乱，我看这天下带兵打仗的人中间，数高骈战功最显赫、武力最强劲，高骈出生于禁军世家，乃南平郡王高崇文之孙，他平定过西北党项族叛乱，又在安南大破南诏，最近又在西川任上彻底平定南诏。我看这个人可以托付大任！"李儇见田令孜不高兴了，于是说："那就听阿父的吧！"

静轩后来又为李儇陪读，顺便问起这下诏的事，这李儇却避而不答，静轩也觉得这李儇哪是做尧舜的料呢？那就不勉强了吧！转眼来到乾符五年（878年）正月初一，王仙芝趁江陵守兵庆元旦的机会偷袭，一举占领江陵外城，消息传来，朝野震动，皇帝李儇急忙找田令孜商量对策，田令孜觉得这西川已经稳定，于是建议急调高骈赶往荆州平乱。朝廷于是下诏令高骈担任检校尚书右仆射、江陵尹、荆南节度使。而此时，田令孜觉得静轩这人过于正直，自己卖官鬻爵迟早会被他弹劾，于是建议派静轩去高骈那里监军，一则避免了静轩跟皇帝过多接近，避免监督自己，二则也正好监督这猛将高骈。皇帝于是采纳他的意见，下诏令静轩去监军。

皇帝召见静轩说："胡爱卿，你上次说的那六条，我广泛征求了其他人的意见，觉得暂时行不通，我现在觉得这高骈可用，他善于平乱，这南诏现在已经被他打得服服帖帖了，我想这王仙芝和黄巢也很快能被他所征服，你就代表朕去监军吧！"静轩说："微臣领旨，只是上次我跟皇上说过，这平乱的事，即使胜利了，也是虽胜犹败，现在这些节度使都巴不得王仙芝和黄巢把这局面打得更烂，这样他们就可以立功领赏，要权要钱，如果说王仙芝、黄巢是狼的话，这高骈就是虎啊，虎吃了狼，恐怕这虎要吃人呢！这虎如果越来越多，那时这江山就更危险了！"李儇说："胡爱卿，这是后话了，当务之急就是平乱，你就去用心监军吧，这高骈是我们现在唯一的希望，你监军要把握好度，不要把他给得罪了。这样吧，你先写封信给高骈，我先看看，要夸他抬举他，以让他为朝廷出力。"静轩觉得皇帝重用高骈实在是下下之策，但是君意已决，而写信又是君命难违，于是写了封《贺高相公除荆南启》，启云：

伏以相公承家业峻，开国勋高，术妙六奇，图精八阵，生民皎日，圣主迅雷。才成破赵之功，旋告下齐之捷。故得咸宣破竹，力号拔山。弛张七德之中，舒卷五车之内。东周士庶，咸居沸鼎之中。西蜀烝民，悉在春台之上。盖由人事，岂属天时。昔汉得韩信而兴，楚失陈平遂灭。今者江腾海沸，山动岳摇。荆门告累卵之危，淮楚陈剖胎之难。赤眉卷地，黄巾滔天。公侯无匡合之才，藩镇乏纵擒之术。若不预咨贤哲，早托英雄，则无异鱼游宋池，燕巢卫幕。昆冈火发，玉石俱焚。历阳水来，智愚同陷。虽思尝胆，何补噬脐。且擘断华山，宜假巨灵之力。决平洪水，须凭大禹之才。是以上自一人，下同百辟，金云非相公不能定荆楚，非相公不能缩货泉，既无异於肩尧，遂有成於命说。伏计即离犀浦，遽赴龙山，销唐尧盱食之忧，解黎庶倒悬之急。某家在湖外，即出关中，遂假道於荆关，获起居於槐鼎。仰将军之大树，敢议营巢。窥丞相之巨川，唯希在藻。伏惟照鉴。

静轩写完，就给皇帝李儇过目，因用典比较多，李儇还看得不是很明白，就要静轩用白话讲一遍，静轩于是用白话讲述为：

高相公您是名门之后，战功卓著，精通兵法，出奇制胜，是人民的太阳、皇帝的迅雷，如韩信才破赵国又下齐国一样，您收复交趾，逼退南诏，军威正盛，有破竹之势，有拔山之力，在七德五车之中弛张舒卷。当今局面，洛阳人民处水深火热之中，西蜀大众却在春和景明之处，这当然不是天时之别，而是因为您治理有方的结果。昔日汉王刘邦得韩信而兴，楚霸项羽失陈平而败，今天江海沸腾，山岳摇动，荆门危如累卵，淮楚势如难产，黄巢势劲，如赤眉军卷地，如黄巾军滔天。可怜朝廷无齐桓公那样的匡合之才，藩镇缺诸葛亮那样的纵擒之术。如果不预先咨询贤哲，早点请托英雄，目前危局就将如鱼游宋池、燕巢卫幕一样。到时昆仑山起火，则玉和石都将焚毁；历阳成湖，则智者和愚者都将陷进去，如果还想卧薪尝胆，那已经晚了。擘断华山引水东流，当然需要借巨灵神之力；决平洪水，必须凭借大禹之才，于是从皇帝到百官，都说没有高相公就不能定荆楚，没有高相公不能控制局面，这当然是一个比肩尧帝的机会啊，于是您得到了皇帝的任命。我估计您即将离开成都犀浦，马上赶赴龙山，消除皇帝的盱食之忧，解除黎民的倒悬之急。我老家在洞庭湖以南，我现在正准备离开京城，借道荆门山，到贵府来就职。仰仗将军的大树，斗胆筑巢，窥探丞相的大江，希望如鱼在藻。请相公多关照。

皇帝听完说："生民皎日，圣主迅雷，这样写就对了！你在表面上要多吹捧高骈，但是你作为御史，如果高骈有什么不忠的事也要及时报告上来呢！"静轩说："皇上请放心，静轩平生以忠义为做人之本，皇帝待臣如此大恩大德，我是一定跟诸葛亮一样鞠躬尽瘁的！"李儇说："你走后，你这御史的工作则交给其他人来做，你有什么人可以推荐吗？"静轩说：
"有一个人是不错的，为人清廉正直，亦通文史，不知皇上是否喜欢？"
李儇说："说来听听！"静轩说："这人就是卢龙节度使的掌书记赵珽！"
李儇说："那好，就让赵珽做侍御史！你赶紧出发吧，要高骈尽快平乱！"
于是静轩将信发给高骈，又给赵珽写了封信，然后出长安城，经武关汉
水，来到了荆南节度使治所！

　　欲知这静轩监军的结果如何，请听下回分解。

第七十一回　会高相指点战局　返秋田祭别双亲

　　上回说到皇帝派静轩去荆南做监军。话说这王仙芝于乾符五年（878年）大年初一突袭江陵城（今湖北荆州）后，山南东道节度使李福立刻派遣沙陀骑兵前去救援，大破王仙芝军，王仙芝无奈逃去。二月，招讨使曾元裕率兵大破王仙芝于黄梅（今湖北黄梅），杀五万人，将王仙芝斩首，并传首长安。残部由尚让带领，奔亳州（今安徽亳州）投靠黄巢，推黄巢为黄王，黄巢于是自称"冲天大将军"，转战黄淮流域，又进军长江下游一带。因此等高骈、静轩抵达荆南节度使府时，这一带的战事已经结束。

　　话说静轩走进这熟悉的荆南节度使治所，高骈即出来迎接，引领入座。只见这高骈身材魁梧，长相威严，立时森然如戟，坐时凛然如虎。高骈对静轩说："胡御史，久闻大名啊！你的来信我收到了，文采飞扬，只是抬举太高，令我惶恐呢！我到西川之前，就听说了你一檄收西山八国、一牒退南诏三军的事，后来又看了你的《咏史诗》和《蜀人文》，真是个文韬武略的大才子啊！"静轩说："文章再好也敌不过高相的五千精兵和赫赫威名啊，'蜀江波影碧悠悠，四望烟花匝郡楼。不会人家多少锦，春来尽挂树梢头'。高相一到成都，成都就蛮烟尽散，春锦无边了，高相才是名副其实的文武全才呢！"高骈说："胡御史还知道我的《锦城写望》啊！受宠若惊呢！"静轩说："诗言志也！文言理也！高相的诗文我都拜读过！这些诗给高相的赫赫武功披上了一层华丽的外衣，更显得光彩照人了！"高骈一听，觉得一般人只会夸他战功，而静轩竟然夸他的诗文，这让他更加得意，于是说："那请胡御史点评点评我的诗。"

　　静轩说："高相的诗，第一有武勇忠义。如《南海神祠》云：'沧溟八千里，今古畏波涛。此日征南将，安然渡万艘。'《南征叙怀》云：'万里驱兵过海门，此生今日报君恩。回期直待烽烟静，不遣征衣有泪痕。'

《赴西川途经虢县作》云：'亚夫重过柳营门，路指岷峨隔暮云。红额少年遮道拜，殷勤认得旧将军。'《言怀》云：'恨乏平戎策，惭登拜将坛。手持金钺冷，身挂铁衣寒。主圣扶持易，恩深报效难。三边犹未静，何敢便休官？'《赴安南却寄台司》云：'曾驱万马上天山，风去云回顷刻间。今日海门南面事，莫教还似凤林关。'第二有道骨仙风。如《山亭夏日》云：'绿树阴浓夏日长，楼台倒影入池塘。水精帘动微风起，满架蔷薇一院香。'《和王昭符进士赠洞庭赵先生》云：'为爱君山景最灵，角冠秋礼一坛星。药将鸡犬云间试，琴许鱼龙月下听。自要乘风随羽客，谁同种玉验仙经。烟霞淡泊无人到，唯有渔翁过洞庭。'《访隐者不遇》云：'落花流水认天台，半醉闲吟独自来。惆怅仙翁何处去，满庭红杏碧桃开。'《寄题罗浮别业》云：'不将真性染埃尘，为有烟霞伴此身。带日长江好归信，博罗山下碧桃春。'第三有咏史智慧。如《太公庙》云：'青山长在境长新，寂寞持竿一水滨。及得王师身已老，不知辛苦为何人。'《湘妃庙》云：'帝舜南巡去不还，二妃幽怨水云间。当时珠泪垂多少，直到如今竹尚斑。'第四是意韵深远，如《对雪》云：'六出飞花入户时，坐看青竹变琼枝。如今好上高楼望，盖尽人间恶路岐。'《海翻》云：'几经人事变，又见海涛翻。徒起如山浪，何曾洗至冤？'《边方春兴》云：'草色青青柳色浓，玉壶倾酒满金钟。笙歌嘹亮随风去，知尽关山第几重。'因此，高相即使没有赫赫战功，这些嘹亮诗歌，亦可跨越关山无数重，流芳百世，吟唱千秋，无疑也！"高骈见静轩对自己的诗如此熟悉又如此抬举，立刻引为知己，于是上茶，对静轩说："静轩，人生难得一知己，来，我们以茶代酒，对饮一杯！"静轩于是饮茶，高骈问："静轩，我们谈完诗，来谈点正事，你觉得现在这黄巢之乱如何平定呢？"

静轩说："高相，您问这黄巢之乱如何平定，我们先来看看黄巢的诗，当年在长安，他也落第，我也落第，他在放榜处吟了菊花诗，诗云：'待到秋来九月八，我花开后百花杀。冲天香阵透长安，满城尽带黄金甲。'不知高相怎么看这首诗呢？"高骈说："没有春意，只有秋杀啊！"

静轩说："大人高见！我一看此人面相，品味此人之诗，觉得此人不是一般人物呢！科举腐败，众人忍忍，唯此人谔谔，足见其有澄清天下之大志！而黄巢起事前以贩卖低价的私盐争取了民意，起事后各地灾民闻风归附，部队一下从八千扩大到几万人，敢于怒打准备接受朝廷招安的王仙芝，自封'冲天太保均平大将军'，其'均平'的口号无疑有力冲击了这贫富不均的社会，无疑给那些社会底层的苦难贫民、落第士子以希望。因此要想平定黄巢，就要从根本入手，找到黄巢造反的原因，转杀气为和气，有和气才有生气啊！"

高骈听完非常感兴趣，问道："静轩，如何转杀气为和气呢？"静轩说："您应该上书皇帝，让他效法舜帝，勤政爱民，对于灾民要安抚，对于流民要安置，对于饥民要放粮，对于贪官污吏要惩处，对于科举腐败要惩治，皇帝要停止吃喝玩乐，宫女宦官要裁撤，要自力更生……"没等静轩讲完，高骈打断说："静轩，你要讲什么我都知道，天无私覆，地无私载，日月无私照，四时无私行，总之就是皇帝要无私，跟三千年前的舜帝一样对吧，然而，这在今天行得通吗？不要说今天，在夏桀时代就行不通了呢！静轩，你这些大道理就不要过多阐述了，你讲讲怎么消灭他们吧！"

静轩觉得话不投机，本来不想再说，但想起临走前皇上的嘱咐，也想起这高骈毕竟是个武将，在意的是战功，于是说："如何消灭这个问题，高相肯定成竹在胸，不过既然高相看重，那就谈谈拙见吧。黄巢这两年多来，打了不少胜仗，攻占了很多地方，在各个节度使的缝隙中钻来钻去，看似风头正健，其实始终没有一块自己的立足之地，始终处于节度使的包围之中，没有一个进可以攻、退可以守的地方，这就成了实实在在的流寇，这种流寇对付起来，其实也没什么难的！"高骈连忙问："静轩有什么高见呢？"静轩说："这就跟池塘捕鱼一样，用网向一个角落推，就可以一网打尽！"高骈问："怎么个推法呢？"静轩说："目前各节度使均为朝廷指挥，各自为战，黄巢在哪里，当地的节度使就仓促应战，其他的节度使则冷眼旁观，这样缺乏统一指挥，何时才能彻底剿灭呢？这种平乱一定要统一事权。您是皇帝最倚重的人，您把自己平乱的信心告诉皇帝，让皇帝放心任用，但是要跟皇帝提个条件，那就是要给您一个天下兵马大都统的职位，这些节度使要归您指挥，这样一来，您就是棋手，中国是棋盘，就可以把各节度使全部调动起来，把天下兵马全部调动起来，除了守边的军队外，其他全部向中原挺进，从西、北、南三面织网，将各地区的缝隙堵死，这网可以织两层或三层，万一被黄巢攻破了一层，后面还有一两层，同时严明纪律，对于破网、漏网的节度使要惩罚，甚至杀头，这样三面慢慢向东推进，这黄巢就跟池塘的鱼一样，只能往东走了，最后要么投降，要么跳进东海。在推网的过程中，同时注意攻心和分化，对黄巢可以真心诚意地招安，对那些跟从黄巢的饥民，应该由地方官给予粮食，赐给公田，做到既往不咎，欢迎他们回家；对于百姓痛恨的贪官污吏，该严惩就严惩，该杀要杀，最好做到黄巢军没有理由继续造反，我看这样做，大约不到半年就可以彻底平灭！大都统的事，我也给您在皇帝那里奏一下！"

高骈听完，连声叫好说："静轩，你真不愧是一纸退兵的奇才啊！"于是高骈、静轩都上书皇帝，这皇帝接到两人的上书，急忙找亲信田令孜、宰相卢携、郑畋商量，宰相卢携、郑畋是文官，当然同意高骈任诸道兵马都统，由此可以尽快平乱。可这田令孜就有想法了，他想，这高骈把天下兵马都管住了，那这天下不就是高骈的了吗？他如果造反，不仅我田令孜富贵不保，那皇帝的龙椅都坐得不安稳了啊！田令孜把这个想法跟李儇说了，这李儇当然也就犹豫了，故迟迟不给回复。

静轩见几个月都没回音，隐约猜到了皇帝和田令孜的心思，于是对高骈说："高相，这皇帝要把天下兵权给您，可能还在犹豫呢！而且即使皇帝下诏给您都统的位置，其他节度使能不能全部听您的，也未必啊！不过，这几个月黄巢是越闹越凶，看来朝廷也不得不起用您了，我觉得您的任命应该快了，只要您的任命一下，威名一播，这黄巢一定不敢与您争锋，那就会往东南的浙、闽走，因为那里荒凉闭塞，朝廷兵力不足，黄巢最后极有可能会在广州立足，跟当年南越王一样，凭借五岭之险而行割据！"高骈说："那静轩有什么高见呢？"静轩对高骈说："当年秦始皇修灵渠，就是为了打通漓江和湘江，以统一岭南，因此不管是消灭黄巢也好，还是防止黄巢北上也好，这灵渠和湘江是一定要守好的，不能为黄巢所占有。"高骈说："静轩，你提醒得对，你老家就是湖南，到时我上书举荐你去守护湘江！"静轩说好。

到了六月，田令孜眼看这黄巢越闹越大，而高骈在荆南又无事可做，于是跟皇帝商量，无奈起用高骈，任高骈为检校司空、润州刺史及镇海军节度使（治府在今江苏镇江）、浙江西道观察使，封燕国公。还未成行，又加诸道兵马都统、江淮盐铁转运使。高骈邀静轩同行，静轩祝贺高骈如愿以偿，本来想一起去镇海，可这时恰好接到了父丧的消息，静轩顿时觉得如晴天霹雳，于是向朝廷告假，赶紧从荆州回邵州奔丧。

因当时正值战乱，这收信和回家都需花费更多时间，等静轩到家时，因天气炎热，胡安命早已下葬在佘湖山。静轩于是带着妻子秦玉，儿子章甫、良甫、祥甫，以及刚出生不久的清甫，赶到安命公的坟前，安排好三牲鲜果、香火纸钱，一起祭拜，其祭文曰：

薤上露，何易晞。露晞明朝更复落，人死一去何时归。

思我父，生别离。老牛舐犊四十载，阴阳今隔呼不回。

佘湖墓，映日熙。牛眠佳城真吉地，长发其祥万代祺。

祭完后，静轩去见了母亲大人，母亲张氏对静轩说："静轩，你父亲临死前一直在盼你回来，一直等不到，最后对我说，你爷爷的梦真灵，你真的中了状元，他也死而无憾了，他要你记得去九嶷山祭舜呢！"静轩对母亲说："母亲大人放心，父亲的心愿我知道了，祖宗保佑我，会帮助我去完成这件事的！"张氏说："你父亲四十五岁才生下你，活了八十五岁，八个儿子，二十多个孙子孙女，五六个玄孙，也算是个好八字，活到这个岁数也够了，活长了会挤占后代的福报，我最近老是梦到你父亲，他老说他一个人孤单，我看我也快要随你父亲去了！"静轩说："母亲大人不要这样说，自从二十岁到长安去，我就没能在家尽孝，现在是父丧三年守孝期间，我也正好有时间在家好好陪您！您想吃点什么，或者想去哪里玩，就告诉我吧。"于是静轩就安排秦玉每天做点好吃的给张氏吃，自己也每天陪母亲说说话，做点游戏，把四个孩子带到祖母身边吟诗写字，这张氏也每天过得很开心。

但三个月后的一天早上，当静轩带着孩子走到母亲房里请安时，母亲就寿终正寝了，静轩呼天抢地也不见回应，邻居闻声对静轩说："静轩，你妈妈一生积德，积累了大量的福报，自己也无疾而终，算是喜事，不要再悲伤了，赶紧安排丧事吧！"静轩于是叫来七位哥哥，一边向亲友发丧，一边安排入殓。静轩于是也换上了斩衰之服，开吊之日，来了很多人，邵州刺史、邵阳县令也派人来慰问，静轩在上祭之时，读了他写的祭文：

呜呼吾母，无疾而终。未遗一语，此去匆匆。

资水洒泪，家山改容。秋风如剪，哀子何穷。

每念春晖，昊天无极。就湿推干，儿时谁记。

求学离家，夜何安息。忧心如焚，长安不第。

十载周游，倚门何急。迎战西川，担惊朝夕。

人在江湖，风高浪急。及第归家，喜极而泣。

呼儿小名，一如少日。问暖嘘寒，唯恐有失。

而今不再，此心何适。秋雨绵绵，恰似我泪。

明日出殡，马鬣崇封。阴阳两隔，唯忆凯风。

灵魂不死，如日长红。德泽江河，万世无穷。

次日出山，浩浩荡荡的人群前来送行，看着母亲下葬，静轩万分不舍，只见这雄鸡杀了之后，竟然向上飞了一丈高，风水先生说："这个老太太平生积善，这后代会非常昌盛啊！"静轩马上打了红包给风水先生，感谢吉言。

按照古礼及唐律，"子生三年，然后免于父母之怀。夫三年之丧，天下之通丧也"。因此遭父母丧，静轩须在家守孝三年。静轩于是在母亲的墓边搭起一个茅棚，为母亲守孝。

欲知静轩是否就在家默默无闻地守孝三年，请听下回分解。

第七十二回　诏命延唐当县令　胆入虎穴会黄巢

　　上回说到静轩因父母之丧回到秋田守孝。而这期间，这黄巢军则如静轩所估计的那样，一听说朝廷任命高骈做都统，就往东南转移，经浙江、福建而到广东。具体的过程是这样的：乾符五年（878年）八月，黄巢草军进攻宣州（今安徽宣城），被高骈大将张潾、梁缵打败，部下秦彦、毕师铎等纷纷投降。黄巢无奈率兵进入浙东。十二月，草军经衢州（今浙江衢州），劈山开路，打通了到建州（今福建建瓯）的七百里山路，然后进入福州，观察使韦岫弃城逃跑，但黄巢觉得这福州还不是最南，于是在乾符六年（879年）继续南下，于九月兵临广州城。或此时黄巢斗志动摇，他没有立即攻城，而是让城内岭南东道节度使李迢向朝廷求表黄巢为天平军节度使，但宰相卢携、宦官田令孜不同意，黄巢又请求为安南都护、广州节度使，朝廷又不同意，只愿意给黄巢一个"率府率"即掌管水产的小官，黄巢觉得受辱，急令攻城，仅一天即破城，生擒李迢。黄巢占领了广州，正如静轩所预料的那样，想学南越王赵佗，"据南海之地，永为巢穴"。

　　高骈见黄巢果如静轩所说想做南越王，于是上书朝廷，让静轩担任桂州刺史，守住灵渠，防止黄巢窜入湘江北上。宰相卢携、宦官田令孜一看这桂州没有位置空缺，只有这附近的延唐令无人，于是下诏让在家丁忧的静轩移孝作忠、墨绖出山，以侍御史、翰林院侍读学士身份，兼任道州延唐县令。

　　这延唐县在九嶷山腹地，距离秋田四五百里路，辖地包括今天的宁远县及新田县全部，以及蓝山县西北小部分。如果说秦岭是黄河和长江的分界线，那九嶷山就是长江和珠江的分界线，因此这延唐县的地理位置非常重要，唐以前名叫泠道县，天宝元年（742年）改名为延唐县，属道州。

　　静轩接到诏书，已经是十月，觉得冥冥中自有天在安排，这延唐县不就是舜帝驾崩的地方吗？自己不就是一直想寻找舜陵祭祀吗？因此觉得命运安排，无可抗拒，于是给朝廷回信致谢，自己一个人骑马匆匆赶来上任，只走了三天，就来到了延唐县府，即今天的宁远县冷水镇下胡家村。他一到任，就把县丞、主簿和县尉三人叫来，询问本县的情况。

县丞李万山说："回禀胡大人，本县虽然山多，无山不有瑶，但总体来说一直安定祥和，只是这黄巢本来想在广州称王，无奈这广州瘟疫流行，将士死者十之三四，这些北方人于是一齐向黄巢'劝请北归，以图大利'，黄巢于是通过西江北上，前几天攻占了桂州，占领了岭南全境，控制了灵渠，也打通了湘江，这九嶷山的瑶民闻讯也就蠢蠢欲动了，我跟县尉张德去找了各瑶瑶长和各族族长，让他们严加控制，出现问题赶紧来报告！"张德也赶紧补充说："我也准备了一个两百人的刀枪队，随时准备去镇压这些瑶蛮叛乱！"静轩说："有劳各位了，这黄巢草军，离我们也就几百里，他的目标应该是长安、洛阳，因此我们不必惊慌，他们不会往这山里跑。不过这瑶族人心思动，应该也是有一些对官府不满的，书云，民惟邦本，本固邦宁。我们要去安抚，对于特别苦难、缺衣少食的人要救济，对于贪官污吏要惩治，对那些十恶不赦的地痞恶霸要使用武力镇压。你们三位按照我的吩咐，先去各地巡视摸底，了解一下情况，我先去桂州会会这个黄巢再说。"

县丞李万山听说静轩下车伊始就要去会黄巢，无不惊出一身冷汗，他对静轩说："胡大人，这黄巢可是非常痛恨朝廷命官的呢，听说他们入福建后，烧官府、杀官吏，官员见到他，可是躲都来不及啊！您这千金之躯，怎么能如此犯险呢？万一出了什么意外，我们怎么向皇帝交代啊？"静轩说："李县丞，你放心，我自有分寸，我要尽量说服这黄巢罢兵，现在这天下已经是哀鸿遍野、民不聊生了！"李县丞听说静轩还有这么大的决心，于是说："胡大人，那还是稳妥点吧，要张县尉陪您去，有什么事，也有个照应！"静轩说好。

于是两人打扮成书生模样，骑马向西南行了四百多里，来到了桂州，即今天的广西桂林，黄巢的几十万大军此时驻扎在桂州城，守卫森严，他们刚想进城，就被卫兵盘问，静轩说："我们二人乃谋士，想见黄王，为他效力，麻烦通报一下！"守门的卫兵马上报告长官，这长官过来一看这静轩器宇轩昂，仪表堂堂，当然不敢得罪，万一将来做了黄巢的军师呢？于是殷勤地将静轩带进黄巢的宫里。

这黄巢此时正在沉思如何破局，听到有谋士求见，连忙请进。静轩拱手道："黄大将军久违了，还认得在下吗？"黄巢端详了半天，忽然记起道："莫非是长沙胡曾吗？"静轩说："黄将军好眼力啊，这一晃快二十年了，还能认得我！"黄巢说："怎么可能不认得，当年一起在长安下第，一起论我的菊花诗，我对你印象很深呢！后来你一牒平南诏，前不久又中了状元，当了御史，这些我都知道啊！只不过今非昔比，你我现在身份对立，形同水火，不是同道啊！今天是什么风，把你吹来了？"这张德本来是做好砍脑袋准备的，见这静轩和黄巢竟然是老熟人，还有几分亲近，于是也就放下心来。黄巢说完，就安排人上茶，请静轩落座，张德就立在静轩旁边。

静轩说："感谢黄将军款待，我现在就任延唐县令，是天下兵马都统高骈向皇帝推荐的，主要是防止你们北上。"黄巢说："胡县令，你的胆子也不小啊，竟然敢到我的大营里来，说吧，是想投靠我呢，还是代传皇帝口谕让我投降呢？不过，胡曾，我还是希望你能辅佐我，我可没有李儇这小孩那么小气，我拜你做宰相！"静轩说："黄将军，我今天来看你，既不是来投靠你，也不是代表皇帝来跟你谈判，我只是想作为当年的一个老熟人来跟你聊聊天，可以吗？"黄巢说："那好，你先说！"

静轩说："大将军，你看，你现在已经控制了岭南，下一步，我猜想你会北上，北上的结果只有两个，胜利或者失败，失败的结局不用我讲，你都知道的。我只说你胜利的结局，万一你胜利了，这个胜利的过程肯定不简单吧，是不是要死很多人？你当年科举落第后痛恨的那些官吏都要杀掉吧，李家王室的人肯定都要处死吧，三品以上的大官肯定要灭族吧，那些门阀大族肯定要斩草除根吧，这还只是少数，而你北上跟各节度使作战，双方至少要死个几百万人吧，你行军没有口粮，这富豪肯定都会被你杀掉一些吧，其中也必有无辜贫民被误杀吧，这样算起来，我估计至少要死个七八百万人！天地之大德曰生，杀人太多，必有报应的啊！不报在自身，就要报在子孙！好，我们先把这报应抛一边，就说你一切顺利，登基做了皇帝，跟太宗李世民一样，开了贞观之治，可传个一二十代，难道你就能保证你的子孙后代不会出个夏桀、商纣、胡亥这样的昏君？出现昏君是不是又遭别姓造反？到时你的子孙后代是不是也要全部被杀？你辛苦建立的万世基业，是不是最终要毁？你愿意看到历史如此循环往复吗？"

黄巢听静轩这么一讲，觉得十分实在，于是说："静轩，你说得有道理，看得长远，那怎么解决呢？"静轩说："'他年若我为青帝，报与桃花一处开。'将军你是一个胸怀大志的人，我们当年在长安的时候就说过，这个朝廷已经烂了，你怎么还跟这样的朝廷伸手要个节度使做呢？这不是同流合污吗？你应该抓住现有的天时地利，在岭南这块易守难攻、得天独厚的天地里，实现尧天舜日，这不是割据，而是先做出榜样，以辐射中原。"

黄巢见静轩这么夸他又激励他，顿时来了兴趣，于是问道："那如何实现尧天舜日呢？"静轩说："要实现尧天舜日，首先你自己要做尧舜一样的圣人，不图富贵，不图珠宝、宫殿、美女，而是自食其力。其次，你的治理要以民为本，轻徭赋，尚礼乐，做到富人好礼，贫人无忧，然后兴学校和教化，亲自主持科举考试，选拔真正的贤才来治理天下，你这样坚持两三年的话，这岭南就是当年舜所在的历山、文王所在的岐山了，这样一来，你根本不需要去北伐，这中原的人都会浩浩荡荡地南下，弃暗投明来投奔你，很多地方官都等待你去任命，你一纸诏书，这天下就归顺，这样不费一兵一卒，不死不伤一人，这江山就归于你这位有德之君，然后你就效法舜帝一样，采取禅让制，内举不避亲，外举不避仇，这华夏不就得到万世太平了吗？开辟这万世太平的人不就是你黄巢了吗？接受这万世敬仰的人不就是你黄巢吗？何必这样冒险北上，杀人流血，天下大乱，苍生受苦呢！"

这黄巢本来有英雄霸气，被静轩这样高高地抬举，顿时热血澎湃，忽然有了舜帝之志，于是说："胡曾，不，静轩，你不愧是一纸退兵、以文化武的大才啊！舜帝是我的同乡，我一直仰慕，不过如果我这么做，李儇也这么做，那怎么办呢？"静轩说："李儇能做到，那不更好吗？他能带头清廉，这天下不是清明了吗？那就不需要你造反了啊！止戈为武，打仗的目的不是比赛谁杀人多，能把战事消灭，那才是大兵家。如果李儇让大家安居乐业，没有苛政，没有饥寒交迫，我们又有什么理由不拥护他呢？不过我明确告诉你，我在长安时跟李儇说过六点，他开始答应，后来就放弃了，他那么多欲望，喜欢打球，喜欢美女，又哪是做圣人的材料呢？哪有黄将军这样的青帝之志呢？这天下，终究是有德者居之。"

黄巢说："静轩，你这么说的话，那我还是有心跟李儇争一下的，从今天起，我要立志做圣人，先从戒色、戒杀、戒奢做起！你就在这里监督我、辅佐我吧！"静轩说："黄将军，靡不有初，鲜克有终，初心易得，始终难守，我相信你现在的决心，但是我怀疑你能否坚持，你试试看吧，我们两个月再会，如果你真是圣人，我愿意辅佐你。我这里给你带了一本我写的《咏史诗》，希望你有空看看，今天就此告别。"说完，静轩提出告辞，黄巢还觉得意犹未尽，希望静轩再留几天，可静轩执意要走，黄巢无奈，于是想送几匹好马给静轩，但静轩坚决不要。黄巢于是送静轩出城，张德和这班草军见静轩竟然有这么大面子，都觉得不可思议。出城后，静轩和张德快马返回了延唐县府。

静轩返回后想了很久，从黄巢的诗和他起义后的踪迹看，觉得他要彻底脱胎换骨可能很难，不过他猜想最近这两个月，黄巢还是会去试一试的，因此战事应该不会爆发。他于是带着李万山、张德，上山下乡，了解民情民意，去走访各瑶首领、族长，送《咏史诗》给他们读。而黄巢这边，经静轩这么一鼓动，他还真的戒色戒酒，吃起粗茶淡饭来，这么试了半个月，觉得自己也没那么烦躁了，睡觉也睡得好了，看了胡曾的《咏史诗》，觉得非常受益，于是又去印刷了两万册，给这些将领和下面的学校派送。他这手下大将见黄巢都如此，大部分人也有样学样，开始修身养性了起来，吟起了《咏史诗》，对士兵也关爱了起来，和士兵同吃同住，没有了往日的架子，这些士兵一下子觉得好像变了天，脸上也露出了笑容，黄巢把这一切变化都看在眼里，喜在心里，君子德风，风行草偃，此言不虚啊，他在心里感叹，这胡曾真是个经世济用的大才！

黄巢手下有个队长朱温，当时年方二十七岁，他出生在汉高祖斩白蛇的宋州砀山县，从小游手好闲，不事生产，属于乡里的流氓阿飞。乾符四年（877年），朱温投奔黄巢，转战岭南，颇有战功，因此升为队长。他见这黄巢最近心性大变，心里就不乐意了，他对他的几个亲信说："自从那天延唐县那个胡县令来了以后，这黄王就变性了，他这么吃糠咽菜，戒酒戒色，跟做和尚似的，他是可以做到，可我们做不到啊！我们跟着他，把脑袋拴在裤腰带上，难道就是为了来当和尚、过苦日子的吗？"那几个亲信连声附和说："是啊是啊！我们窝在这桂林，又不北上，我都好久没喝酒、吃肉、碰女人了！我们是来求富贵的啊，是要去打长安的啊，这样下去不行，朱队长。"朱温说："英雄难过美人关，快过年了，你们四处看看，有没有那种绝色女子，捉来送给黄王，我就不信，他黄王真的能戒色！"没过几天，这班人果然抢来了两个大户人家的小妾，一个叫阿娇，一个叫阿艳，朱温见了，也是垂涎三尺，但是他还是忍了，赏了这两位佳丽很多钱，让她们好好伺候黄王。两人见钱眼开，满口答应，于是朱温将两人送到了黄巢那里，说陪黄王过年。黄巢一见朱温送来了两个妖艳妩媚的佳丽，虽然心动，但立即想起静轩的咏史诗，于是背身对朱温说："'楚国城池飒已空，阳台云雨过无踪。何人更有襄王梦，寂寂巫山十二重。'朱队长，我已立志做圣人，请赶快把这两个女人打发回家，否则，按军法处置。"朱温没想到热脸贴上了冷屁股，于是挥手让这两个女子退下，迟疑良久，终于鼓起勇气问黄巢："黄王，我们不打算北上了吗？您不打算让'冲天香阵透长安，满城尽带黄金甲'了吗？"黄巢说："我决定暂时割据岭南，效法舜帝，我要开创出一个尧天舜日来！到时，这天下人会自动来归附我们的。"朱温听此非常失望，但仍未死心，跟那几个亲信每天叽叽咕咕，寻觅机会。

不过到了第二年（880年）春节，机会来了，朱温如获至宝，去找黄巢。是什么机会呢？原来是李儇在大年初一下了一道《改元广明诏》，诏书最后说"改乾符七年为广明元年"。朱温喜笑颜开地对黄巢说："黄王，恭喜啊！贺喜啊！"黄巢说："朱队长，喜从何来啊？"朱温说："这李儇把年号改成广明，是等您北上坐他的金銮殿啊！您看这'广'字，不是'唐'去'丑口'而安'黄'吗？广明者，黄家日月也！"原来唐朝的

"广"字用的是繁体的"廣",所以朱温这么说。黄巢在地上用剑写了这"唐""廣"二字,看来看去,果然如朱温所说,于是哈哈大笑道:"好兆头!好兆头!朱爱卿洞见天机啊!"朱温说:"天意如此,黄王赶紧北上吧,弟兄们都等着跟您一起打江山、享富贵呢!"

话说这黄巢本来就有帝王之志,经朱温这么一说,顿时就嫌弃起这岭南来了,岭南瘴气横行,大部分将士都水土不服,而且这岭南自古就是蛮荒之地,长安才是帝王之乡啊!于是黄巢将割据岭南的念头一扫而空,眼前呈现了称帝长安、君临天下、万姓景仰的壮丽图景来。这时又听到朱温说:"黄王,还有好消息呢,最近春雨倾盆,湘江暴涨,我们新做了数十只大木筏,昨天都下江试了试,船行如箭啊!一日千里一点问题都没有!"黄巢说:"天助我也!那我们事不宜迟,明日北上!"于是黄巢传令三军,从漓江过灵渠,沿湘江北上。临行前,他想起这两个月的事,觉得有负静轩,于是提笔写了封短信给静轩,安排兵士送往延唐县府。

话说这静轩在这九嶷山走村串户,连过年都在瑶族人家里,也是乐此不疲,不过他也安排了探子,密切注意黄巢的动向。春节期间,静轩刚回到县府,就接到了黄巢的来信,信中云:"巢启:江山易改,禀性难移,读诗两月,终难入圣。恰天意怜我,年改廣明,唐去丑口,安黄为廣,菊花之诗,当遂其志。今春水方生,湘江暴涨,机不可失,决计北上,或可富贵,或遭身败,未可预料,任由天意安排也!大军待发,匆此数语!不知所云也!"静轩看完信,也觉得这是意料中的事,而年号之改,亦有天意也。但是他想再争取一次,于是他带张德快马西行两百里到达了湘江,但已不见船影,江边人说几十万草军已于昨日尽数通过。静轩望着这浊浪排空的江水,想到这一去又有多少人头落地、多少家破亲离,悲从中来,吟了首七律《北望》,诗云:

湘江北去浪滔滔,惆怅身无断水刀。已料河山漂赤血,不疑草莽着黄袍。
谁欣皇帝轮流做,唯痛苍生肺裂嚎。春至九嶷斑竹茂,泪痕苦拭亦徒劳。

张德说:"胡大人,您觉得黄巢会做皇帝吗?这唐朝要变天了吗?"
欲知这静轩怎么回答,请听下回分解。

第七十三回　治延唐解虞廷训　说象庙评柳宗元

上回说到黄巢北上，张德问静轩这黄巢会不会做皇帝。静轩说："皇上改年号广（廣）明，原意可能是希望广州明净、大唐中兴，没想到却被解成'唐去丑口而安黄'，是有天意啊！看来今年黄巢是能做皇帝的。但黄巢之命运如菊花一样，只能有一时之艳，过冬即凋残，因此龙椅坐不长久。"张德问："那黄巢如果败了，接下来又是谁的天下呢？"静轩说："只怕是春秋战国的形势了，记得当年太宗皇帝问袁天罡，唐朝什么时候灭亡，袁天罡回答了四个字：'猪上树时'。"张德说："猪哪能上树呢？那就是大唐不可能灭亡呢！"静轩说："现在想来，可能又是另一番解读了呢！记得我初来担任延唐令时，心想这是个好兆头，'延唐延唐'，不是老天让我'延长大唐的国祚'吗？而见了黄巢以后，我又另有想法，或许这'延唐'可能是'延续唐尧盛世'。但黄巢终究北上了，想法落空了。不过这'猪上树时'却可能要应验了，这个猪，可能就是黄巢手下那个朱温。有探子告诉我，黄巢最终没有能割据岭南，听从我的建议，就是被朱温所蛊惑怂恿的，我看这个朱温，可能就是灭唐的人。那真的是'朱'要上树了，如果是这样的话，圣人不出，这天下还有很长时间要乱啊！"张德说："这个朱温我也听说了，是个两面三刀、见利忘义的人。"静轩说："那黄巢迟早会败在他手里！不说了，我们回去吧！"于是两人回到了延唐县。

静轩回到县府，陷入了沉思，觉得这李儇和黄巢均非圣人，自己出的主意两人都不采纳，而现在两人将进行你死我活的斗争，自己怎么办？作为朝廷命官，拿朝廷俸禄，自然是要站在李儇这边的，即使黄巢得了天下，也是不能背叛唐朝的。而看目前局势，这湖南属于蛮荒之地，自然不是双方争夺的要冲，因此最多也就是建立防线，防止黄巢再窜入岭南而已。而岭南瘴气已令黄巢无法立足，因此黄巢也不可能再入广东，因此这条防线基本上价值不大。由此看来，自己在道州延唐县做县令，也只能保一方平安、谋一方福祉，至于平乱，也是鞭长莫及。想到这里，他于是将黄巢北上之事给都统高骈、皇帝李儇去信。他跟高骈说，建议最好在鄱阳湖一带布置两层的包围圈，集中优势兵力剿灭草军。跟李儇说，望全力支持高骈围剿，给以实权，并调集精兵强将守卫京城。写完信，静轩觉得这延唐县属于"天高皇帝远"的地方，又是舜帝长眠的地方，自己有权在手，不如在这乱世之中安下心来，实现舜帝的德政，再造一个尧天舜日，经营出一块令人羡慕的另类桃花源来！

经过定、静、安、虑，静轩终有所得，于是去信让秦玉和孩子们都来这里。静轩见了秦玉和孩子们，顿时感觉非常温暖。静轩于是效法舜帝，与秦玉一起种田种菜，自给自足。而秦玉的到来，对延唐最大的贡献是其医术的传授，她除了下乡传授养生知识、给乡亲们治病外，还广收徒弟，将扁鹊传下来的四诊五法无私地传授给这些徒弟，四诊就是望、闻、问、切，五法就是砭刺、针灸、按摩、汤液、热熨，于是延唐县的每个乡、里、村都基本上有了医生，这些医生注重仁心仁术，注重预防疾病的宣传，碰到了乡亲生病，基本上是免费救治。这种医疗系统的建立，在延唐县是史无前例的，无论是瑶族，还是汉族的老百姓，对县令夫人秦玉的这一善举都是感激不已。

而静轩见到秦玉的工作有了大的发展，于是策划起了"为官一任、造福一方"的事来，他请来师傅教，每个村出一个人来学打井，组成一个打井队，于是这延唐县就告别了饮河水的传统，看到村民喝上了干净清甜的井水，静轩也非常欣慰。除了医疗卫生和打井之外，静轩觉得还有一件最重要的事，这件事不仅关乎延唐的名声和福祉，更关乎中华道统，那就是要宣传舜帝的德政、光大舜帝的文化。

一日，他将县丞李万山、县尉张德叫来。静轩问："有个问题想请教两位，不知你们愿不愿意说？"两人答道："大人有什么问题，尽管问，我们保证如实回答！"静轩说："那好，请问两位，你们做官的目的是什么呢？"李万山说："我觉得做官有地位，有面子，受人尊重，我祖上都是做官的，因此也有光宗耀祖的压力！"张德说："我的祖上都是种田人，我觉得做官最大的好处，就是不用去种田，还有俸禄，能养家糊口，那面朝黄土背朝天的生活太苦了！"静轩听完说："我相信两位是说了实话，俗话说，大丈夫不可一日无权，小丈夫不可一日无钱。《大学》说修齐治平，孔子说学而优则仕，因此两位的想法是无可厚非的。不过，我们现在的延唐县，是舜帝长眠之地，因此我们做官的目的，就要高尚一些才行，这样才对得起舜帝啊！"两位问："大人，如何高尚呢？请大人明示。"

静轩说："舜帝治理天下时，日月光华，卿云灿烂，南风和煦，四海升平，三千年过去了，现在人民还念念不忘尧天舜日。舜帝治理天下的秘诀在哪里呢？秘诀就是舜帝传给大禹的虞廷十六字训，即'道心惟微，人心惟危，惟精惟一，允执厥中'。这里的道心，就是无私无我之心、无贪无腐之心。这里的人心，就是自私自利之心、欲壑难填之心。舜帝就有一颗纯粹的道心，他无私地奉献，以大孝大德感化亲人、周边人、天下人。'舜耕历山，历山之人皆让畔；渔雷泽，雷泽上人皆让居；陶河滨，河滨器皆不苦窳，一年而所居成聚，二年成邑，三年成都。'后来舜受到尧帝的赞许和天下人的推崇，继承了帝位，但是他不拿朝廷的俸禄，自己耕种，自己养活自己，仍旧对娥皇、女英一往情深，没有后来皇帝的三宫六院。因此我们做官，就要向舜帝学习，要有纯粹的道心，不能有任何的私利和私心。人心惟危啊！老百姓追求骄奢淫逸都要进行教化，如果官员欲壑难填、好货好色，那这个世界就乱了。因为官员可以利用手中的权力，不仅贪污受贿，而且鱼肉人民，最终导致'朱门酒肉臭、路有冻死骨'的残景，这样做的后果，前有陈胜、吴广，现在有王仙芝、黄巢。你们看到现在这草军，不管你是清官还是贪官，反正他们是见官就杀，这是整个朝廷没有了道心的恶果啊！因此只有抑制住人心贪欲，恢复起道心仁德，这样才能复兴尧天舜日。我们身处延唐，为官一任，就要担起这份历史使命，这样才对得起舜帝，这样才是高尚地做官啊。"

张德听完说："感谢大人开示，您说要我们学习舜帝，是不是要求我们从今天起，跟您一样，自力更生，不再拿俸禄了？"静轩说："德君，你这个想法很好，但是舜帝十六字训中，还有'惟精惟一，允执厥中'这八个字呢，'惟精惟一'说的是要求我们不断精进，一心一意地不断靠近道心。'允执厥中'说的是不要走极端，要采取中庸之道，每个人的觉悟能力不一样，不要幻想每个人都成为圣人，这世界上圣人、贤人、君子终究是少数，大部分是小人，还有一些是野人，因此我们要追求道心，但是也要包容人心，老百姓吃好点穿好点也无可厚非。现在两位都要养家糊口的，不拿俸禄怎么行呢？等到完全自力更生了，觉悟了，到时再说不拿俸禄的事吧！"

两人听了静轩这番话，觉得很温暖，也开悟了，知道了舜帝的治国心法。张德于是说："感谢大人体谅，不过我们还是要朝着这个方向迈进。"静轩说："两位真是我的好助手，我们要弘扬舜帝的德治，就要从我们自己做起，影响家人，影响延唐县人，小德川流，大德敦化，这就是我们的目标。当然要实现这一目标，空洞的说教作用不大，我们还要靠身教，这身教也不能靠我们三个人，我们要把舜帝当年在这九嶷山的圣迹找出来，把圣迹光大，这样效果和影响就更大了！"

张德听完说："舜帝陵现在找不到了，不过我知道舜帝的弟弟象曾经生活在我们这里。"静轩说："德君说得对。我们这延唐县、九嶷山、潇水流域，在上古时期属于三苗之地，尧帝曾千里迢迢南巡来过这里，后来舜又把不争气的弟弟象封在这里，当时叫有庳，现在还有'有庳古封'的石碑立在潇水边。象到了这里之后，也好像脱胎换骨一般，去探寻尧帝仁爱百姓的德迹，效法尧帝的治理，同时将中原先进的农耕技术传播到这里，而且还发明象棋供大家娱乐，我们现在听到的地名'访尧村'，就是为纪念象寻访尧帝而起名的。象死了以后，当地人建了象王庙，立了象的神像。传说后来舜帝南巡，还特地去看了象王庙！"

李万山说："这象王庙离这里不远，只有八十里路。不过在元和九年，薛伯高任道州刺史时，认为'象之道，以为子则傲，以为弟则贼，君有庳而天子之吏实理，以恶德专世祀，殆非化吾人之意哉'，因而'撤其屋，墟其地，沉其主于江'，因此现在什么都没有了。后来担任永州司马的柳宗元还写了一篇《道州毁鼻亭神记》，为薛伯高帮腔，柳宗元称赞薛伯高为'除秽革邪''古道罕用，赖公而存，斥一祠而二教兴焉'。"静轩说：

"浪子回头金不换，象的改过自新，足见舜帝的教法之独特、教化的功劳，也足见九嶷山之地气含灵、化恶为善，留下象王庙，既歌颂了舜帝，也证明了九嶷山的悠久历史，还说明了象王在此地的惠政，可惜这薛伯高、柳宗元的见识太狭隘了！"

李万山说："现在当地人都想重新修象王庙，但是有所忌讳，尤其忌讳这柳宗元的大名呢！"静轩说："柳子厚少年得志，二十一岁就中了进士，才高八斗，诗文独步天下。可他的一生成就，正如他的诗一样，'千山鸟飞绝，万径人踪灭。孤舟蓑笠翁，独钓寒江雪'，总是喜欢远离地气，独树高标。比如他写的《封建论》，歌颂秦始皇的郡县制，否定周武王的封建制，看似非常雄辩，气势磅礴，无人可驳，其实所论只是枝叶而已，没有抓到根本。"

李万山也曾看过《封建论》，觉得是一篇雄文，没想到胡县令有此高见，于是说："请大人给我们讲讲！"静轩说："从江山长久来看，在一家一姓的私天下，郡县制还不如封建制呢！秦始皇没有给自己的子女封地，秦二世把自己的兄弟姐妹杀光后，秦朝十五年即亡；而周朝因为有那么多封建诸侯，反而有八百年的天下。从道统建设看，因为有文王、周公、孔子等圣人，周朝于是有《周易》《诗经》《周礼》《春秋》，而秦朝除了韩非子的法家有一时之盛外，只留下了焚书坑儒的暴政。从人才兴起看，这郡县制方便皇帝统治，如身使臂，如臂使指，看似优点，其实是缺点。皇帝也是人，他不可能什么都懂，什么都对，这样的独裁专制，无疑压抑了整个社会的人才兴起，压抑了新思想的出现，没人敢提不同意见，有能力的人也没有机会施展才能；而与之相反，在周朝封建制下的春秋战国时期，人才可以自由流动，可以百家争鸣，出了多少新思想新学说，出了多少英雄好汉呢！因此从以上三个方面看出，郡县制如何比得过封建制呢？但是这样的比较也是枝叶之事。因为不管郡县制还是封建制，只要皇帝效法尧舜，诸侯官吏都能做到无私奉献，做到以民为本，这两者都是可以采用的，这才是根本。因此从《封建论》一文就可看出，柳宗元所见者小也。"

李万山听完，对静轩十分佩服，于是说："大人说得对，柳宗元在永州担任司马十年，写了很多文章，除了《道州毁鼻亭神记》，其《捕蛇者说》也值得检讨呢！其开头就是'永州之野产异蛇，黑质而白章，触草木尽死'，这开头就把读者惊住了，把这锦绣潇湘的永州，竟然写成满地毒蛇的恶地，这样一来，谁还敢来永州？这不是让永州出恶名吗？"

静轩说："是的。柳宗元青年得志，但永贞革新失败后，离开长安，初贬邵州刺史，途中加贬永州司马，到永州后寄居龙兴寺，旋遭母丧，心情是失落郁闷的。他写下了著名的《永州龙兴寺东丘记》《永州八记》等散文，这些看似短小清丽的散文，其实只是他借小景而排遣一己之小郁闷而已，他的散文对近在眼前的巍巍九嶷山、煌煌舜帝陵只字不提，足见其'明察秋毫之末而不见舆薪'的眼光。而其《捕蛇者说》看似同情民生疾苦，然而结尾那句'孰知赋敛之毒，有甚是蛇者乎'如果出自一个农民口里，则无疑有国风之正，然而出自一个永州司马、朝廷命官嘴里，你不觉得他是自己打自己的耳光吗？他柳宗元也是永州的官吏啊！他为什么不去纠正此苛政呢？为什么不上书皇帝呢？另一方面，他柳宗元的俸禄还不是从税赋而来吗？这不是摸朝廷的碗、砸朝廷的锅吗？税赋自古以来就有，用于养兵、养官，养兵的目的在于保卫领土和人民财产安全，养官的目的在于兴利除害、惩恶扬善，因此税赋是合理的，也是让国家能正常运作所必需的，只要这些兵、这些官都能忠于职守、廉洁自律就行。而柳宗元这样写，就把整个税赋制都否定了！他这样写，要么是哗众取宠，要么是眼光狭窄，一叶障目，不见泰山，盯住一片树叶大做文章，不仅于家国无益，反而有害！"

李万山听完说："大人高瞻远瞩，真是登泰山而小鲁啊！"静轩说："桃之夭夭，灼灼其华，之子于归，宜其室家！女人生得漂亮，文章写得漂亮，终究要有功于家、有功于国才行啊！否则也是空传千古，于事无补呢！"李万山听完说："大人说得对，我湖湘士子当遵经世济用之道也！另外，大人怎么看柳宗元反对骈文、提倡古文呢？"

静轩说："舜帝云：惟精惟一，允执厥中。柳宗元提倡古文有一定合理性，但是反对骈文，说什么骈文空洞无物，这也是偏见、浅见，不是执中之道。太宗李世民都是写骈文，文采飞扬之外，内容丰富，哲理深邃，哪一篇空洞了？骈文融合了律诗、典故的精华，无疑是惟精惟一、不断进取的文学巅峰，是我大唐的骄傲，因此相比古文，当然是更上一层楼、更穷千里目。但由于骈文写作难度更大，因此确实也让人难以直抒胸臆，不能像白话文一样，我手写我口，想什么就写什么，这无疑为韩愈柳宗元反对骈文提供了一个突破口。另外他们两人认为要复兴儒学，就要按照孔子及汉儒的写法，以文统接续道统，这当然也是门道，但是骈文就不能接续道统吗？一样能啊！因此这也是偏见。从骈文、古文、白话文三者关系看，跟律绝、古风、山歌的关系是一样的，只是一个由难到易、由雅到俗的关系，并不是你死我活的关系，三者可以并行，如春桃、夏荷、秋菊一样，各有光彩，各有知己，不必因此废彼，而要互相发展、互相促进呢！"

李万山听完说："想不到舜帝的十六个字，理一而万殊啊！大人运用于文体之辩，也是得心应手，看来柳宗元对舜帝了解太少啊！"静轩说："读书办事，不能人云亦云，要独立思考，要有历史眼光，更要有现实意义，我们不要管柳宗元怎么说，我们要把象王庙重建起来！尤其要重视象发明的象棋，可以丰富人民生活，可以举行比赛，总比吃喝嫖赌要好！因为人心惟危啊！"

欲知象王庙最终修好没有，请听下回分解。

第七十四回　惠政言舜陵历史　富民展建设宏图

　　上回说到静轩点评了柳宗元，决定重建象王庙，李万山觉得意犹未尽，于是接着说："重建象王庙是第一步，但最重要的一步，是尽快找到舜帝陵寝的具体位置，精修庙宇，举行祭祀，以教化君民！"静轩说："万山说得对！国之大事在祀与戎，因此一定要找到舜帝陵的确切地址。"李万山说："这九嶷山方圆几百里，却不知从哪里开始寻起，大人可否开示呢？"

　　静轩说："这舜帝陵的历史虽然漫长，但是在历史、地理书中都能找到。最早的《山海经·海内经》说：'南方苍梧之丘，苍梧之渊，其中有九嶷山，舜之所葬，在长沙零陵界中。'千余年前的屈原在其《离骚》中有'济沅湘以南征兮，就重华而陈词''百身翳其被降兮，九嶷缤其并迎'的诗句，在其《湘夫人》中也有'九嶷缤兮并迎，灵之来兮如云'的诗句。九百年前的司马迁在《史记·五帝本纪》中，说舜'践帝位三十九年，南巡狩，崩于苍梧之野，葬于江南九嶷，是为零陵'。七百多年前的东汉皇甫谧在其《帝王世纪》中，说舜'南征，崩于鸣条，年百岁。殡以瓦棺，葬于苍梧九嶷山之阳，是为零陵，谓之纪市'。三百多年前的北魏郦道元在其《水经注·湘水注》中说：'营水出营阳泠道县南山，西流经九嶷山下，蟠基苍梧之下，峰秀数郡之间，罗岩九举，各导一溪。岫壑负阻，异岭同势，游者疑焉。故曰九嶷山。大舜窆其阳，商君葬其阴。'泠道县就是我们现在的延唐县。我曾在二十年前来这里探访过，也看了一些古书，说舜帝崩殂，是在九嶷山的三分石，三分石又叫作鸣条峰、舜峰。大禹建立夏朝时，曾建有舜帝陵庙在太阳溪白鹤观前，太阳溪即现在的太阳洞。大禹南巡时，曾在衡山筑紫金台，望九嶷而祭舜，夏商周三代帝王都派人在此祭祀礼敬，当地人称之为大庙。而由于舜帝对三苗一直采取教化的方式，与尧帝和大禹的武力征服不同，因此舜帝陵也得到了这荆楚大地的苗族人、楚人的祭祀，当然也得到了屈原这位楚国大夫的敬仰，甚至楚灵王建造章华台，都是按照舜帝陵的样式建造的。秦始皇统一天下后，对舜帝陵的祭祀呈现了一个曲折的过程，最初他觉得自己'德兼三皇，功盖五帝'，因此自号'皇帝'，眼中已没有黄帝、颛顼、帝喾、尧帝、舜帝五帝，黄帝陵离咸阳不远，他都没去祭祀，更不要说这三四千里之外的舜帝陵了。除此之外，秦始皇还对舜帝及二妃大不敬，秦始皇二十八年，他过安陆后，乘龙舟从南郡'浮江，至湘山祠'，忽然洞庭湖狂风大作，龙舟欲倾，秦始皇慌忙之下，将传国玉玺抛入洞庭湖中，方才风平浪静，安然过湖。过后，始皇问博士：'这里的水神叫什么？'博士答：'这里的水神叫湘君，是尧帝的女儿，舜的妻子，她们就葬在君山上。'秦始皇一听勃然大怒，命令三千刑徒把君山上的树木全部砍光，即按秦律对君山施加髡刑，剃光头，可见他当时对舜帝的态度。然而过了八年，秦始皇对舜帝的态度来了个反转，那是秦始皇三十七年秋，秦使者夜过华阴平舒道，有个人持着一块玉璧拦住使者说：'请将此璧赠予滈池君。'又说：'今年祖龙死。'说完就消失在夜幕之中，使者于是将玉璧及这些话带给秦始皇，秦始皇一看这玉璧，正是八年前丢进洞庭湖的那块传国玉玺，上面有李斯篆书的'受命于天，既寿永昌'八个字，而所带话中的'滈池君''祖龙'说的正是秦始皇自己，面对这失而复得的玉玺和那句隐语，秦始皇感觉这是舜帝及二妃显灵，于是惶恐不已。占卜问卦后，在秦始皇三十七年十月出游，十一月行至云梦，望祀舜帝于九嶷山，真诚忏悔，顶礼膜拜，当然后面也顺带上会稽山祭祀了大禹。到了西汉，帝王除了郊祭五帝外，汉武帝于元封五年冬，南巡狩，望祀舜帝于九嶷。而到了王莽的新朝，王莽对自己的祖先舜帝的祭祀就更加隆重了，除了京都建庙外，还在九嶷山觅新址玉琯岩，大修舜帝陵，并专门安排官员主管四时祭祀。到南北朝时期，南朝宋武帝刘裕遣湘州刺史张邵到九嶷山玉琯岩祭舜。到了本朝，皇家以李耳为祖，崇尚道家，将舜帝的祭祀由朝廷大祀降低为群祀，只有玄宗派宰相张九龄来九嶷山玉琯岩祭舜，但到了代宗时，元结担任道州刺史，按照地图怎么也找不到舜帝陵，而且还认为'虞舜老倦勤，荐禹为天子。岂复有南巡，迢迢渡江水？'他于是在道州城修了一座舜庙，并得到了朝廷许可，从此对舜帝的春秋两祭都在道州城举行！自此，玉琯岩的舜帝陵已湮没在九嶷山深处一百多年了！"

张德听完说："那我们现在去找玉琯岩就行了啊！我们召集这乡长、瑶长、族长、里长来开个会，大家一起去找就是了！"静轩说："张县尉说得对，这样就容易了，找到了舜帝陵墓，我们要在原有基础上该修就修、该扩就扩，我们还要修好到舜帝陵的道路，申报朝廷的大祀，也方便舜帝一千多万子孙绵绵不断地前来祭拜。"李万山说："胡大人，您说的这个都非常好，修路修庙，这也是要花钱出力才能完成的啊！就靠我们三个人肯定不行啊！"

静轩说："李县丞这个问题提得好，这也是我下面要讲的，我先提出来，你们看同意不同意，这修路修庙，主要靠人力就可以。这就需要我们这些吃皇粮的带头啊，我们带头做了，老百姓肯定会跟上来的。为什么呢？因为这对他们有好处。我设想这路，不仅要修到舜帝陵，还要修到永州、道州、桂州、连州的路，路修好后，我们在交通便利的地方开设几个大的集市和几十个小的集市，可以把我们延唐的产品卖出去。那我们卖什么呢？首先是粮食，我们要带头开垦荒地，开辟良田，兴修水利，兴建水库，这些田可以按照均田制去运作。其次，我们利用广袤的森林，兴建木制品、竹制品工场；利用广阔的水田，兴建鱼虾养殖场；还可以兴建生猪、牛羊养殖场、酿酒厂，这些产品都可以通过集市卖出去。当然也可以让其他地方的好产品卖到我们这里来。"

李万山听完说："要想富，先修路，这个主意好呢！有产品，有集市，这老百姓就发家致富了，税赋也有保障了，我们的俸禄也不要靠直接从老百姓那里征收了。"静轩说："对啊！而且只要舜帝陵上升为朝廷大祀，那么文人、孝子会源源不断地从四面八方赶来祭拜，而且还会顺带游览一下九嶷山的美妙风光，因此我们还要撰写一本《九嶷图经》，以供游人参考。舜源峰、桂林峰、杞林峰、石楼峰、石城峰、朱明峰、娥皇峰、女英峰、箫韶峰，这九峰的位置要标注清楚，最好还有文字介绍，比如箫韶峰，就是舜帝奏响韶乐、凤凰来仪的地方；南风坳，就是舜帝弹五弦琴、唱南风诗的地方；万岁山就是人们看到舜帝、山呼万岁的地方；重华岩就是舜帝驻扎的地方；对于三分石，就要讲清楚其来历，水流的去向。对于好看的景点，如果没有名字，就要起个好的名字；对于九嶷山与舜帝相关的景物如斑竹、九针松、舜皇茶、龙眼井、历山头等等，也要说清楚，有了这本书，游客就方便多了。而且游客一多，这宾馆饭店的生意也就有了！"

张德说："九嶷山的草药也很出名，可以销售呢！"静轩说："这个想法好，我的想法是保证每个村有一个医生，这个事我夫人秦玉在做培训了，另外按照孔子的'富之再教之'的想法，我们经济富裕了，还要多兴办一些免费的学校，培养圣贤君子，尤其在瑶族地区，要推广汉字，推广圣贤的六艺。"李万山说："那教材可以用胡大人的咏史诗啊，胡大人先办个老师培训班，然后把老师派到乡里，老师再培养当地的塾师，这个教育系统就形成了，将来这些孩子也可以参加科举考试，像胡大人那样中状元啊！"

静轩说："万山这个建议好，开老师培训班，这个是我的理想，这个培训班就叫舜帝书院吧，主要培养老师，传播舜帝的孝道、诗礼，教材可以采用科举考试书籍，我的咏史诗可以作为蒙学教材，有关舜帝和九嶷山的诗赋也可以收集起来作为教材。富之教之，这延唐县就可以作为大同典范。'大道之行也，天下为公。选贤与能，讲信修睦。故人不独亲其亲，不独子其子，使老有所终，壮有所用，幼有所长，矜、寡、孤、独、废疾者皆有所养，男有分，女有归。货恶其弃于地也，不必藏于己；力恶其不出于身也，不必为己。是故谋闭而不兴，盗窃乱贼而不作，故外户而不闭，是谓大同。'舜帝离开我们有三千多年了，孔子提出大同社会也已经有一千多年了，可这大同社会不仅没有实现，而且离尧天舜日越来越远了，因此我们站在舜帝陵这块土地上，一定要有历史责任感，我们作为官吏，要带头吃苦，要无私奉献。对于这个，我是能做到的，不知两位能不能做到？"

李万山和张德已经被静轩说得热血沸腾，齐声说："我们也能做到，我们紧跟胡大人干！"静轩说："那两位下去跟其他同僚谈谈，如果没有什么意见，大家就开始干起来了。李县丞，你先负责去找到玉琯岩。张县尉，你负责去重修象王庙。"这李县丞和张县尉跟同僚们一说静轩的计划，大家都激动不已，李县丞于是就召开各级长官的会议，发动大家找玉琯岩，张县尉就去修象王庙。

欲知这玉琯岩找到没有，请听下回分解。

第七十五回　舜陵故址说王莽　天下九嶷话南龙

　　上回说到静轩发动大家都去找玉琯岩。第二年（881年）三月清明节后，李县丞冒雨来告知静轩，说玉琯岩找到了，在舜源峰南四里，离延唐县府不到五十里。静轩闻讯马上带领县府的人去查看，一路蒙蒙细雨，一路坎坷泥泞，好不容易才来到这玉琯岩。到达时，雨停了，云开了，雾散了，在青山环绕的千亩平畴上，在小河玉带环绕之中，一排气势庄严的陵庙凸显眼前，远远望去，这陵庙占地足有五百亩之阔，虽然有些残旧，但气势犹在，庄严可觅。

　　静轩对李万山说："真是零陵啊！零者，无极也！无极而生太极也，不愧为中华第一古陵，你看这神道、午门、拜殿、正殿、寝殿让人一望而生敬仰，这神道两旁的石人石兽，还有这旁边的合抱香杉，苍劲古朴，真是九五之尊的气象啊！"李万山说："我的叔叔是湖广第一状元李郃，我曾看过他写的《咏舜庙古杉》，我现在还记得呢。'总负亿年质，高临千仞峰。贞心欺晚桂，劲节掩寒松……'"静轩说："李刺史是你叔叔啊！久仰其名呢！太和二年举贤良方正，擢进士第一，后为贺州刺史。这诗写得好啊！"静轩边走边说，他们走过神道，进了午门，左右有钟楼，东西设厢房。迎面就是拜殿，有九嶷山地形图，三面墙上有刻书，字迹已模糊，隐约见得有"王莽"的字样，应该是王莽颂舜的文章，这个舜帝陵应该是王莽花费巨资所修。

　　李万山问："胡大人，您怎么看待这新朝皇帝王莽呢？"静轩说："王莽篡汉，自古以来认为是悖逆，其实不然。这王莽除了贤明、得到朝野拥护、德才远远胜过西汉后来那些昏庸皇帝外，从血脉上看，新朝取代汉朝也是有一番道理的。这刘邦本来出自布衣平民，不是黄帝血统，因此难以说服天下人。而王莽的世系却是很清楚的，他是舜帝的后代。舜是黄帝后裔，起自妫汭，以妫为姓，其后代妫满被周武王封于陈，是为陈胡公，陈胡公十三世为陈完，因陈国内乱奔齐，齐桓公拜为卿，因古音中陈田同音，故改为田氏。到齐景公时，公室腐败，民不聊生，田桓子之子田乞怜悯民生艰苦，于是'用大斗借出、小斗回收'，使齐之民如流水般归于田氏，田氏的仁政，逐渐得到人民的拥护，最后齐国人纷纷拥护田和执政，田和于是取代齐康公而成为齐国国君，并得到周天子的册命为齐侯，从此姜齐变成了田齐。田齐传至齐王田建，被秦始皇所灭。项羽兴起后，封田建的孙子田安为济北王。至汉兴，田安失国，成为平民，齐人谓之'王家'，从此以王为氏。田安的后人王乃始生了个女儿王翁须，嫁给了汉武帝的孙子刘进，生下了汉宣帝刘询，从此王家成为外戚，汉宣帝的舅舅叫王武，王武的儿子王禁生了四女八男，其中一个女儿叫王政君，就嫁给了汉宣帝的儿子刘奭，而王政君就是王莽的姑姑，王莽凭借王政君的关系，加上自己的贤能，于是掌握了西汉的政权。由此看出，王莽是正宗的黄帝、舜帝后裔，在天子血统论盛行的西汉，王莽不是篡汉，而是代汉。"

李万山说："胡大人言之成理！"静轩接着说："另外从个人道德能力上看，王莽也算是一个圣贤，有舜帝之遗风。王莽虽然是皇亲国戚，但是从小就甘于清净，生活简朴，为人谦恭，勤劳好学，他服侍母亲及寡嫂，抚育兄长的遗子，行为严谨检点，对外结交贤士，对内侍奉诸位叔伯，十分周到，因品德高尚，很快便声名远播，二十四岁入中枢开始做官，任命为黄门郎，后升为射声校尉，办事认真，对人恭敬。时王凤生病，王莽侍奉左右，衣不解带，王凤大受感动，临死嘱咐王政君照顾王莽。有了姑姑的提携，王莽被封为新都侯、骑都尉、光禄大夫侍中，然而王莽虽然身居高位，但总能礼贤下士、清廉俭朴，常把自己的俸禄分给门客和平民，甚至卖掉马车接济穷人，在民间深受爱戴。三十八岁时，王莽任大司马，已是三公之一，上任后，克己不倦，广纳贤良，所受赏赐和邑钱都用来款待名士，生活反倒更加节俭。到汉成帝去世、汉哀帝继位时，王莽罢官，隐居于新都，闭门不出，安分谨慎，其间他的二儿子王获杀死家奴，王莽大义灭亲，逼王获自杀。王莽隐居期间，许多官吏和平民为其鸣不平，要求他复出。汉哀帝去世时，太后王政君诏命王莽再任大司马，录尚书事，兼管军事令及禁军，拥立九岁的汉平帝登基，由王莽代理政务，王莽同时也得到了朝野的拥戴，皇上对他赏赐时，他虽然勉强接受了'安汉公'的称号，但始终拒绝接受封给他二万八千户食邑俸禄，同时封赏在职官员，增加宗庙的礼乐，对平民士人推行恩惠政策，使百姓和鳏寡孤独都得到好处，从而再次赢得朝野的好感。除此之外，他还建言太后王政君带头过俭朴的生活，自己又贡献钱百万、田三十顷救济民众，百官群起效仿。而每逢水旱灾害，王莽只吃素食，不用酒肉。元始二年，全国大旱，并发蝗灾，受灾最严重的青州百姓无奈纷纷流亡，在王莽带头下，二百三十名官民献出土地住宅救济灾民，朝野纷纷赞扬其为圣人。元始三年，王莽长子王宇因吕宽案，被王莽逼迫自杀，朝野都称赞他公而忘私。元始四年，王莽奏请朝廷建立明堂、辟雍、灵台，并网罗天下学者到长安，为他们建造一万套住宅，大力宣扬礼乐教化，这一举措得到了读书人的拥戴。王莽此时威望如日中天，先是四十八万余民众，以及诸侯、王公、宗室上奏请求加赏于安汉公王莽，再是公卿大臣九百人请求为王莽加九锡。于是朝廷赐予王莽象征至高无上礼遇的九命之锡。接着，王莽派'风俗使者'八人到各地考察，了解民情，八人回朝后大加赞颂王莽宣扬教化之功，同时匈奴等外族也遣使来归顺朝贺，纷纷赞颂其为不世出的圣人。元始五年，汉平帝病，王莽以自身祈祷上天，愿意代平帝病死。元始六年，汉平帝病死，王莽遂立两岁的刘婴为皇太子，太皇太后据群臣之意，叫王莽代行天子职责，称假皇帝，臣民则称王莽为摄皇帝。第二年，有个名叫哀章的人，献上金匮策书至汉高祖庙，言莽为真命天子。次日王莽入高祖庙拜受，御王冠即天子位，国号为'新'，称始建国元年，王莽时年五十四岁。可以看出，王莽能登上皇帝位，当然是其德才为天下人所拥护的结果。其自始至终的廉洁简朴、礼贤下士、大公无私、勤政爱民、大义灭亲，不仅汉成帝、汉平帝这些羸弱年幼的刘姓子孙不能比，就是汉武帝刘彻、汉高祖刘邦也不能比，天下有德者居之，因此王莽当皇帝是不值得非议的。"

李万山说："看来王莽也不是史书说的那样啊！"静轩说："史书都站在刘家王朝立场说的。我们来看看新朝的几大举措，足以证明王莽是圣贤之君。第一个举措，恢复周礼中的井田制，朝廷将所有田地收归国有，然后按'井'字形状划分，'井'字中间是公田，周边是私田，私田人人有份，不能买卖，私田收成全部归耕户所有，公田共耕，收入归朝廷所有，这一举措打击了地主豪强，抑制了土地兼并，避免了流民和难民，当然避免了流民造反。第二个举措，实行五均六管，所谓五均，即在长安、洛阳、邯郸、临淄、宛、成都等城市设五均司市师，管理市场，各城设交易丞五人，钱府丞一人。工商各业，向市中申报经营，由钱府按时征税。每季度的中月由司市官评定本地物价，称为市平。物价高于市平，司市官照市平出售，低于市平则听民买卖，五谷布帛等生活必需品滞销时，由司市官按本价收买，百姓因祭祀或丧葬无钱时，可向钱府借贷，不收利息，但分别应在十天或三个月内归还，因生产需要也可贷款，年利不超过十分之一。所谓六管，是由国家对盐、铁、酒、铸钱、赊贷实行管制，不许私人经营；控制名山大泽，对采集者征税。这一举措的施行，抑制了商人对农民的过度盘剥，制止高利贷，控制物价，改善了朝廷财政。第三个举措，禁止买卖奴隶，保障人权。第四个举措，发行新货币，此举基本上将土豪列强的资产化为零。王莽改制，足以体现其仁民爱物的圣人之心，其个人节操和施政纲领都继承了舜帝的遗志。"

李万山说："那王莽这么好的措施，为什么最后就失败了呢？"静轩说："他身边没有像舜帝身边那样的一班贤臣辅佐他，而他又操之过急。老子说，治大国如烹小鲜，像这样大刀阔斧的改制，要慢慢来，稳打稳扎，先保护既得利益者，争取他们的支持，然后慢慢地推行新政，至少要花个百年时间才能到位。土豪列强、刘氏皇室的势力太大了，王莽没有采取暴风骤雨式的革命手段，却希望得到翻天覆地的变化，怎么可能呢？王莽失败后，刘秀又重复西汉的老调而重弹，到后来又迎来东汉末年的农民起义，三国鼎立，战乱不绝，中国历史于是陷入了王朝更替的循环。"李万山说："王莽效法舜帝，一份好心，却导致天下大乱，自己也被砍头，头颅还被存了两百多年，用以警示那些有篡位野心的人。"静轩说："万山，我们效法舜帝是可以，但是看来我们做事还得争取大多数人支持才行啊！王莽的经验和教训都要吸取，凡事不能操之过急。"李万山说："胡大人说得对！"

他们走过拜殿之后，就是正殿，气势宏伟，庄严肃穆，正殿内有舜帝铜像一尊，只见眼前的舜帝庄严肃穆，雍容高贵，铜像背面有'天下万山朝九嶷'的雕刻，左右有隶书屈原《湘君》及《湘夫人》。出了正殿，拾级而上，就到了寝殿，为一敞开式建筑，紧邻舜源峰，正中为'帝舜有虞氏之陵'碑，四周刻有神龙护卫，为汉代零陵郡守徐俭所立。陵庙后面就是玉琯岩，只见这山上虽然怪石林立，但是古树葱茏、根深叶茂，岩间清泉汩汩而出，岩上刻有蔡邕的《铭》，铭曰："岩岩九嶷，峻极于天。触石房合，兴播连云。时风嘉雨，浸润下民。茫茫南土，实赖厥勋。逮于虞舜，圣德光明。克谐顽傲，以孝蒸蒸。师锡帝世，尧曰授徽。受终文祖，珠玑是承。泰阶以平，人以有终，遂葬九嶷，解体而升。登此崔嵬，托灵神仙。"旁边还刻有宋之问的一首《舜祠》诗，诗云："虞帝巡百越，相传葬九嶷。精灵游此地，祠树日光辉。禋祭忽群望，丹青图二妃。神来兽率舞，仙去凤还飞。日暝山气落，江空潭霭微。帝乡三万里，乘彼白云归。"

静轩看完，目望远方，对李万山说："这舜帝陵真是一个风水宝地啊。从大处看，我发现中国有两大龙脉，黄帝葬于乔山，在黄河之南，正处在北龙龙脉上，舜帝葬在九嶷山，正处在南龙龙脉上。这南龙龙脉由桂州海洋山过九嶷山、衡山，再出湘江到庐山，最后到金陵，舜帝和黄帝都葬在龙脉之上，就一定能福泽中华。而从小处看，这舜帝陵靠近舜源峰，娥皇、女英等八峰如众星拱月，争相簇拥，护卫着舜源峰，九峰之外，群山莽莽，重峦叠翠，水峙山流，异岭同势，呈现了万里江山朝九嶷的形势。万山，我们终于找到了舜帝陵，接下来我们要好好修整了！"

李万山问："是的，胡大人，不过微臣还有个问题，请问这里为什么叫玉琯岩呢？"静轩说："九成吹玉琯，百尺上瑶台。这玉琯是舜帝吹奏韶乐的遗物，汉哀帝时期，一位叫奚璟的地方官在祭祀舜帝时，在石岩中发现了十二支玉琯，献给朝廷，于是舜帝的陵墓从此改名为'玉琯岩'。"李万山说："看来这里不仅是庙，而且还是舜帝真正的墓地啊！"静轩说："是啊，那道州城的舜庙不能再让他们继续鱼目混珠了，你安排几个人护卫、清理，我马上上奏皇上！"李万山于是马上安排衙役将这个地方围护起来，着手清理整顿。而此时天边出现大彩虹，鲜艳夺目，静轩说："舜帝有灵，赐以大彩，我辈当好好把陵墓修好了！"

是日，静轩欣喜地回到了县衙，正准备向朝廷上奏在玉琯岩重建舜帝陵时，崔潭衣衫褴褛地从京城来到了延唐县府。

欲知这崔潭出了什么事，请听下回分解。

第七十六回　崔潭诉黄巢登基　胡曾表九嶷祭舜

　　上回说到崔潭从京城来到了延唐县。一见面，崔潭就号啕大哭，静轩问："贤弟怎么了？先沐浴换身衣服，吃完饭慢慢说！"待崔潭狼吞虎咽吃完后，对静轩说："黄巢攻占了长安，当了皇帝，我大哥被黄巢杀了！我是逃出来的。"静轩听完大吃一惊。自从黄巢北上后，静轩感觉自己对国事已无能为力，加上这延唐县又处蛮荒闭塞之地，因此也很少关心国事，一心扑在这延唐县的政务里，虽然这国家陷入动乱、四处流血是肯定的，不过没想到这么快黄巢就当了皇帝，真是出人意料。静轩说："高骈没有把黄巢打败吗？具体情况怎么样？请贤弟详细告我！"

　　崔潭说："黄巢北上后，很快占领了潭州、荆南，作为兵马都统的高骈也准备围攻黄巢，四处调兵形成了包围圈，可这狡猾的黄巢却忽然诈降，高骈闻之大喜，于是撤掉了包围，准备独吞战功。没想到黄巢见高骈松懈，奋力一击，杀死了其手下大将张璘，高骈见张璘已死，信心大失，于是按兵不动、坚守不出。这黄巢本来是惧怕高骈的，现在见高骈也成了缩头乌龟，于是放开手脚，从东打到西，如入无人之境，十一月十七日攻占洛阳，十二月一日攻破潼关，十二月五日攻占长安，皇帝与田令孜闻讯赶紧逃亡咸阳，十二月十二日，黄巢进入太清宫。翌日，于含元殿即皇帝位，国号'大齐'，建元金统。登基后马上大封大赦，封其妻为皇后，封尚让、赵璋、崔璆、杨希古为四相，孟楷、盖洪等为尚书左、右仆射兼军容使，郑汉璋为御史中丞，费传古为枢密使，李俦、黄谔、尚儒为尚书，王璠为京兆尹，许建、朱实、刘塘为军库使，朱温、张言、彭攒、季逡为诸卫大将军、四面游奕使，方特为谏议大夫，张直方为检校左仆射，马祥为右散骑常侍，皮日休、沈云翔、裴渥为翰林学士，令其甥林言为功臣军使。黄巢同时下令：唐官三品以上全部停任，四品以下则官复原职，同时开始对皇家宗室、公卿士族大开杀戒，因我哥崔沆是宰相，于是和宰相豆卢瑑、左仆射于琮、右仆射刘邺、太子少师裴谂一起，被黄巢杀了，我见势不妙，也不愿效力黄巢，于是就逃了出来！"

静轩说："贤弟受惊了，现在暂时在延唐住下吧，崔沆大人不幸惨死，深感悲痛，我们一起来遥祭一下吧！"于是静轩设灵堂，准备了三牲和纸钱，念了祭文。祭完，静轩问崔潭："贤弟，你觉得这黄巢的龙椅能坐稳吗？"崔潭说："能不能坐稳，看看一个读书人在大齐尚书省的大门上写的三首诗吧，第一首是：'走了奢侈帝，来了荒淫君。换汤不换药，皇上没好人。'第二首是：'唐家天子击球门，大齐荒草埋死人。可怜黎庶万民苦，缓歌漫舞宫苑闻。'第三首是：'当年虽苦犹能活，新帝登基死万民。狼虎纵横命似草，西天热闹皆熟人。'"

静轩说："这么看来这黄巢攻入长安后，也是忘了初心、近墨者黑啊！这个读书人有胆量，是个好汉！"崔潭说："这书生是出了气，可接下来那看守尚书省的门房巡守就倒霉了，全城的读书人也遭到了池鱼之祸。还有那皮日休，也是马上有了血光之灾！"静轩问："他不是被黄巢封了个翰林学士吗？"崔潭说："黄巢是封了他为翰林学士，然后黄巢要他写一首'谶诗'，皮日休摇头晃脑，就吟了一首，诗云：'欲知圣人姓，田八二十一；欲知圣人名，果头三屈律。'这黄巢一听，这诗太直白，就是把字拆了而已，也没什么诗味，这还是其次，关键是黄巢的头长得本来丑陋，头发难以遮挡住鬈毛，跟三屈律一样。黄巢觉得皮日休讽刺自己，顿时怒火三丈，就叫人推出去斩了！"静轩一听："这皮日休当日歌颂隋炀帝开凿大运河，我就知道这人是非不分，没有操守，他如此从黄，却又如此被杀，也算是身败名裂了！"崔潭说："胡兄，您当年预言皮日休不得善终，真是料事如神啊！那您觉得高骈这人怎么样呢？"

静轩说："高骈本来遇上了一个绝好的平乱机会，可以成就一番郭汾阳平安史之乱一样的大功大业，可胸襟不阔，私心太重，不能让功让利，最终只能是错失机会，郁郁而终！贤弟，这大唐已经是日落西山了，黄巢不是新的太阳，他肯定是坐不稳这江山的，而平乱之后，这江山可能也不姓李了！贤弟，现在皇帝躲哪里去了？"崔潭说："听人说到成都了，等消息确定后，我也将去成都！"静轩说："还是先让舜帝在天之灵保佑先平乱吧，我们刚找到舜帝陵的地址，准备上书让皇帝来祭祀。自从玄宗派张九龄祭舜之后，本朝这么多皇帝对舜帝陵不闻不问，甚至连陵墓的地址都找不到了，代宗期间，竟然在道州城随便找了地方建舜庙，你看这一百多年来，没有舜帝的保佑，这国家多么动荡啊！多少流民造反啊！"

崔潭说："胡兄，怎么还信起神来了？这舜帝真有这么灵验吗？"静轩说："贤弟应该知道秦始皇过洞庭丢传国玉玺的事吧，秦始皇先是不信的，八年后玉玺失而复得，秦始皇于是信了，在云梦望祀舜帝。"崔潭说："那赢政当年不是也死了吗？秦朝不是过三年就灭亡了吗？"静轩说："没错，这神灵有启示，但是还需自我改变啊，所谓成事一半在天、一半在人，秦始皇既然望祀舜帝，那就要学习舜帝的公天下、民为本，应该停止私天下、苦苍生！可见其祭祀舜帝之心不诚，既然心不诚，那神怎么会灵呢？"崔潭说："胡兄这一通道理说得好啊！那赶紧给皇帝上书吧。"静轩说："那贤弟你就安心在这待一段时间，等局势明朗了再去成都。"

静轩于是给皇帝上书，书云：

臣某言：伏以虞舜生而为圣，死而做神。巡南百岁，藏精九嶷。圣德泽被四海，神灵护佑九州。由来帝王，过往贤哲，或望苍梧而祀，或临九嶷而祭。陵寝蠹立，神灵寄焉。三代于太阳溪，汉代于玉琯岩。瑞气腾于陵檐，香烟绕于主殿。由是大禹登衡山而望九嶷，秦皇抵云梦而祀舜庙。大抵心慕日月光华，神思卿云复旦，以期国泰民安，重返尧天舜日也。自汉及隋，历朝隆祀。本朝以来，崇尚李耳，降祭舜为群望。天宝年间，始有玄宗遣张九龄祭舜，即此礼敬，亦睹平安史之乱，重见大唐盛世，实有舜帝之灵护也。后元结刺道州，赋大唐中兴颂，欲祭舜以告，叹陵寝湮没无寻，遂于道州城择地建庙。春秋两祭，歌诗登场，虽观叶茂，已离根本，神不在兹，淫祀何益？百年国事，暴乱四起，足见明证。今者皇上遭黄巢之乱，远走锦城；群民遇兵祸之灾，深陷地狱。江腾海沸，地动山摇，岂只人祸，亦遭神忽也！然苍天必佑大唐，神灵必有启示。今某幸于九嶷觅得玉琯岩舜帝陵旧址，结构虽颓，基础犹稳。似闻玉管吹鸾，犹仰箫韶来凤，来时风雨，去后大晴，且天降大虹，祥瑞夺目，足见舜帝显灵，皇上有福也！今者上书，望皇帝下诏修陵，闭道州之伪庙，修玉琯之真陵。陵成或望祀，或亲祭，以示正统，以镇黄妖，则此滔天之贼必灭，舜日之光必达。重开丽宇，再见升平，举一纲而张百目，点一灯而驱百暗。臣奉表以闻，无任感激。

话说这皇帝李儇也是命苦，十二岁一登基即遇关东大旱，王仙芝、黄巢随即揭竿而起。才满十八岁，却被黄巢端了金銮殿和龙椅，真可谓生不逢时。广明元年（880 年）十二月五日黄巢杀到长安，李儇无奈仓皇逃到咸阳，二十日则赶紧逃抵汉中，被田令孜的哥哥、靠打马球比赛赢得剑南西川节度使的陈敬瑄接入成都，总算脱离死地、逃出生天。过完年后，赶紧抛弃了这不吉利的"广明"年号，改为中和元年（881 年）。这两三个月来，他睡不安寝、食不甘味，匆忙调兵遣将，围堵长安。至四月，终于调动几路唐军兵临长安城下，黄巢闻讯赶紧撤出，奔走灞上，长安百姓也喜迎唐军入城。没想到唐军进城后，奸淫掳掠，无恶不作。第二天黄巢即杀回长安城内，唐军大败而逃。李儇眼见这一点希望，又如水泡那样破灭了，于是抑郁难开，忧心忡忡，这时忽然接到静轩的上书。

欲知皇帝看了这上书，心里怎么想的。请听下回分解。

第七十七回　玉琯岩修陵祭舜　朱全忠叛巢降唐

　　上回说到静轩给皇帝李儇上书修舜帝陵。李儇看到了祭舜的好处，忽然觉得这或许可以打破僵局、开启生机，于是心中有云开雾散、喜见日出之感。连忙下诏安排湖南观察使准备材料和工匠，废除道州城舜庙，由静轩主抓工程，得知崔潭在延唐县，则诏令崔潭作为工部侍郎在此监督工程。

　　静轩接到这诏令后，心情豪迈，先组织县府官僚修路，他亲自肩挑手提，不辞劳累，玉琯岩周边百姓见县令和官僚亲自上阵，也争相前来帮忙。路修好后，湖南观察使的材料和工匠也到了，静轩保留原有九五结构，对梁柱及屋顶进行了更换，将运来的精美石材用于装修，历时不到一年，舜帝陵基本完工，焕然一新。静轩觉得还是要铭刻点字好，于是运来大石，搜集历代帝王祭舜文，请良工刻在石头上，又在石头上刻出十二根玉琯的形状，同时上书请来皇帝李儇赐写"舜帝陵"三个大字，刻于巨石之上，置于入口处，显得庄严大气。还将屈原的《远游·南游》、李白的《悲清秋赋》、刘禹锡的《潇湘神》、李邰的《过九嶷山有怀》《贺州思九嶷作》《咏舜庙古杉》刻石放在路边以作陪衬。如此一来，则在古老庄重的陵庙之外增添了文采，文物灿然生辉了起来。

　　一切就绪，静轩于是向成都上书，向皇帝申请派宰相前来主持祭祀大典。李儇接到静轩的信，却忽然发现，在这兵荒马乱的时期，还真派不出宰相级别的人到九嶷山来，高骈窝在扬州装神弄鬼、求道寻仙，自然不能来，王铎、郑畋正在打仗，军中不可一日无主，当然也不能来。李儇见此，于是回复静轩，约定在舜帝生日的八月十二日，由皇帝在成都向东南望祀，并安排湖南观察使同日在九嶷山参加大祀。

　　中和二年（882 年）八月十二日辰时，秋高气爽，艳阳高照，这九嶷山玉琯岩前彩旗飘飘，人潮涌涌，湖南各州官员、陈胡姚田等十三姓舜帝后裔、延唐县百姓齐聚在舜帝陵，就连静轩的七个哥哥也来了。鼓击九通，金鸣九响，祭礼开始，静轩面对舜帝坐像献花篮、献高香，然后以侍御史、翰林院侍读学士、延唐县令身份致祭，其文曰：

地厚天高，煌煌虞舜。韶乐化蛮，南风解愠。象耕鸟耘，孝感天运。日月光华，卿云列阵。七政五刑，有条不紊。一统九州，三苗归顺。聚邑成都，仁至义尽。允执厥中，道心是进。百岁南巡，苍梧德润。九嶷藏精，三分石震。陵寝潇湘，斑竹生恨。望祀诸王，追慕思奋。期国泰安，风调雨顺。三千余年，美政祭舜。今者中华，人神共愤。战祸连绵，血涛滚滚。举世不安，神龙受困。望之帝灵，兵不血刃。荡平兵凶，重开国运。天降圣人，修睦讲信。厚望高香，苍生堪悯。神灵鉴之，伏惟尚飨。

静轩刚念完这祭文，忽然后面有人说："大家快看，这陵庙上面紫气腾腾啊！"大家一看，果然出现祥瑞，而再往上看时，却见舜源峰上，舜帝带二妃隐隐出现在彩云之上，高大庄严，慈眉善目，身边则彩凤飞舞，祥光闪耀，过了一会才渐渐消失，最后无影无踪。在场的人见此奇景，纷纷喝彩道："祥瑞啊！祥瑞啊！""舜帝不要走啊！舜帝不要走啊！"静轩见此赶紧吩咐敲锣打鼓、鸣放响炮，欢送舜帝。送完，然后一一来到舜帝神像前跪拜。

而皇帝李儇在斋戒三日后，在八月十二日早早地来到了成都大玄楼，锦官城云雾蒙蒙，广场上人山人海，文武百官齐齐肃立，鼓乐齐鸣九次之后，李儇头戴大裘冕，身着黄龙袍，手持高香，跪向东南，念祭文曰：

巍巍虞舜，烂烂卿云。南风千载，箫韶九成。二妃斑竹，九嶷藏精。大孝感天，象耕鸟耘。九州一统，德化为君。三苗归附，四凶放生。遗禹廷训，指点迷津。光华日月，复旦至今。今者华国，战乱纷纷。黄巢窃国，举世惊魂。朕流巴蜀，首祭舜陵。宣示正统，期望圣灵。赐士勇猛，重整三军。扫除元恶，重布阳春。东南望祀，一片赤诚。伏惟尚飨。

这李儇念完祭文，瞬间云开雾散、丽日高悬，红光洒满广场，淑气布满乾坤，李儇见此祥瑞，龙颜大悦，万众齐齐跪向东南，山呼万岁。李儇随即昭告天下，宣示政统，命令三军，剿灭黄巢。作为大唐的第十八位天子，李儇首次祭祀舜帝，或许真的感动了舜灵。才过了二十多天，到了金秋九月，李儇果然得到了一个大好的消息：朱温叛巢降唐。

事情经过是这样的：黄巢命令朱温讨伐河中节度使王重荣，屡屡失利，朱温于是向黄巢申请救援，申请了十几次，不知什么原因黄巢都置之不理，这朱温当然就生气了。这时朱温的一位属下过来说："这黄王现在占据一个孤零零的长安城，四周州县都是大唐的军队，恐怕难成气候。上个月大唐首祭虞舜，九嶷山舜帝显灵，锦官城雾散日出，看来这大唐气数未尽，主公不如归顺大唐呢！"朱温觉得有道理，于是杀了黄巢的监军使严实，率领同州军民投降王重荣。王重荣得此捷报，当天就上报朝廷。李儇在成都看到奏章，大喜道："真是舜帝显灵啊，朱温在此关键时刻降我，真乃天赐给我上将！"于是下诏，赐朱温名为"朱全忠"，授左金吾卫大将军的官职，担任河中行营副招讨使。

在大唐与黄巢的争斗中，朱温降唐无疑是个胜负的分水岭。胡曾用祭舜这简单的一招，让大唐一改首重老子的传统，承继了尧舜的道统，立即占据了道义的制高点，给了天下人以希望，由是民心渐渐从拥护黄巢转移到了拥护大唐，从而延长了大唐的寿命。在军事上，因为有了朱温的倒戈，唐军威力大增，再加上李儇起用李克用的沙陀兵，威名远播的十三太保加入伐巢阵营，战争的形势马上出现了反转，攻势就越来越猛，黄巢于是就一日不如一日了。

崔潭知道皇帝已在成都立足，于是准备启程去成都，静轩挑选了延唐的珍贵药材、山珍特产，安排人随崔潭去成都送给皇帝。皇帝收到静轩的特产，对静轩这次祭舜非常满意，又见这战局对自己越来越有利，于是下诏，升任静轩为荆南节度使，静轩接诏后觉得自己没什么战功，也对这杀人之事没有什么兴趣，只想一心一意把这延唐县建设好，于是极力推辞，皇帝李儇见静轩心意如此坚定，于是也不勉强了。

不过，静轩对朱温降唐这件事却多有忧虑，县丞李万山见此对静轩说："胡大人，这'延唐延唐'看来兑现了啊，现在大唐局势好起来了！

怎么您看起来还是有些担忧呢？"静轩说："哎！只怕赶走了豺狼，又来了老虎啊！这朱温降唐，看起来是件好事，可实际恐怕是件大坏事呢！我打听过，朱温生在这龙兴之地，这方圆几百里已经出了汉高祖刘邦、魏武帝曹操、南朝宋武帝刘裕、南朝齐梁两朝萧道成、萧衍，而且朱温出生时亦有异象，很远的地方就能看到他家屋顶一片红光，村里人还误以为朱家失火了，纷纷赶来救火。"李万山说："大人您的意思是这朱温可能会做天子？"静轩说："问题就在这，这朱温好杀好色，如果做了天子，那就是天下人的劫难啊！孔子将人分为圣人、贤人、君子、小人、野人五种，只有像舜帝这样的圣人方配做天子，这朱温与野人无异，如何能治理天下？古人云，穷则独善其身，达则兼济天下，万山，看来这国事我们也没有能力去扭转了，我们就守住这一方净土，把这延唐县建设好吧！"李万山说："听胡大人吩咐，现在象王庙和舜帝陵也修好了，这两年垦荒也有几百亩，水库也建了十几座，木具场、竹具场、养殖场也建了不少，我们现在就开始修建道路、集市，先让人民富裕起来。"静轩说："象王庙你去主持祭祀一下，这建设的事要好好规划，你把地图拿来，我们一起规划一下。"李万山于是把延唐县的地图拿来。欲知静轩怎么去谋划延唐的建设，请听下回分解。

第七十八回　观光写九嶷图经　兴教创舜帝书院

上回说到静轩准备规划延唐的建设。静轩看了地图，确定了在县城扩建一个大的集市，各乡镇修建一个中等的集市，都通过大马路和县城相通，呈众星拱月的形势，县城再修建到道州、桂州、永州、连州、郴州的道路，呈月照众星的形势，这样向南可以到广州、到海外，向北可以到武昌、到长安，山货出口，海货进口，这渠道就畅通了。李万山问："胡大人，这工程浩大，万一大家都不来出力怎么办呀！"

静轩说："万山，你这个问题我想过了，我的意见是，第一，先修本县的道路和集市，人工好办，但这个材料是要用钱来购买的，钱从何而来呢？这个先要募捐，由我们官员和所在乡的大户捐助，登记在册，刻碑纪念，对于这点，我承诺把我每年俸禄全部捐出来，你们就酌情捐款，不能勉强。捐款如果不够，则向大户借贷，由县府开具借据。具体修路的时候，我们的官员要带头下工地，我有空就会去，只要官员带头，大家同吃同住，所在乡的人肯定也会来修路，出工多的人也要登记在册，刻碑纪念。第二，等集市建好之后，可以先免费一年，过后收取摊位费和营业税，主要针对大户。收来的钱用于偿还修路修市场的借款，剩余的部分再用于修州际道路。总结起来就是八个字：'官员带头，借鸡生蛋。'"李万山仔细琢磨这八个字，豁然开朗，觉得静轩不仅有德，而且有才，谋划有力，事必可成。于是按照静轩的思路，把各级官吏和地方乡绅大户都叫过来，先筹资金，再安排人工，一个乡镇修好后，摸索出了经验，剩下的乡镇就照此榜样施行。静轩在公务之余，也下工地干活，大家见县令都带头了，这老百姓和官吏都争先恐后地去修路。

没到一年，这县城和乡镇的集市、道路就已建好，工场和农场的产品也有了销路，老百姓自己的蔬菜瓜果、鸡公鸭婆、猪羊牛肉都拿到本乡的市场上来换钱，"只要勤劳，就有收获"，静轩一看这市场繁荣，货源丰富，产销两旺，盗窃抢劫也没有了，非常高兴。

而静轩这一年，在下乡修路之余，也留意这延唐县各地的山水名胜，绘好图，作好注，路修完，这《九嶷图经》也写完了，一举两得。静轩欣喜地写下了此书的序言，其序云：

夫圣人不可择地而生，却可觅方而寝。桥山沮水，黄帝真神栖焉；九嶷潇湘，虞皇金骨藏也。护神州有二圣，北龙南龙；滋华夏分三江，秦岭五岭。虽为天意，亦属人为。舜崩苍梧而葬九嶷，山因圣显而闻海内。思接千古，感念一人。忆廷训已垂，一朝而辞北阙；有苗未化，百岁而更南巡。坐洞庭山传茶，浮沅江水论德。韶山韶乐，见凤凰之来仪；有庙有祠，嗟象弟之去世。入九嶷而嗟仙境，千峰霞飞；感百茂而迷愁云，万壑雾锁。横玉管以吹鸾，南风拂地；奏箫韶以引凤，卿云丽天。朗朗乾坤，窥万岳之朝拜；煌煌日月，照一山之尊荣。南抵罗浮，东接衡岳，连绵二千余里，磅礴亿万余年。念兹毓秀钟灵，欣此物华天宝，故倦而长眠于此，佳而久驻于兹。帝子热泪千行，哭此永诀；苍梧斑竹万亩，铭此长悲。龙驾不还，九嶷终成圣地；圣灵常在，百代皆祭零陵。遐邦草木沾光，皆含舜德；苗国山河添彩，皆沐虞恩。天下神峦，雅士文人来拜；人间圣迹，帝王君子来寻。名传寰宇，地响天涯。物外悠游胜地，气聚风藏；壶中怡悦华天，山清水秀。景看舜源，八峰拱月如星；势观飞瀑，九水飘带似仙。万岁山上，昔日声齐一呼；三麓床中，今时丹炼九转；碧虚岩千怪万状，紫霞洞十洲三岛。三分石上，鸟篆穹碑；玉琯岩边，巍峨庙宇。青松翠柏，瑶草琪花。声色无边，虽马蹄之能至；桃源虽好，却入口之难寻。岂止古疑，峰峰相似；更加今迷，壑壑雷同。望云海而寻盘，期仙人之指路。今余历时一载，撰成《九嶷图经》，山河有名有图，地理有量有注。一经在手，可入之不疑；千载宝图，当临之不迷可也！是为序。中和二年延唐县令胡曾谨撰。

静轩安排李万山将《九嶷图经》付梓，分送延唐县、道州各官员士绅，又给各州县及皇帝各送去十本，同时也在集市上随送外来商人和游客。李万山还别出心裁，在进入九嶷山的各路口立碑，名之九嶷碑，刻上该序言和地图。这样一来，这九嶷山、舜帝陵的名气越来越响，来这里祭拜、游览、经商的人越来越多，这集市的生意也越来越好。

中和三年（883年），李万山将集市摊位费收了上来，偿还了贷款，将盈余用来修筑到连州的大路，未到半年就修通，从此这广州及海外的货物也通过这大路运到了延唐，更有黄发碧眼的洋人来延唐做生意、观山水。而每年的祭舜也吸引了全国各地的人前来延唐，祭舜之后就在集市采购，一时间这延唐县就热闹了起来，上交的税赋也多了。

中和四年（884年）祭舜之后，来自韶州的胡氏宗亲一行人找到静轩，为首的族长名叫胡凯南，说他们住在大庾岭的梅关附近，是安史之乱从安定郡迁移来的，属于安定胡氏。现居此地，人财两发，准备建祠堂，因族谱丢失，想请教静轩这祠堂内部神位如何安置。静轩说："宗贤，贞观年间，宰相魏徵的外甥胡学颜修族谱，魏徵作的序言中说：'胡氏之先，出自帝舜有虞氏之裔。帝舜本姬姓，因居妫汭，以妫为姓。子商均封于虞。迨周武王克殷，乃复求舜后，得妫满，封胡公于陈以奉帝舜祀，子孙以谥为氏。后为楚灭，子孙辄去国。至汉，有讳胡成者，为灵朔孙。景帝时，吴王濞反，公统兵拒之，遂擒吴王。景帝初，拜大中大夫，始迁安定之临泾，是为胡氏之始祖也。'这一段就讲了我们安定胡氏的始祖是胡城，魏徵接下来又将胡城到胡学颜的脉络流传讲述了，即胡城—胡钦—胡沂—胡宽—胡冕—胡征—胡昌胤—胡敏行—胡好德—胡遵—胡广—胡壹—胡忠—胡世爵—胡国珍—胡麟祥—胡履约—胡鼎—胡安仁—胡韶—胡戬—胡凯觊—胡伟绩—胡学颜，合计八百年二十四代，三十三岁一代。我曾去过安定郡胡家坪，翻阅其族谱，后面又询问了在长安的胡氏族人，写了一本《安定集》，合计十一卷，魏徵记载的胡学颜家族的世系脉络是对的，但是您那边的传递到底如何，您可以看看我的这本书，看看您的始迁祖的父亲、祖父的名字有没有在里面。至于堂号就取'安定堂'吧，神位则将胡城摆正中，然后按照左昭右穆依次摆好。其实按照西周大宗小宗的制度，如果您万一没找到世系，就将始迁祖神位摆正中，上写'安定胡氏历代祖显考妣之神位'，由始迁祖嫡长子世系房主持祭祀也可！"静轩说完，于是给了胡凯南一套《安定集》，胡凯南说："胡状元县令大人，真是谢谢您的指导啊！舜帝陵由您重新发起祭祀，安定堂也是由您指导开创，您对我们祖国和家族贡献很大啊！"静轩道："尽人子之孝道而已，宗亲过誉了，过誉了！"这胡凯南于是欢欢喜喜而去！静轩看到自己写的《安定集》有了用处，当然也欢喜。后来胡曾被尊为安定堂建堂太祖，即由此而来。

"富之，教之！"静轩牢记孔子的话。在延唐县逐渐富裕之后，静轩于是着手其教育事业。他觉得这隋朝开创的科举，有其利也有其弊，其利当然是给了读书人一个相对公平争取做官的机会，"朝为田舍郎，暮登天子堂"，实现了孔子"学而优则仕"的理想，相比九品中正制的门阀制度当然要先进一些。但是其弊端也有很多，很多人以读书为业，四体不勤，五谷不分，七八十岁还在赶考，这无疑浪费了青春，也浪费了资源。而由于这些读书人没有社会经验，即使考中了科举，也是书呆子气很浓，不能真正地为民造福，只是为了一己的荣华富贵而读书罢了，国家真正碰到危难，往往束手无策，最多以死报君王而已。静轩觉得教育不能培养书呆子，而是要培养像舜帝这样有德有才的圣贤。

于是他就在玉琯岩舜帝陵旁边，创立了舜帝书院，利用舜帝陵良好的环境，对学生进行教育。他自任山长，在门口挂了两副对联："星依北斗，月起南风。""鸾迎韶乐，凤舞卿云。"然后采用大白话制定了书院学规，学规云：

人生有限，大道无边。学问千万，孝道为先。戒淫戒怒，切莫贪钱。先做君子，再望圣贤。言要忠信，行要周全。学要致用，文要流传。不事稼穑，何恤农艰。不研工艺，怎悟飞鸢。为民独善，德若清泉。为官兼济，造福人间。为吏有术，节操如莲。为父慈爱，道法森严。为夫重义，花好月圆。为子孝顺，望父成仙。时念舜帝，进德修专。学子遵守，莫误华年。

然后确定学制，先按一年培养，官府提供食宿和补助。通过身、言、书、判四方面的考察后，第一批招收了三十个有基础的学生，有汉族的，也有瑶族、苗族的学生，静轩考虑到要面向延唐县培养实用人才，于是将孔子的六艺即"礼、乐、射、御、书、数"，改造为"文章、经济、医术、农艺、制造、财会"的新六艺，在文章、经济方面，静轩先将《咏史诗》给大家传授一遍，让他们通晓基本的道理，然后派这些学生到集市、乡间去寻访民情、搜集信息，回来后依据道统下笔作文，提供解决民怨的办法，然后互相讨论、点评，再重写，最后由静轩指点其观点、文风、遣词造句。这样一来，学生既懂得了经世济民的大道理，也能写出经世济用的文章。在医术、农艺、制造、财会方面，也是先进行简单的理论传授，然后下基层实践，做到能解决实际问题，然后回来写出实践报告。经过静轩这种理论与实践相结合的办法，这三十个学生进步很快，基本上合格毕业，然后作为师资下放到各个乡里任教，由县府发放俸禄。

随着各类工场农场的创办，这劳动力就有事做了，乡里人既可务农，也可务工，于是家庭生活逐渐改观，这些官办实业逐渐有了盈利后，乡里都懂得兴办学校，舜帝书院源源不断地提供懂经营有道德的师资，于是学校越来越多，这延唐县到处书声琅琅、书香四溢。同时静轩又对年满六十和鳏寡孤独的人，由官府给予补助或供养，于是乡里也就没有了盗贼、抢劫之事，出现了路不拾遗、夜不闭户的太平景象。

静轩在延唐县有如此惠政，这皇帝和朝廷看法如何呢？请听下回分解。

第七十九回　延唐县舜日尧天　大明宫君忧臣谏

　　上回讲到这延唐县的经济和民生越来越好。静轩面对这良好形势，于是吟咏起舜帝的《南风歌》："南风之薰兮，可以解吾民之愠兮。南风之时兮，可以阜吾民之财兮。"而作为舜帝后裔，见自己短短几年效法舜帝，就在这延唐县小有成就，倍感欣慰之余，也觉得只有虞廷十六字才是为政的大道，于是吟了首七律《治延唐有咏》，诗云：

　　莫念中原烈火焚，苍梧一角沐南薰。三分石上精神在，九水波中道味深。
　　玉琯当年吹妙曲，延唐此际迷卿云。重瞳久视三千载，小子而今悟帝心。

　　他依旧将朝廷俸禄用于建设，而赋税也源源不断地上交成都，皇帝李儇也经常表彰。在家庭方面，秦玉又给静轩生了个儿子，名叫靖甫，这靖甫跟静轩非常相似，安静好学。静轩对自己的儿子要求严格，除了认真读书之外，也教育他们爱劳动，与农民的子女一样，要种菜种田，一家人自力更生，清贫而又和谐，没有半点的衙内气象。

　　这延唐县的官员们见静轩出门不坐轿子，进屋不拿架子，粗茶淡饭，艰苦朴素，因此也没有人敢享受，没人敢腐败。但静轩为了防止出现贪官酷吏，他效仿尧舜，在各个集市安置了诽谤木，在县府门前设置了敢谏鼓，百姓有任何不满都可以敲鼓，或者在诽谤木上写字投诉，这样一来，这些官员都克勤克俭，这延唐县也就商贾云集、官吏清明、文明谦让、和谐安定。同时由于开垦了很多荒地，这中原战乱地区的人和周边的很多人都慕名而来，拖家带口地移民到了这里。而见这里工商发达，容易勤劳致富，静轩的多个侄儿子也来到这里安家。于是原来人烟稀少的延唐县，变成了一片人口密集的乐土。

　　而与延唐县的清明和乐相反，这两年中原却是大乱。中和三年（883

年）四月十四日，沙陀族李克用率领十三太保攻入长安，黄巢不敌，战败后撤离到陈州，即今天的河南淮阳一带。七月，朱温被任命为宣武节度使，加东面招讨使，李克用被授予金紫光禄大夫、检校右仆射、河东节度使，两人成为皇帝的左膀右臂，全力剿灭黄巢。中和四年（884 年）春天，李克用和朱温合攻黄巢，黄巢大败。六月十五日，黄巢逃至泰山狼虎谷，见大势已去，便自杀。至此，历时九年的王仙芝黄巢起义平定。

光启元年（885 年）三月，李儇见大乱已平，于是从成都回到了长安，同时下诏让静轩回京，延唐县令由李万山担任。静轩料想此去将面临更加险恶的环境，因此也做好不再回来的准备。走时这延唐县的人争来送行，连绵十几里，依依不舍。静轩先将妻儿安顿在秋田，然后从邵阳返长安。

一到京城，皇帝李儇就在大明宫含元殿召见了静轩。李儇说："胡爱卿，自从上次依你所请祭舜后，这黄巢确实就平灭了，看来祭舜这招还真管用呢！可如今这局势，真是如你经常跟我所说的，是去了豺狼，又来老虎啊！我看你在延唐县政绩突出，一个县上缴的赋税超过了很多大州，而且人民富裕，礼乐文明，有口皆碑，人人称颂，你是怎么做到的，朕这大唐又该怎么做呢？"

静轩见这皇上虽然才二十二岁，但经此大乱，也成熟了不少。于是说："皇上，微臣在延唐县就是效法舜帝，我和我的妻子儿子都是自耕自种，自给自足。我把皇帝给我的俸禄都拿出来兴办实业、集市、学校，大家见我这样做，一些官吏和大户也纷纷出资，老百姓也跟着出力，于是这田开垦出来了，路修好了，农场养殖场加工场也兴办起来，集市也开张了，这百姓也就富裕了。我又兴办学校，推行礼乐教化，尤其重视孝道的推广，于是延唐县就安定和谐了。一个县如此，一个国家也是如此。您在成都祭祀了舜帝，取得了很好的效果，但是也得在行动上效法舜帝才行啊。首先，说说妻妾，您现在有三宫六院七十二妃，美其名曰为了广嗣，多生儿子以物色继承人，其实这嗣并不是靠妻妾多就能保证贤良的。古人云，盛德必有百世祀。只要多积德，这孝子贤孙就会源源不断地出现。比如舜是帝王，也只有娥皇女英两位妻子，只有一个儿子商均，可现在中国呢，舜帝的后代是最多的，至少占全国人口的四分之一。因此您也应该效仿舜帝，把多余的妃嫔和宫女都遣散回家，让她们各自有个归宿。而这些女人不在宫里了，这太监也就没有用了，让他们自谋生路。您虽然不一定要自耕自种，但是至少也要节俭，马球就不要打了，宴会一般也不要举行。您可以经常下乡，像舜帝一样去巡视大好河山，多修一些桥和路，多兴办一些实业和学校，有空到老百姓家里坐一坐，跟老百姓聊聊天，碰到老百姓的难处、苦处就当场解决，碰到民愤太大的贪官恶霸就当场法办。同时亲自主持科举考试，防止贪官徇私舞弊，做到公开公正公平，把真正德才兼备的人提拔上来，避免暗箱操作，形成一个像舜帝手下那八元八恺这样的贤臣队伍。这样一来，这老百姓和读书人就都拥护您了，而这些朝廷官员也会有样看样，看您这么简朴勤政，他们也不好意思享受了，也一起拥护您了。皇上，得民心者得天下，这大唐的江山到了如今这个田地，就像人得了重病一样，必须用猛药才行啊！您能吃得起我这服苦药，这大唐还有希望中兴呢！"

李儇说："胡爱卿，效法舜帝的建议很好，但不是当务之急，目前这宣武节度使朱温、河东节度使李克用、凤翔节度使李茂贞是睡在朕身边的三只老虎啊，让我寝食难安，你觉得我如何对付他们、降服他们呢？"

静轩说："您只要下两道诏书就可以。第一道诏书，您率领文武百官亲自去九嶷山舜帝陵祭祀一次，在祭祀的庄严场合，您把自己效法舜帝的想法告诉百官，祭祀完毕即下诏书，该诏书务必下达到每个州县乡里，让全中国每个老百姓都知道。然后您拿出实际行动让天下人看到和相信，比如裁撤宫女宦官、自己耕种等等。这一步做到后，下第二道诏书，把舜帝时期的八元八恺摆出来，作为官员的标准，让每个官员照镜子，自我检查，是否合格，不合格怎么改进，愿意检讨改进的人就可以继续留用，不愿意检查反省的，那就给点补助退休。这里可能会碰到的最坏结果，就是很多贪官污吏会抱团一起来反对您，甚至会起兵造反，碰到这种情况也不要怕，官员毕竟是少数人，老百姓是多数人，只要老百姓支持你，多数人还怕少数人造反吗？一旦您立志做舜帝，而且有全国人民看得到的行动，这造反就没有理由了，也没有人会造反了。舜帝是有史以来的明君，谁会造舜帝的反呢？而且像舜帝这样的皇帝，没有珠宝宫殿美女，没有任何荣华富贵可以享受，只有任劳任怨，谁还会去争着做这样的皇帝呢？尧帝要把帝位禅让给许由、巢父，他们都要躲到深山里去呢，所以这个您放心！"

李儇说："胡爱卿，这个听起来是不错的，不过我有个问题，那这皇帝的位置还可以传给我的子孙吗？"静轩说："内举不避亲，外举不避仇！跟舜帝一样，大禹比自己的儿子商均贤明，就要让位给大禹！"李儇一听到这里，心中就有了不悦，于是说："胡爱卿，容我考虑考虑！"静轩于是退下！

这神策军中尉、宦官田令孜虽然不在场，但是安插了很多耳目，这些人将静轩对皇帝讲的话一五一十地告诉了他，他听到要撤掉宦官，对静轩恨之入骨。他于是去找刚升为检校太保的朱温商量，这朱温一听静轩的这个主意，也大吃一惊，觉得自己的富贵梦可能就要断送在胡曾手里了，于是对田令孜说："这个胡曾我认识，当年我和黄巢在桂州时，他还亲自到我们军营，说服黄巢效法舜帝，戒酒戒色呢！这个人太厉害了，他在那延唐县，所作所为就是学舜帝啊！这个人不除掉，我们的荣华富贵就是一场空了！"田令孜说："我们一定要想法把他给杀了！我们这就找皇帝去！"朱温问："想到什么说辞了？"田令孜说："我们两个如此如此配合……"

田令孜和朱温在那天晚上入宫见李儇，朱温说："皇上啊，这个胡曾御史野心很大，当年黄巢在桂州的时候，我亲眼见他跟黄巢谈笑风生，要黄巢效法舜帝，黄巢还打算要他来做宰相呢，而现在这延唐县，他就把自己当作了舜帝，像他这么搞下去，这江山就危险了！"田令孜说："这胡曾离开延唐时，百姓排了十里长的队送他啊！这个人不除掉的话，那比黄巢更威胁您的江山呢！"李儇本来对静轩昨天讲的舜帝传位给大禹不满，现在田令孜和朱温这么一说，顿时感觉到这胡曾真是太可怕了，于是马上叫人安排静轩明早进宫，问个清楚。

现在田令孜、朱温、皇帝李儇三人似乎都难以容下静轩了，欲知静轩命运如何，请听下回分解。

第八十回　申泰芝梦传咒语　唐才子飞作人仙

　　上回说到静轩在含元殿劝谏皇帝李儇，引来田令孜、朱温的怨恨。而静轩回到住处后，因连日长途跋涉，于是沉沉睡去，快天亮时，静轩做了一个梦。他隐隐约约来到了一座仙山，繁花似锦，瑞鸟娇啼，在飞泉之下的大石上，坐着一位白发银须的老翁，正闭目养神。静轩走向前准备行礼，那老翁即舒展慈眉，张开善目道："静轩，可认得老夫？"静轩连忙向前行礼道："在下眼拙，不曾见过仙翁，敢问仙翁，如何知道小生名字？"老翁哈哈大笑："贫道乃尔同乡申泰芝也！静轩不是去过我的洛阳洞、云台观吗？你还赋诗一首呢！'君若依丹诀，飞升梦不空！'"静轩见说得这么真切，此人必是申泰芝无疑也！于是行礼道："大仙在上，受邑人晚生胡曾一拜！"申泰芝说："免礼免礼，静轩，你有道心道骨，何必在浊世受苦呢？上次我安排师弟吕洞宾于金陵陈宫劝你修道，你说你崇尚儒道互补，只好作罢。今天下大乱，人心大坏，已非你一人之心力可挽回，还是跟老夫修道入仙吧！"静轩说："大仙所言极是，只是这道心，能挽回一分算一分，这人心，能修正一分是一分，士不可不弘毅，任重而道远！"申泰芝见静轩如此执着，于是道："静轩，这孔夫子之言已经流传了一千三百多年了，这道心挽回了吗？这人心修正了吗？反而是世风日下，动乱愈烈啊！"静轩说："确实如此，那大仙说怎么办呢？"申泰芝说："春生秋杀，天门浩荡，否极泰来，自有定数！"静轩说："大仙神通广大，感谢开示！"申泰芝见静轩开悟了，于是说："明日你有一劫，但亦是机缘，凶戾来时，你只需念如下咒语……即可化吉！"说完，申泰芝冉冉飞升而去，静轩想去追问是何劫、何机缘，申泰芝已不见了，情急之下，醒了，原来是个梦，但是这咒语还是记下了。

　　醒来后没多久，即有太监来到静轩住处，宣静轩上含元殿面圣。静轩觉得奇怪，这大清早的，这皇帝有什么紧急事呢？于是匆匆来到殿上，见皇帝李儇旁边站着田令孜和朱温，静轩感觉一股杀气扑面而来，一种不祥之感油然而生。

只见这皇帝李儇劈头就问："胡曾，你可知罪？"静轩说："皇上，臣不知有何罪？"李儇说："听说你刚到延唐县时就到桂州私会黄巢，也让他做舜帝，可有此通敌之事？"静轩说："是有此事，但不是通敌，而是劝恶从善。我当时让他不要北上，不要再让战火肆虐，不要再让人民流血流泪了，劝他立足岭南，效法舜帝，戒杀戒色，造福人民，不要跟皇帝去武斗，而要文斗，看谁能对人民好，看谁能给人民带来幸福。我跟他说，如果你黄巢比皇帝还做得好，更能得到人民的拥护，那这天下就是你黄巢的了！他让我留下来辅佐他，将来封我做宰相，我拒绝了，我说要看看他是否做到了戒杀戒色，能不能效法舜帝，我不隐瞒皇上，我当时是这样说的。记得太宗皇帝在《帝范序》中也说：'帝王之业，非可以力争者矣！'我这个话也只是谨遵太宗皇帝的教导而已。皇上，您想想，如果黄巢当初真的这么做了，皇上您怎么会丢失京城、远走成都呢？又怎么会死这么多皇室宗亲和文武百官呢？可惜这黄巢还是意志不坚，没过多久，就被这个朱温说什么广明的年号是'唐去丑口即安黄'，挑动黄巢北上，于是造成了这滔天的劫难，皇上，您不会忘记这四年多您受到的苦、天下人受到的苦难吧！您说说，这到底是谁有罪？在我看来，真正有罪的是这个朱温！"

听静轩这么一说，这皇帝李儇觉得静轩讲得也有道理啊。黄巢留在岭南，自己怎么会遭这么多罪呢？自己的皇室亲人怎么会被黄巢杀害呢？自己那几个美艳的妃子怎么会被黄巢糟蹋呢？繁华的长安城怎么会被黄巢火烧了呢？想到这里，李儇怒问朱温："朱全忠，不，朱温，可有此事？"朱温见到这火没烧到静轩，反而烧到自己身上来了，慌忙跪下对李儇说："皇上，这胡曾说的是实情，但是现在我已经归顺了，也是将功补过了呀！这大唐的江山从黄巢手中夺回，我也是立了功的呀！您倒可以问问这个胡曾，他让您做舜帝，是不是要您把大唐的江山传给外姓人呢？比如说，在延唐县万民敬仰的这位舜帝的后裔、延唐县令胡曾呢？"这朱温非常狡猾，马上将这球又踢回到了胡曾，而且一下就抓到了李儇的痛处。

李儇于是又问静轩："胡曾，这大唐江山是我太宗起兵太原、扫除十八路反王、荡涤六十四路烟尘、把脑袋拴在裤腰上打下来的，你说要我效法舜帝，传给别人，那你告诉我应该传位给谁？"静轩不慌不忙地说："这江山是人民的江山，这天下是天下人的天下，有德者居之，太宗讨伐暴君隋炀帝，也是顺应民心、得到百姓的拥护才能做君主的，谁爱护人民，谁给人民带来幸福，皇上就可以把帝位传给谁！您的子孙贤能，当然可以传给您的子孙，如果不肖，也可以传给其他有德之人！这个不是您说了算，而应该由人民说了算！"

李儇闻言勃然大怒："我堂堂皇帝竟然不能决定自己的继承人，还要人民说了算，那你觉得是民大还是君大？"静轩说："当然是民大！太宗早就说过，皇帝是舟，人民是水，水能载舟，亦能覆舟，没有水，舟能动吗？而没有舟，水还是水，还能流动，还能卷起波浪，这不是说明民大吗？"

这皇帝李儇在朝堂上说话从来都是一言九鼎，没人反驳的，此时被静轩这么一说，而且还拿太宗的话来压他，顿时无力反驳，气得说不出话来。朱温见此说："皇上，这胡曾目无君主，是要造反了！赶紧拖出去斩了吧！"静轩说："朱温，你这个货色之徒，为了一己富贵，先背叛大唐，投奔黄巢，然后又背叛黄巢，投靠大唐，你这不忠不义的反贼，你有什么资格说我目无君主！你这吕布式的三姓家奴，我看将来一定会篡唐自立。皇上，如果您是明君，请立刻除掉这个朱温，如果您是昏君，那您今天就杀了我！"这李儇本来就被气得哑口无言，加上这几年担惊受怕、殚精竭虑，身体非常虚弱，现在又被静轩这么逼着选择做明君还是昏君，一时气急攻心，竟然晕死了过去。

这宦官田令孜一见皇帝晕死，立刻安排人将李儇抬进寝宫，传太医诊治。朱温见皇帝走了，于是跟田令孜密谋道："你现在就假装去寝宫请示皇帝，回来就说皇帝已经醒了，口谕下诏处死胡曾！"田令孜觉得这个主意好，于是就假装去了寝宫，回来对着静轩说："传皇帝口谕，侍御史胡曾目无君上，胁迫皇帝，着立即处死！"

没想到静轩闻言哈哈大笑道："你这阴不阴、阳不阳、断子绝孙的狗奴才，竟然敢假传圣旨，残害忠良，我看你是老妖吃砒霜，活得不耐烦了，皇帝圣旨在哪呢？口谕有谁证明呢？"田令孜本来就心虚，被静轩这么一骂，又羞又怒，于是对着他手下那班宫廷侍卫说："你们这班奴才还愣着干什么，赶紧将胡曾拿下！"

因为田令孜是神策军统领，那班侍卫当然要服从命令，于是持刀气势汹汹地朝静轩走来。静轩大声呵斥道："狗宦官田令孜假传圣旨，你们这班侍卫为虎作伥，你们就不怕皇帝怪罪下来，人头落地，诛灭九族吗？"这班侍卫见静轩义正辞严，又担心真的诛灭九族，于是都不敢前进了。

朱温见此僵局，知道打嘴仗是打不过胡曾的，心想文的不行，那就来武的，来个霸王硬上弓。于是叫来埋伏在外面的几员大将道："兄弟们，都进来，一起动手，灭了此人！"于是挥刀一起向静轩走来，静轩用手一指朱温，大声喝道："我乃堂堂大唐侍御史，代天巡狩，弹劾百官，朱温小丑，我看你是狗胆包天，意图篡逆，你乘皇帝不在而杀我，就等于是杀皇帝，你有种就过来吧！"朱温闻言心想，这御史连皇帝都不敢杀的，今天我若杀御史，那恶名传出去，还能在朝廷混吗？天下人的唾沫都会把我淹死，不行！不行！于是也不敢再向前一步。

田令孜见朱温也不敢动了，于是把朱温拉到一边说："今天这事已经不可收拾了，如果不杀胡曾，仅假传圣旨这一条，我们就得人头落地，现在乘皇帝还没醒来，赶紧关好宫门，乘殿内昏暗，一起上去杀了他！"朱温觉得也只能如此，于是田令孜大声对那些太监说："现在把宫门关上，今天不是胡曾死，就是我们亡！"

这班太监闻令正准备去关门，来个瓮中捉鳖，忽然听得静轩哈哈大笑三声，声音洪亮，响彻云霄，把这班太监也镇住了。笑完，静轩于是大声念起昨夜梦中申泰芝说的咒语："北斗七元，神气统天。天罡大圣，威光万千。上天下地，断绝邪源。乘云而升，来降坛前。降临真气，穿水入烟。传之三界，万魔擎拳。斩妖灭踪，回死登仙。"刚念完，这含元殿忽然狂风大作，飞桌走椅，将朱温、田令孜一班人连人拔起，悬在半空，风停后，一个个甩落在地，这时只见白光一闪，白发银须的申泰芝降落殿中，拉着静轩的身影穿门飞升而去。而静轩的真人就肃立在了殿中，怒目圆睁，一眼不眨。

田令孜、朱温诸人经此一幕，早已吓得三魂没了两魂，纷纷伏地，对着静轩的人身，头如捣蒜，请求饶命！

就在这殿里一片求饶声的时候，殿门传来一声"皇帝驾到"。李儇来了！这李儇怎么又来了呢？原来他晕死过去，被抬进寝宫，太医诊断后说没事，于是歇息片刻就醒了，醒来后大声喊道："我不能做昏君，我不能杀胡御史！我也不能做明君，杀我阿父和朱温！"伺候的太监魏德见此，对李儇说："皇上，现在胡御史、田都统、朱温都还在含元殿，您得赶紧过去救胡御史啊！再晚就来不及了！"李儇闻此，于是匆匆赶过来了。

李儇见田令孜、朱温一个个跪在地上对着胡曾求饶，而胡曾却是一点表情也没有，李儇觉得这事有蹊跷，胡曾平时不是这样的，于是安排魏德上前试探。魏德一探鼻息，回报李儇说胡御史已经没气了！这时一位老太监走过来禀报说："皇上，刚才胡御史念完咒语后，狂风大作，我看到一位仙人领着胡御史飞升而去了。"李儇问："既然飞升，那胡御史人身怎么还在？"那位老太监说："登仙有三种，天仙、地仙、人仙，举形升虚谓之天仙，天仙引导魂魄飞升谓之人仙，胡御史不是天仙，应该是人仙，所以人身还留在世上。"李儇见静轩已登仙，避免了血光之灾，心里总算也是安慰。又看到田令孜、朱温诸人一副丢魂失魄的丑样，于是呵斥道："你们都退下吧！别在这里献丑了！今天的事不要说出去，否则诛灭三族！"田令孜、朱温诸人见皇帝发话了，方收住惊吓，一个个抱头鼠窜离开了含元殿。

李儇连忙对静轩的人身三鞠躬，然后说："胡爱卿，朕来迟了，你既然已登仙，也算结局圆满，朕有愧于你，就让朕厚葬你的人身吧。"李儇话说完，静轩的眼睛就闭上了，身子也柔软了下来，李儇赶紧令人将静轩恭敬抬起来、恭敬停放。随后李儇叫来老太监问："刚才是怎么一回事？"老太监就把刚才田令孜假传圣旨、田朱二人欲谋害胡曾的事说了。

李儇觉得这田令孜、朱温越来越不把自己放在眼里了，越来越猖狂了，但是现在又要依靠他们两个，因此也不好治罪，于是对魏德说："胡御史一片忠心，虽然魂魄已登真，但是人身还在，朝廷还是要隆重地安葬。"魏德说："皇上英明，不过，如果要隆重安葬，这就会带来一个问题，胡御史是在大明宫含元殿离世的，虽然是田都统假传圣旨造成的，但您现在又不可能给田都统治罪，以洗刷污名，因此这账还是挂在皇上您身上啊！天下人会说胡御史是您逼死的，因此不能在长安隆重安葬。"李儇闻此说："有道理，那有什么好办法呢？"魏德说："最好就是封锁消息，先在宫中庄严入殓，皇帝亲祭，然后安排人悄悄运出长安，运回胡御史的老家邵阳安葬，在中途某个地方，比如武昌府，上奏朝廷，说是病逝，然后皇帝您下旨旌表，抚恤厚葬。"李儇听完说："你这个办法好，那就宣胡御史的朋友赵斑进见，我们先祭祀，然后让赵斑去办这件事！"

魏德于是安排人购买好棺材，将静轩入殓，然后皇帝与赵斑、魏德亲自祭奠，祭奠完毕，魏德把这事情的前因后果和安排告诉了赵斑，并安排了二十个士兵随赵斑护送。赵斑对自己的老朋友离世，当然深感悲痛和愤怒，无奈领旨，乘夜出长安，经武关、汉水，半个月后来到了武昌府。

赵斑于是在武昌府向朝廷上奏，说胡曾自京城至荆南巡视，因病于武昌府去世。朝廷接到上奏，于是报告皇帝，皇帝李儇觉得愧疚万分，于是亲自写了诏书，诏书云：

夫疾风之下必有劲草，板荡之际必有贤臣。故侍御史胡曾，文苑腾芳，骚坛鸣凤，蹀平南诏，檄卷西山。兴言祭舜，圣灵显黄贼穷途；造福为民，惠政予延唐乐土。运道心於咏史，念宗功於弘孝，泽被九州，名垂三立，志高行洁，体国公忠。惜忧劳於勤政之年，痛离世於鼎盛之岁。朕失肱股，民失贤能，黄鹤一去，红尘三嗟，英姿不再，深悼难回，宜加宠灵，式旌泉路。可赠节度使，所司备礼册命，给班剑四十人，及羽葆鼓吹，赙绢布二千段，米粟二千石。赐葬邵州秋田村，建状元坊，册封三恪，赐玉石泐碑为志，石羊石虎若干，建胡曾祠以百世祀，令侍御史赵斑监护。

这诏书一下，天下震动。赵斑也从武昌府光明正大地启程，沿途州县都安排了迎送。当扶灵到秋田村时，只见秋田村已经聚集了来自全国各地的人，延唐县就来了几百名代表，各地胡氏宗亲也来了几百人，邵州刺史邓处讷也率领本地官员、学子、民众几百人前来。因当时是炎炎夏日，于是秦玉忍住悲痛，赶紧布置灵堂设祭。

延唐百姓怀念父母官，送了两副挽联：

春日生离，秋分死别，霹雳一声，魂断延唐父老；
慈颜何驻，惠政犹存，耕耘五载，福满潇水苍梧。
春晖难握，秋雨含悲，音容宛在延唐县；
道荡潇湘，德追虞舜，精气长留九嶷山。

胡氏宗亲怀念安定堂建堂太祖，送了一副挽联：

读安定集，诵咏史诗，建堂太祖今逝矣；
看秋田云，观资江浪，道德文章料如之。

邵州府怀念胡御史，也送了一副挽联：

论文有咏史百篇，论武有平南一牒，文武兼资，邵州有史首人物；
斯道继君轻民贵，斯德继舜日尧天，道德垂范，古月无声照秋田。

邵阳州学县学师生怀念状元，也送了一副挽联：

诗开闭塞，文化蛮荒，状元洲蒌蒌思胜迹；
牒退三军，檄来八国，圆安岭莽莽忆雄姿。

大家都对着这灵柩表达哀思，哭声连绵不绝。祭祀结束后，赵斑决定先暂时将胡曾安葬在曾家山。按照朝廷意思，则需要赵斑把陵墓、胡曾祠、状元坊修好后再举行祭祀大典。

欲知这祭祀大典的情况，以及胡曾离世后这大唐的命运，请听下回分解。

第八十一回　大唐国夕阳西下　咏史诗朗月东升

　　唐朝（618年—907年），是中国继隋朝之后的大一统朝代，共历二十一帝，享国二百八十九年，因皇帝姓李，故又称为李唐，是中国古代最强盛的朝代之一，与汉朝并称"汉唐盛世"。其国号"唐"是晋的古名，五帝之一的尧帝就曾在晋建有唐朝，史称"唐尧"，到了南北朝，唐高祖李渊的祖父李虎为西魏八柱国之一，被追封为"唐国公"，爵位传至李渊，李渊见隋末天下大乱，于是在晋阳以尊"隋"为名起兵，在儿子李世民的辅佐下，一路捷报，杀入长安，在隋恭帝禅让后，618年于长安称帝，是为唐高祖，以"唐"为国号，被天下尊称为"大唐"。626年，李世民发动玄武门之变，杀太子李建成与齐王李元吉，627年李渊禅让帝位成为太上皇，李世民于是继位，是为唐太宗。唐太宗李世民文武兼资，礼贤下士，在位期间（627年—649年），开创了"贞观之治"，国力强盛，国威远播，李世民更被四方诸国尊为"天可汗"。唐太宗之后，唐高宗开创"永徽之治"，经武则天以周代唐后，唐玄宗励精图治，开创了万邦来朝的"开元盛世"。然而安史之乱后，大唐开始走下坡路，藩镇割据，宦官专权，中后期经唐宪宗元和中兴、唐武宗会昌中兴、唐宣宗大中之治，国势复振。但是878年开始的黄巢起义，严重动摇了大唐的根基，伤害了大唐的元气，"夕阳无限好，只是近黄昏"，这大唐就如夕阳一样，慢慢要落山了。

　　话说这田令孜假传圣旨联合朱温令胡曾飞升离世，虽然在民间封锁了消息，但是在朝廷中却引起了极大震动。当时的藩镇节度使、三省六部官员，甚至宦官，都对田令孜恨之入骨，只是因为他是皇帝的阿父而敢怒不敢言。而河东节度使沙陀人李克用与朱温有仇，又多次上书皇帝要求处死田令孜，见此不平之事，于是起兵进犯长安，田令孜闻讯，欲拉李儇逃往汉中，李儇此时已厌恶田令孜，于是拒绝。是夜，田令孜竟然率兵冲入行宫，劫持李儇逃往宝鸡，李克用追击，田令孜又劫持李儇逃往汉中。光启二年（886年）四月，邠宁节度使朱玫、凤翔节度使李昌符见皇帝逃亡，于是拥立襄王李煴为帝，而田令孜见自己不容于天下，只好将神策军中尉之职让位给宦官杨复恭，自任西川监军使，到成都投靠其兄陈敬瑄去了。杨复恭于是联合河中节度使王重荣、河东节度使李克用共同讨伐朱玫，朱玫集团迅速瓦解，称帝的李煴也被王重荣部所杀，李儇复位，杨复恭因功封魏国公。文德元年（888年）二月，李儇由凤翔重返长安，三月初八日驾崩于灵符殿，死时只有二十七岁，谥号唐僖宗。唐僖宗临终前，经杨复恭拥立，诏命其弟、寿王李晔继承帝位。

李晔继位时年仅二十一岁，血气方刚，雄心勃勃，群臣初见他"体貌明粹，饶有英气"，都觉得选对了皇帝。他曾随唐僖宗在成都参与平定黄巢之乱的军机，因此也十分自信，对于目前威胁皇权的两股凶狠势力，即一是上胁天子、下凌大臣的宦官集团，一是拥兵自重、拒不纳税的藩镇集团，他倒是毫不畏惧，自有韬略在胸，觉得自己有能力扭转乾坤，实现大唐中兴，重现太宗李世民的荣光。

欲想对付这两大集团，他首先就想到了遭受这两大集团迫害的胡曾，于是他一面将胡曾的《咏史诗》广发各位朝官，让他们学习，效法诸葛亮、羊祜等忠臣，为朝廷效力；一方面又提升赵犨为御史中丞，加快胡曾墓、胡曾祠、状元坊的建设。

在胡曾逝世四年后的龙纪元年（889年）春天，工程全部完工，李晔于是下诏旌表胡曾，御葬秋田村，即今天的邵阳县长阳铺镇秋田村秋田小学后面。委派宰相孔纬亲临秋田村祭祀。这孔纬是山东曲阜人，孔子第四十世孙，宣宗大中十三年（859年）状元，在僖宗朝也曾担任宰相，其大弟孔繻为咸通十四年（873年）状元，二弟孔缄为乾符三年（876年）状元，创造了孔门三状元的传奇。孔纬曾在崔铉手下做过扬州支使，后来跟唐僖宗到成都，光启二年（886年）拜相。因为同是状元，同是清官，又在成都耳闻胡曾的文字传奇，加上胡曾与其弟孔缄是好友，孔纬对胡曾非常敬佩又非常怜惜，于是也乐意千里迢迢来到秋田村。孔纬见这资水环抱的秋田村，藏风聚气，毓秀钟灵，高大的状元坊，巍然耸立；庄严的胡曾祠，雕龙画凤；幽静的神道，羊虎相卫；肃穆的胡曾墓，马鬣崇封，心中倍感欣慰，觉得胡曾虽然英年早逝，但有幸长眠于此，亦有哀荣，英名必定不朽，子孙必定发达。他于是选择黄道吉日，叫来州县官员，斋戒沐浴，宣读皇帝李晔诏书，举行了隆重的祭礼。

秦玉自始至终对朝廷如此隆重的厚葬反应比较冷漠，她对赵斑说："我夫君生前节俭，两袖清风，现在花费如此多的民脂民膏来厚葬，真是不应该啊，我夫君如果地下有知，肯定是会反对的！"赵斑说："弟妹，您的心情我理解，静轩的廉洁我也知道，不过，静轩生前说，国之大事在祀与戎，现在如此隆重地厚葬静轩，也是做给天下人看的，证明朝廷是重视清官的，所谓君子德风，风行草偃，这是关系社稷江山的大账，不是老百姓那精打细算的小账，这关系到道统和精神，静轩如果地下有知，也不会十分反对的！"秦玉说："仁兄既然这么说了，我是妇道人家，那就依朝廷的吧。"

李晔厚葬胡曾之后，朝廷中的文武百官对这一举措纷纷赞赏："做清官还是有盼头啊！大唐的气脉还在呢！"众称这是明君之举、抓纲之手，新旧唐书都称赞他"即位之始，中外称之"。然而，这出场戏虽然精彩，却只是大唐王朝的回光返照而已。接下来的李晔却是"一鼓作气，再而衰，三而竭"，沦落成一个傀儡和摆设，被诸侯们随意侮辱、随意玩弄，最终惨遭朱温杀害，年仅三十七岁。

"始以武功壹海内，终以文德怀远人！"这两句话是太宗李世民对自己打天下、坐江山的经验总结，李晔身上流淌着李世民的血液，当然也希望按照太宗的思路去做，先稳定百官，建立自己的军队，然后用武力扫除藩镇，最后以德治国，实现天下太平，重现大唐的文治武功。

然而所谓天命不同，气质不同，结局当然也不同。李世民四岁的时候，术士袁天罡见到就惊呼为"天日之表，龙凤之姿"，并预言二十岁就能"济世安民"，李渊于是为他起名"李世民"，这当然是"天上麒麟非凡种"！而李晔到了二十岁，也只是有"体貌明粹，饶有英气"的评价，因此最多是个和平时期的守成之君，不是打天下、平天下的主。其次从"诗言志"的角度看，李世民的《咏蛙》诗云："独坐井边如虎形，柳烟树下养心精。春来唯君先开口，却无鱼鳖敢作声。"霸气夺人，颇有君临天下之气象。而李晔的《咏雷》诗句云："只解劈牛兼劈树，不能诛恶与诛凶。"则毫无王者霸气，只有匹夫怨气，格调卑浅，胸中自是缺乏长虹大志。再次，就战功论，李世民十五岁就去雁门关救回隋炀帝，十九岁就带兵攻入长安，二十三岁时就打赢四场大战役，被封为天策上将。而李晔十三岁随唐僖宗入蜀，到二十一岁继位，其间遇到的黄巢动乱，完全可以让他大显身手，可惜他鲜有战功，只是参与军机，平定黄巢还是靠李克用和朱温。因此，在面对江山四分五裂、各地军阀割据的相同危局，李世民资源有限，却打下了江山；李晔有天子之位，却最终失去了大唐。

李晔的第一步棋就是错的。他首先就拿宦官集团开刀。其实，虽然宦官嚣张跋扈，但是相比藩镇来说，不是主要矛盾。宦官没有生育的工具，因此宦官不可能有篡夺皇位建立家天下的想法，他们只能依靠皇权而寄生，因此从某种意义上说，宦官不是对手，而是帮手。可惜李晔没有看穿这一点，他认为"攘外必先安内"，于是把宦官视为主要威胁，并且首先将矛头对准了拥立他上位的杨复恭，李晔采取了以宦制宦的离间法，通过抬高杨复恭的养子杨守立来打压杨复恭。最后杨守立把杨复恭弄死，而兔死狗烹，杨守立当然也就被李晔灭了。李晔觉得这一步走得很顺利，"安内"成功了，于是慨然有澄清天下之志，开始下第二步棋，准备对付藩镇。

李晔的第二步棋本来想法是好的，可惜也没走好走稳。他招兵买马，组建自己的军队。须知组建军队不是一件容易的事，首先这皇帝需要有人格和道德的魅力，然后能慧眼识英才，找到得力的助手。李世民当初打天下时，文臣有房玄龄、杜如晦，武将有秦琼、尉迟恭、程知节、李靖，唐武宗灭藩镇时有个能干的宰相李德裕，可李晔的禁军却没有这类的人才，组建的号称十万人的禁军毫无战斗力。

有了十万禁军的李晔自以为有了打天下的本钱，竟然将首个打击目标锁定为藩镇力量最强大的沙陀人李克用，认为他是外族人，有充足的理由讨伐。他先调遣已攻占西川的王建出兵，没想到王建马上切断了和唐王朝的联系，在成都自立。无奈李晔只好把自己的十万禁军拿去跟李克用拼，李克用有著名的十三太保，李晔那些乌合之众如何是对手？结果一击即溃，一战就把老本拼完。最后怕李克用报复，李晔还罢免了当初赞成出兵的官员，以此讨好李克用。被王建抛弃，被李克用打败，这两步棋使皇帝李晔好不容易积累的一点威望损失殆尽，藩镇于是更加放肆。可怜没有任何武装力量的李晔，像掉毛的凤凰一样，被各节度使抢来抢去，以充当正统和招牌，过着屈辱、流离的生活，最后由实力最强的朱温抢到。

天复三年（903年），朱温挟李晔回到长安，李晔还称呼他为"全忠"，对他寄予了厚望，身边的宦官则说："全字是人王，忠字是中心，人王处于中心，这大唐危险了啊！"李晔不听，反而心存幻想，进一步笼络朱温，进其爵为梁王，并加赐"回天再造竭忠守正功臣"的头衔。

野心勃勃、见利忘义的朱温当然不会对大唐尽忠，而是得寸进尺。天祐元年（904年）正月，朱温逼迫李晔迁都洛阳，李晔此时也知幻想落空、身家难保了，走到华州时，民众夹道欢呼万岁，李晔哭泣道："勿呼万岁，朕不复为汝主矣！"又对他的侍臣说："朕今漂泊，不知竟落何所！"朱温见李晔还有怨气，于是把李晔的两百多个贴身随从全部缢杀，代之以他选来的形貌大小相似的亲信，从此李晔就成了真正的孤家寡人、光杆皇帝。同年八月十一日夜，李晔被朱温的手下史太所杀！朱温随即拥立李晔第九子、年仅十二岁的李柷继位，是为唐哀帝。天祐四年（907年）三月，朱温逼迫李柷"禅让"皇位，朱温于是登基做了皇帝，改国号为梁，史称朱梁、后梁，定都开封，唐朝正式灭亡，中国进入了处于大分裂的五代十国时期。

朱温907年称帝后，有意立养子朱友文为太子。912年的六月二十六日，朱温次子朱友珪不满，于是将朱温杀死而继位。朱温一生滥杀成性，且毫无忠义可言，跟黄巢反黄巢，降唐朝反唐朝，登基后，可能自觉对不起"朱全忠"这个名字，于是更名为"朱晃"。朱温除了人品低劣外，其淫乱亦震古烁今，他不仅让大臣家的女眷轮流陪睡，而且命自己的所有儿媳轮流侍寝，而朱温的儿子养子却不以为耻，反以为荣，以此争宠，谋求皇位，也算是一个禽兽之家。朱梁共历三帝，前后17年，为后唐所灭。

"英雄立马起沙陀，奈此朱梁跋扈何。只手难扶唐社稷，连城犹拥晋山河。风云帐下奇儿在，鼓角灯前老泪多。萧瑟三垂冈下路，至今人唱百年歌。"这首诗说的是李克用对其子李存勖的赏识，以及对大唐的忠心。令李晔没想到的是，一直寄予厚望的朱全忠最后篡唐，而自己最先讨伐的外族人李克用父子却在唐亡后一直想兴唐。908 年，李克用病逝，其子李存勖继位。923 年，李存勖在魏州称帝，以光复唐朝为号召，建国号"唐"，在消灭朱梁后，定都洛阳，史称后唐。937 年石敬瑭在契丹国的帮助下灭后唐而建后晋，石敬瑭也被称为契丹的"儿皇帝"，946 年契丹人灭后晋，建立辽朝，是年刘知远建后汉。951 年郭威称帝，灭后汉，建后周。960 年，后周殿前都点检赵匡胤黄袍加身，发动陈桥兵变，废黜后周恭帝，建国号宋，后周灭亡。979 年，北宋结束了五代十国的割据局面。

从 880 年黄巢从桂林北上开始，到 979 年北宋局部统一中国，这整整一百年，是中国历史上大动荡、大分裂、大苦难、大死亡的一百年。其实争来争去者，无非是帝位；抢来抢去者，无非是富贵！"道心惟微，人心惟危！"如果这皇帝只有付出，没有享受，只有奉献，没有索取，跟舜帝一样，这皇位又有谁去争呢？这天下又怎么会乱呢？因此说来说去，是人心不古，是世风日下！

而在这一百年的黑暗历史中，胡曾《咏史诗》即如这古老的月亮一样，在沉沉黑夜中，给人以宁静的幽光，让人穿越这茫茫的历史，检讨人心，回归道心，弘扬圣贤治国，期待国泰民安。胡曾《咏史诗》虽然不能挽救唐朝的命运，但是始终让这天地间充满正气。因此王朝可朽，但《咏史诗》不朽。

胡曾《咏史诗》在其生前就已在邵州、巴蜀、南诏、长安、幽州、延唐流行。据宋朝张唐英在其所著《蜀梼杌》、宋朝计有功所著《唐诗纪事》中记载，前蜀开国皇帝王建第十一子王衍继位后，荒淫无道，在其上任五年（922 年）的重阳节，"宴群臣于宣华苑，夜分未罢。衍自唱韩琮《柳枝词》曰：'梁苑隋堤事已空，万条犹舞旧春风。何须思想千年事，谁见杨花入汉宫。'内侍宋光浦咏胡曾诗曰：'吴王恃霸弃雄才，贪向姑苏醉绿醅。不觉钱塘江上月，一宵西送越兵来。'衍闻之，不乐，于是罢宴。"由此可知，五代时胡曾《咏史诗》已经在蜀地官僚中流行，并且有觉悟昏君之效。

而静轩的徒弟米士能的后代米崇吉，针对《咏史诗》还专门作序，其序云：

> 余闻玉就琢而成器，人就学以方知是，乃车胤聚萤、孙康映雪，每思百氏爰及九流，皆由博识于一时，故得馨香于千古，余非士族，迹本和门，徒坚暗昧之才，谬积讨论之志气，莫不采寻往策，历览前书。黄帝方立史官，仓颉始为文字，既有坟籍可得而言。近代前进士胡公名曾，著咏史律诗一百五十篇，分为三卷。余自龀岁以来备尝讽诵，可为是非周坠、褒贬合仪，酷究佳篇，实深降叹。管窥天而智小，蠡测海而理乖，敢课颛愚，逐篇评解，用显前贤之旨，粗裨当代之闻。取诮高明，庶几奉古云尔。

米崇吉为陕西军营出身，年幼即诵《咏史诗》，亦可知《咏史诗》已流行全国大部分地区，并进入蒙学领域。

到了北宋，由陈盖注、米崇吉评注的《新雕注胡曾咏史诗》为宋太祖推崇而颁行天下。这宋太祖赵匡胤不是别人，正是胡曾当年好友赵珽的曾孙，胡赵两家后来成为世交，胡曾嫡孙胡彦翔（字鹏云）曾跟随赵匡胤打天下，因武功卓著而被封为将军，授宣慰职，代表皇帝视察五代十国时期的南方诸国。而因为有了赵匡胤和胡彦翔的推动，胡曾《咏史诗》就在宋代流行了起来。

到南宋时，高宗绍兴十八年进士胡元质（1127年—1189年）为胡曾《咏史诗》作注，该版本在明朝时流入日本，现在日本筑波大学图书馆藏有一套不全的《新板增广附音释文胡曾诗注》。近代藏书家傅增湘（1872年—1949年）收有日本活字本《新板增广附音释胡曾诗三卷》，其中署"庐陵胡元质注"。

到了元代，辛文房于1304年撰写《唐才子传》，合计为278人作传，辛文房根据一些流传的胡曾诗文，推理而写成胡曾传，传云：

> 曾，长沙人也，咸通中进士。初，再三下第，有诗云："翰苑何时休嫁女，文昌早晚罢生儿。上林新桂年年发，不许平人折一枝。"曾，天分高爽，

意度不凡，视人间富贵亦悠悠。遂历四方，马迹穷岁月，所在必公卿馆谷，上交不谄，下交不渎，奇士也，尝为汉南节度从事。作《咏史诗》，皆题古君臣争战废兴尘迹，经览形胜，关山亭障，江海深阻，一一可赏。人事虽非，风景犹昨，每感辄赋，俱能使人奋飞，至今庸夫孺子亦传诵。后有拟效者，不逮矣。至于近体律绝等，哀怨清楚，曲尽幽情，擢居中品，不过也。惜其才茂而身未颖脱，痛哉！今《咏史诗》一卷，有咸通中人陈盖注，及《安定集》十卷行世。

其中"至今庸夫孺子亦传诵"一句，可知胡曾《咏史诗》已经在全中国有广泛影响，而据傅增湘1927年在故宫亲见，在元代，胡曾《咏史诗》已与《千字文》《蒙求》合刊为蒙学、小学教材。另外随着唐宋时期"平话"的兴起，胡曾《咏史诗》已开始被引用，在元英宗至治年间刊行的《武王伐纣平话》《七国春秋平话》《秦并六国平话》《前汉书平话》《三国志平话》五种平话中，共引用胡曾咏史26首，居被引用各家之首，其中3首为托胡曾之名的伪作。

到了明代，胡曾《咏史诗》占住蒙学要位，官方内府本《释文三注》中，千字文71页，胡曾诗99页，蒙求144页。在蒙学之外，由于明朝白话小说兴起，胡曾《咏史诗》被引用到了小说之中，《封神演义》引用了2首，《西汉开国演义》引用了16首，罗贯中《三国演义》征引了12首。而冯梦龙《东周列国志》征引了胡曾咏史诗24首，不过其中只有6首出自胡曾《咏史诗》，其余均为托名伪作。自此，胡曾《咏史诗》影响越来越大，以至于今天，还是研究的显学。

"猿到夜深啼岳麓，雁知春近别衡阳。"远离中原王朝的湖南，曾经是一片蛮荒之地，但是由于有了舜帝的德化、有了屈原的诗化，加上永嘉之乱、安史之乱的士大夫南迁，在唐代就已经文运初开，在中国文坛上涌现出了三大诗人，即李群玉、胡曾、齐己。而其中胡曾对后世的影响最大，其咏史诗风行了八百年，教育了数亿人，使得自天子以至于庶人，都认同"民为邦本"的思想。

而胡曾一檄卷西山、一牒平南诏的传奇，更是彰显了文字的威力、文化之功力，于是初步形成了"经世济用、以文化武"的湖湘文化雏形。经过千年的兼容并蓄，潜龙勿用的湖湘文化终于在晚清和民国大放异彩，儒将井喷而出，书生带兵平乱，士子以文化武，上演了一波又一波的历史大剧。在胡曾故乡方圆两百里范围内，涌现出了曾国藩、蔡锷、毛泽东等一大批能文能武的时代骄子。由此观之，湖湘文化之滥觞者，非胡曾莫属也！

"窗残夜月人何处，帘卷春风燕复来。"曾几何时，胡曾及其诗文遭遇冷落，然而，胡曾文化却如滔滔的资江水一样，虽然曲折，但是终究会入湖、入江、入海，共同掀起中华文化的浪花！

诸君，这大唐诗人胡曾传奇就说到这里，或谓可信，或谓荒唐，或谓历史是任人打扮的小姑娘，作者战战兢兢，如临深渊，如履薄冰，亦有七律一首抒怀云：

锦绣诗文万代垂，千年人物觅传奇。西山入夏难寻檄，南诏休兵可问谁。
玉琯岩前曾祭舜，状元洲上昔飘旗。荒唐或骂涂鸦笔，花好月圆足见机！

后 记

"胡曾文化传"系列合计四部，既传胡曾其人，又传胡曾其文，积二十年焚膏继晷，终以成书，本人才疏而志大，望藏之名山、传之万世可也。

《大唐诗人胡曾传奇》是"胡曾文化传"的第一部，重点在传胡曾其人，本书试图以章回体小说形式，生动活泼地树立起一个诗才盖世、谋略超群、文能安邦、德能定国、勤政爱民、志廉行洁的大唐诗人、大唐状元、大唐御史、大唐县令的光辉形象，血肉丰满地刻画出胡曾立德、立功、立言三不朽的传奇生平。以榜样的力量激励人，以圣贤的心法教化人，树立文化自信，在此基础上，激发读者对后面三部的兴趣。

"胡曾文化传"第二部是《胡曾咏史诗新注》，重点在传胡曾咏史诗。胡曾《咏史诗》曾与《蒙求》《千字文》一起作为元、明官府内定三大蒙学教材，历唐末、五代、宋、元、明诸朝，风行中国八百年而不衰，朝野共赞，"庸夫孺子亦传诵"，自有其非凡价值，今与时俱进，以白话文详细注之，挖掘微言大义，裨补今时今世。历史三千，足资蒙以养正，随手一册，可达修齐治平，值得家家诵读，户户珍藏。

"胡曾文化传"第三部是《胡曾诗文注》，重点在传胡曾律诗及骈文。胡曾七律位居大唐高原，唐人编《才调集》，胡曾有九首入选，而杜甫、韩愈无缘，元代辛文房在《唐才子传》中评之为"哀怨清楚，曲尽幽情，擢居中品，不过也"。胡曾骈文更列高峰，王勃《滕王阁序》风华绝代，但千古雄文《答南诏牒》更创造了"一纸退兵"的传奇，五代何光远在《鉴戒录》中云："胡曾破之数联，天下称为奇绝。"今将胡曾律诗骈文作注，探讨诗文锦绣之理，复起大唐诗文之盛，值得精读，值得珍藏。

"胡曾文化传"第四部是《胡曾家学》，重点在传胡曾家族文化，包括族谱序、跋、诗、文、家规家训家礼等，今将自清朝至民国家族文化汇总并作注，以期敦亲睦族、光宗耀祖，能出人才、出好人才，以振兴秋田胡氏家族，进而振兴中华民族。该书亦值得秋田胡氏户户珍藏。

"胡曾文化传"可整可零，可分可合，本次出版《大唐诗人胡曾传奇》,《胡曾咏史诗新注》《胡曾诗文注》《胡曾家学》将陆续出版，详情请关注微信公众号"胡曾文化"。

本书在写作过程中，参考引用了很多历史资料，如有不妥之处，请联系。本书也得到了很多师友的指导和帮助，在此不一一致谢。由于本人水平有限，错漏难免，亦请各位读者不吝指教。